KB118621

패신저

패신저

THE
PS EGE
ASNR

CORMAC McCARTHY
코맥 매카시 장편소설 정영목 옮김

문학동네

일러두기
1. 주석은 모두 옮긴이주이다.
2. 본문 중 고딕체는 원서에서 이탤릭체로 강조한 부분이다.

차례

간밤에 눈이 가볍게 내려 얼어붙은 머리카락은 황금색 수정 같았고 두 눈은 차갑게 얼어붙어 돌처럼 단단했다. 노란 장화 한 짝은 벗겨져 몸 아래 눈밭에 서 있었다. 던져놓은 코트는 눈에 살짝 덮여 형태를 그대로 드러냈고 그녀는 하얀 원피스만 입은 채 겨울나무의 헐벗은 잿빛 기둥들 사이에서 고개를 숙이고 두 손을 약간 틀어 손바닥을 드러낸 모습으로 매달려 있었다. 어떤 성당 조각상들처럼 자신의 역사를 생각해달라고 청하는 자세였다. 세상의 깊은 토대를, 세상이 그녀의 피조물들의 슬픔 속에서 존재를 얻게 되는 그곳을 생각해달라는 자세. 사냥꾼은 무릎을 꿇고 라이플을 옆쪽 눈밭에 수직으로 꽂고는 장갑을 벗어 아래로 떨어지게 내버려둔 채 두 손을 겹쳐 맞잡았다. 기도를 해야 한다고 생각했지만 그에게 이런 상황에 대한 기도문은 없었다. 그는 고개를 숙였다. '상아의 탑', 그가 말했다. '황금의 집'.* 그는 오랫동안 그곳에 무릎을 꿇고 있었다. 눈을 떴을 때 눈 속에 반쯤 묻힌 작은 물체가 보여서, 몸을 기울여 눈을 쓸어내고 강철 열쇠가 달린 황금 목걸이와 백금 반지를 집어들었다. 그는 그것들을 사냥용 코트에 넣었다. 간밤에 바람소리가 들렸었다. 바람이 한 일. 그의 집 뒤쪽 벽돌 위에서 덜거덕거리던 쓰레기통. 저 바깥 어두운 숲에서 바람에 쓸리던 눈. 그는 약한 겨울 빛 속에서 파랗게 반짝이는 그 에나멜을 칠한 듯 차가운 눈을 올려다보았다. 그녀는 쉽게 발견될 수 있도록 하얀 원피스에 빨간 띠를 묶었다. 빈틈없는 황량함 속 색깔 한 조각. 이 크리스마스 날에. 이 춥고 거의 입에 오르내리지 않는 크리스마스 날.

---

* '상아의 탑'과 '황금의 집' 둘 다 성모마리아를 기리는 가톨릭 기도문인 '로레토의 호칭기도'에서 성모마리아를 일컫는 말.

I

따라서 이곳은 그녀 삶의 마지막 해 겨울의 시카고일 것이다. 일주일 뒤면 그녀는 스텔라 마리스*로 돌아가 거기에서 정처 없이 걷다가 황량한 위스콘신 숲으로 들어간다. '탈리도마이드 키드'**는 클라크 스트리트의 하숙집에서 그녀를 발견했다. 노스사이드 근처였다. 그는 문을 두드렸다. 그에게는 이례적인 일이었다. 물론 그녀는 누가 왔는지 알았다. 그가 올 거라고 예상하고 있었다. 그리고 사실 그건 두드리는 소리도 아니었다. 일종의 찰

---

* '바다의 별'이라는 뜻으로 성모마리아를 가리키며, 작중에 등장하는 정신의학 시설의 이름이다.
** '탈리도마이드'는 수면제의 일종이며 '탈리도마이드 키드'는 그 약의 복용으로 출산한 기형아를 가리킨다.

싹거리는 소리에 불과했다.

　그는 그녀의 침대 발치에서 어슬렁거렸다. 발을 멈추고 말을 하려다가 마음을 고쳐먹고 다시 걷기 시작했고 무성영화의 악당처럼 두 손을 주물렀다. 물론 진짜 손은 아니었다. 그냥 물갈퀴. 물개에게 달린 것과 비슷한. 이제 그는 발을 멈추고 서서 왼쪽 물갈퀴로 턱을 받치고 그녀를 살폈다. 대중의 요청에 힘입어, 그가 말했다. 이렇게 실물로.

　여기 오는 데 꽤 오래 걸렸네.

　그렇지. 오는 내내 빛이 우리를 방해했어.

　어떻게 어느 방인지 알았어?

　쉬웠지. 4-C호. 예견했지. 돈 대신 뭘 쓰고 있어?

　아직 돈이 남았어.

　키드*는 주위를 둘러보았다. 네가 이곳에 해놓은 게 마음에 들어. 차를 마신 뒤에 정원을 둘러볼 수도 있겠네. 계획이 뭐야?

　내 계획이 뭔지 넌 알 것 같은데.

　그럼. 전망이 별로 밝지 않지, 안 그래?

　영원한 건 없으니까.

　마지막 말을 남기는 거야?

　오빠한테 편지를 쓰고 있어.

---

* 코맥 매카시의 『핏빛 자오선』과 『평원의 도시들』에도 '키드(Kid)'라는 이름을 가진 인물이 등장한다.

겨울 같은 요약문*이 틀림없겠군.

키드는 창가에서 바깥의 살을 에는 추위를 내다보고 있었다. 눈 덮인 공원과 그 너머 얼어붙은 호수. 음, 키드가 말했다. 삶이라. 무슨 말을 할 수 있겠어? 그건 모든 사람을 위한 게 아니지. 예수여, 겨울은 너무 갇혀 있게 만들어.

그게 다야?

뭐가 다야.

할말이 그게 다냐고?

생각중이야.

키드는 다시 어슬렁거리고 있었다. 이윽고 발을 멈추었다. 우리가 짐을 싸서 그냥 튀어버리면 어떨까?

달라지는 건 없을걸.

그냥 여기 있으면 어떨까?

뭐야, 너하고 네 싸구려 피범벅 이야기 친구들하고 팔 년을 더?

구 년이야, 매스걸.**

그럼 구 년.

뭐 어때?

_____

* wintry summary. summary는 '여름 같다'는 뜻의 summery와 발음이 같으므로 '겨울 같은 여름 같은'이란 말장난도 된다.
** Mathgirl. '수학 하는 여자아이'라는 뜻. 키드는 얼리샤를 여러 별명, 또는 심지어 다른 이름으로 부른다.

사양하겠어.

키드는 어슬렁거렸다. 흉터가 있는 머리를 천천히 문질렀다. 얼음 집게를 이용해 그를 세상으로 끄집어낼 때 생긴 흉터처럼 보였다. 그는 다시 창가에서 발을 멈추었다. 우리가 보고 싶을 걸, 그가 말했다. 우리는 함께 먼길을 왔으니까.

물론이지, 그녀가 말했다. 더할 나위 없이 멋졌지. 그런데 말이야. 다 핵심을 벗어난 얘기야. 아무도 누군가를 보고 싶어하지 않을 거야.

우리는 애초에 올 필요도 없었다고, 알겠지만.

나는 너희가 뭘 할 필요가 있었는지 몰라. 나는 너희 의무가 뭔지 알지 못해. 안 적이 없어. 그리고 지금은 관심도 없고.

그렇겠지. 너는 늘 최악만 생각했으니까.

그리고 거의 실망한 적이 없지.

네 생일에 네 내실에 나타나는 결지증缺肢症 환각이 다 너를 잡으러 오는 건 아니라고. 우리는 험한 세상에 햇빛을 좀 퍼뜨리려고 노력했어. 그게 뭐가 문제야?

내 생일이 아니었어. 그리고 너희가 퍼뜨리려던 게 뭔지 우리는 알고 있다고 생각하는데. 어쨌든 너는 내 호감을 얻기는 글렀으니 그만 잊어버려.

너는 호감 같은 건 없는 사람이야. 다 바닥나버렸잖아.

그럼 더 좋고.

키드는 방을 둘러보고 있었다. 예수여, 그가 말했다. 여기 정말 엿같네. 방금 뭐가 바닥을 가로질렀는지 봤어? 뭐야, 치클론 B*는 다 떨어진 거야? 너는 결코 엄마의 귀여운 가정부라고 할 만한 사람은 아니었지만 그래도 여기서는 평소보다 잘해내는 것 같았는데. 한때는 네가 이런 쓰레기장에서 죽은 채 발견될 일은 없을 거라고 생각했어. 몸은 잘 보살피는 거야?

그건 네 알 바 아니야.

단정치 못한 구내**의 긴 역사에 하나를 더 보태는군. 그래, 뭐. 너는 앞바다***에 뭐가 있는지 모르잖아? 말장난해서 미안하지만. 베일을 쓸**** 생각은 해봤어? 좋아. 그냥 한번 물어봐야겠다고 생각했을 뿐이야.

우리 그냥 어긋난 거나 바로잡을 수 있으면 바로잡고 나머지는 건드리지 말지. 지금보다 더 나쁘게 만들지는 말자고.

그럼 그럼 물론 물론.

이게 다가올 거라는 걸 알고 있었잖아. 마치 내가 너한테 감추는 게 있는 양 말하네.

있잖아. 감추는 게 있잖아. 그리스도여 여기는 추워. 이 좆같

---

* 원래는 살충제로 쓰였으나 독일군이 독가스로 사용했던 시안화계 화합물.
** unkempt premises. '지키지 못한 약속들'이라는 뜻의 unkept promises와 비슷하게 들린다.
*** offing. 가까운 미래를 가리킨다.
**** 수녀가 된다는 뜻.

은 곳에 고기도 보관할 수 있겠어. 너는 나를 유령 공작원spectral operator이라고 불렀지.

내가 뭘 했다고?

나를 유령 공작원이라고 불렀다고.

나는 너를 그런 말로 부른 적 없어. 그건 수학 용어야.*

불렀어. 네 말과는 달리.

그 말을 찾아서 확인해봐.

너는 늘 그 말을 하더라.

너는 절대 찾아보지 않지.

그래, 뭐. 다리 밑으로 흘러가버린 물이야.

그게 그거라고? 뭐야, 네 고과 점수가 낮을까봐 걱정하는 거야?

멋대로 생각하시죠, 프린세스. 우리는 최선을 다했어. 병은 계속 뭉그적대고 있지만.

그건 괜찮아. 오래 뭉그적대지 않을 거야.

그래, 계속 잊어버리네. 경계 너머로, 그곳에서는 어떤 여행자도 씨발 뭐가 됐든.**

---

* spectral operator는 '스펙트럴 연산자'라는 수학 용어이고, 이때 spectral은 spectrum(스펙트럼)의 형용사이다. 동시에 spectral은 '유령'이라는 뜻을 가진 specter의 형용사이기도 하며, operator도 '공작원'과 '연산자'라는 두 가지 뜻을 가진다.

** 셰익스피어의 『햄릿』 3막 1장에서 햄릿이 아버지의 유령을 보고 나서 하는

계속 잊어버린다고?

말이 그렇다는 거지. 나는 잘 잊어버리지 않아. 물론 너한테는 우리가 처음 나타났을 때 우리 눈에 네 상태가 어떻게 비쳤는가 하는 쪽으로는 기억이 그렇게 많이 남아 있지 않은 것 같지만.

그건 굳이 기억할 필요 없어. 여전히 그 상태니까.

그래, 맞아. 내가 잘못 알고 있는 거라면 고쳐주기를 바라지만 까치발을 하고 문서 보관소에 별로 기록이 남아 있지 않은 높은 구멍으로 그 너머를 살피는 어린 소녀가 기억나는 것 같아. 그 아이가 뭘 봤을까? 문에 있는 형체? 하지만 질문은 이게 아니지, 안 그래? 질문은 그 형체가 아이를 봤냐는 거지. 빛이 통과하는 작은 구멍. 누가 그걸 눈치채겠어? 하지만 지옥의 사냥개들은 반지처럼 좁은 지하 동굴도 통과할 수 있지. 내 말이 맞아 안 맞아?

나는 네가 나타나기 전까진 괜찮았어.

예수여 너 참 대단해. 그거 알았어? 그래도 너한테 그걸 쥐여 줄 수밖에 없군.*** 손님이 눈먼 창녀한테 말했듯이 말이야. 지옥에서 나온 것들이 침을 흘리며 음흉하게 보고 있는데, 그 아이는

말인 "죽음, 그 경계를 넘어가면 어떤 여행자도 돌아오지 못하는 미발견의 땅"을 인용하려 한 듯하다.

*** 영어에서 '누군가에게 무언가를 쥐여주다(hand it to a person)'는 흔히 칭찬한다는 말로 쓰이는 관용어이지만, 뒤에 나오는 말과 합쳐져 상스러운 우스개가 된다.

그들의 어깨 너머를 보려 했어. 거기에 뭐가 있었을까? 몰라. 죽은 조상의 정신병에서 나온 어떤 유전적 특질이 비를 피해 안에 들어와 있네. 저기 구석에서 담배를 피우고 있어. 제장 뭔 상관이야. 불을 켤게. 형편없군. 영사기 꺼. 근데 이건 씨발 누가 주문했어? 스크린을 말아올려. 그런데 저 좆같은 것들이 벽에 있네. 네가 나에게 지어준 다른 별명은 병원균이었어.

너는 병원균이야.

봤지?

저 밖에서 안에 들어오는 거야 아니야?

누가 들어와?

됐어. 저 밖에 와 있다는 거 알아.

호트*들, 아마 그럴 거야.

아마 그렇겠지.

모두 제시간에 왔네.

문 밑으로 발이 보여. 발그림자가 보여.

발하고 발의 그림자라. 꼭 현실세계에서처럼.

밖에서 뭘 기다리는 거지?

누가 알겠어? 어쩌면 환영받지 못한다고 느끼는지도.

전에는 그런 것 때문에 안 들어온 적 없잖아.

---

* 『스텔라 마리스』에서 얼리샤는 동질의 집단을 가리키는 cohort를 co(함께)와 hort(개체 또는 실체)가 합쳐진 말로 받아들인다.

키드는 나방이 갉아먹은 눈썹 하나를 치켜세웠다. 그래? 그가 말했다.

그래, 그녀가 말했다. 담요를 어깨까지 끌어올리면서. 아무도 너를 초대하지 않았어. 네가 그냥 나타난 거야.

알았어, 키드가 말했다. 복도에 누가 있다 이거지? 뭐 한번 보자고.

그는 긴 글리사드*로 문까지 미끄러져가서 멈추더니 소매를 걷어올리고 물갈퀴로 손잡이를 움켜잡았다. 준비됐어? 그가 소리쳤다. 키드가 문을 잡아당겨 열었다. 복도는 비어 있었다. 그는 어깨 너머로 그녀를 돌아보았다. 닭장 밖으로 날아간 것 같은데. 아니면—뭐라고 말해야 하나—그저 네 상상에 불과했는지도?

난 거기 와 있었다는 걸 알아. 냄새를 맡을 수 있어. 미스 비비언의 향수 냄새를 맡을 수 있다고. 또 물론 그로건의 냄새도 맡을 수 있고.

그래? 그냥 누가 복도 저 아래쪽에서 배추를 삶고 있었는지도 모르지. 다른 냄새는 없어? 황은? 유황은?

키드가 문을 닫았다. 즉시 바깥의 무리가 돌아왔다. 발을 끄는 소리와 기침소리. 키드는 물갈퀴를 마주 비볐다. 마치 온기를 얻으려는 것처럼. 좋아. 내가 어디까지 했더라? 몇 가지 프로젝트

---

* 무용에서 미끄러지듯 발을 옮기는 스텝.

의 최신 소식을 전해줘야 할지도 모르겠네. 우리가 이룬 몇 가지 진전을 보면 너도 좀 안정될지 몰라.

안정?

우리가 너한테서 가져온 걸 검토해봤는데 지금까지는 다 좋아 보여.

나한테서 가져간 게 뭔데? 너는 나한테서 어떤 것도 가져가지 않았어.

그래, 됐고. 우리는 여전히 백 렙톤*에서 드라크마까지 가져오고 있는데 그건 진짜로 잘못된 건 아니라는 의미에서는 괜찮지만 그래도 이 고전적인 것 대부분이 결국은 세탁을 통해 자연스럽게 빠져나가고** 결국은 재정상***에까지 이를 수 있기를 바라고 있어. 모든 걸 빛 아래 갖다놓으면 늘 다른 똥을 보게 돼. 그냥 미분을 하는 거야, 그거면 돼. 물론 이런 수준에서는 그림자가 생기지 않아. 대신 지금 보고 있는 이런 검은 틈이 나타나지. 이제 우리는 연속체가 사실은 연속하지 않는다는 걸 알아. 선형적인 게 없다는 걸, 로라. 어떤 식으로 주물러도 결국은 주기적인 패턴에 이르게 돼. 물론 이 수준에서 빛은 대척(對蹠)하지**** 않지. 한

---

* 그리스의 화폐단위로 백 렙톤은 일 드라크마. 물리학에서는 '경입자(輕粒子)'라는 뜻도 있다.
** 좋은 결과가 나온다는 뜻도 된다.
*** renormal. 키드가 만든 말.
**** 직선이 다른 직선을 만나 각을 이루는 것을 가리키는 기하학 용어.

쪽 해안에서 다른 해안에 도달하지를 않아, 말하자면. 그렇다면 집적거려보고 싶기는 하지만 앞서 언급한 어려움 때문에 볼 수는 없는, 그 중간에 있는 게 도대체 뭘까? 몰라. 뭐라 그랬어? 별 도움 안 된다고? 어째서 이렇고 어째서 저렇냐고? 나도 몰라. 어떻게 양이 빗속에서 오그라들지 않을까?* 우리는 여기서 안전망 없이 작업하고 있다고. 공간이 없는 곳에서는 외삽外揷할 수가 없잖아. 그럼 어떻게 되겠어? 어떤 걸 밖으로 내보냈다가 다시 가져오는데 그게 원래 어디 있었는지를 모른다고. 알았어. 속바지가 돌돌 말릴 필요는 없지.** 그냥 열심히 달려들어서, 하느님 맙소사, 계산만 좀 하면 돼. 그 대목에서 네가 필요한 거야. 지금 여기 있는 그게 그저 가상일 수도 있고 어쩌면 아닐 수도 있지만 어쨌든 규칙들은 그 안에 있어야만 하고 아니면 네가 말해봐, 도대체 그 규칙들은 씨발 어디에 자리잡고 있는 거야? 물론 우리가 찾는 게 바로 그거야, 앨리스.*** 그—예수에게 복이 있을지어다—규칙들. 모든 걸 단지에 집어넣은 다음 그 단지에 이름을 붙이고 거기에서부터 괴델****과 교회 무리처럼 시작하면 되는데 그사이에 아마도 기질基質의 어떤 기질일 실재는 가변 속도로 길

---

* 양모는 물에 젖으면 오그라든다.
** 별것 아닌 일에 공연히 화를 내거나 성질을 부린다는 뜻.
*** 얼리샤의 본명.
**** Kurt Gödel(1906~1978). 오스트리아 태생의 미국 수학자이자 논리학자.

을 따라 엉덩이가 떨어져라 달아나겠지만 질량이 없는 것은 부정_{不定}의 부피 또는 다른 어떤 부피도 없고 따라서 형태도 없다는 단서가 붙어서 최고의 가환_{可換}적 전통에서는 납작하게 만들 수 없는 것은 부풀릴 수도 없고 또 그 역도 성립하므로 이 지점에서—어떤 표현을 빌리자면—여기서 막혀버렸네. 그렇지?

넌 지금 자기가 무슨 소리를 하는지도 몰라. 죄다 횡설수설이야.

그래? 지금 누구 손이 역논리 게이트에 있는지만 기억해 더키.* 요람을 흔드는 손도 아니고 룬문자가 새겨진 튜닉을 걸친 녀석도 아니니까. 내 말의 취지를 이해했다면 말이야. 잠깐. 전화 왔어. 그는 호주머니를 뒤지더니 거대한 전화기를 꺼내 작고 울퉁불퉁한 귀에 때리듯이 갖다댔다. 얼른 말해. 딕. 우리 회의 중이니까. 그래. 반쯤 적대적이지. 맞아. 이진법. 우리는 씨발 여기 위에서 산소통을 매고 있다고. 아니. 아니. 딱딱한 젖꼭지로구만.** 잘못을 잘못으로 갚는다고 해서 폭동이 일어나지는 않아.*** 그놈들은 보조개가 파인 씨발 얼간이들이고 내가 그렇게 말했다고 전해도 돼. 다시 전화해.

---

* Ducky. 귀엽다는 뜻의 애칭.
** 곤경에 처했다는 뜻.
*** '잘못에 잘못을 보탠다고 옳은 게 되지는 않는다(Two wrongs don't make a right)'는 속담에서 right 대신 riot을 쓴 것.

그는 전화를 끊고 물갈퀴 아래쪽으로 안테나를 밀어넣은 다음 전화기를 다시 옷 안에 쑤셔넣더니 그녀를 보았다. 꼭 말을 못 알아듣는 사람이 있어요.

누가 못 알아듣는 건데.

맞아. 표로 돌아가자고. 네가 무슨 생각 하는지 알아. 하지만 그냥 동형同形에 만족해야 할 때가 있는 거야. 그 니미씨발 것에는 몬테카를로*를 돌리고 끝내자고. 결과가 좋은 쪽이든 나쁜 쪽이든. 크리스마스 때까지 이러고 있을 수는 없어.

지금이 크리스마스야. 거의.

그래, 뭐. 어쨌든. 어디까지 이야기했더라?

그걸 안다고 뭐가 달라져?

네 최고의 실험 도구는 자동 귀환 제어 장치가 될 거야. 마스터와 슬레이브.** 팬터그래프***를 걸어. 딜레마에 스타일러스를 대고 돌려. 넷까지 세. 표시에서 표시까지. 램니스케이트****가 나타날 때까지.

키드는 벅 앤드 윙 댄스를 약간 추더니 다시 리놀륨을 가로질러 길게 미끄럼을 타다 멈추고 또 어슬렁거리기 시작했다. 쟤네

---

* 불확실한 상황에서 의사 결정을 위해 사용하는, 확률적 시스템을 이용해 근 삿값을 도출하는 계산법.
** '주인과 노예'라는 뜻으로 어떤 장치의 작동이 다른 장치에 종속되는 관계.
*** 특정 도형을 확대하거나 축소해서 그리는 데 쓰는 제도기.
**** 기하학에서 무한 표시처럼 생긴 곡선.

들은 빅 카후나*를 하려고 해. 사바나의 붕가붕가 시간이야, 해나. 과학-펨**들이 그렇게 징징거려도 그 무리에는 여자가 많아. 내 친구들한테 확인해보라고 했어. 너의 커리 부인이 있지. 또 너의 패멀라 디랙도 있고.***

내 누구?

아직은 이름이 알려지지 않은 다른 사람들은 말할 필요도 없고. 예수여 기운 좀 낼래? 너는 밖에 좀더 나갈 필요가 있어. 네가 뭐라 그랬더라? 수학math 뒤에는 여파aftermath가 온다고? 내 말을 들어봐. 막간 희극 시간이야, 알겠어? 이미 들은 거면 그렇다고 해. 미키 마우스가 이혼 신청을 하는데 판사가 내려다보면서 말하는 거야. 당신 부인 미니 마우스가 정신적으로 정상이 아니라는 게 당신 주장이라고 알고 있는데. 그게 맞습니까? 그러자 미키가 말해. 아니요, 재판장님, 나는 그렇게 말하지 않았습니다. 나는 그 여자가 좆같은 또라이라고 말했는데요.

키드는 허리를 움켜쥐고 방을 쿵쾅쿵쾅 돌아다니며 끅끅 웃음을 터뜨렸다.

---

* 원래 하와이의 주술사를 가리키는 말로 '우두머리'나 '큰일'이라는 뜻으로도 쓴다.
** '페미니스트'를 줄인 말.
*** '커리 부인'은 '퀴리 부인'을 잘못 말한 것이고, '패멀라 디랙'은 양자역학을 연구한 물리학자 PAM(Paul Adrien Maurice의 머리글자) Dirac의 이름에서 PAM이 Pamela의 애칭이라고 오해한 것이다.

너는 늘 모든 걸 잘못 알고 있어. 도대체 뭐에 웃는 거야?

후우, 키드는 숨을 헐떡거렸다. 뭐?

너는 늘 모든 걸 잘못 알고 있다고. 얼간이*라고 해야 말이 되지. 또라이가 아니라.

차이가 뭐야?

그 여자가 좆같은 얼간이라고 해야 한다고. 너는 그걸 이해도 get 못하고 있잖아.

그래, 뭐. 그래도 우리는 너를 잡았잖아got. 어쨌든 내 말의 핵심은 정신을 번쩍 차릴 필요가 있다는 거야. 어떻게 생각해? 마지막 순간에 귀여운 보비 섀프토**가 죽음의 나라에서 깨어나 너를 구하러 올까? 구두에 은 버클을 달고 또 씨발 뭐가 됐든 치장을 하고? 그애는 회로 바깥에 있어,*** 루이스. 경주용 차 안에서 머리를 두들겨맞은 뒤로.

그녀는 시선을 돌렸다. 키드는 한쪽 물갈퀴를 눈 위에 대고 그늘을 만들었다. 뭐, 그가 말했다. 그게 저 아이의 관심을 끌었군.

너는 네가 무슨 말을 하는지도 몰라.

그래? 그 녀석이 잠든 지 지금 얼마나 됐어? 두 달?

---

* Goofy. 미키 마우스의 친구인 강아지 캐릭터 '구피'를 가리키기도 한다.
** 엘리샤의 오빠 보비 웨스턴을 가리킨다. 보비 섀프토는 〈Bobby Shafto's Gone to Sea〉라는 영국 민요에 나오는 인물로, 이 민요에는 "그가 돌아와 나와 결혼할 것"이라는 가사가 나온다.
*** 상황을 모른다는 뜻.

아직 살아 있어.

아직 살아 있다. 오, 그래 젠장. 아직 살아 있다고 해도 그래서 뭐. 왜 솔직하지 못한 거야? 네가 쓰러진 사람과 관련해 그 옆에 그대로 붙어 있지 못하는 이유를 우리 둘 다 알고 있잖아. 안 그래? 무슨 일이야? 고양이가 혀를 깨물었어?

나 이제 잘 거야.

뭐가 깨어날지 모르기 때문이야. 깨어난다 해도. 그애가 정신적으로 말짱한 상태로mentis intactus 거기에서 빠져나올 가능성이 얼마나 되는지 우리 모두 알고 있고 비록 네가 배짱 있는 여자애이기는 하지만 흐리멍덩한 눈과 침을 질질 흘리는 입술 뒤에 여전히 남아 있을지 없을지 모르는 어떤 흔적에 그렇게 깊은 애정을 가질 수 있다고 보지는 않아. 뭐 어때 젠장. 무슨 패가 들었을지는 절대 모르는 거잖아, 안 그래? 너희는 어쩌면 결국 다시 치틀린랜드*에 처박히게 될지도 모르지. 너희 둘이서만. 돼지 비곗살과 하머니 그리츠**와 씨발 뭐가 됐든 저 아래 거기 니미 씨발놈들의 땅에 사는 사람들이 먹는 걸 먹으면서. 딱히 자동차 모는 무리와 더불어 유럽을 땡까땡까 돌아다니는 인생은 아니지만 어쨌든 조용한 인생이기는 하잖아.

---

* '치틀린'은 돼지 곱창을 가리킨다.
** '호미니 그리츠'를 잘못 말한 것. 옥수수를 굵게 빻아서 만든 '호미니'를 넣고 끓인 죽.

그런 일은 없을 거야.

나도 그런 일이 없을 거란 건 알아.

좋네.

그럼 우린 이제 여기서 어디로 가는 거야?

엽서를 보낼게.

전에는 한 번도 그런 적 없으면서.

이번엔 다를 거야.

아무렴. 할머니한테 전화할 거야?

해서 무슨 말을 해?

나야 모르지. 아무 말이라도. 예수여, 재스민. 할일이 많이 남
았어 알잖아.

그럴지도 모르지. 하지만 내 일은 아니야.

밤의 문이나 말로 할 수 없는 것들의 소굴은 어때? 그건 무섭
지 않아?

운에 맡겨볼 거야. 내가 누전차단기를 내리면 연결된 모든 게
깜깜해질 거라고 추측하고 있어.

우린 정말이지 너를 위해 무리하고 있다고 너도 알겠지만.

미안해.

너한테 내가 하면 안 되는 이야기를 해주면 어떨까?

관심 없어.

네가 정말 알고 싶어할 만한 거.

너는 아무것도 몰라. 그냥 꾸며내고 있을 뿐이야.

그래. 하지만 그중 몇 가지는 아주 끝내주는데.

몇 가지는.

이건 어떨까? 검고 희고 온통 빨간 건?

전혀 짐작도 할 수 없네.

턱시도를 입은 트로츠키.*

대단하네.

좋아. 이건 어때. 한 농부가 목화밭에서 목화 바구미 두 마리를 발견해.

이미 한 얘기야.

한 적 없어.

농부가 두 바구미 가운데 작은 걸** 골랐잖아.

그래. 좋아. 봐요. 지금 새로운 연예물을 몇 개 짜는 중이야. 오래된 쇼토콰*** 느낌으로 몇 개 준비했어. 너는 늘 고전 취향이

---

* 이 수수께끼의 일반적인 답은 '신문'이다. '빨갛다(red)'는 '읽다'의 과거분사인 read와 동음이의어이므로 이 질문은 '검고 희고 전부 다 읽는 것'으로 이해될 수도 있기 때문이다. 키드가 제시한 답에서 검고 흰 것은 턱시도이고, 빨간 것은 러시아의 공산주의자인 레온 트로츠키를 가리킨다.

** the lesser of two weevils. 농부가 두 바구미 가운데 나은 걸 고른다면 어느 걸 고르겠냐는 질문에 대한 답이다. weevils는 악을 가리키는 evils와 발음이 비슷하다. 즉 농부는 그게 덜 나쁜 거라서 골랐다는 말로 들리게 된다.

*** 뉴욕 쇼토콰 지역에서 처음 시작된 문화 교육 운동으로 오락과 공연, 강연 등을 아우르는 프로그램으로 진행되었다.

26

었잖아. 의상 수선도 좀 하고. 두어 주 리허설을 하고.

잘 자.

팔 밀리미터 필름 몇 개를 더 찾아낼 단서를 얻기까지 했어.
1940년대 스냅사진이 가득한 구두 상자는 말할 것도 없고. 로스
앨러모스 거야. 그리고 편지 몇 통.

무슨 편지?

가족 편지. 네 어머니가 보낸 편지.

거짓말만 잔뜩 늘어놓네. 편지는 다 도둑맞았어.

그래? 그럴지도 모르지. 이제 어떻게 하려고?

잘 거야.

장기적으로 말이야.

장기적인 얘기를 하는 거야.

알았어. 최고는 마지막을 위해 아껴둬야지. 당연히.

무리하지 마.

괜찮아. 이 모든 게 어디로 향하고 있는지 내가 몰랐다거나 한
게 아니잖아. 누가 알겠어? 네가 나중에 어떻게 시간을 보내고
있을지 알고 싶을지도 모르잖아. 과거가 미래야. 눈을 감아.

눈을 감고 싶지 않으면 어쩌지?

나를 위해 그래줘.

그래, 물론이지.

좋아. 우리는 구식으로 할 거야. 내가 뭘 알겠어? 이건 골때려

야 해.

그는 몸 어딘가에서 커다란 비단 사각 보자기를 꺼내더니 위로 부풀리며 날렸다가 잡아 펼친 다음 그녀에게 앞뒤를 보여주었다. 그러고는 보자기를 내밀어 흔들었다. 그러다 빠르게 낚아챘다. 등나무 의자에 먼지투성이 검은 연미복 차림의 노인이 앉아 있었다. 줄무늬 바지에 회색 조끼. 발목까지 올라오는 검은색 새끼 염소 가죽 구두에 몰스킨* 각반과 펄리딩크** 단추. 키드는 허리 숙여 인사하고 뒤로 물러나 노인을 아래위로 훑어보았다. 자. 우리가 어디에서 저 사람을 파낸 거지, 응? 끅 끅 끅.

그가 노인의 등을 찰싹 때리자 먼지구름이 피어올랐다. 노인은 기침을 하며 앞으로 몸을 숙였다. 키드는 뒤로 물러나며 물갈퀴로 먼지를 휘휘 저었다. 예수여. 이 사람 낮의 빛을 본 지가 꽤된 거야, 뭐야? 자, 아빠, 세상이 아빠한테는 어떻게 보이쇼? 제삼자의 의견을 들어봤으면 좋겠는데.

노인은 고개를 들더니 주위를 둘러보았다. 창백하고 움푹한 두 눈. 그는 매듭을 위로 쑥 움직여 크라바트***를 매만지더니 눈을 가늘게 뜨고 살펴보았다.

그 양복 고전적이네, 응? 키드가 말했다. 땅바닥의 습기 때문

* 말 그대로는 두더지 가죽이지만 능직 무명의 일종을 가리키기도 한다.
** 진주빛 광택이 나는 플라스틱 단추.
*** 넥타이처럼 매는 남성용 스카프.

28

에 좀더 삭았군. 이 영감은 이 복장으로 결혼했어. 귀여운 색시는 열여섯이었지. 물론 이 영감은 그 아이와 이 년 전부터 박아대고 있었으니까 열네 살 때부터네. 마침내 아이가 애를 배게 했으니 응, 그래서 우리가 모두 이 자리에 있게 된 거야. 이 더러운 영감은 그애 아버지보다도 나이가 많았지. 뭐 결혼식 종은 정말 약식으로 울렸고. 그해가 내가 알기에 1897년도였어. 야회복 파티. 하얀 산탄총들. 어쨌든 대체로 그랬다는 거야. 나는 이 늙은 방귀 같은 영감이 뭔가 할말이 있을 수도 있다고 생각했건만 약간 어리둥절한 것 같은데. 이 영감 살짝 우현으로 좀 기울어 있는 거 아니야?

키드는 의자에 앉은 노인의 자세를 바로잡아주고 뒤로 물러나 한쪽 눈으로 수직을 판가름해보았다. 노 같은 물갈퀴를 하나 들어올리고 눈을 가늘게 뜬 채로. 기포수준기를 쓰는 게 좋을 것 같은데, 어떻게 생각해? 끅 끅 끅. 음, 젠장 뭐 어때. 그러니까 이 영감은 웃음보따리가 아닌 거지. 잠깐. 이빨. 이 영감은 염병할 이가 하나도 없어.

노인은 가죽 같은 입을 열고 뺨 쪽에서 더러워진 솜덩어리들을 꺼내 코트 호주머니에 쑤셔넣고 있었다. 그는 헛기침을 하고 쓸쓸한 눈으로 주위를 찬찬히 둘러보았다.

저 영감 지금 뭐하고 있는 거지? 키드가 말했다. 조끼 호주머니에 뭔가 있어. 저게 뭐야, 손목시계? 예수여. 설마 태엽을 감고 있는 건 아니겠지? 귀를 기울이는 건가? 좆도 저게 가고 있을 리 없어. 아니야. 흔들고 있네. 사실 멎저 보이는 시계이긴 하네. 하프 헌터.* 직진식 탈진기야 틀림없이. 잘한다. 흔들어봐. 아냐. 어림도 없지.

노인은 잇몸을 부딪쳐 소리를 냈다. 기다려, 키드가 말했다. 지금 나오려고 해. 그 뭔가를 넘어선 곳으로부터 오는 소식. 내가 너를 위해 하고 있는 이 모든 똥 같은 짓에 대해 내가 받는 염병할 작은 감사.

어디야, 노인이 씨근덕거렸다, 변소가 어디야?

키드는 허리를 세웠다. 뭐야 씨발. 변소가 어디냐고? 그거뿐이야? 씨발 믿을 수가 없네. 당신의 곰팡이 핀 치즈 같은 엉덩이를 여기서 치워주는 게 어때? 변소가 어디냐고? 제기랄 그리스도여. 저 좆같은 복도 아래쪽이야. 씨발 어서 나가.

노인은 의자에서 일어나 웅크린 자세로 문을 향해 움직였다. 그의 뒤에서 체로 거른 듯 고운 먼지가 바닥으로 내려앉았다. 어떤 작은 생물이 그의 옷에서 뛰어내려 종종걸음으로 침대 밑으로 사라졌다. 노인은 문손잡이를 더듬더듬 만지작거리다 문을 열고 앞으로 쏟아지듯 복도로 나가 사라졌다. 그리스도여, 키드가 말했다. 그는 걸어가서 문을 쾅 닫더니 몸을 돌려 등을 기댔

---

* 유리 보호용 덮개가 달린 회중시계.

다. 그러고는 고개를 저었다. 자. 이제 어쩔까? 그래, 형편없는 아이디어였어, 됐어? 씨발. 우천으로 취소야. 그냥 예전 패거리 몇 명을 들이는 게 어때. 우리 기분을 좀 풀어줄지도 모르잖아.

나는 예전 패거리 몇 명을 들이고 싶지 않아. 잘 거야.

그 얘긴 아까도 했잖아.

좋아. 잘 봐.

그런데, 더클릿,* 나도 여기서 뭐 애를 쓰고 싶은 마음은 없지만 너는 지금 다 좆 까라는 쪽으로 빨리 감기를 하고 있어.

그리고 너는 나를 괴롭히려고 여기 있지.

너 괜찮아? 열 있는 거 아니야? 물 좀 마실래?

그녀는 침대에서 몸을 웅크리고 이불을 당겨 몸을 덮었다. 나 갈 때 불 꺼.

키드는 어슬렁거렸다. 네 이름은 모자에서 제비로 뽑힌 게 아니야, 알겠지만. 네가 알아야 할 게 뭐고 알지 말아야 할 게 뭔지 난 몰라. 나는 그냥 여기에서 일해. 내가 공작원이라며? 그럼 나는 공작원이야. 어쩌면 도로를 따라 뭐가 다가오고 있는지 아는** 사람이 있을지 모르지만 그게 소생은 아니올시다. 어서. 네가 염병할 이불 속에 머리를 처박고 있으면 너하고 이야기를 할 수가 없잖아. 작별인사도 하지 않을 거야?

---

* Ducklet. 말 그대로는 '작은 오리'라는 뜻인 애칭.
** 무슨 일이 일어날지 안다는 뜻.

그녀는 이불을 밀어냈다. 문을 열면 내가 손을 흔들게.

키드는 걸어가서 문을 열었다. 모두가 다 거기 있었다. 어떤지 보려고 안을 살피며 손을 흔들었고, 몇 명은 뒤꿈치를 들고 있었다. 안녕, 그녀가 소리쳤다. 안녕. 키드는 쉬이 하는 동작으로 그들을 물러가게 했다. 수녀가 학생들에게 하듯이. 그는 문을 밀어 닫았다. 됐어, 키드가 말했다.

이제 끝난 거지?

모르겠어, 스위츠.* 너 참 일을 어렵게 만드네. 나는 너하고 수용소까지 가진 않을 거야 알다시피.

좋아.

실성한 사람들이 집중적으로 모인 집단은 어떤 권력을 갖게 돼. 마음을 불안하게 하는 영향력을 행사해. 또라이 집합소에서 좀 지내다보면 알게 될 거야.

알아. 나도 행사해. 지내봤어.

선택이란 자기가 손에 쥔 것에 붙이는 이름이에요.

내 말을 인용하는 건 그만해.

나하고 말하고 싶지 않군.

맞아.

이 대목에서 어떤 말이라도? 살아 있는 자를 위한 마지막 조

---

* Sweets. '사탕'이라는 뜻의 애칭.

언이라도?

있어. 살지 마.

예수여. 냉정하네.

그냥 불이나 꺼. 사는 건 이걸로 됐다고 하자고.

우린 네가 보고 싶을 거야.

너는 너 자신을 보고 싶어할 거야?

우린 계속 근처에 있을 거야. 늘 할일이 있거든.

거기 선 키드는 어깨가 좀 처진 것처럼 보였지만 기운을 냈다. 알겠어, 그가 말했다. 이게 다라면 다인 거지. 나도 그 정도 눈치는 있어.

그는 한쪽 물갈퀴를 튀어나온 작은 배에 갖다대고 허리를 숙여 인사 같은 걸 하더니 사라졌다. 그녀는 이불로 머리를 덮었다. 그러자 다시 문이 열리는 소리가 들렸다. 그녀가 보니 키드가 도로 들어와 조용히 방 한가운데로 가서 등나무 의자의 널 하나를 잡아 의자를 어깨에 얹고는 몸을 돌려 밖으로 나가 문을 당겨서 닫았다.

그녀는 잤고, 자면서 오빠와 함께 기차를 쫓아 달려가는, 석탄재를 깐 길을 따라 달려가는 꿈을 꾸었고, 아침에 그 이야기를 편지에 적어넣었다. 우리는 기차를 쫓아 달려가고 있었고 보비 기차는 우리에게서 점점 멀어져 밤으로 들어가고 있었고 빛들은 어둠 속에서 점점 멀어지며 희미해지고 있었고 우리는 비틀거리며 철로를 따라 달리고 있었고 나는 멈추고 싶었지만 오빠가 내 손을 잡았고 꿈속에서 우리는 기차를 시야 안에 두어야 한다는 걸, 아니면 기차를 놓칠 거라는 걸 알고 있었어. 그렇게 철로를 따라가는 게 우리에게 도움이 되지 않으리란 걸. 우리는 손을 잡고 있었고 우리는 달리고 있었고 그러다 잠을 깼고 낮이었어.

그는 응급 가방에서 꺼낸 회색 구조용 담요로 몸을 감싸고 앉아 뜨거운 차를 마셨다. 주위에서 거무스름한 바다가 찰싹였다. 백 야드 떨어진 곳에 멈춘 해안경비대 보트가 항해등을 켠 채 큰 파도에 흔들리고 있었고 그 너머 북쪽으로 십 마일 떨어진 곳에는 둑길을 따라 움직이는 트럭의 불빛이 보였다. 뉴올리언스에서 나와 US 90 고속도로를 타고 동쪽으로 달리며 패스크리스천, 빌록시, 모빌로 향하고 있었다. 테이프덱에서는 모차르트의 바이올린 협주곡 2번이 흘러나왔다. 기온은 7도이고 새벽 세시 십칠분이었다.

텐더*는 바닥에 팔꿈치를 짚고 엎드린 채 헤드셋을 쓰고 밑의 어두운 물을 지켜보고 있었다. 이따금 사십 피트 아래 오일러가 절단 토치로 작업을 하고 있는 곳에서 유황빛이 흘러나와 바다에 부드럽게 번져나갔다. 웨스턴은 텐더를 지켜보다가 차를 후후 불고 홀짝거리면서 둑길을 따라 움직이는 불빛들을 바라보았다. 마치 전선에 매달려 세포처럼 느릿느릿 기어가는 물방울들 같다. 콘크리트 난간을 받치는 작은 기둥 뒤를 지날 때는 희미하게 섬광을 발한다. 육지를 향하는 바람이 캣섬의 서단을 지나 올라오며 물에 가벼운 삼각파도를 일으켰다. 기름냄새. 그리고 조수로 인해 섬의 맹그로브와 염생초塩生草에서 풍기는 지독한 악취. 텐더는 일어나 앉아 헤드셋을 벗고 연장통을 뒤지기 시작했다.

저 친구는 어때?

괜찮아.

뭘 달라는 거야?

큰 사이드커터.

텐더는 전단기를 카라비너에 걸고 카라비너를 작업줄에 채운 다음 전단기가 바닷속으로 미끄러져들어가는 것을 지켜보았다. 그는 웨스턴을 보았다.

아세틸렌을 쓸 수 있는 깊이가 얼마까지지?

삼십, 삼십오 피트.

---

* 수면에서 잠수부의 생명선과 연락용 줄 등을 관리하는 사람.

그 이상은 산소아크군.

그렇지.

텐더는 고개를 끄덕이고 헤드셋을 다시 썼다.

웨스턴은 남은 차를 마저 마신 뒤 잔에 남은 찌꺼기를 털어 버리고 잔을 가방에 도로 넣은 다음 손을 뻗어 물갈퀴를 집어 발에 찼다. 그리고 어깨에서 담요를 밀어내고 일어서서 잠수복 재킷의 지퍼를 올리고 허리를 굽혀 산소탱크의 띠를 잡아 들어올린 다음 등에 멨다. 띠를 채우고 마스크를 썼다.

텐더는 다시 헤드셋을 벗었다. 내가 채널 좀 바꿔도 될까?

웨스턴은 마스크를 들어올렸다. 테이프인데.

테이프 좀 바꿔도 돼?

그럼.

텐더는 고개를 저었다. 엉덩이가 얼어붙을 정도로 추운 새벽 한시에 우리를 헬리콥터에 태워 여기로 데려오다니. 왜 그렇게 서둘렀는지 모르겠네.

이미 다 죽었다는 뜻인가.

그렇지.

그런데 너는 그걸 어떻게 아는 거고?

그냥 그게 이치에 맞잖아.

웨스턴은 해안경비대 보트 쪽을 보았다. 어두운 물의 삼각 파도 때문에 불빛들이 이루는 모양이 군데군데 끊겨 있었다.

그는 텐더를 보았다. 이치, 그가 말했다. 그렇지.

웨스턴은 장갑을 꼈다. 조사등照射燈의 하얀 빛줄기가 물위를 내달리다 돌아오더니 이윽고 깜깜해졌다. 그는 벨트를 두르고 고리를 걸고 나서 조절기를 입에 넣고 마스크를 내린 다음 물로 걸어들어갔다.

밑에서 이따금 확 타오르는 토치 불빛을 향해 어둠을 뚫고 천천히 내려갔다. 안정판에 다다르자 아래 동체로 내려선 다음 몸을 돌려 장갑을 낀 손에 매끈하게 닿는 알루미늄을 따라 천천히 헤엄쳤다. 묵주 같은 리벳들. 토치가 다시 불을 밝혔다. 동체의 형태는 터널처럼 어둠 속으로 길게 이어졌다. 그는 발장구를 쳐 터보팬 엔진들을 담고 있는 거대한 엔진실들을 지난 다음 동체 옆면을 따라 내려가 빛의 웅덩이 안으로 들어섰다.

오일러가 잠금장치를 잘라낸 뒤라 문은 열려 있었다. 그는 비행기 바로 안쪽에서 칸막이벽에 기댄 채 웅크리고 있었다. 그가 고갯짓으로 신호를 보내자 웨스턴은 문으로 다가갔고 오일러가 자기 전등으로 비행기 통로를 비추어주었다. 사람들이 좌석에 앉아 있고 머리카락이 물에 둥둥 떠 있었다. 입은 벌어졌고 생각이 사라진 눈은 텅 비어 있었다. 웨스턴은 문 안쪽 바닥에 놓인 작업용 바구니로 손을 뻗어 남은 잠수용 손전등을 집어들고 비행기 안으로 몸을 밀어넣었다.

그는 의자들 위로 통로를 따라 발장구를 치며 천천히 나아 갔고 머리 위로 탱크가 끌려왔다. 죽은 자들의 얼굴이 몇 인치 떨어진 곳에 있었다. 물에 뜰 수 있는 것은 모두 천장에 붙어 있었다. 연필, 쿠션, 스티로폼 커피 컵. 잉크가 상형문자처럼 번져버린 종잇장들. 숨통을 죄어오는 폐소공포증. 그는 허리 를 접고 몸을 한 바퀴 돌려 갔던 길을 되짚어 나왔다.

오일러는 전등을 들고 동체 바깥에서 아래쪽으로 헤엄치고 있었다. 빛이 이중유리 사이의 공간에 꽃부리를 만들었다. 웨 스턴은 앞으로 헤엄쳐 조종실 안으로 밀고 들어갔다.

부조종사는 여전히 좌석에 벨트로 붙들려 있었으나 조종사 는 거대한 꼭두각시처럼 사지를 아래로 늘어뜨리고 머리 위 천장에 등을 붙인 채 맴을 돌고 있었다. 웨스턴은 계기판 위로 빛을 비추었다. 콘솔의 스로틀 레버 두 개는 엔진을 끄는 위치 까지 당겨 내려져 있었다. 게이지는 아날로그였으며 해수 속 에서 회로에 단락이 일어나 원위치로 돌아간 상태였다. 패널 에 항공 전자기기 하나를 뜯어낸 사각형 공간이 보였다. 원래 패널에 뚫린 구멍 여섯 개에 나사를 박아 기기를 고정했던 자 리인데 이제 연결선이 뽑힌 잭 플러그 세 개만 늘어져 있었다. 웨스턴은 양쪽 좌석의 등받이에 두 무릎을 받쳐 몸을 고정했 다. 부조종사의 손목에는 고급 호이어 스테인리스스틸 손목시 계가 있었다. 그는 패널을 살폈다. 뭐가 사라졌을까? 콜스먼고도계와 상승 속도 지시계. 파운드로 표시된 연료. 대기對氣 속도 제로. 그것 말고는 콜린스 항공 전자기기. 이곳은 운항 장치들이 모인 곳이었다. 그는 뒷걸음질로 조종실에서 나왔다. 조절기에서 나오는 기포가 머리 위 돔형 천장에 정렬했다. 그는 조종사의 운항용 가방이 있을 법한 모든 곳을 살핀 뒤 조종실 안에는 없다고 확신하게 되었다. 웨스턴은 문밖으로 몸을 내밀어 오일러를 찾았다. 오일러는 비행기 날개 위에서 맴을 돌고 있었다. 웨스턴은 한 손을 한 바퀴 돌린 뒤 위를 가리키고 나서 수면을 향해 발장구를 치기 시작했다.

그들은 고무보트의 작은 덱에 앉아 마스크를 벗고 조절기 마우스피스를 뱉어낸 다음 탱크에 등을 바짝 들이밀고 띠를 풀었다. 테이프덱에서 크리던스 클리어워터의 음악이 흘러나오고 있었다. 웨스턴이 보온병을 꺼냈다.

몇시야? 오일러가 물었다.

네시 십이분.

그는 침을 뱉고 손목 등으로 코를 닦았다. 그러고는 웨스턴 너머로 몸을 뻗어 가스 실린더의 밸브를 잠갔다. 나는 이런 똥 같은 일은 질색이야, 그가 말했다.

무슨 일, 시체?

뭐. 그것도. 하지만 아냐. 말이 되지 않는 똥 같은 일. 이해할 수 없는 똥.

그래.

앞으로 두 시간 동안 여기에는 아무도 오지 않을 거야. 어쩌면 세 시간. 뭘 하고 싶어?

내가 뭘 하고 싶으냐는 거야 아니면 우리가 뭘 해야 한다고 생각하느냐는 거야?

모르겠어. 이 일을 어떻게 생각해?

모르겠어.

오일러는 장갑을 벗고 잠수 가방의 지퍼를 열어 자기 보온병을 꺼냈다. 병에서 플라스틱 컵을 벗겨내고 마개를 돌린 뒤 안에 든 것을 컵에 따르고 후후 불었다. 텐더가 작업줄과 바구니를 끌어올리고 있었다.

염병할 비행기는 물 밖에서는 보이지도 않아. 그런데 어부 몇 명이 저걸 발견했다고? 헛소리.

불이 한동안 켜진 상태였을 가능성은 없는 것 같아?

없어.

네 말이 맞겠지.

오일러는 가방에서 꺼낸 수건으로 두 손의 물기를 닦더니 담배와 라이터를 꺼낸 다음 빠른 동작으로 갑을 흔들어 담배를 한 개비 뽑아내 불을 붙이고 검게 물결치는 물을 내다보았다. 모두 그냥 자기 자리에 앉아 있잖아? 씨발 그게 뭐야?

내가 보기엔 틀림없이 비행기가 가라앉기 전에 이미 죽었어.

오일러는 연기를 뿜으며 고개를 저었다. 그래. 그리고 연료가 누출되지도 않았어.

계기판에 패널 하나가 사라지고 없었어. 조종사의 운항 가방도 사라졌고.

그래?

너는 이게 뭔지 알지, 응?

아니. 너는 알아?

외계인.

좆 까 웨스턴.

웨스턴은 미소를 지었다.

이런 건 운항 거리가 얼마나 될 것 같아?

제트스타?

응.

아마 이천 마일 정도일걸. 왜?

어디에서 온 비행기인지 궁금해졌거든.

그러게. 또?

내 생각엔 저 아래 며칠은 있었던 것 같아.

좆같군.

그렇게 잘 보존된 것 같지는 않아 보여. 시체가 떠오르는 데 얼마나 걸릴까?

모르겠어. 이삼일. 수온에 따라 다르겠지. 몇 구나 있는데?

일곱. 거기에 조종사와 부조종사. 다 해서 아홉이네.

뭘 하고 싶어?

집에 가서 자고 싶어.

오일러는 컵을 후 불고 커피를 홀짝였다. 그래, 그가 말했다.

텐더의 성姓은 캠벨이었다. 그는 웨스턴을 살피다 오일러를 보았다. 저 아래 있는 건 추한 똥덩어리가 틀림없군, 그가 말했다. 그런데 아무렇지도 않아?

한번 내려가서 볼래?

아니.

젠장. 내가 대신 텐더를 해줄게. 원한다면 웨스턴이 함께 가줄 거야.

똥 같은 농담을 하는군.

똥 같은 농담 아니야.

뭐. 나는 안 가.

안 갈 줄 알았어. 하지만 우리가 본 걸 직접 보지도 않았으면서 다짜고짜 우리가 그걸 어떻게 생각해야 한다는 둥 떠들면 안 되는 건지도 모르잖아.

캠벨은 웨스턴을 보았다. 웨스턴은 컵 안의 찻잎들을 기울였다. 젠장, 오일러. 이 친구가 그런 뜻으로 한 말은 아니잖아.

미안. 내 말은 저 비행기가 어쩌다 저 아래로 내려가게 되었는지 나한테는 아무런 가설이 없다는 거야. 말이 되지 않는 모든 걸 생각할 때마다 그 목록만 더 길어져.

나도 동의.

어쩌면 여기 훌륭한 웨스턴 박사가 설명 비슷한 걸 내놓을 수 있을지도 모르지.

웨스턴은 고개를 저었다. 훌륭한 웨스턴 박사는 아무런 실마리도 찾지 못했어.

나는 우리가 여기 나와 뭘 하고 있는 건지도 모르겠어.

내 말이. 이 일에는 덜커덕하고 맞아떨어지는 게 전혀 없어.

그래서 얼마가 남은 거야, 동틀 때까지 두 시간?

그래. 어쩌면 한 시간 반.

난 저걸 끌어올리지 않을 거야.

나도 마찬가지.

생존자들이라니. 그게 무슨 똥 같은 소리야?

그들은 얼굴에 램프 그림자를 드리운 채 앉아 있었고 보트는 큰 파도 속에서 위로 올라갔다 기울었다 했다. 오일러가 보온병을 내밀었다. 이거 좀 마실래, 게리?*

괜찮아.

마셔. 뜨거워.

알았어.

---

* 캠벨의 이름.

어떤 손상도 보이지 않았어.

그래. 방금 공장에서 나온 것처럼 보였지.

누가 만들지? 그 뭐냐, 제트스타?

제트스타, 맞아. 록히드.

뭐. 엄청난 비행기야. 제트엔진이 네 개? 저게 얼마나 빠르지 보비?

웨스턴은 컵에 남은 찻잎을 털어내고 보온병에 다시 마개를 끼웠다. 내 생각으로는 딱 시속 육백 마일.

염병할.

오일러는 담배를 마지막으로 한 모금 빨더니 손가락으로 튀겨냈고 꽁초는 뱅글뱅글 돌며 어둠 속으로 사라졌다. 시체를 끌어올려본 적은 없지, 그렇지?

없어. 방금 네가 하고 싶지 않은 일은 아마 나도 좋아하지 않게 될 거라는 생각이 들었어.

밧줄과 벨트로 끌어올리면 되는데 그래도 일단 그전에 비행기에서 꺼내야 해. 그럼 쟤네들이 계속 너를 두 팔로 끌어안고 싶어할 거야. 전에 플로리다 해안에 추락한 더글러스 여객기에서 쉰세 명을 끌어올린 적이 있는데 그때 그러더라고. 테일러에서 일하기 전 얘기야. 그 사람들은 물속에 며칠을 있었는데 정말이지 그 물이 조금이라도 입에 들어오지 않았으면 하게 되더라고. 전부 옷을 입은 채 잔뜩 부풀어오른 상태라 안전

띠를 잘라서 빼내야 했어. 자르자마자 자기가 먼저 두 팔을 펼친 채 솟아오르기 시작해. 서커스 풍선하고 비슷하지.

이 사람들은 법인 쪽은 아닌 것 같은데.

그래? 정장을 입고 있던데.

알아. 하지만 그쪽에 맞는 종류가 아니야. 구두는 유럽제로 보이고.

글쎄. 나야 잘 모르지. 나는 일반 구두는 십 년째 신어본 적이 없으니.

뭘 하고 싶어?

여기서 젠장 빠져나가고 싶어. 우리는 샤워를 좀 해야 돼.

좋아.

몇시지?

네시 이십육분.

재미있을 때는 시간이 빨리도 가는군.

돌아가면 부두에서 호스로 샤워할 수 있어. 우리 잠수복을 호스로 씻어내야지.

난 찾기 힘들 거야, 보비. 다시 여기로 돌아오지 않을 거야.

알았어.

이미 누가 저 아래 내려간 적이 있다고 생각하는 거지, 그렇지?

모르겠어.

그래. 하지만 그건 답이 아냐. 그자들이 어떻게 비행기로 들어가겠어? 우리가 했던 것처럼 잘라내고 들어가야 했을 텐데.

어쩌면 누가 들여보내줬을지도 모르지.

오일러는 고개를 저었다. 젠장, 웨스턴, 애초에 왜 너하고 이야기를 하는지 모르겠다. 네가 늘 하는 짓이라고는 내가 무서워서 똥을 싸게 만드는 것뿐인데. 게리, 시동을 좀 걸어볼까?

알았어.

웨스턴은 보온병을 잠수 가방에 쑤셔넣었다. 달리 어떤 게 가능하겠어? 그가 말했다.

달리 어떤 게 가능한지 말해주지. 나를 곤란하게만 할 뿐인 똥 같은 일에 관해서는 씨발 완전히 모르는 상태로 있고 싶다는 내 욕망은 깊은 동시에 흔들림이 없다는 것. 그건 염병할 그냥 종교에 가깝다고 말할 수도 있어.

게리는 보트의 뒤쪽으로 돌아가 있었다. 웨스턴과 오일러는 닻 두 개를 올렸고 게리는 가로대에 한 발을 올리고 서서 시동 밧줄을 잡아당겼다. 커다란 존슨 선외 모터는 즉시 시동이 걸렸고 그들은 오렌지색 부표를 완전히 벗어날 때까지 계속 주절거렸으며 게리는 크랭크를 돌려 스로틀을 열었고 그들은 어두운 물을 가로질러 패스크리스천을 향해 나아갔다.

*

텅 빈 돛대들을 우뚝 세운 골동품 스쿠너가 하류로 간다. 검은 선체, 금색 흘수선. 다리 밑을 통과하여 잿빛 강기슭을 따라 내려간다. 자비의 환영幻影. 창고와 부두, 키가 큰 갠트리 크레인을 지나. 앨지어스 해안의 부두를 따라 계선주에 묶여 있는 녹슨 라이베리아 화물선들을 지나. 보도 위에서 몇 사람이 발을 멈추고 보고 있었다. 다른 시간에서 온 어떤 것. 그는 철로를 건너 디케이터 스트리트를 따라 세인트루이스까지 올라간 다음 거기서 다시 샤르트르 스트리트를 따라 올라갔다. 나폴리언 하우스에 이르자 오래 어울린 무리가 문 앞에 놓인 작은 테이블에 앉아 그를 환영했다. 다른 삶에서 온 익숙한 자들. 얼마나 많은 이야기가 바로 이렇게 시작하는가?

스콰이어* 웨스턴, 롱 존**이 소리쳤다. 어두컴컴한 심해에서 올라온 거지? 와서 우리와 함께 신에게 헌주를 바치지. 해가 활대 끝을 넘어갔으니. 내가 지독하게 잘못 알고 있는 게 아니라면.

---

* Squire. 웨스턴의 별명. 원래 영국에서 '지주'를 뜻하던 말로 사람 이름에 붙여 '나리' 비슷한 의미로 사용했다. '스콰이어 웨스턴'은 헨리 필딩의 소설 『톰 존스』에 나오는 인물이기도 하다.
** Long John. '키다리 존'이라는 뜻. 스티븐슨의 소설 『보물섬』에 나오는 해적의 이름이 '롱 존 실버'이기도 하다.

웨스턴은 흰 목재로 만든 작은 의자 하나를 끌어당기고 녹색 잠수 가방을 타일에 내려놓았다. 비앙카 파라오*가 몸을 기울이며 미소를 지었다. 가방에는 뭐가 들어어, 프레셔스?**

여행을 떠나는 거야, 달링 데이브가 말했다.

말도 안 돼. 스콰이어는 우리를 버리지 않아. 웨이터.

그냥 내 장비야.

그냥 자기 장비래, 브랫이 테이블 전체를 향해 말했다.

카운트 실스가 졸린 얼굴로 고개를 돌렸다. 저 친구 잠수 장비지, 그가 말했다. 저 친구는 잠수부니까.

오오, 비앙카가 말했다. 그거 무척 마음에 드는데. 가방 안 좀 보여줘. 야릇한 거 있어?

저 친구는 고무 복장으로 일을 하러 가는데 뭘 기대하는 거야? 이보게 나의 착한 친구. 여기 내 친구를 위해 이 집에서 가장 검은 맥주 한 병.

웨이터가 자리를 떴다. 보도를 따라 관광객들이 지나갔다. 그들의 텅 빈 대화의 가닥들이 암호 조각처럼 허공에 늘어진다. 발밑에서는 강기슭 어딘가의 말뚝 박는 기계가 내는 느리

---

* '파라오'는 고대 이집트 왕을 가리키는 말을 이용한 별명. 이하 등장하는 인물들 역시 별명으로 불리며, '달링'은 '귀엽다'는 뜻, '브랫'은 '버릇없는 녀석', '카운트'는 '백작'이라는 뜻이다.
** Precious. 소중하고 사랑스럽다는 뜻의 호칭.

고 주기적인 쿵 소리. 웨스턴은 테이블의 주인을 보았다. 어떻게 지냈어, 존?

잘 지냈지. 스콰이어. 한동안 떠나 있었어. 어떤 의학적 처방의 정통성에 관하여 당국과 가벼운 논쟁이 있었거든.

그는 대수롭지 않다는 듯 자신의 모험담을 자세히 이야기했다. 테네시주 모리스타운의 한 인쇄소에서 위조한 처방전 묶음. 진짜 의사들 이름. 하지만 슈퍼마켓 주차장에 있는 공중전화 번호로 바꿔치기한 전화번호들. 몇 피트 떨어진 곳에 주차된 차에서 기다리는 여자친구. 그래. 맞아. 그 사람 어머니가 말기 환자야. 그래. 딜라우디드.* 십육분의 일 밀리짜리 백 개. 그는 애팔래치아 남쪽의 작은 타운들에서 이렇게 세 주를 보내고 나서 녹스빌 킹스톤파이크에 있는 힐톱모텔의 방에서 어슬렁거렸다. 방값은 훔친 신용카드로 내고. 연결해줄 사람을 기다리며. 거리에서 거래하면 십만 달러 이상의 가치가 있는 스케줄 II 규제 마취제가 반쯤 들어찬 구두 상자. 그는 더위 때문에 옷을 다 벗고 타조 가죽 장화와 테가 넓은 검은 보르살리노 모자만 쓴 채 알몸으로 어슬렁거리고 있었다. 마지막 몬테크리스토 시가를 피우면서. 다섯시가 되었다. 이어 여섯시. 마침내 문 두드리는 소리. 그는 문을 활짝 열었다. 도대체 다 어

---

* 마약성 진통제인 하이드로모르폰의 상표명.

디 있다 이제 온 거야? 그가 말했다. 하지만 눈 밑에는 38구경 공용 리볼버의 총신이 있었고 옆에서는 펌프 연사식 산탄총을 든 사람이 지원하고 있었다. TBI* 요원은 배지를 들고 있었다. 키가 크고 완전히 벌거벗은 이 중범죄자를 올려다보면서. 옛 친구, 그가 말했다, 우리는 최대한 빨리 온 건데.

보석으로 나왔군, 웨스턴이 말했다.

맞아.

주를 벗어나면 안 되는 거 아닌가?

이론적으로는 그렇지. 하지만 어쨌든 며칠만 있다 뜰 거니까. 그런 말이 네 마음을 편하게 해준다면. 이 오래된 곳이 점점 거슬리기 시작했어. 마침내 거기서 내보내줬을 때 집에 가서 샤워하고 옷을 갈아입은 다음 술이나 한잔 얻어먹을 수 있을까 해서 잭슨 애비뉴를 따라 내려가다가 옛날 여자친구를 우연히 만났지. 이야 존, 그 친구가 말하더군, 너야? 정말 오랜만이네. 그동안 어디 있었어? 그래서 내가 말했지, 마이 디어, 불법감금을 당했지. 그러니까 그 친구가 이러는 거야. 정말? 있지 우리 언니가 윈스턴세일럼** 출신 남자애랑 결혼했어. 그래서 나는 속으로 생각했지. 정말 이 동네를 떠나야겠구나.

웨스턴은 미소를 지었다. 웨이터가 맥주를 가져와 테이블에

---

* Tennessee Bureau of Investigation. 테네시 수사국.
** 미국 노스캐롤라이나주 북부에 있는 도시.

놓고 갔다. 키다리가 잔을 들어올렸다. 건배Salud. 그들은 마셨다. 브랫은 달링 데이브와 회담중이었다. 자문을 구하고 있었다. 그 꿈에서 창문으로 기어들어가 침대에 있는 그 늙은 여자를 고기 다지는 망치로 두들겨 정신을 잃게 했거든. 그 여자 머리에 와플 자국이 생겼어.

데이브는 테이블에서 보이지 않는 뭔가를 쓸어냈다. 그건 네가 도움을 청하고 있는 거야, 그가 말했다.

뭐?

네 몸이 필요한 뭔가를 얻지 못하고 있는 걸 수도 있어.

그건 늘 자유의 문제인데, 비앙카가 말했다. 그런 짐을 다 털어내. 죽어가는 부모parent라든가.

실스가 정신을 차렸다. 조류 인간, 그게 그였다. 그의 욕실에는 교수형 집행인처럼 두건을 쓰고 알을 품은 맹금들이 횃대에 앉아 침울하게 자세를 바꾸고 있었다. 송골매, 래너매.

앵무새parrot?* 그가 말했다.

비앙카가 미소를 지으며 그의 무릎을 토닥였다. 사랑해, 그녀가 말했다.

다양한 사람들이 일을 찾고 있어. 존이 잔을 든 채로 손짓을 했다. 브랫은 거의 자리를 얻을 뻔했어, 그가 말했다. 물론 마

---

* 앞의 '부모(parent)'를 잘못 들은 것.

지막 순간에 쐐기 마개가 빠졌지만.

그냥 내가 날려버린 거야, 브랫이 말했다. 갑자기 뭔가가 밀려왔거든. 그 수다쟁이가 이런 정책 저런 정책에 관해 끝도 없이 얘기하더라고. 그러다 마침내 이러는 거야. 그리고 또 한 가지. 여기에서 우리는 시계를 보지 않소. 그래서 내가 말했지. 뭐 그런 말씀을 하시는 걸 들으니 얼마나 행복한지 이루 말할 수가 없네요. 나는 평생에 걸쳐 거의 모든 일을 한 시간 정도 늦게 시작하는 습관이 있으니까요.

그랬더니 뭐래?

좀 조용해졌어. 일 분 정도 그렇게 앉아 있다가 일어서서 나가더라고. 자기 사무실이었는데 말이야. 잠시 후 비서가 들어오더니 면접이 끝났다고 했어. 그래서 내가 취업이 된 거냐고 했더니 비서가 아닐 거라고 봐요 하더라고. 그 여자는 신경이 좀 곤두선 것 같았어.

다른 살 곳은 찾았고?

아직.

방화 혐의는 어떻게 됐어?

그쪽에서 취하했어. 고양이 몇 마리를 찾아냈거든.

고양이?

고양이. 응. 문제는 불이 서로 다른 여섯 군데 정도에서 시작되었다는 거였고 그래서 그 사람들이 좀 의심스러워했던 건데 이내 고양이들을 찾아내기 시작하더라고. 그냥 2 더하기 2 의 문제였을 뿐이야.

고양이들이 내 물감 희석제 캔을 쓰러뜨렸어, 비앙카가 말했다. 그런 다음 그 안에 들어가 굴러다녔지. 그러고 나서 다들 히터 밑으로 달려가는 바람에 불이 붙어버린 거야. 그런 상태로 스튜디오 사방을 뛰어다닌 거고.

고양이라.

새끼 고양이들이었어. 있잖아. 작은 고양이들. 그녀는 두 손바닥으로 길이를 보여주었다. 나는 내가 왜 내 아파트에 불을 지르겠어요 하고 말했어. 그리고 어차피 우리는 빌어먹을 세를 살고 있을 뿐이잖아. 그런데 무슨 보험금을 받겠어? 내 말은 누구라도 고양이에게 불이 붙었다는 것쯤은 생각해낼 수 있었다는 거야. 그 사람들은 무슨 생각을 한 걸까, 고양이들이 그냥 둘러앉아 불이 시작되기를 기다렸다가 불길로 뛰어들었다고? 당연히 고양이에게 먼저 불이 붙은 게 모든 것의 시작이었지. 그놈들은 정말 좆같이 멍청해.

고양이들?

아니, 고양이 말고. 좆같은 보험회사 놈들.

아주 재미있었어, 브랫이 말했다. 법정 경위가 비앙카에게 선서를 시키려고 자기 손을 들어올리니까 저 친구가 손을 위로 뻗더니 짝 소리가 나게 하이파이브를 하더라고. 그 사람들도 그런 건 본 적이 없을 거야.

아마 유전적 성향은 품종마다 다른 게 틀림없는 듯해, 존이 말했다. 하지만 어쨌든 고양이가 자기를 희생으로 바치는 경향은 정말이지 고양잇과 문제에서는 알려진 성향인 것 같아. 아스클레피오스의 글에서도 주목하고 있지, 고대인들 가운데도 말이야.

예수여, 실스가 말했다.

하지만 우나무노*의 말과는 모순될지도 몰라. 그렇지, 스콰이어? 고양이는 울기보다 추론을 많이 한다는 그 사람 경구가 있잖아? 물론 릴케에 따르면 그들의 존재 자체가 전적으로 가설적인 거지만.

고양이들?

고양이들.

웨스턴은 미소를 지었다. 그는 술을 마셨다. 오래된 도시의 서늘하고 화창한 날. 거리에는 정오의 부드러운 초겨울 빛.

윌리 5세는 어디 계시나?

잭슨스퀘어에 이젤을 세워놓고 있어. 물론 물감 처바른 걸 관광객들에게 팔려는 거지. 그 친구하고 그 친구의 그 달月 색깔 사냥개.

---

* Miguel de Unamuno(1864~1936). 스페인의 철학자.

언젠가 그놈의 개가 관광객 엉덩이를 물어 고소를 당하고 말 거야.

감옥에 가거나.

롱 존은 커다란 검은색 시가의 포장을 풀고 있었다. 그는 시가 끝을 물어 뱉어내고 혀 위에서 시가를 굴리다가 이로 물더니 성냥으로 손을 뻗었다. 네 꿈을 꾸었어, 스콰이어.

꿈이라고.

그래. 네가 무게를 늘린 신발을 신고 대양 바닥을 배회하는 꿈을 꾸었어. 그 점심해漸深海 깊은 곳의 어둠 속에서 하느님만 아실 뭔가를 찾으면서. 네가 나스카판* 가장자리에 이르자 심연으로부터 불길이 날름거리며 올라왔어. 바다는 끓어대고. 꿈속에서 내 눈에는 네가 지옥 아가리와 마주친 것처럼 보였는데 나는 네가 먼저 간 친구들에게 밧줄을 내려줄 거라고 생각했어. 그런데 그러지 않더군.

존은 테이블 밑면에 성냥을 긁더니 시가에 불을 붙이려고 허리를 굽혔다.

너 진짜 잠수부야? 비앙카가 말했다.

네가 머릿속에 그리는 그런 종류는 아니야, 달링, 데이브가 말했다.

---

* 태평양 동부 남반구의 지각판.

네가 입에 올릴 수 있는 모든 종류의 잠수부야, 실스가 말하며 조금이라도 몸을 세우려고 애쓰면서 주먹 하나를 테이블에 올려놓았다. 모든 염병할 종류의.

인양 잠수부야, 웨스턴이 말했다.

뭘 인양해?

뭐든 돈 주고 시키는 거. 뭐든 사라진 거.

보물?

아니. 그것보다는 상업적인 거. 화물.

요청받았던 것 중에 가장 괴상한 게 뭐였어?

성적인 거 말고?

아까부터 이 친구가 마음에 들더라니까.

모르겠어. 생각해봐야겠네. 내가 아는 어떤 사람들은 바지선을 가득 채울 만한 양의 박쥐 똥을 끌어올린 적이 있지.

들었어? 실스가 말했다. 박쥐 똥이래.

어쩌다 그 일을 하게 됐어?

그 얘긴 꺼내지 마, 마이 디어, 존이 말했다. 알고 싶지 않을 거야. 저 친구가 자기 죄를 씻기 위해 내심 깊은 곳에서 죽기를 바란다는 거. 그런데 그건 시작일 뿐이야.

오 이거 재미있어지는데.

너무 흥분하지 마. 네가 이 사나이에게서 어떤 과묵함을 알아챘는지도 모르겠네. 이 친구가 보수가 높은 위험한 물밑 작업을 하는 건 맞지만 깊은 곳을 무서워한다는 것도 사실이야. 그래, 너는 말하겠지. 공포를 극복했구나. 그런데 전혀 그렇지 않아. 저 친구는 자기가 이해조차 할 수 없는 어둠 속으로 가라앉고 있어. 어둠과 꼼짝도 하지 못하게 만드는 추위. 나는 저 친구 이야기를 하는 걸 좋아해. 저 친구 자신은 그렇지 않지만. 죄와 속죄 부분은 너도 분명 듣고 싶을걸. 최소한 그건. 매력적인 남자야. 여자들이 구원하고 싶어하지. 하지만 물론 저 친구는 그 모든 걸 넘어서 있어. 어떻게 생각해, 스콰이어? 과녁에서 얼마나 빗나간 거야?

계속 헛소리해, 셔던.*

내 변론은 여기서 끝내야겠군. 네가 무슨 생각을 하고 있는지 알아. 너는 내 안에서 광대하고 체계도 없고 근본도 없는 에고를 보고 있지. 하지만 아주 솔직히 말해서 나는 스콰이어가 부리는 자존심의 높이까지 도달하겠다는 갈망은 조금도 없어. 그리고 그게 심지어 저 친구의 관점에 어떤 타당성까지 부여한다는 걸 모르는 바 아니야. 사실 나는 사회의 적에 불과하지만 저 친구는 하느님의 적이지.

우와, 비앙카가 말했다. 그녀는 굶주린 표정으로 웨스턴 쪽을 보았다. 무슨 짓을 했는데?

---

* 존의 성.

셰던이 시가를 빨자 여윈 뺨이 우묵하게 파였다. 그는 향긋한 연기를 테이블 건너편으로 뿜어내며 미소를 지었다. 스콰이어가 절대 이해하지 못하는 건 용서에는 일정표가 있다는 거야. 너무 뒤늦은 복수 같은 건 없는 반면에.

웨스턴은 남은 맥주를 비우고 잔을 테이블에 내려놓았다. 가야겠어, 그가 말했다.

그냥 있어, 셰던이 말했다. 뱉은 말은 다 취소할게.

그럴 꿈도 꾸지 마. 네가 떠드는 걸 내가 얼마나 좋아하는지 알잖아.

해외 일을 하러 떠나는 건 아니지 그렇지?

아니야. 집에 자러 가는 거야.

무덤 교대 근무*를 막 끝낸 거로군 응?

경마장 가면 돈 좀 벌겠군. 나중에 봐.

그는 팔을 뻗어 가방을 들고 일어나 모인 사람들에게 고개를 끄덕이고는 가방을 어깨에 걸치고 버번 스트리트를 향해 출발했다.

네 친구 마음에 드네, 비앙카가 말했다. 멋진 엉덩이야.

마른땅을 파는 거야, 마이 디어.

왜? 게이야?

---

* '야간 근무'를 뜻한다.

아니. 사랑에 빠져 있거든.

애석해라.

그보다 나빠.

왜?

여동생을 사랑하거든.

우와. 일요일 아침이면 여기 나타나는 강 상류 쪽 무리에 속한 사람이야?

아니. 녹스빌 출신이야. 뭐, 이 경우도 그보다 나빠. 실은 워트버그 출신이거든. 테네시주 워트버그.

테네시주 워트버그.

그래.

그런 곳은 없어.

안됐지만 있어. 오크리지 근처야. 아버지 직업이 밤에 도시한가득 잠들어 있는 무고한 사람들을 몽땅 불살라버릴 거대한 폭탄을 설계하고 제작하는 거였어. 영리하게 구상해서 수작업으로 제작한 물건들. 유일무이한 거, 그 하나하나가. 빈티지 벤틀리처럼. 웨스턴하고는 대학 다닐 때 만났어. 음, 사실 내가 저 친구를 처음 본 건 외곽의 애슈빌 고속도로에 있는 클럽 피프티투에서였지. 무대에서 밴드하고 만돌린을 연주하고 있더라고. 블루그래스*를. 한 번도 만난 적은 없었지만 난 그가 누군지 알았지. 평점 평균 4의 수학 전공생. 우리 테이블의 누군가가 저 친구를 초대해서 이야기를 나누게 됐지. 같은 주제를 두고 나는 그에게 시오랑**을 인용하고 저 친구는 플라톤을 인용했어. 그리고 저 친구한테는 그 아름다운 여동생이 있었지. 열네 살이었을 거야. 그런데 그런 클럽에 데리고 다녔지. 두 사람은 그냥 드러내놓고 데이트를 하고 있었어. 그런데 동생은 저 친구보다도 똑똑했어. 게다가 그냥 뻑 갈 만큼 멋졌고. 완전한 열차 사고 유발자. 저 친구는 캘텍에서 장학금을 받아 거기 가서 물리학을 공부했지만 박사학위는 받지 못했어. 유산으로 돈이 좀 생기니까 유럽으로 가서 자동차경주를 했지.

경주용 차를 몰았다고?

응.

무슨 종류?

몰라. 거기에서 경주할 때 쓰는 그 조그만 것들. 고등학교 다닐 때는 오크리지의 아토믹 스피드웨이에서 더트트랙 카***로 경주를 했어. 아주 잘했나봐.

포뮬러 투****에서 뛰었어, 데이브가 말했다. 잘했지, 아주 잘하지를 못해서 그렇지.

---

* 기타와 밴조로 연주하는 미국의 전통적인 컨트리음악.
** Emil Cioran(1911~1995). 루마니아 출신의 철학자.
*** 석탄재나 흙 등으로 만든 경주 도로를 달리는 차.
**** 포뮬러는 세계자동차연맹에서 정한 경주용 차량의 규격으로, 자동차 등급에 따라 포뮬러 1, 2, 3으로 나뉜다.

그래. 뭐. 그렇게 기를 쓰는 바람에 지금 머릿속에는 금속판이 들어 있지. 한쪽 다리에는 금속 막대가 있고. 그 비슷한 거 말이야. 약간 다리를 절어. 그래도 그건 그냥 한순간의 더러운 불운 때문이었을지도 몰라. 나는 그 친구가 아주 훌륭한 드라이버였을 거라고 생각해. 운전을 못하면 그런 데 앉혀주지 않으니까. 돈이 얼마나 있든 상관없어.

지금도 그 돈이 있어?

네가 그걸 물어보기를 기다리고 있었어. 아니. 흥청망청 다 써버렸어.

그러는 동안 자기 여동생하고 내내 붙어먹고.

그게 심사숙고 끝에 나온 나의 의견이야.

한 번도 물어보지 않았다는 게 놀랍네.

물어봤지.

뭐래?

잘 받아들이지 못하더라고. 물론 부인했고. 그 친구는 내가 사이코패스라고 생각해. 아마 그 말이 맞을 거고. 배심원단은 아직 논의중이야. 어쨌든 저 친구는 교과서에 나올 법한 벽장 속 나르시시스트 유형이고, 다시 말하지만, 저 겸손한 미소는 클리블랜드 시내만한 크기의 에고를 감추고 있어.

내 눈에는 아주 솔직한 것 같던데. 이 무리가 도대체 저 사람을 어떻게 아는지 궁금했어.

키다리가 그녀를 보았다. 솔직해? 농담이겠지.

저 사람이 또 뭘 했어?

또 뭘? 하느님. 저 남자는 고위 성직자를 유혹하는 자이고 사법부를 매수하는 자야. 습관적으로 우편물을 촛불에 태우는 자이고 젤리그나이트*를 던지는 자이고 수학적 플라톤주의자이고 가정집 마당에 있는 가금을 추행하는 자야. 주로 도미니크파**에 속한 가금. 닭하고 붙어먹는 놈이야, 까놓고 말하면.

존?

왜.

너 지금 네 이야기를 하고 있어.

나? 천만에. 말도 안 돼. 어쩌면 솜털 오리하고는 했겠지만. 한 번.

솜털 오리?

신부 오리라고도 해. 학명이 소마테리아 몰리시마, 그럴걸.

예수여.

극악무도한 짓과 더불어 사소한 잘못들도 네가 말하는 남자의 문가에 딱 놓여 있어.*** 가금의 항의에 시달리는 꿈. 닭장 안

---

* 다이너마이트의 일종.
** 미국산 닭의 품종을 뜻하는 dominique는 가톨릭 교단 명칭인 Dominic와 발음이 같다.
*** 그런 일에 책임이 있다는 뜻.

에서 벌어지는 소요, 티격태격. 이어지는 날개 치기, 비명. 취했다가도 확 깨버리지. 이건 그냥 그 남자의 일상적 할일 목록일 뿐이야. 세탁물 찾아오기. 어머니에게 전화하기. 닭하고 박기. 너처럼 세상을 알 만큼 아는 여자가 그렇게 쉽게 넘어간다는 게 놀랍네.

존은 생각에 잠겨 시가를 빨았다. 거의 슬픈 표정으로 고개를 저었다. 그래도 제십일시*에 가끔 판매자의 보닝 나이프** 밑에서 낚아채주고 그 짓을 하는 거라면 아마 닭들도 그런 불명예를 감수할지 모른다고 생각해. 물론 그런 뒤에 그 닭을 먹는 게 적절한가 하는 문제는 생기지. 내가 잘못 알고 있는 게 아니라면 이슬람법은 이 점에 관해 아주 분명해. 그건 정말로 잘못된 일이다. 하지만 당신의 이웃은 그걸 먹어도 된다. 그럴 마음이 있다면. 내가 알기로 서양 교회는 그 문제에 입을 다물고 있어.

진담 아니지.

이보다 진지할 수가 없지.

비앙카가 미소를 지었다. 음료를 홀짝였다. 물어볼 게 있어, 그녀가 말했다.

---

* eleventh hour. 「마태복음」 20장 6절에 나오는 표현으로 '마지막 순간' '최후의 순간'이라는 뜻으로 사용된다.
** 고기의 가시나 뼈를 발라내는 칼.

얼마든지.

녹스빌이 미친 사람들을 배출하는 거야 아니면 그냥 그런 사람들을 끌어들이는 거야?

재미있는 질문이네. 타고난 거냐 길러진 거냐. 사실 그들 가운데서도 더 실성한 사람들은 이웃한 내륙지역 출신인 것 같아. 하지만 좋은 질문이야. 나중에 알려주도록 하지.

뭐 그 친구는 내가 보기엔 아주 괜찮은 것 같았어.

아주 괜찮지. 나는 그 친구를 엄청나게 좋아해.

하지만 자기 여동생을 사랑한다.

그렇지. 그 친구는 자기 여동생을 사랑해. 하지만 물론 거기서 상황은 더 나빠지지.

비앙카는 특유의 묘한 미소를 지으며 윗입술을 핥았다. 좋아. 그 친구는 자기 여동생을 사랑하는데……?

그 친구는 자기 여동생을 사랑하는데 여동생은 죽었어.

*

그는 저녁까지 자다가 일어나 샤워를 하고 옷을 입고 밖으로 나갔다. 세인트필립 스트리트를 따라 걸어내려가다 세븐시즈 바bar에 이르렀다. 도로에는 구급차 한 대가 엔진을 켠 채 서 있었고 연석 옆에는 경찰차가 두 대 있었다. 그 주위에 사람들이 둘러서 있었다.

무슨 일이지? 웨스턴이 말했다.

사내 몇몇이 꺽꺽거리는 소리로 투덜거렸다.

무슨 일이야? 지미?

러치야. 파이프를 잡았어.* 지금 싣고 내려오는 중이야.

언제? 어젯밤에?

모르겠어. 하루이틀 그 친구를 보지 못했거든.

해럴드 하빈저가 지미의 어깨 너머를 보고 있었다. 우리가
그 친구를 보지 못한 건 죽었기 때문이지. 그래서 나타나지 않
았던 거야.

구급 요원 둘이 들것을 내오고 있었다. 그들은 문턱에서 러
치가 실린 들것의 바퀴를 들어올린 다음 들것을 밀며 거리로
들어섰다. 러치는 잿빛 구조대 담요에 덮여 있었다.

이렇게 와서 저렇게 가버리네, 해럴드가 말했다.

그 친구는 분명히 저 밑에 있어, 지미가 말했다. 그건 은행
에 가져가도 좋아.**

가스 냄새를 맡았지. 오늘 아침에는 정말 강했어.

문틈과 창틈에 다 테이프를 발랐어.

문 밑에는 양말을 쑤셔넣었고. 복도로 양말이 삐져나온 게

---

* 가스를 이용해 자살했다는 뜻.
** 확실하다는 뜻.

보였어. 그게 무슨 일이 벌어지는지 알려준 거지.

그 친구를 확인해봐야겠단 생각은 하지 않았어?

좆 까라 그래. 다 제멋대로 사는 거야, 내 생각엔.

저렇게 가버리네, 해럴드가 말했다.

구급 요원들은 들것을 구급차 뒤에 싣고 문을 닫았다. 웨스턴은 그들이 거리를 따라 멀어지는 것을 지켜보았다. 안으로 들어가자 시에서 나온 형사가 조시와 이야기를 하고 있었다.

그 사람이 좀 조용한 편이었나요 어떤가요?

조용해요? 젠장 절대 조용하지 않았어요.

문제를 일으키는 사람이었습니까?

조시는 담배를 빨았다. 그 질문을 생각해보았다. 보세요, 그녀가 말했다. 나는 죽은 사람 험담은 하지 않아요. 그 사람들이 어디에 있을지 또는 뭘 듣고 있을지 모르는 거예요. 내 말 알아들어요? 이런 곳을 운영하다보면 늘 눈감아줘야 하는 사람이 있어요. 밤새 술에 취해 소리를 지르고 그러는 사람. 그리고 말하지 않는 게 좋을 다른 짓들. 내가 할 수 있는 말은 그 사람이 전에 이런 짓을 한 적은 없었다는 것뿐이에요.

형사는 수첩에 그 말을 적었다. 혹시 친척이 있는지 압니까?

몰라요. 다들 늘 어딘가에 누이가 있는 것 같기는 하지만.

웨스턴은 잰에게서 맥주를 받아 바의 뒤쪽으로 갔다. 레드*와 오일러가 들어와 맥주를 받아 뒤로 왔다. 우리 러치, 오일러가 말했다.

그런 유형으로는 보이지 않았는데.

사람들은 늘 우리를 속이지.

웨스턴은 고개를 끄덕였다. 그렇긴 하지. 레드한테 오늘 아침에 우리가 한 작은 일 이야기는 했어?

그럼.

어쩌면 그걸 우리끼리만 알고 있으면 안 될 것 같다는 생각이 들어서.

나쁜 생각은 아닌 것 같네.

너는 어때, 보비? 그 비행기가 물속에 얼마나 오래 있었다고 생각해?

모르겠어. 한참. 적어도 이틀.

인양은 누가 하지?

오일러는 고개를 저었다. 우린 아니지.

우리라는 건 테일러의 사람들을 말하는 거겠지.

그렇지. 루 말로는 그쪽에서 배달원을 시켜 수표를 보냈다는데.

그쪽이 누구야?

모르겠어.

---

* 빨갛다는 뜻의 별명.

68

수표에 이름이 있었을 거 아냐.

수표가 아니었어. 우편환이었어.

이게 도대체 무슨 영문이라고 생각해?

오일러는 고개를 저었다.

어떻게 비행기에 누가 들어갈 수 있었을까?

전혀 모르겠어.

뭐 누군가 데이터박스를 챙겨간 게 분명해. 조종사가 그걸 그냥 창밖으로 버리거나 했을 리는 없으니까.

그 문제에 관해서 나는 아무런 의견이 없어. 그 문제에 관해서는 의견을 갖고 싶지 않아.

웨스턴은 고개를 끄덕였다. 어느 쪽이든 달라질 건 없지. 아직 일이 끝난 게 아니야.

왜?

우리가 이 문제로 질문을 받을 거라고 생각하지 않아?

모르겠어.

모르긴 뭘 몰라. 생각해봐.

웨스턴은 밖으로 나가 뒤쪽 파티오에 있는 남자 화장실로 갔다. 돌아와보니 레드는 이미 떠났고 오일러는 작은 테이블에 앉아 있었다.

그 친구는 어딜 그렇게 서둘러 갔어?

오일러가 발길질로 의자를 뒤로 밀어주었다. 엉덩이 내리고 앉기나 해. 데이트가 있대.

데이트가 있다고?

그렇게 말하던데.

데이트라.

그래. 전에 만난 못생긴 걸레를 태우고 어디 주차장으로 가서 빨아달라고 할 거란 뜻이냐고 물었지. 그랬더니 뭐라는지 알아?

몰라. 뭐래?

그렇지, 라고 하던데. 데이트라.

웨스턴은 오일러가 바에서 가져온 맥주를 집어들었다. 그리고 고개를 저었다. 예수여.

그러게.

뭐 좀 묻자.

물어봐.

너희들은 남* 이야기를 하지. 외부인에게는 베트남이라고 할지도 모르지만. 그런데 내가 나타나면 다들 입을 다물더라고. 꼭 내가 방에 들어가면 모두 말을 멈추는 느낌이야.

너는 그런 일을 많이 당할 것 같은데.

진지하게 하는 얘기야.

---

* Nam. 베트남(Vietnam)을 가리킨다.

그냥 그런 거야. 네가 거기 안 갔으면 너는 그냥 거기 안 갔
던 거야. 그렇다고 네가 나쁜 사람이 되는 건 아니야.

레드가 전에 그러던데 네가 훈장을 잔뜩 따냈다며.

따냈다고.

잘못 말했군.

남에 가서 뭐라도 따낸 사람이 있는지 모르겠어. 나무 외투*
라면 몰라도.

뭐로 훈장을 받은 거야?

멍청한 걸로.

그 이야기를 듣고 싶은데.

멍청했던 얘기를.

어서.

왜 이러는 거야, 보비?

너는 헬리콥터의 사수였지.

그래. 기관총 사수. 건십**에서. 그보다 더 멍청해지는 건 쉽
지 않지. 야, 웨스턴. 그냥 네가 스스로 이야기를 지어내봐. 그
래도 크게 다르지 않을걸.

그건 아니라고 봐.

너는 뭘 물어봐야 할지도 모를 만큼 아는 게 없잖아.

---

* 관을 가리킨다.
** 무장 헬리콥터 혹은 폭격기.

네 인생에서 벌어진 가장 의미 있는 일은 뭐였어.

내 인생에서.

그래.

좋아. 남. 그래서?

그래서 나에게는 일어나지 않은 그 가장 의미 있는 일이라는 게 뭐야.

그리스도여.

그냥 아무거나 말해줘. 어떤 거라도. 내가 그냥 어떤 멍청한 씨발놈이 아니라고 믿는 척하고.

나는 뭘 설명해야 하는 게 싫어.

그럴 필요 없어. 내가 알아서 들을게.

좋아. 씨발. 우리는 LZ*에서 어떤 녀석들을 태우려다가 로켓포에 맞아 추락했고 나는 국**들을 한 무더기 쐈지만 내가 거기서 산 채로 데리고 나온 녀석은 나 자신뿐이었어. 아, 다른 녀석도 하나 있었는데. 결국 죽었지. 나도 몇 발 맞았고. 그게 다야. 다른 녀석들은 여전히 거기 있어. 삼중 덮개 밀림*** 속에 뼛조각 몇 개로 흩어져 있을 뿐이지만. 그 녀석들은 염병 당연히 아무런 훈장도 받지 못했지. 또 뭐?

---

* landing zone. 착륙 지점.
** gook. 동남아시아인을 부르는 멸칭.
*** 햇빛이 침투하지 않는 아주 빽빽한 숲을 가리키는 말.

내가 놓친 게 뭐였는지 알고 싶었을 뿐이었던 것 같아.

너는 어떤 똥 같은 것도 놓치지 않았어.

내가 무슨 말 하는지 알잖아.

요점이 뭐야, 보비? 똑똑한 건 너야, 내가 아니라. 나는 근무를 두 번 뛰었어. 해병대한테 한 번 근무는 열세 달이야. 열여덟이나 열아홉에 망치 상자처럼 멍청할 때나 하는 짓이지.

오일러는 맥주를 들고 마시더니 의자에 등을 기대고 엄지로 병의 라벨을 뜯었다. 그리고 웨스턴을 보았다.

계속해.

좆 까, 웨스턴.

부상은 몇 번이나 당했어?

좆같은 부상에도 여러 종류가 있지. 총은 다섯 번 맞았어. 그렇게 멍청할 수가 있을까? 너라면 두세 번이면 충분하다고 생각하지 않겠어? 그때쯤이면 이게 아마 자기한테 좋지 않을 거라는 판단을 할 수 있어야 하지. 그래서 그냥 전쟁터를 떠나버리는 녀석들도 있었어. 그런 녀석들 소식은 전혀 듣지 못하지. 그 녀석들 가운데 몇이나 성공했는지 모르겠어. 어떤 녀석들은 라오스를 통해 태국까지 가버렸어. 독일까지 간 녀석도 하나 있었고.

독일까지?

그래. 내 친구 하나가 그 녀석한테서 편지를 받았어. 지금도 거기 있어. 내가 아는 한.

　내가 어떤 멍청한 씨발놈이 아닌 것처럼. 알았지?

　알았어. 국경 세 개가 만나는 곳에는 레이더로 제어하는 포
가 있었고 우리는 세상에 근심이라고는 좆도 없는 사람들처럼
건십을 타고 그곳을 통과했지. 첫 발은 건십 앞쪽을 관통해서
조종사 가슴에서 폭발했어. 두번째 건 주회전날개를 날려버렸
어. 갑자기 아주 조용해지더군. 그냥 뭐가 갈리는 소리뿐이었
어. 엔진이 이미 꺼진 거야. 건십이 아래로 추락하기 시작할
때 이런 생각을 했던 게 기억나. 뭐 언젠가 이런 똥 같은 일이
일어날 줄 알고 있었는데 이제 일어났으니 그 걱정은 더 안 해
도 되겠구나. 그 순간 우리가 그 언덕 사면에서 사격을 받고
있다는 걸 깨닫고 윌리엄슨을 건너다봤는데 그 친구는 안전띠
에 걸린 채 늘어져 있었고 곧이어 RPG*가 건십 꼬리를 관통해
들어와 폭발하면서 나한테 쇠붙이 조각 한 무더기가 날아와
박혔고 나는 백 발짜리 탄띠가 물린 그 탄띠 송탄식 M60을 쏘
아댔지만 건십이 흔들리며 빙빙 돌고 있었으니 사실 절반은
그냥 파란 하늘에 대고 쐈던 거지. 포신이 시뻘겋게 달아올라
곧 말을 듣지 않을 걸 알았기 때문에 마침내 나는 사격을 중단
했고 이제 우리는 좆같은 돌멩이처럼 떨어지고 있었어. 부조

---

* rocket-propelled grenade. 로켓 추진식 수류탄.

종사는 아직 살아 있었는데 그쪽을 보니 휴대 무기를 꺼내 탄약을 재고 있더라고. 그러다 우리는 덮개와 부딪혔지.

그러니까 밀림 덮개.

그렇지. 아주 세게 부딪혔지만 모두 괜찮았어. 우리는 그 모든 똥 같은 걸 부러뜨리며 내려가다가 마침내 지상 팔 피트 정도 높이에서 멈췄어. 내가 몸을 끌고 조종석으로 가서 중위한테 걸을 수 있겠느냐고 물었더니 중위는 젠장 당연히 한번 해봐야 하지 않겠느냐고 하면서 나더러 거기서 꺼내달라고 했어. 그래서 나는 안전띠를 푸는 단추를 누르고 중위를 문으로 끌어내려 밖으로 굴렸어. 중위는 바로 풀 무더기 사이로 사라졌고 나는 탄약 조끼와 무기를 챙겨 뒤따라 나갔지. 무시무시하게 조용하더군. 중위한테 갔더니 여전히 45구경을 들고 약간 열받은 표정이었는데 나는 어쩌면 그게 잘된 일이라고 생각했어. 중위 몸은 피범벅이었지만 아마 대부분 대위의 피일 거라 판단하고 그를 일으켜세웠고 우리는 절뚝거리며 밀림을 통과했어. 그렇게 사흘을 걸은 뒤 마침내 LZ에서 구조됐지. 그냥 좆도 멍청한 운이었을 뿐이야. 사방에 국들이 깔려 있었는데 우리는 총 한 번 쏘지도 않았지. 우리는 휴이*에 구조되어 기지로 돌아왔고 그곳에서 중위를 들것에 싣고 담요를 덮어주

---

* 수송 및 지원용으로 쓰이는 휴이형 헬리콥터를 가리킨다.

었어. 중위는 불알* 달린 사내였어. 아마 나보다 어렸을 거야. 어쨌든 나하고 비슷했어. 분명 통증이 무척 심했을 텐데. 나를 쳐다보더니 이러더군. 넌 참 괜찮은 니미씨발놈이야. 그는 본국 쪽으로 교대되어 갔고 나는 그 친구를 두 번 다시 보지 못했어.

너는 안 다쳤군.

RPG가 건십 뒤쪽을 날려버릴 때 날아와 박힌 쇠붙이 조각을 엄청나게 제거했지. 사흘 동안 먹은 게 없는데도 배가 고프지 않았어. 내가 하고 싶은 건 자는 것뿐이었어. 일주일쯤 뒤에 나는 정양 휴가를 갔고 삼 주 뒤 붕대를 잔뜩 감고 AC-130** 에 실려 돌아와 다시 처음부터 죽을 준비를 시작했지.

사람은 많이 죽였어?

예수여.

웨스턴은 기다렸다. 오일러는 고개를 저었다. 전쟁에 가면 사실 누구에게도 화가 나지 않아. 그냥 살아 있으려고만 하게 돼. 살아 있는 상태를 유지하는 법을 터득할 만큼 오래 살아 있으려고만. 친구들 몇 명이 제거되는 걸 보기 시작하면 비로소 그 개자식들한테 정말 발딱 서게 돼. 내가 두번째 근무에 지원한 건 복수를 하기 위해서였어. 그게 다야. 아무 복잡할

---

* '배짱'이라는 뜻.
** 지상 지원 무장 항공기.

게 없어. 뭐. 사실 그게 다는 아니지만, 아마도.

다른 건 뭐야?

그쪽으로 취향이 생겨. 사람들은 그 이야기는 듣고 싶어하지 않지. 너무 거북하거든. 나는 우리 팀이 겁쟁이들 무리에 지나지 않는다고 생각했는데 새 부대장이 왔어. 윈게이트라고. 중령이었지. 중령은 엉덩이를 걷어차고 이름을 적기* 시작하더라고. 첫날부터. 전쟁이 똥이라는 건 모두가 알고 있었어. 1968년 말에 이르면 모든 게 변기통 속으로 미끄러져내려가고 있었지. 약은 전에는 후방에만 있었는데 그때는 거의 어디 가나 다 있었지. 녀석들은 민간인을 쏴대고. 새 소대장이 오면 처음 결정해야 하는 일이 나 자신의 엉덩이를 구하기 위해 그 좆같은 엉덩이에 파쇄**를 던지느냐 마느냐였어. 진짜 문제는 영관급은 어쩌지를 못한다는 거였지. 그 좆 빨 놈들은 작전지도에서는 찾을 수도 없는 교전을 두고 서로 훈장이나 걸어주고 있었고, 본부로 돌아갔을 때 나를 다시 배치하는 데 며칠이 걸렸어. 좆도 엉망이 된 거지. 동료들과 함께 있고 싶어한다는 걸 도무지 이해하지 못하더라고. 여기저기 떠돌고 싶

---

* 거칠게 군기를 잡는다는 뜻.
** frag. 파쇄성 수류탄. 베트남전 기간 동안 아군, 특히 상관을 파쇄성 수류탄으로 살해하는 사건이 미군 내에서 빈번하게 발생했으며 이를 '프래깅(fragging)'이라 한다.

지 않다는 걸. 그냥 똑같이 멍청했어. 나도 그때는 E-6[*]가 되어서 나한테 대걸레로 바닥이나 닦으라고 할 수는 없었어. 그런데도 중령은 자기 심부름을 시키곤 했지. 그러다 어느 날 중령이 전화하는 소리를 들었는데 나중에 알고 보니 작전 쪽 대령과 이야기를 하는 거였고 중령은 자기는 좆도 상관하지 않는다고 말했어. 중령이 이러더라고, 한마디만 합시다, 대령. 나는 여기 사람들을 죽이러 왔소. 사람들을 죽이지 않으면 나는 함께 살기 힘든 빡빡한 니미씨발놈이 될 거요. 만일 당신이 여기 사람들을 죽이러 온 게 아니라면 알려주쇼. 나는 당신 밑에서 일하고 싶지 않으니까. 그러더니 전화를 끊어버렸어. 그래서 중령이 나와 같은 인간이란 걸 알았지. 전쟁에 미친 니미씨발놈이었던 거야. 그리고 나도 거기에 고통스러운 죽음을 주러 간 거고 그게 내가 거기 간 유일한 이유였어. 너도 이게 마음에 들지 않을 거야. 내가 사람을 많이 죽였냐고? 그 질문을 몇 번 받았지. 하지만 남자한테 받은 건 처음이네. 전에 만나던 어떤 여자한테는 그래 국을 무더기로 죽였지만 한 명도 먹지는 않았다고 말해줬지. 그래서 어떻게 생각해? 이제 이 똥같은 이야기는 들을 만큼 들은 건가?

계속해.

---

[*] 하사.

나는 매일 오후에 반창고나 붙이러 올라갔어. 거기 병동은 도무지 이해할 수가 없는 곳이었지. 그냥 합판을 두른 커다란 방에 톱질용 모탕을 잔뜩 갖다놓은 게 전부였어. 침대도 없어. 깔개를 가져다 톱질 모탕을 덮어놓았지. 그게 다야. 몇 번 거기가 가득찬 걸 봤어. 흡사 남북전쟁 때 같더라고. 한 간호사가 나한테 하는 말이 지뢰를 밟으면 다리가 날아가 그냥 그렇게 피를 흘리다 죽을 거라고 생각하겠지만 폭발열이 잘린 부분을 지져준다는 거야. 편리하지, 응? 테이블에 올라가 누워 수건 한 장만 덮고 있으면 그 간호사가 내 몸에서 알루미늄 조각을 집어냈어. 아니면 쇠를. 아주 잘생긴 여자였는데 거기서 나를 보는 걸 싫어하지 않는다는 걸 알았어. 나는 화끈하게 생긴 니미씨발놈이었거든. 하지만 간호사는 장교였기 때문에 우리 사이에는 무슨 일이 생길 수 없다는 걸 알았지. 한번은 그 여자한테 나를 급여 등급 말고 다른 이름으로 부르고 싶은 마음이 들지 않느냐고 물었더니 미소를 지으려다 그만두더군.

그 여자가 뭐라고 했어?

아무 말도 하지 않았어. 나 같은 놈을 하도 많이 봐서 내 말은 입력도 안 되는 거였지.

아팠어?

주둥이가 긴 펜치로 내 엉덩이에서 금속 덩어리를 뽑아내는 게?

응.

음. 네가 그 여자를 봤어야 하는데. 대충 딱 적당한 느낌이었다고 말해두지.

웨스턴은 미소를 지었다.

어쨌든, 대부분은 그냥 곯아떨어지고 말았어. 심리전용 음향 비행체가 새벽 세시쯤에 나타났다가, 저 밖 어둠 속에서 그냥 노를 저어 멀어져가곤 했지. 아기 울음소리를 틀어놓고. 되풀이해서. 우리가 그것 때문에 누굴 올려보내지는 않을 거란 걸 아니까. 그걸 쏘아서 떨어뜨리면 아마 우리 머리 위로 떨어졌겠지. 한참 뒤에는 그걸 좀 좋아하는 지경에 이르렀어. 그소리를 듣고도 그냥 천천히 잠으로 다시 빠져들었지.

그는 바 쪽을 보고 손가락 두 개를 들어올렸고 몇 분 뒤 폴라가 맥주 두 잔을 가져왔다. 오일러는 맥주를 들어올려 빛에 비추어 보았다. 이런 똥 같은 이야기를 해줄 순 있어. 하지만 아무런 의미가 없을 거야. 그게 나한테 무슨 의미인지도 잘 모르겠어. 내가 정말이지 알고 싶지 않은 것에 관해 생각하면 그게 모두 내가 아는 게 되어버려. 늘 그걸 아는 채로 살게 될 거야. 아주 좆같은 일이지. 옆에 있는 사람이 총을 맞으면 꼭 진흙을 치는 것 같은 소리가 나. 뭐. 실제로 그래. 평생 그걸 모르고 살 수도 있지. 하지만 보라고. 우리는 매일 자기가 있지 말아야 할 곳에 있다는 걸 알게 돼. 하지만 그곳이 우리 젊은 엉덩이가 가 있는 곳이야.

부자 소년들은 대학에 가고 가난한 소년들은 전쟁에 갔지.

그래, 뭐. 나는 사실 그렇게 생각하지는 않았어.

국을 한 무더기 쏜 얘기를 해봐.

국을 한 무더기 쐈지.

헬리콥터 추락이 또 한번 있었잖아.

내가 탄 헬리콥터 가운데 추락하지 않은 게 없어.

그게 정말이야?

그럼. 사실이지. 그때는 휴이 하나가 진입중에 격추당한 LZ로 가라는 명령을 받았지. 거기에는 밖으로 데리고 나와야 할 녀석이 넷이었어. 러프들.* 걔들이 그런 좆같이 엉망인 상황에 빠져들었을 거라고는 생각도 못했지. 둘은 편지 작대기**를 밟았어. 우리라고 휴이보다 별로 나을 것도 없었어. 음, 결과적으로 좀 낫긴 나았구나. 휴이는 올라가다 흔들리면서 밀림 속으로 추락해 불이 붙었으니까. 그 친구들은 두 번 다시 보지 못했어. 나중에 매끈이*** 한 대가 우리 뒤를 따라 들어왔지만 그 엉망인 꼴을 보고 그냥 위로 올라가버렸다는 걸 알게 됐어. 똑똑한 녀석들이지. 우리는 아군을 태우기 위해 무게를 줄이

---

* LRRP(Long Range Reconnaissance Patrol). 장거리 정찰대.
** 밟으면 찔리도록 바닥에 장치한 죽창.
*** 휴이 헬리콥터를 가리킨다.

려고 연료를 왕창 버려야 했고 나는 계속 안으로 뭔가 뜨거운 게 들어오면 어쩌나 생각하고 있었어. 어쨌든 꼬리가 먼저 우듬지에 부딪혔고 우리 건십은 코를 아래로 처박았어. 회전날개가 모든 걸 갈겨 똥같이 터뜨리고 있었지. 나 말고 다른 기관총 사수는 워새치라고 하는 친구였는데 내가 밖으로 뛰어내린 뒤에도 계속 총을 쏴댔어. 건십은 옆으로 기울었고 뜨거운 탄피 하나가 내 비행복 등을 따라 내려갔는데 니미씨발 더럽게 아프더라고. 그다음은 밀림에서 보낸 나흘과 계속 이동하면서 벌인 수많은 총격전이고 결국 나는 겨우 한 명만 데리고 거기서 나왔는데 그 친구도 떠나는 헬기에서 죽었어. 그걸로 좆같은 훈장을 받아? 말 같지도 않은 소리. 그게 다야, 보비, 끝이야.

가장 겁났던 게 뭐야.

늘 겁이 났어.

가장 겁난 거.

내 생각에 가장 하찮다는 느낌을 받은 건 정말 나쁜 거에 맞고 있을 때였던 것 같아. 공중에서는 SAM*일 수도 있지. 그걸 한 방 맞으면 오직 환생만 바라게 되지.

그거에 맞았다는 거야? SAM에. 미사일에. 그래?

---

* surface-to-air missile. 지대공미사일.

그래. 그건 쌍으로 다가오지. 대위가 건십을 바로 틀었고 우리는 염병할 덮개 속으로 떨어질 뻔했어. 그게 다야.

또.

예수여.

또.

우리 기지가 106 무반동 라이플의 표적이 된 적이 있어. 우리는 그게 이 마일 밖에 있다고 판단했지. 첫번째 사격을 당한 뒤 우리는 그냥 달아나기 시작했어. 완전 소개疏開였어. FNG*들조차 그 좆같은 게 뭔지 알았어. 끝이야.

후회하는 건 뭐야? 그런 걸 물어도 되나?

후회.

그래.

전부 다.

그중에 몇 가지만 말해주면 어떨까.

좋아. 코끼리.

코끼리?

그래. 좆같은 코끼리.

무슨 말인지 모르겠는데.

꽝남에서 날아서 빠져나갈 때 빈터 곳곳에서 이 코끼리들을

---

* Fucking New Guy. '좆같은 신병'이라는 뜻.

봤는데 수컷들이 뒤로 물러나 코를 들어올리고 우리에게 도전했어. 생각을 해봐. 그건 정말 좆나게 대담한 거야. 그 녀석들은 우리가 뭔지도 몰랐다고. 하지만 자기 마누라들을 보살핀 거야. 애들하고. 우리는 이 건십에 2.75인치 로켓까지 장착하고 다니는데. 그건 너무 가까이서는 쏠 수 없어. 로켓이 제대로 터지려면 어느 정도 거리를 날아가야 하거든. 탄두의 안전장치가 풀리려면. 게다가 그렇게 정확하지도 않아. 가끔 날개가 제대로 펼쳐지지 않아서 염병할 풍선처럼 흔들리며 떨어져버리지. 어디로 튈지 몰라. 그래서 어쩌면 우리는 씨발 뭐 어때 하고 생각했을지도 몰라. 쟤네한테도 기회는 있다. 하지만 우리는 한 번도 빗맞힌 적이 없어. 그러니까 로켓이 걔들을 그냥 날려버렸을 거야. 그냥 씨발 폭파해버렸을 거야. 야, 나는 그 생각을 해. 걔들은 아무 짓도 하지 않았어. 또 걔들이 그걸 갖고 누굴 찾아가 하소연하겠어? 따라서 그게 내가 생각하는 거야. 그게 내가 후회하는 거야. 됐어?

*

그는 그렇게 빨리 질문을 받을 줄은 몰랐다. 그는 프렌치쿼터*를 통해 걸어서 돌아갔다. 잭슨스퀘어를 지나. 카빌도.** 밤 공기에 짙게 밴 도시의 이끼와 지하실의 강렬한 냄새. 지붕의

슬레이트 너머로 구름 타래를 빠르게 통과하는 차가운 머리뼈 색깔의 달. 기와와 굴뚝 꼭대기의 통풍관. 강에서는 배의 경적. 가로등은 증기의 구 안에 서 있고 건물들은 시커멓게 땀을 흘리고 있었다. 가끔 도시는 니네베***보다 오래되어 보였다. 그는 거리를 건너 블랙스미스 숍을 지나 위로 방향을 틀었다. 대문의 자물쇠를 따고 파티오로 들어섰다.

그의 집 문밖에 남자 둘이 서 있었다. 그는 걸음을 멈추었다. 저들이 대문 안으로 들어올 수 있었다면 그의 방에도 들어갈 수 있었다. 따라서 이미 자신의 방 안에 들어갔다 왔다는 것을 깨달았다.

미스터 웨스턴?

그런데요.

혹시 이야기 좀 할 수 있을까요?

누구시죠?

그들은 코트 호주머니에 손을 넣어 배지가 달린 가죽줄을 꺼냈다가 도로 집어넣었다. 안에 들어가서 잠깐 이야기하면 될 것 같은데.

---

* 뉴올리언스의 구시가지. '쿼터'라고도 한다.
** 뉴올리언스가 스페인 식민지였을 때 건설된 시청 건물로 현재는 루이지애나 주립 미술관의 일부이다.
*** 메소포타미아에 있던 고대 아시리아의 수도.

대문을 뛰어넘어. 달아나.

미스터 웨스턴?

그럼요. 좋습니다.

그는 자물쇠에 열쇠를 넣어 잠금장치를 돌리고 문을 밀어 연 다음 불을 켰다. 작은 부엌과 욕실이 딸린 방 한 칸짜리 아파트였다. 침대는 접어서 벽 안에 넣을 수 있었지만 늘 펼쳐놓았다. 소파와 주황색 바닥 깔개와 책들이 쌓인 커피 테이블이 있었다. 그는 남자들이 들어오도록 문을 잡고 있었다.

내 고양이가 나가게 두지는 않았겠죠?

무슨 말씀인지?

들어오세요.

그들은 훈련된 예의바른 태도로 들어왔다. 그는 문을 닫고는 무릎을 꿇고 침대 밑을 보았다. 고양이는 벽에 바짝 붙어 몸을 웅크리고 있었다. 가냘프게 울었다.

조금만 기다려, 빌리 레이. 금방 밥 줄게.

그는 일어서서 소파 쪽으로 손짓을 했다. 앉으시죠, 그가 말했다.

우리를 보고도 별로 놀라지 않는 것 같다는 말을 하고 싶네요.

놀라야 합니까?

그냥 그렇게 보여서 하는 말입니다.

물론 그렇겠죠. 차 좀 드시겠어요?

고맙지만 괜찮습니다.

앉으세요. 주전자 좀 올려놓겠습니다.

그는 부엌으로 가서 가스버너에 불을 켜고 주전자에 수돗물
을 받아 버너에 올려놓았다. 돌아오니 두 남자는 소파 양쪽 끝
에 한 명씩 앉아 있었다. 웨스턴은 침대에 앉아 신발을 벗어
옆쪽으로 던진 다음 책상다리를 하고 그들을 바라보았다.

미스터 웨스턴 오늘 아침 잠수했을 때의 일에 관해 묻고 싶
습니다.

물으시죠.

몇 가지만 묻겠습니다.

그러시죠.

다른 남자는 몸을 앞으로 기울인 채 커피 테이블 가장자리
에 두 손을 포개 얹어놓고 있었다. 남자가 위에 얹은 손으로
아래쪽 손을 몇 번 두드리다 고개를 들었다. 사실 질문이 많지
는 않습니다. 그냥 꽤 큰 질문 하나뿐이지요.

알겠습니다.

승객이 한 명 실종된 걸로 보입니다.

승객 한 명이요.

네.

실종이요.

네.

그들은 웨스턴을 지켜보았다. 그는 그들이 뭘 원하는지 알
수 없었다. 혹시 신분증 있습니까? 그가 말했다.

아까 신분증을 보여드렸는데요.

한번 더 볼 수 있을까 해서요.

그들은 마주보더니 몸을 뒤로 기울여 배지를 꺼내 내밀었다.

원하신다면 번호를 적어도 됩니다.

됐습니다.

적어도 돼요. 괜찮습니다.

적을 필요는 없어요.

그들은 그게 무슨 뜻으로 한 말인지 정확히 알지 못했다. 그
들은 배지를 위로 휙 젖혀 접은 다음 집어넣었다.

미스터 웨스턴?

네.

항공기에 승객이 몇 명 있었습니까?

일곱 명이요.

일곱 명.

네.

거기에 조종사와 부조종사.

네.

시신 아홉.

네.

음 듣자 하니 승객이 여덟 명 있었어야 하는 것 같습니다.

누가 비행기를 놓쳤군요.

우리는 그렇게 생각하지 않아요. 명단에는 승객이 여덟입니다.

무슨 명단이죠?

비행 승객 명단이요.

그런 명단이 왜 있을까요?

왜 없을까요?

개인 비행기였으니까요.

전세기입니다.

전세기라면 여자 승무원이 있었겠죠.

그들은 서로를 마주보았다.

왜 그렇죠, 미스터 웨스턴?

FAA* 규정에 따르면 승객이 일곱 명을 넘어가는 모든 상용 비행기에는 여자 승무원이 있어야 합니다.

하지만 승객이 일곱 명보다 많지 않았잖아요.

방금 여덟이라고 했잖아요.

그들은 입을 다물고 웨스턴을 보았다. 테이블에 두 손을 얹

---

* Federal Aviation Administration. 연방항공국.

었던 남자가 몸을 뒤로 기댔다. 그건 어떻게 알게 된 겁니까?
그가 말했다.

승무원에 대해서요?

네.

모르겠습니다. 어딘가에서 읽었어요.

읽은 걸 다 기억합니까?

꽤 기억하죠. 잠깐만요. 차 좀 가져오고요.

그는 부엌으로 들어가 차통을 꺼낸 다음 잘게 썰린 거무스
름한 찻잎을 스푼으로 퍼서 반 리터짜리 실험실 비커에 담고
뜨거운 물을 부은 뒤 주전자를 스토브에 도로 내려놓고 버너
를 끄고 돌아와 다시 침대에 앉았다. 남자들은 그 자리에서 움
직이지 않은 것 같았다. 말을 하던 사람이 고개를 끄덕였다.
좋습니다, 그가 말했다. 어쩌면 승객 명단은 적당한 말이 아닐
수도 있겠네요. 우리는 그쪽 법인에서 승객들 이름을 받았습
니다.

승객들 이름은 갖고 계실지 모르겠습니다. 하지만 법인은
없다고 생각합니다.

왜 그렇지요?

법인 비행기가 아니었다고 생각하니까요.

비행기에 관해 많은 의견을 갖고 계신 것 같군요.

그렇지는 않습니다. 비행기에 관해 질문이 많은 거죠. 그쪽

과 마찬가지로.

그걸 우리에게 알려주시겠습니까?

아니 어쩌면 그냥 꽤 큰 질문 하나뿐인지도 모르겠네요.

해보세요.

그 배지 좀 다시 볼 수 있을까요?

뭐라고요?

그냥 줄을 좀 잡아당겨본* 거였어요. 미안합니다.

알겠습니다.

우리는 그 비행기가 물속에 한참 있었다고 생각했습니다. 또 어부가 신고한 거라고 생각하지도 않았고요. 수면 위에서는 그게 보이지도 않거든요. 또 누군가가 우리보다 먼저 비행기에 들어갔을 가능성이 제로보다는 좀더 크다고 생각합니다.

다른 잠수부가요.

다른 어떤 사람이요.

뭐 잠수부일 수밖에 없지 않겠습니까?

그런가요?

누군가가 선생보다 먼저 비행기에 들어갔다고 생각하신다고요.

그게 우리 생각입니다.

---

* 놀리거나 농담을 한다는 뜻.

선생과 선생의 파트너보다 먼저.

네.

물론 선생이 비행기에서 뭔가를 가지고 나왔다면 선생 일행이 거기 처음 들어간 사람이 아니었다고 주장하는 것도 말이 됩니다만.

인양 잠수부를 몇 명이나 아시나요?

그들은 서로를 마주보았다.

그건 왜요?

그냥 궁금해서요. 우리는 비행기에서 물건을 가지고 나오지 않습니다.

현장에 도착했을 때 어땠는지 좀 얘기해주시면 좋겠네요.

그러죠. 비행기는 물밑 사십 피트 정도 깊이에 가라앉아 있었습니다. 꽤 말짱해 보였죠. 잠수용 손전등으로 창 안을 비춰보니 승객들이 자리에 앉아 있는 게 보였습니다. 우리는 마침 텐더가 하나뿐이었는데 이 일을 시작한 지 얼마 안 된 사람이라 나는 다시 올라갔고 일단 오일러가 혼자 비행기 안에 들어갔죠.

그러면 그 사람은 어떻게 비행기 안으로 들어갔지요?

토치로 문의 잠금장치를 잘라냈습니다.

비행기가 말짱했다고요.

네.

충격으로 파손된 부분도 없었고요.

충격의 흔적은 별로 보지 못했습니다. 비행기는 만의 바닥에 가라앉아 있었고요. 심지어 별로 문제가 있는 것처럼 보이지도 않았습니다.

문제가 없었다.

우리가 보기에는 그랬습니다. 물속에 있다는 사실만 빼면.

파트너가 비행기에 들어간 뒤에 선생도 다시 잠수했나요?

네. 우리는 비행기 안에 오래 있지 않았습니다. 우리가 거기 내려간 건 생존자가 있나 확인하기 위해서였죠. 없었습니다.

이 사건과 관련해서 누가 선생과 접촉한 적이 있나요?

아니요. 정말 차 좀 안 드시겠어요?

정말 괜찮습니다.

그게 규정입니까?

뭐가 규정이냐는 거죠?

아무것도 아닙니다. 곧 돌아오겠습니다.

웨스턴은 부엌으로 가서 얼음 트레이를 꺼내 커다란 녹색 잔에 얼음 조각을 채운 다음 체에 차를 부었다. 그런 뒤에 체 안의 찻잎을 보며 서 있었다. 너희는 누구냐? 그가 말했다. 그러고는 돌아가서 침대에 앉아 차가운 차를 마시며 기다렸다.

비행기를 인양해본 적이 있습니까?

네. 한 번요.

어디서요?

사우스캐롤라이나의 해안 근처였습니다.

비행기에 시신이 있었나요?

아니요. 너덧 명이 타고 있었던 것 같지만 비행기가 부서져서요. 며칠 뒤에 해안으로 쓸려온 시신 두 구가 발견됐죠. 나머지 시신은 찾지 못했던 걸로 압니다.

비행기 조종을 하나요 미스터 웨스턴?

아니요. 지금은 안 합니다.

그게 언제였습니까? 그 사우스캐롤라이나 일이.

이 년 전요.

제트스타 항공기를 잘 압니까?

아니요. 그게 처음 본 거였습니다.

좋은 항공기죠.

아주 좋은 항공기예요.

화물칸을 열었습니까?

우리가 그걸 왜 열겠습니까?

모르죠. 열었나요?

아니요.

젭 가방*이 뭔지 아십니까?

---

* Jepp case. 운항 자료를 넣는 가방. 운항 정보를 제공하는 제피슨(Jeppesen)사의 이름에서 따온 것이다.

네. 우리한테는 없습니다.

하지만 사라졌습니다.

사라졌죠. 맞습니다. 그거하고 블랙박스하고. 데이터박스.

그게 우리한테 말해줄 만한 일이라고 생각하진 않았나요?

두 분이 이미 아는 건 말해줄 만한 일이라고 생각하지 않았습니다. 두 분이 이 일에서 관심을 가지는 게 뭔지, 무슨 일이 일어났다고 생각하는 건지 말씀해주시면 어떨까요. 두 분이 아시는 걸.

그럴 권한이 없습니다.

그러시겠죠.

하지만 그 항공기에서 아무것도 가지고 나오지 않았다는 거죠.

맞습니다. 우리는 물건을 가지고 나오지 않습니다. 오일러가 물에서 나가야 한다고 말했고 우리는 그렇게 했습니다. 물은 죽은 몸뚱이로 가득했습니다. 우리는 그들이 죽은 지 얼마나 되었는지 또 무슨 이유로 죽었는지 알지 못했습니다. 우리는 젭 가방을 가져오지 않았습니다. 데이터박스를 가져오지 않았습니다. 화물을 가져오지 않았습니다. 그리고 염병할 분명히 말하건대 어떤 시신도 가져오지 않았습니다.

보증은 되어 있습니까,* 미스터 웨스턴?

네.

더 말하고 싶은 게 있습니까?

우리는 인양 잠수부들입니다. 돈을 받고 해달라는 일을 합니다. 어쨌든, 두 분이 이 일에 대해선 나보다 잘 알 거라고 믿습니다.

알았습니다. 시간 내주셔서 감사합니다.

남자들은 동시에 소파에서 일어났다. 전깃줄을 떠나는 새들처럼. 웨스턴은 침대에서 천천히 일어났다.

정말로 그 배지를 다시 봐야 할지도 모르겠네요.

유머 감각이 특이하군요, 미스터 웨스턴.

압니다. 그런 소리 많이 들어요.

남자들이 떠나자 그는 문을 닫은 다음 무릎을 꿇고 침대 밑으로 한 손을 뻗은 채 고양이에게 말을 걸다 마침내 고양이를 손으로 잡았다. 그는 일어나 팔오금에 고양이를 얹고 서서 고양이를 쓰다듬었다. 이가 밖으로 튀어나온 단단한 검은 수컷 고양이. 꼬리가 양옆으로 휙휙 움직였다. 그는 고양이들에게 호의를 품고 있었다. 고양이들도 마찬가지였다. 네 접시가 어디 갔을까? 그가 말했다. 네 접시가 어디 갔을까? 그는 고양이를 안고 문으로 가 문간에 섰다. 공기는 선선하고 습했다. 그는 그곳에 서서 고양이를 쓰다듬었다. 고요에 귀를 기울였다.

---

* 계약 관계나 이행의 증거가 되는 보증보험에 가입했느냐는 뜻.

양말을 신은 발 밑으로 멀리 말뚝 박는 기계의 둔중한 망치질이 느껴졌다. 느린 박자. 그 운율.

II

그녀는 환각이 열두 살 때부터 시작되었다고 말했다. 생리가 시작되었을 때, 그녀는 문헌을 인용하여 말했다. 그들이 메모지에 필기하는 걸 지켜보면서. 그들은 사실 현실을 주제로 이야기할 생각이 별로 없는 듯했고 현실에 관하여 그녀가 하는 말을 듣다 다른 이야기로 넘어가곤 했다. 현실의 정의定義를 찾는 일은 그것이 추구하는 바로 그 정의 안에 가차없이 묻혀버리고 그 지배를 받는다는 말. 또는 세상의 현실은 그 안에 담겨 있는 다른 것들과는 달리 무엇보다도 하나의 범주가 될 수 없다는 말. 어쨌든 그녀는 절대 그것들을 환각이라고 말하지 않았다. 또 수數의 의미에 대한 개념이 조금이라도 있는 의사를 만난 적이 한 번도 없었다.

따라서 이것은 1963년 초겨울 테네시에 있는 그녀의 할머니 집 처마 밑의 작은 방일 것이다. 그녀는 그 추운 날 아침 일찍 일어났고 그것들이 침대 발치에 모여 있는 것을 보았다. 그녀는 그들이 얼마나 오래 거기 있었는지 알지 못했다. 또는 그런 질문 자체가 어떤 의미가 있는지도. 키드는 그녀의 책상에 앉아 그녀의 글을 훑어보며 아주 작고 검은 공책에 메모를 하고 있었다. 그녀가 깬 걸 보자 그는 공책을 옷 어딘가에 집어넣고 고개를 돌렸다. 좋아, 키드가 말했다. 깬 것 같군. 잘됐어. 그는 일어서서 물갈퀴 두 개로 뒷짐을 지고 어슬렁거리기 시작했다.

거기서 내 글은 왜 보고 있는 거야? 그리고 그 책에는 뭘 적고 있었어?

한 번에 질문 하나씩, 프린세스. 모두 때가 되면 말할 테니까. 먼저 책. '시간의 책' '옛날의 책'.* 됐어? 우리는 일정한 거리를 답파해야 하니까 어서 출발해야 돼. 콸리아qualia**에 대한 퀴즈가 있을 수 있으니까 염두에 두고 있어. 무엇보다도inter alia 문제에서 옳다 그르다를 답해, 네 개 틀리면 너는 불합격이야fail ya.*** 또 선다형 문제에서 선다는 없어.**** 하나를 고르고 다음으로 넘

---

* 둘 다 삽화가 들어간 중세의 종교적인 필사본.
** 의식적 경험의 주관적인 측면.
*** 앞의 qualia부터 라임을 맞추는 말장난을 하고 있다.
**** 선다(選多)는 말 그대로 이해하면 여러 개의 답을 선택하는 것이므로 답을 하나만 고르는 선다형 문제는 표현과 내용이 모순이 될 수 있다.

어가.

그는 고개를 돌려 그녀를 보더니 계속 어슬렁거렸다. 다른 개체들에는 관심을 두지 않았다. 자주색 크라바트를 매고 홈부르크 모자를 쓰고 작은 양복을 똑같이 맞춰 입은 난쟁이 한 쌍. 팬케이크만큼 두꺼운 화장을 하고 루즈가 번진 나이들어가는 부인. 검은 보일 직물로 지었지만 목과 소매는 잿빛으로 변한 낡은 드레스. 목둘레에는 검은 유리 눈과 양단 코가 달린, 로드킬을 당한 듯 납작한 죽은 담비들로 만든 스톨*을 두르고 있었다. 그녀는 기다란 손잡이가 달리고 보석이 박힌 안경을 눈으로 들어올리고는 추레한 베일 뒤에서 소녀를 살폈다. 배경에 있는 다른 형체들. 방의 반대편 구석에서는 어느 분류군에 속하는지 불분명한 동물 한 쌍이 끈에 묶인 채 일어났다가 원을 그리다 다시 엎드리면서 내는 사슬이 달그락거리는 소리. 가볍게 바스락거리는 소리, 기침소리. 객석의 조명이 어두워졌을 때의 극장처럼. 그녀는 이불을 움켜쥐고 턱까지 끌어올렸다. 너 누구야? 그녀가 말했다.

그래, 키드는 발을 멈추더니 한쪽 물갈퀴로 격려하는 몸짓을 했다. 진행하면서 핵심적 질문들로 들어갈 테니까 이 대목에서 그 점 때문에 속바지가 돌돌 말릴 필요는 없어. 좋아. 다른 질문?

---

* 여성이 어깨에 두르는 긴 숄.

왼쪽 난쟁이가 손을 들었다.

너 말고, 좆대가리야. 예수여. 너 나한테 지금 방귀를 꾸려는 거야? 좋아. 질문이 더 없으면 시작해보자고. 멋진 연예물 몇 가지가 줄줄이 준비되어 있거든. 혹시 너무 양념이 강해* 취향에 안 맞으면 망설이지 말고 메모를 해서 종이를 세로로 접은 다음 해가 비치지 않는 곳에 꽂아둬. 좋아.

키드는 터벅터벅 걸어가 다시 그녀의 의자에 앉았다. 그들은 기다렸다.

저기, 그녀가 말했다.

질문 시간은 끝났어 올리비아 그러니 질문 시간은 더는 없어. 알았어? 그는 몸 어딘가에서 커다란 시계를 꺼내더니 단추를 눌렀다. 덮개가 스프링의 힘으로 열리더니 음악 몇 마디가 약하게 딸랑거리다 멈추었다. 그는 덮개를 닫고 시계를 집어넣었다. 그리고 물갈퀴 두 개를 엇갈려 팔짱을 끼더니 앉아서 한 발로 바닥을 탁탁 두드렸다. 목발을 짚은 그리스도여, 그가 중얼거렸다. 꼭 여기 어디서 좆같은 이빨을 뽑고 있는 것 같군.** 그는 한쪽 물갈퀴를 입꼬리 쪽으로 들어올렸다. 위치로, 그가 소리쳤다.

옷장 문이 활짝 열리더니 격자무늬 모자를 쓰고 누가 버린 반바지를 입은 작은 벤치 멤버가 방안으로 튀어나와 손뼉을 쳤다.

---

* 외설적이거나 충격적이라는 뜻.
** 힘들고 어려운 일을 한다는 뜻.

그는 삼나무 장롱 위로 뛰어올랐다. 얼굴에는 물감으로 미소를 그려놓았고 허리에는 양철로 만든 도구들이 매달려 있었다. 그는 짤랑거리는 소리를 내며 잠깐 춤을 추더니 손잡이를 잡고 팬한 쌍을 들어올렸다.

예수여, 키드가 말하더니 일어나서 앞으로 나왔다. 하느님의 피를 흘리는 말뚝들아. 아냐 아냐 아냐 아냐 아냐. 제발 그리스도의 사랑으로. 이게 씨발 도대체 뭐라고 생각하는 거야? 여기에 들어와서 이런 쓰레기를 팔 수는 없는 거잖아. 우리는 있는 그대로의 연예물을 요청하는데 우리가 얻는 것이라곤 앞쪽엽*이 빠진 좆같은 땜빵이라니? 선하신 하느님이여. 나가. 나가. 예수여. 좋아. 다음은 누구야? 그리스도여. 조금이라도 재능 있는 것들을 찾으려면 어디에 가야 하는 거야? 씨발 달에라도 가란 말이야?

그는 서서 공책을 넘겼다. 우리한테 뭐가 있지? 펀치와 주디? 페럿레거스?** 외설적인 성격의 동물 연예물? 그래, 씨발 뭐 어때. 한번 해보자고.

잠깐, 그녀가 말했다.

이번엔 또 뭐야?

너는 누구야?

---

* forelobe. '전두엽(frontal lobe)'을 잘못 말한 것.
** ferretleggers. 족제비 다리가 달린 사람들 정도로 이해할 수 있다.

키드는 눈썹을 치켜세우고 다른 개체들을 보았다. 들었어, 친구들? 아주 골때리네. 좋아, 잘 들어. 이건 너희들이 충분히 예상할 수 있는 그런 일이니까 혹시 약간의 감사의 말 같은 걸 들으려고 둘러서 있는 거라면 가서 편하게 자리를 잡는 게 나을 거야. 좋아? 좋아. 우리한테 뭐가 있지. 그래, 이거 좋은데. 이 작자 알지. 해보자고.

오그라든 양복, 얼룩이 묻은 하얀 셔츠에 목에는 배배 꼬인 녹색 타이를 두른 작은 남자가 옷장에서 발을 질질 끌며 나와 둔하고 단조로운 목소리로 읊조리기 시작했다. 여러분은 고전적인 시계 장치가 합산을 하게 했습니다. 여러분의 바다 그물 안 작은 시간. 모든 것에서 물이 빠지게 합시다. 뇌수종을 머리 위 서까래들에 걸어놓아야 할지도 모르지만 괜찮습니다. 바닥은 걱정하지 마십시오. 모든 게 마를 테니까. 우리가 정말로 이야기하는 주제는 영혼의 상황situation입니다.

포화saturation겠지, 키드가 말했다.

영혼의 포화. 나무가 오래되고 좀 말라서 약간 삐거덕거릴 수도 있습니다. 나무 먼지가 가볍게 떠다니는 건 정상입니다. 유독하지noxious 마십시오.

불안해하지anxious.

불안해하지 마십시오. 흥분하지 않으려고 노력하십시오. 현명한 자에게 해주는 딱 한 마디.* 손에 쥔 새.**

손에 쥔 새?

제때의 한 땀.*** 우리는 숲에서 나오지 못했습니다.****

씨발 뭐야. 어디에 그런 게 나와?

푼돈에서는 지혜롭고 큰돈에서는 어리석다. 정직이 최선의 정책이다.

예수여. 아까부터 지켜웠어. 저게 어디서 이런 똥 같은 걸 가져온 거야? 누가 저 미친 엉덩이 좀 여기서 치워줄래? 끌고 나갈 갈고리는 어디 있어?

잠깐만.

키드는 침대에 있는 소녀를 보았다. 소녀는 손까지 들고 있었다. 뭐야, 하느님을 위하여 제발?

네가 여기서 뭘 하는지 알고 싶어.

키드가 눈을 위로 굴렸다. 그는 다른 개체들을 보며 고개를 저었다. 키드가 소녀 쪽으로 고개를 돌렸다. 이봐, 프레시.***** 결국에 가서는 핵심은 대체로 구조라고. 그건 여기 이 바닥에서 그렇게 흔하지 않고, 아마 너도 동의할 거라고 생각하는데. 하지만 분위기를 끌어올리기 전에는 아무것도 할 수 없어. 모두 하나가

---

* 더 긴 말이 필요 없는 짧고 핵심적인 조언을 뜻한다.

** '확실한 것'이라는 뜻.

*** '제때의 한 땀이 나중의 아홉 땀을 덜어준다'는 속담에서 인용한 말.

**** 아직 위기에서 벗어나지 못했다는 뜻.

***** 소중하다는 뜻을 가진 애칭 '프레셔스'의 준말.

되기 전에는. 작은 예의comity*야. 알았어? 우리는 기본적인 걸 하려고 노력중이야. 그러지 않으면 모든 게 무너지기 시작할 거야. 최선의 판단력을 동원해야 해. 손에 있는 재료로 작업을 해야 해. 여기에는 수많은 추한 시나리오가 있어. 예를 들어? 백묵으로 그린 윤곽?** 그건 쉽지. 할 게 없어. 하지만 너는 문 밑을 살피고 있었고, 도리스, 우리에게 그것에 관한 자료는 많지 않아. 따라서 가끔 우리가 여기에서 좀 즉흥적으로 엉성하게 한다는 인상을 받아도 어쩔 수 없어. 첫번째는 서사 라인을 찾는 거야. 그게 법정에서 승산이 있을 정도일 필요는 없어. 삽화적인 것들 안에서 잘라 잇는 것부터 시작해. 일화적인 것들. 너는 찾아낼 거야. 하나의 선으로 이어지지 않는 것은 윤곽도 그릴 수 없다는 사실만 기억해. 집중하려고 해봐. 아무도 너한테 뭘 서명하라고 하지 않아, 알았어? 그리고 어차피 너는 의지할 데가 많거나 한 것도 아니잖아.

그는 다른 개체들을 향해 몸을 돌리더니 한쪽 물갈퀴로 뒤쪽에 있는 그녀를 가리켰다. 여기 이 새 젖통은 혹독한 일들을 막아줄 친구들이 저 바깥에 있다고 상상하지만 그런 생각은 곧 넘어설 거야. 좋아. 한번 보자고. 우리한테 뭐가 있는지 보자고.

그는 걸어가 다시 의자에 앉았다. 우린 준비됐어, 그가 소리쳤

---

* '공동체(community)'를 잘못 말한 것일 수도 있다.
** 바닥에 시체의 윤곽을 표시해놓은 것.

다. 그들은 기다렸다. 언제든지 시작해, 키드가 말했다. 예수여. 여기 뭐가 필요한 거야? 좆같은 확성기? 위치로.

얼굴이 검은 음유시인 둘이 멜빵 작업복을 입고 밀짚모자를 쓰고 거대한 노란 신을 신고 펄럭이며 나왔다. 그들은 스툴과 밴조를 들고 있었다. 스툴에는 빨강 하양 파랑 줄무늬에 황금 별을 그려놓았다. 음유시인들은 모자를 들어 인사를 하고 방의 양끝에 스툴을 놓더니 앉았다. 그들 뒤에 사회자가 나타났다. 길에서 묻은 먼지로 뽀얀 중절모와 연미복. 그는 지팡이를 휙휙 움직이다가 미소를 지으며 고개를 숙였다. 키드는 의자에 등을 기대고 만족스러운 표정으로 두리번거렸다. 좋아, 그가 말했다. 이건 좀 그럴듯하군.

미스터 본스, 사회자가 소리쳤다. 오늘 저녁에는 프로그램에 뭐가 있지요?

음 선생님, 미스타 사회자, 우리는 여기 미스 앤을 위해 생리* 댄스를 출 거요. 드라이롱소 셔플**을 출 참인데 또 집고양이가 헛간으로 자러 갈 때까지 위블리 휘트***도 추려고 하오. 그리고 아무도 일찍 자리를 뜨지 않도록 탭댄스도 프로그램에 올릴 거

---

* menstrual. 발음의 유사성에 착안해, 백인이 흑인으로 분장하고 흑인 가곡 등을 부르는 쇼인 '민스트럴(minstrel) 쇼'를 변형한 것이다.
** 남부 파티에서 자주 추는 셔플 댄스의 한 종류.
*** '바구미가 생긴 밀'이라는 뜻으로 스퀘어 댄스를 출 때 부르는 민요.

요. 여러분 모두 진짜로 바닥에 달라붙어 춤추는 걸 제대로 보게 될 참이오. 그런 다음에 재담을 좀 나눌 건데 미스 앤은 나중에 그걸 전부 전축으로 다시 들으며 외로운 저녁시간을 보낼 수 있을 거요. 그렇지 않소 미스 앤?

키드는 의자에 등을 기대고 물갈퀴 하나를 입꼬리에 갖다댔다. 그렇다고 해, 그가 쉰 목소리로 소곤거렸다.

내 이름은 앤이 아니야.

미스타 본스 그걸 뜯을 준비 됐습니까?

그라문요 그라문요, 본스가 소리쳤다. 그는 벌떡 일어서더니 밴조를 연주하기 시작했다. 그의 눈은 파란색이었고 모자챙 밑으로 지푸라기 색깔 머리카락이 보였다. 두 사람은 스텝을 밟고 춤을 추며 방을 가로질러 옆걸음질 치더니 다시 되짚어 왔다.

미스터 본스, 사회자가 소리쳤다.

네엡 미스타 사회자.

아빠 두더지mole가 정원 밑으로 굴을 파고 다가와 코를 벌름거리며 말하네요. 루타바가* 냄새가 나. 그러자 엄마 두더지가 뒤에서 따라와 코를 벌름거리며 말하네요. 순무 냄새가 나. 그러자 아기 두더지가 따라와 코를 벌름거리는데 아기 두더지는 무슨 냄새가 난다고 그럴까요?

———————————
* 무 비슷한 뿌리식물의 일종.

자기는 당밀molasses*냄새밖에 안 난다고 말하지요.

그들은 서로의 몸 위로 엎어지며 폭소를 터뜨리고 깔깔댔다. 개체들은 낄낄거리고 키드는 싱글거리며 공책을 꺼내 안에 뭐라고 적은 다음 도로 집어넣었다.

미스터 본스.

네엡 미스타 사회자.

미스 리자의 마차 뒷문이 떨어져나가자 래스터스가 그 아가씨한테 뭐라 그랬게요?

이랬죠. 미스 리자, 뒷문이 필요하신가요you want yo tailboard?**

그러니까 미스 리자는 뭐라 그랬게요?

이랬죠. 래스터스 이 사람 마음을 읽을 줄 아는 바보 어서 마차에 올라타세요.

그들은 폭소를 터뜨리고 발을 구르고 방을 돌아다니며 서로 찰싹찰싹 때렸다.

저기, 그녀가 말했다.

키드가 등을 뒤로 젖히고 그녀를 보았다. 이번에는 또 뭐?

전부 내가 들어본 가장 진부하고 가장 끔찍한 우스개야.

그래? 그런데 왜 다들 웃음을 터뜨리고 있는 걸까? 네가 뭔데,

---

* mole+ass(두더지 엉덩이)로 들릴 수 있다.
** you want your tail bored로 들릴 수 있는데, 이때 tail은 여성의 성기, bored는 구멍을 판다는 뜻이 되어 전체적으로 성관계를 원하느냐는 의미가 된다.

무슨 평론가라도 돼? 예수여.

왜 다들 웃음을 터뜨리는지 모르겠어.

키드는 천장을 향해 눈을 굴렸다. 자신의 코호트를 돌아보았다. 좋아. 십 분 휴식이다, 친구들.

너희가 어디서 왔는지 알고 싶어, 그녀가 말했다.

그러니까 우리가 여기 있기 전에 있었던 곳?

응.

코호트가 약간 가까이 다가왔다. 마치 들으려는 것처럼. 좋아, 키드가 말했다. 이거 누가 대답할래?

간단한 질문이잖아.

그래, 맞아.

너희 어떻게 여기에 왔어?

버스 타고 왔지.

버스 타고 왔다고.

그래.

너희는 버스 타고 오지 않았어.

아니라고? 아이고 죽을죄를 지었습니다요.

아니. 내 말이 맞아.

왜 그렇다는 거야.

너희는 버스를 타고 오지 않았어. 어떻게 버스를 타고 올 수 있겠어?

그리스도여, 클러리사. 기사가 문을 열어주면 버스에 올라타
는 거지. 그게 뭐가 어려워?

버스에 다른 사람들도 있었어?

그럼. 왜 아니겠어?

그런데 다들 아무 말도 하지 않았어?

무슨 말?

사람들이 이상한 표정으로 쳐다보지도 않았고?

이상한 표정이라.

사람들이 너희를 볼 수 있었어?

다른 승객들이?

응.

누가 알겠어? 예수여. 어떤 사람들은 볼 수 있고 어떤 사람들
은 볼 수 없었겠지. 어떤 사람들은 볼 수 있지만 보려 하지 않았
고. 무슨 이야기를 하자는 거야?

음 어떤 승객이 너희를 볼 수 있어?

어쩌다 우리가 이 승객 얘기에 매달리게 된 거야?

그냥 알고 싶을 뿐이야.

다시 물어봐.

도대체 어떤 승객이 너희를 볼 수 있어?

이제 뭐가 문제인지 알 것 같아. 좋아. 어떤 승객이냐고?

키드는 그의 엄지손가락이었을 것을 양쪽 귓구멍에 꽂더니 물

갈퀴를 흔들고 눈을 굴리고 주절 절 절 지껄였다. 그녀는 한 손으로 입을 가렸다.

그냥 장난 좀 쳐본 거야. 어떤 승객인지 모르겠어. 예수여. 사람들은 우리를 보고 놀란 표정을 지어, 그뿐이야. 그러니 사람들이 우리를 보고 있다는 걸 알지.

뭐라고 하는데?

아무 말도 안 해. 무슨 말을 하겠어?

사람들은 너희가 누구라고 생각해?

사람들이 우리가 누구라고 생각하느냐고? 몰라. 그리스도여. 아마 내가 승객이라고 생각하겠지. 물론 만일 그들이 승객이라면 나는 틀림없이 승객이 아닌 다른 거라고 주장할 수도 있겠지. 하지만 아닐 수도 있어. 내가 그들 대신 말할 수는 없지. 어쩌면 그들은 그냥 작지만 기분좋은 녀석을 볼지도 모르지. 분명한 나이는 알 수 없는. 머리가 벗어지고 있는.

머리가 벗어져?

키드는 창백한 켈로이드* 머리를 문질렀다. 그게 뭐가 문제데?

벗어질 머리가 없다는 게 문제지. 나는 그저 네가 어디서 왔고 왜 여기 있는지 알고 싶을 뿐이야.

다 똑같은 질문이야. 방금 그 얘긴 다 끝난 줄 알았는데?

---

* 피부 결합조직의 이상증식으로 표면이 단단하게 융기하는 증상.

너희가 내 방에 있잖아.

너도 마찬가지지. 그래서 우리가 여기 있는 거고. 우리가 어떤 방에 있어야 한다고 생각한 거야? 우리가 어떤 다른 방에 있다면 여기에는 절대 있지 않을 거야. 이봐, 우리는 일정한 거리를 답파해야 하는데 빛이 얼마 남지 않았으니 너한테 이러나저러나 다 마찬가지라면 우리 그냥 계속하면 안 될까?

나한테 다 마찬가지가 아냐.

질문은 늘 똑같은 질문이 될 거야. 우리는 여기에서 무한한 수준의 자유를 이야기하고 있고 따라서 너는 언제나 그걸 회전시켜서 다르게 보이게 할 수 있지만 그건 다르지 않아. 똑같아. 상한 점심을 먹은 것처럼 계속 문제를 일으킬 거야. 네가 탐구 업종에 있다는 건 알지만 이건 좀 달라. 너는 그 뭐냐 천재 소녀라고 하니까 우리가 모두 지루해서 씨발 기절해버리기 전에 다 파악할지도 모르지.

그녀는 두 손을 포개 입을 누르고 앉아 있었다.

됐어? 키드가 말했다.

아니.

키드는 지친 표정으로 고개를 저었다. 그래, 뭐, 그가 말했다. 그는 시계를 꺼내 덮개를 열고 시간을 확인한 다음 다시 집어넣었다. 하품을 하고 한쪽 물갈퀴로 입을 두드렸다. 이봐, 그가 말했다. 이런 식으로 말해볼게. 목사가 성가대 소년에게 말한 것처럼. 노련한 여행자에게 목적지란 기껏해야 소문일 뿐이야.

그건 내가 쓴 거야. 내 일기에 있는 말이야.

잘했군. 아이를 품에 안고 갈 때 아이는 자기가 어디로 가는지 보려고 고개를 돌리기 마련이지. 왜인지도 모르면서. 어차피 거기로 가는데. 너는 그냥 가장 쥐기 좋은 데를 쥐고 있으면 돼, 그뿐이야. 너는 누가 버스를 타고 누가 여기 있게 되고 누가 저기 있게 되는 것에 규칙이 있다고 생각하지. 너는 어떻게 여기에 왔어? 음, 이 아이는 방금 달의 주기에 올라타게 되었거든.* 네가 카펫에서 발자국을 찾고 있는 게 보이는데 우리가 애초에 여기 있을 수 있다면 우리는 발자국도 남길 수 있어. 아닐 수도 있고. 진짜 문제는 모든 선이 점선이란 거야. 온 길을 되짚어가도 익숙한 건 아무것도 없어. 따라서 돌아가려고 뒤돌아서면 이제 방향만 반대일 뿐 똑같은 문제를 안게 되지. 모든 세계선世界線**은 각각 별개이고 그 선의 중간 휴지마다 바닥없는 공허를 건너. 모든 걸음은 죽음을 가로질러.

키드는 의자에서 몸을 돌려 물갈퀴로 박수를 쳤다. 좋아, 그는 소리쳤다. 위치로.

---

* 생리를 하게 되었다는 뜻.
** 러시아의 수학자 민코프스키가 제창한 개념으로, 물리적인 사건의 공간좌표와 시간좌표를 함께 나타낸 것이 '세계점'이며, '세계점'이 시공에서 그리는 궤적이 '세계선'이다.

그는 아침에 프렌치마켓으로 걸어내려가 신문을 사 들고 선선한 해가 드는 테라스에 앉아 우유를 탄 뜨거운 커피를 마셨다. 엄지로 신문을 넘겼다. 제트스타 소식은 없었다. 그는 커피를 마저 마신 뒤 거리로 나가 택시를 잡아타고 벨체이스로 내려가 작은 운영실로 들어갔다. 루는 책상에 앉아 구식 계산기의 손잡이를 당기고 있었다. 어쩐 일이야, 그가 말했다.

얘기 좀 해.

하고 있잖아.

웨스턴은 책상 맞은편에 앉았다. 루는 메모지에 뭔가 긁적거리고 있었다. 그가 고개를 들고 웨스턴을 보았다. 왜 영국톤* 같은 게 있는지 가르쳐줄 수 있어?

아니.

너는 모르는 게 없는 사람인 줄 알았는데.

그렇지 않아. 그 비행기에 관해 아는 게 뭐야?

루는 손가락 사이로 종이테이프를 올리며 살폈다. 씨발 망쳤군, 그가 말했다. 무슨 비행기?

장난치지 말고.

웨스턴, 내가 뭘 알겠어? 본사 쪽에서 얘기가 찔끔찔끔 흘러와. 씨발 누가 알겠어? 듣자 하니 배달원이 수표를 들고 여기 나타났고 그게 다인 것 같아.

수표가 누구한테서 온 건지 알 방법은 없고.

없는 것 같아.

신문에 그 얘기가 전혀 없는 건 알았어?

신문 안 봐.

이상하다고 생각하지 않아?

내가 신문 안 보는 거?

왜 비행기 사고가 신문에 나지 않는 걸까? 아홉 명이 죽었는데.

내일 날지도 모르지.

내 생각은 달라.

---

* 영국에서 쓰는 무게 단위.

질문 하나 하지.

해봐.

씨발 왜 그렇게 관심을 갖는 거야? 뭐 법을 어긴 거라도 봤어?

아니.

그게 테일러의 정책이기 때문이야. 말이 나온 김에, 그게 핼리버턴* 정책이기도 하고. 그게 잘못인 것 같으면 우리가 그만두면 돼.

그래, 음 잘못인 것 같아.

그래서? 이제 우리 일이 아냐. 잊어버려.

그래. 몇시야?

너는 몇시야?

열시 공육분.

루는 손목을 돌려 자기 시계를 보았다. 열시 공사분.

가야겠어. 수수께끼의 비행기에 관해 뭐 더 들리는 게 있으면 알려줘.

내 짐작으로는 들을 건 다 들은 것 같아.

그럴지도 모르지. 차 좀 빌릴 수 있을까?

밖에는 붐트럭**밖에 없는데.

---

* 세계 최대의 에너지 및 유전 관련 회사 중 하나.
** 크레인을 장착한 트럭.

그거 가져가도 돼?

그럼, 되지. 언제 가져올 건데?

모르겠어. 아침쯤.

뜨거운 데이트라도 있는 거야?

그럼. 열쇠는 꽂혀 있지?

누가 끌고 나가지만 않았다면. 기름 떨어진 채로 갖고 오진 마.

알았어. 쌍안경 있지 응?

예수여, 웨스턴. 또 뭐가 필요해?

그는 책상 맨 아래 서랍을 열고 탁한 녹색의 낡은 군용 쌍안경을 꺼내 책상에 세워놓았다.

고마워.

레드 말이 저게 그래도 여자애들 꼬시는 데는 꽤 쓸모가 있대.

그 친구가 꼬시는 부류를 보면 그 말을 의심할 수 없을 것 같군.

그는 그레트나를 향해 차를 몰다가 고속도로를 타고 북쪽으로 올라간 뒤 동쪽으로 꺾어 베이세인트루이스를 거쳐 패스크리스천까지 가는 길로 접어들었다. 다리 건너편에 폰처트레인 하단의 습지가 펼쳐져 있었다. 회색으로 보이는 케이즌* 남자아이 둘이 입에 담배를 대롱거리며 뜨뜻미지근하게 엄지를 내밀었다. 하나는 서 있고 하나는 쭈그리고 앉아 있었다. 그는 백 미러로 멀어지는 그들을 지켜보았다. 서 있던 아이가 느릿느릿 몸을 돌리더니 그의 뒤에 대고 가운뎃손가락을 들어올렸다. 다시 돌아보니 둘 다 쭈그리고 앉아 있었다. 그들 앞에 아침해를 받으며 꼼짝 않고 누워 있는 길을 물끄러미 보고 있었다.

트럭의 최고 속도는 육십 마일 정도였다. 바닥 판을 통해 엔진 연기가 희미하고 파란 아지랑이로 스며올라와 그는 창을 내리고 운전을 했다. 새가 있나 늪지를 훑어보았지만 별로 보이지 않았다. 오리 몇 마리. 펄강 건너편 도로에는 죽은 수달 한 마리.

그는 패스크리스천에 들어서자 부두로 내려가 트럭을 세우고 배를 구하러 다녔다. 결국 둥근 선체에 이십오 마력 머큐리 선외 모터가 달린 십육 피트짜리 겹판 스키프**로 낙착을 보았다. 내포에서 빠져나올 때는 한시에 가까웠다.

그는 만으로 나와 스로틀을 비틀어 열었다. 선체 밑에서 찰싹거리는 파도가 잠잠해지고 햇빛이 물위에서 춤을 추었다. 저멀리 수평선은 보이지 않고 바다와 하늘이 만들어내는 화이트아웃***뿐. 가는 줄을 이루어 해안을 힘겹게 올라가는 펠리

---

* 프랑스어 방언인 케이즌어를 사용하는 프랑스 혈통의 루이지애나 사람.
** 소형 모터보트.

컨들. 짠바람이 서늘하여 그는 바람을 막으려고 재킷의 지퍼를 올렸다.

그는 루의 쌍안경 끈을 목에 걸고 쌍안경을 들어올려 넓게 트인 물을 훑어보았다. 해안경비대 보트는 보이지 않았다. 보트가 해안 가까이 섬들이 모인 곳에 이르자 동쪽으로 방향을 틀어 남쪽 해안을 따라 달리다 작은 만에 이르렀다. 그는 속도를 다시 늦추고 통통거리며 가다가 해변이 나오자 보트를 대려고 다가갔다.

그는 모터를 끄고 보트가 모래 위로 올라서자 이물로 나아가 보트에서 내린 다음 앞쪽 갑판 밑으로 손을 걸어 배를 해변 위로 완전히 올렸다. 상당히 무거운 배였다. 이물에 작은 닻이 박혀 있어서 그것을 위로 들어 빼내 모래에 던지고 해변을 올라갔다. 모래 위를 백 걸음쯤. 그다음에는 풀과 팰머토.**** 그 너머는 생참나무 덤불. 만조선 위쪽의 단단한 모래에는 새의 발자국이 있었다. 다른 건 없었다. 그는 마지막으로 비가 언제 왔는지 기억해보려 했다. 그는 보트로 돌아가 배를 모래에서 밀어내며 올라타 무릎을 꿇은 채 노 하나를 장대 삼아 얕은 물을 통과한 다음 노를 배에 싣고 발을 가로대에 얹고 시동 밧줄

**** 보통은 극지에서 천지가 모두 흰색이 되어 방향감각을 잃어버리는 상태를 말한다.
**** 미국 남부산 작은 야자나무.

을 잡아당겼다.

오후 늦게까지 섬을 얼추 다 돌며 해변마다 들러 살펴볼 수
있었다. 불의 잔해를 발견했고 낚시찌와 뼈와 바다에 뭉툭하
게 갈린 색유리 조각들을 발견했다. 호먼쿨러스* 모양의 창백
한 양피지 색 유목流木 한 조각을 주워 들고 손안에서 돌렸다.
빛이 희미해질 무렵 그는 작은 만에 상륙했고 보트를 해변에
끌어올린 뒤 배에서 나와 몸을 돌리는 순간 거의 즉시 모래에
서 발자국을 보았다. 물가에 밀려온 해초들이 만든 가늘고 거
무스름한 선 바로 위. 발자국은 바람에 조금씩 지워진 것처럼
보였지만 그게 아니었다. 뭔가가 발자국 위로 끌려간 것이었
다. 그는 팰머토들 가장자리까지 걸어갔고 여기에서 발자국은
돌아와 다시 해변으로 내려갔다. 선명한 발자국들. 잠수복 장
화 고무 밑창의 갈빗대 모양 자국. 그는 서서 잿빛 물 너머를
내다보았다. 해를 보고 다시 섬을 살폈다. 여기 사는 야생동물
중에 방울뱀도 있을까? 이스턴 다이아몬드백.** 팔 피트 길이.
흉악하다고 했는지 단호하다고 했는지 기억이 나지 않았다.
그는 유목 조각 하나를 집어들어 무릎에 대고 세로로 쪼갠 다
음 발자국을 따라 숲으로 들어갔다.

---

* 옛날이야기 속에 등장하는 극히 작은 인간.
** 방울뱀의 한 종류로 등에 다이아몬드 무늬가 있다.

나무가 성긴 초원 사이로 동물들이 만든 길처럼 보이는 게 있었다. 지지러진 생참나무. 허리케인 카밀 때문에 쓰러져 흩어진 나무. 쉽Ship섬을 둘로 쪼갰던 시속 이백 마일의 바람. 지피식물 속에서 칠면조들이 끼룩거리는 소리가 들렸지만 모습은 보이지 않았다. 그는 사분의 일 마일쯤 길을 따라 가다가 빈터에 이르렀고 다시 돌아서 나오려던 찰나 색깔 한 조각이 눈에 걸렸다. 그는 길을 벗어나 앞을 가로막는 팰머토를 작대기로 가르며 나아갔다.

그것은 바람을 빼고 둘둘 말아서 쓰러진 나무 밑에 쑤셔넣고 그 위에 덤불을 덮어놓은 노란색 이인용 고무보트였다. 그는 고무보트를 끌어내 그것을 보며 서 있었다. 고개를 돌려 초원을 살폈다. 오크나무들 사이로 부는 가벼운 바람과 멀리 얕은 물에서 조수가 희미하게 쓸어대는 소리. 그는 쭈그리고 앉아 끈을 풀고 말린 고무보트를 길게 펼쳤다.

아직도 축축했다. 보트 구석에 남은 바닷물. 그는 보트를 좌우로 펼쳤다. 신품. 보트 둘레 튜브와 고무판 바닥이 만나는 틈새로 두 손을 넣어 쓸어보았다. 단추를 풀고 포켓들 속에 손을 넣어보았다. 포켓 하나에 비닐 점검표가 있었지만 그게 다였다. 그는 거기 쭈그려앉아 점검표를 살펴보았다. 그러다 결국 보트를 도로 말아서 끈을 다시 조인 다음 나무 밑에 쑤셔넣고 잔가지와 팰머토 잎을 긁어모아 그 위에 덮은 뒤 돌아나가 해변으로 통하는 좁은 길에 올라섰다. 고무보트에는 노가 없었지만 그게 무슨 뜻인지 알 수 없었다. 해변에 이르자 해는 물위로 낮게 내려와 있었고 그는 거기 서서 서쪽을 내다보았다. 느리고 큰 잿빛 파도와 그 너머 해안의 가느다란 만곡부와 그 너머 어딘가 곧 불빛들이 나타날 도시. 그는 모래밭에 앉아 뒤꿈치를 모래에 박은 채 무릎 위에서 팔짱을 끼고 석양과 물위의 빛을 지켜보았다. 남쪽으로 가늘게 뻗은 땅은 샌들리어군도일 것이다. 그 너머는 히드라* 같은 강어귀. 그 너머는 멕시코. 썰물이 찰싹거리다 뒤로 물러났다. 그는 창조된 첫 인간일 수도 있었다. 아니면 마지막. 그는 일어서서 해변을 따라 보트로 가서 보트를 물로 밀며 올라탄 뒤 고물에 체중을 실어 보트를 모래에서 떼어냈다. 노를 잡고 그것을 장대 삼아 얕은 물을 통과해 나아간 다음 배 위에 앉아 석양의 짙은 빨간색이 어두워지다 죽어가는 것을 지켜보았다.

그는 천천히 곶을 내려가 섬의 남쪽 해안을 따라 움직였다. 마지막 빛을 받은 만은 차분했고 서쪽으로 해안을 따라 불빛들이 나타나기 시작했다. 그는 보트로 원을 그리며 스로틀을 천천히 앞으로 밀어 북쪽으로 향했고 둑길을 따라 반짝이는 불빛들에 의지해 방향을 잡았다. 해가 지자 넓은 물위는 추웠

---

* 그리스신화에 나오는 머리가 여러 개 달린 뱀.

다. 바람이 찼다. 정박지에 이르렀을 때 그는 섬의 해안으로 올라간 사람은 그 승객이 거의 틀림없다고 생각했다.

테일러 회사 마당으로 들어섰을 때는 열시였다. 그는 수은등 밑의 고요 속에 앉아 있다가 열쇠를 돌려 다시 트럭의 시동을 걸고 그레트나로 돌아가 다리를 건너 쿼터에 이르렀다. 디케이터 스트리트의 작은 카페에서 빨간 콩과 밥을 한 사발 먹고 나서 세인트필립 스트리트를 따라 올라가 트럭을 세우고 대문으로 들어갔다.

*

다른 일을 하러 강 하류 쪽 포트설퍼로 가기 전에 이틀을 더 쉴 수 있었다. 늦은 아침 그는 갈라투아즈 레스토랑에서 드부시 필즈를 만나 점심을 먹으려고 버번 스트리트를 따라 올라갔다. 그녀는 이미 줄을 서 있었는데 그를 보고 과장되게 손을 흔들었다. 자세히 보니 값비싼 원피스에 사 인치 힐을 신고 있었다. 머리 위로 틀어올린 금발. 어깨까지 내려오는 귀걸이. 원피스 앞쪽 가슴의 갈라진 골까지 모든 것을 극한으로 딱 밀어붙였지만 아주 아름다웠다. 웨스턴은 그녀의 뺨에 입을 맞추었다. 그녀가 그보다 컸다.

좋은 향수네, 그가 말했다.

고마워. 우리 손잡을까?

안 그러는 게 나을 것 같은데.

재미없어라. 데이트하는 건 줄 알았는데.

그들은 안으로 들어가 지배인과 이야기를 좀 나누었다. 뒤쪽 자리에는 앉지 않을 거예요, 그녀가 말했다. 벽을 등진 자리도 말고.

이 자리를 드릴 수 있겠네요, 지배인이 말했다. 하지만 당연히 사람들이 많이 지나다닙니다.

사람들이 지나다니는 건 괜찮아요, 달링.

그녀는 핸드백에서 골동품 은 담뱃갑을 꺼내더니 즐겨 피우는 거무스름하고 작고 가는 담배를 상아와 은으로 만든 담뱃대에 끼우고 던힐 라이터를 테이블 건너 웨스턴에게 미끄러뜨렸다. 그가 담배에 불을 붙여주자 그녀는 등을 뒤로 기댄 뒤 귀에 들릴 만큼 바스락거리는 소리를 내면서 상당히 눈에 띠는 다리를 꼬고 애써 익힌 관능적이고 느긋한 태도로 장식무늬가 찍힌 양철 천장을 향해 연기를 뿜었다. 고마워, 달링, 그녀가 말했다. 근처 테이블에서 저녁을 먹던 손님들이 남녀 할 것 없이 모두 동작을 멈추었다. 부인과 여자친구들은 씩씩댔다. 웨스턴은 그녀를 꼼꼼히 살폈다. 그곳에 있는 두 시간 동안 그녀는 한 번도 다른 테이블을 보지 않았는데 그런 걸 어디서 배웠는지 궁금했다. 또 그녀가 아는 천 가지 다른 것들은 다 어디서 배웠는지.

내려오는 길에 네가 나가는 클럽을 거쳐왔어. 네 공연이 중심이던데.

응. 나는 스타야, 달링. 아는 줄 알았는데.

그저 시간문제일 뿐이라고 생각했지.

너는 지금 운명의 여자를 보고 있는 거야.

그녀는 몸을 기울여 구두끈을 매만졌다. 몸이 원피스 밖으로 튀어나올 것 같았다. 그녀는 고개를 들어 그를 쳐다보고 미소를 지었다. 어떻게 지냈는지 얘기해줘, 그녀가 말했다. 이제 전화도 안 하고 편지도 안 쓰고 나를 사랑하지도 않잖아. 나는 말할 사람이 없어, 보비.

네 무리가 있잖아.

하느님. 호모들은 정말 지겨워. 그 사람들이 하는 얘기. 너무 지루해.

웨이터가 와서 메뉴판을 그들 앞에 놓았다. 그는 테이블에 놓인 유리병에서 물을 따랐다. 그녀는 작고 검은 담배를 지팡이처럼 어깨 높이로 들어올리고 다른 손을 뻗어 메뉴판을 기울여 펼쳤다.

뭘 먹을지 말해. 주머니에 넣은 그 끔찍한 생선*은 안 먹을

---

* 종이나 은박지에 싸서 조리한 생선을 말하는 듯하다.

거야.

가리비는 어떨까? 코키유 생자크.*

모르겠네. 갑각류는 모두 오염되었다고 하잖아.

나는 양으로 하겠어.

너는 양을 먹고 나는 부패한 연체동물을 먹어야 한다는 거네.

그럼 너도 양을 먹지 그래.

고마워.

양 먹을 거야?

그래.

탁월한 선택이야. 와인 마실래?

아냐, 달링. 그래도 물어봐줘서 고마워.

그는 메뉴판을 접어 와인 리스트 위에 올려놓았다.

그렇다고 너도 한잔 못한다는 뜻은 아니야.

알아. 됐어.

번호가 바뀌었어?

응. 그렇다고 할 수 있지. 연필 있어?

아니.

빌릴 수 있는지 알아볼게.

괜찮아. 기억할 수 있어.

---

* Coquilles St Jacques. 가리비 위에 크림소스와 치즈를 얹어 구운 요리.

그는 그녀에게 세븐 시즈 번호를 주었다. 523-9793. 그녀는 혼잣말로 되뇌었다.

술집 번호야. 그가 말했다. 하지만 연락은 받을 수 있어.

알았어. 전화할게.

그래.

그녀는 몸을 기울여 묵직한 유리 재떨이에 담뱃재를 떨었다. 이백 주년의 시간* 기억나?

이백 주년 때 방송했던 그 역사 얘기?

응. 새 에피소드를 들었어.

그런데.

마사 워싱턴하고 벳시 로스**가 난로 앞에 앉아 바느질로 첫 국기를 만들면서 옛 시절과 수많은 파티와 무도회와 그 모든 걸 회상하던 도중 벳시가 마사한테 말해. 오 그 미뉴에트minuet 기억나? 그러니까 마사가 하는 말이, 주여 허니 나하고 박은 남자들***은 거의 기억 못해.

웨스턴은 미소를 지었다.

---

* Bicentennial Minutes. CBS에서 미국 건국 이백 주년을 기념하여 1974년부터 1976년까지 매일 밤 방송했던 일 분짜리 역사 교육용 프로그램.
** 마사 워싱턴은 미국의 초대 대통령인 조지 워싱턴의 부인이며, 벳시 로스는 미국 국기를 처음 바느질로 만든 사람이다.
*** minuet는 min-u-et, 즉 '네가 먹은 남자들(men you ate)'로 들릴 수도 있다.

그거뿐이야? 그녀가 말했다. 작은 미소?

미안.

시무룩하게dour 있지 않을 거지?

두-어dew-er.

두-어?

그게 권장되는 발음이래,* 내가 알기로는. 이런 거 말해줘
도 되지?

그럼. 당연하지. 두-어. 정말 그게 낫네.

좋아. 기운 낼게.

웨이터가 와서 식사 도구를 늘어놓았다. 또다른 웨이터가
천 냅킨에 싸인 빵을 가져왔다. 담당 웨이터가 돌아오자 웨스
턴이 두 사람의 식사를 주문했다. 웨이터는 고개를 끄덕이고
물러났다. 그녀는 담배를 길게 빨더니 머리를 천천히 움직여
위쪽으로 호를 그리면서 연기를 내뿜었다. 그는 그녀의 삶이
어떤지 상상조차 할 수 없었다.

귀여운 어린 양을 먹는 것과 돼지처럼 진짜 역겨운 걸 먹는
것 중 이런 자리에서 더 달갑지 않은de trop 게 뭐라고 생각해?

모르겠는데. 너는 어떻게 생각해?

모르겠어. 왜 그걸 꼭 양이라고 불러야 해? 그걸 부르는 이

---

* dour는 보통 '다우어'로 발음하지만 '두어'로 발음하기도 한다.

름이 따로 있어도 되잖아. 송아지고기veal처럼. 사슴고기venison처럼.

모르겠는데. 채식주의자가 될 생각은 해본 적 있어?

여러 번. 나는 너무 관능주의 쪽이야. 구르망이고. 아니 구르메트던가?* 광천수 좀 마셔도 될까?

물론이지.

그는 웨이터에게 신호를 했다. 그녀는 담뱃대에서 반쯤 탄 꽁초를 꺼내 재떨이에 두드려 빼내고 담뱃대를 테이블보에 놓았다. 멕시코 건은 안 하는 쪽으로 결정했어. 그녀가 그를 쳐다보았다.

똑똑한 결정이라고 생각해.

그렇게 생각할 줄 알았어. 우리 대화가 기억나. 어쨌든 그건 일 년을 더 기다려야 한다는 뜻이지. 최소한. 그건 아무것도 아닌 게 아니야. 일 년은 일 년이거든. 나는 스물다섯이 될 거야. 하느님 정말 빠르네.

그래 그러네. 무서워?

아니. 무서운 정도가 아니야. 완전 후덜덜이야.

이해할 만해.

소름 끼치지, 안 그래?

---

* 프랑스어로 '구르망(gourmand)'은 '미식가'라는 뜻이고. '구르메트(gour-mette)'는 '말의 재갈'이나 '팔찌'라는 뜻이다.

그런 것 같아. 맞아.

나는 모든 게 무서워. 내가 딛고 선 모든 발판이 허약해.

전혀 그렇게 보이지는 않는데.

고마워. 노력중이야.

두려워하지 않으려고?

그건 너무 좋게 봐주는 것 같고. 드러내지 않으려고 노력해. 다 제스처야. 하지만 달리 어떻게 해야 할지 모르겠어. 네가 보는 모든 게 노력의 결과야. 많은 노력.

네 말을 믿어. 미안. 그렇게 말하면 안 되는 건데.

괜찮아. 어떤 여자애들은 그냥 호르몬 쪽만 처리하고 아래쪽 그건 그대로 유지하는 걸로도 충분히 만족해. 하지만 성별에는 의미가 있어. 나는 여자가 되고 싶어. 나는 늘 여자애들이 부러웠어. 그냥 작고 귀여운 암캐. 하지만 그런 단계는 지났지. 나는 여성이 되는 게 심지어 인간이 되는 것보다도 오래된 일이란 걸 알아. 나는 최대한 오래되고 싶어. 원시적으로 여성적이 되고 싶어. 일곱 살 때 나무에서 떨어져서 팔이 부러졌는데 팔꿈치에 키스를 하면 남자가 여자로 혹은 그 반대로 된다니까 어차피 부러진 거 좀더 비틀어서 팔꿈치에 키스를 해야겠다고 생각했지. 그런데 부러진 팔을 들어올리며 비명을 지르는 걸 사람들이 봤는지 내가 히스테리에 사로잡혔다고 생각해서 나를 들것에 묶어버렸어. 나는 정말로 늙을 때까지 살기를 바라. 그러면 마침내 모든 사람에게 내 엉덩이에 키스나 하라고 말할 수 있을 거야. 뭐 아닐 수도 있지. 어쩌면 그러겠다고 하는 사람이 많을지도 모르지. 아니거나. 나는 늙었을 테니까. 그저 내가 가난하지만 않다면 좋겠어. 여동생이 나를 보러 왔단 얘기 했나? 아니, 물론 안 했지. 여동생이 나를 보러 왔어. 일주일 동안 여기 있었어. 방학이래. 우리는 아주 즐겁게 지냈어. 정말 대단한 애야. 마침내 팬티만 입고 아파트를 돌아다니는 수준에 이르렀지. 나한테는 큰 의미가 있는 일이야.

그녀는 고개를 돌리고 냅킨으로 눈을 부채질했다. 미안. 그애 생각만 하면 그냥 아주 감정적으로 되어버려서. 그애가 떠났을 때 나는 정말이지 시끄럽게 울어댔어. 그애는 아주 예뻐. 똑똑하고. 아마 나보다 똑똑할 거야.

몇 살인데?

열여섯. 나는 그애를 대학에 보내려고 애쓰고 있어. 내가 도와주겠다고 했어. 하느님, 난 돈이 필요해. 오 좋아. 물이네. 목이 탔어.

웨이터가 두 사람 잔에 물을 따라주었다. 그녀는 자기 잔을 그의 잔에 갖다댔다. 고마워, 보비. 이거 괜찮네.

웨이터가 접시를 들고 왔다. 그녀는 천천히, 음식에 매우 주의를 기울이며 먹었다. 내가 먹는 걸 지켜보고 있네, 그녀가 말했다.

응.

이게 내가 진짜로 터득한 유일한 선禪 비슷한 거야. 눈앞에 있는 일을 해라. 그게 허리 라인에도 좋아. 나는 먹는 걸 사랑해. 그게 나를 망칠 거야. 괜찮아. 지켜봐도 돼. 나는 먹으면서 말하는 걸 좋아하지도 않으니까.

그녀는 그를 쳐다보며 미소를 지었다. 너는 말해도 돼, 나는 들을게. 한번 역할을 바꿔보자고.

웨이터가 커피를 따르는 동안 그녀는 작은 쿠바 담배를 한 개비 더 꺼냈고 웨스턴은 테이블에서 라이터를 집어 그녀가 불을 붙이도록 들고 있었다. 그린빌에 가긴 해? 그가 말했다.

그녀는 자신의 어깨 뒤쪽으로 가늘고 길게 연기를 뿜었다. 이 담배는 들이마시는 게 아냐. 그래서 이걸 피우는 거야. 그거하고 물론 생긴 거 때문에. 그리고 냄새. 하지만 그래도 나는 들이마셔. 조금만. 밀수품이지, 물론. 멕시코에서. 아니면 쿠바에서 멕시코를 거쳐서. 아니. 그건 너무 힘든 일이야. 그냥 그쪽을 비참하게 만들 뿐이야. 한 일주일마다 전화를 해. 안녕. 어떻게 지내. 나는 괜찮아. 어떻게 지내. 좋네. 어쩌면 한번 가봐야 할까봐, 모르겠어. 사실 너한테 나 살아온 얘기는 한 적이 없지. 슬픈 얘기 하는 건 좋아하지 않거든.

너 살아온 게 슬펐어?

아니. 슬프지 않았어. 하지만 사람들한테 상처를 주는 건 슬퍼. 내가 대처를 잘못했나봐. 소식을 조금씩 전했어야 하는 건데. 그걸 어떻게 하는지는 잘 모르겠지만. 어쩌면 네 마세라티에 함께 타고 가도 되겠다. 도로 여행. 나는 워트버그에는 가본 적 없어. 얼마나 걸릴까?

오래 안 걸려.

말하려고 노력은 했어. 어느 정도. 하지만 물론 들으려고 하지도 않았지. 하느님. 집에 렌터카를 세우고 뒤쪽으로 돌아가니 정원에 계시더라고. 뭘 입고 가야 할지 몰랐어. 그냥 담장으로 걸어가서 나 왔어 했지. 물론 누구인지 짐작조차 못하더라고. 고개를 들더니 네? 그러더라. 그래서 내가 그랬지. 엄마, 윌리엄이야. 그러자 엄마는 거기 흙에 잠시 무릎을 꿇고 있더니 이윽고 손으로 입을 가렸어. 커다란 눈물방울이 뺨으로 굴러내리기 시작했어. 그냥 거기 무릎을 꿇고 있더라고. 고개를 좌우로 저으면서. 마치 누가 죽었다는 말이라도 들은 것처럼. 뭐, 누가 죽었다고 할 수도 있겠지. 마침내 내가 안으로 들어가는 게 좋겠다고 했더니 엄마가 일어섰어. 우리는 부엌으로 들어갔고 엄마가 인스턴트커피를 만들었어. 내가 아주 싫어하는 거지. 우리는 거기 앉았어. 나는 사천 달러를 들인 치아를 드러내며 엄마한테 미소를 지으려 했고. 나 나름으론 아주 보수적으로 입고 갔지만 블라우스가 노출이 좀 있었던 것 같은데 어쨌든 엄마는 그냥 계속 나를 보기만 하다 마침내 말했어.

뭐 좀 물어봐도 되겠니? 나는 물론이지 그랬어. 뭐든지 물어봐. 그러니까 엄마가 그러더라고. 그거 진짜냐?

흠. 엄마가 그 모든 걸 너무 받아들이기 힘들어해서 장난을 좀 쳐야겠다는 생각이 들었는데 그때 내가 진주가 하나 달린 금귀고리를 하고 있었거든. 좋은 진주였어. 일제. 구 밀리미터쯤 되는 크기에 광택이 좋고 멋진 분홍빛이 감도는 거. 그래서 그걸 하나 잡아당기면서 말했지. 응, 진짜야. 선물 받은 거야. 실제로 그랬거든. 그랬더니 엄마는 더욱더 당황하면서 아니 그러더라고. 내 말은 네…… 그러면서 대충 내 젖 쪽으로 손등을 흔들더라.

그래서 나는 그냥 두 손으로 양쪽 가슴을 받치고 턱밑까지 밀어올리면서 말했어. 오. 이거 말이야? 그러니까 외면하면서 고개를 끄덕이더라. 응, 맞아. 호르몬과 실리콘으로 만들 수 있는 만큼 진짜야. 그랬더니 엄마는 다시 울어대기 시작했고 나를 보지도 않으려고 하더니 마침내 말했어. 흉부가 생겼구나.

흉부라니, 달링. 하느님. 내 머릿속에 떠오른 건 우리가 티후아나에서 자주 식사를 하러 가던 그 레스토랑뿐이었어. 그 동네에서 괜찮은 스테이크를 먹을 수 있는 유일한 곳이라고 할 수 있었지. 아르헨티나 쇠고기. 메뉴는 물론 스페인어로 적혀 있었지만 맞은편 페이지에 영어 번역이 있었는데 거기에 페추가 데 포요pechuga de pollo라는 요리가 있고 옆의 영어를 보면 닭 흥부라고 적어놓은 거야. 누군가가 가슴이라는 단어는 외설적이라고 알려준 것 같아. 그래서 흥부라니. 예수여. 그거 때문에 그냥 망해버렸어. 이유는 모르겠어. 그냥 완전히 열이 받았어. 나는 엄마를 보며 말했어. 엄마, 아들을 하나 잃었다고 생각하지 마세요. 괴물을 하나 얻었다고 생각해보는 거예요. 그러자 엄마는 정말로 작정하고 울어댔어. 그래서. 그렇게 된 거야. 엄마가 나하고는 어디에도 가려 하지 않았다는 이야기는 했던 것 같은데. 나랑 같이 있는 게 사람들 눈에 띄지 않도록. 나는 엄마 집에 이틀 있었어. 내 핸드백에는—존이 그걸 뭐라고 부르더라? 빳빳한 카이사르?* 그게 가득했어.

빳빳한 카이사르.

아마 삼천 달러쯤이었을 거야. 나의 화려한 귀향. 그전에 백번쯤 공상했었지. 엄마를 데리고 녹스빌에 가서 밀러스백화점에서 쇼핑을 하게 해주고 리거스 레스토랑에서 점심을 먹는다. 하느님. 그렇게 멍청할 수가. 내가 무슨 생각을 했던 걸까? 나한테 여자 화장실을 쓰느냐고 묻더라. 아니 엄마는 내가 정말 이런 모습으로 남자 화장실에 들어갈 수 있다고 생각했던 걸까? 그래서 그걸로 끝이었어. 완전 좆같이 낭패를 본 거지. 미안해. 욕은 이제 안 하려고 하는데. 삼십 분쯤 있다가 여동

---

*「마태복음」 22장 21절에서 예수가 돈을 '카이사르의 것'이라고 표현한 데서 가져온 듯하다.

생이 수업을 마치고 집으로 왔고 물론 그 아이는 이 생물이 뭔지 전혀 몰랐지. 자기 어머니하고 부엌에 앉아 있는 게 뭔지. 내가 말을 걸 때까지. 그애는 열두 살이었어. 그런데 그냥 날 보더니 이러는 거야. 윌리엄? 오빠야? 아름다워. 그 순간 나는 울음을 터뜨렸어. 하느님 나는 그애를 사랑해.

네 아버지는 죽었다고 들은 것 같은데.

그래. 내가 열네 살 때 죽었어. 끔찍한 시간을 보냈지. 아버지는 나를 보는 것도 혐오스러워했어. 학교가 파한 뒤에 나를 패라고 다른 애들한테 돈을 주곤 했지.

설마.

달링 농담 아냐. 한참 후에는 걔들도 싫증을 내더라고. 아버지 돈을 더는 받으려고 하지 않았어. 사실 걔들은 상상할 수 있는 가장 야비하고 조그만 똥 덩어리 무리였어. 아버지는 직접 나한테 채찍 자국을 내는 게 힘들어졌어. 그 목의 척추골…… 척추골? 맞아?

맞아.

척추골이 늘 말썽이어서 나를 팰 때마다 목이 며칠씩 아팠거든. 나는 아버지한테 그건 아마 전생에 당한 교수형의 유산일 거라고 했지만 너도 짐작할 수 있다시피 아버지는 거기 담긴 유머를 보지 못했지. 말이 나온 김에 말하자면 다른 것도 전혀 보지 못했어. 그래서 어떻게 됐느냐 하면 우리 옆집에는 내가 무서워하던 개가 살았어. 담장을 무너뜨릴 듯이 달려들면서 으르렁거리고 침을 질질 흘렸고 눈은 그냥 미쳐버린 것 같았는데 우리 아버지하고 그 무시무시한 동물이 같은 날 죽은 거야. 다음날 아침에 눈을 뜨고 그냥 그대로 침대에 누워 있는데 그 특별한 평화가 나를 감싸더라고. 초월적이었어. 다른 말로는 표현할 수가 없어. 나는 자유로워졌다는 것을 알았고 자유가 연설에 나오는 그대로라는 걸 알았어. 그걸 얻기 위해 어떤 대가를 치르든 그럴 가치가 있는 거야. 그리고 나는 내가 꿈꾸던 인생을 살게 되리라는 걸 알았어. 태어나서 처음으로 행복했고 그게 모든 걸 보상해줬어. 모든 걸. 그냥 선물이었어. 나는 그냥 바뀌었어. 그리고 힘이 생겼지. 이제 화가 나지 않았어. 가슴에 사랑이 가득했어. 실은 그전에도 늘 그랬다고 생각해. 미안. 엉망이 되고 있네.

그녀는 핸드백에서 리넨 손수건을 꺼내고 콤팩트를 열어 눈가를 톡톡 두드렸다. 이윽고 콤팩트를 닫아 도로 집어넣고 그를 보며 미소를 지었다. 정말로 이 얘길 다 듣고 싶어?

그럼. 듣고 싶지.

좋아. 일 년 뒤 나는 뉴욕의 고급 레스토랑에서 일하면서 진짜 여자애와 함께 엘리베이터가 없는 아파트에 살고 있었어. 나는 열다섯이었지. 가짜 신분증이 있었고 정말 돈을 잘 벌었고 영어를 열심히 익히고 있었고 그 얼마 전부터 호르몬 치료도 받기 시작했어. 내가 찾아가던 의사는 내가 가냘픈 중배엽형*이라고 말해줬어. 그래서 나는 그래, 당신은 못돼 처먹은 비역쟁이라고 말해줬지. 그때쯤 우리는 친구였거든. 어쨌든 그게 무슨 뜻이냐고 물어봤더니 의사는 잘생긴 소녀가 될 거란 뜻이라고 말했어. 그래서 나는 그걸로는 충분하지 않다고 대꾸했지. 눈이 번쩍 뜨이는 소녀는 어때요? 그랬더니 의사가 웃음을 지으면서 그러더라고, 두고 봅시다. 그래서 두고 봤어. 어느 날 아침 델리**에 가려고 층계를 빠른 걸음으로 내려가던 기억이 나. 그냥 청바지에 티셔츠 차림이었어. 내 젖이 흔들거리더라고. 하느님. 나는 무척 흥분했어. 층계를 다시 올라갔다가 빠른 걸음으로 다시 내려왔지.

물론 그때쯤에는 술을 마시고 있었고 그것 때문에 끝장날 뻔했지. 나는 타고난 알코올중독자야. 그런데 다행히도 어떤 사람을 만났어. 완전히 눈먼 행운으로. 그 사람이 나를 AA***에 집어넣었어. 그때 나는 하느님 문제로 골치가 아팠어. 많은 사람이 그래. 그러다가 어느 날 한밤중에 잠이 깨서 누운 채로 생각했지, 만일 더 높은 힘이 없다면 내가 그 힘이다. 그렇게 생각하니까 그냥 똥을 싸게 무서워지더라고. 하느님은 없고

---

* 탄탄하고 근육이 발달한 체형.
** 가공된 육류나 치즈 등 흔하지 않은 수입 조제 식품을 파는 가게.
*** Alcoholics Anonymous. 알코올중독자 자조 모임.

내가 하느님이다. 그래서 그 문제를 정말 열심히 파고들었어. 지금도 파고들고 있어. 어쩌면 그렇게 되어야만 하는지도 몰라. 어쨌든 조금은 진전이 있었어. 나는 하느님이 나를 그렇게 망쳐놓은 것 때문에 화가 났지만 어쩌면 하느님은 사람들이 흔히 생각하는 것만큼 완벽하지 않은지도 몰라. 접시에 너무 많은 게 담겨 있는데 그걸 다 혼자 처리해야 하는 거지. 도움 없이.

하느님을 믿어?

진실을 원해?

당연하지.

나는 하느님이 누구인지 뭘 하는지 몰라. 하지만 이 모든 게 혼자 힘으로 여기 왔다고 믿지는 않아. 나를 포함해서. 어쩌면 사람들 말처럼 그냥 모든 게 진화하는 건지도 모르지. 하지만 근원까지 파고들어가보면 결국에는 어떤 의도에 이를 수밖에 없어.

근원까지 파고든다?

그 말이 마음에 들어? 파스칼*이야. 그러고 나서 일 년쯤 지난 어느 날 또 잠에서 깼는데 잠결에 그 목소리를 들은 것 같았고 여전히 그 메아리가 들렸는데 이러는 거야, 뭔가가 너를

---

* Blaise Pascal(1623~1662). 프랑스의 물리학자이자 철학자.

사랑하지 않는다면 너는 여기에 없을 것이다. 그래서 나는 좋다 그랬어. 그거면 됐다. 그만하면 분명하다. 어쩌면 별게 아닌 것처럼 들릴지도 몰라. 하지만 나한테는 별거였어. 그래서 나는 그 프로그램에서 말하는 대로 해, 보비, 한 번에 하루씩. 여자들하고 더 시간을 보낼 필요가 있는데 그건 어려워. 여자들은 위협당한다고 느끼거든. 아니면 친구가 되었다가도 내가 털어놓으면 거리감이 생기는 게 느껴지지. 드문 예외가 있어. 아주 드문. 나는 클래라를 이리로 불러오려고 해. 여기에서 학교에 다니게 하려고. 누가 반대하는지는 짐작할 수 있겠지. 뇌의 성적이형性的二形*에 관해 읽고 있어. 뇌는 사람들 생각보다 적응력이 좋은지도 몰라. 뇌를 바꿀 수 있을지도 몰라. 우리는 이미 이 이야기를 했으니까 넌 이게 어디로 흘러갈지 알지. 나는 여성의 영혼을 갖고 싶어. 여성의 영혼에 담기기를 바라. 그게 내가 원하는 거고 유일하게 원하는 거야. 늘 그게 내 손이 닿지 않는 곳에 있을지도 모른다고 생각했지만 이제 믿음을 갖기 시작했어. 그게 내가 기도할 때 바라는 거야. 그 문 안으로 들여보내달라는 거. 여성적인 것의 구성원이 되게 해달라는 거. 그건 사실 섹스와는 전혀 관계가 없어. 섹스를 하는 것하고는. 그리고 나머지 전부는 그저 보풀에 불과해.

---

* 생물체의 기관, 조직의 형질 등이 성별에 따라 다른 현상.

그녀는 미소를 지었다. 그리고 가느다란 팔 하나를 들어올려 자신이 차고 있는 가느다란 백금 파텍 필립 칼라트라바*를 보았다. 몇시지? 그녀가 말했다.

두시 십팔분.

아주 좋아.

그거 전쟁 전 거야?

응. 복잡한 게 없어.

네 인생 이야기네.

내 새로운 인생 이야기지. 내가 바라는 나의 인생. 가야겠어. 세시 점호야. 너는 다정한 사람이야 달링. 고마워. 내 유혈이 낭자한 고생 이야기를 다 들어줘서 고마워. 네 이야기는 하나도 안 물어봤네. 전화할게. 그래도 괜찮아?

응.

그는 계산을 했고 그들은 가려고 일어섰다. 앞쪽 자리에 앉을 때 유일하게 마음에 안 드는 게 레스토랑을 통과해 걷지 못한다는 거야.

이미 피해는 줄 만큼 줘놓고.

알아. 내가 안고 살아야 할 짐일 뿐이지.

그녀는 보도에서 그의 양 뺨에 입을 맞추었다. 너를 알고 지

---

* 파텍 필립은 스위스 명품 시계 브랜드로, 칼라트라바는 제품 모델 중 하나다.

낸 시간 내내 네가 원하는 게 뭘지 한 번도 나 자신에게 물어
본 적이 없어.

내가 너한테서 원하는 거?

나한테서. 그래. 그건 나한테는 아주 드문 일이야. 고마워.

그는 그녀가 관광객들 사이로 사라질 때까지 지켜보았다.
남자 여자 할 것 없이 그녀를 보려고 고개를 돌렸다. 그는 신
의 선善은 이상한 곳에서 나타난다고 생각했다. 그러니 눈을
감지 마라.

III

 겨울 몇 달이 깊어갔지만 키드는 떠난 것 같았다. 그녀는 방과
후에 대학에서 강의를 듣고 있어 대개 어두워진 뒤에야 집에 왔
다. 그러던 어느 날 저녁 돌아와 책들을 침대에 던지고 보니 키
드가 책상에 앉아 있었다. 어서 와, 그가 말했다. 문 닫아. 어디
갔었어?

 학교에 갔지.

 그래? 일곱시가 넘었는데. 좀 늦었다고 생각하지 않아? 그는
시계를 꺼내더니 시간을 확인했다. 문자반을 덮은 수정을 톡톡
두드리더니 시계를 귀에 갖다댔다.

 내가 몇시에 집에 올지 어떻게 아는 거야?

 자. 어서 엉덩이를 내려놓고 앉아. 너 때문에 이곳이 지저분해

지잖아.

그녀는 책들을 밀어낸 뒤 침대에 몸을 뻗고 두 손으로 턱을 괴었다.

그건 앉는 게 아니잖아. 엎드리는 거지.

뭐가 다른데?

제대로 집중할 수가 없잖아. 완전하게 수직으로 꼿꼿하게 앉으면 혈류가 뇌로 가는 게 수월해진다고. 특히 전두엽으로. 예를 들어 비행기 착륙 때 반드시 앉아야 하는 자세. 충격과 그뒤에 이어지는 절단과 그뒤의 소각에 대비해서. 네가 인류학 훈련을 받은 줄 알았는데?

그건 인류학이 아니야. 횡설수설이야.

그래 그래 물론이지 물론이야. 네 싸구려 엉덩이를 들어올려 앉기나 해. 시간도 많지 않은데 티격태격squabble.

투덜투덜quibble.

그럴 시간도.

그녀는 몸을 일으켜 앉은 다음 두 발만 이용해 신발을 벗어 옆쪽으로 떨어뜨렸다. 책상다리를 하고 누비이불을 끌어당겨 몸을 덮었다. 키드는 특유의 어슬렁거리기를 시작했다. 예수여. 내가 견디며 쌓아둔 것들. 후터스빌*의 어떤 촌년이 하라는 대로 한

---

* 촌구석을 가리키는 가상의 지명.

그 모든 일들. 이 꼭대기 처마 밑에. 다람쥐처럼 견과를 저장해놓았지. 에이 씨발.

다들 어디 있어?

무슨 다들?

네 작은 친구들.

걱정 마. 다들 자기들이 편한 시간에 올 거니까. 내가 어디까지 했더라?

다람쥐처럼 견과를 저장해놓았지.

맞아. 그냥 넘어가는 게 좋을지도 모르겠군. 네 성적표는 어디 있어?

내 성적표가 어디 있는지 네가 알아서 뭐하게?

너 B 받았던데.

그게 너하고 무슨 상관인데?

그건 처음이잖아, 플로렌스.

종교였어.

그래? 종교는 과목이 아닌가?

자기가 무슨 말을 하는지도 모르는 사람이야. 알로이시우스 수녀는. 논쟁이 뭔지도 모른다고.

그래. 하지만 네가 작고 거만한 쌍년처럼, 실제로 그렇기도 하지만, 라틴어로 아퀴나스를 인용하기 시작했잖아. 그래놓고 뭘 기대했어?

너는 수학에만 관심 있는 줄 알았는데.

그래도 B야. 계속 성적표에 남는다고. 너 천국으로 가는 길도 계산해볼 작정인가보네.

예수여. 무슨 소리를 하는 거야?

네가 종교에서 빵꾸 낸 얘기를 하는 거지.

빵꾸 내지 않았어. B를 맞았다고.

그래? 같은 거야.

다른 얘기로 넘어가고 있는 줄 알았는데.

맞아.

물론 어디로 넘어갈 건지 물어봐야 할 것 같기는 하지만.

예수여. 겨울 몇 달로. 됐어?

좋아. 그러지 뭐. 점점 더 빨리 어두워지고 있어. 너도 알아챘는지 모르지만.

그래? 너하고 있을 때는 방심하면 안 되겠구나. 이것도 너의 철학적 발언일 수 있겠는데.

뭘 적고 있는 거야?

그냥 이 친구들 몇 명을 지우는 거야. 지금 이게 어떻게 되어가는 꼴이야? 조기 퇴직이라도 한 건가? 이 친구들은 씨발 어디 있는 거야?

나는 그 친구들을 원치 않아.

그래? 네가 어떻게 알아? 너는 좀 쉬어야 해, 브렌다. 네가 가

장자리에 서 있는 건 아닐지 모르지만 네가 있는 이곳에서 가장
자리가 보이기는 하잖아. 대기하고 있는 사람 없어 젠장?

그녀의 책상 그늘 속에 있던 잔디난쟁이들이 뻣뻣하게 앞으로
나섰다. 예수여, 키드가 말했다. 너희 말고. 그로건은 도대체 어
디 있어?

그가 물갈퀴 두 개로 손뼉을 치자 옷장에서 한 인물이 씻지도
않은 몰골로 나타나 챙 달린 헐렁한 모자를 벗어 인사를 했다.
뒤통수 아래쪽에 지방이 세 겹으로 굽이치고 있었다. 머리를 프
레스 기계에서 조립한 것 같았다. 그는 두 손으로 모자를 가슴에
대고 눈을 내리깔고 소녀에게 고개를 숙였다. 하느님이 당신 같
은 이들을 번창시켜주시기를, 엄마, 그가 말했다. 그러더니 모자
를 다시 쓰고 등허리에서 두 손을 맞잡은 채 얼굴을 찌푸리고 롤
리팝 길드의 다리를–흔들어라 춤*을 추기 시작했다.

왜 도대체 음악이 나오지를 않는 거야 젠장? 좋아. 발굽질은
됐어. 또 뭐가 있어?

그로건은 모자를 벗어 몸 앞에서 움켜쥐고 〈몰리 브래니건〉**
을 부르기 시작했다.

그 오래된 바닷게들이

---

* 영화 〈오즈의 마법사〉에서 '롤리팝 길드'에 속한 먼치킨들이 추는 춤.
** 아일랜드 민요. 그로건이 부른 노래는 이 민요를 개사한 것이다.

내 가죽 바지 안에서 펄쩍펄쩍 뛰네

내가 왜 그년과 같이 잤는지

오직 예수만 아실 일이지

그런데 그년은 약사한테로 가버렸어

아마도 연고 한 통 때문에

몰리가 나만 남기고 떠난 뒤

여기서 혼자……

됐어, 키드가 말했다. 예수여. 사랑과 애국의 발라드는 다 어떻게 된 거야? 너 뭐하고 있는 거야?

그녀는 누비이불을 당겨 머리 위로 뒤집어썼다. 나는 떠날 거야, 그녀가 말했다. 목소리가 이불에 막혀 먹먹하게 들렸다.

그로건은 다시 춤을 추기 시작했다. 그의 아일랜드 발 구르기. 그녀는 그가 투박한 농부 신발을 신고 쿵쾅거리며 돌아다니는 소리를 들을 수 있었다. 키드는 그에게 진정하라고 말했다. 저애가 저렇게 이불을 뒤집어쓰고 있는데 그 좆같은 연예물이 보이겠냐고.

나는 그 연예물 보고 싶지 않아. 가버리라고 해줘.

조금 있으면 괜찮아질 거야. 학교에서 힘든 하루를 보냈나봐. 어이, 거기 이불 밑. 설마 자려는 건 아니겠지. 이제 겨우 일곱시 반이야.

내일 학교 가야 해.

뭐? 그만해, 그로건.

그녀는 이불을 다시 밀어냈다. 내일 학교 간다고.

내일 학교 간다고, 그가 입 모양으로 흉내냈다.

그로건은 어떻게 됐어?

떠난 거 같은데. 아마 너 때문에 열받았나봐.

너를 열받게 하려면 어떻게 해야 돼?

좀 참아줘. 나 이것 좀 훑어봐야 하니까.

오 대단하시네.

키드는 책을 넘겼다. 어쩌면 우리가 너무 수준이 높은 걸 시도
하려고 했는지도 모르겠어.

수준이 높은 거?

응. 가끔 맞춤 연예물을 하려다보면 일이 잘못되거든.

그러시겠지.

어쨌든, 네 그 귀족적인 태도에서 약간 음란한 낌새가 느껴지
기 시작하네.

키드는 그녀의 책상에서 종이 몇 장을 밀어낸 뒤 자기 공책을
들고 다시 책상 앞에 앉았다. 예수여, 그가 말했다. 누가 이 염병
할 사진을 찍은 거야? 개 연예물? 지금 나한테 개똥 같은 장난을
치는 거야? 늪의 물을 빼면 그 아래서 뭐가 나올지 절대 모르는
법이야. 그리고 이름들. 더 서포저블스? 더 디스포저블스는 어

때? 아니면 더 서포저트리즈는?* 그리스도여. 여기서 뭔가 나와야 하는데.

내가 관심 있는 건 미스 비비언뿐이야.

그래. 하지만 그 여자는 연예인이 아니야. 이 프로그램에서 골라보자고.

그건 프로그램이 아니야. 그냥 멍청한 거야.

물론이지. 좆도 이게 뭐야? 저글러들? 잠깐. 여기 있네. 이 둘은 좋아 보여. 웨스트컨트리의 스누크-코커리** 출신. 좋아.

그는 공책을 밀어내고 물갈퀴로 손뼉을 치더니 의자에 등을 기댔다. 위치로, 그가 소리쳤다. 닫힌 문이 활짝 열리고 옅은 색 호박단 직물로 만든 옷을 차려입은 작은 말괄량이 한 쌍이 색칠한 눈알을 굴리며 버펄로-발을-끌며-가라 스텝을 밟으면서 힘차게 나섰다. 그들은 높은 트릴로 의미 없는 노래를 하기 시작했으며, 그들의 팔은 서로 얽혀 있고 싸구려 에나멜가죽 신발은 마루판 위를 사뿐히 움직였다. 키드는 한숨을 쉬며 물갈퀴로 이마를 움켜쥐었다. 예수여, 그가 작은 소리로 내뱉었다. 그는 의자에서 일어나 물갈퀴로 손뼉을 쳤다. 됐어. 고마워. 예수여. 이

---

* 그룹 이름으로 '더 서포저블스(The Supposables)'는 '추정할 수 있는 사람들', '더 디스포저블스(The Disposables)'는 '한 번 쓰고 버려도 되는 사람들', '더 서포저트리즈(The Suppositories)'는 '좌약들'이라는 뜻.
** 가상의 지명으로, 엄지를 코끝에 대고 손가락을 펼치는 경멸의 동작을 나타내는 cock a snook로 만든 말.

좆같은 사업은 도대체 어떻게 되어가는 거야? 이 패혈증 걸린 젖통 돼지들을 여기서 내보내. 하느님의 어머니여. 저 냄새는 뭐야? 리더크란츠?* 나가, 염병할. 됐어. 휴식. 여덟시에 여기로 돌아와.

---

* 향기가 강한 미국산 치즈의 상표명.

그는 저녁에 세븐 시즈로 내려가 벽에 등을 대고 바의 스툴에 앉았다. 재니스가 맥주병 마개를 따서 그의 앞으로 밀어 보냈다. 친구가 저기 뒤쪽에 있네, 그녀가 말했다.

그는 몸을 일으켜 바에서 술을 마시는 사람들 머리 너머를 보았다. 오일러가 혼자 테이블에 앉아 있었다. 그는 일어서서 맥주를 들고 뒤쪽 자리로 갔다. 보비 보이, 오일러가 말했다.

뭐하고 있어?

햄버거 기다리고 있지. 앉아. 하나 먹을래? 내가 살게.

좋지.

네가 가서 말해. 나는 안 일어날 거야.

웨스턴은 그릴이 있는 파티오로 걸어나갔다. 하나 더, 그가 말했다.

뭘 하나 더.

햄버거.

저 친구는 치즈버건데.

좋아.

치즈버거?

그럼.

다 넣고?

그럼.

프라이는?

프라이도.

그는 다시 들어가 의자를 발로 차 밀고 앉았다. 미치광이들은 다 어디 있어?

오일러는 주위를 둘러보았다. 모르겠는데. 마침내 그놈들이 와서 후릿그물로 다 건져갔는지도 모르지.

신문 읽고 있었어?

읽고 있었지. 막 시작했어.

삼백만 달러짜리 제트 비행기가 멕시코만에 처박히고 안에 시체가 아홉 구 있는데 어떻게 신문에 보도되지 않을 수 있는지 아는 바 있어?

너한테 물어볼 생각이었는데.

며칠 전 저녁에 손님이 몇 명 왔어.

너 사는 데로?

그렇지.

침입한 거야?

왜 그렇게 생각해?

그냥 네가 말하는 투가 좀.

아니. 정장을 입은 남자 둘이었어. 꼭 모르몬교 선교사처럼
보이던데.

무슨 일이래?

모르겠어. 비행기에 관해 묻더라고. 승객 한 명이 실종됐다
던데.

무슨 똥 같은 농담을.

웨스턴은 맥주를 홀짝였다.

똥 같은 농담이 아니로군.

아니야.

그럼 그쪽에선 누가 실종됐는지도 안다고 봐야겠네.

그렇지, 누가 탔는지 모르면 실종됐다는 것도 알지 못할 테
니까. 아니 알 수도 있나?

그럴 수도 있지. 뭐야? 그쪽에서는 우리가 그놈이 어디 있는
지 안다고 생각하는 거야?

모르겠어. 내가 아는 건 이런 미친 쓰레기 같은 일이 벌어지

면 언제나 이거 하나로만 끝나는 법이 없다는 거야.

오일러는 테이블에 두 팔꿈치를 대고 몸을 기울였다. 알았어. 우리가 몇 명이라고 말했기 때문에 그쪽에서 비행기에 몇 명이 탔는지 아는 거로군.

그건 아닌 것 같아.

너 때문에 내 좆같은 머리가 아프잖아. 젭 가방에 관해서는 뭐라는데?

사라졌다던데.

그걸 어떻게 알아? 너 이 똥 같은 걸로 나 갖고 노는 거 아니지 그렇지?

아니지. 내가 왜 그러겠어?

모르지. 너야 속이 뒤틀렸으니까.

그 정도로 뒤틀리진 않았어.

선교사들이라.

그래.

이거 추한 느낌이 들기 시작하는데.

이미 추한 느낌을 받은 줄 알았는데.

그럼 더 추한 느낌. 어쨌든 조언해줄 게 있어. 하긴 이미 알고 있을지도 모르지만.

알고 있어.

네가 둘러보려고 다시 거기로 가면 이번에는 그 선교사들이

네 집에 아예 들어가 살 거야.

귀여운 덫을 몇 개 설치해놨어. 걔들이 다시 오면 왔다 갔다 는 걸 알게 될 거야.

아무렴. 그런데 그래서 어쩌려고?

다리에 이르면 그걸 태워버려야지.*

이미 이르렀어. 포트설퍼에는 언제 내려가?

월요일. 아마도.

그 강에서 잠수하는 건 괜찮고.

내키지는 않지. 하지만 괜찮아. 할 수 있어.

왜 그런 거야? 다른 곳보다 더 컴컴한 것도 아닌데.

단순히 컴컴한 게 문제가 아니야. 깊이가 문제야.

얼마나 컴컴하냐 하는 게 얼마나 깊은지를 말해주는 거지.

어쩌면. 인도양에서 잠수하는 친구를 알고 지낸 적이 있는 데 그 친구 말이 거기는 빛이 수심 오백 피트까지 잘 든대. 아래를 보면 현기증이 날 정도라더군. 그래도 그 친구는 거기서 잠수하지 못했어. 그건 빛이 바닥나서가 아니었지.

그래. 다른 뭔가가 바닥난 거지.

어쩌다 내 공포증 이야기를 하게 됐지?

젠장, 웨스턴. 네 공포증이 아니라면 나는 너하고 씨발 장난

---

* 돌이킬 수 없도록 완전히 정리한다는 뜻.

156

도 안 쳐. 나왔네.

튀김 담당이 치즈버거와 함께 둘의 접시를 테이블에 놓더니 양쪽 겨드랑이에 끼고 있던 머스터드와 케첩 병을 빼내고 고약한 냄새가 나는 청바지의 뒷주머니에서 소금과 후추를 꺼냈다. 더 필요한 건? 그가 물었다.

없는 것 같은데.

오일러는 머스터드가 든 플라스틱 병을 보더니 손을 뻗어 집어들고는 치즈버거의 빵을 들추고 머스터드를 뿌렸다. 이왕 일 달러를 걸고 들어갔으니,* 그가 말했다.

깨끗한 레스토랑에서는 괜찮은 치즈버거를 먹을 수 없지. 일단 바닥을 쓸고 비누 설거지를 시작하면 끝난 거나 마찬가지야.

오일러는 고개를 끄덕이고 씹었다. 흠, 이 개자식들은 아주 염병할 만큼 좋네. 너도 어서 먹어.

내가 먹어본 최고의 치즈버거는 테네시주 녹스빌의 게이 스트리트에 있는 커머스 당구장의 간이식당에서 먹은 거야. 휘발유를 써도 손가락에서 기름이 씻겨나가지가 않지. 너 어디로 가는지 아직 얘기 안 했는데.

그래, 알아. 우리는 베네수엘라로 갈 거야.

---

* 시작했으면 끝까지 간다는 뜻.

언제.

일주일 하고 반 뒤. 그는 손가락 두 개를 들어올렸다. 잠시 후 맥주가 두 병 더 나왔다. 웨스턴이 그를 지켜보았다. 무슨 일 하러 가? 그가 물었다.

파이프에 달린 플랜지 조인트들이 낡아서 새서 교체하러 내려가는 거야. 테일러 바지선이 이틀 전에 떠났고 예상으로는 한동안 나가 있을 것 같아.

한동안이 얼마야.

모르겠어. 아마 두 달.

조인트를 잘라내고 새끼 조인트를 용접해 넣는 거지.

맞아. 그러면 완전히 용접된 파이프가 나오지. 문제없어. 테일러가 기술을 다 개발했거든. 우리는 피터헤드에서 육십 마일쯤 떨어진 북해 파이프라인에서 처음으로 고압 용접 조인트 작업을 했어. 그렇게 오래전도 아니야. 너 거기 가본 적 없지.

스코틀랜드에.

응.

없지. 안 가봤어.

이름이 마음에 들어. 어쨌든 원한다면 파이프 설치 바지선을 이용해서 전 세계를 빙 둘러 파이프를 깔 수도 있어. 가면서 상갑판에서 계속 새로 용접을 해서 파이프를 이어붙여 뒤의 바닷속에 내리기만 하면 돼. 하지만 기존의 파이프 두 개를 연결할 수는 없지. 그런데 그걸 우리가 해낸 거야. 바다 바닥에서.

그렇게 한 게 거기가 최초였나?

그보다 이 년 전쯤 여기 아래쪽 그랜드아일 앞바다에서 실험을 했지. 그때 처음으로 해저 해비탯이 있는 스파 유닛*을 이용했어.

젖지 않고 파이프를 용접하는 거네.

젖지 않고. 그놈의 게 무게가 백사십육 톤이야. 스파 유닛이. 파이프 설치 바지선에서 그걸 크레인으로 아래로 내려. 우리는 아주 길게 뻗은 파이프 두 개의 끝을 용접하고 있었어. 길이가 각각 이십칠 마일과 삼십오 마일이었던 것 같아. 처음 할 일은 시멘트를 잘라낸 다음 파이프의 줄을 맞추고 그걸 유압식 톱으로 둘 다 원하는 길이만큼 잘라내는 거야. 그러고 나서 잘라낸 파이프 두 부분을 파이프 끝의 금속판과 함께 건져 올리고 해저 해비탯이 있는 스파 유닛을 내려. 더 복잡한 과정이 있지만 기본적으로 두 파이프의 끝을 해비탯 양쪽 옆에 꽉 물리는데 해비탯에는 방수 죔쇠가 내장되어 있어. 파이프를 고정한 뒤에 물을 뽑아내고 사십 인치짜리 새끼 조인트를 둘 사이에 용접해 넣는 거야. 물론 이건 삼십이 인치 파이프고 따

* '해저 해비탯'은 해저에서 사람들이 머물 수 있는 공간이고, '스파 유닛'은 심해에서 수중에 떠 있게 만든 원통형 시설을 가리킨다.

라서 다른 건 몰라도 그 안이 좀 복작복작하긴 하지.

하지만 기본적으로 공기가 있는 공간 안에 있는 거고.

물론이지. 그 안에서 점심을 먹을 수도 있어.

얼마나 깊이 있었어?

삼백팔십이 피트. 그 일에 잠수부 열 명이 붙었고 우리 가운데 둘은 포화 잠수*였어.

그 일이 마음에 들었구나.

그게 뭔지 알기 전에도 내가 이 일에 딱 맞는 사람이라는 걸 알았지. 게다가 돈.

물론이지.

나는 늘 너한테는 돈이 그렇게 큰 의미가 없다는 느낌을 받았어. 어쩌면 그게 문제인지도 몰라.

모르겠어. 큰돈이면 아마 나도 마음이 움직이겠지. 내가 원하는 어떤 일들을 할 수 있을 테니까. 하지만 자기 시간을 팔아서는 절대 부자가 될 수 없어. 고압 용접을 한다 해도.

아마 그럴 거야. 고압 용접하는 사람보다 뇌수술을 하는 의사가 많지만 아마 네 말이 맞겠지. 부자가 되는 문제에서는. 그래도 나는 가난했던 이전보다 지금이 낫다는 얘기는 할 수 있어. 부자라고 할 수는 없어도. 너도 가고 싶어?

---

* 다이빙벨이나 잠수 체임버에 혼합기체를 주입하여 심해에 장시간 머물러도 상승 때 감압을 위해 오래 멈추지 않아도 되는 잠수 방식.

베네수엘라로.

응.

네가 테일러에서 그런 힘이 있어?

그쪽에서 나한테 두어 번 빚진 적이 있거든. 어떻게 생각해?

나한테는 안 맞는 것 같은데. 깊이가 얼마나 되는 거야?

오백육십 피트.

어디로 날아들어가?

카라카스.* 우리가 있을 곳은 푸에르토카베요라는 데야. 해
안을 따라 두 시간쯤 올라가야 해.

전에도 가봤군.

아 그럼. 어떻게 생각해?

아닌 것 같아.

우린 같이 카라카스에 갈 수 있어.

그렇지.

너는 내 텐더로 갈 수 있어.

그건 그냥 좆나 쓸데없는 짓이야.

뭔 상관이야? 잠수종**을 타고 다닐 수도 있어. 젠장, 보비.
내가 너 빠져 죽게 놔두지 않아.

알아.

---

* 베네수엘라의 수도.
** 사람을 태워 물속 깊이 내려보낼 때 쓰는 잠수 기구.

이거 하나 물어보자.

그래.

저 아래 뭐가 있다고 생각하는 거야?

그게 문제가 아니야.

알아. 문제는 여기 위에 뭐가 있느냐지.

그는 자기 관자놀이를 가리켰다.

그래. 뭐.

너는 생각이 너무 많아. 도대체 뭘 가지고 그러는지 잘 모르겠어. 하긴 네 머릿속에서 도대체 무슨 일이 벌어지는지 나야 모르지. 하지만 만일 네가 그 위에 갖고 있는 걸 내가 갖고 있다면 나는 애초에 이런 똥 같은 짓을 하지도 않을 거야.

너는 이 일을 사랑하는 줄 알았는데.

그래, 뭐. 어쩌면 나한텐 이게 최선일지도 모른다는 걸 알고, 나는 아주 감사할 줄 아는 니미씨발놈이지.

네 질문에는 대답을 할 수가 없어, 오일러. 그냥 내가 가지 않을 거라는 걸 알아. 그냥 머리에 든 게 문제라고 말하는 걸로는 아무것도 바뀌지 않아.

그래, 뭐. 내 생각에는 두려워도 그냥 해버려야 하는 일들이 있는 것 같아. 그냥 주저앉아 하지 말아야 할 모든 이유를 따져보지 않는다는 거지. 네가 공기 종* 안에 있고 다시 구정물 구덩이를 통과하는 걸 두려워할 이런저런 이유가 있다고 해보자고. 어쩌면 그게 네 상황의 비유일 수도 있을 거야. 두려우면 옴짝달싹 못하지. 하지만 그렇다고 어딘가로 사라질 수 있는 건 아니야. 늘 다시 구정물 웅덩이를 통과하게 돼.

웨스턴은 웃음을 지었다.

뱀에 물릴 것 같으면 그냥 멀찍이 떨어져 걸으면서 잊어버리면 된다고 생각하지. 하지만 그게 따라온다. 그것도 진실이 아니야. 그건 외려 앞에서 기다리고 있어. 늘 그럴 거야.

모르겠어. 공포는 가끔 문제의 영역을 넘어서는 것 같아. 핵심은 다른 걸 수도 있지 않을까? 그러니까 문제를 해결했다고 해서 공포가 꼭 해결되는 건 아닐 수도 있다는 말이야.

네가 두려워하는 게 뭐든 사실은 그게 네가 두려워하는 게 아닐 수도 있다.

아마도.

좋아. 뭐. 내 알 바 아니지. 어쩌면 그 차 사고가 너를 집어삼킨 건지도 몰라. 전에는 시속 백팔십 마일로 경주용 차를 몰면서도 두려워하지 않았을 테니까.

어쩌면 두려워했어야 하는지도 모르지.

웨스턴은 맥주를 비우고 빈병을 테이블에 내려놓았다. 하지만 아무것도 바뀌지 않아, 안 그래?

---

* 잠수종을 가리킨다.

너는 특이한 인생을 살고 있어, 보비.

그런 말 자주 들어.

틀림없이 그랬을 거야. 네가 자주 들었을 말을 하나 더 해줄게. 그런다고 아무것도 바뀌지 않아.

알았어.

죽은 사람은 너를 사랑해줄 수 없어.

웨스턴은 일어섰다. 나중에 봐.

그래.

조심하고.

너도 보비.

*

다시 아파트로 돌아갔을 때 그곳은 아주 철저하게 수색당한 뒤였다. 그의 머리에 처음 떠오른 생각은 고양이였으나 고양이는 다시 침대 밑에 들어가 있었다. 나야, 그는 말하며 바닥을 두드렸지만 고양이는 나오지 않았다. 그는 돌아다니며 물건들을 제자리에 돌려놓았다. 잠수 가방에서 나온 장비가 바닥에 흩어져 있어서 그것을 모아 다시 가방에 넣고 지퍼를 잠근 다음 옷장에 도로 넣었다. 바닥에 내던져진 옷가지를 집어 침대에 쌓았다. 그러다가 멈추었다. 그는 침대 가장자리에 앉왔다.

똑같은 사람들이 아니야. 다른 사람들이야.

그는 옷장으로 가 잠수 가방을 다시 꺼내 문 옆에 두었다. 옷장의 가로대에서 철사 옷걸이에 걸린 셔츠를 한데 모아 문간에 쌓고 할아버지의 흠집 많은 글래드스턴 가방*을 옷장 선반에서 꺼내 양말과 티셔츠를 담고 찰칵 닫았다.

캔버스 가방을 들고 부엌으로 가서 캔에 든 음식과 커피와 차로 채웠다. 접시 몇 개와 부엌 용품. 더플백에 책을 쌓고 이것도 문 옆에 두었다. 작은 스테레오와 테이프 한 상자. 벽에서 전화선을 뽑고 침대에서 베개와 함께 이불을 걷은 다음 마지막으로 집안을 가로질러 걸었다. 고양이 배변 상자를 집어들었다. 소유한 것이 많지 않았음에도 벌써 너무 많아 보였다. 그는 테이블 램프의 선을 뽑아 문으로 가져간 다음 모든 걸 트럭으로 가지고 나가 캡에 싣거나 크레인 앞에 쑤셔넣기 시작했다. 다섯 번 오가자 끝이 났다. 그는 무릎을 꿇고 침대 밑으로 기어가 고양이에게 말을 걸다 마침내 손이 닿았다. 자, 빌리 레이. 영원한 것은 없어.

그것은 고양이가 듣고 싶어하는 종류의 소식은 아니었다. 그는 고양이의 털을 쓰다듬으며 작은 아파트 밖으로 걸어나와

---

* 윗부분이 중앙에서 양쪽으로 열리는 직사각형 모양의 여행 가방.

문을 닫고 대문을 통해 거리로 나선 뒤 트럭에 올라타 허벅지에 고양이를 얹은 채 세인트필립 스트리트를 따라 차를 몰아 세븐 시즈로 향했다.

새벽 한시였다. 그는 고양이를 데리고 들어갔다. 재니스가 바를 맡고 있다가 고개를 들고 미소를 지었다. 그 친구는 누구셔?

빌리 레이야. 위층에 방 있어?

러치 방이 있어. 얼마나 깨끗한지는 몰라.

괜찮아. 내가 쓸 수 있을까?

조시한테 물어봐야 해.

내가 얘기할게. 봐, 내가 소유한 모든 게 바깥 트럭에 실려 있어. 이 밤중에 모텔을 찾아 돌아다니고 싶지는 않아. 얘기해 보고 조시가 다른 사람 주기로 했으면 나갈게.

무슨 일이야? 쫓겨났어?

비슷해. 그 친구 물건은 다 뺀 거지?

응. 그럴걸. 다 상자에 넣어서 슈레브포트에 있는 누이한테 보냈어. 너 때문에 내가 곤란해지는 건 아니겠지.

넌 괜찮을 거야. 열쇠는?

그녀는 카운터 밑에서 시가 상자를 꺼내 안에 든 열쇠를 집어 바에 내려놓았다. 웨스턴은 열쇠를 집어 고리에 달린 황동 패를 돌려보았다. 7호.

행운의 7이야.

별로 운이 좋지는 않았지, 안 그래?

맞아. 뭐, 하지만 모르는 거지. 그동안 여기는 꽤나 잿빛이 었지만. 행운 부분은 러치한테 물어보면 되고. 어쨌든 복도를 따라가다 왼쪽 마지막 방이야. 문에 번호는 없을걸. 정말 거기로 들어오고 싶어?

왜?

모르겠어. 내가 여기 있던 사 년 동안 세 명이 그 방을 쓰다가 나갔어. 러치 포함해서. 그리고 모두가 러치하고 똑같은 방식으로 나갔지. 혹시 그 점을 좀 생각해보는 게 어떨까 싶어서.

해볼게.

그는 트럭에서 물건을 가지고 들어와 파티오 문으로 나가서 층계를 올라갔다. 방에는 철제 침대 틀과 작은 나무 테이블과 의자만 빼고 가구가 다 빠져 있었다. 싱크대와 작은 냉장고. 조리용 열판. 침대에 매트리스는 없었다. 방에서는 곰팡이와 가스 냄새가 났다. 그는 모든 짐을 안으로 들인 다음 테이블이나 구석에 쌓아놓고 문을 닫았다. 고양이가 방을 탐사하고 있었다. 녀석은 그 어떤 것도 별로 마음에 들지 않는 듯했다.

웨스턴은 침대 스프링 위에 담요와 옷과 침낭을 펼쳐 대충 침대 비슷하게 만들고 나서 고양이의 플라스틱 상자는 구석에 놓고 봉지에 든 점토 모래를 채운 다음 아래층으로 다시 내려가 맥주를 시키고 바의 먼 쪽 끝으로 가 섰다.

나하고 이야기하고 싶지 않구나, 재니스가 말했다.

그는 맥주를 받고 그녀에게 다가가 스툴에 앉았다.

방은 어때?

괜찮아. 침대에 매트리스가 없던데.

스프링 위에서 자는 거야?

응. 대충.

그거 정말 별론데. 특히 누구와 함께라면.

그 생각은 못해봤네.

완전히 와플이 되어버린다고. 그래 어쩌다 한밤중에 방을 바꾸게 된 거야?

침입이 있었어. 다른 무엇보다도.

그거 더럽네. 뭘 가져갔어?

모르겠어. 별거 없어. 애초에 가져갈 게 별로 없으니.

오일러 말로는 네가 수도사처럼 산다던데.

그런 것 같아.

폴라한테 데이트 신청을 해보지 그래?

뭐?

폴라한테 데이트 신청을 하라고.

내키지 않는데.

왜?

누구하고도 엮이고 싶지 않아.

그애가 너한테 홀딱 빠진 건 알지.

아니 모르겠는데.

이거 왜 이래.

아닌 것 같아.

알았어. 다른 무엇은 뭐야?

다른 무엇이라니?

다른 무엇보다도 침입이 있었다면서.

웨스턴은 고개를 기울였다. 왜 이래?

내가 달리 누구를 들볶겠어?

몰라. 잘 거야.

잘 자.

아침에 내려왔을 때 시간은 열시였고 바에는 사람들이 파자마와 슬리퍼 차림으로 서서 블러디메리를 마시며 일요일자 신문을 읽고 있었다. 지미가 테이블에서 그에게 고개를 끄덕였다.

이사왔다면서.

사람들이 할 이야기가 어지간히도 없군그래.

아마 숨통이 트일 거야. 어서 해치워버리면.

그 말이 맞을지도 모르지.

우리 모두 이렇게 될 거라는 걸 알고 있었잖아.

웨스턴은 미소를 짓고 밖으로 나가 세인트필립 스트리트를
따라 트럭을 주차해놓은 곳으로 걸어갔다.

오후에 돌아왔을 때 그에게는 매트리스와 식료품 봉투 두
개가 있었다. 그는 바 앞에 차를 세우고 매트리스를 트럭에서
내려 안으로 들고 갔다. 조시가 바 안쪽에서 그를 지켜보았다.
웨스턴이 매트리스를 들고 안간힘을 써도 아무도 일어나 도와
주지 않았다. 그는 매트리스를 담배 자판기에 기대 세우고 몸
을 돌렸다. 너한테 내가 뭘 빚지게 되는 거지? 그가 말했다.
　젠장, 보비. 이사나 잘해. 네 걱정은 하지 않아.
　그래.
　오일러가 여기로 널 찾아왔던데.
　내가 이사왔단 이야기 그 친구한테 했어?
　아니. 오일러가 나한테 말해주던데.
　예수여.
　그는 파티오 문을 어깨로 밀고 통과하여 매트리스를 들고
끙끙거리며 층계를 올라갔다. 물건을 다 들인 다음 다시 밖으
로 나가 트럭을 몰고 디케이터 스트리트를 타고 내려가다 마
침내 주차장을 찾았다. 차를 세운 뒤 세인트필립 스트리트를
따라 걸어가 자신의 작은 아파트에 도착하자 대문으로 들어가
문에 열쇠를 꽂고 밀어 열었다. 영원히 닫을 또하나의 문. 그

는 안으로 들어가 불을 켰다. 그 자리에 서서 침대에 두고 나갔던 옷가지를 보다가 부엌으로 들어갔다. 욕실에서 불을 켜고 허리를 굽혀 오른쪽 맨 아래 서랍을 조심스럽게 잡아당겨 열었다. 잘 굴러가도록 뚜껑을 벗긴 둥근 볼펜을 서랍 한가운데에 두고 나갔었는데 서랍을 살살 열어보니 펜은 앞쪽 가장자리까지 내려와 있었다. 그는 서랍을 닫고 앞쪽 방으로 돌아와 집밖으로 나간 다음 문을 잠그고 다시 디케이터 스트리트를 따라 내려갔다. 모퉁이에서 잠깐 멈춰 신문을 사고 투잭스 레스토랑까지 걸어갔다.

11월의 어느 일요일 다섯시였고 그가 유일한 손님이었다. 다른 방의 바에는 손님이 몇 명 있었다. 웨이터가 빵 한 덩이와 버터 접시를 들고 왔다. 그는 테이블에 있던 골동품 유리병에서 물을 따라주고 갔다.

메뉴판은 없었다. 갖다주는 것을 먹는 곳이었다. 새우 레물라드,* 그다음에는 해물과 쌀이 든 수프를 먹었다. 석쇠에 구운 소 가슴살은 고추냉이 해물 소스와 함께 나왔다. 그는 화이트와인 한 잔과 함께 저민 농어를 먹었고 유리잔에 담긴 커피를 마셨다. 관광객 한 무리가 들어왔다. 이곳이 그들을 차분하게 만드는 것 같았다. 웨스턴은 그 느낌을 알았다. 그들은 벽

---

* 마요네즈에 향료와 썬 피클 따위를 섞은 소스.

에 걸린 사진을 보았다. 이 온스들이 술병 수백 개가 진열되어 있었다. 그는 바닐라 아이스크림 한 그릇과 더불어 커피를 한 잔 더 주문했다. 일곱시가 다 되어 그곳을 나와 세븐 시즈로 걸어 돌아갔다. 레드가 남긴 메모가 있어 그것을 호주머니에 넣고 층계를 올라가 고양이 먹이를 주고 잠자리에 들었다.

아침에 차를 몰아 벨체이스로 갈 때 세상은 아직 이른 잿빛이었다. 그는 트럭을 주차하고 마당을 가로질러 걸어갔다. 훈련용 탱크와 강철 건물을 지나갔다. 금속 문의 자물쇠를 열고 뒤쪽 운영실로 가서 불을 켜고 열판의 스위치를 올린 다음 커피와 필터를 꺼냈다.

오일러가 여섯시 반쯤 들어왔다. 너일 거라 짐작했지, 그가 말했다.

그래? 어떻게 그걸 짐작했을까?

네가 그 미치광이 수용소에서 푹 자려면 시간이 좀 걸릴 거라고 짐작했을 뿐이야. 이사는 잘했어?

응. 나는 괜찮아.

어떻게 된 거야? 손님이 또 오셨나?

몇 명 더, 아마도. 댄스 카드*가 꽉 찼어.

오일러는 커피를 한 잔 따르고 플라스틱 스푼으로 저으며

---

* 무도회에서 함께 춤을 출 파트너들의 이름을 적는 카드.

서 있었다. 그래서 이사한 거야?

응. 어차피 할 때도 된 것 같고. 지미 말로는 진작 했어야 했대.

지미가 잘 알겠지.

아니길 바라.

지미가 무거운 옛날 헬멧을 쓰는 잠수부라는 건 알고 있었어?

아니. 그건 몰랐는데.

그게 미래를 보여주는 걸 수도 있어. 생각을 좀 해보는 게 좋을걸.

그 이야기 많이 듣네. 너한테는 아무도 찾아가지 않았다니 놀라운데.

내가 언제 안 왔다 그랬어?

뭐야, 선교사들?

선교사들.

그 인간들한테 우리가 실종된 승객을 어디에 감추었는지 말해준 건 아니겠지?

안 했지. 나를 두들겨패서 알아내려 했지만 입을 다물었지. 마지막에는 내 불알에 백이십 볼트를 걸었지만 그냥 이를 악물고 버텼어.

그 인간들이 그러면 정말 싫더라.

다들 몇시에 나가?

내일은 되어야 할 거야.

뭐 때문에?

잘 모르겠어.

비행기가 아직도 거기 있다고 생각해?

몰라. 그걸 들어올리려면 꽤 큰 크레인이 필요하고 그걸 실으려면 꽤 큰 바지선이 필요할걸.

짐작건대 밤에 하겠지.

지금도 신문 훑고 있어?

아니. 포기했어.

오일러는 팔을 뻗어 커피 주전자를 집어 자기 컵을 채우고는 내려놓았다. 이 모든 일이 그냥 사라져버릴 수도 있어 알잖아.

그렇게만 된다면 얼마나 좋겠어.

하지만 너는 좋게 끝나지는 않을 거라고 생각하는군.

그런지도.

아침에 그들은 레드의 낡은 포드 갤럭시를 타고 강 하류로 내려갔다.

여기에 뭐가 들어간 거야? 390?*

아니, 428**이 들어갔어. 거기에 맞는 CJ 헤드 몇 개를 찾으

174

려고 해. 한 번도 집어넣어본 적 없는 캠이 있거든. 너는 이제 차 가지고 장난치지 않는구나.

안 해. 그만뒀어.

아직도 마세라티가 있잖아.

맞아. 근데 충분히 몰아주지 못하고 있어. 그래서 걱정이야. 헤드 개스킷들이 맛이 가면 실린더 라이너에 물이 흘러서 녹이 슬기 시작해. 다른 무엇보다도.

왜 그 차야?

모르겠어. 복서만큼 빠르지도 않아. 쿤타치만큼도. 하지만 더 잘 만들었어. 그 차에서는 부서져나가는 게 없어. 망구스타?*** 비벼볼 수 있을지도. 잘생긴 차야. 어떤 것도 브레이크로는 그걸 이길 수 없어. 351****로는 많은 걸 할 수 있지만 그러려면 더 큰 트랜스미션을 집어넣어야 하지. 그리고 물론 308*****은 뚱보보다도 빨리 못 달리고. 게다가 찾기도 힘들어. 그래서, 보라******지. 서스펜션이 무르다고? 그렇지 않아요. 그

---

* 포드 390세제곱인치 V8 엔진.
** 포드 428세제곱인치 V8 엔진.
*** 복서는 페라리, 쿤타치는 람보르기니, 망구스타는 데토마소에서 생산했던 스포츠카.
**** 포드 351 엔진.
***** 페라리 308.
****** 마세라티에서 생산했던 스포츠카.

냥 어느 선까지만 기울 뿐이야. 그리고 내 생각으로는 그 모든 푸조의 또라이 짓에 익숙해지게 돼.* 주제는 사실 미학이지. 보라가 가장 예쁜 차야. 그게 다야. 그걸로 끝.

나한테 그 물건이 있다면 운전대가 떨어져나가라 몰 텐데.

그럴 거라는 걸 의심하지 않아.

그 포뮬러 차들은 얼마나 빨리 달려?

포뮬러 원은 시속 이백 마일을 넘기도 해. 그렇게 달릴 만한 데가 많지는 않지. 사르트의 뮬산 스트레이트 구간 정도. 포뮬러 투는 어디까지 달릴 수 있는지 몰라. 물론 속도계를 단 차는 없지. 몇 바퀴를 돌고 나서 확실히 알게 되는 건 내가 성에 찰 만큼 빨리 달리지 못하고 있다는 것뿐이야.

네가 만난 가장 큰 문제는 뭐였어?

돈. 당연히. 차 자체만 놓고 이야기하는 거라면 늘 두 가지 종류의 잘못이 있어. 고칠 수 없는 종류와 고쳐야 하는지 몰랐던 종류. 경주 도중에 뭔가가 그냥 망가져버리면 할 수 있는 건 어깨를 으쓱하는 것뿐이야. 하지만 서스펜션을 제대로 달지 못해서 한 바퀴에 이 초 정도 대가를 치르고 있다면…… 글쎄. 우리는 한 번도 차 문제를 해결한 적이 없어. 마지막에는 타이어 공기압이나 만지작거리는 꼴로 전락하지. 또는 스태거

---

* 1960년대 후반에 시트로엥은 마세라티를 인수하여 보라에 자신의 기술을 집어넣었는데, 그후 1970년대 중반에 푸조가 시트로엥을 인수했다.

라든가. 스스로 어떤 것이든 몰 수 있다고 말하지만 경주는 그런 식으로 하는 게 아니지.

드래그스터는 몰아본 적 없어?

없어. 너는?

없어. 그놈의 건 똥을 싸게 무서워.

어느 날 아침에 프랭크가 전화를 해서 내가 거기 잠깐 들러 널 태울게 그러더라고. 보여주고 싶은 게 있대. 그래서 우리는 어느 형제가 제작한 철도를 보러 갔다가 집 뒤쪽으로 걸어나 갔는데 두 형제가 거기 있던 방수포를 뒤로 휙 젖히더라고. 마치 예술작품의 베일을 벗기는 것처럼. 391 크라이슬러 헤미 엔진 한 쌍을 손에 넣어서 그걸 그 거대한 스파이어 U-조인트하고 연결한 거야. 그런 다음에 엔진 위에 671 GMC 슈퍼차저 한 쌍을 얹었더라고. 이걸 검력계로 재본 적은 한 번도 없지만 수치가 어마어마했을 거야. 프랭크 말로는 처음 작동시켰을 때 두 블록 떨어진 곳의 나무에 있던 새들이 죽어서 떨어졌대. 트랜스미션도 없었어. 그냥 그 커다란 이턴 이단 변속 트럭 차축만 있었어. 그 모든 게 앵글과 배관 파이프를 용접해 만든 차체에 앉아 있는 거야. 정말 봐도 못 믿겠더군. 프랭크와 함께 서서 그걸 보고 있다가 내가 어떻게 생각해? 하고 물었어. 그랬더니 그 친구가 내가 어떻게 생각하냐고? 그러더라고. 그래서 내가 그래, 하고 말하니까 그 친구가 내 생각을 말해주지

하면서 이러더라고. 차라리 전기의자에 앉으면 앉았지 저걸
타진 않겠어.

그들은 주차장으로 들어가 차를 세우고 러셀을 기다리는 동
안 커피를 마시러 카페로 갔다. 밖은 아직 어두웠다. 부두의
조명 위로 갈매기 몇 마리가 맴을 돌았다. 카페는 아주 활기찼
다. 레드는 신문을 챙겨 부스 자리에 들어가 앉더니 잿빛 부둣
가를 내다보았다. 저놈의 게 진짜 고물이라고 하는데 말이야.
저게 뭐 때문에 위험하다고들 생각하는지 나는 모르겠지만 그
작자는 그걸 지금 있는 자리에 그대로 두고 싶어한다는 데 내
기라도 걸겠어.

나도 걸게. 우리가 이 아래서 얼마나 있을 거라고 생각해?

이틀 정도. 대체로 펌프로 물을 빼는 데 얼마나 걸리느냐에
달려 있지. 배고파?

별로. 그냥 커피만.

그래. 도대체 웨이트리스는 어디 있는 거야?

그들이 다시 부두로 걸어나갈 때 강 건너에 빛의 줄무늬가
있었다. 레드가 담배를 물에 던졌다. 트럭 몰고 올래?

열쇠 줘.

장비를 여기 쌓아놓고 정리하면 돼. 러셀이 올 때가 됐는데.

저기 오는 게 그 친구인 것 같은데.

러셀은 오래된 예인선 몇 척의 갑판 평면도와 입면도 인쇄

물을 가져왔다. 이놈의 건 다 제각각인 경향이 있단 말이야, 그가 말했다. 그래서 이게 얼마나 쓸모가 있을지는 모르겠어. 이 작은 보석은 1938년에 배스 제철소에서 건조한 거야.

레드는 몸을 기울여 침을 뱉었다. 그 모지리들이 무겁다는 건 알아, 그가 말했다.

그건 그래. 테일러에서 바지선에 올린 이백 톤짜리 증기 크레인을 임대했어. 그놈의 거에 시동을 거는 걸 얼른 보고 싶군. 좋아. 그냥 이것들을 가져가자고.

그는 인쇄물을 둘둘 말아 다시 튜브에 넣고 마개를 돌려 막았다. 다 준비됐어?

그 아가씨를 한번 해보자고.

그 아가씨를 한번 해보자고.

그들은 모터를 움직여 타르로 시커메진 채 진흙 색깔의 물에 녹색 비듬을 길게 뿌리고 있는 말뚝들을 지나갔다. 보트의 항적은 사물들이 살고 있는 저 뒤쪽 장대들의 어두운 숲속 어딘가에서 부서졌다. 그들은 강 하류로 방향을 틀고 계속 서쪽 제방에 붙어서 나아갔다. 물의 잿빛 안개가 론치선의 이물 위에서 부서졌다. 그들은 엔진 소음 때문에 아무것도 들리지 않아 말없이 가다가 강으로 미끄러져들어가는 악어들을 손으로 가리켰다. 잠수 현장에 도착했을 때는 몹시 추워서 보트에서

나와 바지선 갑판에 올라가 발을 구르고 팔을 휘저었으며 해가
떠오르자 숭배자들처럼 얼굴을 해 쪽으로 돌리고 서 있었다.

약 삼 피트 길이의 예인선 돛대가 약간 기울어진 채 강물 위
로 삐죽 솟아 있었다. 해안경비대는 현장을 부표로 표시해두
었다. 크레인 바지선은 예인선 바로 위쪽 상류에 있었는데 거
대하고 텁수룩해 보였다. 갑판실에는 불이 밝혀져 있었으나
주위에 사람은 없는 것 같았다.

레드는 불빛을 향해 고개를 끄덕였다. 저놈의 게 하루에 얼
마나 돌아가는 것 같아?

모르겠는데. 하지만 장담하는데 돈은 다 내야 할 거야.

그들은 갑판에 앉았고 러셀이 그들과 함께 잠수 계획을 검
토했다. 웨스턴은 갑판에 드러누워 몸을 쭉 뻗고 눈을 감았다.

이거 이해하고 있어, 보비?

나는 지금 한눈팔지 않고 너한테만 관심을 집중하고 있어.

게리의 질문에 대한 답은 뭐야?

이 물건의 볼러드 당김*은 아마 삼십 톤을 넘지 않을 거야.
하지만 그건 1938년이었고 지금은 그보다 적겠지. 이걸 H자
계주繫柱를 이용해 끌어올릴 방법은 없어. 그랬다간 그게 그냥
갑판에서 빠져버릴 거야. 먼저 고물 케이블을 움직이는 게 낫

---

* 배의 속도가 제로인 상태에서 배가 당기는 힘.

지. 방향타가 선체에 너무 가까워서 케이블을 통과시키지 못할 수도 있는데, 그럴 경우에는 드릴을 가지고 내려가 케이블을 통과시킬 구멍을 뚫어야 해. 케이블이 들어가려면 이 인치쯤 필요할 거야.

레드가 누워서 몸을 뻗고 있다가 하늘 높이 뜬 제트기를 향해 가상의 라이플을 겨누었다. 어떻게 이 인치를 잴 수 있을까? 저 아래는 아주 깜깜한데.

그냥 네 자지를 이용해.

그게 어느 쪽을 향하고 있지?

네 자지?

상류를 향하고 있어. 돛대를 보면 알 수 있지.

그런데 도대체 어쩌다 저렇게 된 거야? 아는 사람?

화물선을 끌고 올라오다가 줄을 두어 개 추가로 묶기로 했는데―날씨나 그런 거 때문에―예인선이 자기 선체 밑의 줄에 걸려 뒤집힌 거야.

아주 멍청한 짓을 한 것 같은데.

강에서 보트를 잃으면 스크린에 가장 먼저 떠오르는 말이 멍청하다는 거야. 보통 그 앞에 좆같이라는 말이 붙지. 또다른 건?

다 된 것 같아. 질문?

이놈의 게 슬링* 안에서 부서질 가능성이 있어?

없어. 예인선은 부서지지 않아. 예인선은 영원해.

알았어.

내가 A를 받은 건가?

모르겠는데. 레드? 저 친구 A 받았어?

예인선은 무게가 얼마야, 보비?

많이 나가.

내가 보기에는 A 같은데.

텐더들이 바이킹 산업용 잠수복 한 벌을 가져와 신형 슈퍼라이트 17 헬멧 두 개와 함께 갑판에 늘어놓았다. 레드와 웨스턴은 반바지와 티셔츠만 남긴 채 다 벗었고 텐더들이 장비 착용을 도와주면서 그들이 사용하게 될 새로운 EFROM 무선 수중전화에 관해 이야기해주었다. 강 속에서는 조명이 있어도 시야가 전혀 확보되지 않으며 잠수부들은 십팔 피트짜리 나일론 점퍼 로프로 연결될 터였다. 그들은 바지선 가장자리에 앉아 앞코에 강철을 덧댄 무거운 건설용 장화를 잡아당겨 신었고 텐더들은 그들 뒤의 갑판에 저스터스 스테인리스스틸 탱크 두 쌍을 세워놓고 그들이 장비를 착용하고 버클을 채우고 띠를 조정하는 동안 그것을 붙들고 있었다. 그들이 웨이트벨트**의 버클을 채우자 텐더들은 생명선을 정리하고 안전선을 채웠

---

* 무거운 것을 끌어올리는 장치.

** 잠수 때 무게를 더하기 위해 착용하는 벨트.

고 잠수부들은 뒤를 돌아보며 엄지를 치켜든 뒤 강으로 떠밀려 들어갔다.

시계視界는 곧장 제로가 되어 불과 몇 피트 만에 진흙 빛에서 암흑으로 바뀌었다. 빛이 흐릴 때 보통 사용하는 아이크라이트도 소용없었다. 강에 갈색 얼룩만 만들 뿐이었고 라이트를 들고 팔을 뻗으면 빛이 오십 피트는 떨어져 있는 것처럼 보였다. 타오르는 진흙, 오일러는 그것을 그렇게 불렀다. 머리 위의 둥근 접시 같은 진흙 빛은 서서히 닫혔고 그들은 어둠 속에서 하강했다. 벽 같은 강이 그들을 하류로 실어갔다. 웨스턴은 전화를 걸어보았다. 들려? 그가 말했다.

들려.

발라클라바*를 썼지만 웨스턴은 머리에서 추위를 느꼈다. 날카로운 통증. 아이스크림을 너무 빨리 먹을 때처럼. 그들은 완전한 암흑 속에서 하강했고 갑자기 강바닥에 닿았다. 생각했던 것보다 빨랐다. 그는 제대로 서지 못할 뻔했다. 한 손을 아래로 내려보았다. 장갑 아래 닿는 모래 섞인 양토壤土. 그가 생각했던 것보다 단단했다. 그는 서서 고개를 돌려 상류를 보았다.

한참 하류로 내려왔어, 레드가 말했다.

---

* 머리부터 목까지 얼굴을 거의 다 덮는 방한모.

그래.

그는 물살 속으로 몸을 기울였다. 그 끝나지 않는 무거운
벽. 그는 몸을 돌려 어깨를 앞으로 내밀고 무거운 장화를 신은
발로 강바닥을 따라 올라가기 시작했다.

물살의 변화로 그보다 상류에 있는 보트의 선체를 느낄 수
있었다. 움직이는 물속의 그림자처럼. 그는 두 손을 앞으로 내
밀었다. 음파의 피드백. 그의 손이 닿은 것은 방향타 가장자리
였다. 그는 손으로 거친 철판을 쓰다듬으며 무릎을 꿇고 철판
을 따라 모래 속으로 손을 집어넣었다.

좋아. 찾았어.

뭘 찾았어?

무슨 염병할 보트 같아.

그는 프로펠러들이 담긴 속 깊은 주철 엔진실의 윤곽을 그
려보았다. 방향타는 거대했고 그는 그것을 따라 나아가 프로
펠러 앞날 옆으로 손가락을 쑤셔넣었다. 레드가 올라와 그와
나란히 섰다. 웨스턴은 나일론 리드 로프*를 허리띠에서 풀어
방향타의 앞쪽 가장자리와 선체 사이에 집어넣고 두어 번 감
은 다음 로프 끝의 고리를 다시 벨트에 연결했다.

여기는 된 것 같은데.

---

* 원래는 가축을 끌 때 사용하는 로프. 여기서는 예인선을 인양하는 데 사용하
고 있다.

좋아. 너를 풀어줄 거야. 나는 내 로프를 끌고 앞쪽으로 갈게.

이놈 길이가 얼마? 구십 피트?

러셀은 그렇게 말하던데.

위에서 봐.

그러자고Andale pues.

웨스턴은 로프 몇 야드를 풀어 늘어뜨리고 상류로 올라가기 시작했다. 그는 잠수 전화의 단추를 눌렀다. 들려?

들려.

잘되고 있는 것 같아.

그러다 늘 무슨 일이 생기지.

늘 무슨 일이. 오버.

그는 한 손을 예인선 선체에 얹고 로프를 끌며 갔다. 배 한 척이 느릿느릿 상류로 지나갔고 그는 잠시 멈추었다. 머리 위 엔진들이 근원 없는 어둠 속에서 덜컹거리는 금속성 소음을 내고 있었다. 그의 첫번째 강 잠수는 이 년 전이었다. 위에서 그것의 무게가 움직인다. 끝없이, 끝없이. 다른 어떤 것과도 닮지 않은 무자비한 시간의 흐름이라는 의미에서 끝없이.

그는 보트 길이의 반쯤 왔다고 생각하는 지점에서 다시 레드를 불렀다. 이제 올라갈 거야, 웨스턴이 말했다.

알겠다.

그는 웨이트벨트를 벗어 자신의 줄 하나에 걸고 줄이 어둠 속으로 흘러가게 놓아두었다. 그리고 점퍼 로프를 풀고 천천히 몸을 일으켜 비스듬한 선체 위로 올라섰다. 배의 바닥이 옆면과 만나는 모서리를 지나 계속해서 선체 상부를 따라 사슬로 줄지어 엮인 타이어들까지 올라간 뒤 선체 측면이 다시 기울며 텀블홈*을 이루는 곳에 이르렀다. 그는 갑판을 밀어내며 일어서서 강의 수면 위로 올라가 두 손을 펼치고 몸을 돌려 천천히 물살에 몸을 맡겼다. 텐더 한 명이 바지선 가장자리로 다가와 가는 밧줄을 그가 떠내려가는 쪽 강물 위로 던졌다. 그는 손을 뻗어 줄을 잡았고 텐더는 엄지를 치켜든 다음 윈치**의 도삭기導索器 안 밧줄을 곧게 펴고 레버를 당겼고 웨스턴이 하류 쪽을 등지도록 몸을 돌리자 윈치가 천천히 그를 끌어당겼다.

텐더들이 그가 탱크와 헬멧을 벗는 것을 도왔고 누가 커피를 갖다주었다. 그는 컵을 갑판에 놓고 장갑을 벗은 다음 레드가 수면으로 올라올 때까지 지켜보았다. 성공? 그가 전화에 대고 말했다.

잘됐어, 보비.

그들은 레드를 끌어당겼고 레드가 리드 로프를 건네주자 텐더들이 그의 헬멧 조임쇠를 풀고 헬멧을 들어올려 벗겼다. 별

---

* 배의 선체 측면 상부가 안쪽으로 굽은 형태.
** 밧줄이나 쇠사슬을 이용해 무거운 물건을 들어올리는 장치.

거 아니네, 그가 말했다.

물밑에서 뭔지 모르는 것과 맞닥뜨린 적 있어?

아직은. 생각해본 적은 있어. 예전에 캘리포니아의 어떤 동물원에서 악어거북을 봤는데 안내판에 그게 이백육십 파운드라고 적혀 있더라고. 머리는 네 주먹만한 크기였는데. 못 볼 걸 봤다는 심정이었어.

그래, 웨스턴이 말했다. 자라면 그보다 더 나갈 것 같은데.

그래?

황소상어도 그렇거든.

황소상어.

그래.

흠, 걔들이 강 상류로 이렇게 멀리까지 오진 않겠지.

저 북쪽 일리노이주 디케이터에서도 잡힌 적 있어.

그들은 레드에게 커피를 건네주었고 그는 앉아서 그것을 홀짝였다. 그는 웨스턴을 보았다. 너 때문에 염병할 초조해졌잖아, 웨스턴. 그는 고개를 돌리더니 러셀을 보았다. 저놈의 건 언제 가동해?

잠베지강*을 따라 폭포까지 가. 강에 있는 모든 걸 잡아먹어.

뭐가?

---

* 남아프리카 남부에서 인도양으로 흐르는 강으로, 상류에 빅토리아폭포가 있다.

황소상어가.

아프리카에서.

아프리카에서.

헛소리. 그 강에서는 이십 피트짜리 악어가 잡혀. 상어가 그걸 어떻게 잡아먹겠어?

그냥 내장을 파내. 내장부터 먹어.

헛소리.

잠베지강 폭포 남쪽에서는 사자들도 물을 안 마셔.

그건 헛소리야.

알아. 어쨌든 사자에 관한 건. 그 얘긴 지어낸 거야. 하지만 사실일 수도 있어.

리드 로프를 윈치에 감자 케이블들이 올라왔고 그들은 케이블을 크레인에 연결한 뒤 그게 강 속으로 미끄러져내려가는 것을 지켜보았다. 그들은 슬링을 크레인과 연결했고 이른 오후가 되자 조타실의 상당 부분이 물위로 나왔다. 크레인 조종사는 기어를 두 단 내렸고 바지선은 몸을 떨며 계속 끌어당겼다. 레드는 몸을 기울여 강에 대고 침을 뱉었다. 이놈의 것들은 선실이 늘 높아, 그가 말했다. 바깥으로 모든 걸 볼 수 있어야 하거든.

그 말이 맞는 것 같네.

여기서 얼마나 더 보고 있어야 하지?

왜? 뜨거운 데이트라도 있어?

모르는 일이지.

밤새도록 저걸 돌릴 것 같은데.

그래.

아침에 우리가 몇시에 여기로 나오기를 바랄까?

해가 뜨면.

알았어.

준비됐어?

나야 늘 준비된 니미씨발놈이지.

그들은 외곽 고속도로 변의 모텔에 투숙했다. 한잔할래?

별로야. 아주 피곤해.

그럼 아침에 봐.

웨스턴은 문을 닫고 가방을 바닥에 내려놓은 다음 안에 들어가 샤워를 하고 다시 나와 침대 위에 몸을 쭉 뻗고 누웠다. 그리고 팔 분을 자다가 다시 깨서 천장을 물끄러미 바라보며 누워 있었다. 잠시 후 그는 일어나 옷을 입고 바로 내려갔다. 아직 이른 시간이었다. 구석의 테이블에 앉자 웨이트리스가 다가와 테이블을 닦고 종이 냅킨을 내려놓은 뒤 그를 보며 서 있었다.

결혼했나요? 그가 물었다.

주문할 거예요, 말 거예요?

펄이나 하나 주세요.

그녀는 맥주와 잔을 가져왔다. 그리고 그를 보며 서 있었다.
하지만 그쪽은 틀림없이 했죠, 맞죠?

결혼.

네.

네. 나는 영원히 결혼했죠. 앞으로도 늘 그럴 거고.

그런데 왜 나한테 결혼했냐고 묻는 거죠?

그냥 그게 어떤 건지 알고 싶었어요. 보통 사람들에게.

내가 보통 사람이 아니라고 말하는 건가요?

아니요, 주여 그 말이 아니에요. 나는요?

그쪽은 보통 사람이 아니죠.

네, 아니죠.

뭐가 문젠데요?

잘 모르겠습니다.

그쪽은 확실히 결혼한 거 맞아요? 나는 안 했거든요.

댁을 귀찮게 하면 안 되는데.

귀찮게 하고 있지 않아요.

댁을 꼬시려는 게 아닙니다.

꼬시려는 건지 아닌지는 모르겠네요. 다만 그쪽이 그런 쪽
에 젬병이라는 건 알겠어요.

아침에 그들은 바지선 갑판에 앉아 커피를 마시고 도시락 가방의 샌드위치를 꺼내 먹었다. 그들은 예인선을 지켜보았고 크레인을 작동하는 사람을 지켜보았다. 그는 예인선의 난간을 강 위로 들어올렸고 엔진이 다시 기운을 잃자 기어를 다시 내렸다. 파이프가 하얀 연기를 토해내고 삭구가 삐걱거리고 크레인 붐대에서 톱니가 돌아가면서 일련의 낮은 소음을 냈다. 바지선 갑판이 서서히 기울었다. 그러다 이내 멈추었다. 웨스턴은 케이블들을 지켜보고 있었다. 그는 레드를 보았다. 레드는 샌드위치를 쥐고 있었다. 잠시 후 그가 다시 씹기 시작했다. 러셀이 다가와 쭈그리고 앉았다.

　저놈의 거 안에 물이 얼마나 있는 거야, 웨스턴?

　얼마나 빠른 답이 필요한데?

　모르겠어. 합리적인 거면 돼.

　횡단면으로 보자면 중간층은 육백 제곱피트가 넘지 않을 거로 짐작돼. 양쪽 끝으로 가면 제로가 되니까 세로로는 그냥 절반으로 보면 되지. 이만사천 세제곱피트. 일 세제곱피트에 칠 갤런 하고 반이 들어가. 십팔만 갤런이네.

　러셀이 셔츠 호주머니에서 연필과 작은 수첩을 꺼내 들고 웨스턴 앞에 책상다리로 앉았다.

　열다섯 시간이야, 웨스턴이 말했다. 다만 그보다는 조금 더 오래 걸리겠지. 펌프의 GPM*을 근거로 한 거지만 최고 속도로 돌리지는 않으니까. 그리고 펌프 중에 어느 하나도 멈추지 않는다고 가정했을 때 얘기고.

레드는 다시 샌드위치를 입에 물며 고개를 저었다. 러셀은 수첩을 치웠다.

어쨌든 아침식사 전에는 안 끝난다는 거네.

그냥 추측이야.

물론이지. 하지만 저 펌프들이 공기를 빨아들이기를 바라지는 않잖아.

그들이 정박지로 들어섰을 때 부두를 따라 불이 막 들어오고 있었다. 웨스턴은 잠수 가방들을 갑판에 던졌고 게리는 엔진을 껐다.

아침 몇시에 볼까?

일찍.

그럼 일찍.

그들은 가방을 어깨에 걸치고 주차장으로 향했다. 춥지 않아? 레드가 말했다.

추워. 머리가 차가워지고 있어.

---

* gallons per minute. 분당 갤런.

192

그래. 추위가 어떤 선을 넘으면 한참 후에도 다시 따뜻해지기가 힘들지.

방수 잠수복.

그래. 하지만 그건 꽤나 귀찮지.

곰 옷. 보온 내의.*

알아들었어.

그들이 다음날 아침 인양 현장으로 갔을 때 바지선 끝에 모터보트가 줄로 묶여 있고 아주 괜찮아 보이는 젊은 여자 둘이 청바지 차림으로 바지선 갑판에 앉아 맥주를 마시고 있었다.

레드가 일어서서 갑판 위로 줄을 던졌다. 그가 웨스턴을 보았다. 저거 네가 주문한 거야?

아니. 하지만 우리 크레인 기사를 새로운 눈으로 보게 되네.

여자들은 널 속이기 마련이야.

그래 맞아.

여자들이 중장비에 끌린다는 이야기는 늘 들었지만.

그들은 여자들에게 손을 흔들었고 여자들도 마주 흔들었다. 예인선은 반쯤 물 밖으로 나와 있었고 빌지 펌프**는 열심히 움직이고 있었다.

정말로 그 작자는 저놈의 걸 다시 돌아다니게 할 수 있다고

---

* 둘 다 방수 잠수복 속에 입는 보온용 옷가지.
** 배 밑에 고인 물을 퍼올리는 펌프.

믿는 건가?

예인선.

응.

모르겠어.

다들 맥주 마실래? 여자 하나가 병을 들어올렸다.

사양하겠어. 우리 기사 친구는 어디 있지?

돌아올 거야. 우리는 새우를 잔뜩 삶을 참인데.

다들 어디서 왔어?

빌록시.

멋진 세상이야.

뭐?

나는 빌록시를 사랑해.

빌록시?

그 친구는 애쓰고 나서 쉬고 있는지도 모르지.

그 친구는 애 좀 써보려고 쉬고 있는지도 몰라.

인양 일에는 우리가 아직 이해하지 못하는 뭔가가 있는 것
같아.

그들은 모터를 움직여 상류의 소콜라로 간 다음 부두에서
길을 건너면 나오는 작은 바에서 맥주를 마셨다. 레드는 모래
가 껍질처럼 덮인 창문 밖을 보았다.

보트는 괜찮을까?

그럴 거야. 여기 아래쪽 동네에서는 보트를 훔치지 않아. 다만 다른 건 다 훔치지. 그게 이 사람들이 명예롭게 여기는 부분이야.

보트를 훔치지 않는 게?

아니. 다른 건 다 훔치는 게.

그게 그 친구 계약서에 있었을 것 같아? 크레인 기사에게 보지 제공?

그럴 수도 있지.

다른 계통 일은 생각한 적 없어?

늘 생각하지.

헛소리.

하류로 돌아갔을 때 예인선은 케이블에 묶인 채 허공에 매달려 있고 바지선 조타실에서는 음악이 흘러나오고 있었다. 그들은 보트를 세우고 줄을 묶었다. 크레인 기사는 가스 그릴에 불을 피우고 쓰레기통 뚜껑처럼 보이는 것에다 새우를 잔뜩 튀기고 있었다.

이 물건은 언제 갑판에 올려놓을 거야?

언제든 너희 좆된 일행이 여기 오면.

초크*를 설치하러.

---

* 갑판 위에 보트를 얹는 받침대.

그래. 다들 새우 좀 먹을래?

물론이지. 이걸 베니스*까지 가지고 내려갈 계획이야?

이게 기준다면 그럴 계획이야. 접시 가져와. 소스는 저기 있어.

이름이 뭐야?

리처드.

나는 레드.

잘 지내나 레드.

잘 지내.

나를 딕이라고 부르지 마.

왜? 성이 헤드**야?

재미있는 니미씨발놈이네.

저 아이스박스에 맥주도 있어?

물론이지. 갖다 드셔.

여자애들은 어디 갔고?

여자애들은 아무데도 안 갔지. 내가 휘파람을 불기만 기다리고 있을 뿐이야.

그래, 뭐. 이 새우 아주 맛이 좋은데.

---

* 미국 플로리다주에 있는 베니스를 가리킨다.
** '딕(Dick)'은 '리처드'의 애칭이며, '딕헤드(dickhead)'는 귀두를 상스럽게 부르는 말로 사람을 가리키는 욕으로도 쓰인다.

저기 네 친구는?

접시 가져와, 보비. 이거 아주 좋네.

그가 세븐 시즈로 들어가자 재니스가 와보라고 손짓을 했
다. 아까 오일러한테서 연락이 왔어. 상황 봐서 여기 시간으로
내일 밤 일곱시쯤 다시 전화하겠대.

오일러는 어디 있는데?

배를 타고 있어. 무선전화로 임시 연결된 거였어.

말한 건 그게 다야?

알아들을 수 있었던 건 그게 다야. 연결이 아주 나쁘더라고.

고마워, 재니스. 미스터 빌리 레이는 어때?

너를 보면 아주 좋아할 것 같은데.

고마워.

그는 위층으로 올라가 고양이에게 먹이를 주고 고양이를 배
에 얹은 채 침대에 드러누웠다. 너는 최고의 고양이야, 그가
말했다. 너보다 멋진 고양이는 만난 적이 없는 것 같아.

그는 나가서 먹을 걸 좀 사야겠다고 생각했다. 그러다 작은
냉장고에 뭐가 있는지 봐야겠다고 생각했다. 그러다 잠이 들
었다.

그는 아침에 러셀과 이야기했다. 바지선은 어두워진 뒤에
베니스로 들어갔고 그쪽에서 예인선을 로우보이*에 실어 조선

소로 끌고 간 뒤 조선소 크레인으로 내려 블록 위에 얹어놓았다. 러셀은 배 바닥의 고인 물에 죽은 물고기들과 상당히 큰 거북이가 있었다고 말했다.

웨스턴은 저녁에 바에 내려가 열시 넘어까지 기다렸지만 오일러는 전화하지 않았다. 그가 나가서 식사를 하고 돌아오니 재니스가 번호가 적힌 종이를 건넸다. 데비?** 그녀가 말했다.

데비.

그는 공중전화로 가서 전화를 걸었다.

달링.

안녕.

꿈에 네가 나왔는데 잠에서 깨니 걱정이 되더라.

무슨 꿈이었는데?

괜찮은 거야?

괜찮아. 무슨 꿈이었어?

너는 꿈을 믿지 않는다는 거 아는데.

데비.

응.

꿈.

알았어. 아주 이상했어. 어떤 건물에 불이 났는데 너는 어떤

---

* 크고 무거운 것을 싣는 특수 트레일러트럭.
** 드부시의 애칭.

특수복을 입고 있었어. 어떤 특별한 방화복. 우주복 비슷하게 생긴 거였는데 너는 사람들을 구하러 건물 안으로 들어가려 했어. 그러다 그 거대한 불 속으로 그냥 걸어들어가 사라져버렸고 거기 서 있던 어떤 소방수들 중 하나가 말했어. 성공하지 못할 거야. 저 방화복은 R-210인데 이 일을 하려면 적어도 R-280은 필요해.* 그때 잠이 깼어.

그는 전화기를 귀에 댄 채 작은 선반에 팔꿈치를 대고 몸을 기울였다.

보비?

듣고 있어.

이게 무슨 뜻이라고 생각해?

모르겠어. 네 꿈이잖아.

그냥 정말 너무 진짜 같았어. 바로 너한테 전화할 뻔했어.

불타는 건물에는 들어가지 말아야 할 것 같군.

뭐 위험한 일 하는 거야?

평소보다 더할 건 없어.

아니라고는 하지 않네. 너는 자기한테 죽음에 대한 소망이 있다는 것도 의식하지 못하는 것 같은데.

나한테 죽음에 대한 소망이 있다고.

---

* R-210, R-280은 방화복의 등급.

그래.

너 읽는 책을 내가 더 꼼꼼하게 감독할 필요가 있을 것 같군. 네가 꿈을 정말로 믿는다는 건 알겠어.

모르겠어, 보비. 그러니까 꿈이 뭔가를 예언할 수 있다고 내가 믿는다고?

그래.

가끔은. 내 생각에는. 나는 여자의 직관을 믿어.

그걸 얻으려 힘쓰고 있어?

늘.

내가 어떻게 해야 한다고 생각하는데?

모르겠어, 베이비. 그냥 조심해.

알았어. 조심할게.

웨스턴은 기다렸다. 긴 침묵이네, 그가 말했다.

나는 널 알아, 보비. 너는 운명론자가 아니야.

전혀 아니지.

네가 신을 믿지 않는다는 건 알아. 하지만 너는 세상에 구조構造가 있다는 것도 믿지 않잖아. 한 사람의 삶에.

그건 그냥 꿈일 뿐이야.

그냥 꿈은 아냐.

그럼 그냥 뭐야? 울고 있어?

미안해. 멍청한 짓을 하고 있네.

또 무슨 일이야?

왜 또 무슨 일이 있어야 해?

모르겠어. 있어?

모르겠어, 보비. 그냥 최근에 네 생각을 많이 했어. 친구들 가운데 얼리샤를 아는 사람이 몇이나 돼?

적지. 너. 존. 녹스빌 사람들. 대체로 너하고 존이지. 물론 가족도. 그애 이야기는 하고 싶지 않아.

알았어.

너는 그냥 병적으로 굴고 있을 뿐이야. 원한다면 내일 얼굴 보러 갈게.

일을 쉴 수가 없어.

전화할게.

알았어. 끊어야 해. 걱정 끼치려던 건 아니야 보비.

알아.

그래.

다음날 아침 루의 사무실로 들어가자 루가 고개를 들고 그를 살폈다. 그러다 의자에 등을 기댔다. 흠. 듣지 못한 게 분명하군.

그런 것 같은데.

레드가 방금 여기서 나갔는데. 술집으로 가고 있어.

그래. 뭘 들어?

미안해, 보비. 오일러가 죽었어. 달리 돌려 말할 방법이 없네.

웨스턴은 다가가 작은 금속 의자 하나에 앉았다. 아 하느님, 그가 말했다. 이 야비한 개자식들.

안됐어, 보비.

연락한 사람은 있어?

응. 누이 번호를 갖고 있었어. 아이오와주 디모인에 살아.

학교 선생이야.

그 말이 맞는 것 같아. 아직 전화를 안 받더라고.

어떻게 된 거야?

모르겠어. 그 사람들한테서는 분명한 답을 얻어내기가 어려워. 종 속에서 죽은 상태였어. 종에 있는 걸 끌어올렸어.

포화 잠수인 줄 알았는데.

모르겠어. 네가 말하는 개자식들은 누구야?

내 말에는 관심 가질 거 없어. 바다에 묻어버리겠군. 두고 봐. 그 친구는 집에 가지 못할 거야.

그걸 어떻게 알아.

두고 봐.

IV

그녀를 깨운 것은 개였는지도 모른다. 밤길 위의 어떤 것. 그다음에는 고요. 그림자 하나. 그녀가 고개를 돌렸을 때 창턱에 뭔가가 있었다. 긴 의자 위에 웅크린 채 두 손으로 무릎을 움켜쥐고 머리를 천천히 돌리며 음흉한 시선을 던진다. 엘프의 귀와 눈은 유리 위에 날것으로 떨어지는 마당의 수은 빛 속에서 돌 구슬들처럼 차갑다. 엘프가 몸을 움직이더니 방향을 틀었다. 가죽 꼬리가 도마뱀 발 위로 스르르 미끄러졌다. 앞을 보지 못하는 눈이 그녀를 찾아냈다. 검은 쇠 목줄을 찬 여윈 목 위의 머리를 흔든다. 그녀는 그 눈꺼풀 없는 눈길을 쫓아갔다. 지붕창 불빛 너머 그림자들 속의 어떤 것. 공허의 숨. 이름도 없고 가늠할 수도 없는 암흑. 그녀는 두 손에 얼굴을 묻고 오빠의 이름을 속삭였다.

그들은 며칠 뒤에 왔다. 전혀 특별한 날이 아니었다. 그해의 봄. 숲은 밤에도 층층나무 꽃들로 하얬다. 그녀는 증조모의 물건이었던 화장대에 앉아 있었는데 물이 차오르던 밤에 앤더슨 카운티의 집에서 꺼낸 물건이었다. 그녀는 여기저기 얼룩이 지고 누레진 거울로 자신의 모습을 살폈다. 거울이 약간 휘어 그녀의 완벽한 얼굴이 길고 부드럽게 왜곡되면서 라파엘전파의 초상이 되었다. 거울 속 그녀 뒤쪽에는 자주 오는 오래된 손님들이 창백하게 무리 지어 있었다. 수의를 걸치고 있지만 곰팡내나는 넝마 밑에는 뼈밖에 없다. 소리 없이 아우성친다. 그녀는 그들에게 거의 웃음을 지을 뻔했고 그들은 이내 희미해지더니 마침내 거울 속에는 다시 그녀의 얼굴만 남았다. 화장대 서랍에는 파란 실크 리본으로 묶인 편지 뭉치가 있었다. 골동품 우표와 깃펜에 갈색 잉크를 묻혀 쓴 글. 지금은 무너진 돌들마저 호수 바닥의 토사 속에 묻힌 집으로 보낸 편지. 귀갑으로 만든 빗과 브러시. 지금은 하나도 살아남지 못한 약속을 했던 댄스파티에 한 번 들고 간 적이 있는 칙칙해진 레이스 이브닝 핸드백. 희미하지만 퀴퀴하게 라벤더 냄새가 나는 작은 새틴 천 향주머니. 신부로 여기 앉았던 적이 있는 여자에 관해 그녀는 거의 기억하지 못한다. 지금까지 뭉그적거리는 냄새. 내가 접시에 장미를 태우고 잊어버렸나? 하고 층계에서 말하던 목소리.

키드는 고리에 걸린 열쇠들을 한쪽 물갈퀴에서 다른 쪽으로 미끄러뜨린 뒤 물갈퀴를 접어서 열쇠를 눈앞에서 사라지게 하더니 열쇠가 사라진 것을 보여주려고 허리에서 앞쪽으로 물갈퀴를 내밀어 펼쳤다. 안녕, 스위트케이크스,* 그가 말했다. 내가 보고 싶었냐?

아니, 그녀가 말했다. 그녀는 낡은 벨벳 소파에서 몸을 돌렸다. 네 친구들은 어디 있어?

내가 먼저 싹 다 살펴봐야겠다고 생각했지. 해안이 깨끗하게 비었는지 확인하려고.**

뭐가 비어?

키드는 그녀를 무시했다. 그는 물갈퀴 두 개를 등뒤에서 맞잡아 뒷짐을 진 채 어슬렁거렸다. 그는 창가로 가서 섰다. 자, 그가 말했다. 상황이 어떤지 너도 알잖아.

아니. 몰라. 어떤데?

하지만 키드는 생각에 잠겨 있는 것 같았다. 턱 없는 얼굴을 한쪽 물갈퀴로 감싸고 선 채로. 그는 고개를 저었다. 어떤 나쁜 전망을 보았다는 듯이.

너는 완전히 가짜일 뿐이야, 그녀가 말했다. 이게 다 오직 나를 위해서라는 걸 내가 알아줄 거라 생각하진 않겠지?

뭐가?

---

* Sweetcakes. '달콤한 케이크'라는 뜻.
** 엿보거나 엿듣는 사람이 없는지 확인한다는 뜻.

내성內省. 어떤 내적 자아와 상담하는 거.

그런 건 없다는 듯이 말하는 것 같네.

그런 듯이.

흠.

너는 나하고 상관도 없어. 너는 그냥 엉덩이의 가시일 뿐이야. 너하고 네 예능. 너의 케케묵은 쇼토콰.

예수여, 제시카. 너무 빡빡하게 굴지 좀 말아줄래? 여기에 무슨 각본이 있거나 한 게 아니잖아. 처음부터 다시 하면 어떨까? 이럼 어때, 안녕, 어서 들어와. 네 집이라고 생각해. 내 집이 네 집이지Mi casa es su casa. 그런 거.

너는 집에 있는 게 아니야. 나는 네가 여기 있는 거 원치 않아.

그래, 하지만 진짜 쟁점은 그게 아니잖아. 내가 여기 없다면 내가 여기 있는 거나 내가 환영받느냐 아니냐를 두고 이런 설왕설래도 없겠지. 나는 네가 머리가 비상한 사람인 줄 알았는데.

네가 너 자신이 하는 말을 좀 들어봐야 하는데.

우리 모두 그래야 하지 않나.

너 여기에 얼마나 오래 있었던 거야?

오래되지 않았어. 너는?

나는 여기 살아.

재담의 질이 떨어지고 있는 느낌이야. 도대체 너한테 어떤 약을 먹이는 거야, 러셔스?*

나는 아무 약도 먹지 않아, 그게 네가 상관할 일인지는 모르겠지만. 나는 네가 돌아올 거란 생각은 하지 못했어.

그래. 그러고 보니 아슬아슬하게 시간을 맞췄네. 우리는 너한테 적응할 시간이 좀 필요할지도 모른다고 생각했어. 미스터 본스를 시켜 이십팔 일 일정으로 너를 확인하게 했지. 너는 한 번도 우리 생각에서 멀리 떠나 있었던 적이 없어. 본스로디**는 네가 지난 무더위 때는 기분이 좀 가라앉아 있는 것 같다고 생각했지만 우리는 그게 걱정할 일은 전혀 아니라고 판단했어. 그는 경련을 동반한 민중의 소리vox populi 발작을 의심했어. 이것은 물론 내적인 아픔과 외적인 병 사이에 어디서 선을 그을 것이냐 하는 오래된 문제를 제기하지. 그게 늘 쟁점이야. 악취가 나는 모든 게 기억은 아니지. 예를 들어 더 추운 위도에서 봄에 얼음이 녹으면서 발견될 수도 있는 복도의 변기 냄새. 정신적으로 결함이 있는 사람들이 고여 들곤 하는 잡동사니 노스다코타나 그 비슷한 고향땅의 하수구. 저멀리서 오래전에. 노래***에서 이야기하듯이.

키드는 고개를 돌려 그녀를 살폈다. 어쩌면 그 요법은 다시 받

---

* Luscious. 감미롭다는 뜻.
** '본스'를 장난스럽게 부르는 이름.
*** 제롬 컨이 작곡하고 아이라 거슈윈이 작사한 노래 〈Long Ago (and Far Away)〉를 가리키는 듯하다.

지revisit 않는 게 좋겠는걸. 아니면 미리 받지previsit 않는 게. 고양이를 가방에서 나가게 해.* 고양이 방귀가 분명히 뒤쫓을 테니까, 틀림없이. 어쨌든 네가 믿는 모든 것에 귀를 기울이면 안 돼. 너는 너 자신의 정어리 때문에 낚이기 십상이야.** 계산이 어떻게 돼?

이제 내가 너와 횡설수설 수다를 떨 거라고 기대하는 것 같네.

그냥 네가 모든 것에서 수를 찾고 있었는지 궁금했을 뿐이야.

그녀는 빗을 내려놓고 옷장을 보더니 다시 키드를 보았다. 너혼자 여기 왔을 것 같지 않은데.

네 문제는 네가 잘나가고 있을 때 그걸 모른다는 거야. 누가버스 밑에 들어가자 운전사는 차를 멈추는데 운전사가 일어서는걸 보고 너는 그 사람이 도움을 청하려는 거라고 생각하지만 이내 그가 롤러를 타고 목적지들을 통과해 내려가며 지리에서 운명으로 단절 없이 이행하는 길을 발견하려는 모습을 보게 돼. 내말뜻을 알겠다면.

모르겠는데.

괜찮아. 나중에 다시 이야기해.

---

* 비밀을 누설한다는 뜻.
** hoisted on your own pilchard. 자기 자신의 행동에 발목이 잡힌다는 뜻. 『햄릿』 3막 4장에 나오는 Hoist with his own petard에서 '폭탄'을 뜻하는 petard를 비슷한 발음으로 바꾼 것.

물론 그래야지. 너는 다시 버스를 타고 온 것 같네.

예수여. 버스에 다시 탄 게 아니야. 적당한 옷을 못 입었거든, 내 생각에는. 부적절한 버스 복장. 너는 여기 어떻게 왔어?

말했잖아. 여기 산다고.

그래? 네가 할머니한테 너구리들과 함께 숲에 살고 싶다고 말하니까 할머니는 너를 닥터 하드-딕*에게 끌고 가 네 머리를 검사하게 했는데 다만 검사를 거기만 한 게 아니었지 그치?

너는 그 일에 관해 아무것도 모르는구나. 그리고 그 사람 이름은 닥터 하드윅이야.

그래, 뭐든.

그리고 너는 내가 학교 갔을 때 여기 와 있어. 내가 쓴 걸 살펴보지.

너는 학교에 간 적이 없어. 늘 수업을 빼먹잖아. 어쨌든 그 질문은 생각해봤어?

네가 내 일기를 읽고 있다는 걸 알아.

그래? 나는 내가 어떤 무시무시한 섬망에 불과하다고 생각했는데? 그 가설은 어떻게 됐어? 네가 한 말을 너 자신에게 들려주는 건 피해야겠군. 안 그럼 내가 그걸 네 일기에서 읽었다고 주장할 테니까. 하지만 그게 네 결혼 적령기 전 내실에서 펄럭이며

---

* 발기한 음경이라는 뜻.

돌아다니던 고귀한 멍청이 무리 출신의 어떤 작은 현대판 자기 집정관에 관한 거였다고 해두자고. 자 수수께끼는 넘쳐날 뿐이야 안 그래? 비난하는 목소리의 진창에 너무 깊이 빠져들기 전에 아직 일어나지 않은 일을 잘못 재현할 수는 없다는 점을 우리 스스로 상기하는 게 좋을지도 모르겠어.

오빠한테 네 이야기는 하지 않았어 알겠지만.

그래? 내가 그걸 어떻게 받아들여야 할지 모르겠는걸. 오빠가 너를 닥터 딕헤드에게 보내버릴 거라고 생각하는 건 아니지? 오빠하고 할머니가? 거리에 떠도는 말로는 네 귀중한 보비가 기껏해야 아무데서나 자지나 꺼내는 놈에다 비할 데 없는 딸잡이라는데.

너는 오빠에 관해서 아무것도 몰라.

글쎄, 그건 좋다고 생각해. 의리라는 거. 수녀원에 들어갈 필요는 없지. 그건 다른 날을 위해 아껴둘 수 있어.

물론. 네 친구들이 저 안에서 가만히 있지 못하는 것 같지 않아? 코를 킁킁거리는 소리가 들리는데.

그 친구들은 내가 어디 있는지 알아.

조만간 너는 네 작은 가방에 든 트릭을 다 써버릴 것 같은데. 그럼 어쩔 거야?

시간이 말해주겠지.

네가 램프 앞을 지나갈 때 네 그림자가 바닥을 따라 움직이는 건 멋진 솜씨지만 나한테는 먹히지 않아.

그저 초보적인 관찰에 불과한 것 같은데. 뭐, 우리가 노력하지 않는다고는 말하지 못하겠지.

또는 네가 지나가면 거울이 어두워진다는 사실도.

그래, 하지만 그가 거울을 뿌옇게 할 수도 있을까?*

모르겠어. 모르고 관심도 없어. 상관할 일germane이 아니야.

또는 루시 또는 메이블Mabel도 아니지.** 어쩌면Maybe 나 자신을 꼬집어야 할지도 모르겠는걸.

그건 네가 꿈을 꾸고 있는지 확인하려는 거지.

그건 합리적인 질문이 아닌 것 같은데. 뭐 그 고민은 하지 말자. 테이블에는 더 까다로운 문제들이 있으니까. 언제 학교로 돌아갈 거야? 네 할머니는 절대 네가 아파서 못 간다는 이야기는 해주지 않을 거야 알다시피.

알지.

너는 이상한 시간에 깨어 있잖아.

나는 이상한 소녀니까.

밤새도록 노란 종이 뭉치에 낙서처럼 계산이나 하고. 어쩌면 양을 세보는 게 좋을지도 몰라. 아니 네 경우에는 양의 로그를

---

* 거울을 어둡게 하는 것은 실체가 있다는 뜻이고, 거울을 뿌옇게 하는 것은 초자연적 존재가 이상한 현상을 일으킨다는 뜻으로 보인다.
** germane을 발음이 같은 여자 이름 Germaine으로 받아들인 말장난.

구해야 할지도. 너처럼 수에 뛰어난 사람들은.

꼭 염두에 둘게.

아니면 그냥 허공을 물끄러미 바라보며 앉아 있어. 그게 방법의 하나인 것 같아. 네가 계산하는 게 전부 횡설수설이 아니란 걸 어떻게 알지?

알지 못해. 그걸 찾아내려고 하는 거야.

보비 섀프토는 언제 와?

오빠는 두 주 뒤에 여기 올 거야.

그럼 어떻게 돼?

그럼 어떻게 되냐니 무슨 뜻이야?

너의 의도가 무엇이냐가 그럼 어떻게 되냐는 질문의 뜻이야.

내 의도?

응.

그 사람은 내 오빠야.

꼭 오빠를 위해 제일 예쁜 모자를 쓴* 적이 없는 것처럼 말하네. 정숙하게 표현하자면.

너는 지금 네가 무슨 말을 하는지도 몰라. 어쨌든, 그건 네 알바 아냐.

뭐. 너는 나를 아니까.

---

* 여성이 특정 남성을 연애 상대로 점찍고 유혹한다는 뜻.

아니 몰라. 나는 너를 몰라.

그래? 작고 괴상한 것이 계속 그냥 훌쩍이잖아, 안 그래? 여기 우리 연고에 파리가 들어가 있는* 것 같은데. 달콤한 열여섯에 누가 키스 한 번 해준 적 없고 오빠에게 매력을 느껴. 이런 오 이런. 너 평범한 데이트를 해봐야겠다는 생각을 해본 적이라도 있어?

누구하고? 또는 뭐하고? 그리고 나는 열여섯이 아니야.

어쩌면 그냥 노력해볼 수도 있잖아.

노력.

평범해지려고. 치어리더가 되어보겠다고 나서는 게 뭐가 문제였어? 권유를 받기도 했잖아. 네 엄마처럼.

그렇게 했으면 너를 없앨 수 있었을까?

모를 일이지.

나는 알 것 같아. 그런데 저게 무슨 동물이나 그런 거야?

그럴지도 모르지. 일회성으로 보이는 것들이 가끔 나타나. 그래서 생물학 쪽 사람들이 더욱 괴로워지지. 어쨌든 여기 조명은 손 좀 볼 필요가 있어.

네가 옆방에서 말하고 있으면 내가 들을 수 있을까?

예수여. 무슨 옆방? 너는 다락방에 있잖아.

---

* 작은 결점이 흥을 깨거나 상황을 망친다는 뜻.

아무 옆방이나. 내가 선택하는 어떤 눅눅한 방.

이 얘기가 어디로 가고 있는 걸까?

왜 너는 그 질문에 답할 수 없는 걸까?

좋아. 너는 오직 귀를 기울이는 것만을 들을 수 있을 뿐이야. 방안에서 어떤 대화에 귀를 기울이고 있다가 멈추고 다른 대화에 귀를 기울이기 시작할 때 그걸 어떻게 하는지는 모르지만 그냥 그렇게 하잖아. 다 머릿속에 있는 거야. 눈알을 굴리는 것하고는 달라. 귀는 가만히 있으니까.

그래서?

그래서 뭐.

생각하고 있어.

그래? 생각이 끝나면 알려줘.

아직 버스 문제로 골치가 아파.

우는 예수여.

너는 좌석들에 앉아 있어.

좌석.

너희는 좌석에 앉아 있어.

그래. 빈 좌석이 없지 않다면. 그런 일이 있을 수도 있거든. 그걸 피하려 하지만. 나는 버스 손잡이를 잡으면 발이 바닥에서 일 피트쯤 떠 있는 곳에서 끝난단 말이야.

누가 네 위에 앉으려고 한 적 있어?

이 이야기가 어디로 가는 거지, 그레첸?

있어?

물론이지. 바짝 긴장하고 있어야 해. 어떤 거대한 궁둥이의 그림자가 어른거리며 다가오거든. 해를 지워버리면서. 앉아서 신문을 읽고 있는데 빛이 침침해져. 그래도 어떤 게 주어진다고 그냥 당연한 걸로 받아들일 수는 없잖아. 물론 네가 이미 알아차렸는지도 모르지만 나는 민첩한 것 빼면 시체야.

그러니까 버스를 탔다는 거네.

그 좆같은 버스에서 좀 내릴 수 있을까?

너는 버스를 탔어. 너하고 너와 함께하는 코호트cohort들이.

문법 좀 신경써, 스위트니스. 코co란 말이 이미 함께라는 뜻이야.

너하고 네 코호트들이. 그리고 너는 말을 하고.

가끔. 어쩌면. 물론이지.

그들이 네 말을 들을 수 있어?

함께 탄 승객copassenger들이.

응.

모르겠어. 위의 C 문단을 봐. 다 똑같은 질문이야. 귀를 기울이면 어쩌면 들을 수도 있다 참조. 그들이 예민하게 귀를 기울일 수 있는 게 무엇이든. 또 누구에게서 나오는 것이든.

그들이 네 말을 들을 수 있는지 예 아니면 아니요로 대답해.

예를 들어 그들이 자기 의견을 들이밀 수 있느냐?

아니. 그런 예 말고. 다른 질문을 할게.

물어봐.

지령을 받고 있어?

뭘 받아?

지령을 받냐고. 어떤 사람 말을 듣고 있냐고. 누가 네게 조언을 해주고 있어?

거룩한 똥이여. 그랬으면 좋겠네. 너는?

아니. 모르겠어. 그런 게 있다 해도 어떻게 이해해야 할지 모를 것 같아.

그래. 나도야. 또?

또?

그래.

또는 모르겠어.

그래, 그럴 수도 있지. 괜찮아. 그러니까 너를 숲에 살지 못하게 해서 지금 네가 여기 이 다락방에 올라와 있는 거네.

응.

왜?

로열 삼촌이 귀가 반쯤 안 들리는데 밤시간의 절반은 텔레비전을 보면서 거기에 대고 소리를 지르기 때문에.

텔레비전에 대고 소리를 질러?

소리를 질러.

네가 시도 때도 없이 네 깽깽이에 톱질을 하는 건 어떻고?

알았어. 그것도.

그러니까 사랑하는 보비 투슈즈*가 크리스마스 휴가 때 집에 오면 왕창 수리에 들어가서 아래층에서부터 전선을 끌고 올라와 램프 한두 개와 전축까지 켜는 거야. 창의 덧문은 닫고. 누가 십 피트짜리 죽마를 타고 한밤중에 마당을 통과해도 절대 모르지. 물론 그래도 이를 닦거나 뭘 어쩌려면 좁은 계단통을 내려가야 하지만. 그리고 물론 그애가 집어넣은 섬유 유리 절연제 박쥐bats**에도 불구하고 여기 위는 저주받을 정도로 외풍이 심하지만. 유일한 온기는 아래에서부터 스며올라오는 것뿐이야. 어쩌면 그애가 창에 비닐을 씌워줄 수도 있을 것 같은데 어떻게 생각해?

이대로가 좋아.

그래, 뭐. 창틀에 마실 걸 놓으면 계속 시원하기는 하겠네. 서까래에 햄도 몇 개 걸어놓을 수 있을 것 같고.

옷장 이야기하는 걸 잊었나보네.

그리고 물론 그애는 옷장을 짜넣지. 어디에서 목공을 배운 거야?

---

* Twoshoes. 만들어낸 성으로 '신발 두 짝'이라는 뜻.
** 섬유 유리 조각을 가리키는 batts를 잘못 말한 것으로 보인다.

독학했어. 오빠는 뭐든 할 수 있어.

그래? 뭐 두고 봐야겠지.

무슨 의미로 한 말이야?

무슨 의미로 한 말이라고 생각해? 보비보이가 너를 여기에 완전히 혼자 격리시켜놓은 건 그냥 우연이겠지 아마도.

우연이 아니면 뭔데?

너도 뭔지 알잖아. 아니면 내가 너 대신 그걸 다 말하길 바라는 거야?

내 사생활은 네 알 바 아니야.

정말? 뭐 이 작은 놈은 거의 말문이 막히네. 내가 여기에서 도대체 뭘 하고 있다고 생각하는 거야, 호텐스?

전혀 모르겠어.

그래, 맞아. 예수여 여기 정말 춥네.

그래서 내가 네 입김을 볼 수 있는 거지. 대단하네. 이게 다 그저 커다란 연극일 뿐이라니. 별로 인상적이지도 않은데.

그래, 알았어. 그럼 달리 뭘 논의하고 싶어?

네 출발?

난 방금 왔는데.

첫 쇼가 몇시야? 낮 공연은 벌써 늦은 것 같은데.

그래? 뭐, 누가 알겠어. 내가 직접 무대에서 스텝을 좀 밟아볼 수도 있고. 너는 예능으로 즐겁게 해주기가 쉽지 않아, 알잖아.

네가 춤을 추는 건 정말이지 상상이 가지 않아.

그래, 뭐. 가끔은 어떤 녀석이 춤을 추고 있어도 알아보기 힘들 때가 있지. 네가 익숙하지 않은 곡일 수도 있고.

키드는 말을 멈추고 이제 지붕창에 올라서서 어두워지는 전원지대를 내다보고 있었다. 바람이 양철 처마들을 가볍게 쓸고 가자 창틀의 유리가 덜거덕거리다가 다시 잠잠해졌다. 소녀는 그를 지켜보고 있었다. 할머니가 저녁 먹자고 부를 거야, 그녀가 말했다. 하지만 키드는 다른 데 정신이 팔린 것 같았다. 그래, 그가 말했다. 좋아. 거울을 향해 고개를 돌린 그녀는 잠시 그가 가버렸다고 생각했지만 그는 거울 속에 있었다. 프레임 안에 들어가 마지막 빛을 받고 있는 작은 형체. 그녀를 살펴보고 있다.

삶과 죽음에서 모든 가족의 목적은 마침내 그들의 역사를 영원히 지워버릴 배신자를 만드는 것이다. 논평할 사람?

나에게는 그럴 만한 이유가 있었어. 어쨌든, 나는 열두 살이었고. 다른 건 찾아낸 거 없어?

족보는 늘 흥미롭지. 원한다면 좁은 협곡의 어떤 돌길까지 모든 걸 거슬러올라갈 수도 있어. 막 꾸벅꾸벅 졸리는 찰나에 모든 지옥이 풀려나지. 거울 속을 응시하면 이 과거의 사람들 vergangenheitvolk도 너를 응시하고 있을 거야. 그래도 그들은 버스에 올라타지는 않았어. 너도 그 말을 들으면 행복하겠지. 내 생각에는. 네 거는 이 역사들 속에서 어디에 자리잡고 있을까? 거울에 비친 것들도 빛의 속도로 움직일까? 네 친구 알베르트*는 어떻게 생각해? 빛이 유리에 부딪혀 반대 방향으로 출발할 때는 먼저 완전히 멈춰야 할까? 그렇게 모든 게 빛의 속도에 의지한다고 여겨지지만 아무도 어둠의 속도에 관해서는 말하고 싶어하지 않아. 그림자에는 뭐가 있지? 그림자는 자신을 드리우는 빛의 속도로 움직일까? 그림자는 얼마나 짙어질까? 캘리퍼스**를 얼마나 좁게 죌 수 있지? 너는 여백 어딘가에 차원을 잃으면 현실에 대한 모든 소유권을 포기하는 것이라고 적어놨지. 수학적인 것은 제외하고. 여기 손에 죌 수 있는 것으로부터 수적인 것에 이르는 경로 가운데 탐사되지 않은 게 있어?

모르겠어.

나도 몰라.

광자는 양자 입자야. 작은 테니스공이 아니라고.

그래, 키드가 말했다. 그는 시계를 끄집어내 시간을 확인했다. 너는 가서 뭘 먹는 게 좋을지도 모르겠다. 신들로부터 창조의 비밀을 빼앗는 게 목적이라면 힘을 유지해야 하니까. 그들은 어느 모로 보나 까다로운 패거리거든.

---

* 알베르트 아인슈타인을 가리킨다.
** 자로는 측정하기 어려운 물체의 두께나 지름 등을 재는 컴퍼스 형태의 기구.

그는 시계 뚜껑을 닫고 호주머니에 넣었다. 고개를 저었다. 예수여, 그가 말했다. 하루가 다 어디로 가는 거지?

저녁에 그는 바에 내려가 햄버거와 맥주를 시켰다. 아무도 그에게 말을 걸지 않았다. 바를 나설 때 조시가 그의 쪽으로 턱을 기울였다. 안타까운 일이야, 보비, 그녀가 말했다. 그는 고개를 끄덕였다. 그는 거리를 따라 올라갔다. 습기로 축축한 오래된 포석. 뉴올리언스. 1980년 11월 29일. 그는 길을 건너려고 서서 기다렸다. 거리를 따라 내려오는 차의 전조등이 비에 젖은 검은 돌들 위에서 두 겹이 되었다. 강에서 들려오는 배의 경적. 말뚝 박는 기계의 계산된 운동. 이슬비 속에 서 있자니 추웠다. 그는 길을 건너 계속 걸었다. 성당에 이르자 층계를 올라가 안으로 들어갔다.

초에 불을 붙이는 늙은 여자들. 이곳에서 기억되는 죽은 자들, 오직 기억에만 존재하고 곧 그마저도 사라지게 될 자들. 그의 아버지는 트리니티* 때 오펜하이머와 함께 캄파니아 힐에 있었다. 텔러. 베테. 로런스. 파인먼.** 텔러는 선탠로션을 나누어주고 있었다. 그들은 고글을 쓰고 장갑을 끼고 서 있었다. 용접공들처럼. 오펜하이머는 줄담배를 피우는 사람으로 기침을 달고 다녔고 치아가 나빴다. 눈은 놀랄 만큼 파랬다. 특유의 말씨가 있었다. 거의 아일랜드인 같은 말씨. 좋은 옷을 입었지만 옷이 몸에 걸쳐진 느낌이었다. 그는 무게가 전혀 나가지 않았다. 그로브스***가 그를 고용한 것은 그가 전혀 겁을 먹지 않는 사람임을 알았기 때문이었다. 그게 다였다. 아주 똑똑한 많은 사람이 아마도 그가 신이 만든 가장 똑똑한 사람일 거라고 생각했다. 이상한 녀석이다, 그 신은.

사랑하는 사람들이 안전한지 확인하려고 히로시마를 탈출하여 나가사키로 달려간 사람들이 있었다. 그들은 소각당하기에 딱 적당한 시간에 도착했다. 그는 전후에 과학자 팀과 함께 그곳에 갔다. 나의 아버지. 그는 모든 게 녹이 슬었다고 말했다. 모든 게 녹에 덮인 것처럼 보였다. 거리에는 다 타버린 전

---

* 2차세계대전 중 미국 육군의 원자탄 개발 계획인 맨해튼 프로젝트에서 최초로 실시한 폭파 실험의 코드명.
** 모두 원자탄 실험을 참관한 과학자.
*** 군부 쪽에서 맨해튼 프로젝트를 책임졌던 장군.

차 껍데기들이 서 있었다. 창틀에서 유리가 녹아내려 벽돌들 위에 웅덩이를 만들었다. 시커메진 용수철 위에는 숯이 된 승객들이 앉아 있었는데 옷과 머리카락은 사라지고 뼈에는 시커메진 살조각들이 걸려 있었다. 눈은 눈구멍 안에서 삶아졌다. 입술과 코는 타서 사라졌다. 그렇게 웃음을 터뜨리며 좌석에 앉아 있었다. 살아 있는 사람들은 이리저리 돌아다녔지만 갈 곳이 없었다. 수천 명씩 강으로 걸어들어가 그곳에서 죽었다. 어떤 방향도 다른 방향보다 나을 것이 없다는 점에서 그들은 벌레와 같았다. 거대한 화장터를 보여주는 끔찍한 한 장면처럼 불에 탄 사람들이 주검들 사이를 기어다녔다. 그들은 그냥 세상이 끝났다고 생각했다. 그게 전쟁과 어떤 관계가 있다는 생각은 떠오르지도 않았다. 그들은 살갗이 잡석더미와 재 위에서 끌리지 않도록 팔 안에 뭉쳐 세탁물처럼 앞에 들고 다녔고 연기가 피어오르는 폭후지爆後地* 위를 아무 생각 없이 돌아다니며 아무 생각 없이 서로를 지나쳤고, 앞을 볼 수 있는 사람도 눈먼 사람보다 나을 것이 없었다. 이 모든 일에 관한 소식은 이틀 동안 도시 밖으로 나가지도 않았다. 생존자들은 종종 어떤 미학을 보태 이 참상을 기억하곤 했다. 새벽에 악한 연꽃처럼 피어나는 그 버섯 형상의 유령 속에, 견고한 것들이

---

* afterground. 저자가 만들어낸 표현으로 '폭심지(爆心地, ground zero)'에 빗댄 말인 듯하다.

지금껏 한 번도 본 적 없는 모습으로 녹아내리는 광경 속에 천 년 동안 시의 입을 다물게 할 진실이 서 있었다. 거대한 방광 같았다. 그들은 말하곤 했다. 어떤 바다 생물 같았다. 가까운 지평선에서 약간씩 흔들거렸다. 그러다가 말로 형용할 수 없 는 소리. 그들은 새벽하늘에서 새들이 불이 붙고 소리 없이 폭 발하여 불타는 파티 선물처럼 땅을 향해 긴 호를 그리며 떨어 지는 것을 보았다.

그는 다른 여느 참회자처럼 몸을 앞으로 숙인 채 나무로 만 든 신도석에 오래 앉아 있었다. 여자들이 통로를 따라 살며시 움직였다. 당신들은 사랑하는 사람들을 잃음으로써 다른 모든 것을 용서받았다고 믿지. 내가 이야기를 하나 해주겠다.

그녀의 편지는 모두 서른일곱 통 있었고 그는 그 각각을 다 외웠지만 다시 되풀이해 읽었다. 마지막 한 통만 남겨놓고 모 두. 그가 그녀에게 내세를 믿느냐고 물었을 때 그녀는 그런 것 은 고려하지 않는다고 말했다. 있을 수도 있다고. 다만 그게 자신을 위해 존재할 수 있다고는 생각하지 않았다. 천국이 있 다면 저주받은 자들의 꿈틀거리는 몸 위에 세워지지 않았을 까? 마지막으로 그녀는 신이 우리의 신학에는 관심 없고 오직 우리의 침묵에만 관심이 있다고 말했다.

그들이 멕시코시티를 떠났을 때 비행기는 푸르스름한 어스 름을 통과하며 상승했다가 다시 햇빛 속으로 들어가 도시 위에서 비스듬히 몸을 기울였으며 달이 바닷속으로 떨어지는 동전처럼 선실 유리를 가로질러 떨어졌다. 포포카테페틀산의 정상이 구름을 뚫고 올라왔다. 눈 위의 햇빛. 길고 파란 그림자들. 비행기는 천천히 북쪽으로 방향을 돌렸다. 아래쪽 저멀리 짙은 연보라색 격자들로 이루어진 거대한 기판 같은 도시의 형태. 불들이 들어오기 시작했다. 어스름에 생겨난 또렷한 가장자리. 이스타시와틀산. 작게 멀어져간다. 다가오는 어둠. 비행기는 이만칠천 피트에서 수평비행을 하여 멕시코의 밤을 통과해 북쪽으로 향했고 별은 꼬리 쪽으로 떼를 지어 몰려갔다.

그녀는 열여덟이었다. 그녀의 생일에는 온종일 비가 내렸다. 그들은 호텔에 묵으며 고물상에서 발견한 낡은 〈라이프〉지를 읽었다. 그녀는 바닥에 앉아 천천히 페이지를 넘기며 차를 마셨다. 나중에 그녀가 복도를 내려와 그의 문을 두드렸을 때 한낮에 복도의 불이 켜졌다. 복도 끝에서 커튼이 바람에 몸을 들썩였다. 그녀는 쭉 걸어가 바깥을 바라보며 서 있었다. 회색의 텅 빈 땅. 커튼은 비를 머금어 묵직하고 창틀은 젖었지만 이제 비는 내리지 않았다. 창밖에 비상계단이 있었고 젖은 쇠 널은 짙은 자주색이었다. 아래 마당에는 지붕에 쓰는 함석으로 만든 헛간. 개가 짖는다. 시원하고 괴로운 공기, 빛. 스페인어를 하는 목소리들.

그가 깼을 때 그녀는 그의 어깨에 몸을 기대고 있었다. 그녀가 잠들었다고 생각했지만 사실은 비행기 창밖을 보고 있었다. 우리는 원하는 건 뭐든 할 수 있어, 그녀가 말했다.

아니, 그가 말했다. 못해.

죽어가는 빛 속에 해진 은 밧줄 같은 강. 돌로 덮인 협곡 깊은 곳에 하얗게 얼어붙은 호수들. 타오르는 서쪽 산들. 좌현 항공등이 들어왔다. 우현 불들은 녹색이었다. 배에서처럼. 조종사는 반사 때문에 구름 속에서는 그 불을 끌 것이다. 나중에 훨씬 북쪽에서 잠을 깼을 때 날개 밑으로 사막 도시가 지나가다 게성운처럼 어둠 속으로 미끄러져들어갔다. 보석상의 검은 천 위에 던져진 반짝이는 돌들. 그녀의 머리카락은 거미줄 같았다. 그는 거미줄이 뭔지 잘 알지 못했다. 그녀의 머리카락이 거미줄 같았다.

시카고는 추웠다. 새벽에 누더기를 걸친 사람들이 김이 피어오르는 쇠 격자를 둘러싸고 서 있었다. 어릴 때 그녀는 악몽을 꾸었고 그럴 때면 할머니가 있는 침대로 기어들어가곤 했고 할머니는 그녀를 안아주며 괜찮다고 꿈일 뿐이라고 말해주었다. 그러면 그녀는 그렇다고, 꿈일 뿐이라고, 하지만 괜찮지 않다고 말했다. 그들이 마지막으로 멕시코시티에 갔을 때 그는 그녀를 남겨두고 예약을 확인하러 항공사 사무실에 갔다. 호텔로 돌아갔을 때 그는 항공사 사무실이 문을 닫았고 항공사가 파산하여 그들의 비행기표는 쓸모없게 되었다고 말할 수

밖에 없었다. 그들은 버스를 타고 엘패소로 갔다. 스물네 시
간. 불타오르는 매립지 같은 멕시코 담배 연기. 그녀는 그의
허벅지에 머리를 얹고 잤다. 두 좌석 앞의 여자가 계속 고개를
돌려 그녀를, 팔걸이 너머로 쏟아져내리는 금빛 머리카락을
보았다.

여동생이에요Mi hermana, 그가 말했다.

여자가 다시 돌아보았다. 정말로De veras?

네. 정말로. 어디 가세요Sí. De veras. A dónde va?

후아레스. 너희는A Juárez. Y ustedes?

모르겠어요. 이 길 끝까지No sé. Al fin del camino.

그의 아버지는 오하이오주 애크런에서 태어났고 그의 할머
니 웨스턴은 그곳에서 1968년에 죽었다. 여동생이 애크런에서
전화했다. 그가 장례식에 오는지 알고 싶어했다.

모르겠어.

와야 할 것 같은데.

알았어.

그는 늦게 청바지에 검은 코트 차림으로 나타났다. 가족 전
체가 오래전에 죽어 장례식에는 그와 동생과 여덟 혹은 열 명
의 늙은 여자와 자기가 지금 어디 있는지도 잘 모르는 늙은 남
자 하나만 참석했다. 그는 문에서 동생을 만나 바깥 거리로 데

리고 나갔다.

묘지에 갈 거야?

오빠 가는 데 따라갈 거야.

그냥 뜨자. 차 있어?

없어.

좋아. 가자.

그들은 워싱턴 스트리트의 카페로 차를 몰고 나갔다. 그 검은 원피스 가져오지 않았네.

나 검은 원피스 없는데. 음. 지금은 있구나.

여기에는 얼마나 오래 있었어?

열흘쯤. 할머니한테는 아무도 없었어, 보비.

대비하라, 대비하라.*

오빠한테 그 집 지하실에 금이 잔뜩 묻혀 있다고 말해줘야 할 것 같은데.

금.

할머니는 아주 진지했어. 내 손을 놓아주려 하지 않더라고.

정신은 또렷했고?

응.

집은 부서졌어. 거길 통과하는 고속도로를 놓고 있잖아.

---

* 죽음에 대비하라는 내용의 미국 시인 로버트 프로스트의 시 「대비하라, 대비하라」를 인용한 것.

알아. 하지만 지하실은 부서지지 않았어.

진담으로 한 얘기구나.

우리 차 좀 마실 수 있을까?

그는 그날 저녁 그녀를 비행기에 태워 보낸 다음 모텔로 돌아왔고 다음날 그 집으로 차를 몰고 갔다. 남은 것은 진입로뿐이었다. 그는 앉아서 옛 동네의 폐허를 살폈다. 적어도 주위에 사람은 없었다. 토요일이었고 로드그레이더*들은 남쪽으로 일 마일쯤 떨어진, 진흙을 걷어낸 자리에 세워져 있었다. 그는 장난감 트럭을 갖고 놀던 낡고 갈빗대가 드러난 콘크리트 진입로를 걸어올라가 지하실을 내려다보며 서 있었다. 벽들은 울퉁불퉁한 회색 석회석이었다. 나무 층계는 텅 빈 잿빛 하늘로 솟아 있었다. 바닥은 콘크리트였지만 심하게 금이 갔고 별로 단단해 보이지 않았다. 좋아, 그가 말했다. 젠장 뭐 어때.

그는 두 시간 뒤에 금속 탐지기를 빌려 돌아왔다. 또 팔 파운드짜리 큰 해머와 곡괭이와 삽. 그는 지하실로 내려가 탐지기로 바닥을 스캔하기 시작했다. 여러 군데서 수치가 나왔고 그는 각각의 자리에 먼지를 불어내고 바닥에 검은 색연필로 표시를 했다. 저녁 무렵까지 바닥에 구멍 여섯 개를 뚫고 모래

---

* 땅을 고르는 건설용 기계.

섞인 콘크리트를 부순 다음 진흙을 파고 내려갔다. 커다란 말뚝, 망치 머리, 대패 날을 발견했다. 골동품 쇠 장비 하나. 쇠주물을 발견했는데 두 면은 기계로 마감 처리가 되어 있었고 브라운 앤드 샤프라는 글자가 찍혀 있었다. 뭐에 쓰는 건지 알수 없었다.

그는 한 번에 연장 하나씩 지하실 밖으로 던진 뒤 금속 탐지기를 들고 흔들리는 층계를 올라가 장비를 다 모아서 빌린 차 트렁크에 넣고 모텔로 돌아가 잠자리에 들었다.

원래는 탐지기를 다음날 아침 돌려주고 나서 비행기를 타고 떠날 생각이었으나 할머니 꿈을 꾸었고 그 꿈이 잠을 깨우는 바람에 자리에 누운 채로 바깥 관목 덤불 안에 설치된 지상 조명을 받아 위쪽 벽에 생긴 창틀 그림자를 물끄러미 바라보았다. 잠시 후 그는 일어나 옷장에서 플라스틱 컵을 챙겨 반바지 차림 그대로 옥외 통로의 음료 기계로 가서 얼음과 오렌지주스 한 캔을 챙겨 돌아와 어둠 속에서 침대에 앉았다.

할머니는 어린 시절 로드아일랜드의 직물 공장 몇 군데서 일했다. 할머니와 할머니의 여동생. 그들은 그 열두 시간 노동을 끝내고 나면 입김이 눈에 보이는 방에서 촛불 빛으로 서로 책을 읽어주었다. 휘티어와 롱펠로와 스콧, 그리고 나중에는 밀턴과 셰익스피어. 할머니는 서른에 결혼했고 그의 아버지가 유일한 자식이었다. 할머니가 결혼한 남자는 화학자이자 엔지니어였으며 고무 경화 과정과 관련된 특허 몇 개를 가지고 있었고 지하실은 그의 가내 실험실이자 작업장이었다. 그곳은 마법의 장소였으며 어렸을 때도 웨스턴은 그곳을 마음대로 돌아다닐 수 있었다.

꿈에서 할머니는 층계 아래에 대고 할아버지의 작업대에 앉아 있는 그를 불렀고 그가 층계로 가자 할머니는 말했다. 네가 너무 조용해서. 그냥 아직도 거기 있는지 알고 싶었어.

그는 모텔 카페에서 아침을 먹고 다시 그 집으로 차를 몰고 갔다. 금속 탐지기의 다이얼을 확인하고 탐지기 판을 층계 뒤쪽 콘크리트 여기저기에 들이대보았다. 이십 분 뒤 그는 무릎을 꿇고 앉아 자신이 판 구멍 바닥의 퀴퀴한 냄새가 나는 진흙속을 헤집고 있었다. 그가 들어올린 것은 십팔 인치 길이의 묵직한 납 수도관이었다.

그는 흙과 더불어 파이프를 감싸고 있던 낡은 마대 천의 잔해를 비틀어 떼어냈다. 파이프는 직경이 일 인치 반 정도였으며 양쪽 끝이 암컷 마개로 막혀 있었다. 나사산은 하얀 납으로 봉인되어 있었다. 가장자리를 따라 보이는 납의 테두리는 세월 때문에 변색되어 노란색이었다. 그는 일어서서 그것을 벽으로 가져가 돌 속에서 마개를 물릴 만한 공간을 찾아 파이프를 비틀려 했으나 마개는 꿈쩍도 하지 않았다. 파이프를 흔들어보았다. 속이 꽉 찬 고체의 느낌이었다.

파이프는 모두 열여섯 개였다. 바닥의 구멍 세 개에 묻혀 있었다. 그는 파이프를 벽에 기대 쌓아놓고 삽으로 조금 더 파보았으나 그곳에 다른 것은 더 없었다. 탐지기로 공간의 여러 곳을 확인했으나 신호는 더 잡히지 않았다. 그는 시간이 흐르는 것도 완전히 잊었다.

파이프들은 벽 위로 던져올리기에는 좀 무거웠기 때문에 한 개씩 들고 사다리를 올라가 진입로 아래에 있는 차 앞에 쌓았다. 해머와 삽은 지하실에 남겨두고 탐지기는 차 뒷좌석에 신고 트렁크를 연 다음 파이프들을 다시 옮겨 그 안에 쌓았다. 일을 다 마치고 나자 차의 뒤쪽 용수철이 눌려 차체가 눈에 띄게 내려가 있었다.

탐지기를 반납하러 대여소에 갔으나 문이 닫혀 있어서 다시 철물점으로 돌아가 커다란 바이스그립* 두 개를 산 뒤 모텔로 돌아왔다.

그는 차를 후진하여 문에 최대한 바짝 대고 안으로 들어가 바이스그립이 든 봉투를 테이블에 놓고 침대에 드러누워 밤이 오기를 기다렸다. 그러나 잠이 오지 않아 얼마 후 일어나서 바이스그립을 가져다 스테이플러로 찍혀 있던 제품 설명서를 떼어내고 설명서와 봉투를 쓰레기통에 넣은 뒤 밖으로 걸어나가

---

* 물체를 단단히 물어 고정할 수 있는 공구.

애크런 위로 어둠이 깔리는 것을 지켜보았다.

그는 파이프를 한 번에 두 개씩 들고 들어와 모텔방 문 바로 안쪽에 쌓은 다음 차 트렁크를 닫고 다시 들어와 문을 닫고 잠 갔다. 바이스그립 두 개를 들고 바닥에 앉아 바이스그립의 턱 을 넓게 풀어 파이프의 양쪽 마개에 하나씩 끼운 다음 도톨도 톨하게 튀어나온 나사를 돌려 두 바이스그립이 서로 구십 도 를 이루며 마개를 단단히 꽉 물도록 턱의 폭을 조정했다. 그는 파이프를 카펫에 눕힌 뒤 한쪽 바이스그립을 밟고 서서 허리 를 굽혀 다른 바이스그립을 양손으로 잡은 다음 아래로 몸을 기울였다. 바이스그립의 집게가 마개 위에서 헛돌며 집게의 이 밑으로 반짝거리는 새 금속이 긁혀 올라왔다. 그는 턱을 더 좁게 조정하여 다시 물린 다음 집게를 눌렀고 이번에는 마개 가 천천히 돌아가기 시작했다. 나삿니에서 말라붙은 하얀 납 이 나선형으로 돌돌 말리며 올라왔다. 그는 집게를 바닥까지 밀어 내리고 토글*로 턱을 풀었다가 다시 조였다. 몇 번 돌리 자 마개가 한결 느슨해져 그는 파이프를 수직으로 세우고 손 으로 집게를 돌려 마개를 들어낸 다음 집게를 바닥에 놓고 파 이프를 뒤집어 양손으로 잡고 흔들었다.

달그락거리며 카펫으로 쏟아져나온 것은 처음 주조된 날과

---

* 바이스그립에서 물체를 문 상태로 고정하는 장치.

다름없이 반짝이는 이십 달러짜리 미합중국 주조 쌍두독수리 금화였고 양손 가득 네 번 정도 담을 양이었다.

그는 그대로 앉아 금화를 바라보았다. 하나를 집어들어 손 안에서 돌려보았다. 금화에 관해서는 아는 것이 없었다. 가치가 얼마나 되는지. 팔 수나 있는 것인지. 그는 세인트고든스*라는 이름은 들어보지도 못했다. 이 예술가의 이상한 모험담도. 그는 금화를 포커 칩처럼 쌓았다. 이백 개였다. 다 해서 삼천이백 개? 액면 가치 육만사천 달러. 실제 가치는 얼마일까? 그 열 배? 그는 이 추측이 실젯값의 근처에도 가지 못했다는 것을 나중에 알게 된다.

그는 다음 두 시간 동안 다른 파이프들의 마개를 열었다. 일을 마치자 파이프와 마개가 벽에 기댄 채 쌓여 있었고 바닥에는 적어도 빨래통 반은 채울 것 같은 금이 쌓였다. 그는 발행 연도를 확인한 뒤 1930년이 가장 늦은 연도라는 것을 알았으며 그게 이 파이프 가운데 마지막 것들이 묻힌 해일 거라고 짐작했다. 그는 금화를 한줌 퍼서 무게를 가늠해보고 쌓인 금화를 보았다. 모텔방 바닥에 쌓인 금의 무게는 백 파운드를 훨씬 넘는 것이 분명했다. 그는 일어서서 옷장으로 가 담요를 더 꺼

---

* Augustus Saint-Gaudens(1848~1907). 미국의 조각가로 이 장면에 등장하는 금화를 디자인한 사람. 이 금화는 1907년에서 1944년까지 발행되었으며 미국에서 주조된 가장 아름다운 주화로 꼽힌다.

내 금화를 덮고 침대로 갔다.

그는 새벽 네시 이십분에 잠을 깨 불을 켰다. 일어나서 걸어
가 담요를 걷고 바닥에 앉아 금화를 보았다. 놀라웠다. 그는
자신이 리볼버를 한 자루 살 것임을 이미 알고 있었다.

아침에 옷가방을 비우고 금을 가방에 넣어 차로 내갔다. 모
두 네 번 왕복했다. 금을 트렁크에 넣고 위에 옷을 덮은 뒤 트
렁크를 닫고 다시 방으로 들어갔다. 마개를 다시 파이프에 느
슨하게 끼우고 파이프들을 가지고 나가 차의 조수석 바닥에
던졌다. 금화 여섯 개를 호주머니에 넣은 다음 차로 크게 원을
그리며 나가 카페에 가서 아침을 먹었다.

전화번호부에서 주화 거래상을 찾아보았다. 두 곳이 있었
다. 주소를 적었다. 그런 다음 첫번째 가게로 가서 차를 세우
고 안으로 들어갔다.

남자는 예의발랐고 기꺼이 도와주려 했다. 금화는 두 가지
종류가 있다고 설명했다. 세인트고든스―또는 '서 있는 자유
의 여신'―와 '자유의 여신 머리'. 세인트고든스가 더 귀한 것
이다.

이걸 어떻게 구했나요? 혹시 물어봐도 된다면.

할아버지 거였습니다.

아주 좋은 물건이네요. 호주머니에 넣고 다니면 안 됩니다.

그래요?

금은 아주 부드럽습니다. 이 가운데 둘은 새것에 가까워요. 우리가 MS-65라고 부르는 금화죠. 유통되지 않은 거. 자, 현실세계에서 가장 가치가 높은 건 MS-63입니다. MS는 처음 주조된 상태mint state를 가리킵니다.

그는 루페로 금화들을 보고 있었다. 아주 훌륭해요, 그가 말했다.

그는 금화를 살피면서 종이에 숫자를 적었다. 이윽고 합을 내더니 메모지를 웨스턴 앞으로 밀었다. 십 분 뒤 웨스턴이 가게에서 걸어나올 때 그의 주머니에는 삼천 달러가 넘는 돈이 있었다. 그는 차에 앉아 머릿속으로 암산을 해보았다. 그리고 한번 더 해보았다.

그는 금속 탐지기를 빌린 곳에 돌려주고 차를 몰아 철물점으로 가서 바닥이 가죽이고 끈과 손잡이도 가죽인 하얀 캔버스천 석공石工 가방 네 개를 샀다. 그러고는 텅 빈 땅이 나올 때까지 차를 몰고 가서 차를 세우고 내려 납 파이프를 잡초에 던졌다. 그는 다른 주화 거래소에서 금화를 열두 개 더 팔았고 그날 저녁 현금을 주고 주행계에 사천 마일이 찍힌 426 헤미 엔진 장착 1968년식 검은색 도지 차저를 샀다. 헤더와 오펜하우저 흡기에 쌍둥이 사 배럴 할리를 갖춘 차였다. 빌린 차는 중고차 상인에게 반납을 부탁하고 사 인치 총신이 달린 스테인리스스틸 스미스 앤드 웨슨 38구경 특제 리볼버를 산 다음 두 주 동안 중서부를 돌아다니며 수십 개 단위로 금화를 팔았다. 운전대 자물쇠가 있었지만 밤에는 모든 걸 들고 들어가 38구경과 함께 잤다. 그에게는 주화 수집 안내서가 있었다. 밤이면 모텔에 앉아 금화를 살펴 작은 비닐봉지에 넣고 그 봉지들을 석공 가방에 넣었다. 며칠마다 동전과 소액 지폐들을 은행에 가져가 백 달러짜리 지폐로 바꾸었다. 그는 루이빌로 훌쩍 내려가 전원지대를 가로지르기 시작했다. 오클라호마에 도착했을 무렵 그에게는 고무줄로 묶은 구두 상자에 구십만 달러가 있었고 아직도 금화가 가득한 가방 하나가 있었다. 차저는 불에 덴 쥐처럼 움직였으나 한 번 고속도로 순찰대에 걸린 뒤부터는 신중하게 몰았다. 경찰관에게 트렁크에 든 내용물을 어떻게 설명해야 할지 알 수 없었기 때문이다. 그는 댈러스, 샌안토니오, 휴스턴으로 갔다. 투손에 도착했을 무렵에는 금화를 두 줌 정도만 남기고 다 팔았으며 애리조나 인에 방을 잡고 돈을 다 가지고 들어가 옷장에 쌓아놓고 눈대중으로 쌓인 것을 똑같이 이등분한 다음 두 덩어리를 빈 가방 두 개에 하나씩 집어넣고 끈을 조였다. 그렇게 해두고 지미 앤더슨의 바에 전화했다. 그녀가 전화를 받았다. 천국입니다, 그녀가 말했다.

하느님은 계시나요?

일곱시에 오실 겁니다. 무슨 일이죠? 보비? 보비야?

그래.

어디야?

애리조나 인에 있어. 너한테 줄 돈이 좀 있는데.

돈 필요 없어.

큰돈이야. 그리고 너 줄 차를 샀어.

전화선 반대편은 조용했다.

듣고 있어?

듣고 있어.

내가 가서 찾아볼 거라는 걸 어떻게 알았어?

내가 그래달라고 했으니까.

V

　키드는 프록코트와 머리털을 곤두세운 가발 차림으로 그녀의
책상 앞에 앉아 있었다. 테 없는 안경과 턱에 붙은 염소수염 몇
가닥. 그녀는 침대에 일어나 앉아 눈을 비벼 잠을 털어냈다. 그
꼴을 뭐라고 봐줘야 되지? 그녀가 말했다.

　그는 시간을 보더니 시계를 책상에 살며시 내려놓았다. 안경
을 고쳐 쓰고 자기 공책을 넘기면서 사기 파이프를 빨았다. 아주
좋아요, 그가 말했다. 그 남자가 환자분의 몸으로 자유를 시도했
나요?

　뭐?

　환자분의 발등을 벗기려고 시도했냐고요?

　내 뭘 벗겨?

말로 표현할 수 없는 거unspeakables. 그걸 끌어내리려고 시도했습니까.

입에 담을 수 없는 거unmentionables*겠지. 그건 네 알 바 아니야. 그리고 훌륭한 의사는 시가를 피워, 파이프가 아니라.

손가락 조작이 있었나요?

그 복장은 우스꽝스러워 보여.

아마도 환자분의 작은 조개에 군침을 흘리려 했겠죠?

너 역겨워. 그거 알고 있었어?

그 남자에게 하지 말라고 말했나요?

제발 좀 나가주시겠어요?

키드는 안경 너머로 그녀를 살폈다. 시간이 아직 안 됐는데. 밤에 식은땀을 흘리나요?

*

그녀는 항정신병 약을 처방받아 이틀 동안 먹다가 관련된 문헌을 읽게 되었다. 지연성운동장애tardive dyskinesia라는 항목에 이르렀을 때 그녀는 모든 걸 변기에 넣고 물을 내렸다. 다음날 키드가 돌아와 어슬렁거렸다. 그녀는 이미 오빠와 나가려고 옷

---

* 예전에 속옷을 가리키던 말. 키드가 말한 unspeakable은 비슷하기는 하지만 이 경우에는 쓰지 않는 표현이다.

을 차려입고 있었다. 편하게 있어도 돼, 그녀가 말했다.

그럼 당연하지. 언제 돌아온다고 생각하면 돼?

늦게.

*

그들은 외출 후 들어오면 차를 만들어놓고 앉아서 수학과 물리학 이야기를 하곤 했는데 그러다보면 그들의 할머니가 가운을 입고 아침을 차리러 내려왔다. 그는 가을에 캘텍으로 떠날 무렵 전공을 수학에서 물리학으로 바꾸었다. 그가 편지에서 제시한 이유는 그가 내놓을 수 있는 최선의 것이었지만 진짜 이유는 아니었다. 진짜 이유는 그 따뜻한 밤들에 할머니의 부엌 식탁에서 그녀와 이야기하면서 잠깐 수의 깊은 핵심을 들여다보았고 그 세계가 자신에게는 영원히 닫힐 것임을 알았다는 것이었다.

*

키드는 창가에 서 있었다. 저 밖은 추워, 그가 말했다. 뭘 쓰고 있어?

널 무시하려 하고 있어.

행운을 빌어. 그 맵시 있는 만년필은 어디서 났어?

아버지 거였어. 아이젠하워 대통령이 아버지에게 준 거야.

그래? 그 무리에는 사실상의 배반자들defacto defectors이 없구나, 안 그래? 너는 그게 이상하다고 생각하지 않을 것 같지만. 너희 내일은 뭐할 거야? 나는 모르겠어, 너는? 나는 몰라. 우리가 세상을 폭파하면 어떨 것 같아? 야, 생각이 하나 있어.

그는 창가를 떠나 다시 어슬렁거리기 시작했다. 이마에 주름을 잡고 한쪽 물갈퀴를 다른 쪽 물갈퀴 바닥에 얹었다. 다가오는 밤의 성격에 관해 우리는 매우 다른 생각을 갖고 있을지도 몰라, 그가 말했다. 하지만 어둠이 깔리는 판에 그게 중요할까?

모르겠어.

너 같은 국외자는 늘 이 배가 어디로 향하고 또 왜 향하느냐하는 질문을 다시 제기하지. 존재에 공통분모가 있을까? 핵심을 이루는 질문들은 사람을 멍청해 보이게 할 수 있어. 내 말 듣고 있어?

물론이지.

착한 아이로군. 어디까지 얘기했더라?

멍청해 보인다고.

맞아. 마음에 떠오르는 질문은 물론 이상적인 손님이 누구냐하는 거지.

우주의.

그래. 우리가 실제로 있는 곳은 사실상 어디인가 하는 질문과 더불어. 이건 정적인 문제들이 아니야. 정적인 건 없기 때문이지. 이상적인 손님은 그런 것의 연속 속에서 다음 그런 것일까? 그게 너라면 추측했을 만한 건가? 아니면 어쩌면 게임이 조작된 걸 수도 있다고?

또 동어반복tautologies.

그래서? 그게 뭐가 문젠데? 적어도 철자가 어렵지는 않잖아. 정말로 너 글을 쓰면서 동시에 대화를 계속할 수 있는 거야?

어떤 대화냐에 달렸지.

어디 좀 보자.

그녀는 종이 묶음을 반대로 돌려 침대 너머로 밀었고 그는 허리를 굽혀 그것을 보았다. 예수여, 그가 말했다. 이게 씨발 뭐야?

속기야. 가벨스베르거.*

잉크병에서 벌레들이 기어나온 것처럼 보이네. 이런 게 다 네 서류철에 들어가는 거야 너도 알겠지만. 너 닥터 하드딕과 잡담을 나눌 때도 낙서해? 왜 그 사람은 적어도 약간의 존중은 받고 있다는 느낌이 드는 걸까?

그 사람이 약간의 존중을 받고 있는 건 의사이기 때문이야. 반면 너는 난쟁이지. 그리고 그 사람 이름은 하드윅이야.

예수여.

---

* 19세기에 개발된 속기법의 한 형태로, 수학자 쿠르트 괴델이 사용했다.

미안해. 그 말은 하지 말았어야 하는데.

선물로 준 말馬의 입을 들여다본다*는 이야기는 들었지만 삽으로 이빨을 날려버린단 이야기는 듣지 못했는데.

미안해.

그래, 뭐. 아마 그 사람이 나에 관해 지저분한 소리를 하는 걸 들어서 그런 거겠지. 어쨌든 정말이지 너를 제멋대로 살아온 사람의 산물로 간주하는 그런 인간을 네가 어떻게 상대하는지 모르겠어. 메뉴에서 삼키기 힘든 걸 다 긁어내버리면 아주 빈약한 점심이 된다는 걸 그 사람은 아마 이해하지 못하는 것 같아.

난쟁이라고 불러서 미안해. 그 말을 거둬들일 수 있으면 좋겠어.

그래. 하지만 그런다고 내 키가 자라진 않겠지, 안 그래? 어쨌든, 내가 빠져주기를 바라기 전에 네 최근 역사에 관한 생각을 좀더 해볼 필요가 있어. 이거 다 기록하고 있는 거 확실하지?

걱정 마. 이건 차갑게 굳어버리는 파일이야. 모든 게 복구 가능하다고.

어쩌면. 물론 회로망 아래 어딘가에서 사이버 트롤들에 의해 다른 포맷으로 재구성될 가능성은 늘 있지.

나 잘 거야.

---

* 선물 받은 말의 치아 상태를 확인해 가치를 따진다는 데서 나온 말로, 선물의 흠을 잡는다는 뜻이다.

그녀는 침대 옆의 램프를 끄고 수은 빛이 창의 틀을 감싸는 방의 어둠 속에서 청바지와 스웨터와 양말을 벗고 침대에 기어들어가 이불을 끌어올리고 누운 채 귀를 기울였다. 키드가 더 가까이 다가오는 것이 느껴졌다. 들어봐, 덕레슨스,* 그가 소곤거렸다. 너는 세상이 무엇으로 만들어졌는지 절대 알지 못할 거야. 유일하게 확실한 건 그게 세상으로 만들어지지 않았다는 거야. 현실에 대한 어떤 수학적 묘사에 완벽하게 다가가는 순간 묘사되고 있는 건 잃을 수밖에 없어. 모든 질문은 그 대상이 되는 것을 쫓아내. 시간의 한순간은 사실이야, 가능성이 아니라. 세상은 네 목숨을 가져갈 거야. 하지만 무엇보다도 또 결정적으로 세상은 네가 여기 있다는 걸 몰라. 너는 이걸 이해한다고 생각하지. 하지만 아니야. 네 마음속에서는 아니야. 이해한다면 겁에 질릴 거야. 하지만 너는 겁에 질리지 않았어. 아직은. 그리고 이제, 잘 자.

*

그녀는 등뒤로 문을 닫고 거기에 몸을 기댔다. 책상 램프 갓 안에서 담배 연기가 똬리를 틀고 있었다. 키드가 두 발을 책상에 올려놓고 앉아 있었다. 경쾌한 스냅브림 모자**를 쓰고.

---

* Ducklescence. '오리'를 뜻하는 duck과 '사춘기'를 뜻하는 adolescence가 합쳐진 말로 보인다.

일어나지 않아도 돼, 그녀가 말했다.

걱정 마. 아무도 안 일어나니까.

농담이었어.

그래 물론이지. 립스틱이 번졌네.

그녀는 방을 가로질러 침대에 앉았다. 은 라메*** 상의에 꼭 끼는 파란 실크 미니스커트 차림이었다. 검은 스타킹에 삼 인치힐. 그녀는 금발머리를 뒤로 넘기고 핸드백에서 콤팩트를 꺼내 열고 앉아 손수건으로 입을 닦았다.

그림 한번 볼만하네, 키드가 말했다. 그는 그녀의 책상 위 접시에서 담배를 집어들고 한 모금 길게 빤 뒤 옆으로 연기를 뿜었다. 볼만한 그림이야. 어디 갔다 온 거야?

춤추러.

그래?

응. 담배 피우는 줄은 몰랐네.

네가 그렇게 몰아붙이니 어쩔 수 없잖아. 보비 보이는 어디 있어?

자러 갔어.

키드는 시계를 꺼내 펼쳤다. 희미하게 몇 번 울리는 종소리. 클럽이 문을 닫은 뒤 밤늦게 간식을 먹으러 갔다 왔겠군.

** 테를 위아래로 올리고 내릴 수 있는 중절모.

*** 은실을 섞어 짠 천.

어쩌면. 그게 네가 상관할 바라면.

나를 좀 칭찬해줄 수도 있잖아 알겠지만. 내가 널 위해 그 모든 일을 했는데.

그 모든 일?

그래.

너는 내 영혼을 어둡게 했어.

예수여. 기억이 아주 짧구나. 어떻게 그런 똥 같은 소리를 할 수가 있어? 그거 진지하게 한 말이야? 잠깐. 보비가 여기로 올라오고 있구나. 그렇지?

아니야.

네 지저분한 애정의 대상. 저건 층계를 올라오는 그애 발소리야.

너 역겨워.

열애에 빠진 자들. 이런 이런. 나는 얼른 튀는 게 좋겠네.

나오는 대로 지껄이네. 층계에는 아무도 없어. 나는 잘 거야.

예수여. 너 뭐하는 거야?

옷 벗고 있어.

그럼 안 되지.

잘 지켜봐.

키드가 얼굴을 가렸다. 그리스도여, 그가 말했다. 이제 어디로 가는 건데?

그녀는 옷을 팔에 걸치고 방을 가로질렀다. 이거 걸러 가. 왜? 이 안에 누가 있어?

그녀는 옷장 문을 열고 구두를 선반에 놓고 치마와 블라우스를 걸고 문을 닫은 뒤 속옷 차림으로 소리 내지 않고 다시 바닥을 가로질러 침대로 올라가 이불을 끌어올리고 테이블의 램프를 껐다. 잘 자, 그녀가 말했다.

그녀는 누비이불을 머리에 두건처럼 덮고 누운 채 귀를 기울였다. 잠시 후 이불을 밀어냈다. 키드는 여전히 책상에 있었다. 거기 얼마나 오래 있을 거야?

모르겠어. 조용하네.

만날 수 있는 다른 고객들 없어?

없어.

미안해. 못되게 굴었네.

정말?

응.

괜찮아.

이제 잘게.

그래. 잘 자.

잘 자.

그녀가 양식을 채워 다시 데스크로 가자 간호사는 그걸 받아 훑어본 뒤 다른 양식을 건네주었다.

그냥, 나를 마음대로 하세요, 라고 쓰면 안 될까요? 그리고 서명을 하면?

아니. 안 돼요.

그녀는 로커 열쇠와 가운과 슬리퍼를 받고 복도를 따라 내려갔다. 방에서 그녀는 옷을 벗어 갠 다음 로커에 넣고 가운을 걸치고 끈을 찾아 묶었다. 그런 다음 긴 의자에 앉아 자신이 하겠다고 결정한 일에 관해 생각했다. 어떤 여자가 들어오더니 잠깐 그녀에게 미소를 짓고 줄 끝에 있는 로커를 열었다. 꼭 천국 같네요, 여자가 말했다. 다 내주고 가운 하나를 받으니.

어렸을 때 천국 놀이 해본 적 있어요? 시트를 걸치고 둘러앉아서?

아니요, 여자가 말했다. 그녀는 소녀에게 등을 돌리고 옷을 벗기 시작했다. 가운을 걸치고 묶더니 슬리퍼를 신고 로커를 닫고 잠갔다. 여자는 열쇠를 손에 쥐고 발을 질질 끌며 지나갔고 소녀는 그녀에게 열쇠를 잃어버리지 않도록 가운에 핀으로 꽂아야 한다고 말했지만 여자는 그냥 지나쳐 복도로 나갔다.

잠시 후 그녀는 일어서서 로커를 닫고 잠갔다. 그런 다음 열쇠를 가운에 핀으로 꽂고 슬리퍼를 신고 밖으로 나갔다.

검사실에서 바퀴 달린 들것에 앉자 간호사가 체온과 맥박과 혈압을 쟀다. 말이 없네, 그녀가 말했다.

알아요. 나는 하면 안 될 말이 많거든요.

간호사는 미소를 지었다. 그녀는 소녀의 팔에 긴 고무 튜브를 묶더니 튜브를 잡아당겼다가 놓았다. 그런 다음 정맥주사를 꽂고 테이프로 고정하자 잡역부가 와서 들것을 밀며 복도를 내려갔다.

차갑고 흰 방. 잠시 후 한 여자가 들어와 그녀의 차트를 보았다. 기분은 어때요? 그녀가 물었다.

괜찮아요. 지금까지는 좋아요. 그런데 누구세요?

닥터 서스먼이에요. 왜 혼자 있는 거죠?

혼자가 아니에요. 저는 조현병인데요. 내 머리를 빡빡 밀 건가요?

아니요. 우린 그러지 않아요.

선생님이 저를 튀길* 분인가요?

아무도 환자분을 튀기지 않아요. 질문 있나요?

소화기가 가까운 데 있나요?

의사는 고개를 기울여 그녀를 살폈다. 그럴걸요. 왜요?

---

* 전기충격요법을 한다는 뜻.

제 머리카락에 불이 붙을 경우에 대비해서요.

환자분 머리에는 불이 붙지 않아요.

그럼 소화기가 왜 필요하죠?

장난을 치는 거군요.

네. 그런 셈이에요.

다른 질문 없나요?

없어요.

알고 싶은 게 없어요? 호기심이 없군요.

거기에 대답을 하려면 나는 무례해질 수밖에 없어요. 어쨌든 저는 제가 알고 싶은 것 때문에 여기 온 게 아니에요. 오히려 정반대예요.

무슨 약을 먹고 있죠? 여기에는 아무것도 없는데요.

알아요. 변기에 버렸어요.

의사는 서류판의 종이를 살폈다. 펜으로 아랫입술을 두드렸다. 간호사가 들어와 주사기를 정맥주사와 연결하며 서 있었다. 간호사가 의사를 보았다.

변기에 버렸어요. 그녀가 다시 말했다.

네. 들었어요.

그게 선생님이 전류를 세게 올린단 뜻이 될까요?

아니요.

의사는 시야에서 사라져 그녀 뒤로 왔다. 간호사가 카운터에서 단지를 집어들어 열더니 그녀의 관자놀이에 전도성 젤을 바르기 시작했다. 젤은 차가웠다.

의사는 어디 있죠?

여기 있어요, 의사가 말했다.

지금 기절할 것 같아요.

네. 괜찮아요.

회복실에서 깨어났을 때 시간이 흘렀다는 느낌은 없었다. 밤이었다. 처음에는 집의 침대에 있는 줄 알았다. 하지만 입안에 혀를 깨무는 걸 방지하는 고무가 있었다. 그녀는 그것을 뱉어냈다. 어둠 속에서 탄 냄새가 났다. 약간 유황 느낌이 나는 고약한 냄새. 그녀는 손목의 플라스틱 이름표를 만졌다. 이게 나야. 확인하고 볼 수 있어.

문이 열려 있었다. 복도의 불빛. 잠시 후 그녀는 몸을 일으켜 세웠다. 머리가 아팠다. 침대 발치에 소작 당한 호트들이 숯이 되어 시커메진 넝마를 걸치고 연기를 피워올리며 서 있었다. 재가 뽀얗게 쌓였지만 그것 때문에 희미하게 광채를 발했다. 그들은 의기소침하고 침울하고 성이 나 보였다. 키드가 어슬렁거리고 있었다. 얼굴이 숯으로 시커멨다. 성긴 머리카락이 그슬려 밑동만 남고 망토에서 연기가 피어올랐다. 그녀는 손으로 입을 가렸다.

귀여워, 그가 말했다. 정말 좆나게 귀여워.

미안해.

이게 재미있다고 생각해?

아니.

씨발 무슨 생각을 한 거야?

모르겠어.

이 똥 같은 걸 봐. 이게 네가 생각하는 즐거운 시간이야?

정말 미안해.

친구들이 좆같은 소각 유닛에 들어갔잖아 그리스도를 위해서라도 젠장. 냄새는 말할 것도 없고.

몰랐어.

물어봤어야지. 그리스도여. 그는 고개를 돌리더니 재가 섞인 침을 뱉고 그녀를 보며 고개를 저었다. 복도 불빛 속에서 거무스름해진 키메라 무리가 기우뚱하게 서서 씨근덕거리고 있었다.

미안해, 그녀가 말했다. 정말로.

오 됐어. 들었어, 너희들? 애가 미안하다는데? 허 똥같이. 미안해? 왜 그렇다고 이야기하지 않았어? 허 씨발. 젠장 뭐 어때.

존 셔던은 서늘한 금요일 오후 벽돌길로 나서 필스너 한잔 얻어 마실 수 있을지 보려고 녹스빌의 구시가로 내려갔다. 이어지는 몇 시간 동안 그는 이백 달러를 빌려 그 돈으로 길거리에서 처방약을 이백 달러어치 사고 그걸 모리스타운에 가져가 삼백에 되판다. 거기에서 빌 리의 포커 게임에 끼어 칠백 달러를 따고 친구의 차 뒷좌석에서 미성년자 여성과 섹스를 한다. 거기서 다시 녹스빌로 돌아와 맥기 타이슨 공항에서 비행기를 타고 자정 훨씬 전에 뉴올리언스에 나타난다. 웨스턴이 그와 마주친 건 거의 우연이었다. 웨스턴은 압생트 하우스를 지나다 창가 테이블에서 그의 모자를 보았다. 그는 방향을 틀어 안으로 들어가 셔던을 지켜보며 서 있었고 마침내 셔던이 신문을 내리고 고개를 들었다. 로드 워트버그,* 그가 말했다.

모시크리크.**

관찰당하는 느낌이 들더라니. 와서 앉아. 넌 신문 안 읽나.

안 읽어. 무슨 일 있어?

아무 일도. 나의 계속되는 네 프로필 작성 작업일 뿐.

웨스턴은 남은 의자를 뒤로 젖혀 작은 나무 테이블 앞에 앉았다. 여기는 언제 왔어?

셰던은 신문을 접고 손목시계를 보았다. 열 시간쯤 전에. 막일어난 참이야. 나는 이곳이 좋아. 다만 여기서 먹고살 방법은 찾아내지 못했네.

만만치 않은 곳이야.

그래. 사람들을 믿을 수 없지, 스콰이어. 도둑들 사이의 명예란 이미 옛날이야기니까.

나를 놀리는군.

전혀 그렇지 않아. 염병할 웨이터는 어디 있는 거야? 점심은 먹었어? 아니지, 당연히 안 먹었지. 이곳에 나타나는 사람들을 보면 묘해.

예를 들어 나.

아니. 너는 말고. 일단 여기 계산할게. 어디 적당한 데로 가

---

* 웨스턴의 고향인 워트버그에 경칭인 Lord를 붙인 것.
** 테네시주의 지명. 존 셰던의 고향으로 보인다.

서 점심이나 하지.

그들은 아르노스에서 점심을 먹었다. 셰던은 와인 리스트를 정독하더니 고개를 저었다. 인상적이군. 누가 이 돈을 내고 마시지, 스콰이어? 하느님. 자, 여기 흥미로운 게 뭐라도 있을 텐데. 잘난 체하지 않는 보졸레. 빌라주 등급*을 멀리하면 이 게임에서 앞서가게 되지.

그럼 생선을 못 먹을 텐데.

나는 생선을 먹을 거야. 그게 여기서 파는 거야. 따라서 부득이하게 뭔가 맛없는 걸 마실 필요가 없어. 랍스터는 물론 예외지. 거기에는 레드가 아니야. 나는 늘 이곳이 마음에 들었어. 좆나 영화 세트 같거든. 그리고 절대 바뀌지 않지. 여길 보면 떠오를 만한 레스토랑이 멕시코시티에 두어 곳 있지. 브랫 말로는 이발소에서 식사하는 것 같대.

셰던은 물잔을 리넨 위에 뒤집어놓았지만 웨이터가 몇 분 뒤 다가와 잔을 똑바로 세우고 물을 가득 따른 다음 웨스턴의 잔에도 따라주었다.

여기요, 존이 말했다.

네 손님.

이걸 좀 치워주겠소?

---

* 프랑스 와인의 등급.

물은 필요 없나요?

필요 없소.

웨이터가 쟁반에 잔을 담아 갔고 존은 다시 와인 리스트 위로 허리를 굽혔다. 몇 분 지나지 않아 다른 웨이터가 나타나 다시 물잔에 물을 부어 잔을 테이블에 놓았다. 셰던은 고개를 들었다. 여기요, 그가 말했다.

네 손님.

여기에서 제공하는 어떤 서비스든 내가 관여할 바는 아니오. 댁들 모두 똑같이 마음대로 끝없이 물을 따라도 상관없소. 그런데 문제는 내가 물은 전혀 원하지 않는다는 거요. 우리가 합의에 의해 일시 정지에 도달할 방법이 있겠소? 혹시 협상으로? 나는 기꺼이 주방에 가서 모두를 만날 용의가 있소만.

손님?

나는 물을 전혀 원치 않소.

웨이터는 고개를 끄덕이고 잔을 가져갔다. 셰던은 고개를 저었다. 하느님의 치핵이여, 그가 말했다. 이 나라에서는 도대체 왜 끝도 없이 물을 따라주는 거야? 실제로 뭔가가 필요할 때는—예를 들어 술이라든가—해군 신호탄을 쏴도 테이블로 오지도 않으면서. 그것 때문에 처칠이 돌아버리곤 했지.

그는 와인 리스트를 접더니 주위를 둘러보았다. 이른 시간에 여길 오니 좋군. 사람들은 이 타운이 항구라는 걸 잊어. 지금처럼 관광객에 치여서. 온갖 종류의 특이한 사람들이 있지. 불안해하는 사람들로 가득한 거리. 얼마 전에 압생트 하우스에서 내 느낌으로는 분명 마다가스카르 고원에서 온 귀에 털이 난 난쟁이여우원숭이인 듯한 동물이 잘 맞지 않는 옷을 입고 바에 앉아 있는 걸 봤어. 어떤 뱃사람 옆의 스툴에 끈으로 묶인 채 사발로 맥주를 마시고 있더라고. 그러자 이 이국적인 생물이 평균적인 관광객에 견주어 그 독특함에서 약간 유리한 지위를 누리고 있다는 생각이 들었어. 관광객들이란 게 내 생각에는 불행한 마약 여행에서 볼 법한 뭔가를 점점 더 닮아가거든. 이곳에는 우아한 레스토랑들—백 년 또는 그 이상 변하지 않은 곳—이 있는데 그곳에서는 진짜 속옷 바람은 아니라 해도 운동복을 걸치고 식사하는 쪽을 택한 배불뚝이 멍청이들한테 공식 제복을 입은 웨이터들이 상급 요리를 갖다 바쳐. 아무도 이게 이상하다고 생각하지도 않는 것 같아. 뭐 먹을 거야? 칵테일 마실래?

그냥 와인이면 될 것 같아.

아주 좋아. 우리 생선 먹는 건가?

도미가 좋을 것 같아.

좋은 선택이야. 어쩌면 와인을 다시 생각해봐야 할지도 모르겠는데.

그는 다시 와인 리스트를 펼치더니 손에 턱을 괴었다. 요는,

스콰이어, 전에는 사람들이 국가 시설이나 머드룸*이나 외딴 시골집의 다락에서 벗어나지 못했던 반면 지금은 모든 곳으로 나왔다는 거야. 정부가 여행하라고 돈을 주지. 말이 나온 김에, 아이를 낳으라고도 돈을 줘. 이곳에서 환각이라는 말로 설명하는 게 적당하다 싶은 일가족들을 봤어. 거리를 휘청휘청 돌아다니면서 침을 질질 흘리는 얼간이 무리. 그 무의미한 횡설수설. 그리고 물론 아무리 제정신이 아니고 유독한 어리석음도 저들의 옹호를 받지 못하는 일은 없지.

그는 고개를 들었다. 나도 네가 나의 반감을 공유하지 않는다는 걸 알아, 스콰이어. 그리고 나 자신의 기원을 깊이 생각해보면 그 반감이 약간 누그러진다는 것도 인정해. 우리는 우리를 기른 것에서 그리 멀리 가지 않아, 남부에서 흔히 말하듯이. 하지만 실제로 최근에 네 주위를 둘러봤어? IQ가 백인 사람이 얼마나 멍청한지 너는 알 거라고 생각해.

웨스턴은 방심하지 않는 눈으로 그를 보았다. 아마도, 그가 말했다.

뭐 사람들 반은 그보다 더 멍청하지만. 이 모든 게 어디로 간다고 상상해?

아무 생각 없는데.

---

* 집 입구에서 젖거나 더러워진 옷 혹은 신발 따위를 벗는 장소.

생각이 좀 있을 것 같은데. 너는 우리가, 나하고 그대가 매우 다르다고 생각한다는 걸 알아. 우리 아버지는 시골의 상점 주였고 네 아버지는 큰 소리를 내며 사람들을 증발시키는 값비싼 장치의 제조자였지. 하지만 우리 공동의 역사가 많은 걸 초월해. 나는 널 알아. 네 유년의 어떤 날들을 알아. 외로움 때문에 울먹거리고. 도서관에서 어떤 책과 만나 그걸 꼭 움켜쥐고. 그걸 집에 가져오고. 그걸 읽을 어떤 완벽한 장소. 어쩌면 나무 아래. 개울가. 물론 결함 있는 어린 시절이지. 종이의 세계를 더 좋아하다니. 거부당한 사람들. 하지만 우리는 또다른 진실을 알아, 안 그래 스콰이어? 그리고 물론 이 책들 가운데 많은 수가 세상을 불태우는 대신 펜을 든 결과물임을 알지─불태우는 게 저자의 진짜 욕망이었는데 말이야. 하지만 진짜 문제는 말이야 우리 소수가 어떤 혈통의 마지막일까? 앞으로 올 아이들은 자기들이 이름조차 부를 수 없는 것에 대한 갈망을 품을까? 말의 유산은 그게 가진 힘에도 불구하고 연약한 것이지만 나는 네가 어디 서 있는지 알아, 스콰이어. 죽은 지 오래인 사람들이 한 말이지만 절대 가슴을 떠나지 않는 말이 있다는 걸 나는 알아. 아, 웨이터.

웨스턴은 그가 먹는 것을 지켜보며 감탄 비슷한 걸 했다. 그가 일을 처리하는 의욕과 능력. 그들은 리슬링 한 병을 나누어 마셨는데 셰던은 그걸 담을 아이스 버킷을 달라고 요구했다.

그는 손을 저어 웨이터를 보내고 웨스턴의 잔을 채웠다. 출발점에서 기본 규칙을 세우는 게 중요해. 여기요. 우리 좆같은 잔에 와인을 따를 생각은 하지도 마쇼. 네 표정을 알아. 하지만 진실은 나에게는 요구가 거의 없다는 거야. 생각해봐. 굽은 곳보다 약간 앞자리를 유지해.* 흔해빠진 불행이 다가오지 못하게 해. 운을 정면으로 보지 마. 건배.

건배.

독일 품종은 약간 더 단 경향이 있어. 그게 마음에 들어. 프랑스 사람들은 유리 세정제로도 쓸 만한 화이트를 좋아하지.

이거 아주 좋은데.

여기에서 지난번에 점심을 먹었을 때는 실스와 함께였어. 몇 주 전이지. 나는 우리가 여기서 팔십육**이 되는 줄 알았어.

쫓겨난다고.

그래.

무슨 일이 있었는데?

그날 이곳은 사람들로 붐볐는데 누가 진짜 악당 같은 방귀를 풀어놨어. 정말로 끔찍했지. 근처 테이블을 둘러보니 사람들은 그냥 멍한 눈으로 앉아 있었어. 그러자 실스가 냅킨을 집어던지고 의자를 뒤로 밀면서 일어나더니 누가 그랬는지 알아

---

* 시대보다 조금 앞서가라는 뜻.
** 영어에서 eighty-six는 거부하거나 무시한다는 뜻의 속어이다.

내겠다고 나서는 거야. 그리스도여. 우리는 이걸 파헤치고 말
거야, 실스가 그러더군. 그러더니 범인 후보들을 지목하면서
자백하라고 다그치기 시작했어. 당신이지, 그렇지? 예수여. 나
는 작지만 날카로운 소리로 실스를 진정시키려고 했어. 그때
쯤 덩치가 크고 만만치 않아 보이는 녀석 몇 명이 일어나 있었
거든. 매니저가 딱 때맞춰 나타나주었고 우리는 실스를 앉혔
지만 실스는 계속 중얼거렸고 그 사람들이 전부 다시 일어섰
어. 내가 특히 약이 오르는 게 뭔 줄 알아, 실스가 사람들한테
말했어. 너희 떼거리하고 여자들을 공유해야 한다는 거야. 너
희 좃같은 얼간이들이 떠벌리는 소리를 듣고 어떤 늘씬하고
젊은 게 너희들이 내뱉는 완전히 역병에 걸린 숨 같은 허튼소
리와 헛소리를 마치 예언자의 말씀인 것처럼 하나도 빼놓지
않고 들이마시려고 몸을 앞으로 기울이며 우리 모두에게 익숙
한 전율을 간신히 억제한 채 헐떡거리는 걸 봐야 하다니. 고통
스럽지만 그래도 나는 작고 귀여운 것들에게는 자유를 좀 넓
혀줘야 한다고 생각해. 그애들은 그 보지를 뭔가 실속 있는 것
에 활용할 시간이 정말 없거든. 하지만 짜증나지. 너희 주먹으
로 걷는 것들*이 침을 질질 흘리고 투덜거리고 딸딸이를 치면
서 그 성스러운 작은 동굴을 생각하는 걸 허락해줘야 한다는

---

* 원숭이나 고릴라를 가리킨다.

건. 실제로 생식을 하는 건 말할 것도 없고. 뭐 집어치우자고 젠장. 너희에게 천연두를. 너희는 원칙적으로 우수성을 혐오하는 진흙 대가리의 편협한 무리라서 너희가 모두 지옥에 있기를 진심으로 바라기도 하지만 여전히 너희는 그리로 가려 하지 않아. 너희와 너희가 낳은 구역질나는 것. 물론, 내가 지옥에 있기를 바라는 모두가 실제로 거기에 있으면 지옥은 연료를 보충하러 뉴캐슬*에 사람을 보내야 할 거야. 나는 너희의 쥐좆같은 문화에 만 번 양보를 했는데 너희는 나의 문화에 아직 한 번도 양보를 안 했어. 이제 남은 건 너희가 나의 쩍 갈라진 목에 컵을 갖다대고 내 심장의 피로 너희 건강을 위해 축배를 드는 것뿐이야.

아 뭐, 스콰이어, 나 혼자 다 떠들고 너는 한마디도 하지 않네. 괜찮아. 나는 네 역사를 알고 있으니까. 헌신의 바퀴** 위에서 망가진 남자. 너는 사라진 한 편의 그리스비극이야, 스콰이어. 물론 네 이야기는 여전히 빛을 볼 수 있지. 동유럽 어떤 도시의 오래된 도서관 지하에 있는 누렇게 얼룩지고 반점이 박힌 필사본. 썩어가고 있지만 짜맞출 수는 있어. 나는 내가 네 역사를 안다고 말하지만 물론 이건 과장이지. 네가 여전히 그렇게 신중하게 감추려 하는 그 가족 내의 지저분한 것들을

---

* 영국 뉴캐슬은 탄광으로 유명하다.
** 고문할 때 사람을 묶어놓던 바퀴.

슬쩍 들여다보는 것보다 내가 더 하고 싶은 일은 없어. 그거에 비하면 그리스인은 오지와 해리엇*처럼 보일 거라고 경화硬貨는 말해주고 있지.**

계속 떠들어.

나는 늘 네가 네 과학으로 돌아갈 거라고 생각했어.

내 마음은 거기 없었던 것 같은데.

네 마음은 어디 있었는데?

다른 곳에.

나는 늙은 느낌이야, 스콰이어. 모든 대화가 과거에 관한 거야. 너는 사고 뒤에 깨어나지 않았으면 좋았을 거라고 말한 적이 있지.

지금도 그랬기를 바라.

너는 아흔이 되어서도 한 아이에 대한 사랑 때문에 울고 있을 거야. 그건 볼썽사나울 수 있지. 나도 슬픔과 고통에 낯선 사람이라고는 할 수 없어. 다만 이런 불편한 감정의 유래가 늘 분명하지는 않다는 거야. 오랫동안 나는 모든 걸 요리해서 하나의 곤경으로 만들면 더 구미에 맞을지도 모른다고 생각했어. 가끔 죽은 여동생이 있어 울 수 있으면 좋겠다고 생각해.

---

* 1950년대부터 1960년대에 걸쳐 방영된, 미국의 가족생활을 이상화한 시트콤 〈오지와 해리엇의 모험〉의 주인공 부부를 가리킨다.
** 확실하다는 뜻.

하지만 없어.

네 말을 얼마나 진지하게 받아들여야 할지 정말 모르겠네.

이보다 진심어릴 수가 없지.

정말 그럴 수도 있겠지. 내가 감당해야 할 또하나의 이상한 점이군.

이상한 점이라고? 마리아의 천상의 속바지여, 스콰이어. 나는 오늘 아버지는 우주를 파괴하려 했고 소위 여동생은 결국 자기 손으로 죽은 외계 생물체라는 것이 드러난 로버트 웨스턴이라는 이름의 남자를 만났고 그의 이야기를 생각할수록 내가 인간 영혼에 관해 진실로 받아들였던 모든 게 무無에 이르는 것도 당연하다는 걸 깨닫게 됐어. 당신의 벗, 지크문트.*

너는 내 여동생에 관해서는 아무것도 몰라.

맞는 말이고말고. 또는 어떤 여동생에 관해서도. 나는 여동생이 있어본 적이 없거든. 또는 사랑에 빠진 적도. 없었다고 생각해. 뭐. 어쩌면.

미스 틸사는 어디 있어?

친척을 만나러 플로리다에 가고 없어. 내가 짧은 자유의 시간을 누리고 있는 게 보이잖아. 전혀 환영하지 않는다고는 못하지, 너도 상상할 수 있겠지만. 자, 스콰이어. 와인 더 마셔.

---

* 지크문트 프로이트를 가리키는 것으로 보인다.

이제 화제를 바꿀 거야.

웨스턴은 잔 위에 손을 얹었다. 키다리는 미소를 지었다. 너는 내 말을 진지하게 받아들이지 않는군. 하지만 아직은 좀더 주절거릴 거야. 어쩌면 너는 그냥 불행을 축적하는 사람인지도 모르지. 시장가가 오르기를 기다리면서.

나는 불행하지 않아, 존.

뭐 어쨌든 너는 뭔가야. 뭘까? 후회의 완벽한 예? 고전적이네, 그거. 비극의 기반이지. 그것의 영혼이야. 반면 슬픔 자체는 단지 제재題材일 뿐이야.

무슨 말을 하는 건지 못 따라가겠군.

천천히 할게. 슬픔은 삶의 재료야. 슬픔이 없는 삶은 아예 삶이 아니지. 하지만 후회는 감옥이야. 네가 아주 소중하게 여기는 너의 일부가 더는 찾을 수도 그렇다고 절대 잊을 수도 없는 어떤 교차로에 영원히 꽂혀 있는 거야.

너 이런 일을 해도 되는 면허 있어?

커피 좀 마시자. 너 이제 감상적인 표정으로 바뀌기 시작하네.

글쎄, 나는 네 마당에서 너하고 창 시합을 벌일 생각은 없어. 너는 말의 인간이고 나는 수의 인간이야. 하지만 어느 게 이길지는 우리 둘 다 알고 있다고 생각해.

멋진 표현이군, 스콰이어. 정말이지 우리는 알아, 그래서 더

가엾지.

웨이터가 왔다. 그는 컵과 유리병을 들고 돌아갔다. 셰던은 시가의 껍질을 벗기고 열쇠고리에 달고 다니는 도구를 이용해 끝을 잘라냈다. 그는 시가에 불을 붙이고 빨더니 팔을 뻗어 하나 거리를 두고 살피다가 이 사이에 물었다. 물론 또다른 보너스는 낮잠 시간까지 여유가 생긴다는 거지. 이른 점심을 먹으면. 며칠 전에 파라오 봤어. 네 안부를 묻던데.

누굴 봤다고?

비앙카. 재미있는 아이야. 너 그 아이하고 데이트해야 해. 한 번 박기를 아주 갈망하고 있는 것 같아.

아닐 것 같은데.

정말이야.

정말이야.

박기로 갈 데까지 갈 수 있을 거야. 내가 보장할 수 있어.

어련하겠어.

한번은 그애한테 해보지 않은 일 가운데 해보고 싶은 게 뭐냐고 물은 적이 있어.

그랬더니?

잠깐 생각하더라고. 모르겠어, 그애가 말했어. 진흙에서 박는 거? 그래서 내가 아니라고 했지. 그거 말고. 혹시 성적인 성격의 일이 아닌 건 없을까. 흠. 파라오는 그럼 답하기 어렵다 하더라고. 그게 어떻게 재미있을 수 있는지 모르겠다는 거야. 이러더라고, 그대로 옮길게. 사람들의 환상은 보통 그렇게 재미있지 않아. 진짜로 병적이고 뒤틀리고 타락한 게 아니라면. 그런 경우라면 물론 흥미가 생겨. 관심을 가져.

관심을 가져?

그애 표현이야. 그애는 네 앞 돛 모양*을 좋아하더라고. 네가 까다로운 사례라고 내가 경고를 했지. 부드럽게 표현해서 그렇다고. 흠. 나도 네 곤경에 공감하지 않는 건 아니야, 스콰이어. 그리고 물론 요즘 사랑의 모험 세계는 심장이 약한 사람에게는 어울리지 않지. 병의 이름만으로도 공포를 불러일으키잖아. 클라미디아**가 도대체 뭐야? 누가 그런 이름을 붙인 거야? 네 사랑은 붉고 붉은 장미가 아니라 붉고 붉은 발진을 닮았을 가능성이 커. 어느새 임질에 걸린 멋진 구식 아가씨를 갈망하게 되지. 이 어여쁜 것들은 역병이 묻은 속바지를 깃대에 걸어야 하는 게 아닐까? 역병 걸린 사람들을 태운 배의 깃발처럼? 나는 물론 너 같은 분석적인 부류가 애초에 여자를 어떻게 생각하는지 호기심을 느낄 수밖에 없어. 불분명한 웅얼거림. 네 반바지 안으로 들어온 비단 같은 앞발. 현혹하는 눈. 부드러운 손길과 피를 먹는 습성이 있는 생물. 통념에는 크게 어긋

---

* 외모나 태도를 가리킨다.
** 성병의 일종.

나는 거지만 사실 미적인 건 남성이고 여자는 추상적인 데 끌려. 부. 권력. 남자가 구하는 건 아름다움, 아주 간단하지. 달리 표현할 방법이 없어. 여자 옷의 바삭거림, 냄새. 남자의 벗은 배를 쓸고 가는 여자의 머리카락. 여자에게는 거의 의미 없는 범주들. 여자의 계산에서는 보이지 않는 범주들. 남자가 자신을 노예로 만드는 것에 어떤 이름을 붙여야 할지조차 모른다는 게 남자의 짐을 가볍게 해주지는 않지. 네가 무슨 생각하는지 알아.

내가 무슨 생각을 하는데?

마음으로는 여자를 경멸하는 바람둥이에 관한 케케묵은 구절들 가운데 어떤 거.

그런 생각 안 하는데.

안 해?

너를 세상에 내놓는 데 공모했을 사건들의 괴상한 연속에 관해 약간 모호하고 구조화되지 않은 방식으로 생각하고 있어.

정말.

정말.

흠. 나는 우리가 약간 같은 쪽이라고 생각해. 다시 말하지만 나는 인생에서 나 자신보다 큰 수수께끼를 만난 적이 없어. 정의로운 사회에서라면 나는 어느 창고에 처박혀 있을 거야. 하지만 물론 법을 우습게 아는 사람을 정말로 위협하는 건 정의로운 사회가 아니라 부패하는 사회지. 그곳에서는 자신이 일반 시민과 서서히 구별 불가능한 존재가 되어간다는 걸 알게 되니까. 자기도 모르게 시민으로 징발되어버려. 요즘에는 난봉꾼이나 비열한 놈이 되기가 어려워. 탕아. 일탈자? 도착자? 농담하지 말자고. 새로운 제도가 이런 범주들을 언어에서 거의 지워버렸잖아. 이제는 헤픈 여자가 될 수 없어. 예를 들면. 걸레 같은 여자. 그런 개념 자체가 의미 없어. 심지어 마약중독자도 될 수 없어. 기껏해야 사용자에 불과하지. 사용자? 그게 뭐야 씨발? 우리는 불과 몇 년이라는 짧은 시간에 약쟁이 악마에서 약물 사용자가 되어버렸어. 이게 어디로 가는지 내다보는 데는 노스트라다무스도 필요 없어. 가장 극악무도한 범죄자가 지위 보장을 요구하며 아우성치고. 연쇄살인자와 식인자가 자기 생활방식에 대한 권리를 주장하고. 다른 여느 사람과 마찬가지로 나도 내가 이 동물원의 어디에 속하는지 파악해보려 해. 악한이 사라지면서 의로움의 세계는 모든 의미를 박탈당했어. 다시 나에 관해 말하자면 예의범절과 불구대천의 원수가 되어 그 열매를 맛볼 수 없다면 정말이지 나를 위한 자리가 어딘지 도무지 알 수가 없어. 너라면 뭘 권할래, 스콰이어? 집에 가서 따뜻한 물을 욕조에 받아놓고 거기 들어가 손목을 그을까? 됐어. 그렇게 했을 때의 득실을 계산하는 게 보이네. 나는 내 인생을 즐기고 있어, 스콰이어. 모든 역경에도 불구하고. 어쨌든, 호퍼*가 제대로 보고 있어. 어떤 사회에서든 권태가 가장 일반적 특징이 되고부터 비로소 진짜 문제가 시작돼. 권태는 마음이 고요한 사람들까지도 그들이 상상해본 적 없는 길로 몰아갈 거야.

권태라.

스콰이어, 나는 따라올 사람이 거의 없는 악당이야. 하지만 우리 시대에 실제로 입길에 오르내리는 건 품위 있는 사람들이지. 우리는 그런 사람들을 어떻게 이해해야 할지 몰라. 그런 사람들은 친구가 거의 없는 반면 나는 어떻게 해야 좋을지 모를 만큼 친구가 많아. 왜 그럴까?

모르겠는데.

사람들이 씨발 정신이 나갈 만큼 지루하기 때문이라고 생각해. 다른 이유는 생각할 수가 없어. 그리고 거기에는 심지어 뭔가 전염성도 있을지 몰라. 물론 가끔 아침에 잠을 깨면 세상에서 전에는 분명치 않다고 생각했던 회색이 보여. 우리가 했던 대화. 알아. 과거의 참상은 날이 무디어지고, 그로 인해 가장 살벌한 추측조차 넘어서는 어둠을 향해 달려가는 세상을 우리는 보지 못하게 돼. 그 세상은 틀림없이 재미있을 거야. 보편적인 밤이 시작되어 마침내 그게 불가역적이라는 게 인정

---

* Eric Hoffer(1902~1983). 미국의 철학자.

되면 사람들은 이 삐걱거리는 구조를 떠받치고 있는 모든 규칙과 제약을 버리고 모든 탈선을 받아들이게 될 텐데 그 기민함에는 아무리 냉정한 냉소주의자라도 놀라게 될 거야. 아주 볼만할 거야. 아무리 짧더라도.

그게 네가 새롭게 파고드는 거야?

그게 강제로 덮쳐오는 거지. 시간과 시간에 대한 인식. 그 둘은 매우 다른 거라고 나는 생각해. 너는 언젠가 시간에서 한 순간이라는 개념은 모순이라고, 움직이지 않는 것은 있을 수 없기 때문이라고 말한 적이 있지. 시간은 자신의 정의와 모순되는 짧음으로 수축될 수 없다고.

그런 말을 했지.

그래. 또 시간이 선형적이라기보다는 점증하는 것일 수 있다는 주장도 했어. 세계에서 무한히 나뉠 수 있다는 개념에는 어떤 문제들이 따른다고. 반면 이산된 세계는 그것을 연결하는 것이 과연 무엇인가 하는 문제를 낳을 수밖에 없고. 깊이 생각해볼 만해. 헛간에 갇힌 새는 빛의 얇은 널들을 한 마리씩 통과하여 움직이지. 하지만 그 합은 새 한 마리야. 우리 가야지.

내가 지루해한다고 생각해?

아니. 똑똑한 사람들은 짊어지고 다닐 게 많은 법이지. 하지만 권태는 그 짐에 속하는 경우가 거의 없어. 괜찮아. 나는 늘 작더라도 딱 그만큼 더 깊이 보는 데 만족하거든. 너는 우리의 형제애를 부정해. 실제로 우리의 족보와 우리의 사회경제적 지위가 태어날 때부터 위반을 허용하지 않는 방식으로 우리를 구분해놓고 있다는 주장을 교묘한 방식으로 고집하지. 하지만 스콰이어 너한테 분명히 말하는데 읽은 책이 수십 권만 같아도 그게 서로를 피보다 더 강하게 묶어주는 힘이야.

달리 뭐가 있지?

달리 뭐가 있느냐. 가끔 너에게서 보이는 그 약간의 묘한 선망에서 내가 어떤 즐거움을 느끼는 게 남의 아픔을 고소하게 여기는 거schadenfreude라고 생각하지는 않는데. 그냥 스쳐가는 거야. 금방 지나가.

내가 널 선망한다고 생각해?

짜증나지, 그치?

하느님 우리를 도우소서.

셰던이 미소를 지었다. 그는 시가를 빨더니 멀찌감치 들고 살폈다. 재를 가볍게 불어냈다. 사람들이 자신이 가진 것에 감사하는 일은 그리 흔하지 않아. 아무래도 고결한 비참처럼 이상하고 진귀한 것일 때는 특히. 불행해야 한다면―그리고 실제로 불행하다면―연민보다는 감탄의 대상이 되는 게 낫지. 애초에 그런 식으로 우리 자신에게 외피를 덮는 것을 아무리 혐오한다 해도.

우리 가는 게 좋을 듯해. 나 잠 좀 자야 하거든.

물론이지. 나도 그래.

점심 고마워.

언제든 환영이야. 골라잡을 수 있는 후원자 몇 사람을 두고 있다는 건 좋은 일이지.

그는 신용카드 한 묶음을 뒤적거리다 하나를 테이블에 놓았다. 나는 팁을 아주 잘 줘서 웨이터들이 깜짝깜짝 놀라곤 해. 관광객이란 너도 충분히 상상하겠지만 하찮은 무리거든. 네가 언젠가 꿈 이야기를 해준 적이 있는데 너는 기억할 수도 있고 못할 수도 있겠네. 좀 묘했어. 우리는 재가 걸쭉하게 흐르는 곳에서 돌담을 따라 나아가고 있었어. 폐허의 현장. 벽 위에는 거무스름한 꽃들이 늘어져 있었지. 육식성 꽃, 너는 그 꽃들이 그렇다고 생각했지. 검은색에 가죽 재질처럼 보였어. 개의 썹처럼, 너는 그렇게 말했지. 우리는 잡석 속에 앉아 기다렸지. 마침내 전화벨이 울렸어. 기억나?

응.

내가 전화를 받아 귀를 기울이다가 아니라고 말한 다음 전화를 끊었어. 그랬더니 꿈속에서 네가 나한테 그 사람들이 무슨 말을 했느냐고 물었고 나는 너한테 그 사람들은 우리가 자기들에 관해 뭔가 아는 게 있는지 알고 싶어하더라고 말했어. 나는 아니라고 대답했지. 그랬더니 그 사람들이 말했어. 우리도 그럴 줄 알았소. 그러더니 전화를 끊었어. 꿈을 꾸는 사람은 너였지. 하지만 그 사람들이 한 말을 내가 전해주지 않았다면 네가 알았을까?

모르겠네.

나도. 왜 네 내면의 삶이 나한테 일종의 취미 같은 게 된다고 생각해?

모르겠는걸.

너는 거기서 뭔가 불길한 걸 보는 게 틀림없어. 하지만 그렇지 않아.

웨이터가 와서 계산서를 가져갔다. 웨이터가 돌아왔을 때 키다리는 허리를 굽혀 계산서에 웨스턴이 모르는 이름을 서명하더니 가죽 덮개를 덮었다. 그는 미소를 지었다. 나는 내가 너보다 먼저 죽을 거라고 말하겠어. 또 그 점에서는 네가 나를 선망하는 게 당연하다고. 너는 인생의 뭔가를 포기했어, 스콰이어. 그리고 반대로 내가 너의 고전적인 자세를 선망하는 게 사실이라 해도, 그렇게 많이 부러워하지는 않아. 트리말키오*가 햄릿보다 지혜롭거든. 좋아. 갈까?

아침에 웨스턴이 파티오 문을 통해 들어갔을 때 애셔는 모퉁이 테이블에 앉아 있었고 책가방이 옆의 의자에 놓여 있었

---

* 1세기 로마의 페트로니우스가 쓴 풍자소설 『사티리콘』의 등장인물로 부와 사치를 과시하는 것으로 유명하다.

다. 그는 살피던 신문에서 눈을 들지 않았다. 웨스턴은 바에 가서 맥주 두 잔을 들고 돌아왔다.

보비.

그 운명적인 이야기가 전개되고 있어?

그래 맞아.

어디까지 갔어?

로트블랫*에 관해 아는 게 있어?

별로.

네 아버지는 그 사람을 알았나?

물론이지. 하지만 그 사람이 집에 왔던 기억은 없는데. 둘은 관점이 달랐어. 그런데 왜?

네 아버지가 그 사람에 관해 무슨 말을 했을지 그냥 갑자기 궁금해졌거든. 더 구체적으로 말하자면 그의 부인에 관해서라고 할 수도 있지. 왜 부인이 가스실에 가는 동안 로트블랫은 집에 그대로 있었을까.

그 사람이 폴란드로 돌아가 부인과 함께 죽었어야 한다고 생각하는 건가.

응. 너는 안 그래?

그래. 또 뭐?

---

* Joseph Rotblat(1908~2005). 폴란드 태생의 영국 핵물리학자.

너라면 그랬을까?

나는 안 그랬어.

네 아버지는 러셀*이 멍청이라고 생각했지.

아니. 미치광이라고 생각했어.

네 아버지는 한 번도 퍼그워시**에 간 적이 없고.

없지. 어떤 사람들은 그걸 피그Pig워시라고 부르더라고. 호그워시***보다도 좀더 시시한 거라고.

애셔는 빈 의자에 올려놓은, 장화를 신은 두 발을 꼬았다. 그는 몸통이 가늘고 삐삐 말랐으며 머리카락은 모래빛이 섞인 붉은색이었다. 긁힌 자국이 많은 가죽 재킷을 걸치고 장화를 신은 모습을 볼 때면 웨스턴은 늘 그가 유전油田 지질학자에 더 가까워 보인다는 생각이 들었다. 그는 수첩 몇 페이지를 엄지로 넘겼다. 그리고 연필로 턱을 톡톡 치다가 웨스턴을 보았다. 요즘 어떻게 지내, 보비?

별로 좋지 않아. 췌장암에 걸렸어. 아마 여섯 달쯤 남았을 거야.

---

* Bertrand Russell(1872~1970). 영국의 수학자이자 철학자.
** 퍼그워시회의. 핵전쟁을 막고 세계 평화를 도모하기 위한 과학자 중심의 국제회의로, 러셀과 아인슈타인 등의 주도로 1957년에 캐나다 퍼그워시에서 처음 개최되었다.
*** hogwash. 시시한 것을 가리키는 말로 문자 그대로는 '부엌의 돼지가 먹는 구정물'을 뜻한다.

애셔가 허리를 똑바로 세웠다. 예수여, 그가 말했다. 뭐라고?

그냥 농담한 거야.

그리스도여, 웨스턴. 하나도 안 웃겨.

안 웃겼던 것 같네.

좆같은 유머 감각이야. 그거 알고 있었어?

그런 얘기 많이 들어. 뭐 그냥 네가 내 말을 듣고 있는지 알고 싶었어.

듣고 있어.

그냥 다른 얘기로 넘어가는 게 좋겠는데.

그리스도여. 좋아. 추*로 돌아가자고.

좋아.

추는 시카고대학에 있었어.

그래. 그다음에는 버클리.

너는 아버지가 따라간 피리 부는 사나이가 추라고 말했지. 망각으로 따라 들어갔다? 내가 제대로 알고 있는 건가?

모르겠어. 어쩌면 좀 강한 표현인지도. 아버지는 어딘가에 매이지 않은 사람이었어. 많은 사람이 S-행렬이론**이 합리적인 이론이라고 생각했지. 심지어 장래가 유망하다고. 하지만

---

* Geoffrey Chew(1924~2019). 미국의 물리학자.
** 앞서 언급된 제프리 추의 이론.

그건 그냥 색역학으로 대체되어버렸지. 결국에는 끈이론으로. 아마도.

우리는 여전히 60년대 초에 있군.

그래.

끈이론은 끝도 없는 수학처럼 보이기 시작하고 있어.

그게 주된 불만인 것 같아. 방정식에 처음 나타난 것들 중 하나가 질량 제로, 전하 제로, 스핀 둘인 입자였으니. 아주 유망했지.

중력자.

그래. 상상은 하지만 본 적은 없는 피조물. 나도 끈이론에 관해 별로 아는 게 없지만 그건 물리학 이론이야, 수학 이론이 아니라. 그건 할당받는 차원 수가 계속 달라져. 상당한 지지를 받은 이론이지만 모두에게서 받은 건 아니지. 글래쇼*가 있는 자리에서 그 주제가 등장하면 그 사람은 방을 나가버릴 가능성이 커. 위튼**은 이십 년 뒤에는 뭔가 알게 될 거라고 말해.

그게 글래쇼가 쓰는 시詩라고? 종결 발언을 위튼이 하는 게 아니야?***

그래. 적어도 나는 그렇게 생각해. 이런 작은 전기傳記들이

---

* Sheldon Glashow(1932~). 미국의 물리학자.
** Edward Witten(1951~). 미국의 수리물리학자.
*** 최종 판단을 위튼이 아니라 글래쇼가 하느냐는 뜻.

여전히 프로젝트의 한 부분이야?

그렇지. 그걸 다 어디에 넣을지는 그렇게 확실치 않지만. 러셀이 물리학을 알았나?

아니.

그래서 네 아버지가 그 사람을 무시한 건가?

아니.

우리가 양자를 완전히 파악하지 못하는 건 우리가 그 세계에서 진화하지 않았기 때문이라고 말하는 건 괜찮아. 하지만 진짜 수수께끼는 다윈을 괴롭혔던 그 문제야. 우리는 어떻게 생존에 가치가 없는 어려운 것들을 알게 되는 걸까? 양자역학의 창시자들은―디랙, 파울리, 하이젠베르크―세상이 어떠해야 한다는 문제에 관해서 직관 외에는 의지할 게 전혀 없었어. 존재한다는 것조차 거의 알려지지 않은 규모부터 시작해서. 아마 이런 식으로 대화를 나누었을 거야. 분광 이상異狀이네. 그게 뭐야? 아, 그건 이상이지. 이상이라. 그래. 흠. 도대체 무슨 소리야 씨발. 그런데 아인슈타인이 볼츠만*과 함께 작업했나?

모르겠어. 아인슈타인이 볼츠만에게서 얻은 건 열역학법칙이 어떤 규모에서는 확정적이지 않을 수도 있다는 일반적 의

---

* Ludwig Boltzmann(1844~1906). 오스트리아의 물리학자.

심이었어. 에렌페스트*도 똑같은 생각이었고. 아주 파괴적인 생각이지.

에렌페스트가 볼츠만과 함께 일을 했던가?

아닌 것 같은데.

둘의 공통점이 뭐야?

둘 다 자살했던가?

예수여, 웨스턴.

아인슈타인이 혼란을 느낀 건 단지 양자 주사위 때문이 아니었어. 그 밑에 깔린 개념 전체 때문이었지. 현실 자체의 불확정성. 아인슈타인은 젊은 시절 쇼펜하우어를 읽었지만 나이가 들면서 그에게서 벗어났다고 생각했지. 그런데 이제 쇼펜하우어가 논란의 여지 없는 물리학 이론의 형태로—어떤 사람들은 그렇게 말하겠지—돌아온 거야.

하지만 그것 때문에 그 사람이 어떤 주장을 못하거나 한 건 아니잖아. 안 그래?

맞아.

또 뭐가 있어?

무한에 이르는 여정은 그 길에 새로운 규칙들을 풀어놓는 게 당연해.

---

* Paul Ehrenfest(1880~1933). 오스트리아의 물리학자.

아버지 연구 서류 갖고 있어?

아니.

프린스턴에 없어?

다 있지는 않아.

어디 있어?

일부는 테네시의 할머니 집에 있었지. 대부분 타호호수에서 가져온 거야.

있었다고.

그래. 도난당했어.

도난당했어?

응.

할머니 집에서.

응.

그걸 누가 훔쳐?

모르지. 메모를 남기지 않았더라고.

너는 읽어봤어?

일부는. 훑어보긴 했어. 양철 빵 상자에 들어 있었어. 아버지는 텔러의 프로그램*을 떠나 입자물리학으로 돌아갔을 때 약간 진전이 있었다는 걸 알았어.

---

* 텔러가 주도한 수소폭탄 개발 프로그램을 말하는 것으로 보인다.

S-행렬이론.

웨스턴은 어깨를 으쓱했다.

애셔는 다리를 다시 꼬고 연필 끝에 달린 지우개로 턱을 다시 톡톡 쳤다. 돌파구였군.

위험한 말이네. 위튼은 끈이론이 오십 년 시기상조일 수도 있다고 말했어.

내 생각에는 그게 일종의 모든 것의 이론*이 되는 게 희망인 듯한데.

누가 알겠어? 파인먼은 우리는 지금 자연의 근본 법칙을 발견하고 있는데 이런 날은 두 번 다시 오지 않을 거라고 말한 적이 있어. 파인먼은 똑똑한 사람이지만 내 생각에 그건 약간 미심쩍은 말인 것 같아. 만일 과학이 어떤 기적에 의해 계속 나아가 미래로 이어진다면 과학은 자연의 새로운 법칙만이 아니라 자기 나름의 법칙을 가지는 새 자연도 드러낼 거야. 디랙의 책 마지막 몇 줄은 이런 내용이야. "어떤 본질적으로 새로운 물리적 관념들이 여기에는 필요해 보인다." 음. 그건 늘 필요할 거야.

칼루차-클라인은 어떻게 됐어?

아직 남아 있지. 현대 대통일이론**에 다시 나타났어. 물론

---

* 물리학에서 모든 근본적 현상을 하나의 틀에 통합할 수 있는 이론.
** 물리학에서 자연계의 네 가지 힘 중 중력을 제외한 전자기력, 강력, 약력을

문제는 이것들이 이번에는 어떤 가치가 있느냐 하는 거야. 원래의 이론은 아주 우아한 건축물이었지. 아인슈타인이 반했고. 그 주제에 관해 꽤 멋진 논문을 쓰기도 했어. 그림도 있고 모든 게 다 있는 논문. 하지만 아인슈타인은 그 논문에 어떤 문제가 있는지 대부분 파악하게 되었고 결국 전부를 버렸지. 아버지가 칼루차의 1921년 논문을 발굴한 적이 있다는 건 알아. 거기에는 오차원 장이론이 있었는데 그건 대단한 작업이었지. 중력의 일반상대성이론이 포함되어 있었거든. 그것 때문에 클라인이 관심을 가졌고 칼루차-클라인판이 나왔을 때 거기에는 양자역학이 통합되어 있었어. 드브로이가 관심을 가졌지. 물리학에서는 재미있는 시대였어.

중국의 저주***에서처럼?

비슷한 상황이었다고 생각해. 점입자가 나온 이유는 뭔가 추한 걸—예를 들어 물리적 현실—쑤셔넣으면 방정식들이 작동하지 않아서. 물리적 존재가 없는 점은 위치를 남기지. 하지만 다른 위치를 참조하지 않는 위치는 표현할 수가 없어. 양자역학의 어려움 가운데 일부는 정보를 인지하는 데 필요한

통합적으로 설명하려는 이론을 가리킨다.

*** '재미있는 시대에 살기를 바란다'는 표현을 가리켜 '중국의 저주'라고 부른다. 재미있는 시대란 즉 혼돈의 시대를 가리키기 때문이다. 중국의 속담을 번역한 것이라는 설이 있으나 분명한 출처는 밝혀지지 않았다.

장치와 독립해서 존재하는 독자적인 정보 같은 것은 없다는 단순한 사실을 감당해야 한다는 문제 안에 자리할 수밖에 없어. 지각과 시각이 있는 존재가 처음 바라보기 전에 별이 빛나는 하늘은 없었어. 그전에는 모든 것이 암흑과 적막이었어.

그래도 그건 움직였잖아.

그래도. 어쨌든 점입자라는 개념 전체가 상식과는 모순돼. 뭔가가 있기는 해. 하지만 진실은 우리에게 입자에 대한 좋은 정의가 없다는 거야. 강입자가 쿼크로 '이루어져 있다'는 게 무슨 의미일까? 환원론이 입이 있는 곳에 돈을 넣게 만들고 있다*는 뜻인가? 모르겠어. 양자역학에 대한 칸트의 관점은—인용하자면—"우리의 인지 능력에 맞게 조정되지 않은 것"이야.

양자역학에 대한 칸트의 관점.

물론이지.

예수여, 웨스턴.

칸트가 초자연적인 것에 관해 말하고 있었다고 생각하는 건 아니겠지?

아마 아니었겠지.

회의주의자에게는 모든 주장이 순환적이야. 거기엔 심지어 지금 이 주장도 포함되는 것 같아. 어쨌든 나는 양자역학의 의

---

* 자신의 말에 실제 행동으로 책임을 진다는 뜻.

미를 두고 아무런 목적도 없는 소동에 끼어들고 싶지 않아. 그건 우리가 지금까지 갖게 된 가장 성공적인 물리학 이론이야. 코펜하겐*에 뭔가 잘못된 게 있다면 그건 보어가 나쁜 철학을 많이 읽었다는 거야. 다음 이야기로 넘어가는 게 좋겠어.

좋아 그럼. 추.

글쎄. 어쩌면 그렇게 멀리까지 가자는 건 아닐 수도 있고.

농담하고 있군.

그래.

추는 S-행렬이론이 고에너지물리학을 진전시킬 이론이라고 생각했지.

그래.

진짜 그렇게 됐어?

그건 금주의 이론the theory of the week이었어. 일 년 정도쯤.

말장난**을 의도한 건 아니겠지.

이 년이야, 사실. 미안해. 그건 사실 40년대 초 하이젠베르크가 시작하지. 휠러가 그보다 훨씬 일찍 제안했고.

하지만 지금 우리는 60년대를 얘기하고 있잖아.

그래. 입자 동물원이지. 양자장론이 한동안 그들의 시야에

---

* 1920년대에 코펜하겐대학교에서 주로 닐스 보어와 베르너 하이젠베르크가 제시한 양자역학에 대한 '코펜하겐 해석'을 가리킨다.
** week가 '약하다'는 뜻의 weak로 들릴 수 있다는 뜻.

있었지만 그들은 좀더 지혜로웠어야 했어. S-행렬이론은 아주 야심만만한 이론이야. 부트스트랩 이론,* 추는 그렇게 부르기를 좋아했지. 어쨌든 자신의 이론은. 이 이론은 너무 앞서 나갔고 제프리 추가 키를 잡고 있었어.

그리고 네 아버지가 완전히 승선한 거고.

그래.

아버지는 데이비드 봄**을 알았나?

알았지. 아주 좋아했어.

두 사람은 정치적 관점이 완전히 달랐을지도 모르는데.

달랐지. 데이비드는 어느 날 아인슈타인을 찾아가 양자역학에 대한 그의―아인슈타인의―반대가 잘못된 이유를 설명하려 했어. 두 사람은 IAS***에 있는 아인슈타인 연구실에서 두 시간을 보냈는데 봄은 거기에서 나올 때―머리****가 한 말을 빌리면―믿음을 잃었어. 봄은 양자역학에 관한 모든 걸 기록해볼 생각으로 정말 좋은 책을 썼지만 그것도 도움이 되지 않았

---

* '부트스트랩'은 구두의 손잡이 가죽을 가리키는 말로 보통 이것을 잡고 몸을 일으킨다는 관용적 맥락에서 '독자적' '독립적'이라는 뜻으로 쓰인다. S-행렬이론에서는 입자의 속성이 이론 자체의 일관성에 의해 결정되기 때문에 이런 명칭을 붙인 것이다.

** David Bohm(1917~1992). 미국의 물리학자.

*** The Institute for Advanced Study. 프린스턴고등연구소.

**** Murray Gell-Mann(1929~2019). 미국의 물리학자.

고 여생을—결과적으로—양자이론을 고전물리학으로 묘사할 방법을 찾는 데 보냈지. 원과 면적이 같은 정사각형을 만드는 일*의 양자적 등가물인 셈이었어. 그러던 중에 국무부의 사냥개들에 의해 나라 밖으로 쫓겨났지.

숨은 변수 이론.**

그래. 아주 잘 숨어 있지. 그 이론의 문제는 파인먼의 경로적분과는 정반대야. 파인먼의 이론은 시각화할 수는 없지만 수학은 견실해. 반대로 숨은 변수는 시각화할 수 있지. 즉, 이러저러하게 작동할 수 있을지도 모른다고 시각화할 수 있어. 대충. 그림을 그릴 수 있지. 하지만 작동하지는 않아.

웨스턴은 말을 멈추었다. 애셔는 공책에 적고 있었다. 고개를 들지 않았다.

부트스트랩 이론은 쿼크의 도래로 빛이 가려졌군.

그 이전 일이야, 사실은. 머리와 파인먼은 캘텍에서 비서 한 명을 함께 쓰고 있었는데 둘은 상대의 작업에 대한 시기심이 아주 강했어. 하지만 주로 머리가 그랬지. 그렇지만 머리가 팔정도eightfold way 논문을 발표한 날 조지 츠바이크가 허리를 굽

---

* 불가능한 일을 시도한다는 뜻.
** 아인슈타인은 확률로만 표현되는 양자역학의 내재적 무작위성을 못마땅해 했는데, 실은 그것이 무작위성이 아니라 보이지 않는 변수에 의해 결정되는 것이라는 이론으로 데이비드 봄도 이런 가설에 관여했다.

히고 설레설레 고개를 저으며 복도를 걸어오던 파인먼과 마주쳤는데 파인먼이 지나갈 때 조지는 그가 혼자 중얼거리는 소리를 들었어. 그 말이 맞아. 그 개자식 말이 맞아. 그로부터 얼마 후 조지는 CERN*에 있다가 어느 날 밤 잠에서 깨 핵자**가 기본 입자가 아니라는 의심을 하게 됐지.

그냥 떠오른 거로군.

꼭 그렇지는 않아. 그래도 상당히 단순한 관념이긴 하지. 그 핵자들은 더 작은 입자들의—말하자면—작은 동료 관계로 이루어져 있다는 거야. 셋의 그룹들이지. 강입자의 경우는. 거의 똑같은 셋. 그는 그것들을 에이스라고 불렀어. 조지는 나한테 다른 누구도 이것을 생각해낼 수 없으니 자기한테는 이 이론을 정리할 시간이 얼마든지 있다고 했어. 머리도 같은 길을 가고 있고 따라서 그에게는 시간이 일 년도 남지 않았다는 걸 몰랐던 거야. 결국 머리는 그 입자들을 쿼크라고 불렀지—조이스의 『피네건의 경야』에 나오는, 코티지치즈***를 가리키는 한 행에서 따와서. 어르신 마크를 위한 쿼크 셋.**** 그래서 머리는 판을 휩쓸고 노벨상을 탔고 조지는 심리 치료를 받으러 갔지.

---

* Conseil Européen pour la Recherche Nucléaire. 유럽입자물리연구소.
** 원자핵을 구성하는 양자와 중성자의 총칭.
*** 작은 알갱이들이 들어 있는 부드럽고 하얀 치즈.
**** '쿼크'의 어원이 된 『피네건의 경야』의 한 행.

하지만 조지는 그 덕분에 결국 더 좋아졌어.

진짜 있었던 일이로군.

찾아봐도 돼. 음, 사실 찾지 못할지도. 전부는. 하지만 머리가 원래는 이 이론을 추측으로 제시한 것 또한 사실이야. 하나의 수학적 모델로서. 나중에는 늘 그 사실을 부정했지만 나는 논문들을 읽었거든. 한편 조지는 이게 단단한 물리학 이론이라는 걸 알았지. 물론 실제로도 그랬고.

파인먼이 조지의 지도교수였지.

그래.

부트스트랩 이론은 놔둬도 결국 자멸했을 거야.

머리 말로는 그게 끈이론으로 변신했대. 결국은. 하지만 어쨌든 간에 게이지 장이론의 성공으로 타당성을 잃어버렸지.

추는 어떻게 됐어?

아직 버클리에 있어. 훌륭한 경력을 쌓았지. 한때 그가 그리던 것과는 전혀 다르지만. 그리고 끈이론은 여전히 수학적 늪이고.

다른 사람 서류는 도난당하지 않았어? 네 아버지 거 말고.

내가 아는 한. 하지만 사실은 몰라.

훑어보기는 했다며. 빵 상자 서류.

그래. 대부분은 약력에 대한 거였어. 사람들은 약력 이론이 결국 양자전기역학처럼 보일 거라고 생각했지만 아버지 생각은 달랐어. 아버지는 이런 접근법이 QED*에 쓸모가 있다는 게 아무런 의미도 없다고 생각했어. 양-밀스는 몇 년 동안 유행했지만 아무도 그 이론에 따라 나오는 보손**을 어떻게 해야 할지 몰랐지.

보손은 질량이 없다고 여겨졌지.

당시에는 질량이 없다고 여겨졌지. 맞아.

광자처럼.

광자처럼. 그래. 매개 역할은 이 입자들이 담당했어. W와 Z 보손이라고 부르게 된 입자들.

양-밀스 벡터보손.

그래. 글래쇼가 W입자와 이제 그가 Z입자라고 부르게 된 걸 포함하는 게이지이론을 들고나왔지. 그 질량에 대해서는 아직 진짜 설명이 없어. 그건 그냥 억지로 쑤셔넣은 거였어. 그러다가 1964년에 힉스가 그의 메커니즘을 들고나왔고 와인버그는 힉스 메커니즘이 대칭을 깨는 데 사용될 수 있다면 실제로 벡터보손에 대한 질량에 도달할 방법으로도 쓸 수 있다는 걸 이해했어. 아니면 그 반대로 표현해도 좋지. W입자는 처음에는 사십 GeV,*** Z입자는 팔십 GeV을 할당받았어. 그

* quantum electrodynamics. 양자전기역학.
** 스핀이 정수(整數)인 소립자 · 복합 입자. 양-밀스는 양-밀스 게이지이론을 가리킨다.

러다 결국에는 내가 알기로 팔십과 구십일 정도가 되었을 거야. 1967년 와인버그는 이 문제에 관해 지금은 유명해진 논문을 발표했는데 그때는 아무도 읽지 않았어. 하지만 우리 아버지는 읽었지. 그 이론에서도 여전히 그 무한들이 파생되었는데 그건 아무도 제거할 수 없었어. 아마 그 논문은 오 년 동안 다섯 번밖에 인용되지 않았을걸. 양-밀스에 맞추어 재규격화**** 할 방법이 없는 것 같았어. 토프트*****가 마침내 1971년에 그 방법을 생각해냈는데 그동안 아버지는 이미 자기 건물에 금이 가는 것을 보고 있었고 앉아서 힉스 문제를 공략했지만 제대로 해낼 수 없었어. 내 생각에 아버지는 일관성이 없다, 라는 표현을 사용했던 듯해.

증명되지 않은 이론에 많은 믿음을 두셨던 것 같군.

힉스 메커니즘.

응.

디랙하고 좀 비슷했지. 또는 찬드라세카르하고. 아버지는 미적인 것에 변치 않는 믿음을 가졌어. 힉스의 논문이 너무 우아해서 틀릴 수가 없다고 생각했지. 예를 들자면, 글래쇼의

*** giga electron volt. 기가전자볼트.
**** 양자장론에서 무한으로부터 한정적이고 측정 가능한 예측을 얻어내는 수학적 기법.
***** Gerardus 't Hooft(1946~). 네덜란드의 물리학자.

SU(5) 이론도 그 목록에 포함할 수 있어. 아름다운 이론이지. 하지만 틀렸어.

힉스도 틀렸나?

몰라. 그러는 동안 현실세계에서 벌어지고 있었던 일은 와인버그가 글래쇼의 Z입자가 맞을 수밖에 없다는 걸 알아낸 거야. 다른 사람들은 모두 그 입자를 싫어했지. 문제는 그게 너무 거대하다는 거였어. 그냥 좆나 어마어마했지. Z보손은 몇몇 진짜 원자보다도 무거워. 하지만 가속기 내에서 그게 속도를 내게 할 수 있다 해도 거기에는 전하가 없다는 문제가 아직 남았어. 그럼에도 와인버그는 이 중성미자-핵자 충돌에서 W입자가 생겨나고 또 반대 전하를 가진 경입자를 얻을 수 있다면 이따금 Z입자도 생길 수밖에 없을 거라고 판단했어. 또 Z는 전하를 가지지 않기 때문에 이것은 들어오는 중성미자가 그대로 중성미자로 남을 거라는 뜻이었어. 전하는 다른 여느 상호작용에서와 마찬가지로 약한상호작용에서도 보존되는 거지. W입자에 반대되는 전하를 가진 경입자를 볼 수 없는 건 그렇게 되면 그게 W입자가 아니기 때문이야. 그건 Z입자일 거야. 와인버그는 아무것도 보이지 않을 것인데, 바로 그게 우리가 찾아야 하는 거라고 판단했어. 아니면 보이는 건 강입자의 분출뿐이고 그게 사람들이 절대 발견되지 않을 거라고 하던 Z의 서명일 거라고.

애셔는 연필을 이로 물고 앉아 있었다. 멋져, 그가 말했다.

어쨌든 중성흐름 상호작용이 마침내 CERN과 페르미랩 양쪽에서 발견되었어. Z입자. 이에 관해 약간의 혼란이 있었지만 이내 사라졌지. 와인버그와 글래쇼와 압두스 살람은 막 새로운 전약電弱통일이론으로 노벨상을 받았고.

'대통일'의 첫 단계.

뭐. 어쩌면.

아버지는 어떻게 됐어?

죽었지.

그건 알고.

버클리를 떠나 시에라산맥의 오두막으로 올라갔어. 내가 처음 그곳을 찾아갔을 때 아버지는 이미 아팠어. 함께 라호이아에 있는 병원에 갔지. 왜 라호이아인지는 나도 몰라. 아버지는 거기서 다시 시에라산맥으로 돌아갔어. 어쩌면 라호이아에 한번 더 갔을지도 몰라. 아버지는 어떤 일에서도 희망을 가질 이유가 없었지. 마지막으로 만났을 때는 그냥 차를 몰고 올라가 그날 하루를 보내고 왔어. 오두막 벽을 베바트론*의 옛 입자충돌 인쇄물로 도배해놨더군. 몸무게도 많이 빠지고. 아버지는 별로 말이 없었어. 인쇄물은 50년대 것이었지. 그 인쇄물들

---

* 로런스버클리국립연구소에서 1950년대에 개발한 입자가속기.

에는 분명 무슨 순서 같은 게 있었을 거야. 내가 더 주의를 기울여야 했는지도 모르지. 하지만 아버지는 그 이야기를 별로 하고 싶어하는 것 같지 않았고 나도 밀어붙이지 않았어. 그 산맥 위는 아름답더군. 호수에는 황금 송어가 있었어. 그건 단지 색깔을 뜻하는 게 아니라 하나의 종種의 이름이야. 어쨌든 내가 아버지를 본 건 그때가 마지막이었어. 몇 달 뒤에 아버지는 죽었지.

멕시코 후아레스에서.

그래.

오두막은 어떻게 됐어?

타버렸어.

안에 누가 살고 있었고?

아니.

어쩌다 타버린 거야?

모르겠어. 벼락에 맞았는지도 모르지.

벼락에 맞았다.

그렇게 생각할 수도 있다는 거지.

너는 그뒤에 학교를 떠났고.

맞아.

왜?

물리학의 역사는 그걸 포기하고 다른 걸 하러 나선 사람으로 가득해. 그들에겐 거의 예외 없이 한 가지 공통점이 있지.

그게 뭔데?

물리학을 충분히 잘하지 못했다.

그럼 너도?

나는 괜찮았어. 그냥 할 수도 있었지. 다만 정말 대단한 수준은 아니었지.

그럼 네 아버지는?

물리학자 대부분은 정말 힘든 문제에 달려들 재능도 없고 배짱도 없어. 하지만 수천 가지 중에서 의미 있는 문제를 골라내는 것조차 지천으로 널린 재능은 아니야.

아버지는 무엇 때문에 베바트론 판板*으로 돌아간 거지?

모르겠어. 그냥 우주의 법칙을 곰곰이 생각하며 시간을 보내셨던 것 같아. 그게 불변하는 것일까? 한때 해결된 것처럼 보이던 것들이. 실제로 질량이 전혀 없는 입자가 있을까? 게이지불변성은 젖혀놓고. 확실할까? 만일 십의 마이너스 몇 제곱 같은 질량을 가진 경입자가 있다면 그게 빛의 속도에 얼마나 가까워질까? 측정 가능할까?

또?

모르겠어. 상수의 값은 다가오는 일을 어떤 식으로든 알고

---

* 하전입자의 비적(飛跡)을 기록하기 위해 원자핵 유제(乳劑)를 바른 사진 건판을 가리킨다.

있어야 하는 것 아닐까?

펜로즈*의 말처럼 들리는군.

뭐. 그럴 수도.

또?

모르겠어. 슈튀켈베르크.

슈튀켈베르크.

그래.

그게 누구지?

정말이지 누굴까.

글쎄?

슈튀켈베르크는 스위스의 수학자이자 물리학자였는데 조머 펠트의 연구소에 나타났을 때는 시대에 몇 년 뒤처져 있었어. 그럼에도 근본적인 힘들의 교환 입자 모델 대부분을 생각해냈고 S-행렬이론과 재규격화 그룹 작업을 상당 부분 해냈지. 그의 작업 목록은 계속돼. 양자장에 대한 공변共變 섭동 이론. 벡터보손 교환 모델─이건 슈튀켈베르크가 하다 말았는데 나중에 이걸로 유카와 히데키가 노벨상을 받았어. 감사인사는 없었지만. 그러니까, 너라면 뭐라고 하겠냐고? 내가 슈튀켈베르크라는 사람에게서 다 훔쳤소? 아벨리안 힉스 메커니즘. 심지

_____

* Roger Penrose(1931~). 영국의 수학자이자 물리학자.

어 양전자를 시간을 거슬러 여행하는 전자로 해석하는 것까지. 증명은 불가능하겠지만 세계를 형성하는 이론의 진귀한 만신전에서 한자리를 차지할 수 있는 통찰이지. 나중에는 다른 여러 명이 기여한 이론으로 여겨지게 돼. 슈퇴켈베르크는 아무런 인정을 받지 못했지. 재규격화에서 돌파구를 여는 작업. 이것도 마찬가지. 네가 이 사람을 언급해줄 수도 있겠네. 다른 누구도 하지 않았으니.

철자가 어떻게 돼?

소리 나는 대로야.

알겠어.

웨스턴은 철자를 불러주었다.

좋아. 다시 상수로 돌아가서.

돌아가서.

상수에 대한 설명은 어때 보여?

모르겠어.

그래. 알겠어. 왜 디랙이 그냥 나서서 자기가 찾아낸 입자는 반전자라고 말하지 않은 거야? 1931년이면 디랙도 아주 잘 알았을 게 분명한데.

머리가 디랙에게 그걸 물었어. 몇 년 뒤에.

그랬더니?

디랙은 말했어. 그냥 겁이 나서.

애셔는 고개를 저었다. 웨스턴은 미소를 지을 뻔했다.

틀리는 건 물리학자가 할 수 있는 최악의 일이야. 죽는 것과 같은 수준이지.

그래.

너는 거의 아무것도 발표하지 않는 사람들을 궁금해해. 예를 들어 비트겐슈타인. 그건 왜 그럴까? 우리 아버지의 연구 서류는 많은 부분 사라졌어. 따라서 아버지가 어떤 사람이었느냐 하는 문제에서 많은 부분은 내가 절대 알 수 없을 거야.

그게 너에게 고통스러워?

나에게는 모든 게 고통스러워. 내 생각에는. 어쩌면 나는 그냥 고통스러워하는 사람인지도 몰라.

그들은 말없이 앉아 있었다.

미안, 웨스턴이 말했다. 가봐야 해.

정말 물리학을 믿어?

그게 무슨 의미인지 모르겠어. 물리학은 수ޚ로 세상에 대한 그림을 그리려 해. 그게 실제로 뭔가를 설명하는지는 모르겠어. 미지의 것을 설명할 수는 없지. 그게 무슨 뜻이라 해도.

내가 물리학을 할 수 있다면, 나는 할 거야. 무슨 일이 있어도.

웨스턴은 고개를 끄덕였다. 의자를 뒤로 밀며 일어섰다. 자. 내 경험으로는 무슨 일이 있어도, 라고 말하는 사람 중에 무슨 일이 벌어질 수 있는지 아는 경우는 드물어. 대개는 실제로 얼마나 나쁜 일이 벌어질 수 있는지 모르지. 또 봐.

*

그는 재니스에게 고양이를 돌봐달라고 맡기고 작고 유연한 가방에 몇 가지 물건을 챙긴 다음 저녁에 택시를 잡아 에어라인 고속도로를 타고 차를 맡겨둔 보관소로 갔다. 척이 사무실에 있다가 밖으로 나와 문간에 서서 웨스턴의 가방을 향해 고갯짓을 했다. 도로 여행에 그걸 가져가려고?

응.

어디 가는데?

테네시주 워트버그.

그게 아칸소주 루스터풋*에서 얼마나 멀지?

이건 진짜 있는 장소야.

거기 뭐가 있는데?

우리 할머니.

거기 꽤 가야 하는 거 아냐? 뭐야, 할머니가 꼴깍하면서 쩐이라도 좀 남겨줄 참인 거야?

내가 아는 바로는 그런 거 없어.

---

* Roosterpoot. '수탉의 방귀'라는 뜻으로 아칸소주가 벽촌임을 염두에 둔 가상의 지명. 워트버그(wartburg)에서 wart는 '사마귀'라는 뜻이다.

얼마나 걸리는데?

모르겠어. 육백 마일 조금 넘을 거야.

그럼 얼마나 걸리지?

아마 여섯 시간?

헛소리.

다섯 시간 반?

어서 여기서 꺼져.

그는 차고 앞에 가방을 내려놓은 다음 자물쇠를 열고 문을 위로 밀어올리고 나서 머리 위의 하나뿐인 전구를 켰다. 차에는 천 덮개가 씌워져 있었다. 벽을 따라 차 앞쪽으로 가 묶은 끈을 풀고 천을 뒤로 접자 후드*와 스테인리스스틸 지붕이 드러났다. 그는 천을 밖으로 들고 나가 털었다. 그런 다음 접어서 다시 들고 들어와 차고 앞쪽 선반의 세류 충전기** 옆에 놓았다. 그는 엔진 덮개를 들어올려 충전기와 자동 점화 장치의 클립 연결을 끊고 바퀴 집을 통해 선을 끌어낸 다음 오일과 물을 확인했다. 덮개를 내리고 뒤로 돌아가 운전석 문틈으로 몸을 비집고 들어간 다음 열쇠를 점화 장치에 꽂고 시동 버튼을 눌렀다.

운전하지 않은 지 여섯 달이 지났지만 크랭크가 돌아가며

---

* 이 차는 엔진이 뒤쪽에, 트렁크가 앞쪽에 있다.

** 자동차를 장기간 세워놓을 때 방전을 막는 충전기.

문제없이 시동이 걸렸다. 그는 스로틀을 올렸다 내렸다 하며 계기판을 확인하고 기어를 후진으로 넣은 뒤 천천히 차고를 빠져나와 아스팔트에 올라섰다. 그는 차에서 내려 차고의 불을 끄고 문을 닫은 다음 자물쇠를 잠그고 차의 후드를 열어 가방을 쑤셔넣고 후드를 닫은 뒤 운전석에 앉아 엔진을 두어 번 세게 돌려보았다. 하얀 연기가 보관소를 가로질러 퍼져나갔다. 엔진은 자기 흐름을 찾아갔고 차는 그 자리에 선 채 쉰 목소리로 으르렁거렸다. 마세라티의 로고인 삼지창을 그는 슈뢰딩거의 파동함수로 생각하기를 좋아했다. 물론 그것은 데이비 존스의 궤*를 가리키는 표시가 될 수도 있었다. 그는 미소를 지으며 기어를 일단에 넣고 차를 돌려 정문으로 빠져나갔다.

해티즈버그에 도착했을 때는 날이 어두웠다. 어스름녘에 이미 전조등을 켰고 머리디언 바로 동쪽 앨라배마주 경계까지 딱 한 시간 만에 도착했다. 백십 마일. 터스컬루사까지는 칠십 마일이었으며 고속도로는 직선 구간인데다가 이따금 지나가는 세미트레일러식 화물차 말고는 텅 비어 있었기 때문에 마세라티를 마음껏 달려 앨라배마주 클린턴까지 사십 마일을 십팔 분에 주파했는데 속도계가 시속 백육십오 마일을 찍을 때 엔진의 안전 한계 속도를 두 번 넘었다. 그는 그때까지 주 경

---

* 데이비 존스는 전설에 등장하는 바다의 악마로, '데이비 존스의 궤'는 보통 해저에 있는 뱃사람의 묘지를 가리킨다.

찰의 눈을 피하고 작은 타운의 속도위반 단속 구역을 빠른 속
도로 무사히 통과하는 과정에서 행운을 거의 다 써버렸을 거
라 생각하고 터스컬루사와 버밍햄은 느긋하게 통과한 뒤 뉴올
리언스를 떠난 지 다섯 시간 사십 분 만에 채터누가 바로 남쪽
에서 테네시주 경계를 넘었다.

　새벽 한시 십분에 그는 고속도로에서 빠져나와 인적 없는
워트버그 중심가를 따라 내려갔다. 모든 곳이 닫혀 있었다. 그
는 보너페이셔스에서 차를 돌려 나와 킹스턴 스트리트를 타고
법원을 지나 그대로 전원지대로 들어갔다. 울퉁불퉁한 타이어
가 이차선 아스팔트 도로를 달리는 소리와 서쪽으로 어두운
구릉지대 위에 낮게 뜬 달뿐. 그는 낡은 다리를 건너 농장 도
로를 타고 계속 달렸다. 집 맞은편에 차를 세우고 전조등을 끈
다음 공회전을 시키며 어둠 속에 앉아 있었다. 집 뒤편에 수은
증기등이 있었지만 집 자체는 어둡고 고요했다. 그는 한동안
그대로 앉아 있었다. 그러다 전조등을 다시 켜고 도로에서 차
를 돌려 다시 타운으로 향했다.

　보안관 순찰차가 그의 차를 보고 타운 가장자리까지 따라왔
다가 방향을 틀어 돌아갔다. 그는 남쪽 해리먼으로 가는 27번
고속도로를 타고 가다 타운 바로 바깥의 한 모텔로 들어갔다.
새벽 두시 삼십분이었다. 그는 사무실 문간에 서서 버저를 누

르고 기다렸다. 밖은 상당히 추웠다. 입김이 보였다. 버튼을 다시 누르자 한참 뒤 남자가 나와 그를 안으로 들였다.

그는 숙박계를 작성하고 종이를 반 바퀴 돌려 카운터 너머로 도로 밀었다. 남자는 그걸 집어 팔을 뻗은 채로 살폈다. 남자는 작고 잿빛으로 보였다. 밖에 많이 나다니지 않는 것 같았다.

루이지애나주 먼로에 형이 하나 살았지. 거기서 죽었소, 실은.

남자는 허리를 굽히고 눈을 가늘게 뜬 채로 마세라티가 붉은색 빈방 표시등의 부드러운 불빛 속에 서 있는 진입로를 보았다. 일본놈 차로군, 그가 말했다. 내 조카딸도 저런 걸 몰지. 뭐 자유국가니까, 내 생각엔.

일본놈 차 아닌데요.

흠 아니면 뭐요?

이탈리아 찹니다.

그래? 뭐 우리는 그 개자식들하고도 싸웠지. 세금 포함 십오 달러 칠십일 센트요.

그는 남자에게 돈을 주고 열쇠를 받아 방까지 차를 몰고 내려가 잠자리에 들었다.

아침에 그는 다시 차를 몰고 워트버그에 들어가 작은 식당에서 늦은 아침을 먹으며 워트버그 신문을 읽었다. 바깥 주차장에서 십대 남자아이 두 명이 그의 차를 보고 있었다. 그가 먹는 동안 식당 손님들이 가끔 그를 흘끔거렸고 한참 뒤 여자 종업원 두 명 중 젊은 쪽이 다가와 커피를 새로 채워주었다.

저기 바깥에 있는 저 차는 분명히 손님 거 같네요.

웨스턴이 고개를 들었다. 여자의 머리에 새로 꿰맨 상처가 있었다. 그녀는 커피를 따르고 포트를 테이블에 놓고 앞치마 주머니에서 계산서 묶음을 꺼냈다. 또 필요한 게 있나요?

그럴지도요. 배가 몹시 고프거든요.

그는 메뉴를 살폈다. 워트버거 시키는 사람이 많나요?

그럼요. 아주 인기 좋아요.

그는 메뉴를 접었다. 약간 아쉬울 때 멈추는 게 좋겠네요. 그는 종업원을 쳐다보았다.

이 동네 분이 아니죠?

에이 아니죠. 난 여길 싫어해요.

여기가 파티의 동네라고 들었는데.

워트버그가요? 어디서 그런 소릴 들었어요? 웃자는 거죠, 그 죠?

피트로스*에 남자친구가 있군요.

남편이요. 어떻게 알았어요?

모르겠습니다. 반지를 안 끼고 있어서.

---

* 워트버그 옆에 있는 타운.

껴요. 일할 때만 안 끼는 거예요.

남편은 얼마나 자주 봐요?

일주일에 두 번.

남편이 그 꿰맨 상처는 봤나요?

아직이요.

뭐라고 말할 거예요?

남편이 그런 게 아닌지 어떻게 알아요?

남편이 의사인가요?

내 말이 뭔 뜻인지 알잖아요.

남편이 그랬나요?

아니요. 말했잖아요. 남편은 아직 이걸 보지도 못했다고.

그래서 남편한테 뭐라고 할 건가요.

남의 일에 관심도 많네요, 네? 미끄러져 넘어졌다 그럴 거예요. 이게 손님하고 뭔 상관이 있는지 몰라도.

그냥 그럴듯하게 둘러댈 이야기가 있는지 궁금했어요.

왜 나한테 둘러댈 얘기가 필요하다고 생각하는 거죠? 무슨 일이 있었는지도 모르면서.

이야기가 필요해요?

글쎄요. 왜 내가 그걸 손님한테 말하겠어요?

하면 어때서요?

어디 출신이죠?

바로 여기요.

아니 아니에요.

뉴올리언스?

몰라요. 진짜예요?

그게 마음에 든다면.

그녀는 카운터 쪽을 돌아보았다가 다시 그를 보았다. 손님은 좀 똑똑한 척하는 인간이군요, 아닌가요.

맞아요.

좀 귀엽기는 하지만.

댁도 그렇게 나쁘지 않은데요. 같이 나갈까요?

그녀는 다시 카운터 쪽을 보았다가 그를 보았다. 모르겠어요, 그녀가 작은 소리로 말했다. 손님은 날 좀 예민하게 만드네요.

그게 내 전략의 일부죠. 리비도에 좋거든요.

뭐에 좋다고요?

그 사람은 뭐로 들어가 있나요? 살인?

그걸 어떻게 알았죠? 마지하고 이야기를 했나요?

마지가 누구죠?

저쪽에 서 있는 저 여자요. 마지가 나를 두고 뭐라고 했죠?

꼭 데이트를 신청하라더군요.

저거 엉덩이를 차주고 말 거야.

그냥 농담한 거예요. 그런 말 하지 않았어요.

했으면 가만 안 둬. 다른 거 뭐 필요해요?

고맙지만 됐습니다.

그녀는 계산서 묶음에서 한 장을 떼어내더니 테이블에 엎어놓았다. 정말로 뉴올리언스에서 온 거예요?

네.

거긴 가본 적 없어요. 도박사인가요?

아뇨. 심해 잠수부예요.

입에서 나오는 대로 지껄이는군요. 나는 손님들 주문 받아야 해요.

알겠어요.

아까 한 말 진담이에요?

무슨 말.

알잖아요. 같이 나가잔 거.

어쩌면. 모르겠어요. 댁은 나를 좀 예민하게 만들거든요.

뭐 그게 손님이 아까 말한 뭐라 그랬더라 거기에 좋을지도 모르겠네요. 손님한테 그런 게 있다면.

팁을 얼마나 두고 갈까요?

글쎄요, 모르겠네요, 달린.* 손님 마음이 시키는 대로.

---

* darlin. '달링'의 축약된 발음.

좋아요. 동전을 던져서 두 배로 하거나 꽝으로 하거나 할까요?

얼마를 걸고 동전을 던지는지 내가 어떻게 알아요?

안다고 뭐가 달라지는데요? 두 배가 되거나 아니면 꽝인데.

좋아요.

직접 던지세요.

왜요?

내 동전은 앞뒤가 같을지도 모르니까.

그래요, 그녀가 말했다. 손님을 좀 알고 나니 그럴 것도 같네요.

그녀는 앞치마 주머니에서 이십오 센트짜리 동전을 꺼내 던진 다음 잡아서 팔뚝에 대고 손바닥으로 찰싹 덮고는 그를 보았다.

앞, 그가 말했다.

그녀는 손을 들어올렸다. 뒤였다.

한번 더 할래요?

좋아요.

그녀는 동전을 다시 던졌고 그는 다시 앞을 불렀으나 뒤였다.

한번 더?

지금 내가 얼말 딴 거죠?

시작할 때보다 네 배.

나도 그건 알죠. 수학 할 줄 안다고요. 그냥 내가 질 때까지 계속 두 배로 올리겠다는 거군요.

맞아요.

음 그만하는 게 좋겠네요.

똑똑한 아가씨네.

사람들 주문 받아야 해요. 내가 얼마를 받는 거예요?

그는 호주머니에서 반으로 접은 지폐 뭉치를 꺼냈다. 이 달러를 두고 갈 생각이었어요. 그러니 육 달러를 받는 거죠.

아니, 그게 아니죠. 팔 달러를 받아야죠.

댁의 수학 실력을 확인해본 것뿐이에요.

학교 다닐 때 수학 잘했어요. 내가 싫어한 건 영어였죠.

웨스턴은 그녀에게 이십 달러짜리 지폐를 건넸고 그녀는 거스름돈을 주려고 앞치마에 손을 넣었다.

됐어요, 그가 말했다. 그냥 두세요.

음 고마워요.

천만에요.

손님이 잘난 척하는 알렉* 같은 사람인지는 몰랐어요.

하지만 이제 알게 됐네요.

대충요. 가야 해요.

---

* smart aleck. '잘난 척하는 사람'을 뜻하는 관용어.

이름이 뭐죠?

엘라. 손님은요?

로버트.

나 오늘밤 휴무예요.

댁의 남편이 날 쏠 겁니다.

남편은 교도소에 있어요.

그 꿰맨 곳은 어쩌다 그렇게 됐는지 말을 안 해주셨네요.

손님을 더 잘 알게 되면 말해줄지도 모르죠.

그는 테이블에서 빠져나와 일어섰다. 나중에 봐요 미스 엘라.

안녕.

웨스턴은 주차장을 가로질러 걸어가 차에 타서 시동을 걸었다. 그가 거리로 빠져나올 때 그녀는 창에서 그를 지켜보며 작별인사로 연필을 들어올렸다.

그는 진입로로 들어가 나이든 호두나무들 아래 차를 세우고 엔진을 껐다. 할머니의 차는 없었다. 그는 집을 보며 앉아 있었다. 비 막이 판자를 덧댄 키가 큰 흰색 농가. 칠을 새로 해야할. 퇴창에서 커튼이 움직이는 걸 본 것 같았다. 그는 차에서 내려 들판 너머를 내다보았다. 집 뒤 능선을 따라 겨울 숲은 거무스름하게 헐벗었고 모든 게 이상하게 고요했다. 소 냄새가 났다. 진한 회양목냄새. 차문을 닫았을 때 개울 건너 나무들 사이에서 까마귀 세 마리가 소리 없이 나와 갈고리에 걸려 끌려가듯 잿빛 겨울 저지대 위를 날아갔다.

그는 방충망 문을 열고 유리를 두드린 다음 문을 다시 닫고
서서 기다렸다. 소들이 농가 마당으로 나와 그를 지켜보고 있
었다. 거의 변한 게 없었다. 똑같은 건 아무것도 없는데도. 문
이 열렸고 어린 소녀가 그를 올려다보며 서 있었다. 네? 소녀
가 말했다.

안녕. 미시즈 브라운 계시니?

아니요, 안 계세요.

언제쯤 오실 것 같아?

열두시쯤 돌아오신다고 했어요. 머리하러 타운에 가셨어요.

웨스턴은 마당 건너 헛간 쪽을 보았다. 다시 소녀를 보았다.
이따 다시 올게, 그가 말했다.

전할 말 있으면 제가 전해드릴까요?

아냐, 괜찮아. 누가 왔는지 아실 거야. 차를 여기 두고 좀 걷
다 올게. 나는 미시즈 브라운 손자야.

오. 보비로군요.

그래.

들어오실래요?

아니, 괜찮아. 조금 있다 돌아올게.

알겠어요. 말씀드릴게요.

고맙다.

그는 차 바닥에서 유연한 가죽가방 하나를 꺼낸 다음 차문을 연 채로 카펫이 덮인 널찍한 문턱에 앉아 신발을 바꿔 신었다. 그런 다음 차문을 닫고 길을 나섰다.

개울에 이르자 개울을 따라 숲으로 들어간 뒤 오래된 나무 배수로 아래쪽에 있는 평평한 징검다리를 딛고 개울을 건넜다. 배수로 판자들은 오래되어 우묵하게 파이고 검은색으로 변했으며 그 위를 흐르는 물은 검고 무거워 보였다. 방앗간은 토대를 이루고 있던 돌들밖에 남지 않았다. 그리고 한때 물레방아 바퀴를 지탱하던 녹슨 쇠 굴대와 한때 그 회전하는 굴대를 감싸고 있던 녹슨 이음 고리만. 그는 좁은 길에서 벗어나 미루나무 아래 앉아 연못을 보았다. 열여섯 살 때 주州 과학 박람회에서 결승까지 간 적이 있었다. 그의 프로젝트는 연못 연구였다. 그는 각다귀와 뱀잠자리 애벌레에서부터 거미류와 갑각류와 절지동물과 아홉 종의 물고기는 물론이고 사향쥐와 밍크와 너구리 등의 포유류 또 물총새와 숲오리와 논병아리와 왜가리와 명금과 매 등의 조류에 이르기까지 그 서식지에 사는 눈에 보이는 모든 생물을 실물 크기로 그렸다. 큰푸른왜가리는 종이 크기에 비해 너무 컸기 때문에 오듀본*이 했던 것처럼 물에 몸을 기울이고 있는 모습으로 그려야 했다. 사십 피트

---

* John James Audubon(1785~1851). 미국의 조류학자이자 화가. 북미 조류 도감을 저술했다.

짜리 색지 세 두루마리에 라틴어 학명을 적은 이백일흔세 가지 생물. 그 일을 하는 데 이 년이 걸렸지만 상을 타지는 못했다. 나중에 생물학과 장학금 제안을 받았으나 그때는 이미 수학에 깊이 빠져 연못 생태계는 어린 시절 열광하던 취미에 지나지 않게 되었다.

그는 그곳에 오래 앉아 있었다. 사향쥐 한 마리가 저 아래 댐 근처 수심이 깊은 쪽 물가에서 나와 연못을 헤엄쳐 그에게로 다가왔다. 보이는 건 사향쥐 코와 수면을 가르며 점점 넓어지는 V자뿐. 온다트라 지베티쿠스Ondatra zibethicus. 어느 겨울 사향쥐들이 연못에 막대기와 갈대로 엮은 집을 지었는데 비버가 짓는 집의 완벽한 축소판이었기 때문에 그는 생물 선생에게 이것이 사향쥐와 비버의 지식이 똑같은 근원에서 내려왔다는 뜻이냐고 물었으나 선생은 그가 무슨 소리를 하는지 이해하지 못하는 것 같았다. 그는 오리 보트를 타고 사향쥐의 집까지 노를 저어 가 쥐꼬리톱으로 지붕 꼭대기에 작은 구멍을 뚫고 손전등으로 안을 살폈다. 수면 바로 위 나뭇가지로 이루어진 토대에 풀을 얹어 지은 둥지와, 구멍 위로 몰려 올라와 작은 보트 위 판자에 걸터앉은 그를 한순간 꼼짝도 못하게 만들었던 따뜻하고 달콤한 냄새. 오래전 기억이 덮쳐오면서 그는 아버지가 전쟁 내내 몰았던 1936년형 스투드베이커*의 앞좌

석에 서 있는 네 살배기가 되었고 그의 어머니가 가장 좋은 드
레스와 코트 차림으로 옆에 앉아 손수건을 혀로 적셔 그의 턱
과 입을 닦아주고 모자를 매만져주는 동안 아버지가 차를 후
진하면서 그들이 살던 전시 합판 주택이 그들 앞에서 멀어졌
다. 그의 콧구멍을 가득 채운 것은 그날 어머니의 향수 냄새였
다. 사향쥐들은 지붕을 흠 없이 수리할 터였다. 그러나 다시는
그 방앗간 연못에 집을 짓지 않았다.

　구름이 움직여 해를 가리자 날이 더 추워졌다. 사향쥐는 사
라졌고 바람이 물을 흔들었다. 그는 일어서서 바지의 엉덩이
쪽을 손으로 쓸고 개울의 서쪽 가를 따라 계속 올라갔다. 담장
에 이르자 산으로 오르는 길을 택해 이곳 북사면에 자라는 털
가시나무와 월계수 사이를 뚫고 나아갔다. 나이든 밤나무 줄
기 몇 개는 바로 서 있기는 했지만 지난 오십여 년 동안 잿빛
으로 죽은 상태였다. 그는 한 시간이 지나지 않아 산마루에 이
르러 쓰러진 통나무에 앉아 조각난 해의 빛을 받으며 아래 전
원지대를 내다보았다. 할머니의 집과 헛간과 도로와 그 너머
서로 붙어 있는 작은 농장들, 조각조각 잘린 밭과 담장이 그리
는 선과 조림지. 동쪽으로 굽이쳐 가는 구릉과 능선. 그 너머
어딘가 오크리지에 우라늄을 농축하는 시설이 있고 그것 때문

---

* 미국의 자동차 제조사.

에 아버지는 1943년에 프린스턴에서 이곳으로 왔으며 그곳에서 나중에 결혼하게 될 미인대회 입상자를 만났다. 웨스턴은 자신이 아돌프 히틀러 때문에 태어났다는 것을 완전하게 이해하고 있었다. 그의 고통스러운 인생을 이 태피스트리 안으로 안내한 역사의 힘들이 아우슈비츠와 히로시마의 힘, 즉 서구의 운명을 영원히 봉인한 자매 사건들이라는 것을.

매 한 마리가 아래 숲에서 나타나 힘들이지 않고 솟아오르더니 잠시 주춤거리다 바람을 타고 사분의 일쯤 몸을 틀며 떠내려가다 방향을 틀어 다시 올라오며 허공을 맴돌았다. 브로드윙.* 부테오 플라팁테루스Buteo platypterus. 새가 아주 가까이 지나가는 바람에 그 눈을 볼 수 있었다. 십일 밀리미터. 수리부엉이의 눈이 이십이 밀리미터였다. 흰꼬리사슴과 같았다. 하지만 시신경의 간상체가 풍부했다. 밤 사냥꾼. 매는 방향을 틀더니 살짝 내려앉아 경사면을 타고 미끄러져내려가다 이내 다시 올라와 바람을 탔다. 움직임 없이. 너는 이미 남쪽으로 이동했어야 하잖아. 매는 한번 더 방향을 틀더니 이윽고 사라졌다. 그는 다시 눈으로 할머니 집을 찾았다. 녹색 금속 지붕. 빨간 벽돌 굴뚝은 줄눈 마감을 다시 해줄 필요가 있었다. 진입로에 있는 할머니 차. 거리가 얼마나 될까? 이 마일? 그는 일

---

* broadwing. 매의 한 종류로 날개가 긴 것이 특징이다.

어서서 산마루를 따라 걸어나갔다. 햇빛 속의 차가운 바람. 길에는 여우 똥. 발에 밟혀 흙속에 박힌 12구경 산탄 총알 하나. 바위에 뿌리를 내리고 바람이 지나간 방향을 가리키며 휘어진 작은 활엽수 한 그루.

그는 다른 길로 산을 내려와 개울을 건너 집에서 반 마일 아래 있는 도로로 나왔다. 진입로를 따라 걸어올라가는데 할머니가 헛간에서 나오고 있었다. 커버올스*에 정원용 모자를 쓰고 데님 반코트**를 입었으며 천을 덮은 스테인리스스틸 우유통을 들고 있었다. 할머니는 그를 보자 연신 미소를 지었다.

그는 대문에서 할머니를 만나 우유통을 받아들었고 그녀는 두 팔로 그를 감싸 끌어안았다. 오 보비, 그녀가 말했다. 이렇게 얼굴을 보니 아주 흐뭇하구나.

어떻게 지내세요, 그랜엘런.

묻지 마라.

알겠어요.

뭐 조금은 물어도 돼.

잘 지내세요?

자랑하는 건 아니야, 보비. 하지만 나는 아직 땅 위에 있어.

그는 할머니 뒤에 있는 대문을 닫기 위해 몸을 틀어야 했다.

---

* 소매가 있고 상하가 붙은 작업복.
** barn coat. 헛간 작업용으로 입는 펑퍼짐한 재킷.

자, 그녀가 말했다. 그건 날 주렴.

그는 우유통을 그녀에게 건네며 대문 걸쇠를 걸었다. 난 사람들이 우유통을 땅에 내려놓는 게 보기 싫더라.

웨스턴은 미소를 짓고 몸을 돌려 다시 우유통을 받아들었고 둘은 집으로 향했다.

로열은 어때요?

그녀는 고개를 저었다. 별로 좋지 않아, 보비. 이보다 더 정신을 놓으면 뭘 어째야 할지 모르겠다. 클린턴에 가서 그 아랫동네 사람들이 세워놓은 시설을 살펴봤는데, 그래, 나라도 누가 나를 여기 쑤셔넣는 건 원치 않겠구나, 하는 생각이 들더라고. 저기 내슈빌에 로열이 갈 수 있는 곳이 있는데 아주 좋다는 얘기를 듣긴 했지만 너무 멀잖니. 내가 얼마나 더 운전을 하고 다닐 수 있을지도 모르겠고. 그게 문제지. 모르겠구나, 보비. 우리 둘 다 거기 함께 가 있게 될지도 모르겠다. 그 문제에 관해서는 대체로 나는 그냥 기도만 하는 쪽이란다.

할머니는 우유통 바닥을 천으로 닦고 우유를 뒤쪽 포치에 있는 아연 도금 냉장고 안에 넣은 뒤 신고 있던 무릎까지 오는 녹색 고무장화를 벗었다. 로열 거야. 하지만 신고 벗기가 편하고 어차피 멀리 가는 것도 아니고 해서 신고 다니지.

그들은 부엌으로 들어갔다. 꼭 빨리 가줬으면 하는 것처럼 들릴까봐 나는 누구한테도 얼마나 오래 있을 거냐고 묻지 않

아. 하지만 지난번처럼 그러진 않을 거지? 그냥 커피 한 잔만 마시고 갈 참인 건 아니지?

아니에요. 며칠 있을 수 있어요.

그녀는 모자를 벗고 머리를 흔들어 머리카락을 풀어 내리고 코트를 벗어 문 옆의 코트 걸이에 걸었다. 앉거라, 그녀가 말했다. 올라가서 이 커버올스 좀 벗고 오마. 한낮에 우유 짜러 가긴 싫지만 가끔 선택의 여지가 없어. 코트 벗고 앉아라, 보비.

그럴게요.

그는 의자를 꺼내 가죽 재킷을 등받이에 걸고 앉았다. 의자들은 산에서 왔으며 재료는 물푸레나무였고 등받이 가로장과 가로장 사이의 봉은 이제는 상상조차 할 수 없는 세계에서 페달 달린 선반 위에 얹어놓고 돌려가며 만든 것이었다. 앉는 자리는 골풀로 짜서 많이 닳았고 군데군데 묵직하고 거친 노끈으로 수선해놓았다. 할머니는 다시 내려와 냉장고로 갔다. 아무것도 안 먹은 거 알아, 그녀가 말했다. 뭘 좀 만들어주마.

아무것도 만들어주실 필요 없어요.

그건 알고 있어. 뭘 먹고 싶니?

라이트브레드* 위에 밭에서 딴 토마토와 마요네즈와 소금과 후추와 얇게 썬 삶은 달걀을 얹은 샌드위치를 먹고 싶어요.

---

* 이스트로 발효시켜 만든 빵.

320

마지막 토마토를 여섯 주쯤 전에 다 먹었어. 하지만 그거 아주 맛있게 들린다는 말은 해야겠구나. 가게에서 산 토마토는 좀 있지.

배고프지 않아요, 그랜엘런. 저녁때까지 그냥 있을게요.

자 콩을 좀 올려놨어. 바트네 딸이 자기네가 만든 컨트리 햄을 좀 갖고 와서 비스킷과 그레이비소스를 만들 생각이었어.

그거 좋네요.

아이스티 마실래?

좋죠.

그들은 테이블에 앉아 축제에서 얻은 키가 큰 녹색 잔으로 차를 마셨다.

저거 부품은 어떻게 구해요? 그가 말했다.

어떤 거?

냉장고요.

부품 필요 없어. 그냥 잘 돌아가.

놀랍네요.

나는 왜 저걸 냉장고refrigerator라고 부르는지 도무지 이해가 안 가. 그건 다시re 차갑게 한다는 뜻 아니냐. 근데 저건 그냥 한 번 넣어두면 되거든. 그건 내가 알지.

좋은 질문이네요.

로열은 지금도 저걸 아이스박스라고 불러.

뭐 그래도 피아노라고 부르는 건 아니니까요.

그의 할머니는 웃음을 터뜨리더니 손으로 입을 가렸다. 그
래, 그녀가 말했다. 아직은 그러지 않지, 어쨌든. 내가 입을 다
무는 게 좋겠다. 오늘 아침에는 어디를 갔던 거야?

연못에 올라갔어요.

주여. 네가 그 연못에 붙어살던 때. 저 냉장고에 병과 단지
를 한가득 채우곤 했지. 네가 저 안에 넣어둔 것들 때문에 나
는 문을 여는 게 무서울 지경에 이르렀고.

할머니가 정말 고맙게 잘해주신 거죠.

나는 늘 네가 의사가 될 줄 알았어.

죄송해요.

그런 뜻으로 말한 게 아니란다, 허니.

알아요.

너는 미안해할 게 하나도 없어.

웨스턴은 손가락 등으로 잔에 맺힌 물방울을 닦아냈다. 네,
뭐.

뭐?

아니에요.

뭐가 아냐?

아니에요. 그냥 할머니가 사실은 그렇게 생각하지 않는다는
거죠.

사실은 그렇게 생각하지 않는다니 뭘?

제가 미안해할 게 하나도 없다고.

할머니는 대답하지 않았다. 이윽고 그녀가 입을 열었다. 보비, 지난 일은 지나간 거야. 어쩔 수가 없어.

하지만 그게 별 위로는 되지 않아요. 안 그래요? 그는 잔을 밀어내고 의자에서 일어섰다. 할머니는 손을 뻗어 그의 팔에 얹었다. 보비, 그녀가 말했다.

괜찮아요.

내가 말을 좀 해도 될까?

네. 그럼요.

나는 선한 주께서 누구든 그런 식으로 슬퍼하게 하려던 건 아니었다고 생각해.

그런 식이라는 게 어떤 거죠, 그랜엘런?

이런 식.

뭐. 저도 그랬을 거라고 생각해요.

내가 널 걱정하는 거 알잖니.

웨스턴은 움직임을 멈추고 돌아보았다. 그는 두 손을 의자 등받이에 얹고 서서 그녀를 보았다. 그애가 지옥에 갔다고 생각하시죠, 그렇죠?

그건 끔찍한 말이야, 보비. 끔찍한 말. 내가 그렇게 생각하지 않는다는 거 알잖아.

죄송해요. 저는 그런 사람이에요. 그냥 그런.

나는 그렇게 믿지 않아.

괜찮아요.

제발 가지 마, 허니.

전 괜찮아요. 잠깐 나갔다 올게요.

그는 밖으로 나가 진입로를 빠져나가서 아스팔트 도로를 따라 걷기 시작했다. 얼마 가지 않아 차 한 대가 멈추더니 한 남자가 살짝 내린 유리창 위로 그를 보았다.

태워드릴까?

아닙니다. 차를 세워주시다니 감사합니다.

남자는 길 아래쪽을 내다보았다. 그 길 위를 걷는 웨스턴의 운을 가늠해보는 것 같았다. 정말 괜찮소?

괜찮습니다. 그냥 산책 좀 하고 있습니다.

산책?

네.

차는 앞으로 나아가다 다시 속도를 늦추었다. 웨스턴이 차 옆에 이르자 남자는 허리를 구부려 그를 자세히 살폈다. 누군지 알겠네, 그가 말했다. 마치 테네시주 워트버그 주변 도로를 따라 하이킹을 하는 나치 전범을 찾아냈다는 듯이. 남자는 차를 몰아 떠났다.

그는 한 시간 뒤 집으로 돌아와 차에서 가방을 내리고 나서 앞쪽 트렁크 덮개를 닫고 차문을 닫은 다음 안으로 들어갔다. 의자 등받이에 걸쳐놓은 코트를 챙겼다. 해가 다시 나지 않아서 추위가 느껴졌다. 할머니는 거실에 있었다. 제 방을 세주지는 않으셨죠? 그가 말했다.

아직은.

여기 있던 그 아이는 누구예요?

그애 이름은 루 앤이야. 일주일에 두 번쯤 오지.

로열은 어디 있고요?

침대에 처박혀 있지. 나하고 그애는 활동 시간대가 달라.

웨스턴은 복도를 따라 내려가 좁은 나무 층계를 올라갔다.

그의 방은 집 뒤편에 있었는데 거의 옷장만한 크기였다. 그는 바닥에 가방을 내려놓고 서서 창밖을 보았다. 플리커 한 마리가 어른거리며 지붕 위쪽에서 늘어진 호두나무 가지 하나를 따라 움직여갔다. 노랑턱멧새, 이 지역에서 부르는 이름으로는. 그는 몸을 돌려 작은 금속 침대에 앉았다. 거친 잿빛 모포. 맞은편 벽감에 그의 책이 몇 권 있었다. 스톡카* 경주에서 받은 커다란 은컵 세 개. 성심聖心 조각상.** 공장 도안에 따라 제작한 1954 페라리 바르케타 모형. 차체는 십육 게이지 알루미늄을 오크나무를 깎아 만든 가로 육 세로 팔의 모탕에 대고 망

---

* 일반 승용차를 개조한 경주용 차.
** 예수가 자신의 심장을 보여주는 상.

치로 두드려 만들었다. 침대 위쪽 벽에는 래커를 칠한 커다란 정사각형 리넨 조각이 있었는데 비행기 동체에서 잘라낸 것이었다. 옅은 노란색 바탕에 파란색으로 숫자 22가 적혀 있었다.

그는 일어서서 디랙의 『양자역학의 원리』 제4판을 꺼냈다. 엄지로 책장을 넘겨보았다. 여백에는 메모, 방정식이 가득했다. 디랙의 작업을 확인해보다니, 하느님 우리를 도우소서. 그는 책을 덮어 옆에 놓고 앉아서 팔꿈치를 무릎에 대고 머리를 숙여 두 손으로 감쌌다.

할머니가 저녁을 먹으라고 불렀을 때 그는 발 하나를 바닥에 내려놓은 채 침대에 누워 있었다. 복도에서 들어오는 빛을 빼면 방은 어두웠다. 그는 바닥에서 디랙의 책을 집어들고 가방에서 면도 도구를 꺼내 복도를 따라 욕실로 내려갔다.

아래층으로 내려가자 로열이 턱에 식사용 냅킨을 끼고 식당 테이블 상석에 앉아 있었다. 로열은 고개를 돌리지 않으려고 보비가 테이블을 지나 시야에 들어올 때까지 기다렸다가 입을 열었다. 어이 보비, 그가 말했다.

어떻게 지내세요, 로열?

괜찮아. 넌 어떠냐?

괜찮아요.

여전히 저기 바다 건너에 살아?

아니요. 뉴올리언스에 살아요.

나도 한 번 가봤지. 오래전에.

어떠셨어요?

딱히 뭘 한 게 있다고 말할 순 없어. 거기 아래서 감옥에 들어가 있었거든.

어쩌다가 감옥에 들어가셨어요?

멍청해서. 그 안에는 작은 애완견만한 쥐들이 있더라고. 고무줄로 클립을 쏴서 맞히곤 했는데 쳐다보지도 않아. 늘 바삐 움직이면서. 어딘가로 가고 있었어. 어딘진 모르겠다만.

할머니가 으깬 감자와 콩이 든 그릇을 들고 들어왔다. 웨스턴이 일어나 할머니를 따라 부엌으로 들어갔다.

뭘 가져갈까요?

자, 그녀가 말했다. 이걸 가져가.

그녀는 얇게 썬 햄이 든 쟁반과 천을 씌운 비스킷 그릇을 그에게 건네준 다음 그레이비소스와 옥수수 그릇을 들고 뒤따라 나왔다. 그런 다음 커피를 내와 따르고 이윽고 모두가 자리에 앉았다. 그와 그의 할머니는 마주보고 앉았고 로열은 상석에 앉았다. 그들은 고개를 숙였고 할머니가 식전 기도를 한 뒤 보비를 우리에게 보내줘서 감사하다고 말했다. 웨스턴은 슬쩍 삼촌을 보았다. 눈을 감고 있었다. 그랜엘런이 보비를 보내주어 주게 감사한다는 말을 할 때는 고개를 끄덕였다. 그래요, 로열이 말했다. 우리는 그게 감사합니다. 이어 그들은 그릇을 주고받으며 먹기 시작했다.

스위트콘은 어서 났어요, 엘런?

냉동고에서 났지, 로열. 어디일 거라고 생각했어?

왜 토마토를 얼리지 못하는지 이해가 안 돼요.

나도 마찬가지야. 그냥 못한다고 알고 있어.

왜 토마토는 못 얼리는 거지, 보비?

모르겠어요. 과일은 대부분 얼릴 수 있는데. 장과漿果류는.

토마토가 과일이라고 생각해?

거의 그렇죠. 장과라고 불러도 될 것 같은데요.

장과.

네.

음 그 과일 얘긴 전에도 들어봤어. 하지만 그걸론 나에게 증명이 되지 않았어. 토마토가 장과라는 것도 마찬가지야. 넌 그걸 믿어?

토마토는 가짓과에 속해요. 벨라도나도 거기 속하죠. 스페인 사람들이 멕시코에서 갖고 돌아갔어요.

멕시코에서.

네.

로열은 씹는 걸 멈추더니 자기 접시를 보고 앉아 있었다. 그니까 니 말은 콜럼버스가 여기 와서 챙겨가기 전엔 토마토가 없었다는 거구나.

네. 감자며 옥수수며 우리가 먹는 다른 것들도 반쯤은 그렇고요.

감자도.

네.

뭐 좀 물어보자.

네.

토마토가 없다면 이탈리아 사람들이 뭘 갖고 소스를 만들 거 같아?

모르겠는데요.

감자가 없다면 아일랜드 사람들이 뭘 먹을 거 같아? 지금 니가 무슨 생각을 하고 있는지 알아?

내가 무슨 생각을 하고 있죠?

담배.

그럴 수도 있겠네요.

월터 롤리*가 담배를 갖고 돌아갔어. 그래서 예전에 월터 롤리 담배가 있었던 거야. 그걸 피우던 사람들을 알았지. 담뱃갑에 그 사람 그림이 있었어. 그걸 사면 쿠폰이 나오는데 그 쿠폰을 보내면 뭘 줘.

뭘 줬어요?

---

* Walter Raleigh(1552~1618). 영국의 탐험가이자 군인.

모르겠어. 아마 토스트 기계.

웨스턴은 비스킷에 버터를 바르고 진하고 붉은 그레이비소
스를 숟가락으로 떠서 그 위에 얹었다. 이거 맛있는데요, 그랜
엘런.

그래 고맙구나.

옥수수는 어때요?

뭐?

옥수수는 어떠냐고요?

로열이 음식을 씹었다. 그래, 그가 말했다. 옥수수도 갖고
갔는지도 몰라. 인디언 옥수수라고 부르잖아.

또는 콩도요.

콩도.

콩도.

로열은 고개를 끄덕였다. 음 내가 알기로 사람들은 창조 첫
날 이후로 쭉 콩을 먹었어. 아담도 먹었다고 생각해. 아담하고
이브가. 한입 가득 물고 마주앉아 서로 소릴 질러댔을 거야.

로열.

보비는 미소를 지었다. 로열은 쟁반에서 햄 조각 하나를 꿰
어 얇은 지방 껍질을 잘라내기 시작했다. 그는 고개를 저었다.
여기선 말조심해야 해. 너도 알게 될 거야. 그는 고개를 들었
다. 난 여기서 죄수야, 보비. 그게 분명한 진실이야. 난 어디에

도 갈 수 없어. 아무도 보지 못해. 말할 사람도 하나 없어. 그
는 씹으며 고개를 저었다.

저 아래 이글스에 데려다준다고 했잖아. 가고 싶을 때 언제
든.

그 늙은 방귀들하고 둘러앉아서 이야기하고 싶지 않아.

할머니가 웨스턴을 보았다.

뭐 난 그래. 몇시야?

여섯시 다 됐어요.

로열은 일어서서 목에서 냅킨을 떼어냈다.

로열 너 먹은 게 거의 없잖아.

안에 갖고 들어갈 거예요.

그는 자기 접시와 포크를 들고 거실 안으로 사라졌다. 몇 분
이 지나지 않아 텔레비전소리가 났다.

저기 앉아서 텔레비전하고 말싸움을 해. 여기 있으면 그대
로 다 들릴 거야.

괜찮아 보이던데요.

넌 아직 반도 못 들었어. 가끔은 우리가 앤더슨 카운티*에
돌아가 있다고 생각해. 우리가 거기를 떠난 게 삼십팔 년 전인
데 저애한테는 그게 잠깐인 거지.

---

* 맨해튼 프로젝트의 우라늄 농축 시설이 건설된 오크리지가 있는 곳.

그들은 거실에서 로열이 중얼거리는 소리를 들을 수 있었다.

앤더슨 카운티로 돌아가고 싶은가보네요.

흠. 나도 그렇게 생각해. 그게 나한테 무슨 도움이 될지는 모르겠다만.

할머니도 그 집을 그리워하시는 거 알아요.

그녀는 고개를 끄덕였다. 내 조부와 삼촌이 1872년에 맨손으로 그 집을 지었지. 물론 그러기 전에 집 지을 나무부터 자르기 시작했다만. 모든 막대기 하나하나가 그 땅에서 나온 거야. 기둥과 들보로 틀을 짰고 거의 일 년 내내 재목을 잘랐어, 호두와 포플러. 노새 여섯 마리로 한 팀을 만들어 침목을 깔고 통나무를 운반했지. 몇몇 통나무는 길이가 이십 피트에 두 사람이 안아도 남을 만큼 굵었어. 거실의 낡은 장에 그 나무들 사진이 있었는데. 그분들은 집에서 일 마일쯤 떨어진 뒤쪽 숲에 증기기관에서 동력을 얻는 제재소를 짓고 거기에 통나무를 들인 다음 목재로 만들어 내갔지, 끝도 없이. 그 목재를 막대기, 그분들은 그렇게 불렀어, 막대기를 끼워 사이를 띄우면서 층층이 쌓았는데, 그걸 그렇게 기둥 위에 대충 세운 헛간 안에 얼마인지도 기억나지 않을 만큼 오래 놓아두었다가 마침내 두 분이 첫번째 판자를 잘랐지. 그분들이 자기들이 해낸 그 일을 하는 방법을 어떻게 알았는지는 모르겠다, 보비. 그냥 그분들은 뭐든 할 수 있었다고 말하고 싶어. 심지어 책도 한 권 없었어. 물론 성경은 빼고. 심지어 종이 한 장도 없었을 거라고 생각해. 나는 늘 하느님이 우리가 미래를 보는 걸 허락하지 않으신 게 잘하신 일이라고 생각했어. 그 집은 내가 본 가장 아름다운 집이었어. 집안 모든 바닥이 단단한 호두나무였고 판자 몇 개는 폭이 삼 피트에 가까웠지. 전부 손으로 대패질을 한 거야. 지금은 그 모든 게 호수 바닥에 있지. 모르겠다, 보비. 세상에는 선이 있다고 믿어야 해. 네가 손으로 한 일이 그 선을 네 인생에 들여올 거라는 것까지 믿으라고 하고 싶어. 그 믿음이 틀릴 수도 있지만 그걸 믿지 않으면 너는 인생이란 걸 갖지 못할 거야. 인생이라 부를 수는 있겠지. 하지만 그건 인생이 아닐 거야. 참 나. 내 말 좀 들어보게. 난 그냥 점점 멍청해지고 있을 뿐이란다.

멍청하지 않아요, 그랜엘런.

어쨌든. 그땐 전쟁중이었어. 다시는 보지 못하게 될 아들을 데려올 수 있다면 강변 저지대의 농장을 얼마든지 내주겠다고 나설 사람들이 많았지. 거기에 다른 걸 더 얹어주고라도. 그래도 우리는 그걸 붙들고 있으려 했어. 그런데 그냥 빼앗아가버렸지. 저쪽에는 그런 사람들이 있었어, 협상자라나? 하지만 아무런 협상도 하지 않았어. 그냥 서명만 하게 하고 문제를 일으키지 않게 하려고만 했어. 첫 할부 보상금을 받게 하려고만. 약정, 그렇게 부르더구나. 버티면 수용收用 법정으로 가는데 내 생각에 어떤 사람들은 그렇게 해서 정부가 주고 싶어하던 금액보다 많이 받았던 것 같지만 그걸 받았을 때는 이미 땅값이 두 배로 뛰어 있어서 어차피 결국은 손해를 봤지. 두 주 여유만 주더라고. 그뒤에는 떠나야 하는 거야. 가구도 가져가면 안 되는 건데 대부분 가져갔지. 한밤중에 떠났어. 도둑처럼. 우리는 1944년 3월까지 클린턴의 셋집에서 살았어. 힘들었지. 내가 알기로 30년대에 TVA* 때문에 농장에서 쫓겨나 앤더슨 카운티로 왔다가 또다시 쫓겨난 가족들도 있었어. 심지어 30년대에 그레이트 스모키 마운틴스 국립공원 안에 있다는 이유로 대대로 살던 집에서 쫓겨났다가, 같은 30년대에 다시 TVA 때문에, 40년대에는 원자탄 때문에 쫓겨난 가족들도 있었어. 그때쯤에는 아무것도 남은 게 없었지.

당연하지, 로열이 고함을 질렀다. 이 거짓말쟁이 개자식.

그랜엘런은 고개를 저었다. 정말 안쓰러운 사람들은 세입자들이야. 그 사람들은 애초에 아무것도 없었어. 그 지역 농장의 판잣집에 살았지. 그 사람들을 위한 조항은 없었어, 그냥 떠나야 했지. 물론 갈 데도 없었고. 몇 가족은 유색인이었어. 일부는 결국 그냥 숲속에서 동물처럼 살게 됐지. 근데 또 그때가 하필 추운 겨울이었거든. 사람들은 자동차 불빛 속에서 그 사

---

* Tennessee Valley Authority. 테네시강 유역 개발 공사.

람들이 밤에 길을 건너는 걸 보곤 했지. 가족 전체가. 담요를 들고. 냄비와 팬도. 사람들은 그들을 찾으려 했어. 밀가루하고 먹을 걸 가져다주려고. 커피도. 베이컨이라도 조금. 나는 그 아이들을 생각해. 지금도 생각해.

네가 거짓말하는 똥자루가 아니라면 예수가 숨도 쉬지 않을 거다.

잠깐, 그랜엘런이 말했다.

그녀는 의자를 뒤로 밀고 일어서서 거실 문으로 갔다. 로열, 그녀가 말했다. 꼭 해야 한다면 욕은 해도 좋은데 내 집에서 신성모독은 안 돼. 그건 참지 않을 거야.

로열은 대답하지 않았다.

그녀는 돌아와 앉았다. 나는 저 안에서 저애하고 함께 앉아 있지 않으려고 해. 나는 위층 내 방에서 뉴스를 봐. 보통 설거지를 다 하면 바로 올라가고 저 아이는 밤이 절반이 지나도록 여기 앉아 있어. 소리를 지르면서.

웨스턴은 집밖의 바람에 귀를 기울이며 작은 방에 누워 있었다. 복도로 통하는 문을 닫아놓아 방에 온기가 없고 몹시 추웠다. 어머니는 열아홉 살 때 전자기 분리 공장인 Y-12에서 일했다. 우라늄 235 동위원소의 세 가지 분리 과정 가운데 하나였다. 노동자들은 버스를 타고 거칠고 경사진 도로에서 덜

컹거리며 흙먼지를, 또는 날씨에 따라 진창을 뚫고 단지로 갔다. 대화는 허락되지 않았다. 철조망 담장이 몇 마일을 뻗어 있었고 건물들은 단단한 콘크리트로 만들어진 육중한 단일체였으며 대부분 창이 없었다. 단지는 땅을 파헤쳐 새로 드러난 생흙의 넓은 변두리에 자리했고 불도저로 밀어내 엉망이 되고 뒤틀린 나무들로 둘러싸여 있었다. 어쩐지 땅에서 불쑥 나타난 것 같은 느낌이 들었다고 그녀는 말했다. 그 건물들이. 그것들이 그곳에 있다는 게 설명이 되지 않았다. 그녀는 버스에 탄 다른 여자들을 봤지만 그들은 자포자기한 듯 보였고 그래서 자신만이 그들 가운데 유일하게 이게 도대체 뭔지는 모르지만 하느님을 믿는 것과는 관계없는 일임을 너무나도 잘 알고 있는 사람일지 모른다는 생각이 들었다. 또 그것이 그 땅 위의 모든 살아 있는 것에 독을 뿌려 근원적인 흙으로 되돌려 놓았지만 아직 끝나려면 멀었다는 사실도. 이제 시작일 뿐이었다.

건물들은 천 마일짜리 파이프와 이십오만 개의 밸브 위에 지탱되고 있었다. 여자들이 스툴에 앉아 앞에 있는 다이얼을 살피는 동안 우라늄 원자들이 칼루트론* 안에서 경주 트랙을 달렸다. 매초 십만 번을 답파하며. 원자들을 추진하는 자석은

---

* 전자기 방식을 사용한 동위원소 분리 장치.

직경이 칠 피트였고 거기에 순은을 감았는데 이것은 미합중국 재무부에서 빌려온 은 만오천 톤으로 만들었다. 구리는 이미 다 전쟁 사업에 들어가버렸기 때문이다. 첫날 여자들이 다 자리에 앉은 채 도대체 뭘 어떻게 해야 하는지도 전혀 모르고 있을 때 엔지니어들이 연속적으로 스위치를 켰고 그러자 발전기가 웅웅거리는 엄청난 소리가 공간을 가득 채우더니 여자들 머리에 꽂혀 있던 머리핀이 수백 개가 말벌처럼 방을 가로질렀다고 한 나이든 여자가 그녀에게 말해주었다.

그녀는 다른 여자들과 함께 경비소에 들어가 작고 검은 금속 테 안에 자신의 사진이 들어간 배지와 검은 펜 두 개를 받았다. 보안과 건강 검사는 이미 통과했다. 여자 탈의실에서 사물함 하나를 배정받고 하얀 커버올스 두 벌과 신발 위에 신는 하얀 천 덧신을 받았다. 나중에는 사복을 입고 일하게 된다. 아무도 그들이 무슨 일을 하고 있는지 말해주지 않았다. 간단한 지침을 받았고 눈부신 형광등 불빛 아래 각자의 스테이션에 하루 여덟 시간 동안 앉아 다이얼을 살펴보고 손잡이를 돌렸다. 누구하고든 말을 했다가는 잘릴 수 있었다. 심지어 감옥에 갈 수도 있었다. 펜은 방사선량계였다.

그곳에 여섯 달을 앉아 있었을 때 어느 날 물리학자 한 무리가 그녀의 스테이션 뒤에서 발을 멈추었다. 그들은 그녀가 이해하지 못하는 언어로 말하고 있었다. 이윽고 한 사람이 알아들을 수 있는 언어로 말을 걸었다.

대화 못해요, 그녀가 작은 소리로 말했다.

못하는 거 알고 있어요. 나한테 연락 주면 좋겠어요.

그는 몸을 기울여 연필로 전화번호를 적은 종이를 콘솔에 얹었다.

연락 주실 거죠? 그가 물었다.

그녀는 대답하지 않았다.

연락 주시길 바라요, 그가 말했다. 그녀는 잠깐 다이얼에서 눈을 떼었지만 그는 이미 다른 사람들과 함께 멀어지고 있었다. 그게 그녀가 웨스턴의 아버지를 처음 본 순간이었다. 훗날 두 사람 다 암으로 죽게 된다. 그들은 로스앨러모스에서 살았다. 그다음에는 테네시. 아버지는 전에 결혼한 적이 있었지만 어머니가 정통파 유대인이었기 때문에 그 이야기를 그녀에게 한 적이 없었다. 웨스턴은 그 여자가 아직 살아 있고 캘리포니아주 리버사이드에 살고 있다는 것을 알아냈으며 세월이 흐른 뒤 얼리샤가 그녀를 만나러 간다. 그녀는 타운의 카페에서 만나는 데 동의했다. 잠깐만이야, 그녀는 말했다. 실제로 그랬다.

할머니가 웨스턴에게 해준 말에 따르면 할머니는 처음 그의 아버지를 보았을 때 이제 어떤 것도 전과 같을 수 없으리란 걸 알았다. 그애가 처음 그를 집에 데려왔을 때. 무슨 일이 벌어질지는 몰랐지. 그 문제로 기도를 하려고 했지만 기도를 하면서도 내가 뭐 때문에 하는 건지를 알지 못했어. 너한테 이 이야기는 하지 말 걸 그랬다.

나쁜 말씀은 안 하셨는데요.

안 했지. 하지만 생각은 했어.

웨스턴은 잠들었다. 그리고 다시 깼다. 너는 여기 오지 말았어야 했어, 그는 말했다.

그는 일어나서 재킷을 집어들어 티셔츠 위에 걸치고 서서 창밖을 내다보았다. 그의 숨에 유리가 뿌예졌다. 증기등 불빛에 집과 나무의 그림자가 도로 쪽 들판을 가로질러 길게 드리웠다. 그는 몸을 돌려 밖으로 나가 복도를 내려갔다. 불은 아직 밝혀져 있었고 그는 양말과 반바지와 재킷 차림으로 층계를 내려갔다. 로열은 거실의 팔걸이의자에서 자고 있었다. 텔레비전의 잿빛 화면 하단에는 숫자들이 줄지어 있었고 낮고 꾸준하게 웅웅거리는 소리가 났다. 그는 부엌으로 들어가 냉장고를 열고 섰다. 하단 바구니에 당근이 몇 개 있어 하나를 꺼내 들고 냉장고 문을 닫았다. 싱크대 앞에 서서 창밖을 내다보며 당근을 먹었다. 흙맛이 났다. 헛간 너머 들판을 뭔가가 가로질렀다. 아마도 여우. 또는 고양이. 몇 년 지나면 할머니는 사라지고 이 땅은 팔려 그는 다시는 여기 오지 않을 것이다. 이 장소와 이 사람들의 모든 기억이 세계의 기록에서 지워질 때가 올 것이다.

밤은 추웠다. 아주 고요했다. 그는 줄기만 남기고 당근을 다 먹었다. 이윽고 줄기도 먹었다. 흙맛과 쓴맛. 아주 썼다. 그는 위층으로 올라가 침대로 갔다.

그는 오랫동안 숲속을 걸었다. 아무도 보이지 않았다. 가을에 세상의 그쪽 구역에서 숲을 걷는 사람은 총을 들고 있지 않으면 의심의 대상이었으며 그도 총이 있으면 들고 나갔겠지만 이 년 전 집에 침입한 도둑들이 다 가져가버렸다. 그의 집슨 만돌린도 가져갔다. 할머니의 모조 보석도. 거실의 낡은 잭슨 장*에 있던 서류도 모조리 꺼내 가져갔고 그가 할머니에게 그것에 관해 묻자 할머니는 고개를 저을 뿐이었다.

그는 옷장에 있는 물건을 뒤졌다. 유년의 기념품. 단지에 든 화석, 조개껍데기, 화살촉. 그가 박제한, 좀이 많이 슨 줄무늬 새매. 도둑이 든 것을 처음 알게 되었을 때 그 사건의 성격을 파악했다면 좋았겠지만 그렇게 하지 못했다.

로열은 전부터 할머니에게 들은 대로 이상했다. 의자에서 벌떡 일어나 오래전에 죽은 자들의 의견을 요구했다. 창밖으로 그랜엘런의 녹색 도지를 내다보면서, 그 도지는 십일 년 된 것임에도 언제 차를 바꾸었느냐고 물었다.

---

* 테네시주 출신 미국 7대 대통령의 이름을 딴 골동품 옷장.

그는 차를 몰고 녹스빌로 갔다. 비가 내리는 잿빛의 날. 차 안에서 유리를 맑게 유지하기가 힘들어 앞유리를 닦으려고 작은 수건을 가져갔다. 마세라티는 프랑스제 유압식 기계가 가득한 이상한 차였다. 브레이크 페달은 유격이 전혀 없어 익숙해지는 데 시간이 걸렸다. 그는 게이 스트리트를 따라 내려가다 컴벌랜드 애비뉴로 나왔다. 이 타운에는 아는 사람이 거의 없었다. 모든 게 잿빛이었고 버려진 듯 황폐했다. 그는 알코아 고속도로로 나가 차를 백오십 마일로 몰아붙이며 뒤에 닭 꼬리 모양의 수증기 자취를 남겼다.

아침에 동이 틀 무렵 집을 나서서 도로를 따라 다리까지 걸어가 들판을 가로질러 오래된 채석장으로 가서 그곳 도로의 희미한 바큇자국을 따라 숲으로 들어갔다. 까마귀 몇 마리가 위쪽 능선의 나무에서 내려와 소리 없이 날아갔다. 앞쪽 숲속에 커다란 사각형 돌 토막들이 서 있었다. 돌은 나무줄기와 같은 색이었고 채석장은 숲속에 원형극장의 형태를 이루고 있었다. 평평한 돌바닥과 두 단의 층과 주변 풍경을 비추는 잔잔하고 깊고 검은 물웅덩이. 삼면으로 벽이 서 있었고 돌 토막들에는 다이너마이트를 넣을 구멍을 만들기 위해 페더 드릴을 사용하여 갈빗대 모양으로 홈을 파놓았다.

그는 톱질한 돌 토막으로 이루어진 낮은 담을 따라 웅덩이 맞은편으로 건너가 그 여름 저녁 여동생이 채석장 바닥에서 홀로 메데이아를 연기하던 모습을 구경하던 때처럼 앉았다. 그녀는 시트로 만든 가운을 입고 머리에 인동덩굴로 만든 관을 썼다. 각광 조명은 걸레를 쑤셔넣고 등유를 채운 과일 통조림통이었다. 반사경은 은박지였으며 검은 연기가 그녀 머리 위 여름 잎들 속으로 피어오르며 잎을 흔들었고 그녀는 샌들을 신은 발로 깨끗이 쓸어낸 돌바닥을 걸어다녔다. 열세 살이었다. 그는 캘텍 대학원 이학년생이었고 그 여름 저녁 그녀를 지켜보며 자신이 길을 잃었음을 알았다. 심장이 목구멍까지 올라와 있었다. 그의 삶은 이제 그의 것이 아니었다.

연기가 끝났을 때 그는 일어서서 박수를 쳤다. 납작하게 죽은 메아리가 채석장 벽에서 멈추어 떨어졌다. 그녀는 두 번 무릎을 구부려 인사한 뒤에 사라졌다. 성큼성큼 걸어 어둠 속으로 들어갔고 그녀의 손에 들려 흔들리는 랜턴의 불빛 속에서 나무들의 그림자가 그녀에게 절을 했다. 그는 두 손에 얼굴을 묻고 차가운 돌에 앉아 있었다. 미안해, 베이비. 미안해. 그저 어둠뿐이었다. 미안해.

그의 방문 마지막 밤 그들은 저녁을 앞에 놓고 앉아 조용히 먹었다. 할머니는 닭튀김과 하얀 그레이비소스를 곁들인 비스킷을 차려주었다. 로열은 음식을 찔러대다 포크를 내려놓고 목에 냅킨을 끼운 채 벽을 쳐다보았다. 하나의 공허 뒤에 또하나의 공허이고 그게 본질이야, 그가 말했다. 그냥 하나가 아니야. 좋은 책에서 말하는 것하고는 달라. 너는 공허가 그냥 공허라고 생각하지만 그렇지 않아. 계속돼.

뭘 좀 먹어, 로열, 할머니가 말했다. 넌 뭘 좀 먹어야 해. 성경을 부정하지 말고.

그들은 먹었다. 웨스턴은 할머니를 보았다.

그애 서류가 여기 남아 있을 수도 있을까요?

보비, 내가 아는 한 없어.

혹시 우연히라도 발견하신 적이 없는지 궁금했을 뿐이에요.

그녀는 고개를 저었다. 그놈들이 방이란 방은 죄다 뒤졌어. 얼마든지 찾아보렴. 그래도 된다는 거 알잖아.

그래요.

무슨 서류? 로열이 말했다.

앨리스 서류요.

앨리스는 죽었잖아.

우리도 그애가 죽은 건 알죠, 로열. 죽은 지 십 년이 됐잖아요.

십 년, 로열이 말했다. 말이 안 돼. 차갑게 죽다니.

갑자기 그가 울기 시작했다. 웨스턴은 할머니를 보았다. 그녀는 테이블에서 일어나 부엌으로 들어갔다.

나중에 로열이 거실로 들어가고 없을 때 웨스턴과 그의 할머니는 부엌 식탁에 앉아 커피를 마셨다. 네가 와서 기쁘구나, 보비, 그녀가 말했다. 더 오래 있으면 좋으련만.

알아요. 하지만 가야 해요.

이 집안이 저주를 받았다고 생각하니?

웨스턴이 고개를 들었다. 저주요?

그래.

할머니는요?

가끔.

그러니까, 아버지들의 죄 같은 거요? .

그녀는 서글픈 미소를 지었다. 모르겠다. 너 하느님은 믿니, 보비?

모르겠어요, 그랜엘런. 전에도 물어보셨죠. 그때 말씀드렸어요. 저는 아무것도 모르겠어요. 제가 말씀드릴 수 있는 최선은 하느님과 내가 의견이 거의 같다는 거예요. 적어도 제가 상태가 좋은 날에는.

뭐. 그게 사실이기를 바란다. 아마도 그게 내가 네 아버지를 탓하는 다른 한 가지 이유인 것 같아. 누굴 탓하며 돌아다니는 게 내가 할 일이 아니라는 건 알지만.

뭐예요? 나머지 한 가지는.

그냥 네 아버지가 엘리너에게 준 영향. 그 아이에게 혼란을 일으키려 한 거. 네 아버지는 그애를 울리곤 했지. 그애가 자기 믿음에 의심을 품게 하려 했다고도 할 수 있겠구나.

그래서 두 분이 이혼한 건가요?

모르겠어. 간접적으로는 그랬겠지.

직접적으로는 뭔데요?

너도 알 거라고 생각하는데.

아버지는 집에 있는 걸 힘들어했어요.

흠.

두 분이 어울리지 않았다고 생각하시는군요.

그렇게 생각해. 물론 네 어머니도 아주 똑똑했지만.

두 분이 왜 결혼했다고 생각하세요?

모르겠구나, 보비. 그때는 전시였어. 다른 때였다면 기다렸을지도 모를 많은 젊은이가 그냥 결혼을 해버렸던 것 같아. 네 아버지는 예쁜 여자를 좋아했어. 그런데 그애는 가장 예뻤지.

하지만 그게 어머니한테 도움이 되지는 않았죠, 그렇죠?

도움이 되는 경우가 드물지.

정말 그렇다고 생각하세요?

그렇게 생각해. 아름다움은 아름다움이 지킬 수 없는 약속을 하지. 그런 일을 너무 자주 봤어. 이 집에서만 두 번.

그녀는 커피를 더 따랐다.

스토브가 그립네요, 웨스턴이 말했다.

알아. 하지만 아무도 거기 넣을 장작을 팰 수가 없잖니.

뭐 좀 여쭤봐도 돼요?

물론이지, 보비.

할머니가 후회하시는 건 뭐예요?

글쎄. 내가 뭘 후회하는지 넌 알 것 같은데.

그러니까 할머니가 다르게 행동했을 수도 있었던 일. 아니면 하지 않았을 수도 있었던 일. 그런 종류의 후회요.

그의 할머니는 고개를 돌려 창밖으로 어두워지는 들판 너머를 보면서 손으로 입을 가렸다. 모르겠구나, 허니. 그리 많지는 않아. 사람들은 자기가 한 일보다 하지 않은 일을 더 후회할 것 같은데. 누구에게나 하지 못한 일이 있겠지. 뭐가 다가오는지는 보지 못하니까, 보비. 설사 볼 수 있다 해도 그때조차 올바른 선택이 보장되는 건 아니지. 나는 하느님의 계획을 믿는다. 나 역시 어두운 시간을 겪었고 그런 시간에는 어두운 의심을 했어. 하지만 그건 절대 의심의 대상이 아니었어.

할머니는 커피를 마저 마시고 컵을 밀어냈다. 그녀는 두 손을 모으고 웨스턴을 보았다.

할머니 기분을 상하게 하려던 건 아니었어요, 그가 말했다.

기분 상하지 않았어, 보비.

같이 사진을 좀 볼까요?

오 보비.

네?

내가 말한 줄 알았는데.

뭘 말해요?

그것도 가져갔어.

앨범을 가져갔다고요?

그래. 말한 줄 알았다.

안 하셨어요.

미안하구나, 허니.

괜찮아요.

미안해.

장에 있는 걸 다 가져갔어요?

그래. 서랍을 다 비우고 빈 서랍은 바닥에 두고 갔어.

그래서 할아버지 돼지라이플*하고 산탄총을 가져갔군요. 제 만돌린도. 도둑들이 가져가 전당포에 잡힐 만한 것들. 그리고 가족의 서류도 전부 가져갔고요. 그게 이상하다고 생각하지 않으세요?

이상하다고 생각했지. 전당포에 나타난 건 하나도 없었어. 녹스빌의 모든 전당포를 확인해봤다고 했거든.

도둑이 아니었어요, 그랜엘런. 그 물건은 처음부터 전당포로 갈 게 아니었어요. 호수 바닥에 있어요. 아마도 33번 고속

---

* hogrifle. 총구로 장전하는 기다란 사냥용 라이플.

도로 다리에서 던졌겠죠. 우리가 여태 모르고 있는 다른 것들과 함께.

무슨 소리를 하는 거니, 보비?

아무것도 아니에요. 괜찮아요.

아니, 무슨 얘기야?

아무것도 아니라니까요.

네 아버지와 관련된 거지. 그렇지?

모르겠어요. 정말 모르겠어요. 아무 말도 하지 말 걸 그랬네요.

그의 할머니는 일어나려는 것처럼 식탁에 손바닥을 올렸지만 일어서지는 않았다. 몹시 피곤해 보였다.

괜찮으세요?

괜찮아, 보비. 나한테 마음 쓰지 마. 가끔 외로울 뿐이야. 그녀는 고개를 돌려 그를 보았다. 너는 안 그러냐?

그는 다른 존재 상태를 알지 못한다고 말하고 싶었다. 가끔요. 그가 말했다.

그의 할머니는 1897년에 태어났다. 매킨리가 대통령이었고 나라는 스페인과 전쟁중이었다. 전기도, 전화도, 라디오도, 텔레비전도, 자동차도, 비행기도 없었다. 난방도, 에어컨도. 세계 대부분 지역에 수도와 변기도. 그때까지는 중세와 비교해 생활이 변한 게 거의 없었다. 그는 할머니를 지켜보았다. 그녀

348

는 고개를 돌리고 있었다. 그녀는 고개를 저었고, 웨스턴은 그게 무슨 뜻인지 알지 못했다. 하지만 이내 그녀는 고개를 돌려 다시 그를 보았다. 우리가 두려워할 이유가 있는 거니, 보비?

아니요. 할머니는 그러지 않으셔도 돼요.

너는?

그는 새벽에 작별인사 없이 떠났다. 창가에 잠깐 서서 전원 지대 너머 동이 트는 잿빛 하늘을 내다보다가. 안개에 싸인 개울, 미루나무들의 흐릿한 형체. 들판의 서리. 아무것도 움직이지 않는다. 그는 가방 하나를 어깨에 걸치고 다른 가방은 손에 들고 층계를 내려갔다.

그는 가방들을 차에 넣고 부엌으로 돌아와 수도꼭지에서 뜨거운 물을 틀어 냄비 두 개를 채운 다음 밖으로 나가 서리를 녹이려고 차의 앞쪽과 뒤쪽 유리에 부었다. 그런 다음 냄비를 포치 층계에 놓고 차에 타 시동을 걸고 와이퍼를 움직이며 차를 후진시켜 도로로 진입한 뒤 방향을 틀어 고속도로로 향했다.

그는 I-40을 타고 서쪽으로 달려가 컴벌랜드고원에 올라섰고 사십 분 뒤에 크로스빌에 들어섰다. 도로 가장자리를 따라 쌓인 눈 겉면이 모래 빛깔로 단단하게 얼어붙어 있었고 날씨는 매우 추웠다. 트럭 휴게소에서 아침을 먹었다. 달걀과 빻은 옥수수. 소시지와 비스킷과 커피. 그는 돈을 내고 휴게소를 나섰다. 바깥 주차장에서 한 남자가 마세라티의 스테인리스스틸

지붕에 팔을 올려놓고 서 있고 여자친구가 그의 사진을 찍고
있었다.

*

오후 네시에 쿼터로 들어가 술집 앞에 마세라티를 주차하고
가방을 챙겨 안으로 들어갔다. 바 끝에 앉아 있던 해럴드 하빈
저가 한쪽 손을 들어 거창하게 인사했다. 내내 거기 앉아 기다
리고 있었다는 듯이. 보비 보이, 그가 외쳤다.
어디 갔었어? 조시가 말했다.
할머니 뵈러 갔어.
녹스빌에 갔다고?
그랬지.
조시가 고개를 저었다. 녹스빌이라니, 그녀가 말했다.
여기서 누가 나 찾았어?
아닌 것 같은데. 재니스한테 확인해봐. 녹스빌에서는 누가
나 찾던가?
웨스턴은 미소를 지었다. 안 찾은 게 다행인 거 같은데. 은
행이 몇시에 닫지?
저 아래 디케이터에 있는 거?
응.

네시. 그녀는 손목시계를 보았다. 십 분 지났네.

알아. 그럼 몇시에 열지?

아마 열시.

저녁에 그는 차를 다시 보관소로 가져가 천으로 덮고 세류 충전기를 건 뒤 택시를 타고 쿼터로 돌아와 비외 카레*에서 식사를 했다. 그뒤에 술집으로 돌아가 층계를 올라가서 침대로 갔고 고양이가 그의 갈빗대에 기대 콧소리를 냈다.

꿈속에서 그녀는 그가 기억하려 애쓰던 미소를 가끔 지었고 기도문을 읊조리듯 거의 알아들을 수 없는 말을 하곤 했다. 그는 그녀의 어여쁜 얼굴이 곧 그의 기억과 꿈속 외에는 어떤 곳에도 존재하지 않게 될 것이고 또 그후에는 곧 그 어디에도 존재하지 않게 될 것임을 알았다. 그녀는 반쯤 벌거벗은 채 얇은 비단을 끌며 또는 어쩌면 그냥 그녀의 그리스식 시트를 끌며 연기가 피어오르는 각광 속에서 돌 무대를 가로질러 나타나거나 가운의 두건을 뒤로 젖혀 금발을 얼굴 주변으로 늘어뜨리면서 눅눅하고 끈끈한 시트를 덮고 누운 그의 몸 위로 허리를 구부려 내가 오빠의 그림자길**이 되었을 텐데, 오빠의 영혼이 안전하게 머물 수 있는 그 유일한 집의 주인이 될 수 있었을

---

* Vieux Carré. '구 광장'이라는 뜻으로 프렌치쿼터의 가장 오래된 중심가.
** shadowlane. 궁전이나 저택의 여주인을 뜻하는 chatelaine과 발음이 비슷하다.

텐데 하고 속삭였다. 그러는 내내 작업중인 주조 공장에서 날
렵한 뎅그렁뎅그렁 소리와 연금술의 불꽃들, 그 재와 연기 주
변을 실루엣으로 떠도는 어두운 형체들. 바닥에는 그들 노력
의 사산된 형체들이 흩어져 있었지만 그럼에도 그들은 여전히
계속 노력했고 고압 솥* 안에서는 어렴풋이 지각을 갖춘 생흙
이 붉은색으로 몸을 떨었다. 그 어두컴컴하고 은밀한 내부에
서 그들은 서로를 떠밀며 용광로 주변을 몰려다니면서 주절거
리고 그러는 동안 주름진 망토를 걸친 시커멓고 속을 알 수 없
는 이교도 우두머리는 계속 노력하라고 그들을 다그친다. 그
순간 이 무슨 말로 형용할 수 없는 것이냐 하는 것이 이 무슨
지옥의 양념장이냐 하는 것으로부터 껍질과 꽃받침을 뚫고 액
체를 뚝뚝 흘리며 몸을 일으킨다. 그는 땀을 흘리며 잠에서 깨
침대 램프 스위치를 올리고 두 발을 바닥에 내려놓고 두 손에
얼굴을 묻고 앉아 있었다. 나 때문에 두려워하지 마, 그녀는
썼다. 죽음이 언제 누구에게든 해를 준 적이 있어?

아침에 그는 뒤 몽드 카페로 내려가 커피를 마시고 신문을
읽었다. 열시에 거리를 건너 은행으로 갔다. 쿼터의 건축과 묘
하게 어울리는 오래된 고전주의 부흥 시대 양식의 하얀 석조

---

* 가압 멸균 처리기.

건물. 라트로브*의 유산. 그는 로비 뒤쪽 책상으로 가서 등록부에 서명을 하고 열쇠를 직원에게 준 뒤 그를 따라 지하 금고로 갔고 직원은 문을 열쇠로 열더니 손을 뻗어 안으로 들어가라는 표시를 했다. 그들은 기계장치로 돌아가는 작은 강철 문이 늘어선 곳을 따라 걸어가다 그의 번호에 이르렀고 직원은 열쇠들을 집어넣어 문을 연 다음 에나멜을 칠한 회색 강철 상자를 빼내 그들 뒤 테이블에 내려놓았다. 직원은 자물쇠 가운데 하나를 열고 열쇠들을 돌려준 뒤 몸을 돌려 방을 나갔다.

웨스턴은 열쇠를 넣고 돌린 다음 뚜껑을 들어올렸다. 안에는 불룩한 갈색 마닐라 봉투가 있었다. 그는 봉투를 꺼내 끈을 감아 봉한 곳을 풀고 봉투를 열어 편지 여러 통을 꺼냈다. 1972년 한 해 동안 쓴 그녀의 일기도. 그는 안을 보고 나서 모든 걸 봉투에 도로 넣고 끈을 다시 감아 봉한 뒤 봉투를 테이블에 놓고 상자 뚜껑을 닫고 잠가 다시 제자리에 끼운 다음 작은 금속 문을 닫고 잠갔다. 그는 몸을 돌려 봉투를 가지고 그곳을 나와 로비에서 등록부에 퇴실 서명을 하고 직원에게 고맙다고 인사한 뒤 거리로 나섰다.

---

* Benjamin Latrobe(1764~1820). 영국 태생의 미국 건축가이자 기사.

그는 작은 침상에 몸을 뻗고 봉투에서 아무 편지나 하나 꺼내 펼쳐 읽었다. 모두 외우고 있었지만 그래도 정성껏 읽었다. 고양이가 침대 가장자리를 따라 가르랑거리며 왔다갔다했다.

자신이 쓴 편지는 어디 있는지 알 수 없었다. 어쩌면 알고 싶지 않은 건지도 몰랐다. 그는 편지를 접어 다시 봉투에 넣고 쌓인 편지 중 맨 아래 있는 것을 꺼냈다. 열두 살 때 그녀는 프랭크 램지*의 사진을 다임 스토어**에서 산 액자에 넣어 침대 옆 테이블에 세워놓았다. 이미 죽은 사람을 사랑할 수 있는지 알고 싶어했다. 앞으로 십사 년 후면 둘은 동갑이 될 거라고 말했다. 그는 더 읽지 않았다. 나중에 쓴 것들은 읽기가 힘들었다. 그를 사랑한다고 말하는 편지들. 그는 그걸 마닐라 봉투에 담아 봉한 뒤 매트리스 밑에 넣고 밖으로 나가 술집으로 내려갔다.

조시가 턱을 쑥 내밀어 오라는 신호를 했다.

전화 왔었어. 자.

그녀는 번호가 적힌 종이를 건네주었다. 그는 종이를 돌려 번호를 보았다.

남자야 여자야?

남자였어.

---

* Frank Ramsey(1903~1930). 영국의 수학자이자 철학자, 경제학자.
** 저가형 물품을 파는 잡화점.

고마워.

그 번호로 전화했지만 아무도 받지 않았다.

그는 고양이 먹이를 주고 방에서 나와 복도를 따라 욕실로 갔다. 안으로 들어가 문을 닫고 걸쇠를 건 다음 낡은 양철 약품 캐비닛을 열고 서서 안을 보았다. 오래된 병과 단지와 비틀린 빈 치약 튜브 두 개가 있었다. 그는 방으로 돌아가 빈 식료품 봉투를 챙겨 다시 욕실로 가서 캐비닛에 있는 모든 걸 봉투에 넣고 봉투를 접어 쓰레기통에 넣었다. 캐비닛은 나사 네 개로 벽에 고정되어 있었다. 플랜지형 볼트 머리였다. 그는 쓰레기통에 손을 넣어 봉투에서 종이를 작게 뜯어내 볼트 머리에 대고 엄지로 세게 눌러 자국을 깊게 남긴 다음 셔츠 호주머니에 종이를 넣고 캐비닛 문을 닫고 욕실을 나왔다.

그는 커낼 스트리트에 있는 철물점에 가서 팔분의 삼 인치짜리 싸구려 수입품 드라이브 소켓 한 세트를 사왔다. 작은 양철함에 들어 있었으며 연장 막대가 딸린 작은 래칫*도 있었다. 그는 매트리스 밑에서 편지 다발을 챙겨 다시 복도를 따라 욕실로 내려갔다. 문을 닫고 걸쇠를 걸고 약품 캐비닛을 연 다음 맞는 소켓을 찾아내 연장 막대에 끼우고 나서 래칫도 끼운 뒤 아래쪽 나사 두 개를 풀어냈다. 혹시 배수구로 나사가 빠질까

---

* 한 방향으로만 회전하는 톱니바퀴가 있는, 너트나 볼트를 돌리는 장치.

봐 세면대 고무마개를 막고 거울을 잡아 캐비닛이 움직이지 못하게 고정한 채 위쪽 나사 두 개를 풀어낸 다음 캐비닛을 바닥에 내려놓았다. 벽판은 안의 샛기둥을 드러내기 위해 잘라놓았다. 약품 캐비닛의 나사를 박는 가로장들이 샛기둥에 고정된 채 벽판 두께만큼 앞으로 튀어나와 있었기 때문에 가로 이 인치 세로 사 인치 각목들 사이에 편지 뭉치를 쑤셔넣기는 쉬웠다. 캐비닛 뒤편의 구멍들은 열쇠 구멍 모양이었으며 그는 나사들을 꽉 조이지 않고 약간 헐렁하게 내버려두었다. 캐비닛을 대충 나사 머리 위에 걸어놓아 스크루드라이버 없이도 다시 떼어낼 수 있게 하려는 것이었다. 그는 쓰레기통에서 단지와 병 몇 개를 집어 다시 캐비닛에 넣고 문을 닫았다.

그는 A&P*에 가서 캔에 든 고양이 먹이 여남은 개를 사와 방으로 올라갔다. 캔이 든 가방을 테이블에 놓고 고양이 겨드랑이를 잡고 들어올려 눈을 들여다보았다. 고양이는 뼈 없는 생물처럼 그의 두 손에 매달려 있었다. 평화롭게 눈을 깜빡이다 이윽고 눈길을 돌렸다.

경계, 빌리 레이. 경계. 그리고 먹이.

고양이에게 먹이를 주고 아래로 내려가 루에게 전화했지만 이미 퇴근한 뒤였다. 그는 밖으로 나가 쿼터를 가로질러 걸었

---

* 미국의 식료품 체인.

다. 진하고 눅눅한 냄새. 기름과 강과 배 냄새. 그곳 모퉁이 집에 한때 휘트먼이 살았다. 어스름에 창문의 불빛들이 밝혀진다. 샤르트르 스트리트를 따라 오래된 등들이 안개 속에서 거즈처럼 타오른다. 셸비*는 스물여섯 바퀴를 돌고 나서 나타나지 않았다. 너무 어두워 연기는 보이지 않았지만 그는 불이 난 기미를 찾으려고 트랙 건너편을 훑었다. 그러다 프랭크가 차들이 한 바퀴를 돌고 오기를 기다리는 피트**로 내려갔다. 트랙에 기가 올라가지 않았군.*** 지금까지는 좋네. 엔진 문제가 아니길 네가 바라고 있다는 걸 나는 알지.

차 문제가 아니길 바라고 있어.

아니었다. 클러스터 기어에서 톱니가 갈려나가기 시작해서 결국 기어 박스가 말을 듣지 않았고 그런 다음에 뒤쪽 U-조인트가 풀려나고 구동축이 떨어져나가 덜커덩거리며 경기장을 가로지르자 애덤스는 차를 트랙 밖의 풀밭 위에 세웠고 삼점식 안전띠를 푼 다음 차에서 내려 헬멧을 들고 들판을 가로질러 걸어왔다. 그는 프랭크에게 차가 캘리포니아 폭풍우를 맞은 판지 여행 가방처럼 산산조각이 났다고 말했다. 그들은 타운에 있는 술집으로 가 부스에 앉았고 애덤스는 아직 노멕

---

* 스포츠카 상표명.
** 경주용 차의 급유나 타이어 교체 따위를 하는 곳.
*** 경고 깃발이 올라가지 않았다는 뜻.

스* 차림이었다. 애덤스가 손을 들었다. 더블 스카치에 물 따로. 아니 그냥 세 잔으로 해. 그는 다른 사람들을 돌아보았다. 너희는 뭘 마실 거야? 그가 말했다.

텔레비전에 경주 중계가 나왔으나 그들이 앉은 곳에서는 제대로 볼 수가 없었다. 나중에 웨스턴은 그곳에서 나와 시케인**으로 내려가서 풀밭에 앉아 차들이 내려오는 모습을, 스로틀을 서서히 내리면서 기어가 내려가고 브레이크가 걸리며 다가오는 차의 전조등이 양옆으로 움직이는 것을 지켜보았다. 앞쪽 바퀴의 디스크가 환하게 밝혀지다 마침내 해처럼 붉어지며 가장자리에서 작은 불꽃이 튀었고 캘리퍼***가 풀리면서 디스크는 빛이 희미해지다 다시 검어졌다. 차들은 커브를 빠져나오며 삼단에서 가속해 기어를 올리면서 으르렁거리는 소리와 함께 직선 도로를 따라 멀어져갔다.

---

* 방염 내열성 합성섬유로 자동차경주용 슈트의 재료이다.
** 자동차경주에서 감속을 유도하기 위한 이중 급커브 구간.
*** 자동차 패드를 디스크에 밀착시켜 앞바퀴 브레이크를 잡아주는 유압 장치.

VI

그녀가 성 마리아 성당 현관에서 꿈속의 죽은 아이들처럼 온통 흰색인 급우들과 함께 서 있던 날부터. 그들의 하얀 에나멜가죽 신발. 그들의 화관과 베일과 기도할 때 두 손바닥 사이에 꼭 쥐는, 금박 버클이 달린 하얀 기도서. 그날부터 그녀의 순수의 하느님은 그녀 삶에서 천천히 물러났다. 꿈속에서 그녀는 하느님이 이름 없는 십자로에서 차가운 진흙 같은 그녀의 어린 몸 위로 몸을 구부리고 울며, 자신의 죽은 작품을 만지려고 무릎을 꿇는 것을 보았다. 그러다 마침내 키드가 동무들과 함께 나타났다. 하느님이 피할 수도 있고 버릴 수도 있는 것의 본성에 관해서는 오직 침묵뿐이었지만 그녀는 자신과 자신의 다락방 방문객들이 하느님이 피하거나 버릴 후보가 되는 것이 당연한 일이라고 생각했다. 키드와 그의 그림자 무리는 광대한 광야를 가로질러 걸어왔다. 황량하고 끝이 없는 풍경. 그녀는 그게 살아 있다고 생각했지만 거기에서 어떤 가치는 거의 보지 못했다. 그녀는 쪽문을 통해 자신의 처녀의 죄들을 말했다. 한 번. 그리고 다시. 그다음은 없었다. 지옥은 더 오래 머물렀다. 그녀는 부활한 사람들이 구덩이에서 토해져나와 텅 빈 눈으로 담배를 피우며 거리를 배회하는 것을 보았다. 익숙하지 않은 빛 속에서 눈을 깜빡이며. 그녀는 안간힘 쓰는 꿈들로부터 깨어났다. 납 같은 비행의 꿈. 일부는 앉아 있었고 그녀는 접합선이 있는 금속 지붕에 비가 떨어지는 소리를 찾아 귀를 기울였으나 밤새 비는 그쳐 처마에서 물이 듣는 소리뿐이었다. 도로 위의 어떤 것. 다가오는 어떤 것. 땀에 푹 젖은 어떤 짐승, 두건을 쓰고 씨근거리며 오솔길을 느릿느릿 걷는 어떤 혐오. 처박힌 곳에서 풀려나와 그녀의 쓸쓸한 전초기지를 향해 사선을 그리며 떠내려오는 악과 같은 공기의 미세한 움직임뿐.

헬렌 이모가 찾아와 소녀에게 커서 뭐가 되고 싶으냐고 물었고 그녀는 죽고 싶다고 대답했다.

진지하게 묻는 거야.

저도 진지해요.

아니 그렇지 않아. 건방지고 병적이구나. 자. 뭐가 되고 싶어?

죽을병에 걸린 사람?

이모는 일어서서 방을 나갔다.

다시 잠을 깼을 때 키드가 방에서 어슬렁거렸고 소매를 걷어붙인 여윈 남자가 나무 삼발이에 얹어놓은 아주 오래된 영사기처럼 보이는 물건을 만지작거리고 있었다. 키드가 영사기를 향해 물갈퀴를 흔들었다. 이 염병할 것들, 그가 말했다. 엉덩이의 가시야. 어떻게 생각해 월터? 혹시 이번주 언제쯤?

영사기사는 대답하지 않았다. 야구 모자를 잡아당기고 허리를 굽히며 문제가 어디 있는지 살피기만 했다. 담배에서 피어오르는 하얀 연기가 빛줄기 속에서 똬리를 틀었다. 그녀는 베개를 움켜쥐고 앉아 있었다. 키드가 그녀 쪽을 흘끔거렸다. 서두를 거 없어, 그가 말했다. 조명과 키메라는 있지만 실제로 일이 돌아가는 건 물론 늘 완전히 다른 문제야.

뭘 하고 있는데?

이 염병할 영사기를 깨워서 돌아가게 하려고. 원한다면 눈 좀 붙여도 돼. 이게 시간이 좀 걸릴지도 모르니까.

영사기는 톱니바퀴 돌아가는 소리와 딱딱거리는 소리를 냈고 다락 벽에 비친 노란빛의 액자가 깜빡거리기 시작했다. 잠깐 숫자 팔이 나타났다가, 칠, 그다음에는 육, 그다음에는 완전히 시커메졌다. 예수여, 키드가 말했다. 누가 집안의 불 좀 켜봐.

그녀가 침대 옆 램프를 켰다. 뭐하는 건데? 그녀가 물었다.

키드는 낡은 나무 시가 상자를 그녀의 책상에 기울여 쏟고 내용물을 뒤졌다. 그는 필름 릴을 뒤적이다 하나를 길게 풀어내더니 빛에 비추어 보았다. 여기 뭐가 있는지 알 수가 없어. 옛날 옛적 팔 밀리미터. 이놈의 거는 당나귀의 해* 동안 낮의 빛을 본 적이 없어.

어떤 놈의 건데?

대체로 보관이 잘됐어. 모든 것을 고려하면 말이야. 예수여. 이 작은 무리를 봐. 이건 다 유전이야, 안 그래? 이 시민 몇을 보게 될 때까지 기다려.

나는 다 유전이야, 그렇게 말하려고 했던 거지.

몰라. 그게 대체로 우리가 여기 있는 이유지, 안 그래? 이크. 이거 좀 볼래? 어쨌든 우리가 그놈들 엉덩이에 대차게 전쟁을 걸려고 한다면 우리한테는 혈액형보다 많은 게 필요할 거야. 어떻게 생각해 월터? 소식 좀 있어?

영사기사는 엄지로 모자를 위로 젖히더니 어깨를 굴리는 동작으로 이마에서 땀을 닦아내고 뒷주머니에서 스크루드라이버를 꺼냈다.

키드는 릴에 감긴 필름을 펼쳤다. 필름은 나선으로 늘어져 대롱거렸다. 그는 고개를 저었다. 약간 뒤로 돌아가면 표범 가죽 레오타드** 차림으로 불을 둘러싸고 앉은 사람들을 만나게 되지.

---

* '아주 긴 시간'이라는 뜻.
** 무용, 체조 등을 할 때 주로 입는, 다리 부분이 없고 몸에 딱 붙는 옷.

어이쿠. 방금 뭐였어?

벽의 빛이 다시 깜빡거리다 죽었다.

거짓 경보로군, 키드가 말했다. 그는 필름을 다시 감고 다른 릴을 뒤졌다. 인내심. 그게 내 강점이었던 적은 없지. 아마 이놈의 게 끝나기 전에 그거 때문에 벌을 받을 거야. 하지만 집요함은 다르지. 예수여. 어떻게 닭이 이 안에다 똥을 눌 수 있었던 거야?

어떤 놈의 거?

뭐?

어떤 놈의 거? 방금 이놈의 거라고 했잖아.

이놈의 거?

이놈의 게 끝나기 전에라고 했잖아. 어떤 놈의 거?

아마 내가 잘못 말했나봐.

아니 그러지 않았어. 어떤 놈의 거?

그리스도여. 내가 알았어야 했는데. 좋아. 끝내 월터. 그냥 그 좆같은 거 플러그를 뽑아버려. 알았어. 좆 까라 그래. 그는 소녀 쪽으로 고개를 돌렸다. 이봐. 약간의 역사가 뭐가 문제야? 우리가 이놈의 걸 내놓았다는 사실 자체로 너는 운이 좋은 줄 알아야 해. 새벽 계사鷄舍 습격. 모든 게 먼지로 덮여 있고. 닭똥. 네가 읽은 그 모든 것에도 불구하고 어떤 것들은 정말이지 수數가 없어. 하지만 그보다 더 나쁘기도 해. 어떤 것들은 아예 명칭이 없어.

어떤 종류든. 자 어떻게 그럴 수가 있느냐, 그녀가 물어. 자 아주 간단하지, 가운을 입은 작은 사람이 흔들림 없는 태도로 대답해. 이름이란 다음에 덧붙이는 거야. 뭐 다음에? 그게 스크린에 나타난 다음에. 네 스크린 내 스크린 우리 모두 스크린Your screen my screen we all screen.* 우리한테는 발작적으로 움찔거리는 놈들과 년들의 이미지가 있지만 그들에게는 이름이 없어. 전에는 이름이 있었지만 지금은 없어. 그 얼굴들에 이름을 붙일 수 있는 마지막 목격자는 그들과 더불어 상자에 갇혀 땅속에 있고 그 또한 지금은 이름이 없지 않다 해도 곧 그렇게 될 거야. 따라서. 그들이 누굴까? 그들이 한때 명명命名 양식 안에서 돌아다녔다는 사실이 작은 위안이지. 누구에게 작은 위안일까? 뭐야 젠장. 너 방금 두 손을 들어올렸지. 너는 이름을 가질 필요 없다는 거지. 좋아. 뭘 위해서 이름을 가질 필요가 없는 거야?

그는 어슬렁거렸다. 생각하고 있는 것처럼 보였다.

또 같은 얘기네, 그녀가 말했다. 너 지금 생각에 잠긴muse 것처럼 보이는데.

어쩌면. 너한테 뮤즈muse가 있다면 아마도 내가 필요 없겠지.

나는 네가 필요 없어. 너는 그저 골칫거리일 뿐이야. 너는 심

---

* '나는 소리를 지르고 너는 소리를 지르고 우리 모두 아이스크림을 달라고 소리를 지른다(I scream, you scream, we all scream for ice cream)'는 흔히 쓰는 말장난을 비튼 것.

지어 재미도amusing 없어.

그래. 이미 한 말이지.

왜 나한테 뮤즈가 없는 거지?

네가 어디서 뮤즈를 얻겠어? 너는 일회적인 존재야. 머리가 하나 더 달려 나오지 않은 것만도 다행인 줄 알아.

고마워. 어떤 놈의 거야?

뭐가?

어떤 놈의 거냐고? 이놈의 게 끝나기 전에에서 이놈의 거.

그리스도여. 옆길로 새게 할 수가 없어, 저애는 응? 집요함 얘기를 괜히 했군. 왜 그냥 쭉쭉 나가지 못하는 거야? 이번 한 번만은 내 식대로 해보자고.

우리는 늘 네 식대로 해.

나는 그대를 보살피려는 겁니다, 별종 전하. 이게 쉬운 일인 줄 알아? 월터가 타임머신을 깨워서 돌아가게 하면 우리는 역사를 좀 보게 될 거야, 그게 다야. 중립적 자세의 중요성을 강조하는 짧은 철학적 일탈을 할 수도 있지. 이름 없고 알려지지 않은 것에서 시작하면 네가 그럴 줄 알았어 하고 말할 가능성도 줄어들겠지. 명수命數와 명명은 동전의 양면이야. 각각이 상대의 언어를 말하지. 공간과 시간처럼. 결국 우리는 당연히 이 수학이란 것과 맞붙게 될 거야. 그건 사라지지 않을 테고.

내가 왜 일회적이야?

키드는 발을 멈추고 물갈퀴를 내밀며 탄원하는 몸짓으로 위를 보더니 다시 어슬렁거리기 시작했다.

아무도 완전히 유일무이하지는 않아.

그럼. 너만 그래.

내가 유일하다고.

그럼.

하지만 내가 무엇에서 유일한지도 말하지 못하면서.

글쎄, 어떤 종류에서는 유일하다고 할 수 있겠지, 아마도. 하지만 물론 네 말이 맞아. 종류란 건 없어. 그렇게 되면 종류가 없는 곳에는 유일한 것도 없다는 역설에 이르게 되네.

유일함이라는 게 의미가 없어진다는 거야 아니면 아예 존재가 사라진다는 거야?

양쪽 다. 어떤 것이든 또하나가 나타나기 전에는 존재할 수가 없어. 그게 문제야. 딱 하나만 있으면 그게 어디 있는지 또는 무엇인지 말할 수가 없어. 얼마나 큰지 얼마나 작은지 색깔이 뭔지 무게가 얼마인지 말할 수가 없어. 그것이 있는지 없는지 말할 수 없어. 다른 것이 없다면 그 무엇도 어떤 것이 아니야. 그래서 우리한테 네가 중요한 거야. 자. 그런 거지?

어떤 사람도 그렇게 유일무이하지는 않아.

그래?

나를 홀로 공허에 둥둥 떠 있는 어떤 실체에 비길 수는 없어.

왜 못해? 봐. 어떤 영화를 보여주자고. 됐지? 그림은 천 마디 말의 가치가 있으니까. 그런 거지. 일 초에 스물네 장. 아니면 이건 열여덟 장인가? 실제로 어떤 상자에서 오래된 키와인드* 코닥 카메라를 찾았어.

영화.

그래.

뭐에 관한?

두고 봐야지Remains to be seen. 저 아래 장의사 간판에 적힌 대로.** 그냥 돌릴까?

영사기가 돌아가지 않는 줄 알았는데.

뭐야, 월터를 믿지 못한다는 거야?

저 사람은 왜 저런 옷을 입고 있어?

모르겠어. 나이든 무리와 어울리더라고. 원한다면 직접 물어봐도 되지만 저 친구가 사실 수다 떠는 타입은 아니라서. 잠깐. 저거 돌아간다. 불 좀 끌래?

그녀는 램프를 껐다. 벽에 거칠고 노란 빛의 프레임이 깜빡거리며 원 속에 숫자가 하나씩 나타났다. 팔, 칠, 육. 시곗바늘이 원 속에서 돌아가며 수를 쓸어가버렸다.

왜 숫자 대신 알파벳으로 six라고 적은 거지?

---

* 카메라 옆에 달린 키를 이용해 필름을 감는 방식.
** Remains to be seen은 '유해(remains)를 볼 수 있다'는 뜻도 된다.

쉬잇. 예수여.

만일 영사기가 뒤집힌 거면 그냥 알 수 있을 텐데.

조용히.

게다가 구는 어차피 없잖아.

입에 마개 좀 닫아줄래 제발?

숫자는 이로 달려갔다. 스크린에 흐릿하게 그림자가 드리웠다. 앞쪽에 고개 숙여, 키드가 날카롭게 속삭였다. 영사기에서 톱니바퀴가 굴러갔다. 창백한 형체들이 끊기는 동작으로 앞으로 나서기 시작했다. 집에서 만든 옷. 그들은 희미하게 미소를 지었다. 몇 명은 카메라를 향해 얼굴을 찌푸렸다. 또는 세월을 가로질러 손을 흔들었다.

누구야? 그녀가 말했다.

집에서는 좀 조용히 살 수 없을까? 예수여.

왜 손을 흔들고 있지?

저 사람들이 뭘 하기를 바라는 거야? 그림엽서라도 보내? 그냥 입 좀 닥쳐줘, 응?

필름이 달가닥거리며 계속 돌아갔다. 화상 자국과 물집 자국이 나타났다 사라졌다. 여름옷을 입은 남자들과 여자들. 밀짚모자와 보닛. 아이의 장례식. 멜빵 작업복 차림의 남자들이 수레에서 내려 들고 온 작은 관. 그녀는 한 남자가 다듬지 않은 목재 교수대의 바닥을 통해 죽음으로 떨어지고 성직자가 가슴에 성경을 안고 한 손을 높이 든 채 서 있고 구겨진 양복 차림의 보안관이 조끼 호주머니에서 손목시계를 꺼내는 것을 보았다. 셔츠 차림으로 코트를 팔뚝에 걸치고 손에는 모자를 들고 모여 있는 남자들을 보았다. 마치 머리 둘레에 끈을 묶은 것처럼 보였다.

누구야? 그녀가 작은 소리로 말했다.

그냥 기다려, 알았지?

애크런에 있는 그녀의 할머니 집 잔디밭에 서서 미소를 짓고 있는 두 여자. 저 사람들 알 것 같은데, 그녀가 말했다. 진입로의 차. 그녀는 오래된 사진에서 그것을 본 적이 있었다. 차체가 높았고 검은색이었다. 고전적이지 저거, 키드가 말했다. 데스모드로믹 밸브.*

멈춰줄래? 뒤로 돌려줄래?

뒤로 돌릴 수 없어. 예수여. 처음 나올 때 더 주의를 기울이는 게 좋을 것 같은데.

속도를 늦춰줄래?

어떻게 속도를 늦추란 말이야?

그녀는 대답하지 않았다. 그녀는 영화 카메라가 발명되었을 때를 생각해보려 했다. 사람들이 호수에 서서 앞으로 팔을 뻗고 있는 것을 보았다. 오래된 검은 모직 수영복. 자신의 아버지였을

---

* 자동차 엔진에서 스프링 없이 캠만을 사용해 밸브를 개폐하는 방식.

수도 있는 아이를 보았다. 카메라를 향해 걸어온다. 등뒤의 해 때문에 어두워 보인다. 빛의 피조물. 로스앨러모스의 그들 집 앞에 있는 그녀의 어머니. 땅에는 눈이 있었고 도로에는 진흙이 파여 생긴 고랑이 길게 곡선을 그리고 있었고 그 너머 산맥에는 눈이 있었다. 마당 빨랫줄에 걸려 시체처럼 뻣뻣하게 얼어붙은 옷들. 어머니는 카메라에서 고개를 돌리며 손을 저어 물리쳤다. 자신의 상태를 감추려고 코트를 여미면서.

저 뱃속에 있는 게 나야.

그래. 아직 이름이 없지 내 짐작으로는.

만일 보비가 보비였다면 나는 앨리스였어.

그거 정말 멍청하게 들리네.

정말 멍청했어.

마침내 그녀 자신. 1961년 10월 테네시주 클린턴의 성당 지하실에서 열린 발레 발표회에서 의상을 입고 푸앵트*를 축으로 몸을 돌리고 있다.

좀 멈춰봐, 그녀가 말했다. 멈출 수 있어?

아, 물론이지, 키드가 말했다. 언제든 멈출 수 있지. 그게 확실히 네가 원하는 거야?

응. 제발.

---

* 토슈즈 앞코의 딱딱한 부분.

알았어. 씨발. 그거 접어. 거기까지야. 예수여. 이게 감사인사라니.

영사기가 퍼덕거리다 멈추었고 빛이 깜빡이다 꺼졌다. 그녀는 램프를 켰다. 키드는 의자에 앉은 채 몸을 한 바퀴 돌리며 고개를 저었다. 너 정말 끝내주는구나, 그가 말했다.

나 때문에 재미있다니amuse 다행이야.

그래 뭐. 나는 재미는 필요 없어. 어차피 이 모든 게 컴컴한 일이니까. 스틸 사진을 한 무더기 가져다 일정한 속도로 잇따라 돌리면 살아 움직이는 듯 보이는 이게 뭘까? 음, 그건 환각이지. 그래? 그게 뭔데? 뭐 네가 죽은 자들을 다시 불러올 수 있다 한들 누가 관심이나 있겠어. 물론 그들은 할말이 별로 없지. 내가 무슨 말을 해줄 수 있겠어? 파내기 전에 연락이나 줘. 어떤 부수적 현실의 길을 택하는 게 요령이라고 생각할 수도 있겠지. 네가 그 오류를 보지 못한다면. 그와 관련된 악의를. 신선한 벡터들을 넣고 다이얼을 돌려볼 수는 있지만 그게 벡터들 사이에 교환 가능성이 성립한다는 뜻은 아니야. 그게 좋은 생각일까? 그 사람들이 돌아오기를 원하면 어쩌려고?

못 돌아와.

훌륭한 아이네. 핵심은 절대 텅 빈 스크린을 가질 수가 없다는 거야. 그리고 물론 문제는 스크린에 뭐가 있느냐가 아니라 누가 그걸 거기에 놓느냐지. 고개를 들고 봤는데 스크린에 아무것도 없으면 네가 직접 거기에 뭔가를 놓게 될 거야 뭐 어때.

내 생각도 그래.

좋아. 어떤 곰팡내나는 횡압축 지층에서 네가 그걸 날조해냈다 해도. 우리는 심지어 있는 것과 있지 않은 것으로부터 뭘 고르고 선택하려 하느냐 하는 것과 관련된 네 관념도 폐지하려 하지 않아. 심지어 네 용어로 표현하려고 해. 그게 우리 이익에 맞아. 왜곡을 최소로 유지하라. 그냥 누가 됐든 좆같은 놈이라 여기고 그 작은 새끼를 지워버리고 싶다, 그건 네 특권이야. 그놈이 우연히 여기에 나타난 걸까? 물론이지. 어쩌면 식단을 바꾸는 게 요령일지도 몰라. 포화지방을 줄이고 자기 전에 간식은 삼가고. 우리가 그건 해볼 수 있잖아. 어쩌면 밤의 숲을 느릿느릿 걸어다니는 현재의 위협 몇 가지의 정체를 밝혀낼 수도 있고.

밝혀내고 싶지 않아. 그냥 가버렸으면 좋겠어.

이봐. 그게 좀 식게 놔두는 게 어때. 릴이 몇 개 더 있는데.

그냥 고물상에서 가져온 게 아닌지 내가 어떻게 알아? 아니면 네가 대충 만들어낸 것이거나? 저기 나오는 사람들 몇 명은 에디슨보다도 나이가 많아 보이는데.

지금은 그래 보이지?

그리고 저 영상은 즐겁지 않아. 그 사람들은 슬퍼하고 있거든. 죽은 자들은 오래 사랑받지 못한다, 네가 말했지. 여행하다 그걸 봤을 수도 있다, 네가 말했어.

네 마음을 조금 열 수도 있잖아.

나는 마음을 열었어. 그래서 얻은 게 이거야. 그리고 어쨌든 어떤 것들은 고칠 수 없어. 또 역사는 모두를 위한 게 아니야.

예수여. 내 연필 어디 있어? 그것 좀 받아 적게.

그런데 왜 날 갖고 노는 거야?

누가 놀고 있대?

틀림없이surely 너는 여기에서 우스워 보이는 게 누구인지 알 텐데.

내가? 누구한테 물어볼까? 그리고 나를 셜리Shirley*라고 부르지 마.

저게 진짜 내 가족이라고 믿을 이유가 없어.

그래, 뭐. 지혜로운 아이로구먼.

그리고 나는 내가 알지 못하는 걸 아는 척하지 않아. 나는 기만적이지 않아.

나는 그렇다는 뜻인 거 같네.

네가 기만적이라고 말한 적 없어. 네가 좆같은 거짓말쟁이라고는 했지만.

예수여. 말 다 했어?

그건 네가 알겠지.

---

* 앞의 surely와 발음이 비슷하다.

손잡이를 돌려 찍는 작은 코닥 카메라를 코트 안에 숨기고 돌아다닌 사람이 있었을 수도 있단 생각은 안 해? 무대에서 돌아다니던 게 너였나, 아니었나?

내가 어떻게 알겠어?

관객이 몇이나 됐어?

뭐라고?

관객이 몇이나 됐냐고? 이건 정당한 질문인데.

모르겠어.

당연히 알지. 그렇게 오래전 일도 아닌데. 성수聖水채를 흔들어.*

팔십육.

그거 똥통에 버린다는 뜻 아니야? 어쨌든, 아마도 맞겠지. 그리고 어쨌든 네가 더 보고 싶다 해도 그게 다 가짜라고 생각한다면 무슨 의미가 있겠어.

그게 의미야. 그리고 나는 더 보고 싶지 않아.

나는 여기서는 우리가 모두 친구라고 생각했는데.

아니 너는 그렇게 생각하지 않았어. 그리고 새벽 닭장 습격은 뭐야?

뭐?

---

* 최선을 다해 기억을 되살리라는 뜻.

필름통에 닭똥이 묻어 있었다고 했잖아.

그래?

네가 새벽 습격 얘기를 했어.

말이 그렇다는 거지. 뭐야, 그게 무슨 비밀 임무였다고 생각하는 거야?

누가 닭장을 습격하겠어?

좋은 질문이야. 맞불 작전이라. 계사 작전. 거의 들어본 적이 없지.

그는 어슬렁어슬렁 창문 쪽으로 가더니 밖을 살폈다.

그녀는 고개를 들었다. 닭장에 트렁크가 있었어. 부서지고 있었지. 닭장이 말이야. 보비가 닭장의 목재를 일부 사용했더라고. 거기에 잡동사니가 잔뜩 있었어. 유리 용기가 든 상자 몇 개. 낡은 가구. 보비가 어렸을 때 인디언 모카신을 만들려고 가죽 조각을 잘라낸 말총 소파도 있었어. 트렁크는 오래된 기선 트렁크*였는데 안에 오래된 서류들이 잔뜩 있더라고. 아버지의 대학 서류들. 편지 몇 통. 애크런 집에서 보낸. 아버지가 그걸 살펴볼 작정이었던 것 같아. 하지만 죽었지. 그리고 서류는 모두 도난당하고.

오 애처로운 날이여.

---

* 배의 침대 밑에 들어가도록 만든 판판하고 납작한 트렁크.

애처로운 날이었어. 정말 애처로운 날.

그래, 뭐. 나는 네가 가족의 불행은 생각하고 싶어하지 않는 줄 알았지. 두 세대 만에 멜빵 작업복에서 〈타임〉지로. 망각에 하나 추가. 그걸로 끝. 뭐, 어때 젠장. 다들 어디로 가는지 알면 여행에 뭘 싸가야 할지도 알 수 있을지 모르지. 그래도 믿음을 잃고 싶지는 않을걸.

뭐에 대한 믿음을 잃어?

늘 뭔가 나타날 수 있다는 거.

아무것도 나타나지 않아. 얼마나 더 있어?

뭐가 얼마나 더 있냐고?

필름.

모르겠어. 릴 몇 개.

계속해.

정말?

영사기가 이제 식었을 거 아냐.

그래. 월터가 모자로 부채질하는 거 봤어. 내가 왜 발끈하는지 모르겠어. 사전 경고를 듣지 않은 것도 아닌데.

무슨 사전 경고를 들어?

너에 관해서, 튤립팃츠.*

---

* 튤립 모양의 가슴을 상스럽게 부르는 말.

나한테 이런저런 이름을 붙여 욕을 해서 얻는 게 뭐야?

이름은 중요해. 교전 규칙의 매개변수를 설정하지. 언어의 기원은 다른 사람을 지명하는 단일한 소리야. 그 사람한테 뭔가 하기 전에.

무례하게 굴지 않고도 대화를 할 수 있잖아.

그래? 뭐, 우리는 네 주의를 끌 필요가 있으니까. 너는 귀를 기울이는 게 선택적이라고 생각하는 것 같고 우리는 그걸 중단시켜야 해.

우리?

나하고 내 실무진.

네 실무진?

그게 뭐가 문제야?

왜 내 이름을 한 번도 제대로 부르지 않는 거야?

모르겠어. 네가 앨리스였을 때가 나았다고 생각해. 그때는 네가 좀더 땅에 발을 딛고 선 여자애였다고 생각해. 앨리스에게 우리는 단순히 적의만 가지고 있었지. 얼리샤에게는 시민군을 소집하게 됐어. 이름 안에는 뭐가 있을까? 많아, 알고 보니. 이걸 좀더 볼래 어쩔래?

코호트는 오지 않는 걸로 받아들이겠어.

응. 오늘은 필름이야. 준비됐어?

그래. 좋아. 물론이지.

바로 그거야. 불 꺼줄래?

그녀는 팔을 뻗어 램프 불을 껐다. 좋아, 키드가 외쳤다. 돌려.

그는 1969년 가을 파리에 도착했다. 런던에서 임항 열차를 타고 왔다. 채프먼이 그에게 마지막 한 말은 자동차경주에 관한 케케묵은 농담이었다. 빠른 녀석들, 돈 많은 녀석들, 멍청이들. 가끔 그 셋 모두가 하나의 노멕스 경주복 안에 들어 있는 걸 볼 수 있지.

그게 나일까요?

너는 너무 늦게 나타났어, 보비. 신사 경주 선수의 시대는 끝났어. 나는 돈 많고 멍청한 녀석들이 가난하고 똑똑해지는 걸 수도 없이 봤지. 경주에서는 뭐든 주는 게 있으면 받는 게 있어. 브레이크만은 클수록 좋지만. 네가 포뮬러 경주에서 유일하게 의지할 수 있을지도 모르는 점은 사실 세제곱인치*의

대체물이 있다는 거야. 우리는 그걸 공학이라고 부르지.

그는 가죽가방 두 개를 들고 가르 뒤 노르**에서 걸어나가 파리의 밤 속에 섰다. 그곳에 오랫동안 서 있었다. 그냥 머릿속으로 그의 똥을 정리해보고 있었다. 마침내 택시를 잡고 기사에게 피갈 근처 프로망탱 거리의 몽졸리 주소를 주었다. 이 호텔은 떠돌이 연예인들이 좋아하는 곳으로 어느 날 아침이든 로비의 카페에서 저글러나 최면술사나 이국적 댄서나 훈련받은 개를 볼 수 있었다. 그는 9구에서 차고를 하나 빌려 연장을 모으기 시작했다. 차는 일주일 뒤 트럭으로 왔고 아르망은 그다음날 도착했다. 매일 그는 버스를 타고 황량한 교외 너머로 나가 문의 자물쇠를 풀고 커버올스를 꺼내 입곤 했다. 로터스***는 잭 위에 올라가 있었고 그와 아르망은 정비사용 수레에 올라가 콘크리트 바닥을 굴러다니며 차의 캐스터와 캠버와 토인을 맞추었다. 스웨이바를 조정했다. 그런 다음 비명을 지르는 아주 작은 엔진의 분사와 타이밍을 다시 측정했다. 그들은 아르망의 트럭과 트레일러를 이용해 차를 트랙으로 끌고 가서 새로운 설정으로 번갈아 운전해보고 때로는 어두워질 때쯤에야 다시 끌고 돌아왔다.

---

* 엔진 배기량의 단위를 가리킨다.
** the Gare du Nord. 파리 북역(北驛).
*** 영국의 스포츠카.

파리 생활 초기 그는 저녁이면 작업대에 홀로 앉아 여분의 엔진을 재조립했다. 채프먼이 이미 기계 작업을 마치고 실린더에 슬리브를 끼워놓았다. 모든 게 알루미늄이었고 유격이 엄청났다. 그는 연접봉 볼트를 조이고 다이얼 계기로 볼트의 신장도를 측정했다. 책을 확인하고 다시 측정했다. 가게에는 파라핀 난방기가 있었지만 늘 추웠다. 그와 아르망은 차고에서 두 블록 떨어진 타바*에서 점심을 먹었다. 그곳 단골들은 기름 묻은 커버올스를 입은 미국인이 자기들 사이에 앉아 있는 것을 보고 깜짝 놀랐다.

그녀는 학교를 떠나 파리로 왔고 저녁에 그는 그녀를 데리고 호텔에서 거리를 따라 내려가면 나오는 부탱의 식당으로 식사를 하러 가곤 했다. 1930년대에 밀러**가 종종 찾던 곳이었다. 크림소스를 넣은 훌륭한 송아지고기 요리가 칠 프랑. 매춘부들은 그녀에게서 눈을 떼지 못했다. 첫 경주는 스파-프랑코르샹에서 열렸으며 로터스는 스물일곱 바퀴를 기차처럼 달리다 급유 펌프가 작동을 멈추는 바람에 갑자기 서버렸다.

그는 그녀를 IHES***에 데려가 그녀를 위한 방을 하나 찾아주고 작별인사를 했다. 채프먼은 3월에 남은 차 한 대를 보내

---

* tabac. '담배 가게'라는 뜻이지만, 카페를 겸하는 곳도 있다.
** 미국 작가 헨리 밀러를 가리키는 듯하다.
*** Institut des Hautes Études Scientifiques. 프랑스의 고등과학연구소.

주었다. 그와 아르망은 소유자 두 사람을 거친 대형 트럭을 타고 유럽 전역을 돌아다니면서 트럭이나 싸구려 호텔에서 자고 먹는 것은 잘 먹었다. 그들은 괜찮게 달렸지만 한 번도 우승은 하지 못했다. 시즌이 끝났을 때 그는 차를 팔았고 그해 11월에 존 올드리치에게서 편지 한 통을 받았다. 다음 한 해 동안 마치 팀*을 위해 포뮬러 투의 차들을 몰아달라는 초대를 받은 것이다. 이유는 그도 알지 못했다. 그는 파리에서 그녀를 만나 식사를 했고 그녀는 열띤 표정으로 그에게 수학적 관념들에 관해 말했는데 그 관념들은 그와 이해관계가 있는 현실은 어떤 종류든 모조리 내다 버리겠다고 위협하는 것처럼 보였다.

*

그들이 운영실로 들어섰을 때 루는 전화를 하고 있었다. 그는 고개를 끄덕이며 전화를 끊고 눈을 들어 웨스턴을 보았다.

탕아로군. 돌아온 거야?

돌아왔지. 나한테 줄 일 없어?

없어.

왜 내가 휴스턴에 못 가는 거지?

---

* 영국의 레이싱카 제작 회사인 마치 엔지니어링의 레이싱 팀.

우리가 팀을 짤 때 네가 여기 없었기 때문이야. 여기 레드한테 설명을 좀 해달라고 하는 것도 괜찮겠네.

할머니를 만나러 가야 했어.

넌 그렇게 말했지. 하지만 우리는 휴스턴에 가야 했고.

언제 떠나?

오늘 아침에 떠났어. 대부분은.

일거리가 전혀 없다는 건가.

권할 만한 건 없어.

권할 만하지 않은 건 뭐가 있는데?

루는 의자에 앉은 채 등을 뒤로 기대고 웨스턴을 살폈다. 펜서콜라* 출신 팀이 있는데 잠수부를 찾아. 나는 전혀 모르는 팀이야. 심지어 돈도 못 받을지 몰라.

무슨 일을 하는데?

직접 물어봐야 할 거야. 잭업리그**로 자기 팀을 만나러 오기를 바라더군. 헬기에 태워 데리고 나갈 거야.

얼마나 걸리는 일이야?

일주일. 아마도. 나라면 여벌 양말을 가져가겠어.

펜서콜라까지는 어떻게 가지?

---

* 미국 플로리다주 서북부에 있는 만의 이름이기도 하고 그 만의 항구도시 이름이기도 하다.
** 서너 개의 다리로 물위에 떠 있는 이동식 유전 시추 장치.

네가 알아서 해야지. 그건 아무도 영수증 처리를 해주지 않아.

알겠어.

알겠다고? 그걸로 끝이야?

끝이야.

루는 고개를 저었다. 그는 메모패드에 전화번호를 베껴 적고 종이를 찢어 웨스턴에게 주었다. 여기 대령합니다, 그가 말했다.

웨스턴은 전화번호를 보았다. 그렇게 수상쩍다면서 번호는 왜 받아 적었어?

나는 이 일을 사랑하거든. 이봐. 우리 회사 정책은 피고용인의 편의와 즐거움을 위해 이 가게를 운영하는 거야. 테일러는 그저 네가 행복하기만을 바라. 부업으로 몇 달러 벌 수 있으면, 뭐, 그것도 좋고.

레드는 종이를 향해 고개를 끄덕였다. 좋은 조언 한마디해 줄까, 디어 하트?*

물론이지.

그 종이를 구겨서 저쪽에 있는 쓰레기통에 던져.

이 사람들이 얼마나 깊이 들어가 일하려는 거야?

---

* Dear Heart. 애정을 담아 남을 부르는 호칭.

모르겠어. 잭업리그니까 그렇게 깊이 들어가지는 않을 거야. 내 추측으로는 리그 몇 개를 빼내려는 것 같아.

사용하지 않는 거.

그래.

어떻게 생각해?

누가 내 머리에 총을 갖다대면 갈지도 모르지. 레드 말을 듣는 게 좋을 거야. 위험한 임무와 관련된 일에서 첫번째 규칙은 누구 밑에서 일하는지 아는 거지.

레드가 고개를 끄덕였다. 아멘, 옳은 말씀, 그가 말했다.

*

헬기는 군데군데 걸린 구름을 통과하여 거의 일직선으로 유정탑 위로 내려갔다. 조명이 켜진 리그는 검은 바다에 서 있는 정유 공장처럼 보였다. 헬리콥터의 착륙 조명이 착륙장의 글자 H와 그 위에 적힌 리그 이름을 비추었다. 캘리번 베타 II. 조종사가 갑판에 착륙한 뒤 회전날개의 양력揚力을 죽이고 웨스턴을 건너다보았다. 좋습니다, 그가 말했다. 아주 큰 게 불어닥칠 거라는 건 알고 있겠죠.

난 괜찮습니다.

이런 데 와본 적이 있나요?

네, 한 번. 왜요?

바다가 조금이라도 심각해지면 저기 올라탈 수 없으니까.

아무도 여기로 나오지 않을 거라고 생각하는군요.

나오면 놀랄 일이죠.

웨스턴은 뒤로 손을 뻗어 잠수 가방을 챙겨 헬기에서 내렸
다. 가벼운 알루미늄 문이 바람에 웅웅거렸다. 바람은 머리 위
강철 설비와 조명탑에서 신음을 토했고 또 커다란 링크-벨트
크레인에서도 신음을 토했다.

원한다면 도로 데려다줄게요, 조종사가 말했다. 그런다고 누
가 내 엉덩이 껍질을 벗기는 것도 아니고.

고맙습니다. 하지만 괜찮습니다.

웨스턴은 문을 닫았고 조종사는 몸을 기울여 걸쇠를 걸고
컬렉티브*로 피치를 끌어당겼으며 헬리콥터는 착륙장에서 몸
을 들어올렸다. 웨스턴은 회전날개로 인한 공기의 너울에 옷
이 요동치는 것을 느끼며 그 자리에 서서 눈을 가늘게 뜨고 헬
기가 조명들 속으로 떠올랐다가 몸을 기울여 플로리다 해안
쪽으로 멀어져가면서 운항등 불빛이 희미해지고 마침내 어둠
속으로 사라지는 것을 지켜보았다.

그는 가방을 어깨에 걸치고 선실로 향하는 강철 보행자 통

---

* 헬리콥터 회전날개의 각도인 피치를 조절하는 장치.

로를 걸어가 강철 문을 열고 바닷물이 들어오는 것을 막는 가로대를 넘어 승강 계단으로 이어지는 통로에 들어섰다. 문을 닫은 다음 바퀴를 돌려 단단히 잠그고 그곳에 있는 테이블에 몸을 기댄 채 앞코에 강철을 덧댄 건설용 장화를 벗어 바닥에 두었다. 운영실은 바로 왼쪽이었다. 그는 가방을 어깨에 메고 양말만 신은 발로 층계를 내려가 아래 숙소로 갔다.

모든 게 배와 비슷했다. 좁은 복도와 회색 강철 격벽. 쇠난간과 머리 위 철망을 씌운 조명. 하지만 이것은 배가 아니었으며 리그의 내장 깊은 곳에서 낮고 꾸준하게 고동치는 발동기 소리를 제외하면 아무런 소리도 없었고 아무런 움직임도 없었다.

그는 식당과 조리실을 발견하고 대형 냉장고를 열어 얇게 썬 절인 쇠고기 몇 장과 빵 한 덩어리를 꺼냈다. 샌드위치를 만들어 위에 머스터드를 약간 바르고 우유를 한 잔 따랐다. 그는 식당의 목재 간이 테이블에 가방을 두고 숙소를 돌아다녔다. 방들은 작았고 이층 침상이 들어가 있었다. 침대 다리는 바닥의 구멍에 끼워져 있었다. 강철 샤워기와 감옥에서 사용하는 형태의 스테인리스스틸 변기가 갖춰진 작은 욕실. 그는 우유와 샌드위치를 들고 승강 계단에 섰다. 누구 없어요? 그가 외쳤다.

그는 어떻게 조리실로 돌아가야 할지 자신이 없었다. 복도를 이리저리 따라가고 강철 계단을 오르내리다 마침내 바깥문에 이르렀다. 샌드위치를 거의 다 먹었고 우유도 다 마셔서 빈 잔을 한쪽 구석에 내려놓고 샌드위치를 마저 먹은 다음 커다란 쇠 바퀴를 돌려 바다로 통하는 문의 걸쇠를 풀었다.

바람이 문을 낚아채 격벽에 내다 박았다. 그는 밖으로 나서서 바퀴를 돌려 문을 닫고 보행자용 통로를 따라가다 강철 층계를 내려갔다. 밑은 시추 층이었다. 탑이 바람 부는 밤 속으로 솟아올랐고 머리 위 빛들 속에서는 새들이 소리 없이 원을 그리다 바람에 맞서 멈추더니 이윽고 몸을 돌려 순식간에 암흑 속으로 빨려들어갔다. 격벽에 기대선 그의 재킷이 잔뜩 부풀어올랐다. 공기에는 따끔거리는 소금 조각이 섞여 있었고 리그 전체가 밤바다를 표류하며 달려가는 것 같았다.

그는 옷깃을 세우고 갑판을 따라 걸어갔다. 색을 칠한 강철 프레임에 볼트로 박혀 있는 묵직한 유리창 하나의 안을 들여다보았다. 벌써 몹시 추워 이가 딱딱 부딪치기 시작했다. 계속 격벽을 따라가다보니 마침내 헬리콥터 착륙장이 시야에 들어왔고 그는 처음에 들어갔던 문으로 가서 안으로 들어가 문을 닫은 다음 조리실로 내려가 식당 테이블에서 가방을 집어들었다.

통로를 내려가다 식당에서 가장 가까운 침실을 차지하여 작은 책상에 가방을 놓고 램프를 켰다. 침상에 앉아 서늘한 금속 벽에 등을 기댔다. 전기의 희미한 떨림. 거기에 맞추어 잠이

들 수도 있겠다는 생각이 들었다. 그는 허리를 펴고 가방 지퍼를 연 다음 안에 양털을 덧댄 나일론 재킷을 꺼내 침상에 펼쳤다. 그러고는 일어서서 다시 조리실로 갔다. 맥주를 찾을 수 있을까 하는 마음에 대형 냉장고와 냉장실을 뒤졌지만 리그에는 맥주가 없었다. 그는 살구 통조림 하나를 꺼내고 캔 따개를 찾았으나 어디에도 없었다. 결국 고기를 토막 내는 큰 칼을 집어들고 날의 뒤꿈치로 캔에 구멍을 뚫은 다음 스푼을 들고 침실로 돌아가 침상에 앉아 살구를 먹었다. 아주 맛있었다. 그는 몇 개 더 먹은 다음 캔을 조리실로 다시 가져가 냉장고에 넣었다. 그런 다음 하갑판을 돌아다니며 방들을 들여다보았다. 서서 귀를 기울였다. 누구 없어요? 그는 소리쳤다.

그는 침상으로 돌아가 홉스의 『리바이어던』 보급판을 꺼냈다. 읽은 적이 없는 책이었다. 위쪽 침상에서 베개를 끌어내려 베개들을 부풀린 다음 드러누워 책을 펼쳤다.

앞의 이십 페이지 정도를 읽다가 펼친 책을 가슴에 얹고 눈을 감았다.

잠을 깼을 때 홉스는 여전히 가슴 위에 있었다. 그는 누운 채 귀를 기울였다. 바깥의 폭풍우 소리는 구조물 안까지 들어오지 못했다. 다른 어떤 것. 그는 일어나 앉아 책을 덮고 두 발을 바닥에 내려놓았다. 새벽 두시 이십분이었다. 그는 격벽의 차가운 강철에 손을 얹었다. 리그의 내장 속 낮은 심장박동.

약 이천 마력. 그는 일어서서 양말만 신고 밖으로 나가 휴게실로 내려갔다. 텔레비전을 켰다. 잡음과 흰 눈이 내리는 화면. 채널을 돌려보다가 텔레비전을 껐다.

승강 계단을 다시 올라가 바깥으로 통하는 문을 열었다. 강풍이 불었다. 높은 비명. 리그 바닥 아래 바다는 검은 솥이었고 새들은 사라졌다. 그는 문을 끌어당겨 닫고 바퀴 손잡이를 돌렸다. 조리실로 돌아가 살구 캔을 챙겨 복도를 따라 방으로 가서 침상에 앉아 살구를 몇 개 더 먹고 스푼이 꽂힌 캔을 책상에 놓았다.

병원에서 처음 그녀를 봤을 때 그녀는 거기서 준 종이 슬리퍼를 끌고 복도를 걸어와 희미하게 미소를 지으며 그의 손을 잡았다. 그는 다음날 다시 가서 포장된 물건을 하나 건네주었으나 그녀는 받으려 하지 않았다.

왜? 그가 말했다.

거기 뭐가 들었는지 알아.

뭐가 들었는데?

슬리퍼.

맞아.

난 이게 좋아. 미안해, 보비. 고맙게도 가져와주었는데. 하지만 그거 필요 없어. 다르게 보이고 싶지 않아.

하지만 너는 달라.

아니. 그렇지 않아. 어쨌든 나라는 사람이 되고자 한다면 그게 특별한 슬리퍼를 신은 사람은 아닐 거야.

다른 이야기를 하는 게 좋겠다.

그는 침상에 드러누워 팔로 눈을 가렸다. 나는 그대 오 백조 같은 몸을 가진 여인을 위해 죽지는 않으리. 나는 교활한 남자가 길렀으니. 오 얇은 손바닥, 오 흰 가슴. 나는 그대를 위해 죽지 않으리.*

그는 차가운 강철 벽을 바라보고 두 손에 얼굴을 묻고 잠이 들었다.

자다가 다시 깨서 누운 채 귀를 기울였다. 벽 속에서 톡톡 두드리는 소리. 그는 지금 듣고 있는 게 폭풍소리라고 생각했다. 일어서서 잭하우스**로 가 창밖을 내다보았다. 보행자 통로를 가로질러 밀어닥쳐 상부구조를 통과하는 거칠고 짠 물살. 나트륨등에서 김이 피어오르고 있었다. 그는 쇠 바퀴를 돌린 다음 어깨를 문에 대고 몸무게를 실었다. 비가 억수로 퍼붓는 바깥의 밤 속에서 계속 이어지는 높은 비명과 시야를 가리는 빗물. 그는 문을 당겨 닫고 바퀴를 돌렸다. 선한 하느님이여, 그가 말했다.

---

* 아일랜드 출신 미국 시인 패드라익 콜럼의 시 「나는 그대를 위해 죽지 않으리 (I Shall not Die for Thee)」의 일부를 약간 변형한 것.
** 리그의 다리를 올리거나 내리는 장치가 있는 공간.

아래로 내려가 제3갑판의 승무원 숙소를 어슬렁어슬렁 돌아다녔다. 어느 순간 불이 깜빡거려 그는 발을 멈추고 가만히 서 있었다. 이러지 마, 그가 말했다.

불빛이 안정되었다. 그는 몸을 돌려 선실로 돌아가 가방에서 손전등을 찾아내 뒷주머니에 꽂고 다시 나갔다. 돌아왔을 때 그의 손에는 아이스크림 사발이 들려 있었고 그는 침상에 책상다리로 앉아 다시 홉스를 집어들었다. 그는 불을 켜놓은 채 잠이 들었고 잠이 깼을 때는 아침이었다.

그는 상갑판으로 가서 선 채로 폭풍우를 내다보았다. 엄청난 덩어리의 물살이 갑판들 위를 지나가고 있었다. 리그 전체가 몸을 떨었고 사십 피트 아래에서 바다가 함교 난간까지 올라와 철썩이다 다시 떨어져내렸다. 그는 아래로 내려가 침상에 앉아 면도 도구와 칫솔을 꺼냈다. 그러고 그대로 앉아 있었다. 불안한 느낌이었는데 폭풍우 때문은 아니었다. 불안한 것 이상이었다. 그는 헬리콥터 조종사가 한 말을 되새겨보려 했다. 별거 아니었다.

잠시 후 그는 조리실로 가서 달걀 몇 개를 찾아내 아침을 준비하고 차 한 잔을 만든 다음 테이블에 앉아서 먹었다. 문득 손을 멈추었다. 조금 떨어진 카운터에 빈 커피잔이 있었다. 거기 잔이 놓인 걸 본 기억이 없었다. 있었다면 눈에 띄었을까? 거기 있었을 수밖에 없는데. 그는 일어서서 다가가 잔을 쥐어

보았지만 물론 차가웠다. 그는 다시 앉아 달걀을 먹었다.

　그는 컵과 접시와 포크를 싱크대에 넣고 휴게실로 올라갔다. 다시 텔레비전을 켜보았다. 아무것도 나오지 않았다. 틀에 담긴 당구공을 당구대에 놓고 흩어버린 다음 에이트볼 게임을 시작했다. 양말만 신고 당구대 주위를 소리 없이 돌아다니며. 당구대는 한쪽 구석이 기울었고 쿠션은 다 죽어서 공이 부딪혀도 튕겨내지 못했다. 그는 당구대를 정리하고 큐를 랙에 세워두고 돌아가 침상에 누웠다. 다시 일어나서 걸어가 문을 닫았다. 잠그거나 걸쇠를 걸 방법이 없었다. 칫솔을 다시 면도 도구 가방에 넣고 가방에서 수건을 꺼내 욕실로 가서 강철 칸한 곳에서 샤워와 면도를 하고 이를 닦고 돌아와 새 셔츠를 입었다. 조용히 조리실로 걸어가 냉장고에서 햄버거 패티 몇 개를 꺼내 카운터에 놓고 녹였다. 그런 다음 운영실로 올라가 앉아서 폭풍우를 지켜보았다. 누군가 그와 함께 리그에 있었다.

　그는 방으로 돌아가 책상을 문에 밀어놓고 침상에서 잤고 오후 늦게 잠을 깼을 때 책상은 족히 일 피트는 뒤로 밀려나 있었다. 리그의 진동 때문에 책상은 바닥을 가로질러 천천히 움직였다. 그는 방안을 둘러보았다. 달리 뭐가 움직였을까? 그는 일어서서 책상을 문에서 치우고 조리실로 내려가 고기를 토막 내는 칼을 챙겨 돌아와 침상에 앉아서 두 손으로 그것을 들어보았다. 그는 다시 책상을 문으로 밀어놓고 책을 읽으려

했다. 다시 운영실로 올라갔다. 폭풍우는 거의 수그러들지 않고 계속되었고 어둠이 서쪽으로부터 다가와 만 위로 움직이고 있었다. 바깥의 장비에는 수많은 불이 밝혀져 있었다. 그는 앉아서 먼바다가 어둠에 잠기는 것을 지켜보았다.

그는 고기 칼을 쥐고 아래 숙소를 돌아다녔다. 나중에 조리실로 올라가 햄버거 패티 두 개를 튀겨 빵 두 쪽 사이에 머스터드와 함께 넣고 테이블에 앉아 우유 한 잔과 함께 먹었다. 잔에 담긴 우유는 끝없이 주름이 잡히며 원을 그렸다. 그는 테이블의 접시 옆에 놓인 고기 칼을 보았다. 헹켈. 졸링겐.* 저걸 누군가의 두개골에 박을 수 있어? 물론이지. 왜 못해?

그는 자신이 플로리다로 가는 것을 알고 있던 사람이 누구인지 생각해보려 했다. 리그가 폭풍우에 가라앉으면 어떻게 될까? 리그는 가라앉는다. 그가 여기 있다는 사실이라도 알고 있는 사람이 누굴까? 항공사가 그를 펜서콜라에 데려다주었다. 그뒤에는 아무것도 없었다. 헬리콥터? 걸프웨이스? 거기에 걸프웨이스라고 적혀 있기는 했나?

리그는 폭풍우에 가라앉지 않을 거다. 그들은 뭘 원할까? 누가 무엇을 원할까? 누가 아무하고나 그냥 헬리콥터에 올라탈까? 네가 그랬잖아. 하루만 더. 최대 이틀.

---

* 헹켈은 칼의 상표이고 졸링겐은 헹켈의 본사가 있는 독일의 도시이다.

그는 손에 고기 칼을 들고 방으로 돌아가 책상을 문에 밀어 놓은 다음 침상에 몸을 뻗고 눈을 감았다. 이건 정말 멍청한 짓이야, 그가 말했다.

잠을 깼을 때는 거의 자정이었다. 침상이 흔들리고 있었고 그는 그것 때문에 잠이 깼다고 생각했다. 책상은 그새 방을 반쯤 가로질렀다. 그는 불이 나갈지 궁금했다. 그럴 이유는 없었다. 리그의 모든 것은 독립적이었다.

일어나 앉았다. 추웠고 그는 추위 때문에 잠이 깼는지도 모르겠다고 생각했다. 리그에 누가 있다면 이미 왔을 것이다. 어떤 종류의 바다가 잭업리그를 삼킬 수 있을까?

그는 복도를 따라 올라가 금속 문을 열고 울부짖음 속을 내다보았다. 다시 문을 닫고 돌아가 침상에 앉았다. 날빛까지는 긴 시간이었다.

그들은 그냥 싸구려 적외선탐지기를 들고 복도를 따라 걸어올 수도 있었다. 그러다 따뜻한 몸이 들어가 있는 방 앞에서 멈춘다.

샤워장까지 걸어가게 할까? 뒤처리를 최소화하기 위해?

옷을 벗게 할까?

그는 앉아서 귀를 기울였다. 문 밑의 가느다란 빛의 띠를 지켜보았다.

문을 두드릴까?

뭐하러?

불이 꺼지기를 기다릴까?

음식과 물을 가지고 들어온 다음 문에 바리케이드를 칠 수
도 있어.

이틀 더? 어쩌면.

그는 자신이 아무것도 하지 않을 것임을 알았다.

*

작업반은 다음날 아침나절에 돌아왔다. 양말만 신고 승강
계단을 내려와 조리실로 향했다. 그가 침상을 정리했을 때 복
도는 비어 있었다. 그는 잭하우스로 가 문을 밀어 열고 갑판으
로 나섰다. 바람이 여전히 불고 있었고 어두운 바다는 묵직하
게 철썩댔지만 폭풍우는 거의 지나갔다. 아래쪽 시추 층 곳곳
에 죽은 바닷새들이 널브러져 있었다.

그는 작업반과 점심을 먹었다. 좋은 사람들이었고 그가 있
는 걸 보고도 놀라지 않았다. 그는 방으로 돌아가서 잠수 보트
가 오기를 기다렸으나 잠수 보트는 오지 않았다. 시추 사무실
로 갔지만 시추 담당자는 리그를 옮기는 일에 관해서는 전혀
알지 못했다. 누군가 죽은 새들을 모아 뱃전 너머로 버렸고 그
는 리그가 서서히 좌우로 움직이며 가동되는 것을 지켜보았

다. 크고 노란 이동도르래가 장비들 안에서 흔들렸고 오후 중 반쯤 드릴이 다시 작업에 들어가 시추가 재개되었는데 이것은 밤까지, 또 앞으로 매일 낮 매일 밤 계속될 터였다. 그는 침상에 누워 선내 통화 장치 너머 시추 담당자의 목소리에 귀를 기울였다. 진흙 기록 담당*의 목소리. 그는 책상 위쪽 불을 켜두었다. 남자들이 식당을 오가느라 문 바깥을 지나다녔다. 목소리들이 그에게는 향유 같았다. 어떤 큰 작업의 일부가 된다는 것. 남자들의 공동체. 인생 대부분의 시간 동안 그는 거의 모르던 것. 그는 잠으로 흘러들었다가 빠져나오곤 했다. 목소리들이 밤새 이어졌다. 우리는 백 rpm**으로 돌아가고 있어. mp*** 둘은 칠백까지 올라가.

거기서 한 백이십 정도로 올리는 게 좋을 것 같은데. 하지만 너무 빠르게 가면 흔들리기 때문에 결국은 그저 벽에 들러붙게 될 뿐이야. 나는 네가 그 구멍에서 뭘 하든 좆도 관심 없어.

흠 거기에 우리가 뭘 넣을 수 있지?

쇠를 더 넣을 수 있을 것 같은데.

듣고 있어?

응.

---

* 유정을 파는 동안 표본을 분석하는 지질학자.
** revolutions per minute. 분당 회전수.
*** '진흙 펌프(mud pump)'를 가리키는 것으로 보인다.

셋에서 넷. 어쩌면 다섯.

팔십이가 될 것 같은데. 팔십이. 하지만 계속 뚫고 있어.

그래. 하나만 해.

그럼 스탠드*가 밖에 얼마나 나가 있는 거야?

서른. 이제 서른하나.

남은 건 드릴 파이프 다섯 스탠드쯤이야.

지금 걸려 있는 게 어느 조인트야?

구십구.

구십구. 진흙 무게**는 얼마야?

십-오.

확인할 필요가 있군.

그는 잤다가 깼다. 사 공 사.*** 밖은 조용했다. 스피커가 작은 소리로 꽥꽥거렸다. 암석 변화가 약간 있어. 백운석으로 들어가고 있어. 사 공 칠쯤. 십일 구십칠.**** 석회석에 가깝네. 어쨌

---

* 드릴 파이프 두세 개를 연결해놓은 것. 파이프 하나의 길이는 보통 삼십 피트 정도이다.

** 여기서 진흙은 시추 구멍을 드릴로 팔 때 윤활유 역할을 하는 용액을 말한다. 진흙 무게는 농도를 말하며 보통 일 갤런당 파운드로 계산한다. 바로 아래 '십-오'는 10.5라는 뜻이다.

*** '네시 사분'이라는 뜻.

**** 영어권에서는 혼란이 생기지 않도록 단순화하기 위해 숫자를 두 자리씩 끊어서 전달하는 경우가 있다. 이 경우는 1197을 의미하며 깊이를 가리키는 것으로 보인다.

든 큰 차이는 없어. 약간 색깔이 변했다고나 할까. 석회석보다 결정이 아주 조금 더 많고. 한 조각을 집어들고 보면 그냥 그 너머가 보여. 반은 백운석이고 반은 석회석. 처음에는 이판암인 줄 알았어.

뚫는 게 좀 나아진 것 같군. 조각이 커졌어. 저 비트가 물고 있던 곳에는 이빨 자국이 보일 거야. 그게 식욕이 좋다는 건 보장해.

다섯시에 그는 일어나 식당으로 내려가 아이스크림 한 그릇을 먹고 그곳에 앉아 커피를 마시고 있는 러프넥* 둘과 이야기를 했다. 그쪽 일행은 어디 있소? 그들이 말했다.

내일 와요. 내 희망이지만.

그들은 고개를 끄덕였다. 하지만 얼마나 오래 여기 나와 있든 돈은 날짜대로 받는 거지. 맞죠?

맞습니다.

좋겠군.

그는 침상으로 돌아가 달콤한 어둠 속에 누웠다. 폭풍우는 지나갔다. 발동기의 낮은 고동에 그릇이 천천히 테이블을 가로질러 움직였다. 그들 밑으로 드릴 비트가 땅의 상상할 수 없는 암흑 속에 일 마일 깊이로 들어가고 있다.

---

* 석유 채굴 인부.

비트 담당이 비트가 맛이 갔다는데.

비트 손보는 동안 중단하자고. 비트를 아예 바꿀 수도 있어.

진흙 기록 담당 나와라.

진흙 기록 담당 나왔음.

시추 층 나와라. 지금 어디야?

여기 켈리* 보관소에 돌아와 있어. 금방 갈 거야.

그는 거친 모포를 덮고 누워 있었다. 다른 세계로부터 오는 소식.

다른 암석이야. 이판암, 아마도. 스트로크 계수기를 다시 제로로 설정했어. 저건 중간 이판암이야. 셸마 백악.

지난번 조사 깊이가 얼마였지?

육십칠 칠십일. 각도 1도.

다음 켈리는 거기에서 어디까지 내려가?

칠십사 삼십삼.

그럼 하나 하고 둘 추가야? 아니면 셋 추가야?

셋 추가.

그가 다시 깼을 때는 거의 아침이었다. 선내 통화 장치는 조용했다. 이윽고 드릴 담당이 나왔다. 염병할 잘 뚫리지가 않아. 한 시간에 사십, 오십 피트? 거기서 십오 분 정도 펌프를

* 회전력을 드릴 비트에 전달하는 장치.

돌리자고. 끄고 지켜보는 거야. 흐르거나 하는 게 생기지 않는지 확인하고. 다 괜찮으면 계속 진행해서 거기에 시추용 진흙을 한 덩어리 집어넣을 거야.

그는 졸았다.

크레인 기사? 거기서는 저 바다가 어떻게 보여?

오나 육.*

바닥이 막힐 일은 없어, 진흙 기록 담당이 말했다.

자 구멍 좀 뚫어줘.

*

술집으로 들어가자 재니스가 고개를 들고 손가락 하나로 원을 그리다 바의 끝 쪽을 가리켰다. 그는 그녀를 따라가 바닥에 가방을 내려놓았다.

무슨 일이야?

들으면 기분이 좋지 않을 거야.

무슨 일인데?

누가 네 방에 들어갔어.

빌리 레이는 어디 있어.

---

* 파도 높이를 말하는 것으로 보인다.

모르겠어. 내가 온 동네를 뒤져봤어.

웨스턴은 눈길을 돌렸다.

어떡해 보비. 하지만 아직 나타날 수도 있어.

누가 들어갔는지 봤어?

아니. 문이 좀 열린 걸 보고 해럴드가 노크를 했어. 내가 올라가봤는데 내 눈에는 누가 네 물건을 뒤진 것 같더라고. 우리는 그애를 찾아 온 데를 다녔어. 나는 매일 저녁 빌리 레이, 빌리 레이 하고 부르면서 동네를 돌아다녔어. 나도 사람들이 나를 또라이라고 생각한다는 걸 알아. 정말 안타까워, 보비.

뭐. 올라가볼게.

여기 오는 그자들이야, 그치?

그래. 아마도.

재니스는 그의 얼굴을 탐색했다. 그는 가방을 들었다. 정말 모르겠어. 그자들이 뭘 원하는지 모르겠어. 심지어 누구인지도 모르겠어.

여기 뜰 거지, 그치?

모르겠어, 재니스. 정말 모르겠어.

그는 빌리 레이의 밥그릇을 숟가락으로 두드리며 거리를 배회했다. 방랑하는 탁발 수도사처럼. 그는 빌리 레이를 다시는 보지 못했다.

*

    이틀 뒤 술집으로 내려가자 두 남자가 맞은편 벽에 붙은 테이블에서 기다리고 있었다. 하얀 셔츠에 검은 니트 타이 차림이었고 셔츠 소매는 팔꿈치까지 걷어올리고 있었다. 물을 마시고 있는 것 같았다. 두 남자는 동시에 그를 보더니 고개를 돌려 서로 시선을 교환했다. 웨스턴은 바에 가서 재니스에게 맥주를 받아 술집을 가로질러 그들이 앉은 곳으로 가 의자를 발로 차 뒤로 밀어내고 맥주를 테이블에 놓았다. 안녕하세요, 그가 말했다.

    그들은 고개를 끄덕였다. 그가 다른 말을 더 하기를 기다리는 것 같았으나 그는 하지 않았다. 맥주만 벌컥벌컥 들이켰다.

    자리를 옮기고 싶소?

    뭐하려요?

    그냥 몇 가지 물어보고 싶어서. 우리 신분증이 보고 싶었소?

    아니요. 댁들은?

    우린 그저 우리 일을 하러 왔을 뿐이오, 미스터 웨스턴.

    알겠습니다.

    우리가 누구인지 모르죠.

    누구인지 관심 없습니다.

    이유가 뭐죠?

좋은 사람, 나쁜 사람. 그와 상관없이 댁들은 모두 똑같은 사람들이죠.

우리가 그렇다는 말이죠.

댁들이 그렇다는 말이죠.

자리를 옮겨야 할 것 같은데.

댁들하고는 어디에도 가지 않을 겁니다. 그건 알고 계실 듯한데.

당신 무슨 광신자요, 미스터 웨스턴?

네. 그렇다고 말할 수도 있을 것 같네요. 사실 나는 내 몸이 나에게 속한 거라고 믿거든요. 댁들 같은 사람들한테는 그게 받아들이기 힘든 사실이겠지만.

받아들이고 말고 할 게 없지. 우리는 그냥 우리한테 할당된 이 사건과 관련해서 당신한테 몇 가지 물어보고 싶을 뿐이오. 혹시 사진 몇 장 봐줄 수 있겠소.

웨스턴은 맥주를 홀짝였다. 좋습니다. 내 친구들인가요?

우리로서는 그렇지 않을 거라는 쪽으로 생각이 기울고 있소. 하지만 우리야 모르지.

그리고 내가 사진을 보는 동안 댁들은 내가 보는 걸 지켜볼 거고.

그래도 괜찮겠소?

그럼요.

첫번째 남자가 코트 주머니에서 갈색 봉투를 꺼내 고무줄을 아래로 벗겨내고 봉투를 테이블에 내려놓은 다음 사진 한 뭉치를 끄집어내 웨스턴에게 건네주었다.

그냥 내가 이걸 보길 바란다고요.

그래주신다면.

웨스턴은 뭉치를 넘기기 시작했다. 사진은 인쇄물이었다. 모두 똑같은 종이에 액자용 대지. 그는 사진 뒷면을 보았다. 모두 왼쪽 상단에 네 자리 숫자가 적혀 있었다. 그는 천천히 사진을 넘겼다. 젊은 백인 남성들, 대부분 정장 차림. 대체로 유럽인으로 보였다. 몇 명은 모자를 썼다.

이 사진에 무슨 특별한 순서가 있는 겁니까?

아니.

다음에 그의 눈에 들어온 사진은 아버지였다. 그는 그것을 한쪽으로 뽑아놓았다. 이게 누군지는 우리 다 알 것 같고.

알지.

댁들은 이 가운데 몇이나 알고 있죠?

말하지 않는 게 좋겠소.

나도 마찬가지.

나머지는 안 보겠다는 거요?

그냥 댁들하고 씨발 장난치고 있는 겁니다.

우리는 언제든지 당신을 소환할 수 있는데.

할 수는 있지만 하지는 않겠지.

그건 왜 그렇소?

우리는 다 컸으니까 월터. 이게 다 무슨 일인지는 모르겠지만 댁들이 이게 신문에 나기를 바라지 않는다는 건 알고 있소.

내 이름은 월터가 아니오.

미안 프레드라고 말한다는 것이.

프레드도 아니오. 사진은 어쩔 거요.

그는 나머지를 한 장씩 넘겨 보았다. 그에게 익숙한 얼굴이 하나 더 있었지만 이름은 떠오르지 않았다. 그는 그것을 테이블에 내려놓았다. 이 사람은 낯이 익어요. 연구소에서 일했죠. 젊은 사람. 이름은 몰라요. 전에는 알았는지 몰라도.

하지만 그게 전부고.

네.

웨스턴은 사진들을 한데 모아 테이블에서 정리하고 두 묶음으로 나누어 부채처럼 펼쳤다가 서로 섞은 다음 건너편으로 넘겨주었다.

카드 좀 하시는군, 미스터 웨스턴.

한때는. 지금은 아니고.

지금은 왜?

카드 좀 하는 사람을 몇 명 만났거든.

적당한 이유로군.

그 사람은 누굽니까?

어떤 사람?

사라진 사람. 사십이 이십육.

남자는 카드를 뒤집어 뒤지다가 마침내 그 번호에 이르렀다. 사라진 사람, 그가 말했다.

네.

어떻게 공교롭게도 그 번호를 기억하는 거요?

나는 공교롭게 뭘 기억하지 않아요.

우리는 그가 무슨 특별한 사람인지 알지 못하오.

그럼, 그렇겠지. 그런 사람이라면 말해줄 건가요?

아니.

좋아요.

좋소. 시간 내줘서 고맙소 미스터 웨스턴.

천만에요. 내가 댁들을 다시 보게 될까요?

아마 아닐 거요.

이 사람들이 다 누군지 알고 있나요?

말할 권한이 없소.

그는 쌓인 사진을 정리하여 봉투에 넣고 테이블에 있던 고무줄을 집어 씌운 다음 봉투를 테이블 위에 놓고 두드리더니 웨스턴을 보았다. 외계인을 믿소, 미스터 웨스턴? 그가 말했다.

외계인.

그렇소.

이상한 질문이네요. 오늘 아침에는 믿지 않았습니다.

남자는 미소를 짓고 일어섰고 다른 남자도 그와 함께 일어나 서 있었다. 그는 그때까지 한마디도 하지 않았다.

고맙소, 미스터 웨스턴.

웨스턴은 고개를 끄덕였다. 댁들이 지옥에 가는 건 언제든 환영입니다.

*

클라인의 사무실은 이층이어서 웨스턴은 충계를 올라가 문을 두드렸다. 자갈 무늬 유리에 금색과 검은색 글자로 박힌 이름. 그는 기다렸다가 다시 문을 두드렸다. 손잡이를 돌려보니 잠겨 있지 않아 문을 밀어 열었다. 바깥 사무실은 비어 있었지만 클라인은 유리로 둘러싸인 뒤쪽 사무실의 책상에 앉아 통화를 하고 있었다. 그는 웨스턴에게 고개를 끄덕이고 손으로 컵을 쥐는 모양을 만들어 보였다. 웨스턴은 등뒤로 문을 닫았다. 방구석 새장에 앵무새가 있었다. 바닥에는 신문지. 앵무새는 웅크리고 그를 살피다 한 발을 들어올려 뒤통수를 긁었다. 클라인은 전화를 끊고 일어섰다. 웨스턴, 그가 말했다.

네.

들어오시오.

그는 사무실을 가로질러가 악수를 했고 클라인은 의자를 가리켰다. 앉으시오. 앉아.

웨스턴은 의자를 뒤로 빼고 앉았다. 그는 새 쪽으로 고갯짓을 했다. 말을 하나요?

내가 아는 한 지금은 귀도 먹었고 말도 못하오.

지금은.

할아버지한테 물려받은 거요. 우리 집안은 카니발 공연을 했었거든. 저 녀석이 쇼 가운데 하나였지. 할아버지는 돌아가셨고 앵무새는 그후로 말을 하지 않소. 우리 할아버지 시계*하고 비슷하게 말이오.

그게 진짜입니까?

그렇소.

앵무새가 뭘 했습니까? 카니발에서.

자전거를 탔소. 줄에서.

지금도 탈 수 있나요?

부탁한 적이 없는데. 아마도 그런 건 잊어버리는 게 아닌 듯하지만.

---

* 상자 모양의 대형 괘종시계. 19세기 말 할아버지가 죽자 시계가 멈추었다는 〈My Grandfather's Clock〉이라는 노래가 있었고, 이 노래에서 '할아버지 시계'라는 명칭이 유래했다는 설이 있다.

나를 별로 좋아하지 않는 것 같던데요.

저 녀석은 누구도 좋아하지 않소.

수수료를 여쭤봐야 할 것 같은데요.

시간당 사십이오. 전화 상담 포함해서.

지금 말하는 것도 계산에 포함되는 겁니까?

아직은 아니오. 무슨 일로 왔는지부터 알아야겠소.

미치광이 고객도 몇 사람은 받아줍니까?

받소. 댁도 그런 경우요?

아닌 것 같은데요. 그들을 상대로 뭘 합니까? 미치광이들.

그냥 속여서 돈을 챙기지.

농담하시는군요.

그렇소.

통화할 때 이혼 사건은 안 한다고 하셨죠. 또 안 하는 게 뭐
가 있나요?

클라인은 회전의자를 옆으로 약간 돌렸다가 다시 바로 했
다. 이거 좀 괴상한 게 되겠군, 그렇지요? 우리가 지금 그쪽으
로 가는 거 아니오?

모르겠습니다.

그냥 다 얘기하는 게 어떻겠소. 최대한 간결하게 말이오.

좋습니다.

웨스턴은 비행기에서 이야기를 시작해 석유 굴착 장치와 세

븐 시즈에서 만난 소매를 걷어올린 두 남자에서 끝을 맺었다. 클라인은 두 손의 손가락 끝을 모두 맞붙인 채 앉아 있었다. 세심하게 귀를 기울이는 사람이었다. 웨스턴이 말을 마쳤고 그들은 가만히 앉아 있었다.

그게 답니다, 웨스턴이 말했다.

그게 댁이 하는 일이오? 인양 잠수부?

네.

대학 시스템에서는 난민이 되었고.

그런 것 같습니다.

머리 고치는 의사는 만나고 있소?

아니요. 그래야 한다고 보세요?

일종의 표준 질문이오. 심리학 전공이오?

물리학입니다.

글루온이 뭐요?

쿼크 상호작용의 매개 입자죠.

좋소.

답을 알고 계셨군요.

몰랐소, 사실은. 그냥 괴상한 이름이라고만 생각하고 있었소. 내가 이 일을 하기 전에 뭘 했는지 아시오?

아니요. 경찰이었던 것 같지는 않은데요.

아니지. 나는 점쟁이였소.

사실입니까?

모든 게 사실이오.

그것도 카니발 얘깁니까?

그렇소. 그건 가족 사업이었소. 다채로운 사람들이었지. 바이에른 이민자들이었소. 슈토이벤 집안. 구세계에서는 아마 집시였겠지, 나도 잘 모르지만. 그들은 캐나다에 정착했소. 사실 나는 몬트리올에서 태어났소. 나중에 가끔 애들이 나한테 와서 서커스에 끼고 싶다고 하면 나는 말하곤 했소 아니 안 그러는 게 좋을걸. 꺼져.

그걸 싫어하셨군요.

사랑했소. 댁은 도주중이오?

모르겠습니다. 아닌 것 같습니다. 아직은.

나한테 말하지 않고 있는 게 뭐요?

많습니다. 뭘 알고 싶으세요?

댁한테 무슨 일이 있었는지.

나한테 무슨 일이 있었나요?

나는 그렇게 생각하오.

말하지 않는 게 낫겠다고 한다면요?

그럼 말하지 않는 게 낫겠지.

죽은 여동생이 있습니다.

가까웠고.

네.

그게 얼마 전이오?

십 년 전입니다.

하지만 그 이야기를 하고 싶지는 않고.

네.

좋소.

이제부터 시간을 재는 겁니까?

곧 그렇게 될 것 같소.

의뢰인하고 보통 이런 식으로 면담하시나요?

어떤 식?

모르겠습니다. 좀 개인적인 방식으로 보여서요.

아니라고 할 수 있을 거요.

그런데 왜 나한테는?

댁은 좀 흥미로우니까.

하지만 내가 솔직하게 말하지 않는 게 있고요.

클라인은 손목시계를 보았다. 이제 시작을 해야 할지도 모르겠소. 사람들이 돈을 내고 나서 자신에 관해 무슨 이야기를 하는지 알면 놀랄 거요.

알겠습니다. 정말 사람들 운을 점치는 일을 하셨었나요?

그렇소.

그쪽에 재능이 있었습니까?

그게 재능인지는 모르겠소. 대체로 상식이었지. 관찰. 통찰.

내가 이야기하지 않는 게 뭘까요?

모르겠소. 댁이 누구에게도 이야기한 적 없는 게 뭐요?

아마 많겠죠.

댁이 부끄럽게 여길 만한 건 제외하고.

그래도 많습니다.

내 생각에 우리한테는 자신도 잘 알지 못하는 이유로 남들에게 이야기하지 않는 것들도 있는 듯하오.

열세 살 때 숲에서 추락한 비행기를 발견했습니다.

좋소. 그런데 아무한테도 얘기를 안 했다.

안 했습니다.

비행기에 사람이 있었소?

네. 조종사.

죽었군.

네.

댁은 혼자였고.

네. 음, 개가 옆에 있었습니다.

왜 아무한테도 말하지 않았소?

모르겠습니다. 무서웠습니다.

전에 죽은 사람을 본 적이 없었군.

네.

그 사람이 죽은 지 얼마나 됐소?

모르겠습니다. 며칠. 일주일. 차가웠습니다. 겨울이었고요. 땅에는 눈이 있었습니다. 조종실에 쓰러져 있더군요. 비행기는 나무에 걸려 움직이지 않았고요.

사람들이 비행기를 찾고 있었소?

네. 이스트테네시의 국유림이었습니다. 눈이 내려서 찾기가 쉽지 않았죠.

그래서 얼마 뒤에 찾았소?

아마 일주일쯤. 한 일주일 뒤였던 것 같습니다. 사람들이 그걸 찾아낸 게.

이상한 이야기로군.

그런 것 같습니다.

다른 게 또 있군.

아마도 이상한 건 내가 그 비행기를 알았다는 점 같습니다. 나는 그게 뭔지 알았습니다.

그 비행기를 알았다.

네. 그 기종의 모형을 만든 적은 없지만 아는 비행기였습니다.

어릴 때 모형 비행기를 제작했군.

네. 그건 아주 이국적인 비행기였습니다. 레어드-터너 미티어. 아주 오래된 밀폐형 조종실 경주용 비행기죠.

그게 그런 외딴 지역에서 뭘 하고 있었을까?

테네시주 털러호마에서 열리는 모임에 가는 중이었습니다.

내 이름은 어떻게 알았소?

네?

내 이름은 어떻게 알았냐고.

전화번호부에서 봤습니다.

왜 나요?

안 될 이유가 있나요?

그냥 눈을 감았다 뜨니 거기 내가 있었다.

선생님이 유대인일 거라고 생각했습니다.

정말로.

네.

철자가 이런데도.*

네. 유대인입니까?

그렇소. 사설탐정 업계에 유대인이 몇이나 되는지 아시오?

아니요.

나 하나요.

설마 그럴 리가.

그렇지 않지. 하지만 사실에 가깝소.

---

* 보통 유대인이면 독일어식으로 Klein이라는 성을 쓰는데 이 사람의 성은 발음은 같지만 Kline이다.

왜 그렇죠?

이 직업이 멋있어 보이지가 않나보지.

하지만 선생님한테는 다르고요.

아마도. 댁이 위험에 처했다고 생각하시오?

모르겠습니다. 실제로 그렇다면 어떻게 해야 하는지도 모르겠습니다.

물속의 비행기. 댁은 그걸 확인하러 되돌아갔소.

네. 부표는 사라진 게 분명합니다. 모르겠네요. 내가 놓쳤을 수도 있죠. 물이 아주 거칠었으니까.

정말로 석유 굴착 장치에 누가 있었다고 생각하시오?

그렇게 생각했습니다. 지금은 자신이 없네요.

눈 내린 숲속의 경주용 비행기. 댁은 그것도 다시 보러 갔지.

네.

다음날?

이틀 뒤에요.

개를 데려갔소?

아니요.

왜?

개가 그것 때문에 신경이 곤두선 것 같아서요.

개가 비행기에 죽은 사람이 있다는 걸 알았다고 생각하시오?

알았다고 생각합니다. 네.

개가 그걸 어떻게 알까?

모르겠습니다.

뭔가를 가져왔군.

내가 뭔가를 가져왔다고요?

비행기에서.

네.

좋소.

기체에서 리넨 한 조각을 잘랐습니다. 22라는 번호가 적혀 있는. 큰 사각형. 깃발처럼.

그건 아주 이국적인 비행기였고.

네. 아름다운 것이었죠. 아주 빠르고. 프랫 앤드 휘트니 십 사기통 성형 엔진이 달려 있었는데 출력이 천 마력이었습니다. 1937년형이었는데 말이죠. 당시 포드 자동차는 팔십오 마력을 냈어요. V-8 라인에서 최고 등급이. 성능을 줄인 등급은 육십을 냈고요. 그걸 설계한 사람들과 이야기를 하고 싶은 마음이었습니다.

비행기를.

네. 이 사람들은 20세기 레오나르도*들이었어요. 화성인까

---

* 레오나르도 다빈치를 가리킨다.

지는 아니라 해도.

그래서 그게 숲속에 누워 있는 걸 보고 무슨 생각을 했소?

내가 본 가장 이상한 것에 가깝다고 생각했습니다.

안에 시체가 있는 비행기를 발견하는 건 아주 특이한 경험이라고 말할 수 있을 것 같소. 하지만 댁에게는 그게 흔한 일처럼 보이는군.

흔한 일이라고요.

통계적으로 말해서. 일반 시민이 경험하는 확률의 수백만 배지.

내가 미신이라도 믿어야 합니까?

심해 잠수. 자동차경주. 뭐라 해야 하나. 위험에 대한 사랑?

모르겠습니다.

내가 댁을 위해 무슨 일을 해주길 바라시오?

살아남으려면 뭘 해야 하는지 말해주시길 바라는 것 같습니다. 아마도.

전화번호부에서 찾아낸 어떤 사람이.

네.

내 짐작으로는 그저 댁이 이 모든 걸 더 진지하게 받아들일수록 이 세상에 남아 있을 가능성이 더 커진다는 일반적인 이야기나 할 수 있을 것 같소.

알겠습니다.

총을 가지고 다니시오?

아니요. 하나 있기는 합니다. 가지고 다녀야 할까요?

통계적으로 총은 수명을 늘리는 게 아니라 줄이지요. 불쾌한 진실을 말하자면 누가 댁을 죽이려 하는 경우 댁이 어떻게 해볼 수 있는 건 그리 많지 않다는 거요. 진짜 안전해지는 유일한 방법은 사라지는 거겠지. 하지만 그런다 해도 장담은 못 하는 거고.

나도 그 방법을 생각해봤습니다만. 그건 최후의 수단 비슷한 것처럼 보이는데요.

그렇소. 하나를 제외한 최후의 수단.

네.

악인은 쫓아오는 자가 없어도 도망하나.* 보비라고 했지요, 맞지요?

네.

댁이 한 일이 뭐요?

나도 알고 싶습니다. 선생님은 목숨을 잃을까봐 걱정하는 의뢰인이 많습니까?

몇 명 있지.

어떤 종류의 의뢰인이죠?

---

* 「잠언」 28장 1절.

여자 종류의 의뢰인이오. 대부분의 경우.

남편 있는 여자.

또는 남자친구가 있는.

의뢰인을 잃은 적이 있습니까?

있소. 한 명.

무슨 일이 있었죠?

남자가 감옥에서 풀려났소. 저쪽에서는 굳이 누구한테 그 소식을 전해줄 생각을 하지 않았지. 여자는 두 시간 만에 죽었소. 댁의 누이는 꽤 미인이었지요.

네. 어떻게 그걸 아시죠?

아름다움은 다른 비극의 범위를 넘어서는 슬픔을 일으키는 힘이 있으니까. 큰 미인을 잃으면 온 나라가 무릎을 꿇을 수도 있소. 다른 무엇으로도 그런 일은 일어나지 않지.

헬레네.*

또는 매릴린.**

음, 동생 이야기는 하고 싶지 않은데요.

알겠소.

우리가 어디까지 이야기했죠.

---

* 그리스신화에서 트로이의 왕자 파리스가 스파르타의 왕비 헬레네를 유괴한 것이 트로이전쟁의 원인이 되었다.
** 매릴린 먼로를 가리킨다.

나라를 떠나고 싶지 않다 해도 새 신분이면 당면한 문제 몇 가지는 해결될 거요. 하지만 아마 어딘가로 이동해야 하겠지. 저쪽이 댁한테서 뭘 원하는지 모르기 때문에 댁을 찾는 데 어떤 노력을 쏟아부을지도 알기 힘들구려.

하지만 저쪽에서 찾고자 한다면 찾을 거고요.

오 그럼.

나는 미합중국 정부가 일상적으로 시민을 암살한다는 생각은 일부 정치집단 사이에 퍼진 편집증적 환상 비슷한 거라고 생각하는데요.

나도 그 말에 동의할 수 있을 것 같소. 댁이 암살 대상으로 선택된 사람이라면 이야기가 달라지지만.

내 문제는 정보가 충분치 않다는 겁니다.

댁의 문제는 정보가 전혀 없다는 거요. 댁이 나한테 준 것 외에 달리 이렇다 할 게 없다면 나는 어떤 조사도 시작하지 않을 것 같소. 잘못했다간 어떤 소득도 얻지 못할 투자가 될 테니까. 댁이 전혀 모르는 적을 상대할 방법을 말해줄 수 있는 사람은 아무도 없소. 최선의 충고는 아마 달아나라는 것일 거요. 국내건 국외건 어떤 적을 상대하든 상당히 효과적인 전략이지.

네. 내 친구도 말한 적이 있습니다. 나라면 꼴사납게 서 있느니 멋지게 튀겠다. 우리가 지금 새 신분 이야기를 하고 있는 거죠. 맞나요?

맞소. 만일 그걸 준비하길 바란다면 내 쪽에선 아무것도 챙기지 않고 해주겠소. 여권, 운전면허증, 사회보장카드를 받게 될 거요. 뒷배를 완전히 봐주는 거지, 그쪽 업계 표현으로. 그럼 댁의 돈이 천팔백 달러가 축날 거요. 이 경우는 그보다 약간 적겠네.

그게 선생님이 보통 하시는 일입니까?

아니오.

내 이름을 선택해야 하나요?

아니. 그렇지 않을 거요. 전화가 곧 오겠네.

네?

전화가 곧 올 거라고.

전화가 왔습니다.

내가 봐도 한낱 싸구려 트릭 같기는 하지만.

네. 천팔백.

그렇소. 비싸지. 약간. 하지만 최고이기도 하오. 실제로 거저와 다름없는 돈으로 다른 사람이 될 수 있지. 그런 다음 그냥 사라질 수 있소. 다만 어디에서도 지문은 찍히지 마시오. 그걸 살 생각이 없소?

네.

클라인은 일어서서 창밖을 내다보았다. 경주용 비행기라, 그가 말했다.

네.

댁은 세상 다른 누구도 알지 못하는 어떤 걸 알고 있었지.

네. 아마도 그런 것 같습니다.

클라인은 고개를 끄덕였다. 그는 지붕들 너머 강을 볼 수 있었다. 건물들 사이로 창고와 부두와 배들의 일부. 그는 고개를 돌려 웨스턴을 보았다. 수직 안정판에 적힌 번호가 뭐였소?

레어드에요.

거기에.

비행기를 모시나요?

전에는 몰았지.

NS 262 Y였습니다.

이 사람들은 댁이 어떤 걸 안다고 생각하는데 댁은 사실 그걸 모르고 있소.

선생님은 그렇게 보시나요?

달리 볼 방법이 있소?

*

그와 레드는 술집 뒤편 작은 테이블에 앉았다. 레드는 맥주를 한 모금 마시고 병을 테이블 위 자기 열쇠들 옆에 놓았다.

그 녀석 어머니는 경찰에 전화하겠다고 해. 하지만 경찰이 녀석을 찾으면 아마도 그 멍청한 엉덩이를 감옥에 처박겠지.

뭘로?

젠장, 보비. 걔들이 굳이 깊이 파헤쳐볼 필요가 있다고 생각해?

그래. 일리가 있네. 네가 가보는 건 언제?

뭘 보게 될지 두려워.

그 친구가 어딘가에서 시체가 되어 있는 것.

아니. 어딘가에 살아 있는 것. 라피엣.* 아마 시내에서 팔 내지 십 마일 떨어진 이동주택에 살고 있을 거야.

그게 네가 아는 전부로군.

작은 동네야. 거기 있는 누군가는 녀석을 알아.

그 말이 분명히 맞겠군. 알았어.

알았어? 정말?

그럼.

너는 좋은 씨발놈이야. 노부인께서는 영화에서 그러는 것처럼 녀석이 신문을 들고 있는 사진을 원한다고 했지만 나는 카메라가 없다고 했어. 실제로 없고. 종이에 녀석의 서명을 받아오겠다고 했어. 어쩌면 신문에다가. 그럼 되겠지 안 그래?

내가 가서 그 친구가 죽었다는 걸 알게 되면?

---

* 미국 루이지애나주의 도시.

모르겠어. 전화로 그 여자한테 귀여운 아들이 죽었다고 말하지는 않을 거야. 그렇게는 못해.

음. 거기 열쇠 챙겨.

이틀 뒤 그는 캐터필러나 다닐 만한 검은 흙길을 따라 라피엣 동쪽 늪지—라이브오크 초원과 녹색 거름 위로 우뚝 솟은 사이프러스 뿌리 돌출부들이 눈에 띄는 물이 잔잔한 내포—를 통과해 가다가 갈림길을 만나 엔진을 공회전시키며 그곳에 서 있었다. 가다가 갈림길을 만나거든 그 길로 가라.* 그는 오른쪽 길로 갔다. 이유는 없었다. 휘청거리고 미끄러지며 도로의 늪 같은 곳을 통과하여 계속 나아갔다. 검은 진흙의 파인 곳들. 멀리 늪의 통나무들 위에 서 있는 잿빛으로 보이는 가마우지. 거북이.

이 마일을 더 가자 도로가 끝나며 정리된 공터가 나타났고 이동주택 한 채가 진흙 속에 고꾸라져 기운 채 놓여 있었다. 바퀴는 반쯤 묻혔고 타이어는 썩어가고 있었다. 픽업트럭. 그는 엔진을 끄고 그곳에 앉아 있었다. 이윽고 내려서 문을 닫고 집에 대고 아무도 없느냐고 외쳤다.

새 몇 마리가 날아갔다. 그는 트럭의 펜더에 기대서서 그곳

---

* 미국 야구 선수이자 감독인 요기 베라가 했다고 하는 역설적 표현.

풍경을 자세히 살폈다. 밧줄 해먹이 나무 한 쌍 사이에 걸려 있고 밑으로 해먹 조각들이 늘어져 있었다. 사람이 빠져 떨어진 자리였다. 똬리를 튼 플라스틱 호스. 아연 도금을 한 욕조. 발이 튀어나온 악어가죽이 나무 한 그루에 못으로 걸려 있었다. 잠시 후 그는 다시 소리쳤다.

문이 활짝 열리며 트레일러 옆면에 부딪혀 큰 소리를 냈고 실성한 것처럼 보이는 턱수염을 기른 남자가 허리 높이에서 산탄총을 겨눈 채 문간에 두 다리를 벌리고 서 있었다. 누구야? 남자가 쉰 목소리로 말했다.

예수여, 웨스턴이 말했다. 쏘지 마.

웨스턴?

그래.

뭐야 씨발. 어디서 온 거야?

구제 임무를 띠고 파견된 거야.

위스키 가져왔어?

가져왔지.

집안으로 들어와 이 개자식. 니가 으면 천사보다도 나서. 쎈 놈은 어디 있어?

웨스턴은 트럭 문을 열고 의자 뒤에서 술병을 집었다. 그는 병을 놓쳤다가 두 손을 허둥대며 다시 잡는 시늉을 했다.

씨발 장난치지 마, 웨스턴. 어서 이리 올라오기나 해.

어떻게 지내?

똥만도 못하게. 이리로 들어와.

웨스턴은 트레일러의 앞방에 있는 곰팡이가 피고 스프링이 튀어나온 소파에 앉았다. 장소 전체에서 온통 썩는 냄새가 났다. 그는 주위를 둘러보았다. 예수여, 그가 말했다.

보면은 구석에 산탄총을 세우고 맞은편의 곧 무너질 것 같은 일광욕 의자에 앉아 두 발을 플라스틱 오토만*에 얹은 다음 병을 집어들고 비틀어 딴 뒤 마개를 방 건너로 회전을 걸어 던졌다. 그는 한껏 마시고 한쪽 눈을 가늘게 뜨며 뻣뻣한 팔로 병을 웨스턴에게 내밀었다. 후아, 그가 말했다.

잔은 없겠지.

부엌에 있어.

웨스턴은 일어서기 시작했다.

거기에 가고 싶지 않을 것 같은데.

그는 다시 앉았다.

예쁜 광경은 아니야. 싱크대에 접시가 꽉 차서 오줌을 싸려면 밖으로 나가야 해.

알았어.

전에는 접시를 그냥 마당에 내놨어. 늘 뭔가가 나타나 깨끗

---

* 상자 같은 가구로 안에는 물건을 넣고 윗부분은 의자로 쓴다.

이 치우더라고. 그러다가 뭔가가 그걸 가져가기 시작했어. 어쩌면 곰일 수도 있고, 나도 모르지.

웨스턴은 위스키를 한 모금 마시고 병을 돌려주었다. 보면이 그걸 마셨다. 갈색 액체가 병에서 부글거렸다. 그가 병을 내렸을 때는 삼분의 일이 사라졌고 그의 눈에서는 물이 흘러나오고 있었다. 그는 입을 닦고 병을 내밀었다. 젠장, 웨스턴. 나는 이보다 역겨운 술도 마셔봤어. 자.

나는 됐어.

나를 흔한 주정뱅이처럼 혼자 마시게 내버려두겠다는 거야?

너는 흔한 주정뱅이야.

너는 여기까지 뭐하러 온 거야?

네 가족이 너를 찾고 있어. 레드는 그 사람들한테 뭐라고 해야 할지 몰랐고. 네가 살았는지 죽었는지. 예를 들어 말이야.

하지만 녀석은 여기로 오려 하지 않았지, 그치?

레드가 지난번에 너를 찾으러 캘리포니아 어딘가로 갔는데 네가 레드를 취하게 하고 싸우게 하고 감옥에 들어가게 했고 그래서 마침내 엿새 후에 집에 돌아왔을 때는 이가 두 개 사라지고 임질로 고생했다던데.

레드를 보게 되면 녀석은 물이 뚝뚝 떨어지는 커다란 보지에 지나지 않는다고 내가 그러더라고 전해줘.

반드시 전하지.

녀석이 한번은 나한테 뭐라고 했는지 알아?

모르지. 녀석이 한번은 너한테 뭐라고 했는데?

인도에서 자지로 잔에 든 우유를 마시는 놈을 봤다고 했어. 그게 믿어져?

예수여.

보면은 술을 마셨다. 웨스턴은 벽을 가리켰다. 저게 뭐야? 그가 말했다.

뭐가 뭐야?

저기 벽에. 저게 뭐야?

모르겠어. 토한 게 마른 것처럼 보이는데. 정말로 이거 한번 더 목구멍에 붓지 않을 거야?

사양할래. 여기는 끔찍해 보여.

하녀가 쉬는 날이거든. 잠깐. 움직이지 마.

왜?

움직이지 말라니까.

예수여, 보면. 그 염병할 거 내려놔.

보면은 병을 무릎 사이에 끼우더니 일광욕 의자 깊숙한 곳 어딘가에서 피스톨을 꺼내 들고 웨스턴의 머리를 겨누었다.

선하신 하느님이여, 보면.

움직이지 마.

트레일러에서 일어난 폭발에 귀가 먹먹했다. 웨스턴은 바닥으로 몸을 던졌다. 두 손으로 정수리를 감쌌다. 귀가 계속 울렸고 아래로 내려오다 테이블에 찧은 머리가 아팠다. 피가 나는지 만져보았다.

이 미친 새끼. 너 도대체 머리가 어떻게 된 거야?

잡았다 이 개자식. 젠장, 웨스턴. 거기서 일어나.

미쳤어?

그냥 쥐잡이 총알*이야.

웨스턴은 몸을 일으켜 뒤쪽 벽을 보았다. 트레일러 벽에는 사방에 아주 작은 구멍들이 무리 지어 뚫려 있었고 구멍들 사이 여기저기에 작은 갈색 얼룩이나 반점이 있었다. 그는 보면을 보았다. 보면은 발터 P38의 공이치기를 내리고 있었다. 바퀴벌레야, 그가 말했다. 전쟁이지, 보비. 포로는 안 잡아. 어서 엉덩이 일으켜. 젠장. 안 다쳐.

내 염병할 귀가 스네어드럼처럼 울리고 있어.

그래? 나는 익숙해진 것 같군.

이건 익숙해지지 않아. 네 귀가 먼 거야.

네가 SR 4756** 한 통하고 마개를 몇 개 가져왔으면 좋았을 것을. 여기 어딘가에 오래된 리Lee 장전기가 있거든. 이걸 강의 모래로 재장전할 수 있어. 밀랍으로 봉하면 돼. 이 개자식

---

* rat shot. 큰 탄알 하나 대신 아주 작은 탄알 여러 개가 발사되도록 만든 탄약.
** 탄약통을 재활용할 때 쓰는 가루.

들은 내가 탄약이 떨어진 걸 알면 여길 접수해버릴 거야. 그냥 케이티 문 잠가*가 되어버릴 거야.

저것들이 네가 탄약이 떨어진 걸 알면.

그래.

보면?

이제 딱 한 상자 남았어. 쥐잡이 총알.

보면?

응?

사람들이 와서 너를 데려갈 거야. 무슨 말인지 알아들어?

내가 정신줄을 놓고 있다고 생각하는구나.

달리 뭐라고 생각해야 하는데?

너는 똑똑한 녀석이야, 웨스턴. 어차피 그들이 올 거라는 생각은 정말로 하지 않는 거야? 우리가 미래를 내다볼 수 없다고 말하는 거야? 우리는 그럴 필요가 없어. 그게 이미 여기 와 있으니까. 나는 아직도 라이플용 백팔십 그레인짜리 긴 탄두 다섯 상자에 산탄 총알은 아마 여덟 상자쯤 있어. 집 밑에는 물이 드럼통에 오십오 갤런 있고 포위를 당해도 아주 잘 버틸 만큼 먹을 것도 충분해. 말린 과일. C-레이션.** MRE*** 두 상자.

---

* 통제할 수 없는 혼란을 가리키는 관용적 표현.
** 캔에 든 전투식량.
*** Meals Ready to Eat. 군인 배급용 간이 식량.

저기 바닥에는 문이 있어. 트레일러 아래 땅에 통을 넣어놨거든. 일종의 오리 사냥 구덩이*지. 둘레에는 돌을 쌓았고. 주요 위치에는 총구멍이 있어.

그는 술을 마셨다. 웨스턴을 보았다. 영광의 분출이야, 보비. 마지막 선택지야. 여기는 바로 그런 곳이야.

웨스턴은 바닥에서 일어나 귀에 손가락을 넣고 흔들고 있었다. 너는 염병할 프루트케이크**만큼이나 또라이야.

보먼은 미소를 지었다. 술을 마셨다. 갑자기 몸을 앞으로 기울이더니 다시 권총을 휙 꺼냈다. 움직이지 마, 그가 작지만 날카로운 소리로 말했다.

웨스턴은 소파로 몸을 던지며 두 손으로 귀를 막았다. 잠시 후 고개를 들었다. 보먼은 일광욕 의자 위에 쓰러져 소리 없이 웃음을 터뜨리고 있었다. 어깨가 떨렸다.

너는 병든 씨발놈이야. 그거 알았어?

오 이 사람아, 보먼이 씨근거렸다.

뭐 하나 물어보자.

좋지.

여기에서 누군가를 마지막으로 본 게 언제야?

누군가를 정의해봐.

---

* 사냥꾼이 오리 등을 사냥하기 위해 구덩이를 파고 숨는 은신처.
** 정신 나간 사람을 가리키는 속어.

누군가. 인간.

인간을 정의해봐.

진지하게 하는 얘기야.

나도 마찬가지야.

여기 나온 지 얼마나 됐어?

모르겠어. 여섯, 여덟 달.

사실이야? 그 모든 게?

무슨 모든 거?

총과 구덩이와 그 모든 거.

아니. 씨발 그냥 농담하는 거야, 보비. 음. 하지만 일부는.

저기 밖에 있는 게 네 트럭이야?

그럼.

열나게 오랫동안 저기 방치돼 있었던 것처럼 보이는데.

늪이 기계류에는 친절하지 않지.

너한테도 별로 친절했던 것 같지는 않아.

나는 잘 지내고 있어.

네가 잘 지내고 있다.

그럼.

보면 네가 이해하지 못하는 것 같은데. 너는 어딘가에서 톱니가 어긋났어. 이건 괜찮은 게 아니야. 이건 괜찮은 것으로부터 열나게 멀리 떨어진 상태야.

보먼은 그 말을 생각하며 일광욕 의자에 누워 천장을 보았다. 죽임을 당한 팰머토 벌레*의 마른 사체들을 보았다. 그는 위스키를 한 모금 마셨다. 그냥 여기 앉아 위스키 좀 마시면서 느긋하게 있는 게 어때서. 똥 같은 것들을 쏘면서.

돈은 있어?

보먼은 호주머니에 손을 넣으려고 한쪽 다리를 쭉 뻗었다. 조금 있어, 보비. 얼마나 필요해?

젠장, 리처드. 나는 아무것도 필요 없어. 그냥 네가 괜찮은지 알고 싶었던 것뿐이야.

나는 괜찮아.

식료품을 사러 나갈 때는 어떻게 해?

도로를 따라 이 마일쯤 올라가면 늙은 바보가 하나 살아. 그 사람한테 차가 있지. 함께 가서 그 사람은 취한 똥이 되고 내가 태워서 돌아와.

그가 다시 위스키를 권했지만 웨스턴은 고개를 저었다.

젠장, 보비. 좀 마셔. 너는 좀 풀어질 필요가 있어. 다 괜찮을 거야.

웨스턴은 병을 받아 마시고 다시 건네주었다. 여기 나와서 완전히 망가진 똥이 되어버리지 않은 게 확실해?

---

* 팰머토 나무에서 자주 발견되는 대형 바퀴벌레의 일종.

나는 어떤 것도 확실치 않아. 너는?

나도 아마 그렇겠지.

내가 마지막으로 누군가를 본 게 언제인지 알고 싶다 했지. 나는 너한테 마지막으로 누군가를 보지 않은 게 언제냐고 물어볼 수도 있겠네. 마지막으로 그냥 혼자 앉아 있어본 게 언제야. 세상이 어두워지는 걸 지켜보면서. 밝아지는 걸 지켜보면서. 네 인생을 생각하면서. 네가 어디 있었고 어디로 가는지. 그 어느 것에라도 어떤 이유가 있는지.

이유가 있어?

이유가 있으면 그저 물어볼 게 하나 더 늘어날 뿐이라고 생각해. 뭘 할지 결정을 내린 뒤에 이유를 만들어내는 게 아닌가 하는 게 내 생각이야. 아니면 뭘 하지 않을 것인지 결정을 내린 뒤에.

그는 웨스턴을 보았다.

계속해봐, 웨스턴이 말했다.

아아, 보먼이 내뱉었다. 그는 어깨 뒤쪽으로 뭔가 보이지 않는 것을 던지고 병을 들어 마셨다. 그리고 일어나 앉았다. 마지막으로 녹스빌에 간 게 언제야?

그렇게 오래되지 않았어.

녹스빌, 보먼이 말했다. 레드가 너를 여기로 보낸 게 확실해?

그럼.

좋은 씨발놈이야. 우리는 역사가 좀 되지.

나하고 함께 돌아갈래?

보먼은 위스키병의 라벨을 살폈다. 그건 아닌 것 같은데, 그가 말했다.

알았어.

여기 왔던 사람이 누군지 말해주지.

누구야.

오일러.

오일러?

오일러.

언제?

한참 전에. 같이 시내에 가서 취하도록 마셨지.

오일러는 죽었어, 리처드.

보먼은 일어나 앉았다. 몸을 기울여 바닥에 병을 내려놓고 고개를 돌려 작고 더러운 창문 밖을 내다보았다. 제기랄, 그가 말했다.

안된 일이야.

정말 개같군.

알아.

어떻게 된 거야?

잠수 사고. 저 아래 베네수엘라에서.

얼마 전에?

두어 달 됐어.

보먼이 고개를 저었다. 정말 개같군.

그래.

젠장 정말 싫어.

그는 몸을 앞으로 기울이고 병을 건넸다. 웨스턴은 망설였
지만 보먼은 그걸 그렇게 영원히 들고 있을 각오였다. 그는 병
을 받아 마시고 도로 넘겼다. 정말 좋은 개자식이었는데, 보먼
이 말했다.

그래.

보먼은 손바닥 아래쪽으로 눈을 눌렀다. 똥구멍이나 다름없
지 않은 인간을 몇이나 알아?

모르겠어. 몇 명은 알지.

그래? 오일러는 내가 떠올릴 수 있는 거의 유일한 사람이야.
그냥 고민 없이.

음, 너하고 나도 있잖아.

보먼은 술을 마시고 병을 무릎에 올린 다음 병목을 잡았다.
젠장, 웨스턴. 너는 똥구멍조차 아니야.

나는 거기까진 진보하지 못했다.

못했지.

그냥 흔해빠진 똥이다.

모르겠어.

하지만 개자식은 아니고.

아니지.

자지처럼 비열한 놈도.

보먼은 미소를 지었다. 아니지. 너는 자지처럼 비열한 놈이 아니야.

어떤 종류의 씹탱이는 어때?

모르겠어. 씹탱이는 앞에 형용사가 붙어야 할 것 같아.

역겨운 씹탱이처럼.

그래. 역겨운 씹탱이처럼. 불쌍한 씹탱이, 멍청한 씹탱이.

내가 멍청한 씹탱이라고 생각해?

네가 어떤 씹탱이인지 모르겠어.

하지만 어떤 종류이긴 하지.

그래.

너는 역겨운 씹탱이야?

아마도. 맞아.

네가 될 수 있는 최악은 뭐야?

보먼은 그 말을 생각해보았다. 똥덩어리. 그건 구제불능이지.

완전한 경멸.

완전한.

변명 같은 건 있을 수 없고.

그건 해당 없지.

너는 개자식이야?

나? 그렇고말고.

의문의 여지 없이.

의문의 여지 없이. 금박을 입힌 보증서를 붙여.

그래서 여기 나와 있는 거야?

네 말은 내가 개자식이니까 늪지에서 시들어가라고 하느님
이 나를 여기로 보냈냐는 거야?

그렇지.

아마도.

하느님을 믿어?

젠장, 보비. 누가 알겠어.

누가 누구를 그냥 씹탱이라고 부르면 그건 수식어를 빼먹었
다는 뜻인가?

그냥이 수식어지.

롱 존은 개자식이야?

아니. 녀석은 너무 한심해.

역겨운 씹탱이야?

이런 식으로 말해볼게. 사전에서 역겨운 씹탱이를 찾으면
그놈 사진이 나올 거야. 젠장 오일러 일은 정말 싫어.

440

시내로 들어갈래? 먹을 걸 좀 사러?

아마도. 좋아.

그는 남은 위스키를 마저 비우고 일광욕 의자 아래로 손을 넣어 뒤축에 숫자 9가 적히고 빨간색과 파란색이 섞인 볼링 신발 한 켤레를 끄집어냈다.

그건 뭐야?

신발.

가진 신발이 그거뿐이야?

이걸 신어도 괜찮겠지?

아마도. 보통 신발은 다 어디 갔어?

장화. 아주 괜찮은 토니 라마* 한 켤레. 어느 볼링장에 있을 거라고 생각할 수밖에 없겠는걸.

네가 볼링을 하는 줄은 몰랐는데.

안 해. 준비됐어?

그들은 마당으로 나와 서서 보먼의 트럭을 보았다. 보먼은 방금 위스키 한 쿼트의 대부분을 마신 사람치고는 상태가 그렇게 엉망으로 보이진 않았다.

연료펌프가 맛이 가서 계속 크랭크를 돌렸더니 마침내 카뷰레터를 통해 역화가 생겼고 그러면서 시동 기어의 톱니가 반

---

* 웨스턴 부츠 상표.

쯤 망가졌어.

플라이휠은 괜찮고.

괜찮고, 다행히도. 내가 시동 장치를 잡아 뺐어. 저쪽 바닥
에 있어.

그걸 집어넣고 다시 조립할 수 있어. 돈도 별로 안 들 거야.

그래. 타이어는 어쩔 생각인데?

웨스턴은 타이어를 보았다. 그러네, 그가 말했다.

냅둬 씨발, 보비. 저 개자식은 저기 내버려둬. 조만간 내가
손봐서 굴러가게 할 테니까.

좋아. 준비됐어?

그래. 너는 나한테 사기를 쳐서 뭘 하게 만드는 경향이 있어.

나는 너를 여기로 다시 데려올 거야. 젠장, 보면. 나는 네가
여기서 자빠져 죽든 말든 상관 안 해.

신사처럼 말하는군. 알았어. 문단속 좀 하고.

문단속?

그래.

알았어.

보면은 주위를 둘러보았다. 여기 어딘가에서 마지막 흰부리
딱따구리가 죽었어. 아마 삼십 년 전일걸. 나는 아직도 개네
우는 소리가 들리나 귀를 기울여. 그게 무슨 의미가 있겠어?
다 영원히 사라졌는데.

네가 조류 관찰자인 줄은 몰랐는데.

아니야. 그냥 영원 관찰자일 뿐이야.

영원은 긴 시간인데.

나도 잘 알지. 야. 나는 이상한 꿈들을 꿔, 친구. 가끔은 동물 꿈을 꾸는데 동물들이 판사 같은 가운 차림으로 나타나서 내 엉덩이를 어떻게 할지 판결을 내리려 해. 꿈속에서 나는 내가 무슨 짓을 했는지 몰라. 그냥 내가 그 짓을 했다는 것만 알지. 네 말이 맞을지도 몰라. 어쩌면 나는 여기에서 나갈 필요가 있을 거야.

그들은 포스 스트리트 카페로 가서 구운 감자를 곁들인 포터하우스 스테이크와 바닐라 아이스크림을 곁들인 핫 애플 코블러를 먹었다. 보먼은 카운터로 가서 시가 두 개를 들고 돌아와 앉더니 하나를 웨스턴에게 건넸다. 웨스턴은 미소를 지으며 고개를 저었다.

좆 까지 마, 보먼이 말했다. 죽은 놈 덕분에 남은 우리 몫이 더 커진 거라고. 넌 뭐야? 무슨 미학자aesthetic라도 된 거야?

금욕주의자ascetic.

뭐가 됐든.

나는 한 번도 시가를 피운 적 없어. 너는 지금 나를 롱 존으로 착각한 거야.

그래. 늘 너희 둘이 헷갈려.

보먼은 시가 끝을 물어 끊어 뱉어내고 시가에 불을 붙인 다음 성냥을 흔들어 끄고 남은 하나를 재떨이에 놓았다. 그는 몸을 기울이고 연기를 뿜었다. 나는 이 염병할 동네가 싫어.

다른 데로 가.

물론이지. 나는 좆같은 맥민빌*로 돌아갈 수도 있어.

다른 데로 가. 세상은 넓어.

그래. 세상은 넓고 그러다가 뚝 떨어지지. 목성인가 어디에서는 강력한 망원경만 있으면 자기 뒤통수도 보인다는 얘기를 어디선가 읽었는데. 그게 사실이야?

모르겠어. 어쩌면. 중력이 아주 강해서 어쩌면 빛을 구부려 그렇게 행성을 한 바퀴 돌릴 수 있을지도 모르지. 이론적으로는 그게 사실일 수도 있다고 생각해. 물론 망원경을 들고 있을 수는 없겠지, 무게가 오백 파운드는 나갈 테니까. 또 일어서거나 숨을 쉬거나 그런 건 전혀 할 수 없을 거야. 아마 아래를 내려다보면 눈알이 눈구멍에서 빠져 바닥에서 달걀처럼 깨질걸.

넌 그 모든 똥 같은 걸 좋아하지, 그렇지?

웨스턴은 어깨를 으쓱했다. 재미있잖아. 그걸 아주 잘하기도 했고.

그래? 나는 공놀이를 아주 잘했는데. 사실 어중간하게 잘했

---

* 테네시주의 도시.

지. 마이너에는 갔어. 일 년. 하지만 내가 쇼에 나가지는 못할 거라는 걸 알았고 그걸로 끝이었지. 오일러가 전에 클라리넷 불었다는 거 알아?

물론 알았지.

그 자식 좀 괴상한 똥이야.

예상할 만한 일은 아니었던 것 같아.

인간이란 좆도 수수께끼야. 그거 알고 있었어?

웨스턴은 커피를 홀짝였다. 그게 내가 정말로 알고 있는 유일한 건지도 모르지.

지금도 음악 해?

아니.

너한테서는 예상할 만한 일인데.

음악 하는 거?

응.

왜?

그냥.

그게 남자가 할 만한 일이 아니라고 생각하는구나.

내가 그렇게 생각하지 않는다는 거 알잖아. 네가 어느 날 밤에 웨이사이드 인에서 음악 하는 걸 봤어.

웨스턴은 미소를 지었다. 내가 그렇게 심한 피해를 준 기억은 나지 않는데.

아니었을 수도 있지. 하지만 많은 남자가 그러지 못할 수도 있는 상황에서 너는 바닥에서 다시 일어났다는 걸 나는 기억해.

완전한 무지 덕분이지.

어쨌든, 대체로 내 말은 그냥 네가 좆나 수수께끼라는 거야.

내가.

그래. 네가.

셰던도 그러더군.

흠. 아마 셰던이라면 제대로 알 거야.

그런데 너는 수수께끼가 아니고.

젠장, 보비. 나는 너 같은 인간 열 명보다 많은 즐거움을 주고 있어. 너는 곧이곧대로인 인간이라 네가 지금 어울리고 있는 그 미친 니미씨발놈들과 어울리는 건 둘째 치고 그 가운데 반을 알기만 해도 그것만으로 참 신기한 일이었을 거란 생각이 들어. 맥주 마실래?

물론이지.

너 이 시가 피워야 해.

나한테 줘.

보먼은 그에게 시가를 건넨 다음 손을 들어올려 웨이트리스를 불렀다.

교육이 문제가 아니야. 셰던은 아주 좋은 교육을 받았지. 염병하게 좋은, 말이 나온 김에 말하자면. 하지만 너에 관한 사실들 가운데 그 녀석에게나 나에게는 해당하지 않는 것들이 있어. 또는 레드에게도.

예를 들어.

어쩌면 그냥 사람들이 너에 관해 너한테는 하지 않을 말을 한다는 거겠지.

나쁜 말?

아니. 그냥 너에 관한 진실일지도 모르는 것들. 너는 자신에 관해 알아야 할 모든 것을 너 자신으로부터 알 수 있다고 생각해?

아니. 그렇게 생각하지 않아.

웨이트리스가 맥주를 가져왔다. 웨스턴은 재떨이에서 성냥을 집어 시가에 불을 붙였다. 성냥을 흔들어 껐다. 롱 존에 관해 사람들이 등뒤에서 하는 말이 있다고 생각하지 않아?

그런 생각은 안 하는데. 대부분의 경우 사람들은 그 녀석에게 빨리 소식을 전해주고 싶어 안달이라고 생각해.

그럼 예를 하나 들어봐.

무슨 예.

사람들이 나에 관해 말한 것의 예. 내 감정을 고려할 필요는 없어.

젠장, 보비. 나는 네 감정은 좆도 고려하지 않아.

어쩌다 우리가 이런 얘기를 하게 됐지?

모르겠어.

우리가 다시는 서로를 보지 못하게 될 거라고 생각하기 때문이 아닐까?

나는 그렇게 생각하지 않아. 좋아. 여기 한 가지가 있어. 네가 샤워를 하다 오줌을 싸러 나올 인간이라는 거.

그게 그렇게 나빠?

나쁘다고 말하지는 않았어.

누가 그 말을 했어?

내가.

왜 어머니한테 연락 안 해?

전화가 없어.

저기 뒤쪽 화장실 옆 벽에 공중전화가 있어.

연락할게, 보비.

나도 내 어머니한테 연락할 수 있으면 좋겠다.

나는 길 끝에 선 사람이야, 보비. 늘 그랬어. 어쩌면 전에는 그걸 몰랐던 것뿐인지도 몰라.

저 밖에는 뭐가 있다고 생각해?

보면은 고개를 저었다.

응?

최근에 세상을 둘러는 봤어, 아들?* 뭐가 다가오고 있다고 생각해? 크리스마스? 이제는 조문객을 고용할 수도 없어. 얼마 지나면 저쪽에서는 우리를 그냥 녹여버릴 방법을 궁리할 거야. 뇌는 정지할 거고 그다음에 보도에 남는 건 구두 한 켤레와 쌓여 있는 옷가지뿐일 거야.

나를 놀라게 하는군. 이게 네 마지막 기항지야?

아마도. 아닐 수도 있고. 늙기에는 너무 이르고 똑똑해지기에는 너무 늦었어. 눈앞에 닥치기 전에는 어떤 것도 알 수 없어. 언젠가 너는 길의 끝이 길과는 아무런 관계가 없을지도 모른다고 말한 적이 있지. 어쩌면 길의 끝은 길이 있었다는 것조차 알지 못할지도 몰라. 준비됐어?

웨스턴은 맥주를 마저 마시고 타고 있는 시가를 재떨이에 놓았다. 잔돈을 챙기고 팁을 놓아두고 일어섰다.

그들은 밖으로 나가 갓돌에 섰다. 그냥 가, 보먼이 말했다. 나는 돌아가지 않아.

나중에 와서 데려다줄까?

아니. 나는 괜찮아. 가서 나의 과부 여자를 만날 거야.

뭐 진지한 관계야?

그렇진 않아. 그냥 연상의 여자라고 부를 수도 있는 사람이지. 하지만 명랑한 영혼이야. 언제나 그리운 옛날의 야단법석 썹을 할 준비가 되어 있지.

---

* son. 부자 관계가 아닐 경우 보통은 나이가 위인 사람이 아래인 사람에게 쓰는 호칭.

몇 살인데?

일흔셋.

젠장, 보면.

보면은 싱글거렸다. 좆도 그냥 농담하는 거야, 보비. 몇 살인지 나도 몰라. 어쩌면 마흔. 빨간 머리. 뱀보다 비열하지.

그는 시가를 이로 꽉 물고 거리 아래쪽을 내려다보았다. 턱수염을 긁었다. 여기까지 와줘서 고마워, 보비. 도그딕*한테 내가 아직 살아 있고 아직 제정신이 아니라고 말해줘.

한 가지 물어보자.

그래.

네가 곤경에 처했는데 딱 이십오 센트짜리 두 개밖에 없다고 해봐. 나한테 전화할래 아니면 셰던한테 전화할래?

그래. 무슨 말인지 알겠네.

트레일러에는 어떻게 돌아갈 거야?

그 여자한테 차가 있어.

그다음에는 어쩌고?

그다음에는 아무것도 없고.

식료품 사는 건 어쩌고?

그 여자가 좀 챙겨줄 거야.

---

* Dogdick. '개'에 '남자 생식기'를 합친 말.

내가 돈을 좀 줄 수도 있어.

정말?

정말.

좋아. 나는 자존심 없어.

웨스턴은 이백 달러를 떼어 건네주었다.

고마워 보비.

어떻게 할 거야?

모르겠어. 기다려야지.

뭘?

모르겠어.

언제쯤 알게 돼?

눈앞에 닥치면.

있잖아, 내가 너처럼 살 수 있을 것 같지는 않아.

그래. 뭐, 그래야만 할 때까지 기다려.

셰던 말이 일 년 전쯤 뉴올리언스에서 네가 정말 커다란 아가씨하고 있는 걸 봤다던데. 그게 그 여자야?

아니. 그건 재키야.

그 여자는 어떻게 됐어?

더운 날씨가 다가와 보내야만 했지. 엉덩이 폭이 도끼 손잡이만했거든. 게다가 기분이 별로면 천사의 먼지*를 먹은 핏불 테리어 같은 기질을 드러내기도 했지.

그런데 뭐가 매력이었어.

재미있는 여자였어. 내가 아는 어떤 여자보다 내 거에 머리를 잘 들이대는 것도 해될 건 없었지. 하지만 재미있었어. 다음에 뭘 할지 알 수가 없었어. 나는 여자한테서 그런 점이 좋아. 어느 날 밤에는 버번 스트리트의 공중전화 박스에서 빨아주더라니까. 허리 위로는 유리뿐인 그런 데 있잖아. 나는 전화통화를 하는 척해야만 했지. 사람들이 지나갔고. 그러다가 씨발 뭐 어때 하는 생각이 들었어. 그래서 존 셰딘한테 전화해서 내가 지금 공중전화 박스에서 빨리고 있다고 말해줬지.

나를 소개해주지는 않겠지.

내 과부 여자한테? 안 해주지.

일흔세 살이라고?

아냐. 마흔도 안 된 것 같아. 그냥 네가 냄새를 맡지 못하게 하려는 것뿐이야. 너는 나를 제리 머천트하고 헷갈리고 있어. 노령연금을 받는 사람이 아니면 제리는 심지어 관심도 갖지 않지. 한번은 그 녀석과 거기 나폴리언 위에서 함께 머물던 시절 내가 집에 들어갔는데 그 녀석이 침대에 누군가의 할머니를 데려다놓은 걸 본 적이 있어. 그 여자는 시트를 위로 끌어올리려 했지만 녀석은 그걸 그냥 바닥으로 끌어내리고 거기

---

* 합성 헤로인을 지칭하는 속어.

서서 싱글거리더라고. 그 여자는 염병할 토탄 늪에 잠긴 미라처럼 보였어. 두 손으로 얼굴을 가리더군. 그게 도움이라도 될 것처럼. 나는 녀석이 그 여자에게 그런 식으로 성적 수치심을 주고 그걸 유난히 즐기던 모습은 생각하고 싶지도 않았어. 물론 생각하지 않으려고 할수록 더 생각하게 되었지만. 몸조심해, 보비.

너도.

웨스턴은 그가 거리를 따라 내려가는 모습을 지켜보았다. 볼링 신발을 신은 채 성큼성큼 걸어내려가는 모습. 더럽고 막돼먹고 의기양양한 모습. 보먼이 모퉁이에 이르렀을 때 웨스턴은 그가 돌아보고 손을 흔든다거나 할 거라고 생각했지만 그러지 않았다. 그는 뤼 프린시팔 웨스트*라는 이름이 붙은 거리로 접어들어 사라졌다. 웨스턴은 트럭으로 돌아가서 올라타다시 뉴올리언스로 방향을 잡았다.

---

* Rue Principale Ouest. '서쪽 대로'라는 뜻의 프랑스어.

VII

그녀는 옆의 누비이불에 책을 펼쳐둔 채 잠이 들었지만 밤중에 깨어나 램프를 끈 게 분명했다. 다시 잠이 깼을 때 창밖에는 흐릿한 날빛이 있었고 키드가 그녀의 책상 앞에 앉아 뭔가를 읽고 있었다. 그녀는 일어나 앉아 머리카락을 뒤로 쓸어넘겼다. 뭘 읽고 있어? 그녀가 말했다.

새로운 데이터. 가운 좀 여며줄래? 예수여.

그녀는 가운을 여몄다.

네가 일어나서 다행이야. 뭔가가 나타났거든. 우리가 신호를 포착했어. 4번 주파수대. 이건 방금 들어온 거야. 역사가 묘해.

어떤 거?

키드가 방안을 가리켰다. 그녀는 고개를 돌려 살폈다. 비스듬한 천장 밑에 방수모를 쓴 남자 둘이 서 있었다. 그들 사이의 바닥에는 테두리가 황동인 기선 트렁크가 있었다.

저 사람들 누구야?

아주 흥미로워. 우리가 얼마나 멀리 거슬러올라가서 보고 있는 건지 모르겠네. 저건 선창船倉 아주 깊숙한 곳에 있었는데 대체 어디를 굴러다니다 왔는지 모르겠군. 어이 좀 보자고.

남자들은 트렁크의 스트랩을 풀기 시작했다. 묵직한 황동 걸쇠. 모든 것에 푸른 녹이 두껍게 덮여 있었다. 트렁크는 모로 서 있었고 그들은 그것을 책처럼 양옆으로 펼쳤다. 작은 남자 하나가 안에서 걸어나오더니 기지개를 켜고 몸을 흔들다가 뒷덜미에 손을 올리고 머리를 천천히 한쪽으로 이어 다른 쪽으로 돌렸다. 그는 뒤로 물러나 권투 선수처럼 자세를 잡고 잽을 빠르게 연거푸 날렸다. 그러고는 앞으로 나서더니 제자리에 섰는데, 입에서 나무가 딸깍딸깍 부딪치는 소리가 났다. 마치 껌을 씹고 있는 것 같았다.

트렁크 안에는 페이즐리 무늬 안감이 덧대어 있었고 그 안에 있던 남자도 같은 무늬의 작은 정장 차림이었다. 코트와 바지, 그것과 짝을 이루는 조끼와 모자. 노란 크라바트를 두르고 은 시계 사슬을 늘어뜨렸는데 사슬에는 작은 메달이 여러 개 달려 있었다—교회 메달, 학교에서 준 상, 부적으로 쓰는 은화. 우유 회사 이름이 찍혀 있는 작은 인장. 그녀는 가운을 바짝 여미고 남자를 더 잘 보려고 침대에서 몸을 앞으로 기울였다. 모형처럼 보였다. 나무로 만든. 입이 열리고 닫힐 때마다 딸깍 소리가 났고 눈은 반짝이는 유리 같았다. 그는 몸을 웅크리고 다시 주먹을 올리더니 몸을 도로 세우고 특유의 나무 같은 미소를 지었다.

우리한테는 프로그램이 없어, 키드가 말했다. 저 녀석 코트 뒤에 잭이 몇 개 달렸어. 접속 패널이지. 뭐가 빠졌는지 모르겠네. 네가 한번 보고 싶어할지도 모르겠다고 생각했어. 손으로 만든 듯한 느낌이 좀 있지.

내가 뭘 하기를 바라는데?

글쎄. 질문을 좀 해봐. 나는 여기 앉아 메모를 할 테니까.

무슨 질문?

이름을 물어봐.

마네킹은 한 발을 다른 발 위로 꼬고 열린 트렁크에 기대서 있었다. 건방지고 약간 위협적으로 보였다.

이름이 뭐야? 그녀가 물었다.

퍼든틴. 다시 물어봐도 똑같이 말할 거야.

이름이 뭐야?

퍼든틴. 다시 물어봐도……

됐어, 키드가 말했다. 그 정도면 알아들었어.

시곗줄에 달린 저것들은 뭐야?

'세상의 나무꾼들'. '원죄 없는 잉태'. 파이 베타 카파* 열쇠도 있고. 아마 전당포에서 얻었을걸.

계속 나를 노려보고 있어.

너를 계속 노려보고 있어?

응.

녀석은 모형인데.

알아. 근데 낯이 익어.

그녀는 침대에서 내려와 바닥에 책상다리로 앉았다. 너무 가까이 가지 않는 게 좋을걸, 키드가 말했다.

나를 좋아하지 않는 것 같아.

그래서? 나는 네가 녀석에게 질문을 좀 할 줄 알았는데.

어디서 왔니? 그녀가 말했다.

모형은 고개를 갸우뚱했다. 키드를 보았다. 이 꼴리는 년은 누구야?

키드는 물갈퀴로 입을 가린 채 그녀에게 소곤거렸다. 이건 '개인 조언자' 프로그램일 수도 있어. 이런저런 의견이 많지. 그렇다고 이 녀석한테 뇌가 있다는 뜻은 아니지만.

좆 까, 모형이 말했다.

아주 무례하네.

나한테 직접 말을 하는 게 어때, 블론디?**

---

* 미국 대학의 우등생들로 구성된 학술협회이자 친목 단체.
** Blondie. 금발 여자를 가리키는 말.

'세상의 나무꾼들'이 누구야?

누가 알겠어? 키드가 말했다. 나무하고 무슨 관계가 있겠지.

조합組合 이름이야, 모형이 말했다. 이 뇌성마비로 보이는 썹 탱아.

이 녀석 머릿속에 나사가 있어. 나사를 돌려 연결해놓은 것처럼 보여. 어쩌면 무슨 사고를 당했는지도 모르지.

아마 어떤 애가 갖고 있던 걸 거야.

싸움에 끼어들었는지도 몰라.

빙고, 모형이 말했다. 그는 고개를 까닥이고 몸을 비틀고 어퍼컷을 날리더니 다시 썹기 시작했다. 딸깍 딸깍 딸깍.

뭔가를 기다리는 것 같은데.

너를 기다려, 돌리팃츠.*

모자를 떼어낼 수 있을까?

모르겠는데. 아마 못으로 박아놨을 거야. 너무 가까이 가면 안 좋을 것 같은데.

안 가.

네 엉덩이를 걸고 말해, 모형이 말했다.

여행 많이 해?

물론이지.

---

* Dollytits. 인형을 가리키는 Dolly와 젖가슴의 속어인 tits를 합친 말.

어떤 장소를 찾아가는데?

물론이지.

어쩌면 어디서 머리부터 떨어졌는지도 몰라, 키드가 말했다.

트렁크에 또 뭐가 있어?

모르겠어. 배터리 팩이 있을 수도 있고. 변압기. 어쩌면 안정기로 조절하는 발전기 같은 귀여운 게 들었을지도 모르지.

트렁크 안에서는 뭘 해? 그녀가 말했다.

내가 뭘 하냐고? 나는 염병할 아무것도 안 해. 내가 뭘 한다고 생각하는 거야? 돌아다니며 딸딸이나 치고 대충 그게 다야. 언제 퇴근해?

저애가 해부학적으로 정확하다고 생각해?

물론이지, 모형이 말했다. 자작나무 불알과 시계태엽 좆이야.

그녀는 키드를 보았다. 저애를 어째야 할지 모르겠어.

저놈의 걸 테이프로 감아두어야 할지도 모르겠군.

저애에 관해 아무것도 몰라?

글쎄 녀석이 누구고 어디에서 왔고 뭘 하는가를 제외하면 대충 알 만한 건 다 아는 것 같은데. 트렁크에는 바다에서 불운을 겪었다는 걸 암시하는 물자국이 있어. 여기 이 호두나무 머리통이 여행중에 물에 잠긴 적이 있는지도 모르겠는걸. 회로가 한두개 부식되었을지도 모르고. 다른 걸 한번 물어봐.

네가 해, 모형이 말했다.

남부 억양이 좀 있네. 몇 살이야?

모르겠어. 환승중에 서류를 잃어버렸어.

다른 언어도 할 줄 알아?

물론이지. 이중 네덜란드어*와 돼지 라틴어.** 나는 십이현 솔터리***와 병리학적 리라를 연주하고 사 옥타브로 방귀를 뀔 수 있어. 너는 어때, 듀이드로어즈?****

수학은 좀 알아?

반복하지 않고 수를 앞으로 셀 수 있고 처음부터 다시 시작하지 않고 뒤로 셀 수 있어. 언젠가 한번 해볼게.

문제는 풀 수 있어?

풀 수 있고말고. 너는 어때, 피치퍼즈?*****

그녀는 키드를 돌아보았다. 트렁크에는 뭐라고 써 있어?

뭐가 뭐라고 써 있어?

트렁크에 스티커가 붙어 있잖아.

---

* 도저히 이해할 수 없는 말을 가리키는 관용어.

** 특정 단어 어두의 자음을 어미로 보내고 그 뒤에 ay를 덧붙여 단어를 재조합하는 어린이 은어.

*** 14~15세기경에 연주되던 현악기의 일종.

**** Deweydrawers. 사람 이름 Dewey와 이슬에 젖었다는 뜻의 dewy의 발음이 같은 것을 이용해 '이슬에 젖은 속바지'라는 뜻을 나타낸 말장난으로 보인다.

***** Peachfuzz. '복숭아 솜털'이라는 뜻.

460

아. 웨스턴 유니언*의 자손이라고 적혀 있어.

자손progeny?

소유property네. 웨스턴 유니언 소유.

슬리커** 차림의 두 남자는 서서 기다리고 있었죠. 그들의 방수 장화 둘레에 물이 고여 웅덩이가 생겼다.

정장은 어디서 났어? 그녀가 물었다.

내 정장이야. 어디서 났냐니 뭔 뜻이야? 원래 입고 있었어.

그만 됐어, 키드가 말했다. 그는 공책을 덮었다. 씨발. 늘 이길 수는 없는 거야. 저 별종 엉덩이를 도로 집어넣어.

남자들이 앞으로 나와 트렁크를 기울였고 한 남자가 모형을 집었다.

크랜들? 그녀가 말했다.

남자들은 멈추었다. 그들은 그녀를 쳐다보고 이어 키드를 보았다.

녀석의 엉덩이를 집어넣어.

크랜들 맞죠?

이 계집애는 또 왜 이래?

크랜들 나예요. 앨리스예요. 나도 이젠 많이 컸죠.

그리고 밥Bob은 네 골때리는 좆같은 삼촌이고. 나를 좀 여기

---

* 미국의 전보(電報) 회사.
** 길고 품이 큰 레인코트.

서 꺼내줘. 그리스도여.

미안해요, 크랜들. 나는 그때 겨우 여섯 살이었어요. 가지 말아요. 제발.

부두 일꾼들은 기다렸다. 키드를 보았다.

우리 할머니가 그 정장을 만들었어요. 위층 욕실에 있는 낡은 커튼으로. 심지어 그 모자도 할머니가 만든 거예요.

이 멍청한 년이 도대체 무슨 말을 하는 건지 누가 이야기 좀 해줄래?

제발 가지 말아요.

이러려고 씨발 일곱 바다를 여행한다고? 예수여.

됐어, 키드가 말했다. 제기랄. 프로그램대로 해. 내가 말하지 않았어? 프로그램대로 하라고? 그게 염병할 그렇게 어려워? 씨발. 저 녀석 엉덩이를 여기서 내보내.

그는 단골 술집에서 의자에 등을 기댄 채 거리가 상당히 떨어진 다른 의자에 두 발을 올려 꼬고 있는 키다리와 마주쳤다. 모자가 기울어 한쪽 눈을 덮고 있었다. 입에는 마카누도 프린스 필립 시가를 물고 있었다. 그는 거의 위쪽을 올려다보지도 않았다. 앉아, 그가 말했다. 입에 발린 말은 사양이야. 기분이 더럽거든.

또?

흐름을 느끼고 있는 것 같군. 거긴 대답 안 함.

장화 좋네.

존은 자기 장화를 살폈다. 겉모습에 속기 쉬워. 잘 안 맞아, 신어보니. 포트워스*의 스카파인 앤드 선즈 수제품인데도. 거기서 내 구두 골을 보관하고 있지. 뭐 좀 마실래?

됐어, 고맙지만.

커피는.

아니.

좋을 대로.

그럴게. 어디 묵고 있어?

버크 앤드 헤어에 오면 나를 찾을 수 있을 거야. 무일푼 신사를 위한 객관이지.

하루이틀 전에 오랜 친구를 만났는데 네 안부를 묻더군.

셰던은 물고 있던 시가를 꺼내 살폈다. 아주 오랜 친구는 아니겠지. 그렇다면 이미 죽은 자들에 속할 테니까.

보면.

그 친구는 진짜로 죽은 자들에 속하는 줄 알았는데. 지금도 데임** 재클린과 함께던가?

아니. 그 여자는 차버리고 그냥 과부 여자라고만 부르는 새 동반자를 구했던데.

흠. 그 여자의 신발을 채우는 건*** 쉽지 않겠지. 서랍은 말할 것도 없고. 마지막으로 봤을 때 레이디 재클린은 옷에서 완

---

* 텍사스의 도시.
** Dame. 여성에게 붙이는 경칭.
*** 보통은 충족해야 할 기대치가 높다는 뜻으로 쓰인다.

전히 벗어나 방수포로 들어갔더라고. 아예 차일 밑으로. 그 모든 게 과히 환영하기 힘든 이미지들을 불러일으키더군. 그 여자의 울퉁불퉁 훌륭한 궁둥이가 강으로 향하는 고양이들이 담긴 자루처럼 흔들흔들 거리를 따라 내려가더라고. 넌 떠올리고 싶지도 않을 거야. 그 텐트 같은 란제리 안에서 두 팔을 휘둘러대더라고. 커튼을 헤치고 돌아갈 길을 찾으려고 몸부림치는 배우처럼. 코를 킁킁거려. 그러다 발견의 외침. 그냥 그 대담함 때문에 숨이 멎어. 앉아, 스콰이어, 제발 좀.

웨스턴은 앉았다. 그래서 심사숙고중인 거야?

아니. 털사가 떠났어.

안됐군.

내뺐어. 튀어버렸지. 계속 즐겁게 해주기가 힘들어, 스콰이어. 계속 판돈을 올리거든. 일꾼이 일을 하듯 박을 걸 다 박아줬다고 생각하지만 그건 시작일 뿐이야. 하느님. 인간이 통과해야 하는 그 많은 고리들. 어떤 나이에는 이런 종류의 일들을 넘어설 수 있을지도 모른다고 생각하지만 어떤 나이에는 못하겠다 싶어져. 우리가 찾고 있는 게 뭘까? 은총이나 구원은 아니고 사랑이라고 상상하는 건 말도 못할 정도로 우스꽝스럽고. 고대인은 포도에 진실이 있다고 주장해. 하느님도 아시다시피 나도 그쪽은 파볼 만큼 파봤어. 남자가 보지에 질릴 때는 인생에 질린 거라고들 하지만 정말이지 나는 그년들이 마침내 나를 기진맥진하게 만든 건지도 모른다고 생각해. 하느님 하지만 우린 바보야. 아침 우유와 함께 배달되어야 할 것 때문에 이러다니. 크롤리*라면 그렇게 말했겠지만. 예수여. 왜 내가 너한테 묻는 거지?

모르겠어.

셰던은 시가를 빨았다. 고개를 저었다. 심지어 그렇게 섹시한 여자도 아니었어. 잘생겼지만 묘한 방식이었지. 쥐라기 고양이 같은 앞니. 남자는 그런 걸 무시하면 안 돼.

홍적세.

뭐라고?

홍적세. 고양이 말이야.**

그래, 뭐. 두운이 맞는 말로 아무거나 골라줘.

그는 다섯 손가락으로 잔 바닥을 잡고 들어올려 천천히 돌렸다. 얼음 조각들은 진북眞北을 유지했다. 달콤할수록 더 치명적이야, 스콰이어. 오 진짜 자기 기旗를 나부끼는*** 여자를 가끔 발견하기는 하지. 그건 어떤 면에서는 심지어 상쾌하기까지 해. 철저하게 나쁜 년, 공정한 경기에 어떤 특혜도 없음. 침

---

* 영국의 신비주의 마술사 앨리스터 크롤리를 가리키는 것으로 보인다. 그는 매일 아침 우유처럼 여자를 배달시켰다고 한다.
** 셰던이 말한 '쥐라기 고양이'가 '검치호랑이'를 가리킨다고 이해하고 그 동물이 나타났던 시대를 정확히 말해준 것.
*** 본색을 그대로 드러낸다는 뜻.

대 발판에서 늘어진 줄에 매달린 마른 음낭. 하지만 이 다른 년들. 수줍은 미소와 내리깐 눈. 예수여. 그건 피하게 해줘.

우리 예절바른 기사한테 무슨 일이 생긴 거야, 존? 이건 너무 섬뜩한 초상인데.

말했잖아. 내가 좋은 기분이 아니라고. 여전히 마음속으로는 기쁨보다 슬픔에 더 지혜가 많다는 걸 알아. 누가 나를 냉소주의자라고 부르면 내가 왜 화를 내는지 어쩌면 너도 알 수 있을지 모르지.

말해봐.

그건 이 사례에 맞지 않거든. 냉소주의에 가장 흔히 붙는 형용사가 뭐야?

모르겠는데. 싸구려?

그래. 하지만 이건 그게 아니거든. 이건 냉소주의도 아니고 싸구려가 아닌 게 염병할 확실하거든. 뭐, 그런 거엔 오줌이나 갈기라고 해. 어쨌든, 아름다운 성*에 관해 신랄하게 불평하면서도 여전히 마지못해 감탄하고 있을 수는 있지. 나는 심지어 여자를 죽일 생각을 해본 적이 없다면 아마 사랑해본 적도 없을 거라고 주장한 적도 있어. 남은 저녁시간 동안 뭐할 거야?

모르겠는데. 왜?

---

* 여성을 가리킨다.

우리가 갑각류 한 쌍을 해체할 수도 있을 것 같아서. 냉장한 몽라셰*로 그걸 씻어 넘기면서.

진리를 토론하면서.

하면서.

나는 빠져야 할 것 같은데.

나한테 계산서를 감당할 만한 새 플라스틱이 좀 있는데.

마음씨 좋군. 하지만 나는 지쳤고 너는 기분이 영 아니잖아.

좋을 대로, 스콰이어. 좋은 식사가 남자의 기질에 기적을 일으키기도 하지만 말이야.

네가 이렇게 자유롭게 움직이다니 놀라워. 가끔 가석방 담당관한테 보고는 해야 하는 거 아니야?

그건 내가 알아서 하고 있지.

주디가 널 도와주고 있어?

아니. 그애를 놔줘야 했어.

그애를 놔줘야 했어?

응.

해고했어?

응.

하지만 너를 위해 무보수로 일하고 있었잖아.

---

* 프랑스 와인의 상표.

하느님, 스콰이어. 그게 해고를 막아주는 무슨 보장이라도 된다는 거야? 내 손으로 일을 처리했어야 했다니까.

뭐야, 스스로 변호사 노릇을 한다는 거야?

그렇게 표현할 수도 있을 것 같네. 판사한테 뇌물을 주고 있어. 재미있는 건 그걸 할부로 해준다는 거야. 수금원의 배려지, 물론. 존경하는 재판장님은 선불로 챙겨가고. 나는 이 단순성을 좋아해. 왜 정의가 판매되면 안 되는지 이해한 적이 없어. 합당한 신용거래까지 포함해서 말이야. 정의가 뭐가 그렇게 대단한 거야?

이제 냉소주의자가 되어가고 있군.

전혀 그렇지 않아.

너는 내가 순진하다고 생각하지.

나는 네가 순진하다고 생각하지 않아. 너는 그냥 순진해. 내가 그렇게 생각하기 때문에 그렇게 되는 게 아니야. 커피 한 잔 마시지?

그래.

셰던은 커피와 새 진토닉을 주문했다. 웨이터가 고개를 끄덕이고 멀어져갔다.

영원히 튀어버렸다고 생각하는 거야?

틸사.

그래.

아마 나쁜 점보다는 좋은 점이 많을 거야. 누가 알겠어 Quién sabe. 어떤 여자한테 청혼을 한 적이 있어. 레스토랑에서.

그런데?

핸드백을 집어들더니 나가버리더라고.

그걸로 끝이야?

그걸로 끝이야.

이상한 이야기네.

나도 그렇게 생각했어. 그런 저녁은 사람을 비구조화시키기 마련이지.

비구조화?

응.

진지했던 거야?

청혼?

응.

응. 물론이지.

그 여자를 얼마나 알았는데?

모르겠어. 이틀. 사흘.

농담하는군.

모르겠어, 스콰이어. 어쩌면 일 년.

네, 라고 답할 거라 생각했던 거야?

그렇게 생각했지. 더더욱 바보지.

내가 아는 여자야?

아니. 캘리포니아에 있을 때 일이야. 너는 유럽에 있었고.

덕분에 그때까지 그 여자에게 있는지도 몰랐던 지혜를 갑자기 목격하게 되었겠군.

잔인하군, 스콰이어. 하지만 그 말도 일리는 있네. 그 여자가 나를 재미있다고 생각하는 동안에도 그 여자에게는 다른 인생 계획이 있었다는 걸 깨달았으니까.

그 여자가 어떻게 되었는지 들었어?

응. 존스홉킨스의 심장외과의야.

진담이군.

완전히.

재미있네.

웨이터가 술을 가지고 왔다. 왔군, 존이 말했다. 네 건강을 위해.

네 건강도.

우리가 나날을 통과해 움직이는 게 아니야, 스콰이어. 나날이 우리를 통과해 움직여. 래칫이 더는 돌아가지 않는 잔인한 마지막 순간까지.

그게 무슨 차이가 있는지 잘 모르겠는데.

시간이 지나가는 건 그냥 돌이킬 수 없이 네가 지나가는 거란 말이야. 그다음에는 아무것도 없고. 죽어서 처박힐 영원이란 게 없는 곳에서는 영원한 죽음도 없다는 걸 이해하면 위로가 될 것 같아. 뭐. 네 표정이 보이는군. 넌 내가 어떤 인지적 늪에 빠져 헤어나오지 못하고 있다고 생각하겠지. 또 내가 중단되면 세상도 중단된다고 믿는 게 궁극의 유아론이라고 틀림없이 주장할 테고. 하지만 달리 볼 방법이 없어.

나는 그저 네가 그렇게 본다고 해서 뭐가 달라지는지 잘 모르겠다는 거야.

알아. 하지만 나도 누구 못지않게 주사위가 달그락거리는 소리를 듣고 있어.

궁극적으로 알 수 있는 것도 없고 알 수 있는 사람도 없지.

궁극적으로. 그래.

너 우리한테서 사라지고 있는 거야, 존?

셰딘은 미소를 지었다. 술을 홀짝였다. 그렇게 생각하지 않아. 세상 모든 뉴스가 거짓이라 해서 반드시 그것을 거짓으로 만드는 그와 반대되는 진실이 존재한다는 결론이 나오는 건 아니잖아.

동의할 수 있을 것 같군. 거기에서 진짜로 약간 램프 비슷한 냄새가 나기만 하면.* 그리스인들Greeks, 내 생각으로는.

내 생각으로도. 물론 유래가 그보다 초라할 수도 있어.

---

* 원래는 밤에도 불을 밝히고 공부하거나 노력한 티가 난다는 뜻.

예를 들면 모시크리크Creek.

예를 들면. 오랫동안 알던 사람을 한참 뒤에 다시 만나면 어떤 기분일까 생각해봤어? 새로 만나면.

어떤 사람의 역사를 알지 못한다면 우리한테 매우 다른 사람이 될 거라고 생각하는 거지.

응.

그들을 처음 만났을 때와 어떻게 다를 것인가?

그게 아니야. 지금 그대로의 그들에 관해 이야기하고 있는 거야. 다만 우리에게 알려지지 않은 과거를 가진.

이해 못하겠는데.

됐어. 커피 한 잔 더 어때?

가야 해.

그럼 내 축복과 함께, 비에호.* 이상한 곳이야, 세상은. 얼마 전에 내가 녹스빌에 있을 때 어떤 주정뱅이 부랑자가 버스에 치였어. 그 사람은 보도 위로 옮겨진 채 누워 있었고 사람들은 그냥 둘러싸고 서 있기만 했지. 게이 스트리트. S&W 카페테리아 앞. 누군가 신고를 하러 갔어. 나는 허리를 굽히고 괜찮으냐고 물었지. 그러니까 내 말은 염병할 정말이지 그 사람은 괜찮을 수가 없었다는 거야. 방금 버스에 치였잖아. 그런데 그

---

* Viejo. 스페인어로 늙거나 오래되었다는 뜻이지만 부모나 배우자, 혹은 친구를 다정하게 부르는 호칭으로도 쓰인다.

사람이 눈을 뜨더니 나를 쳐다보며 말했어. 내 모래가 빠져나가. 예수여. 내 모래가 빠져나가? 구급차가 와서 그 사람을 실어갔고 그다음 며칠 동안 신문을 샅샅이 뒤졌지만 그 사고에 관해서는 어떤 것도 찾을 수 없었어.

어쩌면 그 사람은 너한테 메시지를 전하려고 파견되었는지도 모르지.

어쩌면. 인생은 짧다. 현재를 즐겨라Carpe diem.

아니면 그냥 버스를 조심해라.

셰던은 술을 홀짝이다 테이블에 내려놓았다. 버스라, 그가 말했다.

가야 해.

친구들은 늘 조심하라고 말하지. 스스로를 잘 보살피라고. 하지만 그럴수록 더 노출될 수도 있어. 어쩌면 그냥 자기 천사한테 자신을 맡겨야 하는지도 몰라. 나는 심지어 기도를 시작할 수도 있어, 스콰이어. 누구에게 기도할지는 모르겠지만. 하지만 어깨에서 부담을 조금 덜어줄지도 몰라, 어떻게 생각해?

네 마음 가는 대로 따라야 한다고 생각해.

웨스턴은 남은 커피를 마저 마시고 일어섰다. 버번 스트리트를 따라 불이 밝혀져 있었다. 아까 비가 내렸고 달이 백금 맨홀 뚜껑처럼 젖은 거리에 놓여 있었다. 몸조심해, 존.

너도, 스콰이어. 아니면 내가 방금 그 반대를 권한 건가?

*

    그는 잠을 이룰 수가 없었다. 아무때나 쿼터를 걸어다니는 습관이 생겼는데 이는 강도들이 거리들을 장악하기 전 아직 그렇게 다닐 수 있던 마지막 시기의 일이었다. 그녀의 편지를 어떻게 해야 좋을지 알 수가 없었다. 총기 소지 허가 문제로 클라인을 만나지 않았다. 그게 무슨 도움이 될 것 같지 않았다. 루가 술집에 메시지를 남겼지만 일터로 돌아가지 않았다. 재니스는 그가 오고 가는 것을 지켜보았다. 레드는 아르헨티나에 있었다. 리오가예고스. 바람에 정원용 가구와 죽은 고양이들이 머리 위 전깃줄 너머로 날아가는 곳. 그는 술집에서 발롭스키를 한두 번 보았다. 그리고 어느 날 아침 쿼터 가장자리에 있는 한 카페에서 아는 느낌이 드는 얼굴을 보았다.

    웹, 그가 말했다. 맞지?

    웹이 고개를 돌려 그를 보았다.

    보비 웨스턴이야.

    젠장, 보비. 너 알지. 어떻게 지내?

    잘 지내.

    지금은 뭐하고 있어?

    별로 하는 거 없어. 너는 뭐해?

    나도 마찬가지.

여전히 트럭 일 하고 있어?

아니. 일 년 전쯤 그만뒀어. 씨발 발이 망가져서 말이야. 갓길에서 삐끗했는데 삐었는지 어쨌는지. 그후로 멀쩡하지가 않아. 결국 그만뒀어. 나 때문에 다 늦어지거든. 공정하게 해야지. 시에서 돈을 좀 받아.

좋은 일자리였는데.

우리가 늘 말하던 것처럼. 일주일 백 달러에 먹을 수 있는 만큼 먹고.

웨스턴은 커피를 주문했고 바텐더는 커피를 가져오려고 몸을 돌렸다.

담배 가진 거 없지 보비?

없어. 나는 안 피워.

알겠어 그럼.

하나 사올게.

젠장, 보비. 괜찮아.

뭐 피워?

캐멀. 필터 없는 거.

웨스턴은 카운터 끝에 있는 담배 자판기로 걸어가 이십오 센트짜리 동전 세 개를 넣고 손잡이를 당겼다. 담뱃갑이 거스름돈과 함께 트레이로 내려왔다. 그는 신문을 하나 챙겨들고 돌아와 담배를 카운터에 놓았다. 웹은 고개를 끄덕이고 담뱃갑을 집어들었다. 고마워, 보비. 너는 하얀* 녀석이야.

뭐 이런 걸로.

이놈의 걸 끊으려고 했는데. 그게 가능할지 자신이 없어. 너는 피운 적 없어?

없어.

술은 끊었어. 그냥 딱 끊었지. 하지만 이놈의 건 안에 헤로인을 집어넣은 게 분명해.

술 마시는 게 문제였어?

모르겠어. 그랬다고 해야 할 것 같은데. 낯선 곳에서 깨어나곤 했으니까. 한번은 누군가의 주차된 차에서 깨어나 생각했지. 허, 이러다 죽어서 깨면 어쩌나? 그러자 뭔가 깨닫는 바가 있었어. 내 말은, 술에 취해 죽어도 예수를 만나기 전에는 술이 깰 거라고 생각해?

좋은 질문이네. 모르겠어.

그 생각을 해봤어. 예수 앞에 취한 채 서 있는 거. 예수가 뭐라고 할까. 젠장, 너라면 뭐라고 할 것 같아?

내 생각엔 영혼이 취할 거 같지는 않은데.

웹은 그 생각을 해보았다. 글쎄, 그가 말했다. 네 영혼은 취하지 않을지도 모르지.

---

* 너그럽다는 뜻.

그는 담배에 불을 붙이고 연기를 뿜어 성냥을 껐다. 웨스턴은 신문을 펼치고 살펴보았다. 그리고 웹을 보았다. 누가 쫓아온다고 느낀 적 있어?

웹은 성냥을 재떨이에 던졌다. 부드럽게 연기가 피어올랐다. 모르겠는데, 그가 말했다. 한 번 결혼한 적이 있어. 그것도 쳐주나?

아닌 것 같은데.

왜? 누가 널 쫓는다고 생각해?

모르겠어. 혹시 많은 사람이 그런 느낌을 받지 않나 궁금할 뿐이야.

아무런 이유 없이.

그렇지.

웹은 담배를 피웠다. 대부분의 사람이 그렇듯 그도 누가 자신에게 의견을 구하면 좋아했다. 나한테 옛날에 삼촌이 하나 있었는데 공인된 정신병자였어. 뜨거운 스토브를 훔친 적도 있어. 주제가 절도가 아니면 이야기조차 하려 들지 않는 사람이었지. 어쨌든, 누군가 늘 삼촌의 엉덩이를 쫓았는데 그래도 그거에 그렇게 마음 쓰는 것처럼 보이진 않았어.

삼촌이 징역을 산 적도 있어?

물론 살았지. 거기에도 마음 쓰는 것처럼 보이진 않았어. 나도 살면서 감옥에 간 적이 한 번 있지. 한 번. 주취 난동. 내가 분명히 말하는데, 보비, 거기서 두 번 살고 싶지는 않아.

삼촌은 결국 어떻게 됐어?

당뇨에 당했어. 그것 때문에 다리 하나를 잃었지. 결국에는 텍사스 휴스턴에서 경비원이 됐어. 그 일을 삼 주쯤 했을 때 어떤 멕시코인들이 천창으로 들어와 미간을 쐈어. 그게 뭘 말하는지 모르겠어.

인생은 이상하다.

맞는 말이야. 하지만 나라면 어떤 사람의 인생은 다른 사람보다 더 이상하다고 말할 거야.

어쩌면 그건 그냥 각자 자기가 하는 짓의 대가를 치른다는 말일 수도 있지.

그게 진실한 말이라고 믿어. 정말로 그렇게 믿어.

그래도 빚진 것보다 많이 갚는 사람도 있을 수 있다고 생각해.

네 얘기를 하는 거야, 보비?

모르겠어. 하지만 누가 장부를 정리하는지 알고 싶기는 해.

아멘.

웨스턴은 커피를 마저 마셨다. 만나서 반가웠어, 웹. 몸조심해.

너도, 보비.

웨스턴은 거리로 나섰다. 웹에게 돈을 좀 주었으면 좋았겠다고 생각했지만 그런 일은 어떻게 처리해야 하는지 알 수가 없었다.

금요일에 은행에 가 대리석 카운터에서 이백 달러 수표를 써서 창구에 내밀었다. 창구 직원이 수표를 기계의 긴 구멍에 넣더니 숫자를 두드렸다. 직원은 잠시 그대로 앉아 있었다. 이 윽고 그가 웨스턴을 보았다.

미안합니다, 직원이 말했다. 이 계좌에는 담보권이 설정되어 있는데요.

담보권이요?

네.

무슨 종류의 담보권이요?

IRS*에서 설정한 겁니다.

언제요?

직원은 다시 기계를 보았다. 3월 3일자네요. 미안합니다.

그는 수표를 다시 카운터로 내밀었다. 웨스턴은 숫자를 보았다.

돈을 전혀 인출할 수 없다.

안됐지만 그렇습니다. 미안합니다.

---

* Internal Revenue Service. 미국 국세청.

그는 로비로 내려가 거리로 향했다. 문에 이르렀을 때 발을 멈추었다. 몸을 돌려 다시 돌아갔다.

안전 금고 기록부에 서명을 하고 보안 담당자와 지하 금고로 내려갔다. 직원은 웨스턴의 열쇠를 받아들었지만 그의 금고 번호로 갔을 때 거기에는 테이프가 붙어 있고 어떤 글자와 숫자가 적혀 있었다. 직원은 웨스턴 쪽으로 다시 몸을 돌렸다. 미안합니다, 그가 말했다. 손님의 금고 내용물은 국세청에서 몰수했습니다.

이런 일이 자주 있나요?

자주 있지는 않죠.

법원 명령이 필요한 거 아닌가요?

그런 것 같지는 않습니다, 손님.

뭔가가 필요할 거 같은데.

아닐 겁니다. 은행 직원하고 이야기해보고 싶으시다면.

괜찮습니다.

웨스턴은 다시 세인트필립 스트리트를 따라 올라가 술집에 들어가 앉아 코카콜라를 마셨다. 술집은 거의 텅 비어 있었다. 로지가 그를 지켜보았다.

네가 생각하는 걸 보고 있으면 좋더라, 그녀가 말했다.

웨스턴은 미소를 지으며 고개를 저었다. 아니야, 좋지 않을 거야.

그녀는 바 뒤편에 잔을 쌓았다. 그 새끼들이 너를 괴롭히게 놔두지 마.

코스비*로 이사해야 할지도 모르겠어.

흠. 개들은 코스비에는 가지 않을 거야.

맞아. 개들은 코스비에 가지 않을 거야. 거기엔 엉덩이를 걸 수 있어.

연방 애들**도 코스비엔 가지 않을 거야.

인터폴도 테네시주 코스비엔 가지 않을 거야. NKVD***도 가지 않을 거야.

어쩌면 넌 그 점을 절대 잊지 말아야 할지도 모르겠네.

그는 미소를 짓고 바 스툴을 뒤로 밀어내며 한 손을 들어올리고 밖으로 나갔다. 디케이터 스트리트를 따라 내려가다 택시를 향해 손을 흔들었다. 방금 바에 앉아 있을 때는 훨씬 암울한 생각을 했다.

골목길을 걸어올라갈 때부터 이미 자신의 차고에 달린 크고 빛나는 자물쇠가 보였다. 척이 이를 쑤시며 사무실에서 나왔다. 어서 와, 그가 말했다.

척은 책상에 앉아 웨스턴을 보았다. 전화하려고 했는데. 연

---

* 테네시주에 있는 벽촌.
** FBI를 가리킨다.
*** 내무인민위원부. 옛 소련의 비밀경찰 정보기관.

결이 안 되더라고.

그래. 이사했거든.

나도 어쩔 도리가 없었어.

알아. 문을 몇시에 닫지?

척이 손가락으로 책상을 두드렸다. 저 안내문 봤어? 그가 말했다.

아니.

보는 게 좋을걸. 미국 정부가 압수했어. 읽어보는 게 좋을 거야.

그래. 읽었다고 해두자고.

저 차는 미국 정부 소유야, 보비. 저걸 도용하면 네 엉덩이가 감옥에 들어가 있게 될 거야. 그래서 저 차가 저기 주저앉아 있는 거야. 저들이 왜 널 문제삼는지 모르겠지만 나는 그자들을 상대해봤어. 저들은 차에는 관심 없어. 저들이 원하는 건 너야. 그 점을 생각해보는 게 좋을 거야.

웨스턴은 문밖을 보았다. 척이 의자에 앉은 채 천천히 몸을 돌렸다. 이윽고 제자리로 돌아왔다. 저쪽에 빚을 얼마나 진 거야?

아무 빚도 지지 않았어.

음. 다시 말할게. 나는 저 개자식들하고 한판 붙어봤어. 만일 단순히 돈을 내지 않은 거라면, 심지어 무슨 서류 같은 걸

제출하지 않았다 해도 그 자식들은 별로 할 수 있는 게 없어. 하지만 네가 중죄를 짓는다면 저 자식들이 네 불알을 잡는 거야. 네 엉덩이는 감옥에 들어가 있게 될 거야.

그 말이 맞겠지.

저 차가 얼마짜리야?

모르겠어. 만오천.

물러나, 보비. 저건 이제 차가 아니야. 커다란 치즈 덩어리야. 왜 저게 아직도 여기 있다고 생각해? 그냥 내버려두고 떠나.

내버려두고 떠난다.

나한테 고마워하게 될 거야. 네 엉덩이에 못을 박을 더 쉬운 방법이 있었다면 저 자식들은 이미 그렇게 했을 거야.

웨스턴은 문간에 서서 늘어선 건물들을 쭉 훑다가 자신의 차가 감금된 곳에서 시선을 멈추었다. 변호사를 사면?

원한다면 변호사를 살 수 있지. 그래도 차는 돌려받지 못할 거야.

한마디로 그냥 좆 됐다.

그렇지.

웨스턴은 고개를 끄덕였다.

저들은 네가 대화를 나누고 싶어할 만한 사람들이 아니야, 보비.

그렇지. 뭐. 지금은 좀 늦었지.

저 자식들의 서류철 안에 들어가면 다시는 나오지 못해.

절대.

절대.

그리고 나는 저들의 서류철 안에 들어갔고.

어떨 것 같아?

알았어.

조심해 보비.

그는 술집으로 돌아와 방으로 가서 간이침대에 앉아 바닥을 물끄러미 보았다. 자신의 어리석음에 관해 생각했다. 은행에 약 팔천 달러가 있었는데 지금은 호주머니에 삼십 달러가 있었다. 언제쯤 이걸 심각하게 받아들일 거야? 언제쯤 너 자신을 구하러 나설 거야?

아침에 샤워를 하고 밖으로 나가 식사를 하고 주택지구로 걸어갔다. IRS 사무실은 우체국에 있었다. 그는 층계를 올라가 접수대에 섰고 마침내 여자가 고개를 들고 무슨 일로 왔느냐고 물었다. 그는 은행 계좌가 압류되었는데 그 문제에 관해 이야기하고 싶다고 말했다.

이름이 뭐죠.

로버트 웨스턴.

접수대 직원이 일어서더니 다른 사무실로 갔다. 몇 분 뒤 그녀가 돌아왔다. 앉으세요, 그녀가 말했다. 곧 만날 수 있을 거예요.

그는 거의 한 시간을 기다렸다. 마침내 뒤쪽에 있는 한 사무실로 안내되었다. 주차장이 내다보이는 작은 방. 요원은 황갈색 여름 정장 차림이었다. 앉으세요, 그가 말했다.

그는 웨스턴의 서류를 훑고 있었다. 웨스턴 쪽은 보지 않았다. 선생의 문제는, 미스터 웨스턴, 그가 말했다, 오랫동안 고용된 적이 없는 것처럼 보인다는 겁니다.

나는 인양 잠수부로 일합니다. 그전에는 시 소속 직원이었고요.

그리고 그전에는.

학교에 다녔습니다. 그게 문제인가요?

아니요. 문제는 선생의 소득을 IRS에 신고하지 않고 있다는 거죠.

아무런 소득이 없었는데요.

구두로라도 연방 요원에게 허위 진술을 하면 형사 고발이 될 수 있다는 걸 알고 계시죠. 중죄 혐의로, 정확히 말하자면.

그래서요?

그래서 두번째 문제로 넘어가게 됩니다. 이 기간에 선생은 여행을 많이 하고 값비싼 경주용 차를 몰고 좋은 호텔에 머물면서 즐거운 시간을 보낸 것 같군요.

그렇게 좋은 호텔은 아니었는데요.

요원은 창문 너머 주차장을 건너다보고 있었다. 그는 고개를 돌려 웨스턴을 보았다. 그래서, 이 모든 비용은 어떻게 댄 거죠?

할머니가 돈을 좀 남겨주셨습니다. 상속세를 내야 할 만큼 많지는 않았지만.

그 사실을 뒷받침할 어떤 서류가 있나요.

아니요.

없다. 그 돈은 어떤 식으로 받았죠?

현금으로요.

현금으로요.

네.

요원은 뒤로 몸을 기울이더니 웨스턴을 살폈다. 자, 그가 말했다. 그럼 문제가 있는 겁니다. 알겠어요?

내가 돈을 받았다는 걸 증명하는 건 그쪽이 해야 할 일 아닌가요?

아니. 그렇지 않아요.

그렇지 않다고요.

네.

어떻게 하면 계좌 동결을 풀어줄 수 있죠? 그리고 차도.

그럴 수 없어요. 선생은 탈세 혐의로 조사를 받는 중입니다. 선생은 여러 국제적 서클 속에서 상당히 자유롭게 이동하는 것으로 보이기 때문에 우리는 선생의 여권을 취소하는 예방 조치도 취해놓았어요.

내 여권을 취소했다고요?

그렇습니다.

나는 해외에서 일합니다. 일을 하려면 여권이 필요해요.

도주하는 데도 여권이 필요하죠.

웨스턴은 의자에 등을 기대고 요원을 살펴보았다. 내가 누구라고 상상하는 겁니까?

우리는 선생이 누구인지 알고 있습니다, 미스터 웨스턴. 우리가 모르는 건 선생이 무슨 일을 해왔느냐는 겁니다. 하지만 알아낼 거예요. 우리는 늘 알아내니까.

웨스턴은 책상에 놓인 명패를 보았다.

저게 댁입니까? 로버트 심프슨?

네.

밥이라고들 부르지는 않을 것 같네요.

로버트라고들 부르지요.

내 친구들은 나를 보비라고 부릅니다.*

요원은 고개를 약간 끄덕였다. 그들은 잠시 그대로 앉아 있었다. 이윽고 요원이 말했다. 나는 선생 친구가 아닙니다, 미

---

* '밥(Bob)'과 '보비(Bobby)'는 모두 '로버트(Robert)'의 애칭이다.

스터 웨스턴.

압니다. 나의 피고용인이지요.

요원은 거의 재미있다는 표정이었다.

댁은 나에 관해서는 아무것도 모르는군요.

그렇습니까? 요원이 말했다. 그는 손을 뻗어 책상 위 서류철의 방향을 약간 틀더니 무릎 위에서 두 손을 맞잡았다. 들으면 놀라실 것 같은데요.

웨스턴은 그를 살펴보았다. 나는 탈세 혐의로 조사를 받는 게 아닙니다.

아니라고요?

아닙니다.

그럼 선생은 무슨 혐의로 조사를 받고 있다고 생각하시나요?

모르겠습니다.

웨스턴은 의자에서 일어섰다. 댁도 아는 것 같지는 않습니다. 시간 내줘서 고맙습니다.

그는 다시 쿼터를 통과해 걸었다. 툴루즈 스트리트 끝까지 내려가 서서 강을 내다보았다. 시원한 바람. 기름냄새. 그는 벤치에 앉아 두 손을 맞잡고 아무런 생각도 하지 않았다. 누군가가 그를 지켜보고 있었다. 어떻게 알아? 느낄 수 있지. 어떤 느낌인데? 누가 지켜보고 있는 느낌이지. 그는 고개를 돌렸다.

산책로 건너편 벤치에 어린 여자아이가 앉아 있었다. 아이가 미소를 지었다. 이윽고 고개를 돌렸다. 머리카락을 흔들며. 강에서 불어오는 바람을 얼굴에 맞으며. 그들은 자기들이 뭘 보고 있다고 생각할까? 아이의 등은 꼿꼿하다. 발은 모으고 있다. 금발이고, 예뻤다. 어리고. 누가 여자 때문에 인생을 버렸다고 말한다면 뭐라고 대꾸할까? 잘 버렸다.

그 모든 헌신에도 불구하고 슬픔의 섬세하고 달콤한 가장자리가 옅어진다는 생각이 들 때가 있었다. 각각의 기억은 앞선 기억에 대한 기억에 불과하며 그렇게 이어지다 마침내…… 뭘까? 기억의 주인도 비애도 서로 구별되지 않는 하나가 되어 쇠잔해지다 결국 이 비참한 응고제는 삽으로 판 땅속으로 들어가고 빗물이 새로운 비극들을 위해 돌들을 씻어낸다.

그녀가 죽고 이듬해 봄에 그가 스텔라 마리스에 다시 갔을 때 그곳 사람들은 묘한 눈으로 그를 보았다. 그들은 그를 어떻게 받아들여야 할지 알지 못했다. 아마 본인이 입원하려고 왔겠지. 그는 등록 양식에 만나러 온 환자의 이름을 적어야 했다. 간호사를 쳐다보았다.

헬렌이 아직 여기 있나요?

헬렌 밴더월.

그럴 겁니다. 맞아요. 나이가 좀 든 여자분인데요.

그분을 면회하러 왔나요?

네. 맞습니다.

그는 허리를 굽히고 등록부에 그녀의 이름을 적었다. 한 여
자가 와서 그를 데리고 복도를 따라 내려갔다.

헬렌은 헐렁한 꽃무늬 원피스 차림으로 창가 의자에 앉아
있었다. 그녀는 그에게 미소를 지었고 그는 자기가 누구인지
말했으나 미소는 변하지 않았다. 그녀는 손을 뻗어 그의 손을
잡았고 놓아주려 하지 않았다. 그는 다른 의자를 끌어당겨 앉
았다. 댁이 누구인지 알았어요, 그녀가 말했다. 문간에서 보는
순간. 그 아이는 내 마음을 사로잡고 있어요. 나는 그동안 무
척 자주 이 자리에 앉아서 어떤 식으로든 그 아이와 접촉할 방
법을 생각해보려 했어요. 그래서 그 아이가 어떻게 해주기를
바랐는지는 잘 모르겠지만. 그런데 지금 댁이 나타났네요.

어떻게 그애가 알았을까요? 나를 보내다니.

모르겠어요. 나는 늘 그 아이에게 이런저런 걸 말해주는 뭔
가가 있는 게 분명하다고 생각했지만 한 번도 묻지는 않았어
요. 물어서는 안 되는 거라는 생각이 들었어요. 하지만 그건
중요하지 않았어요. 언제나 그 아이에게 의지할 수 있다는 걸
알았으니까.

그들은 카페테리아로 가서 커피와 파이를 먹고 마셨다. 창
가 테이블에 앉아 있었다. 밖에서 몇 사람이 단지를 걸어다니
고 있었다. 처음으로 따뜻해진 날들. 나무들은 여전히 헐벗었

다. 헬렌의 피부는 종이 같았다. 눈은 아주 옅은 색이었다. 그
녀는 그의 왼쪽에 앉아 왼손으로 먹었다. 오른손은 여전히 그
의 손을 쥐고 있었다. 팔뚝은 자글자글하고 가늘고 푸르스름
했다.

원래는 먹이를 주면 안 되지만 물론 우리는 주죠. 그냥 석탄
처럼 새까만 녀석이 하나 있었는데 내가 녀석을 특별히 좋아
했어요. 그 녀석이 어느 날 나를 물었어요. 그냥 손가락을 살
짝. 아무한테도 얘기하지 않았죠. 얼리샤한테만 이야기했는데
그 아이도 그 녀석을 조심하기를 바랐고 또 그 녀석이 어떻게
지내는지 나한테 이야기해주었으면 해서요. 녀석한테 화가 나
지는 않았어요. 하지만 얼리샤는 그 녀석을 도무지 찾을 수가
없었어요. 나도 여기 내려올 때면 눈으로 찾아보곤 했지만 다
시는 보지 못했어요. 고양이한테 당했는지도 모르겠어요.

다람쥐들이요.

다람쥐들이요. 그래요. 괜찮죠?

괜찮습니다.

잘됐네요. 사람들이 괜찮은지 안 괜찮은지 별로 걱정하지
않는 데까지 가야 하는데. 얼리샤는 늘 그걸 잘했는데. 그 아
이라면 영원히 내 손을 잡아줄 텐데.

그애는 많은 걸 잘했죠.

예전에 그 아이가 여기를 떠났을 때는 그 아이를 위해 잘된

일이다 싶었는데 내가 그렇게 그 아이를 그리워하게 될 줄은 몰랐어요. 알았어야 했는데. 다시 돌아왔을 때 어쩌면 다시는 떠나지 않을 거란 생각을 했고 그런 생각에 마음이 안 좋았어요. 그것 때문에 죄책감을 느꼈던 것 같아요.

죄책감을 느끼셨다고요?

알잖아요. 그 아이가 여기에 있는 걸 반가워한 것 때문에. 내가 그걸 반가워해서는 안 된다는 걸 알았어요.

왜 그애가 떠나지 않을 거라고 생각하셨어요?

그냥 알았어요.

그애가 말을 했나요?

그런 셈이죠.

그애가 틀렸을 수도 있죠.

늙은 여자는 고개를 돌려 그를 향해 미소를 짓더니 다시 창밖을 보았다. 내가 그 아이를 처음 본 건 어느 날 아침이었는데 그 아이는 휴게실에 있었어요. 그냥 혼자 앉아 있기에 그리로 가서 옆에 앉았는데 이야기를 나누고 싶었지만 그 아이가 너무 어려서 무슨 말을 해야 할지 몰라 신문을 다 읽었느냐고 물었죠. 그 아이는 무릎에 신문을 놓고 있었고 나는 그 아이와 친해지고 싶었어요. 그래서 십자말풀이를 하려느냐고 물었더니 이미 끝냈다고 하더군요. 아 물론 그랬죠. 신문이 접혀 있는 모양이. 그래서 알 수 있었어요. 그래서 나는 웃기만 하고 아무 말도 하지 않았어요. 물론 나중에 그 아이가 십자말풀이를 정말로 다 풀었다는 걸 확인했어요. 그냥 머릿속으로만. 어떤 게 뭐냐고 물어보면 그 아이는 그게 뭔지 알았죠. 몇번째 단어인지 등등 다 알았어요. 가령 세로로 일곱번째 그런 식으로 말하면서 거기 들어갈 단어가 뭔지 말해주곤 했어요. 이미 다 풀었기 때문에 뭔지 아는 거였어요. 그건 그 아이에게는 그냥 매일 있는 평범한 일이었던 거예요.

웨스턴은 카페테리아 공간을 보았다. 텅 빈 테이블들. 고요한 오후 중반. 차 마시는 몇 사람과 그들이 돌보는 사람들.

그애가 여기에 다른 특별한 친구가 또 있었나요?

나는 특별한 친구가 아니었어요. 사실 특별한 친구는 전혀 없었어요. 그 아이에게는 모두가 똑같았죠. 못되게 구는 사람들도 그 아이는 여전히 친구로 여겼어요.

헬렌은 잡은 손을 테이블에 놓고 바라보았다. 이윽고 웨스턴을 보았다.

루이가 죽은 건 알고 계시겠죠.

아니, 몰랐습니다. 안된 일입니다.

그 사람은 종종 몹시 화를 내곤 했어요. 벌떡 일어나 가발을 내던졌죠. 한번은 그렇게 던졌을 때 제임스의 발에 떨어졌어요. 제임스는 잡지를 읽고 있었는데 그게 그 사람 발밑에서 말하자면 기어올라오자 벌떡 일어나 짓밟기 시작했어요. 그게 뭔지 몰랐죠. 아니면 그냥 모른 척했거나. 얼리샤는 그 사람도 아주 좋아했어요.

제임스를.

제임스를. 네. 그 사람은 폭탄을 몹시 걱정했어요. 그 이야기는 절대 하면 안 될 것 같지만.

괜찮습니다.

제임스는 얼리샤에게 그에 대해 묻곤 했어요. 저기 앉아서 공책에 적었죠. 물론 그 아이는 그것도 다 알았어요. 제임스가 폭탄을 물리칠 이런저런 방법을 이야기하면 그 아이는 왜 그게 효과가 없는지 보여주고 그럼 제임스는 물러났다가 다른 걸 들고 다시 나타났죠. 제임스한테는 모두를 안전하게 지켜준다고 하는 그 커다란 자석들이 있었어요. 저기 저 여자 보여요?

웨스턴은 방 건너편을 보았다.

파란 원피스 입은 여자.

네.

저 여자가 나하고 비슷하게 생겼나요?

웨스턴은 그 질문을 생각해보았다. 아니요, 그가 말했다. 아닌 것 같은데요.

흠 안심이 되네요.

저분을 좋아하지 않는군요.

흠, 그냥 저 여자가 별로 좋은 사람이라는 생각이 들지 않아서요.

알겠습니다.

어떤 사람들은 저 여자하고 내가 자매인 줄 알았대요.

여기에 자매들도 있나요?

내가 여기 있는 동안은 없었어요. 어쩌면 정책인지도 모르죠, 모르겠어요. 아버님이 흔들의자에서 떨어졌다*고 생각하나요?

우리 아버지가 흔들의자에서 떨어졌다고요?

알잖아요. 모두를 날려버릴 폭탄을 만들었으니까.

음. 합당한 질문인 것 같습니다.

그는 파란 원피스를 입은 여자를 보았다. 그녀는 헬렌과 아주 비슷해 보였다. 모르겠네요, 그가 말했다.

그는 산책로 건너편의 벤치 쪽을 보았다. 소녀는 사라지고 없었다. 정오였다. 잠시 후 교회 종소리가 들릴 터였다. 그녀는 그해 생일 직후 퇴원하여 할머니 집으로 가서 약을 끊었고 일주일 뒤 그들이 전부 다시 돌아왔다. 탈리도마이드 키드와 로드킬을 당한 짐승으로 만든 숄을 두른 늙은 부인과 배스리

---

* 정신적으로 불안정하다는 뜻.

스* 그로건과 난쟁이들과 민스트럴 쇼. 그들 모두 그녀의 침대 발치에 모여들었다. 그녀가 테이블의 램프를 켜자 그들은 눈을 깜빡였다.

종이 울렸다. 그는 일어서서 세인트피터 스트리트를 따라 올라가 카페로 가서 공중전화에 이십오 센트짜리 동전을 넣고 클라인의 번호를 돌렸다.

보비 웨스턴입니다.

어디요?

쿼터에서 공중전화로 거는 겁니다.

전화로는 이야기하지 맙시다. 나하고 만나고 싶소?

시간이 좀 있나요?

있소. 어디요? 세븐 시즈 근처요?

거기로 갈 수 있습니다.

삼십 분쯤 뒤에 거기 들러 태워가겠소.

좋습니다. 감사합니다.

그는 전화를 끊고 다시 디케이터 스트리트를 거쳐 세인트필립 스트리트로 간 다음 세인트필립을 따라 술집으로 갔다.

클라인이 차를 갓길 옆에 역방향으로 세우고 문 안쪽을 보려고 몸을 기울였다. 웨스턴은 밖으로 나가 차에 탔고 그들은

---

* 씻지 않는다는 뜻.

그곳을 떴다.

이탈리아 음식 좋아하오?

이탈리아 음식 좋아합니다.

모스카스 아시오?

그럼요. 그런데 내가 무일푼이라는 얘기는 해야겠군요.

걱정 마시오. 외상으로 해드릴 테니.

좋습니다.

그가 다른 이야기를 꺼냈으나 클라인이 한 손을 들어올리며 미소를 지었다. 그들은 입을 다물고 에어라인 고속도로로 빠져나가 달리다가 레스토랑 뒤쪽 주차장으로 들어가 차에서 내렸다. 클라인이 문을 닫고 차 지붕 너머로 웨스턴을 보았다. 나는 이놈의 걸 가끔 쓸어본다오. 그게 무슨 소용이 있든. 엉덩이의 가시처럼 귀찮지만 어쩔 수 없지.

뭐가 나오기도 합니까?

아 그럼.

사무실은요?

마찬가지지. 대부분은 그저 업계 감시요. 기술이 매년 나아진다니까. 그걸로 뭘 들을 수 있는지 알면 놀랄 거요. 사실 일종의 게임이라고 할 수 있지. 물론 가끔 사람들이 다치기는 하지만.

그들은 주차장을 가로질렀다. 이 안은 어떤가요?

문제없소. 모스카스는 피난처요. 그래야만 하지.

지배인이 클라인에게 고개를 끄덕였다. 안에는 사람들이 가득했다. 그들은 문 옆의 작은 테이블에 앉았고 클라인은 와인 메뉴를 펼치고 훑어보기 시작했다. 이곳을 아시오?

선생님처럼 잘 알지는 못하는 것 같은데요.

모든 메뉴가 좋소.

뭘 드실 겁니까?

아마도 조개를 넣은 페투치네.

그게 보통 드시는 건가요?

아니.

클라인은 와인 리스트를 살폈다. 그래도, 나도 사실 습관의 동물이 되어가는 경향이 있소. 아마도 이 업계에서는 그게 현명한 일은 아니겠지.

웨스턴은 미소를 지었다. 저쪽에서 선생님을 쫓고 있나요?

대부분은 내 자료를 쫓지. 내가 그들의 자료를 쫓듯이. 생테밀리옹 어떻소?

좋은 것 같은데요.

클라인은 와인 메뉴를 접었다. 안경도 접어서 집어넣었다.

그게 얼마나 좋아지는지 말해드리지. 몇 년 전 CIA가 소련 대사관의 타자기에 도청기를 달고 테이프를 컴퓨터에 통과시켰소. 프로그램이 타자기의 딸깍 소리를 해독했지. 자판까지

가는 거리. 주파수, 자판 머리의 각도에 따라 미묘하게 달라지는 타격의 음색. 분석하고 계산해서 확률을 부여할 수 있는 건 뭐든지. 스페이스 바는 물론 단어의 끝을 알려줬고. 프로그램은 글로 적힌 러시아어와 대충 비슷한 결과물을 내놓았소. 그럼 러시아어를 하는 암호 전문가들이 그걸 살펴본 다음 번역자에게 보내서 영어로 된 깨끗한 문서를 받곤 했다는 거요.

그건 어디서 들었습니까?

업계의 형제에게. 뭘 먹을 거요.

웨스턴은 메뉴를 접었다. 같은 걸로 하겠습니다.

좋은 선택이오.

돈이 없다는 건 농담이 아닙니다.

알고 있소. 괜찮소.

웨이터가 와서 잔에 물을 따라주었다. 그는 클라인에게 고개를 끄덕이고 웨스턴을 보았다. 손님이 마실 게 필요할까요?

괜찮습니다.

그들은 주문했다. 웨이터는 고맙다고 인사하고 메뉴를 가져갔다.

저 사람들은 선생님을 아네요, 웨스턴이 말했다, 하지만 말을 하지 않는군요.

댁이 누구인지 몰라서 그러는 거요.

그게 통상적 절차인가요?

그냥 예의라고 부르고 싶소.

이곳과 연줄이 있습니까?

아니. 뭐 약간은. 대부분은 그냥 자기들 손님을 보살펴주지.

칼로스 마르셀로*가 여기 오나요?

칼로스 마르셀로가 여기 주인이오. 아니면 이 건물 주인이거
나. 하지만 여기 이탈리아 음식이 LA와 프로비던스 사이에서
가장 좋소. 프로비던스에 댁의 가족이 있다고 들은 것 같은데.

네.

그 사람은 몇 주 전에 레이먼드 패트리어르카**하고 여기에
왔소.

마르셀로가.

그렇소.

패트리어르카가 누구인지 아셨습니까?

아니. 물어봐야 했소. 그 대화가 어떻게 흘러갔는지 추측해
보는 것도 흥미로울 거요.

틀림없이 그렇겠죠. 그 사람들이 선생님 의뢰인입니까?

아니. 그들에게는 그들만의 사람들이 있소.

---

* Carlos Marcello(1910~1993). 시칠리아계 미국인 마피아. 뉴올리언스 지하
범죄 세계를 수십 년간 장악했다.
** Raymond Patriarca(1908~1984). 미국 조직폭력계의 주요 인물. 프로비던
스가 주요 활동 무대였다.

당연히 그렇겠죠.

댁의 돈은 어떻게 된 거요?

왜 그게 어떻게 되었을 거라고 생각하세요?

그저 제멋대로이고 무모한 추측일 뿐이오.

IRS가 은행 계좌를 몰수했습니다.

그게 언제요?

며칠 전이요.

클라인은 고개를 저었다.

내가 뭐 할 수 있는 일이 있을까요?

아니.

아무것도요?

아무것도.

저쪽에서 그냥 가져가버릴 수 있다는 거군요.

원한다면 변호사를 살 수도 있소. 하지만 도움이 되지는 않
을 거요. 계좌에 얼마나 있었소?

팔천 달러 정도입니다.

놀랍군.

내가 그 정도로 멍청할 거라고 생각하진 않으셨죠.

맞소.

나도 마찬가지입니다.

달리 뭘 갖고 있소?

차를 갖고 있었습니다.

저쪽에서 그것도 가져갔고.

네.

또 뭐가 있소?

달리 가진 건 없습니다. 고양이를 한 마리 갖고 있었죠. 고양이가 가질 수 있는 거라면.

고양이도 가져갔소?

그냥 문만 열어두었더군요. 지금도 찾고 있습니다.

체납 세금이 있군.

저쪽 말로는 그렇습니다.

근거가 뭔데?

내 생활 방식. 할머니가 돈을 좀 남겨주셨죠. 나는 그걸 여동생과 나눴고요. 그 돈으로 자동차경주를 하고 다녔습니다.

저쪽에서 그걸 아는 게 이상하다고 생각하지는 않지요? 댁이 유럽에서 자동차경주를 하고 다녔다는 걸.

이제는 뭐가 이상한지도 모르겠습니다. 내 여권도 거둬들였습니다.

여권도 거둬들였다?

네.

클라인은 한 손을 테이블보에 펼치고 그것을 보았다.

심각한 거죠? 웨스턴이 말했다.

음, 댁이 필요하다면 이 나라를 뜰 수도 있다고 생각한다는 뜻이로군.

웨이터가 와인을 가져와 마개를 딴 다음 코르크를 테이블에 놓고 클라인의 잔에 조금 따랐다. 클라인은 잔을 흔들고 향을 맡고 맛을 본 뒤 고개를 끄덕였고 웨이터는 잔 두 개에 와인을 따르고 병을 테이블에 놓았다. 클라인이 웨스턴 쪽으로 잔을 기울였다. 건배할 말이 떠오르지 않는 것 같았다.

술을 따르게 두셨네요.

응. 저 친구가 나를 알거든. 그들에게 돈이 어디서 난 건지는 이야기했소?

네.

또 무슨 이야기를 했소?

달리 아무 이야기도 하지 않았기를 하느님께 빈다는 말씀 같네요.

그와 비슷하지. 그간 다른 소득세는 냈지요.

네.

문제는 이거요. 만일 댁이 그냥 저쪽을 무시하면 그건 경범죄에 불과하오. 하지만 댁이 세금을 신고하고 내지만 할머니한테서 물려받은 돈을 언급하지 않고 빠뜨린다면—예를 들어—그건 경범죄가 아니오. 그건 세금 허위 신고이고 중죄요. 그러면 댁은 한정 가능한 미래의 계산 가능한 시간을 연방 교도소에서 보내게 되지.

전에 어딘가에서 그런 이야기를 들은 것 같군요. 만일 내가 세금을 전혀 내지 않으면 괜찮을 거다. 하지만 세금의 일부만 내면 감옥에 간다.

그 비슷한 거요.

왜 나를 체포하지 않았을까요?

할 거요. 지금도 그러려고 작업을 하고 있소. 어떤 연방 정부 요원도 범죄자가 하나의 범죄만 저질렀다고 가정하지 않소.

달리 내가 뭘 했다고 생각할까요?

그건 댁이 나보다 잘 알 가능성이 크다고 말할 수 있겠지.

내 자산을 몰수하면 내가 경계심을 가지지 않을까요?

국무부가 여권을 취소하게 만들려면 댁에게 어떤 조치를 취해야 할 거요. 그래서 그렇게 했고.

식욕이 떨어지기 시작하는군요.

다른 이야기를 할 수도 있소.

그렇죠.

비싼 차였소?

마세라티였습니다 신형은 아니고. 73년식 보라.

나는 차에 관해서는 정말이지 아무것도 몰라.

아마 새 캐딜락만큼 가격이 나갈 겁니다. 어쩌면 조금 더.

안됐소.

나는 사실 지금 쫓기는 중인 거 아닌가요? 내가 그걸 알든 모르든.

그런 질문에는 답할 수가 없소, 보비. 하지만 자신을 보호하려고 노력하는 게 좋을 거라는 생각은 드네.

그러기에는 너무 늦었다고 생각하지 않나요.

모르겠소. 다만 내일보다는 오늘이 덜 늦었다는 건 알지.

선생님이라면 어떻게 하시겠습니까?

댁도 그게 어떤 종류의 질문인지 알고 있잖소. 내가 댁이라면 나는 어딘가에서 가르치거나 폭탄을 만들거나 어쨌든 댁 같은 사람들이 하는 일을 하고 있겠지.

물론이죠. 선생님의 배경은 어떻습니까? 서커스 말고.

서커스가 내 배경이오. 나는 심지어 초등학교도 졸업하지 못했소.

정말이요?

정말로. 한 번 결혼했고. 자식은 없고. 우호적으로 이혼했고. 내 인생에 나의 통제를 벗어난 형태와 목적지를 줄 만한 비극은 없었소. 나는 지금 하고 있는 일을 좋아해요. 하지만 필요하면 다른 걸 할 수도 있소. 복 받은 인생이지. 나쁜 일들도 바꾸고 싶다는 생각이 잘 안 들 정도니까. 음식이 나오는군.

그들은 대체로 말없이 먹었다. 클라인은 드부시처럼 음식을 진지하게 생각했다. 그는 다 먹고 나서 등을 뒤로 기대고 잔에 남은 와인을 마저 마신 뒤 손가락으로 잔의 손잡이를 돌리며 그것을 살폈다. 이윽고 잔을 테이블보에 내려놓았다. 염병할 아주 좋군, 그가 말했다.

웨스턴은 미소를 지었다. 네, 그가 말했다. 감사합니다.

클라인은 냅킨을 대충 접어 옆에 놓았다. 나는 집에서 음식을 해요, 그가 말했다. 하지만 도무지 제대로 되지 않는 게 몇 가지가 있지. 나는 그게 육수라고 생각해. 이런 곳들이 우위를 갖는 부분이지.

육수요?

그래. 모든 끔찍한 걸 그냥 던져넣고—썩은 무, 죽은 고양이, 그 밖에 뭐가 되었든—한 달 정도 부글부글 끓일 수 있는 오래되고 고약한 냄새가 나는 육수 냄비가 없는 한 정말 불리한 거요. 디저트 메뉴를 보겠소?

사양하겠습니다.

그래요. 클라인은 와인잔을 다시 들고 돌렸다. 바닥에 작은 방울이 모였다. 그는 잔을 기울여 방울이 테두리까지 굴러오게 했다. 피처럼 밝은 방울. 그는 잔을 들어 방울이 혀로 내려오게 한 다음 잔을 도로 놓았다. 어쩔 거요? 그가 말했다.

선택지가 많지 않습니다. 일로 돌아가야죠. 돈을 좀 모아봐야죠.

마지막으로 일한 게 언제요?

플로리다에서 돌아온 뒤로는 하지 않았습니다.

최근에 그쪽과 이야기는 했소?

테일러요?

그렇지.

나는 아직 일자리가 있습니다. 그것 때문에 물어보시는 거라면.

꼭 그것 때문은 아니오.

저쪽에서 내 보수도 몰수할 것 같다고 보시는군요.

오 그럴 것 같다 정도가 아니지.

그러면 이런 일이 얼마 동안 계속될지?

영원히.

웨스턴은 남은 와인을 마셨다. 나는 갈 데가 없군요, 그렇죠?

커피 마시겠소?

좋습니다.

웨이터가 나타났다. 몇 분 뒤 그가 커피를 가져왔다. 클라인은 블랙으로 마셨다. 다른 자산이 있기는 있소?

아니요.

여동생은 자기 몫을 어떻게 했소?

바이올린을 샀습니다.

바이올린?

네.

동생한테 얼마나 줬는데?

오십만 달러가 좀 넘었죠.

젠장. 여동생이 몇 살이었는데?

열여섯이요.

열여섯짜리한테 그런 돈을 줄 수는 있는 거요?

모르겠습니다. 아마 주법州法이 있겠죠. 결혼 연령처럼. 그냥 현금으로 줬습니다.

바이올린이 얼만데?

비쌉니다. 스트라디바리우스는 아니지만 거기에 아주 가까운 것이었으니까.

그게 어디 있소?

모르겠습니다.

하지만 그게 댁이 당면한 현금 문제를 상당 부분 해결해줄 수 있겠군.

압니다.

또.

또.

최근 댁의 인생에 일어난 일 가운데 설명할 수 없는 거.

친한 친구가 베네수엘라에서 돈을 벌려고 잠수하다 죽었습니다.

그래. 나한테 이야기했지. 그 회사가 그 사건을 조사하기로 되어 있고.

테일러.

테일러. 그래. 하지만 아직 아무 이야기도 못 들었고.

네.

또.

이 년 전에 저쪽 사람들이 테네시에 있는 우리집에 침입해서 아버지 서류와 여동생 서류와 거의 백 년 전 것까지 가족 편지를 전부 가져갔습니다. 가족 앨범도 가져갔습니다. 집안의 모든 총과 다른 것들도 가져가서 강도처럼 보이게 하려고 했지만 물론 강도가 아니었죠.

저쪽에서 그랬군.

네.

늘 하나의 저쪽이군그래?

모르겠습니다.

그런데도 계좌의 돈을 다 인출해놓겠다는 생각은 들지 않았고.

웨스턴은 대답하지 않았다.

클라인은 계산서를 달라고 두 손가락을 들었다. 이 상황은 별로 생각해보지 않았군?

그런 것 같습니다.

댁의 진짜 생각이 뭔지 알겠소.

내 진짜 생각이 뭐죠?

댁은 자기가 저쪽보다 똑똑하다고 생각하오.

그래서요?

그래서 그게 댁한테 도움이 되지 않을 거란 얘기요. 저쪽은 자기들이 똑똑해야 하는 것보다 조금도 더 똑똑하지 않고 꼭 필요한 만큼만 똑똑하오.

골디록스* 공작원.

그렇지. 저쪽은 딱 적당해. 그리고 댁은 아니고.

또 뭐가 있습니까. 저쪽에 관해.

저쪽의 헌신. 그건 정말 주목할 만하오. 그리고 누구에게나 죄가 있소. 저쪽에게 그건 고려할 필요조차 없는 사실이오. 저쪽은 절대 죄 없는 사람을 쫓지 않지. 죄 없는 사람을 쫓는다는 생각은 떠오르지도 않을 거요. 저쪽은 그런 생각 자체가 희극적이라고 생각할 거요.

웨이터가 계산서를 가져왔다. 클라인은 현금을 냈다. 준비 됐소?

그들은 나가서 주차장을 가로질러 걸었다. 뭘 하라고 조언하지는 못하겠소, 보비. 하지만 나는 댁이 그냥 기다리고만 있는다는 느낌을 받소. 그것의 문제는 댁이 기다리고 있는 게 여

---

* 영국의 전래동화인 『골디록스와 곰 세 마리』와 관련된 표현으로 딱 적당한 것을 좋아한다는 뜻으로 쓰인다.

기에 닥치면 그걸 어떻게 하기에는 너무 늦을 거란 점이오. 신분증 건을 진행하고 싶으면 알려주시오.

고맙습니다. 정말 감사드립니다.

알겠소.

내가 선생님한테 다 털어놓지 않는다고 생각하시죠.

모르겠소.

달리 뭘 말씀드려야 하는지 모르겠습니다.

괜찮소.

그 아이가 보낸 편지 가운데 뜯어보지 않은 게 있습니다.

왜?

그냥 안 뜯었어요.

너무 슬플 테니까.

웨스턴은 대답하지 않았다.

다시 이야기해보겠소. 그걸 읽으면 댁이 알 수 있는 모든 걸 알게 될 것이기 때문이지. 마지막 편지를 읽지 않는 한 이야기는 끝이 안 난 거고.

뭐 그런 거죠.

거기에 바이올린이 어디에 있는지 나올지도 모르지.

그럴지도 모릅니다. 또 그애한테는 돈이 좀 있었어요. 나는 그냥 이걸 어쩌는 게 힘들 뿐입니다.

흠. 여동생 물건들은 어디로든 가게 될 거요.

웨스턴은 고개를 끄덕였다.

선선한 날씨였다. 흐렸다. 비가 올 것 같다. 차에 이르렀을 때 클라인은 차 지붕에 기대섰다. 그는 웨스턴을 보았다.

똑똑한 사람들이 멍청한 짓을 할 때 그건 보통 둘 중 하나 때문이오. 그 둘이란 탐욕과 공포지. 가져서는 안 될 것을 원하거나 해서는 안 될 일을 했거나. 어느 쪽이든 보통 자기 마음 상태는 지탱해주지만 현실과는 어긋나 있는 일군의 믿음에 달라붙게 되오. 아는 것보다 믿는 게 더 중요해지는 거지. 이 말이 이해되오?

네.

댁이 믿고 싶은 건 뭐요?

모르겠습니다.

생각을 좀 해보고 내게 말해주는 게 어떻겠소.

좋습니다. 또 뭐가 있을까요.

그게 다요.

여전히 내가 말하지 않는 게 있다고 생각하시나요.

걱정하지 않소.

결국 이야기하게 될 거란 뜻인가요.

사람들은 버스에서 만난 낯선 사람한테 배우자한테는 하지 않을 이야기를 하지.

아주 암울하네요, 안 그런가요?

클라인은 대답하지 않았다. 그들은 차에 탔다. 클라인이 시동을 걸었다. 댁이 이해하고 있는지 잘 모르겠소, 그가 말했다.

뭘요?

댁이 체포되었다는 걸.

내가 체포되었다.

그렇소. 댁은 어떤 걸로도 기소되지 않았소. 그냥 체포된 거요.

그는 베이세인트루이스 바로 남쪽 모래언덕 위에 있는 판잣집으로 이사했다. 저녁이면 해변으로 나가 잿빛 물을 내다보았고 그곳에는 멀리 큰 파도들 위로 펠리컨떼가 해안선을 따라 한 줄로 느리고 힘겹게 날아오고 있었다. 희한한 새들. 밤이면 둑길을 따라 불빛들이 올라오는 것을 볼 수 있었다. 수평선을 따라 늘어선 불빛들, 느리게 지나가는 배들과 석유 굴착 장치의 먼 빛들. 집의 수조에서 찬물은 나왔지만 전기는 없었다. 유목을 땔 때는 작은 무쇠 배불뚝이 난로. 그는 조리용 스토브에 사용하는 가스통을 살 돈이 없어 그 장작 난로에서 조리도 했다. 쌀과 생선. 말린 살구. 날은 서늘해졌고 그는 군용 담요를 몸에 두른 채 해변에 앉아 만에서 불어오는 날 선 바람을 맞으며 물리학을 읽었다. 오래된 시. 그는 그녀에게 편지를 쓰려 했다.

어스름에 만조선을 걷다보면 해의 마지막 빨간빛 끝자락이 하늘을 따라 서쪽으로 천천히 펼쳐지며 타올라 조수가 웅덩이를 이룬 곳이 쏟아진 핏물 같았다. 그는 자신의 맨발 자국을 되돌아보려고 발을 멈추었다. 하나씩 하나씩 물이 고이는 자국. 마지막 몇 시간 동안은 모래톱이 천천히 움직이는 것 같았고 해의 늦은 색깔들은 물처럼 빠져나갔으며 그러다 밤사이 가동을 멈추는 주조 공장처럼 갑자기 어둠이 내렸다.

동이 틀 때면 모래언덕들 사이로 산책을 나가 모래 덮인 도로를 따라 올라가다가 고속도로에 이르면 죽은 동물을 찾아 아스팔트 가장자리를 터덜터덜 걸었다. 날이 한쪽에만 있는 면도칼로 동물 가죽을 벗겨 도로를 따라 이 마일을 내려가면 나오는 작은 식료품점에 펼치지 않은 날가죽을 가져갔다. 너구리와 사향쥐. 한두 번은 밍크. 포상금을 받을 수 있는 뉴트리아* 꼬리. 그 돈으로 차와 캔 우유를 샀다. 조리용 기름. 매운 소스와 통조림 과일. 도로에서 전날은 없었던 죽은 토끼를 발견해 집에 가져와 조리해 먹었다.

옷은 설거지통에서 빨아 포치 난간에 널어 말렸다. 때로는

---

* 물가에 사는, 비버와 비슷한 남미산 동물.

옷이 바람에 날려 모래언덕 아래로 내려갔다. 화창한 날이면 벌거벗고 해변을 걸었다. 혼자, 말없이. 정신없이. 밤에는 해변에 불을 피우고 담요를 두르고 앉았다. 만 위로 달이 떠오르고 달의 길이 물위에 접시처럼 우묵해지며 기울었다. 새들이 어둠 속에서 해변으로 내려왔다. 무슨 종류인지 알지는 못했다. 그 승객 생각을 했지만 그 섬에 다시 간 적은 없었다. 불이 바람에 쓰러지고 타는 나무에서 바닷물이 쉭쉭 소리를 냈다. 그는 그게 잉걸불로 잦아드는 것을 지켜보았다. 깜부기불은 빛나다 희미해지다 다시 빛났고 불의 조각들이 해변을 따라 어둠 속으로 비틀비틀 내려갔다. 그는 자신이 어떻게 될지 궁금해해야 한다는 건 알았다.

판잣집에서 낡은 낚싯대와 릴을 발견하여 녹슨 육 번 미늘 몇 개를 갈아 거기에 사향쥐 조각을 미끼로 꿰고 반 온스짜리 납추를 단 뒤 멀리 파도 속으로 던졌다.

얼얼할 만큼 차가운 날씨. 비. 판잣집의 낡은 지붕널 사이로 심하게 비가 새 바닥 곳곳에 물통과 냄비를 늘어놓았다. 어느 날 밤에는 번개에 잠이 깼다. 창유리에 번쩍이는 강한 빛과 라이플 총성 같은 날카로운 소리. 그는 조심스럽게 일어나 앉았다. 스토브의 불이 거의 꺼져 방은 추웠다. 그는 어둠 속에 조용히 앉아 창이 다시 밝아지기를 기다렸다. 구석의 의자에 누가 앉아 있었다.

그는 램프의 등피를 들어올리고 서랍에서 나무 성냥을 꺼내
테이블 가장자리에 그어 심지에 불을 붙이고 등피를 내린 다
음 작은 황동 바퀴를 돌려 불길을 낮추었다. 등을 위로 들어
빛 속에서 다시 보았다.

그는 그녀가 묘사한 것과 아주 비슷했다. 머리카락 없는 두
개골은 아마도 그의 상상 불가능한 창조 때 생겼을 흉터 때문
에 닳고 닳은 것처럼 보였다. 그가 신고 있는 노 모양의 우스
꽝스러운 신발. 그의 물개 물갈퀴는 의자 팔걸이에 펼쳐져 있
었다.

너 혼자야? 웨스턴이 말했다.

예수여, 조너선. 그래. 혼자야. 오래 있을 수 없어. 말하자면
땡땡이치는 중이거든, 사실은.

나를 만나라고 여기 파견된 건 아니겠지.

아니야. 내 미늘로 내 고기 잡는 거지.* 달력을 넘기다가 날
짜가 눈에 들어왔어.

전에도 왔다가 지나간 날짜인데.

맞는 말이야.

왜 여기 온 거야?

그냥 네가 어떻게 지내는지 좀 봐야겠다는 생각이 들었어.

---

* 독자적으로 행동한다는 뜻.

어디에서 나를 찾을 수 있는지 어떻게 알았어?

키드는 눈알을 굴렸다. 그리스도여, 그가 말했다. 그게 네 질문이야?

모르겠어.

우리가 좀 된 사이잖아. 이런저런 식으로. 나하고 그대는.

전해듣기만 했지. 내가 뭘 신뢰해야 할지 어떻게 알겠어?

너한테는 선택의 여지가 없어. 네가 믿을 수 있는 건 있는 것뿐이야. 있지 않은 거를 믿는 걸 더 좋아하는 게 아니라면. 우리가 이제 그런 건 다 지나오지 않았나 싶었는데.

나한테 다 지나온 건 아무것도 없어.

그래, 뭐. 어쩌면 그 부분은 널 도와줄 수 없겠지. 어쨌든, 요 근처에 왔다가 들렀어. 너는 내가 예상했던 거하고는 좀 다르네.

어떻게?

모르겠어. 구두 뒤축이 좀 닳았달까.* 여기 나와 있은 지는 얼마나 됐어?

좀 됐어.

그래? 아주 호사스러운 집이라고는 할 수 없네.

키드는 방을 둘러보았다. 한쪽 물갈퀴로 입을 가리고 하품

---

* 초라하다는 뜻.

을 했다. 긴 하루였어. 가장자리를 따라 뛰어다니는 이 사람들을 상대하는 건 쉽지 않아. 부재중인 치매Dementia in absentia. 뭐, 물고기가 든 솥은 열지 않는 게 좋지.

지렁이가 든 깡통*이겠지.

그것도 마찬가지. 어쨌든, 나는 우리 모두 여동생에게는 약간 책임이 있다고 생각해. 물론 어떤 사람은 다른 사람보다 더 책임이 크지. 그래도 그애를 그냥 일종의 실험으로 생각하기는 힘들어. 어떻게 생각하서?

너는 어떻게 생각해?

압박을 받아도 냉정하군. 마음에 들어. 그럼 여기에서 어디로 가볼까? 오 소년이여 오 기쁨이여Oh boy oh joy.

번개가 다시 방을 밝혔다. 그리스도여, 키드가 말했다. 여기서는 늘 이렇게 폭풍이 부나? 나는 그저 네가 이상한 질문을 한두 개 던질지도 모른다고 생각했을 뿐이야. 언제든 시작하라고. 나는 규칙에 얽매이지 않아.

뭘 보고 내가 너를 신뢰할 거라고 생각하는 거지?

자기가 뭔 소리를 하는지 들어봤으면 좋겠어.

웨스턴은 대답하지 않았다. 키드는 앉아서 존재하지도 않는 손톱을 살피고 있었다. 그래, 뭐. 보아하니 저 녀석 감정이 상

---

* '건드리면 복잡한 문제를 야기하는 상황'을 뜻한다.

했군. 자기가 똑똑하다고 생각하는구나. 너는 네가 똑똑하다고 생각하지, 커츠?

아니. 한때는 그랬지. 이제는 아냐.

좋아. 이제 정말로 더 똑똑해졌군. 드디어 우리가 수다를 좀 떨 수도 있겠네.

뭘 보고 내가 수다를 떨고 싶어할 거라 생각하는 거지?

헛소리는 그쯤 해둬. 내가 말한 대로, 우리한테는 시간이 많지 않아. 어쨌든 너는 어쩌다 여기까지 오게 된 거지?

이 집은 친구 거야.

대단한 친구네. 전기도 없어?

없어.

화장실도?

없어.

번개가 다시 번쩍였다. 키드는 의자에서 몸을 약간 틀고 앉아 있었다. 뭐, 그가 말했다. 더 나쁠 수도 있었으니까. 어떤 사람들은 네가 여태 목숨을 부지하고 있다는 것 자체에 놀라.

그래. 나도 그래. 가끔은.

설사 네가 게임에서 빠졌다 해도 게임이 어떻게 될지 좀 주저앉아 지켜볼 수도 있을 것 같은데.

결과가 어떻게 될지 알 것 같은데.

그래. 그냥 순수하게 분석적인 진술인 것 같군. 지식은 전혀 필요 없고, 그저 정의定義만 필요한 진술. 여기서 바다가 보이지 그렇지?

멀리.

키드는 몸을 일으키고 기지개를 켰다. 나라면 이런 곳에 있으면 병적이 될 것 같은데. 해변에 산책을 좀 나갈까? 다리 좀 풀게. 혹시 짐이 좀 덜어지는 느낌까지 들지 누가 알아.

해변에 산책.

그렇지. 재킷 가져와. 곧 어두워질 거야.

그들은 해변을 걸었지만 키드는 생각에 잠긴 표정이었다. 허리를 앞으로 굽히고 두 물갈퀴로 뒷짐을 지었다. 먼바다에서 번개의 들쭉날쭉한 필라멘트가 잠깐 멈추더니 이윽고 다시 어두워지는 세상의 가장자리를 따라 움직였다. 너는 좆나 수수께끼 같은 놈이야, 키드가 말했다. 뭐, 질문이 없다고? 어떤 녀석이 자기 여동생의 환각에게 여동생의 제정신에 관해 질문하게 하면 재미있을 거라고 생각했는데 말이야.

그애에 관해 정말로 뭔가 아는 거야?

왜 몰라? 나는 그애의 정신에서 떨어져나온 조각이잖아?

모르겠어. 너 내 정신의 조각이야?

모르겠어. 좆같은 수수께끼들 때문에 성가셔 죽겠어 안 그래?

그애는 네가 하는 모든 게 엉터리라던데.

그건 대개 그저 그애의 생각을 다른 데로 좀 돌리기 위한 방법이었을 뿐이야. 뼈다귀를 던져주는 거지 뭐 어때.

너를 믿어야 할지 모르겠는걸.

이야. 그거 골때리네.

왜?

왜냐고? 네가 실상은 아무것도 아닌 어떤 것에 관해 말하고 있기 때문이지 왜긴 왜야.

너는 내 질문에 답하려고 여기 있는 줄 알았는데.

그래. 물론이지. 왜 아니겠어?

우리가 어디로 가는 거지?

해변에서 산책하는 거지. 바람 좀 쐬러.

그는 깊이 코를 킁킁거렸다.

전에 너를 한 번 본 적이 있는 것 같아.

그래?

커낼 스트리트를 따라 올라가는 버스에서.

뭐, 나하고 비슷하게 생긴 사람은 많으니까.

그들은 모래를 헤치며 걸어나갔다. 해안에서 좀 떨어진 곳에서 큰 물결이 천천히 밀려왔다. 어둠 속에서 창백했다. 폭풍이 해안으로 몰려오고 있어 번개가 다시 번쩍였다. 부서지며 바닷속으로 떨어지는 점화의 뜨거운 연쇄. 키드는 생각에 몰두한 채 허리를 굽히고 있었다. 번쩍이는 빛 속에서 웨스턴의 눈에 그의 작은 달걀 모양 두개골과 종잇장 같은 피부 너머로 판들의 접합선이 훤히 들여다보였다. 씹힌 것처럼 보이는 귀.

그래 질문이 뭐야?

알았어. 넌 몇 살이야?

키드가 멈추어 섰다. 이윽고 고개를 저으며 다시 움직였다.

좋아. 이건 어때. 어떻게 나를 찾아냈어?

그건 이미 물었잖아.

어떻게 찾았어?

묻고 다녔지.

묻고 다녔다.

그럼. 나는 오랫동안 거리에서 살았거든. 다른 방법은 쓸 생각도 하지 않았어.

네가 본 가장 이상한 건 뭐였어? 돌아다니면서.

키드는 고개를 저었다. 우리는 지금 그런 이야기를 하려고 여기 있는 게 아니야. 어쨌거나 너는 내 말을 믿지도 않겠지. 저 밖에서는 난파가 많이 일어나. 원재圓材*에 매달린 사람들이 많지. 하지만 영원히 매달려 있을 수는 없어. 어둠의 진정한 본성을 발견하는 게 좋은 일이라고 생각하는 사람들이 있지.

---

* 둥글게 깎은 배의 돛대나 활대 따위.

어둠의 벌집과 그 소굴. 저 밖에서 랜턴을 든 그들을 볼 수 있지. 이 그림에 무슨 문제가 있어?

가는 천둥소리가 검은 하늘에서 굴러내려왔다.

폭풍이 오고 있군, 키드가 말했다. 빨리 움직여야겠네.

나는 호트를 좀 봤으면 했는데.

그랬군, 흠. 아마 못 볼 거야. 도대체 뭐 때문에 깬 거야?

모르겠어. 번개.

꿈을 꾸고 있지 않았던 게 확실해?

지금은 잘 모르겠어.

말을 바꿔서 다시 질문을 해볼게. 꿈을 꾸고 있지 않았던 게 확실해?

웨스턴은 걸음을 늦추었다. 키드는 계속 터벅터벅 걸었다. 아까 그는 꿈을 꾸고 있었다. 어떤 최후의 심판에서 한 아이의 이름을 불렀으나 아이가 대답하지 않자 천국의 배는 그 여자아이를 이제는 영원히 사라진 어두워지는 해안에 홀로 남겨두고 환하게 빛을 발하며 영원 속으로 계속 나아갔다. 그는 서둘러 키드를 따라잡았다.

질문 하나 해도 될까?

그것도 질문이네. 다른 게 또 있어?

여기를 떠나면 어디로 가?

다른 데.

다른 데.

당연하지. 봐. 나는 내 돈 쓰고 여기 온 거야. 너는 그걸 이해 못하는 거 같아. 우리는 지금 여기 있어. 다른 사람은 한 명도 눈에 보이지 않아. 너는 그 생각을 좀 해봐야 해.

네가 뭘 원하는지 모르겠어.

내가 뭘 원하는지? 예수여. 말했잖아. 오늘 하루 빼먹었다고. 내가 여기에 얼마나 오래 있을 거라고 생각하는 거야? 너는 너 자신의 믿음에 따라 행동하려고도 하지 않는군.

무슨 믿음?

또 시작이네.

키드는 계속 성큼성큼 걸었다. 오 애야, 그가 말했다. 이런 염병할 멍청이를 보게 될 줄은 예상 못했네. 죽은 여동생의 영혼의 일부라고 생각하는 이 개체와 함께 해변을 따라 걷고 있는데 좆같은 날씨 이야기만 하고 싶어하다니.

날씨 얘기는 한 적 없어.

아니면 뭐든. 키드는 검게 철썩이는 바다를 가리켰다. 바닥이 무너져 이 좆같은 것 전체가 지구 깊숙한 곳에 있는 어떤 짐작도 못했던 동굴의 세계로 빨려들어간다고 생각해봐. 거대하고 시커먼 세계. 바닥으로 내려가 둘러볼 수도 있지. 더러운 진창 속에서 거대한 차우더*가 마구 출렁거리고 있어. 고래와 오징어. 팔십 피트 길이의 고환testicle**들이 달려 있는 눈이 접

526

시 같은 크라켄.*** 그다음에는 커다란 냄새 그리고 그다음에는 아무것도 없어. 어이쿠. 다 어디 갔을까?

정말이지 너한테 뭘 물어봐야 할지 모르겠어.

당연히 모르겠지. 너는 좆같은 바보 천치니까.

그는 회중시계를 꺼내더니 어둠 속에서 시간을 보려 했다. 그는 번개를 기다렸다. 이게 뭔 멍청하고 좆같은 생각이었는지.

너하고 네 작은 친구들이 그애를 그냥 내버려뒀다면 어떻게 됐을까?

이야. 질문이네. 좀 덜떨어진 질문이지만 씨발 뭐 어때. 그애는 염병할 똑같이 죽었을 건데, 다만—나 자신을 칭찬하자면—더 빨리 죽었을 거라고 생각해. 너는 우리가 내놓아야만 했던 그 좆같은 쇼토콰를 믿지 않겠지. 하물며 염병할 고마워하지도 않겠지. 내 생각에 그애는 반쯤은 내가 그저 자기 머리를 빌리러 간 거라고 생각했어. 뭐 알 게 뭐야 씨발. 어쩌면 그랬는지도 모르지. 반쯤은. 지금까지 알려지지 않았던 어떤 오지 같은 세계에서 온 어떤 악하고 작은 똥덩어리가 큰 걸 준비하기 위해 자료를 '일 번 기지'로 도로 가져갔는지도.

큰 게 오는 거야?

---

* 생선이나 조개와 야채를 넣어 끓이는 걸쭉한 수프.
** '촉수(tentacle)'를 잘못 말한 것.
*** 북유럽 전설에 등장하는 바다 괴물로 거대한 문어 형상을 하고 있다.

어떻게 생각해?

아마도.

그래. 아마도. 아마도 오늘 아침에 해가 떴던 것처럼. 예수여. 나는 말이야 지금 집에서 침대에 누워 있을 수도 있었어.

'일 번 기지'가 뭐야?

됐어. 너하고 조직 구조 이야기는 하지 않을 거야. 어차피 너는 그걸 어째야 할지도 모를 테니까. 네가 꼬치꼬치 캐묻는 애라는 건 이미 알게 됐고 너는 자기동형自己同型*과 복제물, 거기에 또 사차원 격자를 보기 시작할 때 만나게 되는 비가환 noncommutational** 어쩌구에 관한 자료까지 캐널 수 있다고 생각할 텐데 그러면 우리는 뭐가 현실이고 뭐가 아니며 또 누가 말을 하게 될지를 놓고 똑같은 황량한 헛소리로 돌아가게 돼. 이놈의 것 가운데 어떤 건 원칙상 자체 기록이 이루어지고 거의 판잣집 전체***가 하루 이십사 시간 일주일에 칠 일 잘못이 생기면 책임을 지는 체제로 돌아가고 있어. 그러니 우리 그냥 좀 넘어가면 안 될까?

알았어.

---

* 수학에서 삼각함수나 타원함수 등을 일반화한 형태로 '보형(保型)'이라고도 부른다.
** '비가환(非可換, noncommutative)'을 잘못 말한 것.
*** 전체적인 체계나 뼈대를 가리킨다.

예수여. 쉽게 풀렸군. 어쨌든, 그건 그냥 표현 방식일 뿐이야. '일 번 기지'는 십이번가와 브로드웨이가 만나는 지하철역 공중화장실일 수도 있어. 누가 그 똥 같은 거에 관심을 가지겠어?

전화벨이 울렸다.

좋아, 키드가 말했다. 종이 울려 케이오를 면했군. 그는 펄럭거리는 옷 속을 여기저기 뒤적이다 전화기를 꺼내 귀에 갖다댔다. 그래, 그가 말했다. 좋아. 그리스도와 흠뻑 젖은 제자들이여 보름달이라도 뜬 거야 뭐야? 이 모든 얼간이 우박은 어디서 오는 거지? 그래 물론이지. 그자가 한 말에는 단 한 번의 열광적인 방귀조차 뀌어주지 않을 거야. 그 좆같은 얼굴한테 나는 안식일이고 바람이 바뀌면 돌아갈 거라고 말해.

키드는 더 잘 들으려고 발을 멈추었다. 바람이 그의 옷을 몸 주위에서 휘둘러댔다. 웨스턴은 기다렸다.

그래. 좋아. 그자는 그 전체가 불길로 타 사라질 수는 없다고 생각한다는 거지? 좋아. 그자가 그런 소각된 의견을 가지는 거야 얼마든지 환영이야. 그래. 우리가 그건 전부 내려받았어. 확인하고 또 확인했다고. 아니. 우리는 여기에서 천둥 폭풍 속에 있어. 해변에 나와 있어. 너한테 좌표를 보내고 싶지만 시계를 볼 수가 없어. 암소 뱃속만큼 어둡다고. 그래. 이 친구 여동생. 몇 년 전에 스스로 끝냈어. 아니. 이 친구는 좆도 아무

실마리도 못 찾고 있어. 그래. 알았고 끊어. 그래 그래 물론이야 물론이지. 그 녀석들은 시끄럽기만 하고 입을 헤벌리고 있는 똥구멍 같은 무리고 너는 내가 그 녀석들한테 그렇게 말했다고 해도 돼.

그는 전화를 끊고 옷 속에 넣더니 다시 고개를 저으며 해변을 따라 내려가기 시작했다. 이런 헛소리를 단 한 순간도 안 듣고 지나가는 법이 없어. 뭐 좆 까라 그래. 승객이 한 명 더? 어디로 가는데? 너 자신이 캔버스 썩는 고기carrion* 가방과 샌드위치를 들고 마지막 비행기를 타고 나가는 게 눈에 띄었잖아. 아니면 그건 아직 오지 않은 일인가? 아마 내가 앞서간 모양이군. 그렇다 해도 사람들이 코앞의 일을 미리 알아내 득을 보지 못한다는 건 이상해. 티켓을 보지 않는 건가? 묘하지. 저 그림자들은 사실은 이 쓰레기 속에서 해안을 따라가는 물새들이군. 씨발 저것들은 자기들이 어디로 간다고 생각하는 거야?

내가 특이한 질문을 하면 어떨까?

예수여, 키드가 말했다. 이건 골때릴 거야. 한밤중에 죽은 여동생의 영혼과 천둥 폭풍 속에서 해변을 산책하면서 특이한 질문을 해도 되는지 알고 싶어하다니. 너는 익살이 없으면 아무것도 아니야, 안 그래? 물론이지. 던져봐. 어서 듣고 싶어 견

---

* carry on(기내 휴대용 수하물)의 의도적 오기.

딜 수가 없군.

나에 관해 뭘 알고 있지?

어허 젠장. 그렇게까지 특이할 거라고는 생각 못했는데. 무슨 상관이야? 그리고 이게 왜 네 얘기가 되는 건데?

그냥 한두 가지 사실만 얘기해주면 어떨까?

좋아. 사실 하나. 그는 오 피트 십일 인치다. 사실 둘. 몸무게는 백오십 파운드다.

그거 확실해? 그거보다 많이 나갔는데.

전에는 더 먹었잖아.

그들은 터벅터벅 걸었다. 바람이 세지고 있었다. 키드는 불어오는 포말 쪽으로 어깨를 돌렸다. 어둠 속에서 모래가 해변을 따라 소용돌이치며 내려갔다.

내가 네 개와 조랑말 쇼*를 볼 일은 없을 것 같은데.

안 봐? 그럼 이건 뭐야?

이게 그렇게 재미있었다고는 못하겠어. 우리 잠깐 멈출까?

좋지.

키드는 몸을 돌려 그를 마주보았다.

어떤 식으로든 그애를 도와주러 네가 여기 왔다는 거, 웨스턴이 말했다, 넌 내가 그걸 믿어주기를 바라는 거지.

---

* '요란하지만 시시한 쇼'라는 뜻.

그애를 어떻게 도와줘? 이미 죽었는데.

살아 있을 때.

예수여. 내가 어떻게 알아? 스크린에서 어떤 형체가 멀어져가는 걸 보고 전화기를 집어든다는 거로군. 고사리 덤불 속에서 들리는 진박새의 외침이 사실은 저주받은 자의 탄식이 아니라는 걸 어떻게 알아? 세상은 기만적인 장소야. 네가 보는 많은 게 사실은 이제 거기 없어. 눈에 남은 잔상일 뿐이야. 말하자면.

그애가 뭘 알았어?

결국은 정말이지 알 수 없다는 걸 알았지. 너는 세상을 이해할 수 없어. 그림을 그릴 수 있을 뿐이야. 동굴 벽의 황소든 편미분방정식이든 다 똑같아. 예수여. 좆같은 질풍이 왔네. 걸을까?

그래. 네가 검사를 받는다면 그건 어떤 종류의 검사가 될까?

완전히 매-애-쳤는지 알아보는 미네소타 다면 인성 검사 같은 거 말이야? 그는 물갈퀴를 흔들고 머리를 빙빙 돌렸다.

그런 종류가 될까?

검사는 없으니까 종류도 없어.

그애한테 구체적인 이름이 있었나? 하나의 프로젝트로서?

아니. 우리는 그애를 넣을 자리를 찾아내지 못했어. 그냥 살아 있게 하려고만 했지. 그애가 알려주지를 않더라고. '출입

금지'라는 다이오드에 불이 밝혀졌고 다시 시도해볼 수는 있었지만 사실 거기서 거기였어. 도식 속에 텅 빈 곳이 있었지. 분광사진에서 발견되는 변칙처럼. 새로운 형판을 뜰 수는 있지만 그걸로 할 수 있는 게 없었어. 일이 풀리지를 않는다? 그래, 뭐. 첫 시도들은 실패하는 경향이 있고 그렇지. 약간 수정을 해. 다시 프로그램을 돌려. 뒤섞인 것 속에서 뼈아픈 진실 몇 가지. 생명은 생명이니까. 너는 캔털루프*와 유전자 반을 공유하고 있어.

너는 어때?

뭐가 어때?

너도 캔털루프와 유전자 반을 공유하고 있어?

아니. 나는 씨발 그냥 캔털루프야. 우리 좀 움직이면 안 될까?

왜 그애는 어떤 형판에도 맞지 않았을까?

형판 가운데 어느 것도 맞지 않았으니까?

그래, 하지만 왜?

키드는 다시 발을 멈추었다. 야, 그가 말했다. 기술적인 얘기는 하지 말자고. 네가 그걸 무슨 우주화학생물학적 부적합 같은 걸로 본다는 건 알겠는데 우리 쪽 녀석들 대부분은 그걸

---

* 멜론의 일종으로 껍질은 녹색이고 과육은 오렌지색이다.

절대 그런 식으로 보지 않아. 그걸 믿음의 문제로 본다고.

믿음?

그래. 믿음이 없는 자라고 할 때의 믿음. 세계의 본질에 관한 네 의심의 크기가 어떠하든 또다른 너를 제시하지 못하면 또다른 세계도 제시할 수 없어. 어쩌면 모두가 아주 독자적으로 출발하지만 결국 대부분의 사람은 그런 독자성을 그냥 넘어가버리는 걸 수도 있어. 가자. 빗방울이 떨어진 것 같아.

하지만 왜 사람들이 그걸 넘어가버릴까?

자전거를 탄 그리스도여, 보비킨스. 씨발 내가 어떻게 알아? 우리는 사람을 만들지 않아, 그냥 형판을 만들 뿐이라고. 그건 서류철이야, 그게 다야.

그러니까 그애하고 다른 모든 사람의 차이는 그애한테는 맞는 형판이 없었다는 것일 뿐이라는 말이야?

아니, 그건 네 말이지.

웨스턴은 어두운 바다 너머를 내다보았다. 입술에서 짠맛이 났다.

어떤 전자식 형판이로군.

아니. 유압식이야. 예수여.

그게 정신적 지형의 지도를 그린다.

게다가 쓸개는 잊지 않아.*

쓸개?

534

농담이야. 울고 계시는 성모마리아여.

미안.

그래, 됐어.

내가 얼간이라고 생각하는군.

너는 얼간이야. 내가 어떻게 생각하느냐는 그 사실과 아무런 상관이 없어. 좀 움직이면 안 될까? 이러다 다 젖겠어. 그리스도여. 해협에서 오는 밤바람은 원래 이렇게 으르렁거리는 거야?

그들은 터벅터벅 걸었고 키드의 가운이 퍼덕거렸다. 원하는 걸 늘 얻지는 못해. 하긴 얻는 걸 늘 원하는 건 아니니 어쩌면 그게 그건가. 어쨌든, 너는 별로 말을 하고 싶어하지 않는군. 그냥 네 잘못이 아니라고 말할 사람을 원할 뿐이야.

내 잘못이야.

내가 다른 식으로 말해볼까. 너는 그냥 네 잘못이 아니라고 말할 사람을 원할 뿐이야.

어쩌면 네가 원하는 게 뭔지 내가 모르는 건지도 모르지.

그래. 뭐, 그건 내 잘못이야. 나는 그냥 네가 이렇게 둔할 거라고는 상상도 못했으니까.

그들은 모래를 헤치며 계속 힘겹게 걸었다. 마치 어떤 목적

---

* 보통은 기억력이 좋다는 뜻으로 '코끼리는 잊지 않는다'는 말을 흔히 쓴다.

지를 염두에 두고 있는 것처럼. 웨스턴은 다시 걸음을 멈추었다가 서둘러 따라잡았다.

너는 사절使節이야?

뭐의?

몰라.

당연히 알겠지. 아니면 그 질문을 하지 않았을 테니까. 어쨌든, 어쩌면 나는 우리가 모두 알고 사랑하게 된 그런 귀여운 녀석은 아닐지도 몰라. 희망의 조짐이자 꿈의 좌약suppository.* 어쩌면 나는 그 녀석의 악한 쌍둥이일지도 몰라. 그애에 관해서 이야기를 나눈 사람이 있긴 해?

할머니. 로열 삼촌.

그래? 퍽이나 도움이 됐겠다. 기저귀와 턱받이를 찬 또라이 로열 삼촌이라니. 그리고 내가 대리인이냐고? 누군들 아니겠어? 모든 것에 동의할 필요는 없지만 일이 맡겨지면 가야지. 예수여, 얼어죽겠구먼. 한 해 중 이맘때치고는 지옥 같은 전선前線이야.

앞쪽에 어떤 피난처가 있을 거라고 생각해?

너한테는 없지. 어쨌든, 네 문제는 그애가 죽었다는 걸 사실은 믿지 않는다는 거야.

---

* 원래는 '보관소'나 '보물 창고'를 뜻하는 repository라고 말해야 자연스럽다.

그애가 죽었다는 걸 내가 믿지 않는다?

그렇다고 생각해.

내가 내세를 믿는다는 거야?

내가 어떻게 알겠어?

첫 빗방울들이 떨어졌다.

늑장 부리지 좀 않으면 정말 안 되겠어? 왜 고양이를 다시 들이지 않은 거야?

그냥 다른 걸 또 잃고 싶지가 않았어. 나는 잃을 건 다 잃었어.

어째서 엉뚱한 램프가 늘 바람으로부터 보호를 받는 거지? 어쨌든 너는 아직 맘대로 할 수 있는 너 자신이 있잖아.

알아.

그 점에 관한 네 생각은 뭐야? 빠를수록 좋다?

가끔은.

그들 앞의 텅 빈 해변에서 번개가 날카롭게 하늘을 갈랐다. 비가 퍼붓기 시작했다.

누가 알겠어? 키드가 말했다. 혹시 너하고 여동생이 이제 곧 달콤한 하늘*에서 상봉할 수 있을지. 예수여. 이 땅 좀 보소. 고통과 부패. 그애가 몇 번이나 내 뒤통수를 쳤는지. 가끔 그냥

---

* the sweet by-and-by. 찬송가의 한 구절.

불을 끄고 자버리더라고. 말하는 중간에. 어쨌든 간에 그애는 꽤나 성가신 일거리였어. 마리아와 요셉이여, 너 그거 알았어? 좀 걸으면 안 될까? 오존맛이 아주 그냥 사랑스럽지 않아? 좆같은 아연 밀크셰이크처럼. 말이 별로 없네? 이런 전기 폭풍 뒤에는 멋지게 데쳐진 물고기떼가 해변으로 밀려온다고 하던데. 그게 사실일 수 있다고 생각해?

웨스턴은 걸음을 늦추었다. 손바닥으로 얼굴에서 물기를 훔쳤다. 칼날처럼 그어대는 질풍 속에서 키드는 흐릿해지고 있었다. 기이한 옷차림으로 찰싹거리며 나아가고 있었다.

웨스턴은 젖었고 추웠다. 마침내 그는 발을 멈추었다. 네가 슬픔에 관해서 뭘 알아? 그가 외쳤다. 너는 아무것도 몰라. 다른 상실은 있을 수 없어. 알아? 세상은 잿더미야. 잿더미. 그애가 고통을 겪는다? 조금이라도 모욕을? 조금이라도 수모를? 알아? 그애가 홀로 죽는다? 그애가? 다른 상실은 있을 수 없어. 알아? 다른 상실은 없어. 절대.

그는 젖은 모래에 무릎을 꿇었다. 바다에서 짠 비가 불어닥쳤다. 그는 자신의 머리를 움켜쥐고서 질풍 속에 해변을 따라 어기적어기적 멀어져가는 작은 형체 뒤에 대고 소리쳤다. 어두운 물과 해변 위로 번개가 번쩍였고 빗속에서 라이브오크와 시오트*와 소나무들의 벽이 침침하게 보였다. 그러나 정령은 사라졌다.

새벽에 잠을 깼을 때 폭풍은 지나간 뒤였다. 그는 오랫동안 그대로 누워 있었다. 방에 재의 빛이 차오르는 것을 지켜보며. 그는 일어나 창으로 가 밖을 보았다. 잿빛의 날. 젖은 옷이 바닥에 쌓여 있어 그것을 집어 부엌 의자 위에 걸쳐놓았다. 나중에 해변으로 내려갔지만 비가 모든 것을 쓸어갔다. 그는 물에 떠내려온 통나무에 앉아 두 손에 얼굴을 묻었다.

너는 네가 해달라고 하는 게 뭔지 몰라.

운명적인 말.

그녀가 그의 뺨을 어루만졌다. 알 필요 없어.

너는 이게 어떻게 끝날지 몰라.

어떻게 끝나든 상관없어. 내 관심은 지금뿐이야.

그해 봄에 새들이 만을 가로질러 해변에 도착하기 시작했다. 지친 연작燕雀. 비레오. 킹버드와 콩새. 너무 지쳐 움직이지도 못하는. 그들을 모래에서 집어들어 떨리는 몸을 손에 쥘 수도 있었다. 작은 심장이 뛰고 눈이 닫혔다 열렸다. 그는 육식동물이 다가오는 것을 막으려고 밤새 손전등을 들고 해변을 돌아다니다 새벽녘에 모래에서 그들과 함께 잤다. 아무도 이 승객들을 방해하지 못하도록.

---

* 북미 동남부 해안지대에서 자라는 볏과 식물.

그는 도시로 돌아와 클라인에게 연락했다.

돌아왔군.

그런 셈입니다.

만나서 한잔하고 싶소?

물론이죠.

투잭스에서?

몇시에요?

여섯시.

그때 뵙겠습니다.

그들은 바의 작은 나무 테이블 중 한 곳에 앉아 진토닉을 주문했다. 클라인은 안경알에 빠르게 입김을 분 다음 손수건으로 닦았다. 안경을 쓰고 웨스턴을 보았다.

뭐가 보입니까? 웨스턴이 말했다.

전자적으로 눈을 지문처럼 정확하게 스캔할 수 있는 시스템이 있는데 그렇게 스캔을 해도 당하는 사람은 알아차리지도 못한다는 걸 아시오?

그게 나에게 위로가 되는 일인가요?

클라인은 거리를 내다보았다. 신분이 모든 거요.

알겠습니다.

혹시 지문이나 숫자가 독특한 신분을 부여한다고 생각할지도 모르겠소. 하지만 곧 그냥 아무런 신분도 가지지 않는 게 가장 독특한 신분이 될 거요. 진실은 모두가 체포된 상태라는 거요. 아니면 곧 그렇게 되거나. 저쪽에서는 사람들 움직임을 제한할 필요가 없소. 그냥 댁이 어디 있는지만 알면 되지.

제 귀에는 편집증으로 들리는데요.

편집증이오.

웨이터가 술을 가져왔다. 클라인이 잔을 들어올렸다. 건배, 그가 말했다.

행복한 시절을 위하여. 좋은 소식으로는 또 뭐가 있나요?

낙담하지 말아야 하오. 정보와 생존은 궁극적으로 같은 게 될 거요. 생각보다 빠르게.

또?

말하기 어렵지. 전자화폐. 조만간이지만, 빠른 쪽.

알겠습니다.

진짜 돈은 사라질 거요. 그냥 거래만 있고. 그리고 모든 거래는 기록의 문제가 될 거요. 영원히.

사람들이 거기에 반대할 거란 생각은 하지 않고요?

익숙해질 거요. 정부는 그게 범죄를 물리치는 데 도움이 될 거라고 설명하겠지. 마약. 통화의 안정을 위협하는 국제적인 종류의 대규모 차익 거래. 누구나 저마다 목록을 만들어낼 수 있소.

하지만 사고파는 무엇이든 기록의 문제가 될 거다.

그렇지.

껌 하나도.

그렇소. 정부가 아직 예상 못하고 있는 건 이런 구도에는 개인 통화通貨의 도래가 뒤따른다는 점이오. 그리고 이걸 차단한다는 것은 헌법의 어떤 부분을 폐지한다는 의미가 될 거요.

흠. 이번에도, 이런 대화가 어떻게 들릴지는 물론 잘 아시겠죠.

물론이지. 댁의 문제로 돌아갑시다.

좋습니다.

저쪽에서 프린스턴에 있는 아버지의 서류를 압수했다고 생각하시오?

아마도.

그런 건 댁한테는 이미 다 지난 일이로군.

나는 저들이 뭘 하려는지 모르고 앞으로도 절대 모를 겁니다. 그리고 지금은 관심 없고요. 그냥 나를 가만 내버려두기를 바랄 뿐입니다.

그러지 않을 거요. 잘 지내지 못했군. 댁과 아버지는.

나는 아버지하고 문제가 없었습니다. 그리고 폭탄과도 문제가 없었습니다. 폭탄은 늘 다가오고 있었죠. 이제 여기 와 있고요. 지금은 잠복중이지만. 하지만 계속 그런 식은 아닐 겁니다. 아버지는 멕시코에서 혼자 죽었습니다. 나는 그걸 감당하며 살아야 해요. 많은 걸 감당하며 살아야 합니다. 아버지가 죽기 몇 달 전에 만나러 갔죠. 잘 지내지 못하더군요. 내가 해줄 수 있는 일은 없었습니다. 그게 아무것도 하지 않은 것에 대한 변명이 될 수는 없지만.

아버지는 얼마나 훌륭한 물리학자였소?

똑똑했습니다. 하지만 똑똑한 걸로는 충분하지 않죠. 기존의 구조를 해체할 불알 두 쪽이 있어야 합니다. 아버지는 몇 가지 잘못된 선택을 했죠. 그래서 많은 친구가 노벨상을 받았지만 아버지는 받지 못하게 됩니다.

그게 그렇게 큰일이오?

물리학에서는 그렇죠.

여동생은 얼마나 훌륭한 수학자였소?

이따금 그 문제로 돌아오는군요. 거기에는 답이 없습니다. 수학은 물리학이 아닙니다. 물리 과학은 서로 견줄 수 있죠. 또 우리가 세계라고 여기는 것과도 견줄 수 있습니다. 수학은 어떤 것과도 견줄 수가 없습니다.

얼마나 똑똑했소?

누가 알겠습니까? 그애는 모든 걸 다르게 봤습니다. 뭔가를 생각해내면서도 자기가 그걸 어떻게 해냈는지 반은 설명하지 못했습니다. 상대가 이해하지 못하는 게 뭔지 이해하는 게 그애한테는 힘든 일이었죠. 그만큼 똑똑했습니다.

그는 클라인을 보았다. 여덟 살 정도까지는 다른 신동과 아주 비슷했다고 생각해요. 모든 걸 묻고. 늘 반에서 손을 들고. 그러다 그애한테 어떤 일이 일어났습니다. 그냥 조용해지더군요. 이상하게 예의를 차리고. 사람들을 상대할 때 조심해야 한다는 걸 이해한 것 같았어요.

웨스턴은 잔을 물끄러미 보며 앉아 있었다. 옆면을 손가락으로 훑었다. 우리는 그리스 기하학과 결혼한 사람들입니다. 하지만 그애는 아니었어요. 그림을 그리지 않았어요. 계산조차 거의 하지 않았죠.

그는 클라인을 쳐다보았다. 선생님 질문에는 답을 할 수가 없습니다. 그애는 마음이 착했습니다. 사람들에게 착하게 행동해야겠다는 생각을 상당히 일찍 했던 것 같아요.

왜 자살한 거요?

웨스턴은 눈길을 돌렸다. 옆 테이블에서 어떤 여자가 그를 지켜보고 있었다. 몸을 살짝 앞으로 기울이고 있었다. 자기와 함께 테이블에 앉아 있는 남자 둘을 무시하고. 그는 클라인을 보았다.

듣고 나면 입을 다무시겠죠.

그럴 것 같소.

그러고 싶었기 때문입니다. 그애는 여기를 좋아하지 않았어요. 열네 살쯤 되었을 때부터 아마 자기는 자살할 것 같다고 나한테 말했습니다. 우리는 그 문제로 오래 대화했죠. 그 대화는 아마 아주 이상하게 들렸을 겁니다. 늘 그애가 이겼습니다. 나보다 똑똑했거든요. 훨씬 똑똑했습니다.

안됐소, 클라인이 말했다.

웨스턴은 대답하지 않았다. 여자가 그를 지켜보며 앉아 있었다. 거리를 따라 불이 밝혀지고 있었다.

우리는 서로 사랑했습니다. 처음에는 순수하게. 어쨌든 나는. 나는 감당할 수가 없었습니다. 나는 늘 그랬죠. 선생님 질문에 대한 답은 아니다입니다.

그건 내 질문이 아니었소.

당연히 질문이었죠.

클라인은 잔에서 흘러내린 물기를 테이블에서 손등으로 걷어냈다. 다시 잔을 내려놓았다. 아버지는 동생이 똑똑하다는 걸 알았소?

물론이죠.

클라인은 고개를 끄덕였다. 그리고 고개를 돌려 여자를 보았다. 두 남자는 말을 멈추고 있었다. 클라인은 미소를 지었다. 합석하고 싶으신가요? 그가 물었다.

여자는 손으로 입을 가렸다. 어머, 그녀가 말했다. 미안합니다.

웨스턴은 클라인을 보았다. 클라인은 잔을 비웠다. 준비됐소? 그가 말했다.

그런 것 같습니다.

클라인은 테이블에 오 달러를 놓았다. 저 남자가 무슨 말을 하겠군, 안 그렇소?

그렇습니다.

미안합니다, 남자가 말했다.

클라인은 미소를 지으며 일어섰다. 웨스턴은 그 남자가 일어설 거라고 생각했지만 남자는 일어서지 않았다. 그들이 지나갈 때 그와 다른 남자는 경계하는 눈으로 지켜보았다.

어디에 주차했습니까?

그냥 여기 거리 아래쪽에. 태워드릴까?

아닙니다. 괜찮습니다. 그자가 일어서면 어쩔 생각이었죠?

일어나지 않았잖소.

일어났다면?

그건 가정에 기초한 질문이오. 의미 없소.

재미있군요. 이렇게 해서 얻는 게 뭐죠?

어떻게 해서?

나와 내 문제를 가지고 놀아서.

청구서를 보내야겠구려.

아마도.

어쩌면 나한테 흥미로운 건 사실 댁이 아닌지도 모르겠소.

그래요?

아니면 댁의 배가 들어오면* 댁이 나를 고용할지 모른다고 생각하는지도 모르겠소.

숨죽이고 기다리진 마십쇼.

댁이 나를 고용하는 걸?

아니요. 배요.

그들은 잭슨스퀘어를 지나 걸어갔다. 거리에는 마차와 노새들이 바짝 붙어서 있었다. 쿼터의 바람 많은 날. 종이컵 하나가 그들을 쫓아 거리를 따라 내려왔다.

---

* 돈이 생긴다는 뜻.

스스로 부서지고 있다고 생각하지는 않겠지.

아니요. 어쩌면요. 가끔은.

어쩔 생각이오?

모르겠습니다.

나라면 술집에 죽치고 있진 않을 거요.

안 그럽니다. 걱정 마세요.

그들은 클라인의 차에 이르렀다. 웨스턴은 디케이터 스트리트를 내려다보았다. 어쩌면 범죄자의 삶을 살 수도 있겠군요.

그럴듯한 말이오.

인생이 어떻게 될지 아무리 상상해봐도 그걸 정확하게 알 가능성은 크지 않겠죠. 안 그렇습니까?

모르겠소. 아마 그렇겠지.

단지 어째야 할지 모르는 게 아닙니다. 심지어 어쩌지 말아야 할지도 모르겠어요.

정말 안 태워줘도 되겠소?

웨스턴은 차 지붕 너머로 그를 보았다. 해야 할 일이 있습니다. 깨달은 것 같아요.

클라인은 대답하지 않았다.

그애가 조현병이 아니라면 우리 나머지가 그 병에 걸린 거라는 생각을 여러 번 했습니다. 어쨌든 우리가 틀림없이 뭔가에 걸린 거라고.

어떤 일들은 나아지지. 하지만 이건 그런 일이 아닌 것 같소. 압니다.

사람들은 자기 고통에 대한 배상을 받길 바라지. 하지만 그렇게 되는 경우는 거의 없소.

그런 유쾌한 기분으로.

그런 유쾌한 기분으로.

그는 거리를 따라 내려가다 철로를 건넜다. 건물들 유리에 비친 불그스름한 저녁. 아주 높은 곳에서는 거위들의 작고 떨리는 비행. 희박한 공기 속에서 하루의 마지막을 건넌다. 아래 강의 형태를 따라서. 그는 사석砂石의 둑 위에 섰다. 바위와 깨진 포장鋪裝. 지나가는 물의 느린 곡선. 다가오는 밤을 맞이하며 그는 사람들이 여러 언덕에 무리 지어 모일 거라고 생각했다. 아버지들의 증서와 계약서와 시로 작은 불을 지피며. 사람의 영혼을 약탈하는 추위 속에 선 그들은 읽을 재능을 타고나지 못한 문서들.

VIII

도시는 춥고 잿빛이었다. 갓길을 따라 잿빛 낟가리처럼 쌓인 눈. 대학 등록일이 왔다가 지나갔다. 그녀는 며칠째 밖에 나가지 않았다. 그러다 몇 주. 오빠가 텔레비전을 보냈고 그녀는 아직 상자에 들어 있는 그것을 지켜보며 앉아 있었다. 텔레비전은 하루종일 거기에 놓여 있었다. 마침내 그녀는 상자를 열기 시작했다. 가운을 입고 문을 열고 텔레비전을 두 팔로 안아든 채 복도를 따라 내려가 마지막 문을 손등으로 두드렸다. 미시즈 그림리, 그녀는 소리쳤다. 기다렸다. 마침내 늙은 여자가 문을 조금 열고 밖을 살폈다.

좀 들어갈게요. 이게 무거워요.

그게 뭔데?

컬러텔레비전이에요. 들어갈게요.

늙은 여자는 문을 활짝 열었다. 컬러텔레비전? 그녀가 말했다.

네. 그녀는 여자 옆으로 밀고 들어갔다. 어디에 놓을까요?

자비를, 아이야. 그게 어디서 난 건데?

아주머니가 딴 것 같은데요. 어디에 놓으면 좋을까요? 점점
무거워져요.

침실에. 주여. 컬러텔레비전? 이 뒤쪽으로 와. 밀을 수가 없네.
누가 무슨 짓을 한 거야? 엉뚱한 데 배달을 한 건가?

그런 셈이에요. 어디에?

바로 여기, 달링. 바로 여기에. 늙은 여자는 서랍장 위를 두드
리며 위에 있던 모든 걸 옆으로 치웠다. 천사가 따로 없네.

그녀는 그걸 힘겹게 서랍장 위로 올리고 뒤로 물러섰다. 미시
즈 그림리는 이미 코드를 풀고 바닥에 몸을 구부리고 있었다. 실
내복 밑단 아래로 보이는 둘둘 말린 스타킹 윗부분, 오금에 불거
진 파란 정맥. 컬러텔레비전. 부인이 소리쳤다. 정말이지 살다보
면 무슨 일이 생길지 모른다니까. 부인은 씨근거리며 뒤로 물러
나 도와달라고 한 손을 들어올렸다. 됐어, 부인이 말했다. 저걸
좀 켜봐. 여기. 내가 할게. 이럴 땐 술이 필요해.

저는 가봐야 해요.

가지 마, 달링. 조니 카슨을 보자. 나한테 와인이 한 병 있어.

가야 해요. 맛있게 드세요.

늙은 여자는 그녀를 문까지 따라 나오며 가운 소매를 잡아끌었다. 가지 마, 여자가 말했다. 조금만 더 있어.

그녀는 욕실 세면대 앞에 서서 거울에 비친 자신을 살폈다. 여위었고 뭔가에 시달리는 것처럼 보였다. 피부를 뚫고 나올 듯한 쇄골. 카운터에 약통을 늘어놓았다. 발륨. 아미트립틸린.* 뚜껑을 돌려 열고 모든 약을 빈 물잔에 쏟은 다음 병과 뚜껑은 쓰레기통에 버렸다. 그리고 다른 잔에 물을 가득 채우고는 두 잔을 나란히 놓고 서서 바라보았다. 잠시 그렇게 서 있었다. 가운을 벗어 바닥에 놓아두고 침실로 가 작은 책상에 앉아 하얀 봉투에서 접힌 종이를 꺼내 펼치고서 앉은 채로 읽었다. 종이를 접고 종이와 봉투를 책상 멀리 밀고 작은 창 너머 쓸쓸한 겨울나무들을 보았다. 도시에 그토록 위태롭게 발을 붙이고 있는. 결국 그녀는 의자를 뒤로 밀고 일어나 욕실로 가서 약을 변기에 넣고 물을 내린 뒤 물을 마시고 침대로 갔다.

사흘 뒤 키드가 돌아왔다.

내 생일을 그냥 지나갔네, 그녀가 말했다.

그래. 정말 아쉬워. 최근에 거울 봤어?

아니.

똥 같아 보여 너.

---

* 각각 신경안정제와 항우울제.

멋지군.

너하고 보비킨스가 담요를 찢었다*고 알고 있는데.

우리는 어떤 것도 찢지 않았어.

그가 어슬렁거렸다. 세상이 존재하는 방식은 이상해. 어떻게 자기가 원하는 것 빼고는 무엇이든 대부분 가질 수 있는 걸까.

그건 네 알 바 아니야.

물론 추측만 해볼 수 있을 뿐이지. 크리스마스에 저 아래 교미하는 무리의 왕국인지 아니면 씨발 뭐라고 부르는 곳인지 거기에서 무슨 일이 일어났는지는 잘 모르겠지만.

네 알 바 아니야.

이미 한 말이잖아.

그런데 소중한 키메라 같은 것들은 어디 있지? 아직 물질화하지 않은 건가. 새로 말을 만들자면. 옷장 안을 들여다봐야 하나?

너 몸무게 얼마 나가는지 알아?

아니. 너는 알아?

알고말고. 기준점 언저리야. 너는 어제 구십구 파운드를 찍었어.

그는 말을 멈추고 그녀를 살폈다. 이윽고 다시 어슬렁거리기 시작했다. 한쪽 물갈퀴를 들어올렸다. 아무 말도 하지 마. 듣고

---

* 원래는 이혼이나 별거를 한다는 뜻.

싶지 않으니까.

무슨 말 하려던 거 아닌데.

지금 했잖아. 마지막으로 뭘 먹은 게 언제야?

모르겠어. 적어놓지 않았어.

뭘 했다고? 네 머리 고치는 의사들을 사색에 잠긴 자기 오용*
의 세계에 버려두었다고?

그녀는 어깨를 으쓱했다.

그래. 좋아.

너는 어차피 그 사람들 누구도 좋아하지 않았잖아.

모르겠어. 해로울 것 없는 무리처럼 보였어. 아마도 더듬는 거
만 빼면. 나는 모두들 거기에서 도대체 뭘 얻어야 한다는 건지
예전부터 정말이지 잘 모르겠더라고. 그 사람들이 도대체 자기
눈앞에 서 있는 걸 뭘로 보는 건지 잘 모르겠어. 날이 선 어린 소
녀. 밤에 물린 자국과 신경질적인 기침. 하지만 귀여워. 아마도
한번 박아볼 만한. 그 마지막 의사는 이빨이 무시무시했다고 네
가 말한 거 같은데 내 기억이 맞는다면.

맞아. 그랬어.

그래, 뭐. 우리는 네가 너만의 미늘로 낚는 거의 모든 걸 걱정
하지. 그게 우리 일이야. 결국은 네가 누구 말에 귀를 기울이기

---

* self-abuse. 자위를 완곡하게 일컫는 말.

로 하느냐 하는 문제야. 우리는 너한테 **그 의사들**이 존재하지 않는다고 버릇처럼 말하지 않거든. 어느 모로 보나 아주 자유주의적인 마음을 가진 무리지. 거기에는 체계가 별로 보이지 않아. 그 사람들은 아마 상당히 많은 나쁜 소식이 채소를 먹지 않는 사람들에게서 유래한다는 걸 이해하지 못할걸. 이야기가 나왔으니 말인데 넌 어떻게 시골 여자애가 그리츠를 안 먹으려고 해? 그게 언제 시작된 거야?

나는 그리츠를 좋아한 적이 없어.

너는 네 할머니에게 상처를 줬어.

내가 그리츠를 안 먹으려 한 게 할머니에게 상처를 줬다.

그래.

말도 안 돼.

그거하고 정찬을 점심이라고 부르고 저녁을 정찬이라고 부르려 한 거.* 너하고 네 오빠가. 뭣 때문에 웃는 거야?

아무것도 아냐. 그냥 가끔 내가 살아야만 하는 게 아니었더라면 내 인생도 꽤나 재미있다고 생각했을 것 같아서.

재미있다.

그래.

키드는 입을 다물고 물갈퀴로 턱을 받쳤다. 그 여자는 야간 근

---

* 하루 가운데 제일 중요한 식사인 dinner는 예전에는 점심을 뜻했고 지금은 주로 저녁을 가리킨다.

무 때 다름 아닌 로고스*의 발치에 꿇어앉았다, 키드가 말했다. 빛이나 어둠을 달라고 간청했다, 이런 끝없는 무無가 아니라.

네가 내 일기를 읽는 건 상관 안 해 알잖아. 내 편지도. 그리고 나는 나 자신에 관해 삼인칭으로 쓴 적이 없어.

그래 뭐. 우리는 친구야. 서로의 문법을 교정해줄 수 있지.

잘 거야.

이를 닦고 기도를 할 거야?

오늘은 안 해.

몇 가지 새로운 연예물을 짜는 중이야. 여기에서 오디션을 볼 수도 있지만 네가 깜짝 놀라는 걸 얼마나 좋아하는지 아니까. 두어 주 뒤면 뭔가 공연할 거야.

어서 보고 싶네.

그는 다시 어슬렁거리기 시작했다. 사실 넌 수척할 때 가장 괜찮아 보이지는 않아, 알겠지만. 게다가 우리가 전에 본 적이 없는 듯한 수준의 부스스함까지 겹쳐 있으니까.

이제 잘 거야.

이미 한 말이잖아. 나는 네가 뺑소니라도 칠 계획인가 해서 걱정했어.

어디로?

---

* 언어로 표현되는 이성을 가리키는 말이며, 신학에서는 신의 말이나 그리스도를 가리킬 수도 있다.

모르지. 우리가 널 위해 뭘 할 수 있을까? 너는 한 번도 요청한 적이 없어.

너는 한 번도 들으려 하지 않았지.

테이블 위에 뭐가 있을지는 모르는 거야. 진귀한 재능. 고대의 새에게서 나온 금박 깃털. 오래전에 멸종한 짐승의 내부에서 나온 미적분학이나 알려지지 않은 금속으로 만든 작은 형체.

숨죽이고 기다리지는 않을게.

그래.

비현실적인 세계를 보증하는 비현실적인 유물들.

그래 뭐. 그래도 어여쁜 생각이긴 하네. 넌 그렇게 생각하지 않아?

응 그렇게 생각하지 않아. 잘 자.

*

그녀는 열차를 타고 오헤어로 가서 밤 여덟시 이십분에 비행기에 탑승하여 댈러스로 날아가 공항에 있는 호텔에 투숙했다. 아침에 비행기를 타고 투손에 도착하여 두 시간 뒤 섬플레이스 엘스*라는 이름의 술집에서 일을 얻었다. 메이블 스트리트의 어

---

* Someplace Else. '다른 어떤 곳'이라는 뜻.

떤 집 뒤쪽에 있는 방을 세낸 다음 빌린 차로 도시에서 북쪽으로 나가 산에서 하이킹을 했다. 날은 서늘하고 화창했다. 이판암에 엎드려 도자기 색깔 하늘에서 갈까마귀 두 마리를 살펴보았다. 날아가다 산의 사면 위로 천 피트 떨어진 곳에 부드럽게 다다른 다. 상승기류를 타고 몸을 기울여 원을 그린다. 구름의 느린 그림자들이 아래 바닥의 사막을 가로질렀다. 그녀는 장화의 뒤축을 자갈이 느슨하게 덮인 비탈에 꽂으며 겨울 햇빛 속에 드러누웠다. 위를 보았을 때 갈까마귀는 사라지고 없었다. 그녀는 두 팔을 펼쳤다. 돌들 사이의 성긴 풀을 스치는 바람. 정적.

키드는 일주일쯤 뒤에 도착했다. 새벽 두시에 퇴근해서 들어오자 그녀를 기다리고 있었다. 그는 고개를 들지도 않았다. 방구석의 낡은 가죽 의자에 앉아 그녀의 공책을 읽고 있었다. 내 짐작으로는, 그가 말했다, 그동안 쭉 세운 계획이 최대한 빨리 여기 내려와 지미 앤더슨과 위상수학을 토론하는 것이었나보군.

그 사람 이름은 어떻게 알았어?

수표에서. 급여 수준이 높다고 할 순 없지만.

팁을 받아. 술집이거든.

섬플레이스 엘스.

그래.

그거 완벽하군. 절대적인 다른 곳*에는 없는 곳이라고 알고 있거든.

없지. 뭐. 그런 셈이야.

거기가 수학자들이 죽치는 곳이야?

응. 다음주에는 처치**가 올 거야.

학교는 어떻게 됐어?

안 가기로 했어.

안식년을 얻었군.

좋을 대로 생각해.

키드는 스프링으로 제본된 장부책을 넘겼다. 여기에는 숫자가
별로 안 보이는데. 그런데 웬 시?

나는 늘 시를 썼어.

오호라. 네가 여기에 시 때문에 왔다고 생각하지는 않는데, 더
처스.***

네가 전에 진로 선택을 두고 의견을 내놓는 건 본 적이 없는 것
같은데. 그러니까 지금 우리가 동그라미와 가위표 게임naughts
and crosses****을 하고 있다는 뜻이야?

어쩌면. 짜증나게 하는 못된cross and naughty 게임이란 너처럼

---

* Absolute Elsewhere. 빛원뿔 표면의 공간과 어떠한 영향도 주고받지 않는
영역을 가리키는 수학적 개념.
** Alonzo Church(1903~1995). 미국의 수학자.
*** Duchess. '공작부인'이라는 뜻.
**** 삼목두기. 두 사람이 아홉 개의 칸에 번갈아서 O나 X를 그리는 게임으로,
연달아 세 개의 O나 X를 먼저 그리는 사람이 이긴다.

그렇게 훌쩍 떠버리는 거야. 그런 식으로 친구를 바람 속에 뒤틀리게* 놓아두면 안 되지.

너는 내 친구가 아니야.

네가 나한테 상처를 줄 때가 정말 좋더라. 나는 우리가 그보다는 더 나아간 줄 알았는데.

뭘 더 나아가? 그리고 너는 왜 내가 네 공책을 보는 건 허락하지 않아?

그런 행동 몇 가지는 물론 그냥 약을 끊었을 때 생기는 거야. 의사들을 버렸을 때. 최근까지 머리 고치는 의사한테 홀려 있던 사람들에게 전형적으로 나타나는 상실과 절망의 감각. 마지막으로 뭘 먹은 게 언제야?

먹었어.

그래? 잔 건 언젠데?

모르겠어. 아마 수요일.

그게 얼마나 오래된 거야?

오늘이 금요일이야.

그래? 그래서 며칠이야?

그녀는 방을 가로질러가 침대에 앉아 신발을 벗기 시작했다. 수요일에서 금요일까지 얼마나 떨어져 있는지 모르지, 그치?

---

* 매우 곤란한 상태를 가리킨다.

모든 걸 알 필요는 없잖아.

또 모르는 게 뭐야?

또 모르는 게 뭐야, 키드가 입 모양으로 흉내를 냈다. 불가사의하게도 그녀와 똑같은 소리가 나왔다. 네가 뭔가 발견했다고 생각하는 모양인데. 하지만 내가 너를 정원 길로 인도하고 있는지도* 모르겠어. 아니면 손가락으로 셈을 하며 인생을 출발하지 못한다면 이미 뭔가 좀 불리한 처지에 놓이는 걸 수도 있겠네. 그런 생각 해봤어?

아니. 안 해봤어. 미안.

됐어. 우리는 계속 나아가야 해. 우리가 너한테서 얻은 것 가운데 어떤 것들은 검토가 필요해. 여기 몇 가지 메모를 했어.

네가 나한테서 얻은 거.

그래.

그는 옷에서 종이를 끄집어내고 있었다. 이윽고 혀로 물갈퀴에 침을 축이더니 종이를 뒤적이기 시작했다. 우리는 변화들을 보기 시작한다. 모든 걸 확인했고 바늘이 문제가 아니므로 그래프가 문제인 게 틀림없다. 그래? 어떻게 그렇게 되는 거야? 알았어. 문제는 전송에 있는 건지도 모르지. 맨 위에 중복 인쇄된 걸 지워. 아니야. 극성이 뒤바뀌었어. 그러면 익숙한 냄새가 나는데

---

* 잘못된 실마리를 제공하거나 호도한다는 뜻.

패신저 561

우리는 이게 문제라고 생각하지는 않아. 그리고 네가 그래프라고 생각한 건 어쩌면 한 차원을 격리해서 그렇게 보이는 걸 수도 있고 그래서 더 꼼꼼히 살펴보면 격자가 드러나는데 그건 아무리 돌려놓으려 해도 늘 똑바로 제자리를 잡아서 경계 조건과 어떤 문제를 일으키기 때문에 전체 시스템이 참에서 벗어났거나 아니면 표류하고 있다는 추한 느낌이 들게 되고 그러니 당분간 무명으로 남게 될 네 비열한 일탈자들을 어디에 집어넣을 것인가. 멋지게 가로지르고 세로질렀지만 요는 그게 여기 와야 우리가 알게 된다는 건데 그걸로 충분할까?

뭐가 여기 와야?

그 장소의 날.*

그 장소의 날.

그래.

그래서 네가 여기로 온 거야?

그래도 괜찮아?

만일 걔들이 너한테 손을 댈 수 있다면 걔들은 너를 또라이 수용소에 집어넣을 거야. 그거 알고 있어?

그래? 글쎄 뭐 눈에는 뭐만 보이는 거지.

그래서 네 작은 친구들도 너하고 함께 왔어?

---

* The day of the locus. 요한계시록에 나오는 '메뚜기 재앙의 날(The day of the locust)'로 말장난을 한 것으로 보인다.

개들은 걱정하지 않아도 돼. 어디까지 했더라?

알아도 말 안 해줘.

중요하지 않아. 새해야. 모두가 뭔가를 시작하는 때. 무슨 결심이라도 했어?

아니.

새해 전날에는 뭐했어?

우린 저녁 먹으러 갔어.

우리?

오빠하고 나.

춤도?

춤은 아니고.

어쩌면 그애가 철이 들어서 이제 그건 안 하는가보네. 향기로운 머리카락과 귓가에 다가오는 숨. 사나이 가운데가 불끈불끈. 표현을 만들어보자면.

역겨워.

그래도 그땐 네가 상형常衡* 기준 두 자릿수로 내려가기 전이었던 것 같은데. 피부를 뚫고 나오는 뼈. 에로틱한 것의 특징은 아니지. 굶주림이 감각을 아주 예민하게 만든다는 소문은 있지만. 어쩌면 너는 계산으로 돌아가야 할지도 몰라.

---

* 파운드법에 따른 무게 단위.

나는 늘 공부해. 다만 그 가운데 많은 걸 적지 않을 뿐이야.

그래서 뭘 하는데? 그냥 늘어져서 문제들을 곱씹고 있어?

그렇지. 늘어져서 곱씹기. 그게 나야.

다가올 방정식을 꿈꾸며. 그런데 왜 그걸 적어놓지 않는 거야?

정말 그 이야기를 하고 싶어?

물론이지.

좋아. 단지 그걸 적어놓을 필요가 없는 게 아니야. 그 이상의 이유가 있지. 적어놓은 것은 고정돼. 모든 손에 잡히는 실체 특유의 속박이 생겨. 그것을 창조한 영역과는 이질적인 어떤 현실 안으로 무너져 들어가. 그건 표지야. 도로 표지판. 방향을 알기 위해 멈추고 볼 수도 있겠지만, 대가가 따르지. 그런 거에 의지하지 않고 그냥 갔다면 어디로 갈 수 있었을지 아무도 모르는 거잖아. 모든 추측에서는 늘 약점을 찾게 되지. 하지만 가끔 그러지 말아야 한다는 느낌이 와. 참아라. 믿음을 좀 가져라. 정말로 그 추측 자체가 어두컴컴한 데서 뭘 끌어낼지 보고 싶은 거지. 나는 사람들이 수학을 어떻게 하는지 몰라. 어떤 길이 있다고 알고 있는 게 아니야. 생각은 늘 그 자체의 실현에 맞서 싸우고 있어. 생각은 거기 내재하는 회의주의와 함께 오지 그냥 치고 나가는 법이 없어. 그리고 이런 의심은 생각 자체와 똑같은 세계에 기원을 두고 있어. 그런데 그 세계는 정말이지 우리가 접근할 수

있는 곳은 아니야. 따라서 우리 자신이 우리 세계에서 안간힘을
쓰다 내놓는 유보는 사실 이런 떠오르는 구조들의 길에는 이질
적일지도 몰라. 생각 자체에 내재하는 의심은 방향을 잡는 기제
인 반면 우리의 의심은 브레이크에 가깝거든. 물론 생각은 어차
피 끝이 나. 일단 수학적 추측이 하나의 이론으로 형식화되면 거
기에서는 어떤 광채가 날 수도 있지만 드문 예외를 제외하면 거
기에 현실의 핵을 들여다보는 어떤 깊은 통찰이 담겨 있다는 환
상을 더는 품을 수 없게 돼. 사실상 도구처럼 보이기 시작하지.

예수여.

그래, 뭐.

마치 네 산수 연습에 독자적인 정신이 있기라도 한 것처럼 얘
기를 하네.

알아.

그게 네가 생각하는 거야?

아니. 생각하지 않는 게 어려울 뿐이야.

왜 학교로 돌아가지 않는 거야?

말했잖아. 그럴 시간이 없어. 할일이 너무 많아. 프랑스의 연
구원 자리에 지원했어. 답을 기다리고 있어.

에이. 진짜로?

나는 앞으로 무슨 일이 생길지 알지 못해. 내가 원하는지 잘
모르겠어. 아는 걸. 만일 내 인생을 계획할 수 있다면 나는 그 인

생을 살고 싶지 않을 거야. 아마 어떻든 살고 싶지 않을 테지만. 이야기 속의 인물들은 진짜일 수도 있고 상상일 수도 있어서 그들이 모두 죽은 뒤에도 달라지는 건 아무것도 없으리라는 걸 알아. 하지만 상상의 존재들이 상상의 죽음을 겪는다 해도 어쨌든 그들은 죽은 거야. 사람들은 지금까지 있었던 일의 역사를 창조할 수 있다고 생각하지. 현재 있는 유물. 편지 한 묶음. 화장대 서랍에 들어 있는 향주머니. 하지만 이야기의 핵심에 있는 건 그게 아니야. 문제는 이야기를 만들어낸 동력이 이야기보다 오래가지 못할 거란 사실이야. 방이 침침해지고 목소리들이 희미해지면 우리는 세상과 그 안의 모든 게 곧 중단되리라고 받아들여. 그게 다시 시작될 거라고 믿지. 다른 삶들을 가리키면서. 하지만 그들의 세계가 우리 것이었던 적은 없어.

그가 나폴리언을 지나갈 때 롱 존과 브랫은 보도에 놓인 테이블에서 손잡이가 긴 잔으로 깁슨*을 마시고 있었다. 하느님의 피여, 키다리가 말했다. 유령일세.

후안 라르고.** 어떻게 지내Como estás?

더없이 좋지Mejor que nunca. 앉아. 뭘 마시겠나? 하이볼은 내가 사지. 기린이 바텐더에게 말한 것처럼.***

웨스턴은 흰 목재로 만든 작은 의자 하나를 잡아당겼다. 브

---

* 칵테일 이름.
** Juan Largo. 'Long John(키다리 존)'을 스페인어로 바꾸어 부른 것.
*** 술을 살 때 사용하는 관용적 유머. 여기서는 존이 키가 크다는 점과 연결되어 있다.

랫. 어떻게 지내?

팬찮아.

법대 들어갔어?

합격했어.

어디?

에머리.

좋은 학교네.

그런 것 같아.

비싼 학교야.

그래.

돈 좀 만졌나보네.

그랬지. 우리는 데이비 존스가 널 채간 줄 알았는데.

아직은 아냐.

웨스턴은 맥주를 주문하고 앉아 네번째 의자 위에 다리를 꼬았다. 좋아 보이네, 존. 얼굴색. 몸무게. 어디 온천에라도 다니는 거야?

그렇진 않아. 사실 사고 비슷한 걸 겪었어. 너는 지금 내가 회복의 고통을 겪는 장면을 보고 있는 거야.

무슨 일이 있었는데?

이스턴스테이트병원에 좀 있었어.

정신 나간 범죄자들을 가두는 병동에?

모시크리크가 미소를 지었다. 그는 처칠리언 시가의 포장을 풀고 그것을 피울 준비를 하는 절차에 몰두해 있었다. 그는 녹스빌에서 어떤 파티에 갔다가 버릇대로 집주인 침실 전화로 상당히 비싼 장거리전화를 몇 통 걸었다. 샌프란시스코에 있는 여자친구와 통화를 하다가 이내 대화가 악다구니로 전락하자 결국 수화기를 쾅 내려놓고 성큼성큼 거실을 통해 다시 밖으로 나왔다. 커피 테이블에는 처방약이 가득 담긴 커다란 펀치*용 유리 그릇이 있었다. 당대의 인간 영혼을 화학적으로 재구성하는 작업에서 예술의 경지에 이른 온갖 출처와 목적을 망라한 색색의 약물. 그는 그릇에 손을 넣어 큼지막하게 한줌 움켜쥐어 입에 쑤셔넣고 누군가의 진토닉으로 약을 목구멍으로 넘긴 다음 슬금슬금 문밖으로 나갔다.

웨이터가 웨스턴의 맥주를 가져왔다. 웨스턴은 친구들 쪽으로 병을 기울였다.

어떤 치과의사네 잔디밭에서 깨어났지. 존이 말했다. 포리스트 애비뉴. 무슨 경비원 같은 사람이 내 발을 밀어내고 있더라고. 왜 그러느냐고 물었더니 거기 누워 있으면 안 된대. 왜 안 되지? 내가 큰 소리로 중얼거렸지.

여기는 치과 진료실이오. 두어 시간 뒤면 사람들이 이를 고

---

* 과일즙에 포도주나 다른 술을 섞어서 만드는 음료.

치러 여기로 올 거요. 사람들은 맥이 여기 누워 있는 걸 그냥 놔두지 않을 테고. 그래서 길을 막지 않도록 옆으로 조금 움직이면 괜찮겠냐고 물었더니 안 된다고 하더라고. 비전문적으로 보인다는 거야. 내가 보기에도 그렇더라고.

그는 시가 끝을 잘라냈다. 네발로 언덕을 올라 포트샌더스 병원까지 가서 로비로 기어들어가 서늘한 타일에 누운 과정을 설명하면서.

도와주시오, 그가 소리쳤다.

마거릿 어디서 사람 소리가 들리지 않았어?

사람 소리요?

도와주시오.

또 들리네.

그들은 카운터 너머를 보았다.

무슨 일이에요?

도와주시오.

흑인 두 명이 들것을 가져와 그를 응급실로 데려갔다. 레지던트가 나와서 그를 보았다. 어디가 안 좋습니까? 레지던트가 말했다.

도와주시오.

우리가 어떻게 해주면 되겠습니까?

셰던은 그 말을 생각해보았다. 음. 반 그레인짜리 모르핀 알

570

약 하나만 갖다주면 됩니다. 있잖소, 파란 거?

레지던트는 가만히 선 채로 그를 살폈다. 마침내 그는 호주머니에서 이십오 센트짜리 동전 몇 개를 꺼내더니 잡역부에게 건네주었다. 이분들이 환자분을 휠체어에 태워 복도를 따라저 공중전화까지 데려다줄 겁니다. 아는 사람한테 전화해서데리러 와달라고 하는 게 좋겠습니다. 와서 데려갈 사람을 환자분이 부르지 못하면 내가 부르겠습니다. 와서 데려가라고.

알겠습니다.

잡역부들이 그를 휠체어에 태워 복도를 따라 내려가 공중전화에서 리처드 하딘의 번호를 돌린 다음 전화기를 건네주었다. 신호음이 오랫동안 울렸다. 마침내 팻이 받았다. 어디야?그녀가 말했다.

포트샌더스 응급실에 있어. 나를 감옥에 넣고 싶다고 하네.

알았어. 이십 분 뒤면 도착할 거야.

그는 전화기를 들어올려 건넸다. 이십 분 뒤면 올 거요.

그녀는 검은 실크 트렌치코트에 선글라스를 쓰고 커다란 검은 가죽 핸드백을 어깨에 걸친 모습으로 힘차게 몸을 흔들며문을 통과해 들어왔다.

무슨 일이야? 걸을 수 있어?

모르겠어. 그냥 여기서 꺼내줘. 여긴 우호적인 환경이 아니야.

그는 부축을 받아 주차장으로 나갔고 잡역부들이 그가 차에 타는 것을 거든 다음 문을 닫았다. 그녀는 앉아서 그를 보았다. 집에 가서 우리하고 있을래?

이스턴스테이트에 가고 싶어.

존, 너는 이스턴스테이트에 가고 싶지 않아. 너희 어머니가 몇시에 일어나시지?

이스턴스테이트에 가고 싶어.

왜 이스턴스테이트에 가고 싶은데?

그는 왜 이스턴스테이트에 가고 싶은지 말했다. 그녀는 가만히 앉아서 귀를 기울였다. 그가 말을 마치자 그녀는 고개를 돌리고 시동을 걸었다.

어디로 가는 거야? 그가 말했다.

이스턴스테이트에.

그들이 정문 관리실 앞에서 차를 멈추었을 때는 날이 잿빛으로 밝아오고 있었다. 경비원이 고개를 끄덕이며 모자챙에 손을 갖다댔다. 안녕하세요, 부인. 무슨 일이죠?

이 사람이 입원하고 싶대요.

경비원이 허리를 굽혀 차의 후드 너머를 응시하며 앉아 있는 존을 보았다. 경비원은 그를 잠시 살피더니 고개를 끄덕였다. 앞으로 곧장 가세요, 부인.

그녀는 존의 입원 수속을 밟고 양식을 기입한 다음 그의 뺨에 입을 맞추었고 그는 사람들에게 이끌려 복도를 내려갔다. 그는 병원 파자마로 갈아입고 좁은 방의 쇠 침상에 눕혀졌다. 다시 깨어났을 때 잡역부 하나가 어깨를 잡고 흔들고 있었다.

뭡니까?

존, 아버지한테서 전화가 왔어요.

이제 키다리는 시가에 불을 붙인 다음 엄지와 검지로 들고 그것을 살피고 있었다. 그는 웨스턴을 보았다. 알다시피 아버지는 내가 고등학교 때 죽었어. 하지만 나는 생각했지, 뭐, 전화를 할 수도 있지. 부축을 받아 복도를 따라 내려갔더니 전화를 건네주더라고. 나는 약간 머뭇거리다가—상상이 되겠지만—전화를 받아들고 말했어. 여보세요? 그랬더니 좆같은 빌 실스가 캘리포니아에서 전화를 건 거였어. 안녕, 빌이 말했어. 어떻게 지내?

안녕? 어떻게 지내냐고? 나는 전화를 꽉 움켜쥐고 말했어. 잘 들어 이 뚱보야, 악하고 타락한 개자식아. 어쩌자고 나한테 여기로 전화한 거야? 씨발 넌 어떻게 돼먹은 놈이야? 그러자 잡역부가 내 손에서 전화를 낚아채더니 말하더군. 보쇼, 아버지한테 그런 식으로 말하면 안 되지. 정말이라니까, 스콰이어. 내가 부잣집 상속녀와 결혼해서 프랑스 남부로 이사한다면 그 새끼한테서 연락이 올 일이 절대 없겠지. 하지만 미치광이 수용소에 들어가 있으니까 입원 양식의 잉크가 마르기도 전에 전화를 한 거야.

거기에는 얼마나 있었어?

여섯 주. 그쪽의 표준 해독 프로그램이야. 면회객이 오는 일요일이면 나는 밖으로 나가 구내에서 그들이 점심 바구니를 들고 보도를 따라 올라오기를 기다렸어. 그러다가 잔디밭을 어색한 걸음걸이로 가로질러 담장 말뚝에 몸을 던지면서 광견병에 걸린 긴팔원숭이처럼 소리를 지르고 침을 흘렸어. 비틀린 앞발을 내민 채. 하느님, 사람들은 소리를 지르며 달아났지. 어떤 여자는 거리로 달려나가다 버스에 치일 뻔했어. 아주 즐거웠지. 하지만 약간은 계시 같은 것이기도 했어. 입원자 가족들. 그런 오지에 뭐가 숨어 있는지 너는 절대 모를 거야, 스콰이어. 근친교배자들의 가족 전부가 자기 혈통의 훌륭한 전시물을 보러 온단 말이지. 어떤 이국적인 종류의 이상 소두小頭. 머리가 위쪽으로 가늘어지는 난쟁이. 루이스 하인*의 사진에서 튀어나온 것. 그들을 반드시 가스로 죽여야 한다고 생각하지는 않지만 거세를 하는 것도 그렇게 터무니없는 얘기일까?

나한테 그걸 묻는다고.

됐어. 하느님. 아마 나 자신부터 기관에 끌려가겠지.

웨스턴은 맥주를 홀짝였다. 존, 그가 말했다. 너는 염병할

---

* Lewis Hine(1874~1940). 미국의 사회학자이자 사진가.

불가사의야.

그래 뭐. 내가 어리둥절한 건 실제 이력이 이미 아주 경악스러운 사람에 관해서도 굳이 악독한 뒷담화를 꾸며내야 한다고 보는 것 같다는 점이야.

또 뭐가 있어?

사실 소식이 두어 가지 있기는 하지. 하나는 좋고, 하나는 나쁘지만, 물론.

좋은 건 뭐야?

틸사가 돌아왔어.

그래. 나쁜 소식은 뭐야?

나쁜 소식은 그게 좋은 소식이라는 거야. 나는 정말이지 그 여자를 어째야 할지 모르겠어. 내가 내 인생에서 새로운 벡터에 올라탄 걸 수도 있다는 느낌이야, 스콰이어. 도로의 갈림길. 행운이 다가오는 냄새가 나. 운이 약간 좋으면 수수한 시골 은거지에 편안하게 자리를 잡은 내 모습을 그려볼 수도 있을 것 같아. 저녁시간을 위한 벨벳 스모킹 재킷*과 노변의 마스티프** 한 쌍. 물론 좋은 서재. 잘 갖추어진 와인 저장고. 포르트 코셰르***에는 아마도 검은 에나멜을 칠한 빈티지 미네르

---

* 과거 남자들이 흡연시 입던 상의.
** 털이 짧고 덩치가 큰 견종.
*** 집 안마당으로 들어가는 차의 출입구.

바.* 거기에 그 여자는 보이지 않아. 그 여자는 재미있고 섹시하지만 손이 안 가는 쪽과는 유별나게도 거리가 멀어서 나는 지치게 되고, 스콰이어, 우리가 휘청거리며 나아갈수록 덜 그렇게 될 가능성은 작아져. 정말이지 모르겠어. 여기 브랫한테 옳은 일을 하고 싶다고 했더니 웃다가 숨이 막혀 죽을 뻔하더라고. 하지만 나는 진지해.

털사는 어디 있어?

아직 자고 있어.

털사도 네 감정을 알아? 아니면 감정이 없다는 걸?

모르겠어. 털사는 아주 빈틈없는 여자야. 누가 알겠어? 늘 살얼음판 위를 걷고 있는 셈이야. 물론 오랜 부재 끝에 여자가 나타나면 언제나 한 가지 확실히 알게 되는 게 있는데 그건 일이 잘 풀리지 않았다는 거야. 그것 때문에 기분이 가라앉아 있지. 한동안은. 그럼 나는 나 자신도 어리둥절한 일이지만, 스콰이어, 모시크리크 말투에 의지하게 돼. 하지만 나는 여성혐오자가 되고 싶지 않거든. 웃고 있군. 왜?

아무것도 아니야. 계속해.

여자는 그냥 골치 아픈 일거리에 불과해. 너한테 한 수 배웠어야 하는 건데. 사랑을 위해 일찍 죽고 끝내버려라.

_____

* 20세기 초 벨기에의 고급 자동차.

나는 죽지 않았어.

우리는 툭탁거리지 않을 거야. 틸사는 이상한 여자야. 좋은 레스토랑이 많아서 여기를 좋아해. 하지만 또 좋은 의상실도 두어 개 있잖아.

의상실.

그래. 틸사가 의상을 가지고 오면 우리는 그걸 입어야 해. 가장 최근에는 토끼를 입었어. 이상한 건 틸사는 정말로 입은 대로 된다는 거야. 우리는 그 토끼 옷을 입고 섹스를 하곤 했는데 틸사는 꽤액 소리를 지르고 발을 굴렀어.

예수여, 존.

알아. 남자가 사랑을 위해 하는 것들. 그래도, 거의 무엇이든 환영이야. 틸사가 끝까지 올라가게 하려면 시간이 끝도 없이 걸린다고. 마치 물에 빠진 피해자를 건져놓고 애쓰는 것 같아. 내가 그렇게 야유하곤 했지만 네가 선택한 길이 지혜롭다는 게 차갑고 분명하게 보일 때가 있지. 손으로 만질 수 없는 어둠의 가장자리로 나가서 머무는 거. 내 재능으로는 도저히 불가능한 일이지만. 헌신이라는 고문 바퀴에 깔리는 거. 저녁 땅의 서늘한 공기 냄새를 맡아보려고 머뭇머뭇 코를 킁킁거리는 거. 더는 질문을 하지 않고. 나는 누구이고 뭐하는 사람이고 어디에 있는지. 달은 어떤 재료로 찍어냈는지. 우드워스*의 복수형은 뭔지. 좋은 바비큐는 어디에서 찾을 수 있는지. 나는 네 태도에서 흠을 찾아. 비非참여자의 뻔한 흠 말고. 지미 앤더슨도 말하듯이, 지는 것보다 나쁜 유일한 건 게임을 하지 않는 거야. 대부분의 공포에서는 그래도 배울 게 있는데 여자한테서는 아무것도 배우지 못한다고 말할 수밖에 없어. 왜 그럴까? 나만 그런 게 아니란 걸 알아. 고통의 목표는 가르침을 주는 거 아닌가? 흠 그런 헛소리에는 오줌이나 갈겨버려. 나는 그냥 우울해. 결국 모든 것에서 벗어날 수 있지만 자기 자신에게서만은 벗어나지 못해. 우리 둘은 서로 다른 생물이야, 스콰이어. 그 얘긴 지겹도록 했지. 하지만 우리의 공통점은—지능, 그리고 세상과 그 안의 모든 것에 대한 낮은 등급의 일반화된 경멸 말고도—가볍고 아무 생각 없는 자기중심주의야. 만일 내가 네 영혼을 걱정한다고 하면 너는 웃다가 의자에서 떨어질걸. 하지만 구원은 다른 많은 상賞과 마찬가지로 그저 과감함의 문제일지 몰라. 너는 네 악몽에서 벗어나기 위해 꿈을 꾸는 걸 아예 포기하겠지만 나는 아니야. 나는 그게 나쁜 거래라고 생각해.

웨스턴은 맥주를 조금 마셨다.

우리 친구는 조용하군, 브랫. 네 생각은 뭐야?

브랫은 고개를 저었다. 없어. 나는 이런 대화를 너무나 좋아

---

* woodwose. 파우누스나 사티로스 같은 전설에 나오는 숲속 야생 인간.

해. 어서 계속해.

셰던은 시가를 빨더니 옅은 회색을 띤 완벽한 재를 살폈다. 원한다면 그 말은 거둬들일게.

웨스턴은 미소를 지었다. 아냐 아니야. 공정하게 해야지.

그럼 너도 동의하는 거야.

아니. 물론 아니지.

그러니까 아니라 이거지. 하지만 네 상황을 곰곰이 생각해 보면 늘 새로운 수수께끼에 이르러.

예를 들어?

모르겠어. 예를 들어 어째서 네 가장 친한 친구는 도덕적 천치일까. 가령.

어쩌면 그가 내 가장 친한 친구가 아닐지도 모르지.

아니야? 뭐야, 스콰이어? 나를 놀라게 하네.

나 자신에게 짐이 되는 걸 없애는 중이야, 존. 가볍게 여행하는 게 내 계획이거든.

어디로 여행을 하는데?

몰라.

겁이 나려 그러네. 이 나라를 떠나는 거야?

아마도.

심해를 버리고?

어쩌면.

신중하지 않으면 네가 아니지. 지금으로는 뭘 쓰려는 계획이야? 내가 묻는 걸 허락하신다면.

생각중이야.

네 괴로운 카르마에서 새로운 악마들이 출현했다고 가정할 수밖에 없군.

웨스턴은 미소를 지었다. 남은 맥주를 마저 마셨다.

맥주 한 잔 더 해Otra cerveza, 스콰이어.

사양할게 존. 가야 해.

우리는 아르노스에서 저녁 먹을 거야. 너도 와.

다음에.

너 뭔가에 정신이 좀 팔린 것 같다, 솔직히 말해서.

난 괜찮아.

있잖아 너도 웃는 학교*에서 잠깐 시간을 좀 보내는 걸 고려해보는 게 좋을지 몰라. 나 자신의 경우는 유익했어. 좀 쉬라고. 게다가 아마 네 발로 자진해서 들어가면─강제 입원과는 달리─특권도 좀 누릴걸. 가령 다시 네 발로 나온다거나.

그 얘기 잊지 않을게.

갔다 오니 내 관점이 개선되었어, 스콰이어. 의문의 여지가 없어. 내가 알고 나서 놀랐던 건 평범한 세상에서는 점점 약화

---

* 정신병원을 가리킨다.

되고 있는 개인적 자유를 균형이 잡히지 않은 사람들은 어느 정도 후하게 누리고 있다는 사실이야.

웨스턴은 일어섰다. 고마워 존. 정말 깊이 생각해볼게. 브랫. 만나서 반가웠어.

나도 마찬가지야, 보비.

셰던은 그가 버번 스트리트를 따라 내려가다 시야에서 사라질 때까지 지켜보았다. 시가를 빨았다. 어떻게 생각해, 브랫? 저 친구가 내 말을 진지하게 받아들였을 거라고 생각해?

아니. 너는?

모르겠어. 하지만 그랬어야 하는데.

그는 지미 앤더슨의 친구가 운영하는 투손의 잠수 용품 가게에서 일을 했고 그곳에서는 장부에 기재하지 않고 보수를 지급했다. 그는 셋방에 살았고 열판에 조리를 했으며 그곳을 떠났을 때는 중고 픽업트럭과 수천 달러가 수중에 있었다. 뉴올리언스에서 그는 클라인을 만나러 갔다.

내가 진짜로 그냥 사라져버리면 어떨까요?

그 이야기는 이미 한 것 같은데.

나를 찾아낼 가능성이 얼마나 될까요?

클라인은 연필 끝의 지우개로 이를 톡톡 두드렸다. 그는 웨스턴을 보았다. 저쪽이 누구냐에 달렸겠지. 우리는 아직도 이게 무엇 때문인지도 모르고 있소. 댁의 차는 아직도 보관소에 있소?

아니요. 임대 기간이 끝나자 저쪽에서 끌고 갔습니다.

상당한 돈을 꼬불쳐두었다면 그냥 새로운 땅을 찾아 나설 수 있겠지. 하지만 그렇지 않잖소.

새 신분증이 있다 해도 신용카드는 쓸 수 없겠죠. 은행 계좌도.

쓸 수 있소.

전에 죽은 척하는 건 거의 불가능하다고 하신 것 같은데.

내 경험으론 그렇소. 물론 나는 실패한 사람들의 이야기밖에 들을 수 없긴 하지. 그리고 그런 자들은 대개 상당히 큰돈을 노리고 보험회사에 사기를 치려 하고 따라서 거기에는 많은 게 걸려 있지.

멕시코시티로 가면 국외로 갈 수 있을까요?

아직 여권 갖고 있소?

네.

쓸 수 있는 거요?

네. 국무부와는 아니지만.

괜찮을 거라고 생각하오. 하지만 미리 말해두겠소. 외국에서 무일푼에 친구가 없다면 사는 게 장난이 아닐 거요. 그리고 그 여권은 결국 기한이 만료될 거고.

맞습니다.

어쨌든, 이게 그저 체납 세금 몇 푼 때문이라고 생각할지도 모르겠는데 만일 저쪽에서 댁한테 돈이나 좀 가져가고 싶은 거라면 아마 그냥 사람 두어 명을 보내 댁을 뒤집어 흔들어서 뭐가 떨어지나 보고 말았을 거라는 이야기는 해둬야겠소. 다섯시로군.

압니다. 그만 놔드리겠습니다.

가서 한잔 어떠시오.

좋습니다.

그들은 투잭스의 바에 앉았다. 웨스턴은 오래된 나무 위에서 잔을 천천히 돌렸다. 클라인은 그를 지켜보았다.

댁은 그저 이것저것 집적대며 좆도 빈둥거리기만 하고 있는 거요, 웨스턴. 아마도 좋은 계획은 아닐 듯하오.

압니다. 그냥 나라라는 게 도대체 뭔지도 모르겠다는 생각을 하고 있었을 뿐입니다.

쉬운 질문은 아니지.

대체로 하나의 관념처럼 보입니다.

클라인은 어깨를 으쓱했다.

정말로 다른 사람이 되어야 하겠죠, 그렇죠?

그렇소.

그냥 결심만 하면 되는 거고.

그렇게 쉽게 되지는 않지.

맞습니다.

어떤 사람들은 끝까지 난파한 잔해에 매달리지.

내가 선생님을 놀라게 할지도 모르겠군요.

그럴지도. 하지만 위험에 직면했을 때 그걸 평가하는 능력은 대체로 유전된다고 생각하오. 그런 능력이 있다면 그건 아주 오래전부터 전해져 내려온 거고 그런 능력이 없다면 이른 시일 안에는 생기지 않을 가능성이 크지. 운동선수들 사이에서는 아주 흔한 능력이오. 또 사이코패스들 사이에서도. 수배 중인 중범죄자가 자기 어머니 장례식에서 붙들리는 일이 얼마나 많은지. 그들 모두의 공통점은 자기 어머니를 사랑한다는 거요. 그들과 다르게 행동하는 사람들의 공통점은 감옥에 가고 싶어하지 않는다는 거고.

내가 훌륭한 도망자는 되지 못할 거라 생각하시는군요.

맞소. 하지만 댁의 말대로, 댁이 날 놀라게 할지도 모르지.

웨스턴은 미소를 지었다. 그는 잔을 집었다. 건배Salud.

건배Salud.

선생님 말에 기가 죽지는 않았습니다.

알아듣겠소. 나는 역경 때문에 막다른 데 몰렸다가 완전히 달라지는 사람을 여러 명 보았소.

어떤 사람은 좋은 방향으로 또 어떤 사람은 나쁜 방향으로 달라지겠군요 아마도.

어쩌면 그냥 지혜로워지는 쪽으로.

달리 또 무슨 말을 하고 싶으신가요?

클라인은 미소를 지었다. 잔의 얼음을 흔들었다. 댁은 자신
을 비극적 인물로 보고 있소.

아니 그렇지 않은데요. 전혀 그렇지 않습니다. 비극적 인물
은 중요한 결과를 내놓는 사람이죠.

그런데 댁은 아니고.

나는 나쁜 결과를 내놓는 사람이죠. 아마도. 멍청한 소리로
들릴 거라는 건 압니다. 하지만 나는 내게 도움을 청하러 온
모든 사람에게 실망을 주었다는 게 진실입니다. 내게 우정을
구하러 온 모든 사람에게.

거기에 댁의 친구도 포함되는 거요? 베네수엘라에서 죽은
친구?

선생님은 그저 내가 괴상한 생각을 하는 별종이라고만 생각
하시려 하네요. 하지만 진실로 오일러가 나를 만나지 않았다
면 틀림없이 지금도 살아 있을 겁니다.

그 말이 어떻게 들릴지는 알고 있겠지요.

어떻게 들릴지 알고 있습니다. 선생님은 내가 인생에서 계
속 앞으로 나아가야 한다고 말했죠. 글쎄요, 나는 어떤 것에서
도 앞으로 나아가지 못하고 있습니다.

그 말을 믿소. 슬프게도.

그런 말은 집어치우세요. 내 말은 듣지 마세요. 나는 그냥 병적으로 굴고 있을 뿐입니다. 친구들이 그리워요. 그리고 물론 그애 말이 맞았습니다. 사람들은 자신이 초래한 고난을 피하려고 이상한 짓들을 하기 마련이죠. 세상은 울어야 할 때 울지 못한 사람들로 가득합니다.

무슨 말인지 내가 잘 못 따라가는 것 같소.

괜찮습니다.

아니. 계속하시오.

웨스턴은 잔을 마저 비우고 바 테이블에 내려놓은 다음 바텐더에게 손가락 두 개를 들어올리고 클라인을 돌아보았다. 이런 식으로 표현해보겠습니다. 내가 요청받은 유일한 일은 그애를 돌보는 것이었습니다. 그런데 나는 그애가 죽게 했죠. 거기에 더 보태고 싶은 말이 있소 미스터 웨스턴? 아니요, 재판장님. 나는 오래전에 스스로 죽었어야 마땅합니다.

왜 안 그랬소?

겁쟁이라서요. 명예심이 없어서요.

클라인은 거리를 내다보았다. 겨울 도시의 차갑고 단단한 빛.

또 댁의 손가락 사이로 빠져나간 게 뭐요?

우리는 절대 알지 못하겠죠, 안 그렇습니까?

이제 뭘 할 작정이오?

아이다호로 갈 것 같습니다.

아이다호.

그럴 것 같아요.

뭐하러?

모르겠습니다. 도바리들한테 인기 있는 곳 같더군요.

그렇다면 피해야 할 곳이라는 생각이 드는데.

가서 알려드리지요.

*

첫날밤은 텍사스 미들랜드 바깥의 한 모텔에서 보냈다. 자정을 지나 고속도로에서 빠져나가 차를 세웠다. 트럭 창으로 들어오는 서늘한 바람에 실린 유전의 원유 냄새. 배의 삭구처럼 저 바깥 사막 멀리 빛나는 정유 공장 불빛. 그는 싸구려 침대에 오랜 시간 누워 트럭 휴게소에 있던 디젤 트럭이 진입로를 따라 일 마일 달려와 고속도로로 올라서며 기어를 올리는 쿵쿵 소리에 귀를 기울였다. 잠이 오지 않아 잠시 후에는 일어나서 셔츠와 청바지를 걸치고 장화를 꿰신고 옥외 통로를 따라 밖으로 나가 들판을 가로질렀다. 고요했다. 추웠다. 유전의 파이프에서 나오는 거대한 촛불 같은 불과 동쪽으로는 별들을 씻어내는 도시의 불빛. 그는 그곳에 오래 서 있었다. 오빠는 하느님이 절대 허락하지 않는 것들이 있다고 생각하는 거지,

그녀는 말한 적이 있었다. 하지만 그는 그런 생각은 전혀 하지 않았다. 모텔 불빛이 만들어낸 그의 그림자가 갓 생겨난 그루터기 위에 드리워져 있었다. 트럭이 점점 줄었다. 바람은 없었다. 정적. 저 바깥 어둠 속에 똬리를 틀고 있는 카펫 색깔의 작은 독사들. 세계가 떨어져내리는 과거의 심연. 존재하지도 않았던 것처럼 사라지고 있는 모든 것. 우리는 우리 자신을 예전의 우리로서 다시 알고 싶지는 않겠지만 그래도 그날들을 애도한다. 그는 최근 몇 년 아버지 생각을 거의 하지 않았다. 지금은 아버지를 생각했다.

다음날 늦게 콜로라도 남부의 이차선 아스팔트 도로에서 도로변에 멈추어 있는 차들을 만나기 시작했다. 앞쪽에서 주 경찰관이 차를 세우고 있었다. 하늘은 짙은 붉은색이었고 연기가 남쪽으로 이동하고 있었다. 그는 차를 세우고 내렸다. 사람들이 픽업 짐칸에 올라서서 불구경을 하고 있었다. 그는 걸어서 길을 따라 올라갔다. 잠시 후 열기가 느껴졌다. 불은 이미 도로를 넘어가 멀리 남쪽 전원지대를 태우고 있었다. 페커리*세 마리가 종종걸음으로 재에서 나와 그와 함께 길을 따라 걸었다. 그는 한쪽 무릎을 꿇고 손을 펼쳐 아스팔트에 댔다. 페

---

* 아메리카대륙에 서식하는 돼지와 비슷한 동물.

커리들이 그를 지켜보았다. 잠시 후 그는 돌아갔다. 그날 밤은 길가에 세운 트럭에서 잤다.

아침에 책상다리를 하고 앉아 해가 뜨는 것을 지켜보았다. 용광로에서 꿈틀꿈틀 밀고 올라오는 녹은 쇳물로 이루어진 어떤 모체처럼 연기 속에 자리잡고 붉게 흔들리고 있었다. 다른 승용차와 트럭은 대부분 사라졌고 그는 앉아서 캔에 든 토마토주스를 마셨다. 잠시 후 트럭의 시동을 걸고 와이퍼를 움직여 앞유리에서 재를 닦아냈다.

도로를 따라 올라가자 타버린 땅으로부터 바람에 실려오는 열기를 느낄 수 있었다. 그는 타르에 바큇자국이 남은 아스팔트 도로 구간에 이르렀다. 길가의 죽은 암사슴 옆을 지나쳐 가다가 트럭을 세웠다. 트럭에서 내려 칼을 들고 오던 길을 되짚어 걸어가 동물을 굽어보며 서서 불에 그슬린 등가죽을 자르고 안심을 드러냈다. 백스트랩,* 늙은 사냥꾼들은 그 부위를 그렇게 불렀다. 그는 트럭 짐칸의 뒷문을 열어놓고 앉아 드라이브인 식당에서 가져온 작은 종이 봉지에 든 소금과 후추를 뿌려 고기를 먹었다. 아직 따뜻했다. 가운데는 부드럽고 붉었으며 가볍게 훈제가 된 상태였다. 그는 종이 접시에 받쳐들고 칼로 썰어 먹으며 재에 덮인 주변 전원지대를 둘러보았다. 빙

---

* 말이 짐을 끌 때 쓰는 용구로, 등의 중앙부를 지나는 가죽띠.

글빙글 도는 맹금. 솔개와 매. 고개를 숙여 아래 땅을 살피고 있었다.

북쪽으로 차를 몰았다. 전선 위에 작은 개구리매들이 앉아 있었다. 그들은 날아올라 원을 그리다 그의 뒤쪽 전선으로 돌아왔다. 저녁에 그는 트럭 지붕에 앉아 안심을 마저 먹고 전원 지대를 살펴보았다. 코트 깃을 세우고 바람이 풀을 뒤지는 광경을 지켜보았다. 갑자기 풀 사이에 골이 파이다 멈추었다. 보이지 않는 뭔가가 갑자기 달아나다 그 자리에 웅크린 것처럼. 그는 보온병에 든 따뜻한 차를 홀짝이다 마개를 닫고 접고 있던 다리를 풀어 바닥으로 뛰어내렸다. 그러나 발이 저리고 감각이 없어서 땅에 닿을 때 쓰러져 도랑에 박혔고 거기 누운 채 웃음을 터뜨렸다.

도로 아래를 흐르는 개울에서 먹을 감았다. 낡은 콘크리트 다리 하나. 속의 강철봉이 드러난 콘크리트 난간. 그는 하류의 사주砂洲에 벌거벗고 서서 몸을 떨며 수건으로 물기를 닦아냈다. 다리 아래 웅덩이의 물은 차갑고 맑았다. 낙연어가 사는 좋은 물. 그날 밤 다시 트럭에서 잠들었다가 우윳빛 속에서 잠을 깼는데 유리에 먼지 같은 눈이 체로 거른 것처럼 쌓여 있었다. 그는 양말만 신은 채 침낭 속에 앉아 시동을 걸고 와이퍼를 움직였다. 회색 날빛과 멀리 일 마일 떨어진 강 유역 분지에서 솟아오르며 맴을 도는 새들. 크랭크 돌리는 소리 비슷한 그들의 가느다란 울음. 트럭 한 대가 홀로 고속도로를 따라 올라오고 있었다. 웅웅거리는 소리를 내며 경사로를 움직였다. 그는 몸을 기울여 글러브박스를 열고 크래커 봉지를 꺼내 이로 뜯어 연 다음 앉아서 크래커를 먹으며 엔진이 열을 받기를 기다렸다.

스코츠블러프*에서 플랫강을 건너 물가의 넓은 자갈 지대 가장자리에 트럭을 세우고 밖으로 나가 강을 보며 섰다. 낮은 구릉들은 어스름에 짙은 보라색이었고 해진 은색 밧줄 같은 플랫강은 짙은 버건디색 어스름 속에서 지류들이 얽힌 저지대를 통과해 모래톱 사이를 요리조리 빠져나가며 하류로 흘러갔다. 그는 자갈에 앉아 주머니칼로 유목 조각을 깎아 작은 나무배를 만들어 하류의 어둠 속으로 내려보냈다.

낮은 겨울 해를 받으며 몬태나를 가로질러 달려갔다. 흙이 뒤집힌 밭들. 키 큰 양곡기. 꿩들이 잘못을 저지르기라도 한 것처럼 고개를 숙인 채 도로를 건넜다. 직선으로 곧게 뻗은 저녁의 고속도로에서 멀리 트럭 불빛들이 보였다. 먼 산들의 어둠. 라디오에서는 잡음만.

그는 아이다호주 경계를 지나자마자 나오는 모텔에서 잤다. 광택제를 바른 나무 침대와 양모 담요. 방이 추워 벽에 붙은

* 네브래스카주의 도시.

가스 난방기를 켰다. 욕실로 들어가 불을 켰다. 1940년대의 녹색 타일. 변기 위 벽에 걸린 다임 스토어 액자 안의 꽃 복제화.

잠에서 깼을 때 나이트테이블 위 빨간 시계의 숫자는 4:02였다. 누운 채 귀를 기울였다. 주기적으로 고속도로에서 날아오는 불빛들이 블라인드의 날을 따라 또 소나무 판벽 위로 움직인다. 그러다 서서히 다시 물러난다. 그는 일어나 침대에서 담요를 잡아당겨 어깨에 두르고 양말을 신은 채 주차장으로 걸어나갔다. 추위 속에 머리 위로 드넓게 펼쳐진 별들. 몇 분 뒤몸을 떨다가 곧 따뜻한 옷이 필요할 것임을 깨달았다. 그는 몸을 돌려 다시 안으로 들어갔다.

*

겨울은 아버지 친구의 소유인 아이다호의 낡은 농가에서 보냈다. 이층 목조 가옥으로 부엌에 장작 난로만 있고 전기도 수도도 없었다. 그는 위층의 텅 빈 방들을 걸어다녔다. 여기저기흩어진 누런 신문지, 깨진 유리. 거의 증발해버린 창의 레이스 커튼.

담요 몇 장이 있었고 궤 안에서 몇 개 더 찾아내 그걸 모두부엌에 쌓았다. 며칠 뒤 타운으로 차를 몰고 가 겨울용 보온코트와 고무장화 한 켤레를 샀다. 트럭을 몰고 헛간으로 가 건

초 꾸러미들을 싣고 와서 집안으로 날라 부엌 벽, 창 등을 모두 덮어버렸다. 겨울이 끝나기 전 건초를 더 끌고 층계를 올라가 부엌 위의 침실 바닥을 덮었다.

아래층 방 한 곳에 침대가 있어 매트리스를 부엌에 끌어다 두고 나서 낡은 이글 등유 램프를 리놀륨 바닥에 놓고 머드룸에서 찾아낸 캔에 든 등유를 채워 램프를 켠 다음 유리 등피를 닫고 심지를 내리고 앉았다.

머드룸에는 과일과 토마토와 오크라가 든 단지들이 있었지만 얼마나 오래 거기 있었는지는 알 수 없었다. 나무상자에는 쇠로 만든 써레의 이 몇 개. 스테인리스스틸 우유 캔 바닥에는 쥐 뼈. 그는 장작 헛간에서 도끼를 하나 찾아냈지만 날을 갈 방법이 없었고 다시 타운에 갔다가 돌아왔을 때 그의 손에는 사슬톱과 문고본 책 두 상자가 들려 있었다. 그가 읽은 적이 없고 읽지도 않을 빅토리아여왕 시대 소설들뿐 아니라 훌륭한 시집 컬렉션과 셰익스피어 한 권과 호메로스 한 권과 성경. 그는 난로에 불을 피운 다음 물통을 들고 집 아래 배수로를 통해 도로 밑을 지나는 개울로 내려갔고 돌아와 커피를 만들고 콩 몇 알을 물에 담갔다. 난로에 장작을 더 넣자 곧 부엌은 거의 따뜻하다는 느낌이 들 정도로 온도가 올라갔다.

아침에 잠을 깨자 쥐들이 그를 지켜보고 있었다. 눈이 거대하고 촉촉한 사슴쥐. 부엌문 유리 너머로 밖을 보니 눈이 내리고 있었다.

가끔 밤에 머리 위 방들에서 뭔가 움직이는 소리에 잠을 깨곤 했다. 몇 번은 담요로 몸을 싸고 좁은 나무 층계를 올라가 손전등 빛으로 방들을 쓸어보았지만 아무것도 없었다. 바닥의 먼지에 난 자국들. 아마도 너구리들. 아침에 유리가 사라진 창틀에 판지 조각들을 끼웠다. 며칠 밤 뒤 다시 소리가 들려 위층으로 올라가 어두워진 방에서 귀를 기울이고 서 있었다. 창에는 달빛이 흘러넘쳤다. 검은 겨울나무 가지들이 바닥에 스텐실을 찍고 있었다. 이윽고 아래층 방에서 뭔가 움직이는 소리가 들렸다. 문이 닫히는 소리가 들린 것 같았다. 얼른 내려갔지만 그곳에는 아무것도 없었고 그는 난로 옆 건초 안 자기 둥지로 돌아갔으며 집안에 뭐가 있든 그들과 함께 또 그들은 그와 함께 사는 법을 배웠다.

늦겨울에 예기치 않게 얼음이 녹았다. 그는 장화를 신고 진창길을 걸었다. 그의 식단은 대체로 콩과 쌀과 마른 과일이었고 옷은 해져 떨어져나가고 있었다. 그는 집 아래 낡은 나무다리에 서서 얼음 선반 밑을 거무스름하게 지나는 물을 바라보았다. 강에는 컷스로트송어가 있었지만 그는 뭔가를 죽일 마음이 완전히 사라진 상태였다. 어느 날 밍크 한 마리가 등을 구부리고 쭉 뻗은 자갈길을 따라 천천히 달려가는 게 보였다. 그가 휘파람을 불자 밍크는 발을 멈추고 고개를 돌려 그를 보더니 계속 달려갔다.

　한두 번 진흙 섞인 눈밭에서 타이어 자국을 보았다. 바퀴로 파인 곳에는 깨진 하얀 얼음장. 다리의 널빤지에 장화 자국. 사람은 한 번도 본 적이 없었다. 금속 지붕에서 녹은 눈이 위층 침실 바닥의 우묵한 나무판에 고여 물웅덩이를 만든 뒤 아래층 방으로 뚝뚝 떨어졌다. 그러다가 강한 북풍이 이 피트 높이의 눈을 몰고 불어닥쳤고 부엌문 밖 싸구려 플라스틱 온도계의 바늘은 영하 31도로 떨어졌다.

　그는 얼어서 시동이 걸리지 않는 일이 없도록 사슬톱을 부엌에 두었고 선 채로 죽은 나무를 찾아 눈더미를 헤치며 터벅터벅 걸었다. 흰빛 속에서 창백한 잿빛 나무줄기들. 그는 난로문 안쪽의 검댕에 조리용 기름을 섞어 만든 연고를 눈 밑에 발랐다. 어느 날은 그를 보고 놀란 상록수 위의 올빼미가 소리 없이 길고 곧게 숲을 가로질러 멀리 날아가 마침내 시야에서 사라지는 모습을 지켜보았다. 아침에 빗자루를 들고 트럭 문을 열 수 있을 만큼 문에서 눈을 치운 다음 올라타 시동 장치에 열쇠를 넣고 돌려보았다. 아무런 반응이 없었다.

　며칠 뒤 앞문을 두드리는 소리가 들렸다. 그는 그 자리에 얼어붙은 채 귀를 기울였다. 램프의 불을 불어 끄고 부엌문 유리만 보이는 구석으로 물러났다. 기다렸다. 그림자. 후드가 달린 파카를 입고 안을 들여다보려고 하는 형체. 유리에 닿은 장갑

낀 두 손. 잠시 후 형체는 떠났다.

낡은 집의 은둔자. 날이 갈수록 이상해지고 있었다. 그는 문
으로 가서 방문객을 부를 마음이 반쯤 있었지만 그렇게 하지
않았고 방문객은 다시 돌아오지 않았다. 그는 잠자리에 들었
다가 식은땀을 흘리며 깨어났다. 일어나 앉았다. 창에는 맑은
겨울 별빛과 눈을 덮어쓴 거무스름한 나무들. 그는 누비이불
을 당겨 어깨를 덮었다. 어떤 꿈들은 그에게 평화를 주지 않았
다. 간호사가 그걸 가져가려고 기다리고 있다. 의사가 그를 지
켜본다.

어떻게 하고 싶습니까?

모르겠습니다. 어떻게 해야 할지 모르겠어요.

의사는 수술용 마스크를 쓰고 있었다. 하얀 모자. 안경에 김
이 서렸다.

어떻게 하고 싶습니까?

그애가 그걸 봤습니까?

아니요.

어떻게 해야 할지 말해주세요.

댁이 우리한테 말해줘야지. 우리가 댁한테 조언할 수는 없
지요.

의사의 가운에는 핏자국들이 있었다. 그가 쓴 마스크가 호
흡을 따라 빨려들어갔다 나왔다.

그애가 그걸 봐야 하지 않을까요?

그건 댁이 결정해야 할 일이라고 생각해요. 물론 어떤 걸 한 번 보고 나면 안 본 게 될 수는 없다는 걸 염두에 두고.

그게 뇌가 있나요?

미발달한 뇌.

영혼이 있나요?

커피가 먼저 떨어지고 그러다 마침내 먹을거리가 완전히 바닥났다. 그는 이틀을 굶은 뒤 옷을 차려입고 십일 마일 거리의 마을을 향해 길을 나섰다. 몹시 추웠다. 얼어붙은 바큇자국 속의 눈. 그는 장갑 낀 손으로 귀를 가리고 팔꿈치를 양옆으로 흔들며 걸었다. 첫번째 집에 이르렀을 때 개 두 마리가 진입로를 따라 내려오면서 짖어댔지만 그가 돌을 줍는 척 허리를 굽히자 방향을 틀어 달아났다. 주위에는 아무도 없었다. 벽돌 굴뚝에서 피어오르는 가는 연기 기둥. 장작을 태우는 연기 냄새.

거리에 들어서서 오래지 않아 그는 사람들이 자기를 쳐다보는 것을 눈치챘다. 최근에는 부엌 창의 유리에 비친 희미한 모습 말고는 자기 모습을 본 적이 없어서 어떤 가게의 거울 앞에서 걸음을 멈추고 자신을 살폈다. 긴 머리에 불그스름한 턱수염이 덥수룩한 부랑자. 예수여, 그가 말했다.

돌아오는 길에 어둠이 그를 따라잡았다. 그는 고물상에서 발견한 바퀴가 하나 달린 기우뚱한 유모차에 식료품 봉투들을 담아 끌고 있었다. 북쪽 하늘에 초록색과 자주색 빛이 커다란 종잇장처럼 활활 타오르고 있었다. 사슴 한 마리가 앞의 도로를 가로질렀다. 그리고 또 한 마리.

집에 이르러 유모차를 끌고 진입로에 쌓인 눈을 뚫고 부엌문에 이르렀을 때는 자정이 가까웠다. 그는 문을 밀어 열고 장화로 문틀을 걷어찼다. 잘 있었어 집, 그가 소리쳤다.

그는 잡화점에서 빗과 가위와 작은 손거울을 샀고 아침에 스크루드라이버를 들고 위층 침실의 화장대에 있는 틀에서 거울을 떼어내 아래로 가져와 빛이 좋은 부엌문 옆 찬장 선반에 올려놓고 가위로 턱수염을 자르고 대야에 담긴 뜨거운 물로 면도를 했다. 그런 다음 머리카락을 자르기 시작했다. 전에도 해보았기 때문에 결과는 괜찮았다. 자른 머리카락을 리놀륨 바닥에서 쓸어 식료품 봉투에 담고 봉투를 난로의 부싯상자에 쑤셔넣은 다음 난로 문을 닫았다. 그는 물을 더 끓여 머리를 감고 집 뒤쪽 지하 창고에서 발견한 아연 도금한 욕조에 서서 스펀지를 몸에 비비며 목욕을 했다. 욕조는 녹이 슬고 물이 새서 흘러나온 물이 리놀륨 바닥을 가로질러 벽까지 흘러가 천천히 사라졌다. 데님 드로스트링 가방에 깨끗한 옷이 들어 있어서 몸의 물기를 닦고 옷을 입고 머리를 빗고 거울에 비친 자신을 보았다.

쥐덫 두 개를 가지고 돌아와 치즈를 미끼로 끼우고 설치했다. 쥐들은 부엌을 상당히 장악하고 있었다. 그는 불이 거의 꺼질 만큼 램프 심지를 내리고 정적 속에 드러누웠다. 첫번째 덫이 딸깍 소리를 냈다. 이어 두번째. 그는 심지를 올리고 일어나 작고 따뜻한 몸들을 쓰레기통에 넣고 나서 다시 덫을 설치하고 누웠다. 딸깍. 딸깍.

두번째 덫으로 가자 발이 하얀 작은 쥐가 앞발 두 개를 모두 덫의 가로장에 대고 그걸 밀어내 머리를 빼내려 하고 있었다. 그는 가로장을 들어올리고 그 작은 것이 꿈틀거리며 바닥을 가로지르는 것을 지켜보다 덫 두 개를 모두 쓰레기통에 버리고 잠자리로 돌아갔다.

그러던 어느 날 쥐들이 사라졌다. 그는 어둠 속에 누워 쥐를 찾아 귀를 기울이고 있었다. 손전등을 켜고 방 여기저기를 비추어보았다. 아무것도 없었다. 다음날 밤 건초에서 부스럭거리는 소리가 들려 일어나 앉아 손전등을 켰고 빛 속에는 꼬리끝이 검은 늘씬한 족제비 한 마리가 앉아 있었다. 족제비는 빛을 들여다보다가 사라지더니 방의 먼 쪽 구석에 다시 나타났는데 그 속도가 믿을 수 없을 정도로 빨라서 두 마리가 있는 게 분명하다는 생각이 들었다. 이윽고 족제비는 사라지고 다시 나타나지 않았다. 일주일 뒤 쥐들이 돌아왔다.

잡화점에서 학교에서 쓰는 연습장 몇 권과 작은 볼펜 한 갑

을 사서 밤에 건초 꾸러미에 기대앉아 램프 불빛에 의지해 그
녀에게 편지를 썼다. 어떻게 시작할까. 소중한 얼리샤. 한번은
이렇게 썼다. 나의 사랑하는 아내에게. 그랬다가 종이를 구겨
뭉친 다음 일어나 난로에 집어넣었다.

헛간 박공에는 눈이 사라지기도 전에 올빼미들이 나타났다.
그는 건초 칸에 서서 위쪽 고미다락에 빛을 비추었다. 심장 모
양의 얼굴 두 개가 아래를 살폈다. 빛을 받아 사과 반쪽처럼
창백한 얼굴. 그들은 눈을 껌뻑거리며 고개를 좌우로 움직였
다. 지푸라기 몇 개가 떨어졌다.

며칠 밤 뒤 그는 잠을 깨 정적 속에 귀를 기울이고 누워 있
었다. 일어나서 램프를 켜 들고 앞방으로 들어가 램프를 머리
위로 들어올렸다. 방안에서 박쥐 한 마리가 소리 없이 높이 날
고 있었다. 그는 앞문으로 가 바깥의 추위를 향해 문을 열어둔
채 잠자리로 돌아갔고 아침에 박쥐는 사라졌다.

그는 앞방에 있는 커다란 장의 서랍을 뒤졌다. 아주 작은 찻
잔. 여자 장갑. 네게 무슨 말을 해야 할지 모르겠어, 그는 썼
다. 많은 게 변했지만 모든 게 똑같아. 나는 똑같아. 나는 늘
그럴 거야. 네가 알고 싶어할 거라고 생각하는 게 있어서 편지
를 쓰는 거야. 내가 잊고 싶지 않은 게 있어서 편지를 쓰는 거
야. 내 인생에서 너를 제외하면 모든 게 사라졌어. 나는 그게
무슨 뜻인지도 몰라. 울음을 그치지 못할 때가 있어. 미안해.

내일 다시 써볼게. 내 모든 사랑으로. 너의 오빠, 보비.

그는 뉴올리언스에 있을 때 레스토랑이나 거리에서 자기도 모르게 그녀에게 말을 한다는 걸 깨닫고 나서 그렇게 말하는 습관에서 벗어났다. 그런데 이제 다시 그녀에게 말을 하고 있었다. 그녀의 의견을 구하고 있었다. 가끔 밤에 그녀에게 그날 하루 이야기를 하려고 하면 그녀가 이미 알고 있다는 느낌을 받았다.

그러다 천천히 희미해지기 시작했다. 그는 진실이 무엇인지 알았다. 진실은 그가 그녀를 잃어버리고 있다는 것이었다.

겨울 어스름이 내린 호숫가의 추위 속에 서 있던 그녀가 기억났다. 두 팔꿈치를 쥐고. 그를 보면서. 그러다 마침내 그녀는 몸을 돌려 오두막으로 돌아갔다.

그는 팔꿈치 옆에 램프를 두고 담요를 쓰고 앉았다. 셰던은 서로 읽은 책 수십 권이 겹치면 피보다 진하게 연결된다고 말한 적이 있었다. 내가 준 책을 너는 몇 시간 만에 삼켜버렸지. 단어 하나하나를 거의 다 외웠지.

날씨가 따뜻해지고 있어. 집 뒤에 올빼미 한 마리가 있어. 밤에 올빼미 소리가 들려. 너한테 무슨 말을 해야 할지 모르겠어. 이제 그만둘 거야. 내 모든 사랑으로.

그는 일어서서 장화를 신고 코트를 걸치고 도로를 걸었다. 눈까풀이 반쯤 내려온 차가운 달이 나무들 사이를 움직인다.

멀리 다리의 판자들이 차바퀴 밑에서 희미하지만 시끄러운 소리를 낸다. 산마루를 따라 움직이다 사라져버리는 빛들과 불어오는 추위와 들판에서 불어오다 이윽고 다시 내려앉는 눈. 시카고에서 그녀가 방안에 있다 문으로 다가왔을 때 그는 그녀가 몇 주 동안 문밖으로 나온 적이 없다는 것을 알았다. 세월이 흐른 뒤 그는 그날을 기억하게 된다. 그녀의 모든 관심이 그에게로만 향하는 것 같던 날. 그는 그녀를 올드타운의 독일 레스토랑에 데려갔고 테이블에서 그의 팔 위에 얹힌 그녀의 손은 모든 것을 빨아들였으며 나중에야 그는 이게 그가 이해할 수 없는 걸 그녀가 말하던 날이었음을 이해했다. 그녀가 그에게 작별인사를 시작했음을.

그는 잠을 깨고 램프를 켜고 담요로 몸을 둘러싸고 건초 꾸러미에 등을 기댔다. 램프 빛에 비친 방바닥 물통 속 잠잠한 물이 가는 고리 모양들로 주름이 잡혔다가 다시 평평해졌다. 길 위의 어떤 것. 땅속 깊은 곳의 어떤 것. 그의 얼굴은 축축했고 그는 자신이 자면서 울고 있었음을 깨달았다.

그는 빗자루로 트럭에서 눈을 쓸어내고 펜치로 배터리를 풀어 작은 유모차에 싣고 타운까지 그것을 끌고 갔다가 다시 집으로 가져왔다. 길에서 일곱 시간. 이틀 뒤 그는 떠났다.

아이다호 남부 작은 타운의 낡은 철도 호텔에서 그날 밤을 보내며 잠이 들지 못한 채 누워 옛 전쟁 소식을 듣듯 열차들이 선로를 바꾸고 덜거덕거리는 긴 소리에 또 땡그랑거리고 메아리치는 소리에 귀를 기울였다. 그는 창가에 섰다. 눈이 내리기 시작했다.

남쪽으로 유타의 로건까지 내려가 80번 고속도로를 타고 와이오밍을 가로질렀다. 그린강. 블랙스프링스. 샤이엔. 그는 트럭에서 잠을 자며 계속 달렸다. 중앙 평원을 가로지른다. 불어오는 눈 속에서 고속도로를 지나다니는 짐칸 두 개가 연결된 커다란 트럭들. 오갈랄라. 노스플랫. 붉은 어스름 속에서 고속도로를 가로지르는 학의 무리. 저지대를 맴돌다 하강하여 착륙한 뒤 날개를 접고 걷다가 멈추었다.

이급 도로를 타고 북으로 갔다. 차 몇 대가 지나가고 이내 도로가 텅 비었다. 쭈그려앉은 라이스페이퍼* 달이 전깃줄을 따라 움직였다. 노픽에서 빠져나오는 도로 아래 길가 도랑에서 반짝이는 빛 한 쌍이 보였다. 트럭 속도를 늦추었다. 빛 하나가 다른 빛 위에 올라타 있었고 그게 뭔지 파악하는 데 시간이 꽤 걸렸다.

트럭을 세웠다. 그것은 도랑에 모로 누운 차로 불이 켜진 채 엔진이 돌아가고 있었다. 하얀 연기가 도로를 가로질러 떠내려갔다. 그는 트럭 엔진을 끄고 글러브박스에서 손전등을 꺼

---

* 질이 좋은 얇은 종이.

낸 다음 내려서 문을 닫고 도로를 건넜다. 창에 불빛을 갖다댔으나 아무것도 보이지 않았다. 구동축에 올라서서 몸을 끌어올려 아래 차 안을 보았다. 아래쪽 문에 한 남자가 몸을 웅크리고 빛 속에서 눈을 깜빡이고 있었다.

웨스턴은 유리를 두드렸다. 괜찮아요? 남자는 몸을 약간 움직였지만 대답하지 않았다. 웨스턴은 남자의 입김을 볼 수 있었다. 아래쪽 창유리에 눌린 죽은 풀 몇 가닥과 진흙과 자갈. 웨스턴은 뒤쪽 쿼터 패널*로 올라가 문손잡이를 잡고 문을 들어올리려 했지만 잠겨 있었다. 그는 불빛으로 다시 차 안을 겨누었다. 엔진 꺼요, 그가 소리쳤다. 남자는 두 팔꿈치로 얼굴을 가렸다. 웨스턴은 손전등을 끄고 거기 앉았다. 멀리서 개한 마리가 짖었다. 숲의 어둠을 뚫고 오는 저 너머 농가의 불빛들. 그는 아래로 내려선 뒤 차 뒤쪽으로 돌아가서 한쪽 장화를 벗고 범퍼에 기댄 다음 장화의 가죽 바닥으로 털털거리는 배기 파이프를 막았다. 모터가 비틀거리다 죽었고 그는 다시 장화를 신고 도랑에서 나와 도로를 건너 트럭에 올라탔다. 그는 차에 웅크린 남자가 운전자가 아니라고 판단했고 도로를 따라 걸어가는 운전자가 불빛에 보일지도 모른다는 생각으로 시동을 걸고 도로를 내려갔지만 아무도 보이지 않았다.

---

* 자동차 뒷문과 트렁크 사이의 패널.

블랙리버폴스에 들어섰을 때는 추운 금요일 저녁이었다. 그는 고속도로 변의 싸구려 모텔에 묵었고 아침 열시에 스텔라마리스에 들어섰다.

간호사가 그의 이름을 받아 적더니 그를 쳐다보았다. 친척인가요?

아닙니다. 그냥 친구예요.

이런 말 하게 돼서 정말 마음이 안 좋네요, 그녀가 말했다. 헬렌은 세상을 떠났어요. 일 년 전쯤.

그는 고개를 돌려 복도 아래쪽을 보았다. 괜찮습니다. 달리내가 만날 수 있는 사람이 있을까요?

괜찮다고요?

미안합니다. 그런 식으로 말할 생각은 아니었는데. 제프리는 어떨까요?

간호사는 펜을 내려놓더니 그를 쳐다보았다. 손님은 그 환자 오빠죠.

네.

그녀는 그를 살폈다. 벌목 작업복에 집에서 깎은 머리. 이윽고 그녀는 의자를 뒤로 밀며 일어섰다.

나를 내쫓으려는 건 아니겠죠?

아니에요. 당연히 아니죠.

내 동생을 아세요?

아니요. 하지만 누군지는 알아요.

그녀는 돌아와서 그를 데리고 복도를 내려가 휴게실로 갔다. 어디를 가나 소변과 소독약의 희미한 냄새. 간호사가 그를 위해 문을 잡아주었다.

저기 창 옆에 앉으시면 돼요. 금방 돌아올게요.

그녀는 돌아와 제프리를 위해 문을 잡아주었다. 그는 휠체어를 타고 있었다. 웨스턴은 자리에서 일어섰다. 이유는 알 수 없었다. 제프리는 바퀴를 굴려 리놀륨 바닥을 가로질러 그가 있는 곳으로 오더니 의자의 방향을 약간 틀어 그를 쳐다보았다. 웨스턴은 손을 내밀었으나 제프리는 거기에 팔꿈치를 대고 아래위로 두어 번 올렸다 내리기만 하고 간호사 쪽을 뒤돌아보았다. 그녀는 나가려고 몸을 돌렸고 제프리는 웨스턴을 보았다. 앉으시오, 그가 말했다.

그는 앉았다. 기다렸다. 간호사가 방을 완전히 나가고 나서야 제프리는 의자의 방향을 틀어 웨스턴을 더 꼼꼼히 살폈다. 그리 건강해 보이지는 않는군, 그가 말했다.

평소에는 이보다는 낫습니다.

자네가 죽었을지도 모른다고 생각했어.

아니요. 그렇게 되지는 않았습니다. 어떻게 지내세요?

자네가 죽지 않았다면 그렇다고 말해주었어야 한다고 생각했을 뿐이야.

죄송합니다.

어쩌면 그렇고 어쩌면 아니겠지. 아마도 얼리샤 이야기를 하러 왔겠군.

이 장소를 보고 싶었을 뿐입니다. 마지막으로.

죽어가는군.

아닙니다. 하지만 떠나려고 합니다.

얼마나 멀리?

아주 멀리요.

그래. 이해할 만하군. 나는 당장은 아무데도 못 가.

무슨 일이 있었나요?

차에 치였어. 됐어?

그럴 수가.

그러게 말이야. 나도 그럴 수가야. 뺑소니였지.

운전자는 찾아냈나요?

누가 운전자를 찾아?

누구든요.

더 구체적으로 말해야 해. 나는 양극성*이오. 다른 것도 많지만. 나하고 아문센**은.

---

* 흔히 조울증이라고 부르는 양극성기분장애.
** Roald Amundsen(1872~1928). 1911년에 역사상 처음으로 남극점에 도달한 노르웨이 탐험가. 여기에서 아문센이 양극성이라고 한 것은 그가 남극과 북

아문센이 북극에 간 것 같지는 않은데요.

맞아. 하지만 비행기로 그 위를 날기는 했어. 자네는 핵심으로 넘어가는 데 문제가 있는 것처럼 보이는군.

나는 둘이 친구라고 알고 있었을 뿐입니다. 그뿐입니다.

나하고 아문센이.

음. 아니요. 사실은 알고 있죠. 그러니까, 그애한테 친구가 많았다는 걸.

그래도, 결국 그 아이는 자기가 원하는 걸 얻지 못했어, 안 그런가. 나머지 우리와 아주 비슷하게.

그애가 원하던 게 뭐였죠?

왜 이래.

아니. 모르겠는데요.

사라지길 원했지. 아, 그건 정확한 말이 아니야. 애초에 여기에 있고 싶어하질 않았어. 애초에 없었기를 바랐지. 끝.

그애가 그런 이야기를 했나요?

그래.

그 말을 믿으셨고요.

그 아이가 말한 건 거의 믿었지. 자네는 안 그랬어?

내세를 믿으시나요?

극, 즉 양극을 다 갔다는 의미의 농담이다.

그렇게 물으면 그 아이는 말했지. 나는 현세도 믿지 않아요. 그렇지?

제프리는 가운 어딘가에서 작은 쌍안경 하나를 꺼내더니 몸을 기울이고 잔디밭을 살폈다.

세상은 적어도 반은 어둠으로 이루어져 있는 게 분명해, 그가 말했다. 우리는 그런 이야기를 했어.

그애가 보고 싶으세요?

뭐야, 너 또라이야?

저기에 뭐가 보입니까?

녹색 물방울무늬 도마뱀 몇 마리. 저기 숲에 아주 많지. 커다란 씨발놈들.

정말이요.

당연히 자네 같지는 않겠지. 하지만 그 아이가 보고 싶은 건 분명해. 누군들 안 그렇겠나? 나는 그 아이가 여기서는 안전할 거라 생각했어. 하지만 아니었지. 나한테 말을 했어야 했는데. 그럼 나도 함께 갔을 텐데.

정말 그러셨을까요?

심장이 한 번 뛰기도 전에.

하지만 그애가 말을 하지 않았군요.

안 했지. 그게 금지된 주제거나 그런 것도 아니었는데.

그애가 그 문제에 관해 이야기한 것 가운데 기억나시는 게 있나요?

모르겠어. 나는 그게 그 아이한테 그렇게 대단한 일이라고 생각해본 적이 없어. 그애가 한번은 세상이 자전한다고 해서 거기서 내리지 못한다는 뜻은 아니라고 말한 적이 있지. 저기 저 나무들 속에 올빼미가 한 마리 있어.

종류가 뭔데요?

모르겠어. 안 보여. 그냥 까마귀뿐이야. 나는 그 아이가 완벽한 사람이라고 생각했어. 거의 완벽한 사람.

나는 그애가 욕하는 게 마음에 들지 않았는데요.

그래? 나는 마음에 들었는데. 내가 또 뭐가 마음에 들었는지 알아?

아니요. 뭔데요?

그 아이가 누군가를 처음 만나는 걸 보는 거—잘난 척하는 녀석이면 더 좋고—그런 녀석들은 저기 서 있는 금발의 아이를 보고 있다가 말 그대로 몇 분 안에 목숨을 건지려고 헤엄을 치게 되거든. 그게 재미있었소.

자기를 찾아오곤 하던 작은 친구들 이야기도 한 적이 있나요?

그럼. 어떻게 그 친구들은 믿으면서 예수는 믿지 못하느냐고 내가 물은 적이 있지.

그랬더니 뭐랬나요?

자기는 예수는 본 적이 없다더군.

하지만 선생님은 보셨죠. 내 기억이 맞는다면.

그래.

예수가 어떻게 생겼던가요?

뭔가처럼 생기지는 않았어. 예수가 뭐처럼 보이느냐? 예수가 닮은 뭐는 없어.

그런데 어떻게 그게 예수인 줄 아셨어요?

지금 나 놀리는 건가? 예수를 봤는데 젠장 그게 누구인지 도대체 알 수가 없을 수도 있다고 정말로 생각하는 거야?

예수가 무슨 말을 했나요?

아니. 아무 말도 안 했어.

다시 본 적이 있나요?

아니.

하지만 예수에 대한 믿음은 잃은 적이 없죠?

없지. 그 히브리인은 낮게 해줘. 그거만 알면 돼. 토머스 베어풋이 했던 말을 인용해볼게. 그의 진리는 헛되이 그에게 돌아가지 않는다. 그가 하기를 원하는 일을 한다.* 그걸 한번 생각해보는 게 좋을 거야.

토머스 베어풋이 누군데요?

---

* 「이사야서」 55장 11절에 나오는 말과 비슷하다.

유죄 선고를 받은 살인자. 텍사스주가 처형해주기를 기다리고 있지. 어쨌든, 한번 예수를 보았으면 영원히 본 거야. 사건 종결.

영원히.

그렇지. 예수는 영원한 종류의 사나이야.

선생님이 세상에 관해 아는 것과 하느님에 관해 믿는 것 사이에 어떤 괴리가 보이지는 않나요?

나는 하느님에 관해 어떤 걸 믿는 게 아니야. 그냥 하느님을 믿는 거야. 위에 있는 별과 안에 있는 진리에 관한 칸트 말이 맞아. 불신자가 볼 마지막 빛은 흐려지는 해가 아니야. 흐려지는 하느님이야. 모든 사람이 기적을 볼 능력을 갖고 태어나. 안 보려면 선택을 해야 해. 자네는 하느님의 인내가 무한하다고 생각하나? 나는 우리가 아마 한계에 거의 도달했을 거라고 생각해. 우리가 여기 사는 동안 하느님이 엄지에 침을 묻히고 몸을 기울여 해의 나사를 풀어버리는 걸 보게 될 가능성이 크다고 생각해.

여기 얼마나 계셨어요?

십팔 년.

그는 고개를 돌려 웨스턴을 보았고 다시 고개를 돌려 구내를 살폈다. 그래, 나도 똑같은 생각을 해. 여기에서 내 엉덩이를 걷어차 내보내면 어찌될까? 옷가방을 들고 호주머니에는 이십 달러를 넣은 채 버스 정류장에 서 있으면. 그래서 너무 관심을 끌지 않는 게 좋아. 하지만 그래도 미친 걸로 통하긴 해야지. 꾀병으로는 안 돼.

약이 도움이 된다고 느끼세요?

젠장, 보비. 뭐에 도움이 돼? 이게 아주 가느다란 금 위를 걷고 있는 거야. 이 사람들이 내 엉덩이를 걷어차 없애버리고 싶어한다는 걸 알고 있다고. 나 때문에 이곳이 나빠 보이거든. 새 손님이 친족을 데리고 나타나면 나를 격려해봐. 게다가 나는 돈이 없어. 담배 같은 거 있어?

여기에서 담배를 피울 수 있는 줄은 몰랐는데요.

못 피우지. 건물 안에서는. 그건 불가능해.

없습니다. 아무것도. 죄송합니다.

됐어.

그는 가운을 여미고 창밖을 바라보았다.

내가 신경에 거슬리기 시작하셨군요.

아직은 아냐. 알려줄게, 걱정 마.

알겠습니다.

자네도 여기 입원할 수 있어 알겠지만. 나도 동무가 있으면 좋지. 그렇게 생각해. 자네 달리 할일도 없잖아.

친구들도 그런 제안을 하더군요. 생각해보겠습니다.

자네는 생각해보지 않을 거야. 생각해본다 해도 도움이 되

지 않을 거고. 병동을 떠도는 이런 작은 이야기가 있어. 여기
에 메리 스퍼전이라는 여자가 있었지. 스물여덟 살이었어. 그
여자 생일에 있었던 일이야. 마지막 생일, 결국 그렇게 되었
지. 그래서 케이크와 그런 걸 놓고 작은 파티를 열어주고 누군
가 폴라로이드 카메라를 가져와 사진도 좀 찍고 메리와 얼리
샤 사진도 찍었어. 그런데 얼리샤가 사진을 보았을 때 메리의
눈에 하얀 점이 있었고 얼리샤는 그걸 자세히 보더니 몸을 돌
려 나가버리더라고.

얼리샤는 진료실로 가서 의사에게 메리한테 망막모세포종
이 있으니 눈을 제거해야 한다고 말하면서 사진을 보여줬어.
의사는 사진을 보더니 얼리샤와 함께 병동으로 왔고 메리의
눈을 보고는 구급차를 불러 메리를 데려갔는데 일주일 뒤 메
리는 한쪽 눈이 사라지고 거기에 커다란 반창고만 붙인 채 돌
아왔어.

안 그랬으면 죽었겠군요.

그렇지. 하지만 물론 미치광이들은 그걸 그런 식으로 보지
않았어. 얼리샤한테 대표단을 보내 왜 메리 스퍼전에게 그런
짓을 했느냐고 물었지. 왜 꼰질렀는지 알고 싶어한 거야. 그
사람들 표현이야. 네가 한 짓을 봐라, 그렇게 말했지.

메리 자신은 뭐라고 했나요?

메리 자신은 그 문제에 관해서는 입을 다물고 있었어. 그러

다 꼭두새벽에 복도 욕실에서 손목을 그어 죽어버렸네, 벽에 자기 피로 뭔 말인지 모를 시를 적어놓고.

그애한테는 아주 힘든 일이었겠군요. 저한테는 말한 적이 없습니다.

얼리샤가.

네.

그래, 뭐. 병동에서는 신문에 나지 않는 사건이 많이 일어나지.

그래서 자살을 한 거로군요.

메리가.

네.

누가 알겠어? 그 여자는 몇 년 동안 경계에서 살았으니까. 자살 감시를 받았어야 했는데 그러지 않았지. 자네 누이는 일주일 뒤에 떠났네.

왜 동생이 저한테 말하지 않았다고 생각하세요?

마음 한편에서는 미치광이들 말이 옳다고 생각했는지도 모르지.

그는 쌍안경을 내리고 관리된 구내를 살펴보았다. 대부분의 사람이 죽고 싶어한다고 생각하나?

아니요. 대부분은 너무 많죠. 어떻게 생각하세요?

모르겠네. 그냥 끝내버리고 싶을 때가 있다고 생각해. 죽을 필요가 없다 해도 죽는 쪽을 선택할 사람이 많을 거라 생각해.

그런 선택을 하시겠어요?

심장이 한 번 뛰기도 전에.

내가 그 차이를 이해하는지 잘 모르겠습니다.

물론 이해하지.

또?

왜? 또 뭐가 있나?

늘 또 뭐가 있죠.

알았네.

알았다고요?

그럼.

제프리는 풍경을 살폈다. 이건 꿈 얘기야. 이 남자는 골동품 위조범이었지. 남자는 서류를 팔면서 돌아다녔어. 서류를 준비하기 위한 도구도. 구세계의 인물이야. 거무스름한 정장, 약간 입고 돌아다닌 태가 나는 거. 아직 이국적인 냄새가 달라붙어 있는 닳아빠진 형식적 태도. 남자의 서류 가방은 이교도의 살가죽으로 만들었고 거기에 서류 만드는 데 필요한 온갖 것을 넣고 다닌다는 소문이 있었어. 양피지와 프랑스 피지와 각각에 어울리는 워터마크가 있는 시대별 종이. 시대별 인장과 리본과 국가의 서명과 온갖 출처의 펜촉과 더불어 허리띠에 매달린 가느다란 병에 담긴, 유기체로 만든 잉크들. 아마 자네도 그 남자를 상상할 수 있을 거야.

별로 자신 없는데요.

괜찮아. 이 남자 때문에 나는 미소를 지어, 사실. 그건 중요하지 않지. 이 남자의 업무가 없다면 세상은 어떻게 보일까. 우리 선택지는 제한될 거야. 더 흥미로운 것은 이 남자의 고객이야.

누가 고객이죠?

역사가 고객이지.

역사는 어떤 실체가 아닌데.

말 잘했어. 문제가 있기는 하지만. 역사는 종이를 모은 거야. 몇 가지 희미해지는 회상들. 시간이 좀 지나면 쓰이지 않은 것은 일어나지도 않은 게 돼.

그러면 쓰인 것의 많은 부분은요?

그래. 그게 당면한 주제지.

쓰는 비용은 누가 대나요?

자네가 대지.

내가 댄다.

그래. 그리고 모든 역사의 수정은 부$_{富}$의 수정이야. 따라서 쓰레기장에 살고 있지 않는 한 기여하게 돼.

나는 쓰레기장에 살고 있습니다.

그렇게 말한다면야.

그 모든 게 꿈속에서.

안 될 게 있어?

이런 꿈을 그애한테 이야기한 적이 있나요?

그럴 필요 없었지.

왜요?

그 아이의 꿈이었으니까.

하지만 선생님은 그걸 이해하셨고요.

이거 왜 이래.

역사의 핵심은 돈인가요?

돈이 없으면 역사도 없다. 그건 어때?

모르겠네요. 수상쩍어요. 잘 봐줘도.

소문, 들은 말. 거짓말. 만일 삶의 존엄이 펜을 한 번 휘두르는 것으로 소멸될 수 없다고 생각한다면 자네는 다시 생각해보는 게 좋을 거야.

그게 그애 생각이었나요?

아니. 그건 내 생각이야.

그애가 분명히 그 사람에 관해 무슨 말을 했을 텐데요. 말씀하신 그 행상인.

그게 어떤 얘기였을지 알잖아.

아니. 모릅니다.

모든 물리적 역사는 결국 키메라라는 것이 드러나지. 그 아이는 고대 건물의 돌에 두 손을 얹는다 해도 그 건물보다 먼저 사라진 세계가 한때 우리가 지금 서 있는 것과 똑같은 현실이었다고는 정말이지 절대 믿을 수 없을 거라고 했어. 역사는 믿음이야.

이야기의 요점을 제가 잘 파악하지 못하는 것 같은데요. 다른 꿈들은 뭐였습니까?

꿈 꿈. 도대체 어떤 절망에 빠졌기에 미치광이 수용소로 달려와 미친 사람한테 그들의 관점에 관해 묻게 되는 걸까?

좋은 질문입니다.

자네 위스콘신 카드 분류 검사 알아?

알고 있습니다.

조현들은 그걸 못하기로 유명하지. 그 검사는 분석 도구야. 그 아이는 그거에 명수였네.

의사들은 그걸 어떻게 받아들였나요?

검사를 더 했지.

검사를 더.

물론이지.

그게 의사들이 하는 일이로군요.

그게 의사들이 하는 일이지. 그 아이는 스탠퍼드-비네*에서 팔 점을 맞은 적이 있어.

_____

* 지능검사의 한 종류.

팔 점이요?

그래.

그렇군요.

다시 검사했더니 오 점이 나왔어. 대체로 빵덩어리의 IQ라 할 수 있는 수준이었지. 하지만 그 아이는 검사를 그만두더군.

당연하죠. 그 사람들의 검사는 더 받으려 하지 않았을 겁니다. 검사 이름을 쿤스펠트*라고 바꾸면 받겠다고 했을 것 같네요. 그들이 그애가 반유대주의자인지 알고 싶어했군요.

아니면 반흑인이거나?

아니면.

그는 쌍안경을 내리고 웨스턴을 보았다. 이 사람들은 논문을 쓰고 있었어. 그놈들이 뭘 하려고 했는지 씨발 누가 알겠어.

여길 떠날 수 있다면 어디로 가실 겁니까?

모르겠어. 물론 내가 여기를 떠나고 싶어하게 될지도 모르겠고. 완벽과는 거리가 먼 곳이지. 하지만 있는 게 이거뿐이야. 왜? 길을 떠나고 싶어?

이미 길을 떠났습니다.

그래. 음, 나를 데려가고 싶진 않을 거야. 나는 엉뚱한 쪽으로 관심을 끄니까.

---

* Coonsfeldt. 흑인에 대한 멸칭인 coon과 유대인 성에 흔히 붙는 어미인 feldt를 합친 말.

당국에서 선생님을 수배중인가요?

모르겠어. 그래. 어쩌면. 하지만 내가 또라이 집합소에 있는 한 저쪽도 씨발 나를 어쩔 수가 없지. 그러니 잘된 거잖아.

아니면 잘못되었거나.

아니면 잘못되었거나. 하지만 재미있을지도 모르겠군. 나는 말할 사람이 아무도 없는데.

이미 말씀하셨죠. 어쨌든, 그 기분 압니다.

자네도 이미 말했지.

한번은 내가 자살 충동에 휩싸였을 때 자기 자신에게 하는 욕설을 버티고 살아남은 사람에게는 하늘의 배려가 있다고 그 아이가 말하더군. 그 말이 무슨 뜻인지 알 것 같아. 하지만 그 아이가 자기 조언을 따르지 않았다면 그 말을 얼마나 진지하게 받아들여야 할까?

모르겠습니다.

인간이 지닌 자비의 목적이 약자를 보호하는 게 아니라— 어차피 그건 매우 반다윈주의적으로 보이니—미친 사람을 보존하려는 거라면? 그런 사람들은 대부분의 원시사회에서 특별 대우를 받지 않나?

아마도요.

자네 친구 프레이저*는 뭐라고 해?

나는 그렇게 생각합니다. 개인적인 진술로서.

누구를 없애느냐 하는 문제에서는 신중해야 한다. 우리의 이해 가운데 어떤 부분은 자신을 지탱할 수 없는 그릇에 담겨 올 수도 있으니까. 어떻게 생각해? 그런 생각을 하려면 미쳐야만 할 것 같기도 하지만.

또요.

그 아이는 여성성에는 남자들에게 익숙한 그 어떤 것보다도 훨씬 혹독한 의무들이 암호화되어 있다고 말했지.

그게 사실이라고 생각하세요?

모르겠어. 그 아이가 한 말이니 생각해볼 수밖에 없지. 자네가 뭔가 말해봐.

그애에 관해서요.

그래.

그애가 열여섯일 때 내가 차를 한 대 주었습니다. 투손에서 있었던 일이죠. 몇 주 뒤 그애는 짐을 싸더니 투손에서 시카고까지 차를 몰고 갔어요. 쉬지 않고. 빠른 차였는데 그애는 그걸 그렇게 몰았죠. 그 먼 거리를 쉬지도 않고 몰았습니다. 자기 머리카락을 창문에 끼워놓고 달렸어요. 졸면 당겨져서 놀라 깨도록.

전형적인 조현이로군.

---

* James George Frazer(1854~1941). 영국의 민속학자이자 인류학자.

머리카락을 창문에 끼운 거요?

아니. 쉬지 않고 간 거. 어떤 차였는데?

차에 관해 아세요?

아니.

도지였습니다. 마력을 올린 헤미. 아주 빨랐죠. 주유소를 제외한 모든 걸 추월했을 겁니다.*

자네는 그 아이가 자살하기를 바랐던 거야?

아니요. 나는 그애가 자유롭기를 바랐습니다.

그게 자유라고 생각해?

아닐지도 모르죠. 하지만 빠른 차와 트인 도로는 다른 곳에서나 다른 방법으로는 복제하기 힘든 감각을 선사할 수 있습니다.

뭐 좀 물어볼게.

물어보십쇼.

살면서 자네 인생을 미리 짐작할 수 있었나?

거의 단 하루도 못했다고 할 수 있죠.

하지만 나한테는 묻지 않겠지, 응?

알겠습니다. 선생님은요?

아니. 물론 못했지. 거기에 우리가 조금이라도 발언권이 있

---

* 빠르지만 연료는 많이 먹는다는 뜻.

다고 생각해?

그 질문에는 답할 길이 없네요. 내 친구 존은 일이 상당히 잘 풀리면 다 자기가 한 거고 아니면 모두 운이 나쁜 거라 주장합니다.

그래. 내 경험으로는 어딘가에 도달하려 하면 막상 간 곳은 거기가 아닐 가능성이 커.

가야겠습니다.

그래. 자네 괜찮아?

아니요. 선생님은요?

아니. 하지만 우리는 기대를 낮추고 있지. 그게 도움이 돼.

내가 선생님을 다시 뵐 수 있을 거라 생각하시나요.

그럴 수도 있지. 모르는 일이야.

선생님은 아실 것 같은데요.

몸조심해, 보비.

선생님도요.

그가 접수대 여자에게 고맙다고 인사하고 몸을 돌려 나가려는데 그녀가 말을 걸었다.

미스터 웨스턴?

네.

여기 물건이 좀 있어요. 여동생 물건. 가지고 내려오라고 했어요. 이거 가져가시겠어요?

그는 복도 아래 문 쪽을 보며 서 있었다.

미스터 웨스턴?

모르겠습니다. 동생 물건이요?

여자는 바닥에서 상자를 들더니 접수대에 놓았다. 그냥 옷인 것 같아요. 서류 몇 장하고. 원치 않으면 가져가지 않으셔도 돼요. 굿윌*에 보내면 되니까. 하지만 수표도 드려야 하는데.

수표요.

네. 동생분 계좌 잔액이에요. 또 미스터 웨스턴에게 드리라고 맡긴 봉투도 있어요.

나한테 주라고요.

네.

누가요?

모르겠어요. 어떤 여자분이 맡겼어요.

그는 봉투 두 개를 받아 살펴보았다. 하나에는 세인트필립 스트리트에 있는 그의 아파트 주소와 그의 이름이 적혀 있었다.

이 안에 있는 게 뭔가요?

목걸이하고 반지 같아요. 어쩌면 결혼반지. 아마 동생분 것이었던 듯해요. 뉴올리언스로 미스터 웨스턴한테 보냈는데 반송됐어요. 한동안 여기 있었죠.

---

* 물건을 기부받아 판매하는 비영리단체.

그런데 어떤 여자가 이걸 여기 맡겼고요.

네.

그 여자가 이게 동생 거라는 걸 어떻게 알았을까요?

모르겠어요. 자기 남편이 발견했다고 하더군요. 그 여자분은 이름을 남기지 않았어요. 이 상자를 열어보고 싶으세요?

괜찮습니다.

가져가고 싶으세요?

네. 그러죠.

그녀는 상자를 건네주었고 그는 봉투 두 개를 뒷주머니에 넣고 상자를 받았다.

감사합니다.

아쉽네요, 여자가 말했다. 내가 동생분을 몰랐다는 게 아쉬워요.

웨스턴은 무슨 말을 해야 할지 몰랐다. 그냥 고개를 끄덕이고 상자를 겨드랑이에 끼고 복도를 따라 내려가 문밖으로 나갔다.

그는 트럭에 앉아 상자를 옆자리에 놓았다. 테이프로 봉해져 있고 검은 마커로 동생의 이름이 적혀 있었다. 그는 손에 봉투 두 개를 쥐고 있었다. 봉투를 보았다. 안에 반지가 든 봉투에는 로버트 웨스턴이라고 적혀 있었다. 다른 봉투를 열고 수표를 보았다. 이만삼천 달러.

그는 창밖을 보았다. 음, 그가 내뱉었다.

그는 수표를 도로 봉투에 넣고 앉은 채 주차장 너머 나무들을 내다보았다. 그녀가 눈 속에서 숲으로 걸어나가는 모습을 떠올렸고 그러자 그녀 생각을 멈출 수가 없어 주먹으로 이마를 누르고 눈을 감았다. 한참 후 그는 손을 뻗어 글러브박스를 열고 안에 수표 봉투를 넣고 글러브박스를 닫았다. 그는 다른 봉투를 보며 앉아 있었다. 누가 반지가 있는 부분을 엄지로 누른 듯 종이 위에 반지 모양의 자국이 남아 있었다. 그는 이로 귀퉁이를 찢어 봉투를 열고 기울였다. 반지와 목걸이가 손바닥에 떨어졌다. 그는 앉아서 그것을 바라보다 천천히 손바닥을 오므렸다. 오 베이비, 그가 작은 소리로 말했다.

*

그는 뉴올리언스에 도착하자 YMCA에 투숙하고 복도의 전화로 클라인에게 전화했다.

어디요?

Y에 있습니다.

내가 한 시간쯤 뒤에 들러서 태워가면 어떻겠소.

다섯시쯤.

좋소.

그때 뵙겠습니다.

그들은 클라인의 테이블에 앉아 사제락*을 주문했다. 웨이
터는 웨스턴을 미스터 웨스턴이라고 불렀다. 건배, 클라인이
말했다.

건배.

목요일 저녁 다섯시 반이었고 레스토랑은 거의 비어 있었
다. 저 사람이 마르셀로요, 클라인이 말하며 턱을 치켜들었다.
일찍 먹는 걸 좋아하지.

같이 있는 사람은 누구죠?

모르겠소. 댁은 물을 마시지 않는군.

많이 안 마십니다. 아마 좋은 생각은 아니겠죠.

아마. 동생은 위스콘신에서 뭘 하고 있었소?

요양원에 있었습니다.

왜 위스콘신에서?

로즈메리 케네디를 가두었던 곳에 들어가려고 했어요.

그쪽에서 그냥 받아줄 거라고 생각한 거요?

네. 물론 받아주지 않았죠. 결국 어떤 수녀회에서 운영하던
곳으로 가게 됐습니다.

---

* 코냑이나 라이위스키를 기반으로 한 칵테일로 뉴올리언스에서 처음 만들어
졌다.

그 주州가 미치광이 수용소 소굴이오?

아마 모두 받아주기에는 부족할걸요.

댁의 집안이 케네디가와 무슨 관련이 있는 건 아니었겠지.

아닙니다.

60년대 초에 시카고에서 보비*와 일을 한 적이 있소. 잠깐이지만. 우리는 에드 힉스라는 사람과 일을 했는데 그는 시카고 택시 기사들을 위해 자유선거를 얻어내려 하고 있었소. 케네디는 기본적으로 도덕주의자였지. 그는 오래지 않아 놀랄 만큼 많은 적을 두게 되었고 그들이 누구이고 뭘 하려는지 알고 있다는 걸 자랑스러워했소. 사실은 몰랐지, 당연하지만. 이 년쯤 뒤 그 사람 형**이 총에 맞았을 무렵 그 형제는 전혀 정리되지 않고 계속 이어지는 음모와 계획의 수렁에 빠져 있었소. 그 목록 맨 위에는 카스트로***를 죽이는 게 있었고 그게 안 되면 실제로 쿠바에 쳐들어가는 게 있었지. 최종적으로 그런 일이 일어나지야 않았겠지만 그게 그들이 빠져들었던 모든 곤경의 전조 같은 거였소. 케네디가 자기가 죽어가는 걸 알고 나서 안도감에 미소를 짓지 않은 순간이 있기나 했을지 늘 궁금했소.

---

* 로버트 케네디(Robert Kennedy, 1925~1968)를 가리킨다.
** 존 F. 케네디 대통령(John F. Kennedy, 1917~1963)을 가리킨다.
*** 쿠바혁명의 지도자이자 이후 쿠바의 통치자였던 피델 카스트로(Fidel Castro, 1926~2016)를 가리킨다.

케네디 노친네가 뇌졸중에 걸린 뒤 케네디 형제는 어떤 이유에서인지 마피아를 잡으러 가도 문제가 없을 거라고 느꼈소. 노친네가 그들과 오랫동안 유지하던 거래를 무시하고. 그 사람들이 무슨 생각을 하고 있었는지는 전혀 몰라. 잭*은 줄곧 샘 지안카나**의 여자친구와 붙어먹고 있었소―주디스 캠벨이라는 여자였지. 물론 공평하게 말하자면―예스러운 표현이지만―잭이 그 여자를 먼저 봤다고 생각하오. 아니면 그의 포주 가운데 한 명이 먼저 봤거나. 시나트라***라는 이름의 어떤 남자. 케네디 가문에 관해 무슨 이야기를 할 수 있겠소? 그들 같은 사람은 없소. 내 친구 하나가 마서스비니어드****에서 열린 하우스 파티에 간 적이 있는데 집에 도착하니 테드 케네디*****가 문간에서 사람들을 맞이하고 있었소. 밝은 노란색 점프슈트 차림으로 술에 취해 있었지. 내 친구가 말했소. 복장 한번 대단합니다, 상원의원님. 그러자 케네디는 말했소, 그렇지, 하지만 나는 이래도 되거든. 내 친구는―워싱턴의 변호사였는

* 존 F. 케네디 대통령을 가리킨다.
** Sam Giancana(1908~1975). 20세기 미국 마피아의 거물로 케네디의 대통령 선거를 도왔다는 소문이 있었다.
*** 가수 프랭크 시나트라(Frank Sinatra, 1915~1998)를 가리키는 것으로 보인다.
**** 매사추세츠주의 고급 휴양지. 케네디 가문의 뿌리가 매사추세츠다.
***** 존 F. 케네디의 막냇동생이자 미국 상원의원을 지낸 에드워드 케네디(Edward Kennedy, 1932~2009)를 가리킨다.

데─그전까지는 케네디 집안을 절대 이해할 수 없었다고 하더군. 당혹스럽다는 거였소. 하지만 그 말을 듣는 순간 눈에서 비늘이 떨어졌다고 합디다. 그 친구는 그 말이 아마도 그 가문의 문장紋章에 새겨져 있을 거라고 생각했소. 그걸 라틴어로 뭐라고 하는지는 몰라도. 어쨌든, 나는 늘 왜 어디에도 메리 조 코페크니의 기념물이 없는지 도무지 이해할 수가 없었소. 테드가 차를 몰다 다리에서 떨어진 뒤에 차 안에 버려두는 바람에 익사한 여자애 말이오. 그 아이의 희생이 없었다면 그 미치광이가 미합중국 대통령이 되었을 거요. 그 집안은 보비만 빼고는 그저 사이코패스 패거리에 불과했다는 게 내 짐작이오. 아마 어떻게든 자기 집안을 정당화할 수 있었으면 하는 게 보비의 희망이었을 거요. 그게 불가능하다는 걸 틀림없이 알았겠지만. 그 집안 사업 전체의 자금을 댄 돈궤의 구리 돈 가운데 오염되지 않은 건 한 푼도 없었소. 하긴 그들 모두 죽었지. 대부분은 살해됐소. 아마도 셰익스피어라고는 할 수 없겠지. 나쁘지 않은 도스토옙스키 정도.

카스트로는 그 일과 상관이 없었죠.

그렇지. 결국 카스트로는 상관없다는 게 드러났소. 카스트로는 그 섬을 장악한 뒤 산토 트라피칸테*를 감옥에 처넣고 그

---

* Santo Trafficante(1914~1987). 쿠바에 가까운 플로리다에서 주로 활동한 미국 마피아의 거물.

를 인민의 적으로 총살하겠다고 말했소. 그러자 트라피칸테는 당연히 바로 말했지. 얼마면 되겠소? 액수는 소문마다 달라. 사천만. 이천만. 아마 천만에 가까웠을 거요. 하지만 트라피칸테는 그 일에 기분이 좋지 않았소. 마피아에게는 바티스타*를 위해 카지노를 운영해온 긴 역사가 있거든. 카스트로는 그들을 더 잘 대접했어야 했소. 마피아를. 지금 살아 있는 게 다행이지. 이상한 일은 산토가 그뒤로도 팔 년인가 십 년 더 쿠바에서 카지노 세 개를 운영했다는 거요. 언어가 중요하오. 사람들은 트라피칸테의 첫번째 언어가 스페인어라는 걸 잊고 있소. 어쨌든, 그와 마르셀로는 마이애미에서 댈러스까지 남동부를 오랫동안 다스렸소. 그리고 이 사업의 순가치는 어마어마했지. 정점에 올라갔을 때는 일 년에 이십억 이상이었으니까. 보비 케네디는 잭이 좋다고 했으니까 마르셀로를 강제 추방했겠지만 어쨌든 이제는 이 일 전체가 완전히 뒤엉켜 풀 수 없는 지경에 이르렀소. CIA는 케네디 집안을 싫어해서 그 행정부와 완전히 관계를 끊으려 애를 썼지만, 그들이 케네디를 죽였다는 생각은 어리석은 거요. 만일 케네디가 약속한 대로 CIA를 박살내려 했다면 두 행정부쯤 일찍 시작해야 했을 거요. 그의 시대에는 너무 늦어버린 일이었지. CIA도 후버**를 싫

---

* Fulgencio Batista(1901~1973). 카스트로가 무너뜨린 정권의 수반.
** J. Edgar Hoover(1895~1972). 전 FBI 국장.

어했고 후버는 또 케네디 집안을 싫어했으니 사람들은 후버가
마피아와 동침했다고 가정했지만 진실은 마피아가 복장 도착
자인 후버의 파일을 끝도 없이 갖고 있었다는 거고—여자 속
옷을 입고 있는—그래서 그게 오랫동안 작동하던 멕시코식
무승부*가 된 거요. 물론 그 이상이 있지. 하지만 보비가 자기
형을—그는 형을 숭배했소—죽게 했다고 말한다면 그건 사실
에 가깝다고 말할 수밖에 없을 거요. CIA는 칼로스를 과테말
라 정글에 떨구어놓고 손을 흔들어 작별인사를 하며 날아가버
렸소. 그들이 무슨 생각을 하고 있었는지는 상상하기 어렵지.
그들은 그를 거기에 남겨두었고—그는 위조 여권을 갖고 있
었소—칼로스의 변호사가 마침내 나타나자 결국 그들 둘은
팔을 붙들려 엘살바도르의 정글로 끌려들어가 거기에서 둘이
서만 새 삶을 꾸려가게 되었소. 그 더위와 진흙과 모기 속에
서서. 양모 정장 차림으로. 결국 그들은 약 이십 마일을 걸어
마침내 어떤 마을에 도착했소. 그런데, 하느님을 찬양하라, 거
기 전화기가 있는 거요. 그는 뉴올리언스에 돌아가 처칠팜
스—그의 시골집이 있는 곳이오—에서 회의를 소집하고 보비
케네디를 두고 입에 거품을 물었소. 그는 방안에 있는 사람들
을 보며—내 생각에는 여덟 명이었던 것 같은데—말했소. 그

---

* 멕시코와 미국 국경지대를 무대로 한 서부극에서 나온 말.

조그만 새끼를 날려버리겠어. 그러자 아주 조용해졌소. 모두 그게 심각한 회의라는 걸 알고 있었소. 테이블에는 마실 게 물밖에 없었고. 마침내 누군가 말했소. 큰 새끼를 날려버리는 게 어떻습니까? 그래서 그렇게 된 거요.

잘 이해를 못하겠습니다.

만일 보비를 죽이면 정말 열이 받은 JFK*를 상대해야겠지. 하지만 JFK를 죽이면 그의 동생은 바로 미합중국 법무장관에서 실직한 변호사로 바뀌는 거고.

그걸 다 어떻게 아십니까?

바로 그거요. 케네디 집안의 문제는 시칠리아 사람들의 못말리는 전쟁 윤리를 이해할 길이 없었다는 거요. 케네디 집안은 아일랜드인이고 그들은 싸움은 말로 하는 거라고 생각했소. 이런 다른 방식이 존재한다는 것조차 사실 이해하지 못했지. 그들은 추상적인 개념을 이용해 정치 연설을 했소. 인민. 빈곤. 조국에게 뭘 해줄 것이냐고 묻지 말고 어쩌고저쩌고. 그들은 명예 같은 걸 진짜로 믿는 사람들이 여전히 살아 있다는 걸 이해하지 못했소. 그 주제에 관한 조 보나노**의 말을 들어보지도 못했소. 그래서 케네디의 책이 그렇게 터무니없는 거요. 물론 공평하게 말해서 그가 자기 책을 읽어보기라도 했는

---

* 존 F. 케네디를 가리킨다.
** Joseph Bonanno(1905~2002). 뉴욕을 중심으로 활동한 이탈리아계 마피아.

가 하는 문제가 있기는 하지만. 나는 치킨 그랜드를 먹겠소.

알겠습니다.

와인을 고르겠소?

좋죠.

웨스턴은 와인 메뉴를 기울여 펼쳤다. 그거 아주 혹하게 만드는 이야기라는 말은 해야겠군요. 하지만 내가 알고 싶은 건 그게 내 문제하고 무슨 상관이 있느냐 하는 것 같은데요?

이 나라가 댁의 문제니까.

그런가요?

아니오?

생각을 좀 해봐야겠네요.

흠. 아마 그것도 문제일 거요. 댁은 이미 환영받을 시간을 넘겨 머물고 있소. 하지만 여전히 결정을 내리지 못하고 있지.

내가 위험에 처했다고 생각하시는군요.

정말이지 댁은 지금 저 건너를 쳐다보고 있으면 안 된단 말이오 알다시피.

미안합니다. 그런데 겉보기에는 그리 매력적이지 않다고 말할 수밖에 없군요.

맞소. 오 피트 오 인치에 과체중. 하지만 얼마나 많은 사람이 자기가 목도하는 게 전부라고 여겼기 때문에 죽었는지는 말할 필요도 없지.

목도.

그렇소.

웨스턴은 몬테풀치아노*를 한 병 주문했다. 클라인은 고개를 끄덕였다. 좋은 선택이오. 얼마 전 내가 친구하고 이 테이블에 앉아 있을 때 칼로스가 다른 두 남자와 함께 저기 자기 테이블에 앉아 있었소. 경호원들은 아니었지. 그 사람들은 늘 모두를 볼 수 있는 입구 쪽에 앉거든. 한데 바로 저쪽에 여자 셋이 있었고 웨이터들이 그들에게 구세계식으로 공손하게 구는 게 느껴졌소. 특히 여자들 가운데 나이 많은 쪽에게. 마르셀로하고 친구들은 떠나다가 그 테이블에서 발을 멈추더니 칼로스가 허리를 굽혀 그 부인의 손을 잡고 이탈리아어로 무슨 말을 했고 이어 다른 두 남자도 똑같이 했소. 그들은 다른 두 여자에게는 관심도 두지 않았소. 어쨌든 마르셀로의 친구들은 고개를 약간 숙일 때 왼손을 심장에 갖다댔고 그들이 떠난 뒤 내 친구는 그게 시칠리아식인지 궁금해했소. 손을 심장에 얹는 것. 그래서 나는 그렇다고 했소. 사실 아주 시칠리아적인 거였지. 38구경이 여자의 수프로 미끄러져 떨어지지 않게 하려는 것이었으니까.

저 사람은 뭐를 주문하죠?

---

* 이탈리아 와인의 한 종류.

대개 파스타 요리인 것 같은데. 푸타네스카. 그는 랍스터를 좋아하오. 반드시 메뉴에 있는 걸 시키는 건 아니고.

저 사람이 감옥에 가게 되나요?

신의 개입이 없다면. 세 개의 주에서 뇌물 혐의로 기소되었소. 변호사 비용이 얼마나 될지 상상할 수도 없소.

웨스턴은 미소를 지었다. 선생님은 성격 증인*인가요?

그렇다고는 할 수 없지. 굳이 말하라면 그와는 좀 반대 방향이라고나 할까.

어떤 식으로요?

저 사람 변호사 이름이 잭 와서먼이오. 워싱턴의 이민 변호사지. 삼 년 전쯤 와서먼이 내 테이블로 오더니 자리에 앉았소. 호주머니에서 머니클립을 꺼내 백 달러 지폐를 세면서 테이블에 놓기 시작했소. 결국 백 달러짜리 서른두 장을 세서 섞더니 내 쪽으로 밀었소. 나한테 그러더군. 삼천이백 달러요. 액수에 특별한 이유는 없소. 댁이 그 액수의 수표를 써주면 좋겠소.

어떻게 하셨어요?

내 수표책을 꺼냈지.

이해를 못하겠습니다.

---

* 법정에서 원고나 피고의 성격, 인품 등에 관해 증언하는 사람.

만일 그 사람이 나에게서 수표를 받으면 그걸 내가 그를 변호사로 쓰고 있다는 증거로 이용할 수 있고 그렇게 되면 우리 사이에 변호사-의뢰인 특권이 생기지.

왜 선생님한테 그게 필요할 거라고 생각했을까요?

그런 생각은 하지 않았소. 그냥 우리한테는 그런 게 필요도 없을 거라는 확신이 없었을 뿐이오. 이런 사람들은 일을 우연에 맡기는 걸 좋아하지 않거든.

계약서나 그런 걸 쓰지 않아도 되는 건가요?

누구라도 계약서를 작성하면서 날짜를 당겨 적을 수가 있소. 하지만 수표는 은행에 가지. 나는 그 사람에게 수표를 써주고 현금을 플로리다의 은행에 넣었소. 음식이 나오는군.

그들은 말없이 먹었다. 클라인은 와인을 아껴 먹는 사람이었기 때문에 반병이 테이블에 남게 되었다. 그들은 커피를 주문했다.

그 술집에 들렀소?

아니요. 전화를 했습니다.

댁을 찾는 사람은 없고.

저쪽에서 이따금 확인하네요.

저쪽이 사라져줄 거라고 믿지는 않겠지, 내 바람이지만.

안 믿죠. 아마 안 믿는 것 같습니다. 저쪽에서는 내가 거기 없다는 걸 잘 알고 있습니다.

저쪽. 저쪽.

네.

댁은 어떤 일이 벌어질 거라고 생각하시오?

나한테요.

댁한테.

모르겠습니다.

음, 댁은 아마 암살당하지는 않을 거요.

안심이 되네요.

그냥 감옥에 갈 거요.

뭔가 도움되는 말씀을 해주시기를 계속 기다리고 있습니다.

나도 그럴 수 있으면 좋겠소.

신분 바꾸는 일을 몇 명이나 도와주셨습니까?

둘.

그 사람들은 지금 어디 있죠?

지금은 죽었소.

멋지군요.

나하고는 별 상관 없는 일이었소. 한 명은 친척이었고. 또하나는 약물 사용자로 과용을 했지. 아마 거물이었을걸. 그 사람들은 시간을 벌고 있었지만 시간은 벌기 힘들고 비싼 경향이 있소.

왜 그 사람들을 도와주었습니까?

가족. 늘 문제지.

안된 일이네요.

케네디 집안.

네. 선생님은 오즈월드가 JFK를 죽였다고 믿지 않는군요.

그건 믿음의 문제가 아니오.

탐정 수사의 문제였던가요? 아니면 내부 정보.

둘 다. 처음부터 시작하는 거요. 근본적인 사실부터. 이 경우에 가장 근본적인 사실은 오즈월드의 라이플 탄도요. 싸구려 조준경이 달린 싸구려 우편 주문 라이플. 오즈월드가 한 번이라도 그걸 조준했다는 증거조차 없소. 또는 그가 조준하는 방법을 알았다는 증거조차. 우리는 총알 한 발이 리무진을 완전히 벗어나 갓돌을 맞추었다는 걸 알고 있소. 그건 전선에 맞고 튕겨나간 거라고 하지. 물론 그것도 의심스럽소. 오즈월드가 총에 관해 조금이라도 알았다는 증거는 전혀 없소. 쏘는 법을 포함해서. 그는 사수 등급이었지만 사수란 뭐라도 맞출 때까지 나가 서 있게 한다는 뜻이오. 전문가 등급은 되어야 실제로 뭔가 의미가 있지.* 나는 조준경의 배율이 얼마였는지 모르오. 사. 육. 그건 중요하지 않아. 우리가 아는 건 그게 쓰레기였다는 거요. 라이플과 마찬가지로. 라이플은 6.5 만리허-카

* 미국 군대에는 사격에 사수(marksman), 명사수(sharpshooter), 전문가(expert) 세 등급이 있다.

르카노였소. 사람들은 심지어 총기 이름도 제대로 부를 줄 몰랐소. 카르카노는 제조사 이름이오. 만리허는 앞쪽 가드가 거의 총신 길이만큼 뻗어 있는 라이플 스타일이고. 아마도 손을 대는 걸 막으려는 거겠지. 따라서 그건 콜트 리볼버를 리볼버 콜트라고 부르는 것과 같소. 어쩌면 이탈리아어로는 그렇게 부를 수도 있을 거요, 나도 모르겠소. 그 저격 사건 이전에는 아무도 이 형편없는 장비에 관해 들어보지도 못했소. 이걸로 약 25구경 총알을 쏜다는 건 사실 아무런 의미도 없소. 군용 총알은 한동안 계속 작아졌소. 하지만 동시에 빨라지기도 했소. 그리고 빨라진다는 게 중요한 거요. 속도가 사람을 죽이는 거거든.

에너지는 질량에 비례해서 늘어나지만 속도에는 제곱에 비례해서 늘어나죠.

그렇지. 댁이 이런 걸 다 안다는 사실을 계속 잊어버리네. 카르카노는 총구 속도가 초속 이천 피트 이하요. 22구경 림파이어*를 손으로 조립해도 대체로 그 속도에 가깝게 나오지. 그렇다고 그렇게 하고 싶을 거란 뜻은 아니지만. 나는 부검 사진을 살펴봤소. 많은 사람이 그걸 봤지. 물론 그게 케네디라는데는 의심의 여지가 없었소. 얼굴이 분명하게 보이니까. 두개

---

* 탄피 바닥의 가장자리에 기폭약이 있는 탄약통. 보통 연습 사격 등에 사용되는 화력이 약한 탄약통이다.

골 뒤쪽이 전부 날아가고 소뇌가 부검대에 늘어져 있소. 반면 그림들은 달라요. 그림에서는 총알이 날린 두개골 부분을 더 위쪽으로 묘사하고 있소. 나는 사진 쪽이 맞는다고 생각하오. 저프루더 필름*의 프레임 313을 보면 피 구름과 뇌수가 케네디 부부를 반쯤 가리고 있는 걸 볼 수 있소. 그 물질은 오른쪽 위로 족히 몇 피트 거리까지 폭발하고 있소. 심지어 오토바이를 탄 경찰관 몇 명에게까지 튀었지. BB총**이 그렇게는 못하듯이 카르카노도 못하오. 그뒤의 프레임들은 재키가 뒷좌석에서 리무진 트렁크로 기어올라가고 경호원들이 뒤에서부터 트렁크로 기어올라가는 장면을 보여주고 있소. 그들은 서로를 향해 팔을 뻗고 있고. 하지만 실은 그게 아니오. 재키가 리무진의 트렁크 덮개에 툭 떨어진 남편의 뇌 한줌을 챙기려고 했다는 게 최종적인 이야기요. 아마도 그러고 있는 걸 거요. 그런 뒤에 뇌와 피로 덮인 채 죽은 남편 옆에 앉아 아마도 두 손 안에 그 뇌를 들고 있다가 파클랜드병원까지 가서 의사에게 그걸 주었다는 거지. 어쨌든 그 의사는 그렇게 증언하고 있소. 곤혹스러운 표정이군.

아주 이상한 이야기네요.

그렇지.

---

* 케네디 저격 현장에 있던 에이브러햄 저프루더가 암살 장면을 찍은 필름.
** 0.18인치 구경 공기총.

그 이야기가 진짜인가요?

아니.

요지가 뭡니까?

요지는 사람들이 그걸 믿는다는 거요. 요지는 어떤 사건에 감정이 많이 얽혀 있을수록 그 서술은 정확해질 가능성이 작아진다는 거요. 대통령 암살보다 극적인 사건들이 있기야 하겠지만 아주 많지는 않을 거라고 생각하오. 나도 물론 저프루더 필름을 보았소. 여러 번. 그건 십 년이 지나고 나서야 공개되었소. 이미 그때는 도무지 말이 되지 않는 방식으로 그걸 주물러놓았지. 나도 재키가 리무진의 트렁크 덮개로 기어나갔다는 건 알고 있었소. 하지만 이유는 전혀 몰랐지. 그래서 앉아서 그걸 지켜봤소. 똑같은 장면을 보여주는 다른 필름 세 개가 있었지만 리무진의 반대편에서 찍었기 때문에 재키의 손은 보이지 않소. 게다가 저프루더는 벨 앤드 하월*에 줌렌즈를 달았소. 재키가 리무진 트렁크 위에 얼마나 오래 있었다고 생각하오?

모르겠는데요.

이 점 팔 초요.

알겠습니다.

---

* 무비카메라의 제조사 이름.

재키는 차에서 뇌를 퍼올릴 수 없었소. 재키는 밖으로 기어나가 뭔가를 움켜쥐고 몸을 돌려 다시 돌아왔소. 재키가 아무것도 퍼올리지 않았다는 걸 확인할 수 있지. 심지어 자기 손에 있는 걸 보지도 않소. 재키는 자기가 가지러 간 것을 손에 쥔 뒤 서둘러 돌아오려고 할 때 실제로 같은 손을 아래로 뻗어 손바닥 아래쪽으로 자기 몸을 지탱하고 왼쪽으로 몸을 밀면서 자리로 돌아오고 있소. 필름에 다 나오는 거요. 직접 볼 수 있소. 재키가 손에 쥔 것은 남편의 두개골 조각이오. 적어도 한 목격자는 실제로 그게 리무진 트렁크 덮개에 놓인 채 약간 흔들리고 있는 걸 봤다고 증언했소. 찻잔처럼. 재키는 남편 위로 몸을 숙이고 있었소. 남편은 이미 총을 맞았지. 다음 총알이 그의 머리를 관통했을 때 재키의 얼굴은 육 인치쯤 떨어져 있었소. 정말 특별한 것은 그다음 일이오. 남편의 머리가 얼굴 앞에서 폭발하고 나서 일 초도 되지 않아 재키는 리무진 트렁크에서 흔들리는 두개골 조각을 잡으려고 몸을 돌리고 있소. 재키가 무슨 생각을 하고 있는지 다들 알 거요. 또는 알아야만 하오. 재키는 남편을 다시 제대로 되돌려놓으려면 모든 조각을 다 갖고 있어야 한다고 생각하고 있는 거요.

훨씬 더 괴상한 얘기군요.

그렇지는 않소. 그 작자가 이 여자에게 준 그 모든 고통에도 불구하고 이 여자의 사랑과 이 여자의 헌신을 보여주는 난공

불락의 증거가 있다면 이게 바로 그거요. 논란의 여지가 없소. 나는 재키가 정말 놀라운 여자라고 생각하오.

그 작자는 이 여자를 얻을 자격이 없었군요.

리무진 운전석 쪽에서 찍은 필름을 보면 재키는 트렁크 덮개의 맨 뒤까지 몸을 뻗은 것처럼 보이지만 저프루더 필름은 재키가 집어드는 게 여전히 뒤에서 일 피트쯤 떨어져 있다는 걸 보여주지. 재키가 즉각 행동에 나선 건 트렁크 덮개에 있는 남편의 두개골 조각이 당장이라도 거리로 미끄러져 떨어져 차에 깔려 부서질 거라고 생각했기 때문이오.

웨스턴은 가만히 앉아 있었다. 잠시 후 클라인을 쳐다보았다. 선생님 인생에는 여자가 없죠.

없소.

왜요?

긴 이야기요.

하지만 여자들을 좋아하시잖아요.

여자들을 사랑하지.

웨스턴은 고개를 끄덕였다.

케네디는 고성능 사냥 라이플에 죽었소. 30구경 06일 가능성이 크지만 더 강력한 270구경 윈체스터 같은 거였을 수도 있소. 아니면 심지어 홀랜드 앤드 홀랜드 300구경 매그넘. 하지만 어쨌든 카르카노보다 총구 속도가 두 배에 에너지는 몇

배나 되는 것이오. 이미 지적했지만. 심지어 223구경이었을 수도 있소―이건 NATO 총알*이오. 그 총알은 끝이 비어 있었소. 이른바 부서지는 총알**이었지. 그거라면 거의 완전히 해체되었을 거요. 오즈월드가 쏜 총알은 껍질이 견고했소. 찾아낸 총알은 거의 변형도 되지 않았지. 그 사실 하나만으로도 알아야 할 모든 걸 알 수 있소. 대통령의 머리는 말 그대로 폭발했소. 이건 물론 총알이 원인이 아니라 총알의 충격파가 원인이었지. 케네디의 남은 뇌는 현미경으로 보았을 때 납 조각들로 인해 충격을 받은 상태였소. 그럼에도 저들은 다시 생각해보지 않았지. 그 사람들은 결국 실제로 탄약통을 총알이라고 부르는*** 탄도 전문가들일 뿐이니까. 부서지는 총알은 작은 납 조각 외에는 흔적을 남기지 않기 때문에 발견된 유일한 총알은 오즈월드의 라이플에서 나온 것뿐이었소. 하지만 이른바 탄도 전문가들은 이걸 어떻게 받아들여야 할지 도무지 알 수가 없었지.

알겠습니다.

증인들은 모두 '나라를 위하여' 증언을 바꿀 것을 요청받았

---

* 북대서양조약기구(North Atlantic Treaty Organization)에서 표준으로 정한 규격의 총알.
** 총알 끝에 구멍이 뚫려 있어 목표물에 닿으면 팽창하며 더 큰 피해를 준다.
*** 엄밀하게 말하면 총알은 탄약통(총알＋화약＋탄피＋뇌관)의 일부다.

소.

그렇군요. 왜죠?

그저 대통령을 쏘는 게 당시에는 연방 관할 범죄가 아니었기 때문인 것처럼 보이기도 하오. 하지만 두 명 이상이 그런 음모를 꾸미는 건 연방 관할 범죄요. 누군가는 그걸 알아야만 했소. 그랬다면 암살 사건은 미합중국 법무장관의 무릎에 떨어졌을 거요.

보비 케네디.

그렇지. 하지만 그 말도 사실은 설득력이 없소. 진짜 문제는 그 형제들이 처리하려고 달려들고 있던 골치 아픈 똥덩어리들이었소. 호파*부터 지안카나에 카스트로까지. 암살을 실제로 조사하면 그 모든 게 드러나게 되었겠지. 그래서 우리는 대신 '워런 보고서'**를 갖게 되었소. 미합중국 정부는 러시아가 증인들의 증언을 토대로 우리에게 핵 공격을 감행할지 말지를 결정하게 될 거라고 모두를, 그 모든 목격자를 설득해서 결국 자신이 보거나 들은 것에 대한 증언을 거의 대부분 철회하게 했지. 케네디의 죽음과 관련하여 지하실에 던져넣은 문건이 말 그대로 수백만 페이지요. 그걸 언제쯤 보게 될까? 치명적인

---

* James Riddle Hoffa(1913~1975). 미국의 노동운동 지도자.
** 케네디 암살을 조사하기 위한 위원회로 얼 워런이 위원장이었으며, 조사 결과 오즈월드의 단독 범행으로 결론을 내린 '워런 보고서'를 내놓는다.

총알은 리무진 앞에서 발사되었을 수도 있소. 물론 '워런 보고서'와는 반대되는 이야기지만. 거기에 건물들이 있는데도 이미 교과서 보관소*와 라이플과 탄피가 있었기 때문에 거긴 누구 하나 들여다보려 하지도 않았소. 그리고 진짜 명사수라면 터무니없는 거리에서 쏘았을 수도 있소. 해병대 저격병은 일 마일에 이르는 거리에서도 사살이 가능하오. 여기에서는 적용되는 방정식이 달라지지. 날아가는 거리가 소구경 총알의 속도를 의미 없게 만드니까 마침내 더 무거운 총알의 에너지와 충격이 소구경이 가진 속도상의 이점을 대신하게 되는 거야. 그래서 장거리 저격병이 종종 50구경을 더 좋아하는 거요. 아무리 느려진다 해도 여전히 날아가는 벽돌 조각과 흡사하거든.

케네디가 50구경에 맞았다고 생각하시는 건가요?

아니. 게다가 나는 먼 거리에서 맞았다고 생각하지도 않는 쪽이오. 저격수가 멀리 자리를 잡고 있을수록—그가 차 앞쪽에 있었다면—앞유리가 총알의 방패 역할을 하게 될 가능성이 커지지. 어쨌든, 오즈월드 말로는 자기가 덤터기를 쓴 것은 어쩌다보니 혼자 배회하다 버스를 타고 영화관에 가게 되었기 때문이라는 거였소. 나는 그 영화관이 만약에 대비해 지정된 만남의 장소라고 생각하오. 절대 오지 않는 차를 기다리는 곳.

---

* 텍사스 교과서 보관소. 오즈월드가 근무했던 곳이자 케네디를 저격했다고 알려진 장소다.

그런데 차가 오지 않았다면 뭐가 오고 있었을까? 그래서 경찰관 티핏을 쏜 거요. 그렇지 않으면 그게 설명되지 않소. 어떻게 하더라도 설명되지 않는 일일 수도 있지만. 하지만 그전에 오즈월드는 그 망할 놈의 라이플 망원 조준경으로 그에게는 특별한 광경이었을 게 틀림없는 어떤 걸 보았소. 세번째로 방아쇠를 당기려던 참에 폭발하는 대통령의 머리. 자기가 덤터기를 쓴 게 아닌데 썼다고 말하는 사람의 예를 한번 들어보시오. 어쨌든, 누군가가 실제로 오즈월드 같은 얼간이와 현직 대통령을 암살하려고 공모했다는 생각 자체만으로도 우스꽝스럽소. 저들은 오즈월드가 케네디를 맞힐 거란 예상조차 하지 않았을 거요. 그건 그저 요행이었을 뿐이오.

총에 관해서는 어디에서 배웠습니까?

총에 관해 별로 아는 게 없었는데 이 암살에 관심을 갖게 되었소. 그때부터 모든 걸 배우는 데 대략 이틀이 걸리더군. 댁이라면 아마 하루면 될걸.

그런데 그 모든 걸 계획한 사람이 지금 우리하고 같이 저녁을 먹고 있는 거로군요. 왜 이런 사실을 아는 게 위험하지 않은 거죠?

거의 다 아는 비밀이거든. 적어도 일부 서클에서는.

일부 서클.

그렇소.

클라인은 잔을 비우더니 잔 받침에 내려놓았다.

준비됐소?

됐습니다.

주차장에서 클라인은 차문을 열려다 멈추었다. 그는 두 팔꿈치를 차 지붕에 기댔다. 몇 살이오?

서른일곱입니다.

그렇군. 나는 댁보다 열 살 위요. 댁이 언젠가 내가 댁의 입장이라면 어떻게 할 거냐고 물었고 나는 댁의 입장이 아니기 때문에 모르겠다는 취지로 이야기를 했던 것 같소. 하지만 정말로 댁이 처한 상황의 실제적인 문제들에 관해 생각해봤소? 나는 댁이 자신의 내면생활 방식 때문에 다른 것들을 고려하는 일은 어찌어찌 면제받을 수 있다고 믿는 것 같다는 느낌을 받소. 댁이 감옥에 갈 수도 있다는 걸 알고는 있소? 갈 거라는 걸, 사실대로 말하자면?

네.

댁은 일을 할 수 없소. 이 나라에서는. 댁한테는 친구가 없소. 내가 댁이라면 무엇이 나를 여기에 붙들어두고 있는지 궁금해할 거라는 게 내 생각이오. 아니면 왜 내가 신분을 바꾸는 문제를 좀 생각해보지 않는지. 만일 천팔백 달러가 없는 거라면 내가 꿔줄 수도 있소.

돈은 좀 있습니다.

음. 그렇다면 댁이 취하는 태도는 다소 멍청해 보이는걸.

클라인은 뒤로 물러서서 문을 열었다. 열려 있소. 그가 말했다. 여기는 차를 잠가둘 필요가 없는 드문 주차장이오.

아침에 드부시에게 전화를 걸었지만 받지 않았다. 술집에 전화하자 조시가 받았다. 그녀 말이 연방 애들이 두세 주에 한 번쯤 그를 확인하러 온다고 했다. 그녀는 저쪽을 그렇게 불렀다. 연방 애들.

그래서 뭐라고 했어?

사실대로 말했지. 가죽도 털도 본 적 없다고. 네 친구가 누구인지 알고 싶어했지만 내가 아는 한 너는 친구가 없다고 했어. 놀랄 일도 아니죠, 하고 말했어. 그놈보다 더한 개자식은 절대 신발 가죽을 발에 걸친 적이 없으니까.*

그냥 사실만 있는 그대로 말한 셈이군.

여기로 우편물이 몇 개 와 있어.

가지러 갈 사람을 보낼게.

그런데 씨발 너 도대체 무슨 짓을 한 거야?

모르겠어.

로지 말로는 네가 코스비에 간 것 같다는데.

---

* 역사상 존재한 적이 없다는 뜻.

그렇게 될 수도 있어. 고마워.

몸조심해.

그는 전화를 끊고 도심을 벗어나 나폴리언까지 올라갔다. 안에 들어가자 보먼이 바 안쪽에 있었다. 가게는 텅 비어 있었고 보먼은 현금 등록기에서 돈을 세고 있었다. 웨스턴은 그를 지켜보았다. 하나는 네가 갖고 하나는 하우스가 갖고.*

보먼이 고개를 들더니 바 뒤쪽 거울에 비친 그를 발견했다. 보비 보이, 그가 말했다. 엉덩이 걸쳐.

웨스턴은 바에 앉았다. 보먼은 현금 등록기를 닫고 다가왔다. 뭐 마실래?

클럽 소다.

알았어.

그는 몸을 돌리고 팔을 뻗어 잔을 뒤집은 뒤 얼음통에 집어넣어 얼음을 채운 다음 소다 꼭지 밑에 세워놓고 손잡이를 당겼다.

위쪽 세븐 시즈에 가서 너를 찾았어. 그랬더니 보비 누구? 하더라고.

그는 웨스턴 앞에 잔을 놓았다. 제발 걔들이 거기에서 네 엉덩이를 걷어차 쫓아냈다고 말해줘.

---

* 보통 도박에서 이긴 사람과 도박장이 딴 돈을 나눠 가질 때 쓰는 표현.

내 잔에 벌레가 있네.

보먼이 허리를 굽히고 눈을 가늘게 떴다. 그렇군. 죽은 거 같은데. 바닥까지 다 마시지는 마.

알겠어.

웨스턴은 잔을 옆으로 밀었다. 여기에는 얼마나 있었어?

두 주.

과부 여자는 어디 있고?

계속 나타나겠다고 위협하고 있어. 모르겠어, 보비. 나는 그 똥 같은 일을 두고 마음이 둘이야.

마음이 둘이라.

그래. 내가 가정의 행복을 누릴 만한 사람인지 잘 모르겠어.

아닐 수도 있겠지. 셰던은 언제 봤어?

장례식 후로는 못 봤어.

무슨 장례식?

셰던 장례식.

존이 죽었어?

죽은 것처럼 보였어. 관에 넣어놨더라고.

그게 언제야?

모르겠어. 아마 세 주 전쯤.

장례식에 갔어?

내가 그걸 빼먹었을 거라고 생각해? 너는 몰랐구나, 응.

몰랐어.

안됐어, 보비.

사람들 많이 왔어?

장례식에? 많이 왔고말고. 사람들한테 원하는 걸 주면 무리를 지어 몰려오기 마련이지. 그 모든 지겨운 녹스빌 사기꾼들. 대부분 존보다 상태가 그리 나아 보이지 않았어.

젠장.

미안, 보비. 네가 아는 줄 알았지.

그는 소다 잔을 들어 싱크대에 비우더니 얼음을 가득 담고 다시 소다를 채워 웨스턴 앞에 도로 갖다놓았다.

커머스 당구장에서 일하는 사람들 모두. 그 사람들이 전부 나타난 걸 보고 좀 놀랐어.

그저 진짜로 죽었는지 확인하고 싶었던 건지도 모르지.

나도 그런 생각을 했어.

전화 좀 여기 놔줘.

그래.

그는 전화를 가져와 바에 놓았고 웨스턴은 수화기를 들고 세븐 시즈 번호를 돌렸다. 재니스가 받았다.

나 보비야. 조시 말이 나한테 우편물이 몇 개 와 있다고 하던데. 해럴드 거기 있어? 음 해럴드한테 내 우편물을 나폴리언으로 가져오면 십 달러를 줄 거라고 말해줘.

그는 전화를 끊었다. 뭐 먹을 거 있어?

큰 냉장고에 빨간 콩하고 밥이 좀 있는 것 같은데.

얼마나 오래된 거야?

모르겠어. 지난여름에 거기 있었단 기억은 없는데.

그럼 그거 한 사발 줘.

알았어. 크래커도 줄까?

좋지. 필* 하나 줘. 그건 누구 신문이지?

네 거야.

셰던. 제기랄.

안됐어 보비.

그냥 제기랄이야.

빨간 콩과 밥을 먹고 맥주를 마시며 신문을 읽고 있을 때 해럴드가 숨을 헐떡이며 나타났다.

젠장, 해럴드. 뛰어올 필요 없었는데.

십 달러면 여기 아주 빨리 와야 한다고 생각했어.

뭘 가져왔어?

아무것도 아니야. 그냥 시어스 앤드 로벅**에서 온 광고지뿐이야.

---

* 맥주 상표.
** 미국의 백화점 체인.

지금 나한테 똥 같은 농담을 하는 거지.

그래. 자.

웨스턴은 우편물을 받고 그에게 십 달러를 주었다. 고마워,
해럴드.

언제든지 보비.

그는 봉투를 훑다가 두 달 전 테네시주 존슨시티에서 발송
된 셰던의 편지를 발견하고 귀퉁이를 이로 물어 뜯어냈다.

스콰이어에게,

이 편지는 존슨시티 참전용사 병원에서 보내는 건데 좋은
소식은 아니야. 말을 탄 자가 내 문에 백묵으로 표시를 한
것 같아서 이 편지가 너한테 닿았을 때면—닿는다는 가정
하에—나는 이 필멸의 똬리를 벗어버리는* 중일지도 몰라.
거기 딸린 콘덴서, 변압기, 축전기와 함께. C형 간염, 거기
에 거의 기능 부전인 간에서 오는 합병증과 더불어 나이, 알
코올, 오랜 세월에 걸쳐 복용한 장기적이고 잡다한 약물에
서 원인을 찾을 수 있는 다른 장기로의 다양한 침투. 다이크
스가 몇 번 나를 만나러 왔어. 믿기지 않겠지만 나를 면회하
러 올 때 차례를 기다리느라 줄을 설 필요는 전혀 없었어.

---

* 죽는다는 뜻으로, 『햄릿』에 나오는 표현이다.

그 녀석은 나도 아는 어떤 친구한테 내가 지하 세계의 아주 깊은 곳에 보내질 것이기 때문에 석면 블러드하운드*로도 나를 찾지 못할 거라고 말했어. 녀석은 자기가 글을 끄적이는 녹스빌 걸레**에 공들여 부고를 쓸 계획인 것 같아. 전에는 오직 진 화이트의 사냥개 한 마리를 위해서만 했던 일이지. 내 몸을 과학에 바칠까 생각했지만 그쪽에서도 물론 준다고 다 받는 게 아니야. 다이크스는 매장을 하려면 환경 영향 조사를 해야 한다는 의견을 공식적으로 밝혔어. 화장을 선택할 수 있다고 생각할지 모르지만 독성 물질이 스크러버***를 빠져나가 바람을 타고 예측할 수 없는 거리까지 퍼져서 개와 아이들에게 죽음과 질병의 드넓은 자취를 남길지도 몰라.

지인 몇 명이 이런 상황 전개에도 내가 침착한 것을 두고 뭐라 하는데 나는 왜 법석을 떠는지 진심으로 모르겠어. 어디든 우리가 내리는 곳이 늘 기차의 목적지였어. 나는 공부를 많이 했지만 배운 건 거의 없어. 그래도 최소한 친근한 얼굴 하나 정도는 합리적인 바람이라고 볼 수 있지 않을까.

---

* 블러드하운드는 사람을 찾거나 추적할 때 이용하는, 후각이 발달한 큰 개다. 석면은 불에 타지 않는 재질이므로 지옥 불을 염두에 둔 표현인 듯하다.
** 쓰레기 같은 신문.
*** 물이나 공기의 오염 물질을 정화하는 장치.

침대 옆에 내가 지옥에 가기를 빌지 않는 누군가가 있는 거. 시간이 더 있다 해도 아무것도 바뀌지 않을 거고 우리가 영원히 포기하겠다고 굳게 마음먹은 그것은 처음에 생각하던 그게 절대 아니라는 게 거의 확실해. 됐어. 나는 이 생이 특별히 살기 좋다거나 자비롭다고 생각한 적이 없고 왜 내가 여기 있는지 조금이라도 이해한 적이 없어. 내세가 있다면—없기를 정말 간절히 빌지만—노래는 하지 않기를 바랄 뿐이야. 담대하라, 스콰이어. 이건 초기 기독교인들의 지속적인 권고였는데* 적어도 이 점에서는 그들이 옳았어. 네 역사가 불필요하게 쓰라리다고 내가 늘 생각했다는 건 알았겠지. 고난은 인간 조건의 일부이고 견뎌야 해. 하지만 불행은 선택이야. 네 우정에 감사해. 이십 년 동안 비판의 말 한마디가 기억나지 않으니 이것만으로도 너에게 깊은 축복이 있기를. 우리가 만에 하나 다시 만난다면 그곳에 술 빠는 데 비슷한 게 있어서 내가 너한테 한잔 살 수 있기를 바라. 아마도 너한테 그 동네 구경을 시켜주겠지. 맞춤 가운을 입은 키가 크고 좀 건달기가 있는 녀석을 찾아오라고.

늘

존

---

* '담대하라'는 말은 신약에 여러 번 나온다.

IX

마지막 겨울에 키드는 이미 오랜 부재를 반복하고 있었다. 가끔 그녀는 잠에서 깨면서 누가 방금 방을 나갔다는 느낌을 받았지만 그냥 고요 속에 누워 있곤 했다. 잿빛 속에서 모든 게 천천히 형태를 잡아갔다. 한번은 꽃냄새.

그녀는 테네시로 갔고 이것이 그녀의 마지막 테네시 방문이된다. 그녀는 할머니에게 전화를 걸어 가겠다고 말했다. 그들은 몇 달 동안 이야기를 한 적이 없었기 때문에 긴 정적이 흘렀다.

그랜엘런?

그녀는 할머니가 울고 있다고 생각했다.

혹시 제가 가는 걸 바라지 않는 건가요. 그래도 괜찮아요.

당연히 오길 바라지. 얼마나 바라는지 말로 할 수가 없구나.

그녀는 코트도 없었다. 도착하기 전에 눈이 내렸고 그녀는 숲을 산책했다. 할머니 장화. 스웨터 몇 겹으로 몸을 감싸고 할머니 코트를 입었다.

괜찮아요, 그랜엘런. 저는 정말 추위 안 타요.

너는 그럴지도 모르지, 애야. 하지만 나는 춥단다.

눈송이가 아직도 간혹 떨어지고 있었다. 잿빛 하늘을 배경으로 잿빛이었다. 쓸쓸한 나무들 사이에 채석장의 커다란 돌 토막들. 그녀는 눈밭에 무릎을 꿇고 손으로 밧줄 같은 형태를 더듬으며 그것이 이른 추위 때 뱀이 잡혔던 자리일 수도 있겠다고 생각했다.

그녀는 채석장 안으로 걸어들어가 바위의 넓은 선반으로 내려서서 바위를 가로질러 웅덩이까지 갔다. 어두운 물을 덮은 피막 같은 맑은 얼음. 그녀는 두 팔을 내밀어 자신을 춤을 추다 얼어붙은 형체로 만든 다음 한쪽 장화로 얼음판을 디뎌보았다.

아침에 코를 훌쩍이는 소리에 잠이 깨 누비이불 속에서 살짝 내다보니 미스 비비언이 구석에 웅크리고 있었다. 그녀는 누비이불을 몸에 두른 채 일어나 앉았다. 무슨 일이에요? 그녀가 말했다.

늙은 여자는 코를 풀기 위해 모자에 달린 베일을 들어올렸다. 그녀는 스톨에 달린 머리가 벗어져가는 족제비들을 움켜쥔 채

더러운 손수건을 뭉쳐 코에 갖다대고 소녀를 보았다. 미안해, 그녀가 말했다.

무슨 일이에요?

나는 괜찮아.

왜 울고 계세요?

다 너무 슬퍼서.

뭐가 그렇게 슬퍼요?

모든 게.

모든 것 때문에 울고 계시는 거예요?

아기들 때문이야.

아기들이요?

그래. 그냥 너무 슬퍼.

그녀는 자기 몸 여기저기를 더듬어보다가 기다란 손잡이가 달린 안경을 꺼내 한쪽 눈에 대고 몸을 기울여 소녀를 살폈다. 그냥 다들 너무 불행해. 쇼핑센터에서도 울고 있었어.

아기들이요.

그래.

왜 울고 있었는데요?

우리는 모르지, 안 그래? 우리는 그냥 그게 만장일치라는 것만 알지.

행복한 아기는 없다는 게요?

맞아. 그런데도 다들 아주 열심히 노력하고 있어, 그 마음을
축복하소서.

어쩌면 뭐가 다가오는지 아는지도 모르죠.

늙은 여자는 다시 코를 풀고 고개를 저었다. 얼굴에서 가루가
된 떡칠 화장이 체로 거른 것처럼 떨어졌다. 무슨 영문인지 정말
모르겠어. 사람들은 그걸 자연스럽다고 생각하는 것 같거든. 그
게 슬프다고 생각하지 않니? 아무도 걱정하지 않는다는 게?

모르겠어요. 아기들이 늘 우나요?

아니. 나는 그애들이 아주 용감하다고 생각해. 다들 행복해지
고 싶어해.

소녀는 여자를 살폈다. 탄 것처럼 보이는 옷. 윤이 나는 짙은
자주색 낡은 원피스. 마치 바깥 햇빛 속에 놓아둔 뭔가처럼. 묘
지의 꽃들이 쌓인 모자. 사다리처럼 층이 진 양말.

괜찮으세요? 추워요?

괜찮아, 마이 디어. 그녀는 코를 쓰다듬고 어깨 위의 스톨을
매만지고 고개를 들었다. 어쩌면 네 말이 맞을지도 몰라. 뭐가
다가오는지 안다는 거. 아이들은 한마음인 것 같아. 그건 괴로운
일이야, 안 그래?

아기들이 세상을 보는 어떤 관점을 가질 수 있을지 잘 모르겠
어요.

늙은 여자는 고개를 끄덕였다. 알아. 우리처럼 중년에 다가가

는 사람들은 어린이에게 종종 끌린다고 생각해. 가슴 아픈 일은 예상하지 못하고, 물론.

중년에 다가간다고요?

그래. 예를 들어 나 같은 사람.

물론이죠. 무엇을 해줄 수 있다고 생각하세요? 아기들에게.

모르겠어. 다른 데로 관심을 돌리게 할 수는 있겠지. 잠시 동안은. 아기들은 세상에 오면서 자신의 절망도 함께 가져온다고 생각할 수밖에 없어. 그래도 자궁 안에서 운다고 상상하긴 어려워. 설사 그러고 싶다 해도.

타고난 집단적 불행을 공유한다는 게 적응의 측면에서 무슨 이점이 있는지 잘 모르겠어요.

늙은 여자는 마음을 가라앉히려고 애썼다. 그 말을 깊이 생각해보는 것 같았다. 나는 그저 늙은 바보에 불과해, 그녀가 말했다. 우리가 잊은 게 뭔지 모르겠어. 그걸 기억하지 못하는데 어떻게 그게 뭔지 알 수 있겠어? 내가 아는 건 그저 우리는 그걸 기억하고 싶어하지 않는다는 것뿐이야. 아마 네 말이 맞겠지. 아마 그애들은 그저 두려운 거겠지.

아기들은 높은 데서 떨어지는 것과 큰 소리를 두려워해요. 또 물에 빠지는 것도. 어쩌면 뱀도. 거기에서 인간의 어떤 유전적 불안을 끌어낼 수 있을지는 잘 모르겠네요.

글쎄. 우리가 아기들이 마주하는 문제의 본질을 파악하는 건 어렵지. 그애들은 자기들이 어디 있는지도 몰라, 물론. 누구를 믿어야 할지도 모르고. 그애들은 어떤 숲속에 있다고 할 수도 있어. 이리를 기다리면서.

이리를 기다리면서.

그래.

나는 생물은 소리를 질러도 위험하지 않을 때 소리를 지른다고 생각해요. 새는 날 수 있기 때문에 노래하죠. 만일 아기들이 울고 있다면 그건 그애들이 안전하다는 뜻이 틀림없어요.

늙은 여자는 고개를 저었다. 안전한 아기들, 그녀가 말했다. 오 그런 말을 얼마나 믿고 싶은지.

혼자 여행하세요?

그래. 어쩔 수 없어, 사실. 나는 결혼한 적이 없거든. 네가 묻는 게 그거라면.

캐물으려는 건 아니었어요.

나는 사실 그이들과는 달라 알겠지만.

예능인들.

그래.

하지만 비슷하죠.

음. 그렇게 말할 수도 있겠지. 아마도. 하지만 나는 쇼 업계 사람들을 좋아한 적이 없어.

대체로 혼자 계시는 쪽이죠 내가 본 게 맞는다면.

어떤 흉내를 내는 걸 좋아하지 않을 뿐이야.

나도요.

농담으로 던진 말이 잔인한 경우가 많지.

네 맞아요.

다른 생에서라면 내가 달리 살았을 텐데.

다른 생.

내가 아기들이 어떤 의견을 가지고 있다는 생각을 그렇게 많이 하는 건 아니야. 주로 그애들은 그냥 여기 있는 걸 좋아하지 않는다고만 생각하지. 물론 어디하고 비교해서 그런 거냐고 물을 수도 있겠지. 그애들은 이전에 어디에도 있어본 적이 없으니까. 여기는 말할 것도 없고. 또 이전에 사람들을 본 적이 없으니 그애들이 자기가 보고 있는 게 사람이라는 걸 도대체 어떻게 아느냐고 묻는 건 정당한 질문일 수도 있어. 그냥 아무 생물이어도 되는 거 아니냐고 묻는 것도. 그애들은 자기 자신을 본 적이 없으니까. 아기가 화성인이 가득한 집에 태어난다 해도 자기가 엉뚱한 집에 와 있다는 걸 파악하는 데는 시간이 좀 걸리겠지. 그러다 거울을 봤더니 자기는 눈이 둘인데 자기 말고는 다 셋이라는 걸 알면 어떻게 될까?

화성인을 믿으세요?

꼭 화성인일 필요는 없어. 곰들 사이에 있게 될 수도 있지.

사팔뜨기 곰 글래들리.*

뭐라고?

곰이요.

그게 그렇게 나쁠까?

잡아먹지만 않는다면 아니겠죠. 그런데 여기 오자마자 울기 시작하잖아요.

아기들이.

네. 잘못된 게 꼭 여기일 필요는 없다고 생각해요. 우리일 수도 있죠. 예를 들어. 우리가 우리 자신에게도 역겨운 존재가 되었다면 어떨까요? 이건 행복한 생각은 아니네요, 그렇죠?

그럴듯하지는 않아 보이는데.

다른 것도 다 그래요.

다.

내 생각에는요. 물론, 가장 그럴듯하지 않은 일들도 어차피 닥치기 마련이고.

그래 그렇지. 아기였을 때 울었어?

아기 때요. 그럼요.

하지만 그러다 그쳤지.

네.

---

* Gladly the crosseyed bear. 찬송가의 한 구절인 "기꺼이 십자가를 지겠다 (gladly the cross I'd bear)"와 발음이 같은 문장으로, 소리는 같지만 뜻이 다르다는 점에 착안한 농담이다.

그러고 나서는 뭘 했어?

아무것도 안 했어요.

그냥 누워 있었구나.

나한테 뭔가 문제가 있다고들 생각했어요. 누군가 아기 침대 너머로 머리를 들이밀면 나는 고개를 들어 바라보았지만 그게 거의 다였어요. 가족들이 새벽 세시에 내 방에 슬며시 들어오곤 했는데 그때도 나는 그냥 내 발을 쥐고 그대로 누워 있었죠. 이런 일이 한 이 년 반쯤 계속되었고 그러다 어느 날 일어서서 내려가 우편물을 받았어요.

사실이 아니로군.

아니죠. 하지만 비슷했어요.

주위에 다른 아기들도 있었어?

아니요. 나만.

무슨 생각을 하고 있었어?

기억 안 나요. 아마 세상에 별 관심이 없었나봐요. 봉제 장난감 두어 개가 있었어요. 유아가 세상에 던져졌을 때 실제보다 겁을 더 내지 않는 건 그냥 겁과 두려움과 분노의 기능이 그렇게 충분히 발달하지 않았기 때문이라는 생각이 들어요. 아직은. 태어나기 전날 아이의 뇌는 태어난 다음날의 뇌와 같아요. 하지만 다른 모든 건 다르죠. 아기는 자기를 따라 돌아다니는 이것이 자기 자신이라는 걸 받아들이는 데 아마 시간이 좀 걸릴 거예요.

사실상 전에 그걸 본 적이 없으니까. 아기는 눈에 보이는 걸 손에 만져지는 것과 연결해야 해요. 갓난아기는 아마 눈에 보이는 것에 그렇게 빨리 현실성을 부여하지 못할 거예요. 그리고 그렇게 현실성을 부여하는 게 아기들한테 요구되는 일의 거의 전부고.

아기들은 눈에 보이는 게 뭐라고 생각할까?

애들은 모르죠. 자궁은 한없이 새까매요. 눈을 감으면 다시 그 안으로 돌아갔다고 상상할지도 모른다는 생각이 들어요. 아니면 그러길 바랄지도. 그런 식의 유예가 필요하니까. 미안합니다. 그냥 머릿속에 떠오르는 대로 입 밖에 내고 있네요.

나는 늘 그러는데 뭐.

그런데 아기들이 그냥 여기 있고 싶어하지 않는다고 생각하시는 거죠.

시간이 좀 지나면 누군가에게 책임을 묻고 싶을 거라고 생각해. 그게 우리가 세상을 배울 때 배우는 거지. 물론 일은 그냥 저절로 일어날 수도 있어. 다만 그건 특별한 경우야.

우리가 일이 잘 풀리지 않으면 누군가 탓할 사람을 찾고 싶어한다고 생각하시는군요.

응. 그렇게 생각하지 않아? 탓할 사람이 없으면 어떻게 정의를 얻을 수 있겠어?

나는 그런 식으로 생각해본 적은 없는 것 같아요.

전에 어떤 곳에도 가본 적이 없고 자기가 가는 곳이 어디인지도 모르고 거기에 왜 가야 하는지도 모른다면 가는 일에 얼마나 흥미를 느낄 수 있겠어?

별로 못 느낄 것 같네요.

아기들은 일찍부터 자기한테 벌어지고 있는 모든 일이 다른 사람들 때문이고 그게 아니라면 다른 사람들이 왜 있는 것이냐 하고 믿게 돼. 그건 울 만한 일 아닐까?

그냥 오줌을 싼 걸 수도 있잖아요? 아니면 배가 고프거나?

그럴 수도 있지. 하지만 그런 건 보통 불평을 할 일에 불과하지 극심한 고통으로 비명을 지를 일은 아니잖아.

어쩌면 아직 그냥 그 차이를 모르는 걸 수도 있죠. 내 짐작으로는 애들이 늘 울부짖는 건 그렇게 해도 아무 탈이 없었기 때문인 것 같아요. 진화하면서. 만일 누가 아기를 잡아먹고 싶다 해도 아기는 하루 스물네 시간 긴 창과 큰 곤봉을 든 생물이 지키고 있다는 걸 잊지 말아야 해요. 그뿐 아니라 어쩌면 아주 큰 돌을 몇 개 치워야 할 수도 있고.

하지만 우는 걸 그쳤잖아.

내가 아기일 때.

응.

네. 사실 나는 아주 조용해졌던 것 같아요.

지금은 울어?

네. 지금은 울어요.

그는 저녁을 먹으러 아르노스에 가서 앉아 차가운 잔에 든 브뤼* 샴페인을 홀짝거렸다. 말없이 셰던에게 건배했다. 죽은 자들에게는 무슨 말을 하나? 공통 관심사가 거의 없을 텐데. 네 건강? 그들의 편지에 답장을 해야 하나? 그들은 네 편지에? 웨이터가 버킷에 담긴 반병 크기 샴페인에서 타월을 벗겨 내려 했을 때 웨스턴은 손을 저어 그를 쫓았다.

손님?

우리는 샴페인을 우리가 알아서 따르는 걸 좋아하지. 뜨듯하고 김빠진 것보다는 차갑고 거품이 이는 걸 더 좋아해. 그저

---

* 달지 않다는 뜻.

우리의 특이한 점일 뿐이오.

손님?

됐소. 괜찮다면 내가 따르지. 메뉴에 랍스터가 없네. 어떻게 생각하시오?

알아보겠습니다.

웨이터는 돌아와서 랍스터가 있다고 말했고 웨스턴은 랍스터를 구워달라고 하면서 사워크림에 버터를 추가로 곁들인 구운 감자를 주문했다. 웨이터는 고맙다고 말하고 물러났다. 웨스턴은 잔을 채우고 병을 다시 얼음 속에 비틀어 넣었다.

미안해, 존. 그게 다가오고 있는 걸 미리 봤어야 하는데. 많은 일이 다가오고 있는 걸 봤어야 하는데. 건배.

그래서는 안 된다고 생각하면서도 그는 세븐 시즈에 들렀다. 조시가 바에 있었다. 다시 볼 거라곤 생각 못했는데, 그녀가 말했다.

잘 지내?

잘 지내지. 걔들 방금 나갔는데.

농담이겠지.

아니. 한 시간 전쯤.

멋진 타이밍이네. 왜 걔들이 계속 다시 온다고 생각해? 왜 내가 여기 있을 거라고 생각하는 걸까?

모르겠어. 물론 네가 지금 실제로 여기 있지 않느냐고 말할 수도 있겠지만. 맥주 마실래?

아니. 괜찮아.

괜찮아 보이지 않는데.

몸무게가 좀 빠졌어.

그래?

어때 보이는데?

모르겠어.

초췌.

그게 뭔 말이든. 그냥 좀 처져 보여. 어쩌면 그냥 생각이 많은 건지도 모르지. 평소보다 더 그래 보여. 그게 아닐지도 모르지만.

친구가 죽었어.

안타까운 이야기네. 좋은 친구?

특별한 녀석.

보고 싶을 사람.

응.

여기 우편물이 더 있어. 네가 어디 있는지 모른다고 해도 이 자식들은 내 말을 믿지 않아. 늘 물어봐. 하지만 이건 사실 내가 알고 싶지 않다는 말을 하는 거야. 나는 도망자를 숨겨준 죄로 녀석들이 내 엉덩이를 감옥에 처박는 걸 원치 않아.

네가 나를 양자로 삼을 수도 있지.

너를 양자로.

그래. 그럼 내가 직계가족이 되어서 법적으로 넌 내 엉덩이가 어디 있는지 꼰지를 필요가 없어져.

지금 똥 같은 농담 하는 거지.

모르겠어. 주마다 달라. 전화 좀 줘.

그녀는 전화기를 들어 바에 내려놓았고 그는 수화기를 집어들고 클라인의 번호를 돌렸다. 전화를 받지 않았다. 그는 수화기를 내려놓았다. 이윽고 다시 집어들어 드부시의 번호를 돌렸다.

안녕 달링.

나인 줄 어떻게 알았어?

누가 전화를 걸었는지 말해주는 이 멋진 새 전화기가 생겼거든.

오늘밤에 뭐해?

일하지.

언제 끝나?

한시. 나한테 데이트 청하는 건가.

뭐 좀 부탁할 게 있어.

좋아. 여자 문제야?

내 여동생한테서 온 편지를 읽고 무슨 내용인지 말해주면 좋겠어.

좋아.

이유나 그런 게 궁금하지 않아?

안 궁금해.

그럼 오늘밤에 만날 수 있어?

어쩐지 이미 그러기로 약속을 한 거란 느낌이 드는데.

한시 반?

한시 반까지는 갈 수 없어. 화장이란 게 하는 것보다 지우는 데 시간이 더 걸리거든. 두시면 돼.

좋아. 어디?

네가 말해.

압생트 하우스 어때?

좋아.

원한다면 거기서 뭘 좀 먹어도 돼.

알아. 너 괜찮아?

괜찮아. 두시에 보는 거지?

그래.

고마워 데비.

그는 전화를 끊고 위층 복도 화장실로 가 문을 잠그고 약품 캐비닛을 들어냈다.

그는 압생트 하우스에 일찍 도착해 밖에서 그녀를 기다리며 서 있었다. 그녀가 남자 없이 혼자 문을 통과하는 것을 싫어한다는 것을 알았기 때문이지만 괜한 걱정이었다. 그녀는 정장 차림의 머리가 센 신사의 팔에 의지하여 비엔빌 스트리트를 건너고 있었다. 남자는 웨스턴과 간단히 악수하고 그녀의 양 뺨에 입을 맞춘 뒤 몸을 돌려 다시 길을 건넜다. 웨스턴과 드 부시는 안으로 들어갔다. 가게는 만원이었는데 주로 영국 낙하산부대원들이 자리를 차지하고 있었다.

아이고, 그녀가 말했다.

여기는 별로 좋은 생각이 아니었던 것 같네.

그녀는 그의 팔을 잡더니 고개를 들이밀고 바를 쭉 훑어보았다. 괜찮을 거야. 가자.

웨이터가 사람들 사이를 뚫고 그들 쪽으로 오고 있었다. 부대원들이 휘파람을 부고 야유를 보냈다. 여자와 함께 있는 저 운좋은 찰리*를 보라. 웨이터는 그들 앞에 이르자 두 사람을 뒤쪽으로 몰아갔다.

고마워, 앨릭스.

여기 뒤쪽 자리를 써. 문을 닫으면 돼.

고마워, 달링. 앨릭스 여기는 보비. 보비 앨릭스.

미리 전화를 했어야 하는데.

---

* 영국에서 '바보'를 가리킨다.

일도 아닙니다, 손님. 뭘 드릴까요?

그냥 드부시가 마시는 걸로.

아시겠지만 드부시는 술을 마시지 않습니다.

좋습니다.

알겠습니다.

그는 연기와 소음 속으로 사라지며 문을 당겨 닫았다.

바 메뉴를 갖다달라고 할 생각이었는데.

괜찮아. 너만 괜찮으면 나는 좋아. 술은 마음이 바뀔지도 모르겠지만.

어디 다른 데로 가고 싶었어?

아니. 어쨌든, 소음은 감시의 적이니까.

우리가 감시되고 있어? 이게 맞는 말인가?

응. 그러니까 네 소식을 이야기해줘. 무시무시한 건 듣고 싶지 않아.

너한테 하지 않은 이야기가 많아.

알아.

어떻게 알아?

농담하는 거야.

알았어. 나는 다른 사람이 되려는 참이야.

그럴 때가 됐지.

웨스턴은 미소를 지었다.

웨이터가 마실 것을 가져왔다. 높은 잔에 든 소다는 트리플 섹*으로 살짝 색이 변해 있었다. 거기에 비터스,** 그리고 트위스트 한 번.*** 웨스턴은 고개를 들었다. 마음이 바뀌었습니다, 그가 말했다.

웨이터는 잔 하나를 집어 다시 쟁반에 놓았다. 웨스턴은 손을 뻗어 그걸 도로 가져왔다. 그냥 더블 진을 한 잔 더 갖다주세요.

좋습니다.

네.

드부시는 음료를 홀짝였다. 술의 도움이 필요하구나.

나한테 뭐가 필요한지 모르겠어.

그냥 달려들어.

알았어.

그는 셔츠에서 편지를 꺼내 테이블 위에 놓았다. 이게 그 편지야. 한 번도 뜯어본 적이 없어. 또 그애 편지가 여러 통 있고 또 그애가 1972년에 쓴 일기의 일부가 있는데 그걸 좀 맡아달라고 부탁하고 싶어.

알았어. 약간 긴장이 된다는 말은 해야겠지만.

---

* 오렌지맛이 나는 달콤한 리큐어.
** 칵테일에 섞는 쓴맛이 나는 술.
*** 감귤류 껍질을 비틀어(twist) 즙을 넣은 것을 가리킨다.

꼭 해줘야 하는 건 아니야.

너를 쫓는 게 누구야?

모르겠어. 알아봐야 무슨 차이가 있을지 모르겠어.

어떻게 차이가 없을 수 있어?

그게 누구든 유일한 선택은 달아나는 것뿐이니까.

달아날 거야?

응.

너를 다시는 못 보겠네.

그건 다른 문제야. 우리가 방법을 찾아봐야지.

네 우정을 잃고 싶지 않아.

내 우정을 잃는 일은 절대 없을 거야.

그녀는 담뱃갑을 꺼냈다. 그건 네 말을 믿을게.

그래.

편지를 내가 개봉할까?

내 술이 올 때까지 잠깐만 기다려. 나는 술을 들고 바에 나갈게. 그애의 바이올린 이야기가 있는지 봐주면 좋겠어. 그게 어디 있는지. 그거하고 또 그애한테 은행 계좌가 있었는지.

그래. 할 수 있지.

웨이터가 진이 담긴 잔을 테이블에 놓았고 웨스턴은 키 큰 잔의 음료를 한 모금 마신 뒤 거기에 진을 쏟아넣고 빨대로 저었다. 천천히 해. 나는 그 안에 뭐가 적혔는지 몰라.

그래.

미안해, 데비. 이런 일을 떠맡길 다른 사람이 없어.

괜찮아.

그래.

밖에 나가서 싸우지 마.

안 싸워.

앨릭스를 보낼게.

알았어.

뭐 좀 물어봐도 돼?

물론이지.

넌 그게 괜찮은 거야? 아무도 없는 게?

웨스턴은 자기 손을 물끄러미 보았다. 테이블 위에 펼쳐진 손. 잠시 후 그가 말했다. 나한테 물은 적이 없어. 나와 상의한 적이 없어.

너 자신의 인생에 발언권이 없구나.

내가 세상에서 사랑한 모든 게 사라진다면 내가 자유롭게 식료품점에 갈 수 있든 아니든 무슨 차이가 있겠어?

그리고 언제까지나 그럴 거고.

그래.

그는 고개를 들어 그녀를 쳐다보았다. 그녀의 눈에 눈물이 그렁그렁했다.

미안. 슬프게 하려던 건 아닌데.

내가 그냥 이 편지를 읽는 게 낫겠다.

어쩌면 이건 좋은 생각이 아닌지도 몰라.

내가 그냥 이걸 읽는 게 낫겠어.

그래. 고마워.

그는 술을 들고 바를 통과해 밖으로 나가 거리에 섰다. 아주 조용했다. 두 젊은 녀석이 기운차게 지나가다가 키가 큰 쪽이 그를 슬쩍 훑어보았고 이윽고 둘은 술집 안쪽을 살폈다.

나라면 안에 들어가지 않을 거요.

다른 한 녀석이 문에서 몸을 돌렸다. 그쪽은 내가 아니지, 그가 말했다.

키 큰 쪽은 이미 안을 둘러보고 다시 보도로 나왔다. 가자, 그가 말했다.

뭐야?

그는 웨스턴을 돌아보았다. 고맙소, 스위트하트.*

언제든지.

웨스턴은 안으로 들어갔다. 앨릭스가 그를 찾고 있었다. 쟤한테 무슨 말을 한 거예요?

아무 말도 하지 않았는데. 왜요?

---

* Sweetheart. 상대를 다정하게 부르는 애칭.

눈이 빠져라 울고 있어서요.

젠장. 알겠습니다. 미안해요.

그는 문을 밀고 안으로 들어가 문을 닫았다. 편지는 테이블 위에 펼쳐져 있었다. 그녀는 그를 보다가 다시 눈길을 돌렸다. 오 보비.

미안해.

가엾은 아이. 가엾은 아이.

미안해. 내가 너무나 어리석었어.

네 잘못이 아니야. 나 혼자 그런 거야. 하느님. 나 정말 엉망이야. 나한테 여동생이 있잖아 알다시피. 미안해. 내가 네 편지를 망가뜨리고 있네. 그녀는 핸드백을 열더니 티슈를 한 장 꺼내 편지에 길게 흐른 마스카라 자국을 찍어 눌렀다.

그건 괜찮아.

그녀는 자기 눈을 두드려 닦았다.

너한테 그냥 하지 말라고 말하러 들어올 뻔했어.

괜찮아. 나는 정말 아기야.

정말 미안해.

웨이터가 문을 열고 안을 보았다. 괜찮아?

괜찮아, 앨릭스. 고마워. 그냥 편지에 나쁜 소식이 좀 있어서 그럴 뿐이야. 우린 아무 문제 없어.

그는 의심스러운 표정이었지만 문을 당겨 닫았다.

내 꼴이 엉망인 게 분명하네. 정말 내가 그 편지들을 갖고 있기를 바라? 몇 통이나 되는데?

많지 않아. 네가 불편하면 갖고 있지 않아도 돼.

하지만 내가 그걸 더 읽을 필요는 없는 거지.

응.

알았어.

말해봐.

바이올린은 동생이 산 가게에 있어. 거기가 어디인지 네가 알면 좋겠네. 편지에는 안 적혀 있으니.

가게에서 산 줄은 몰랐네. 경매에서 산 줄 알았어.

비싼 거야? 그럴 거라 짐작하고 있지만.

그럴 거라고 생각해. 할머니한테 물려받은 유산으로 샀거든. 난 유산을 깽깽이에 쓰는 게 좀 낭비라고 생각했어. 그 돈은 동생 교육에 들어가야 하는 것이었지만 동생은 그 비용은 다른 누가 댈 거라고 했어. 물론 그애 말이 맞았지. 그리고 그애는 아마티 바이올린에 얼마를 치르든 몇 년 후면 그 가격이 헐값이라고 여길 만큼 비싸질 거라고 했어.

어느 학교를 다녔어?

시카고대학교.

그때 그애는 몇 살이었어? 열두 살?

열세 살.

그런데 어떤 바이올린을 살지 어떻게 알았어?

그애는 크레모나 바이올린에 관해서 세계 수준의 권위자나 다름없었어. 그런 바이올린 백 개의 역사를 알고 있었거든. 여러 박물관에서 자기네 소장품에 관해 조언을 구하는 편지를 보내곤 했어. 동생은 그 바이올린들의 음향을 가지고 수학적 모델을 만들었어. 나무판들의 사인파. 마침내 완벽한 바이올린을 만드는 방법을 말해줄 위상수학적 모델을 만들어냈지. 아마티는 그냥 대충 풀로 붙여놓은 것이어서 결국에는 그걸 완전히 분해했어. 뉴저지에 사는 허친스라는 여자와 함께 작업을 했지. 또 앤아버에 있는 버지스라는 남자. 아직도 사람들이 동생과 연락하려고 해. 그애는 정말이지 바이올린을 고르는 데 많은 도움이 필요하지 않았어. 그 아마티는 아주 진귀한 발견이었지. 그전에 오랫동안 거래가 없었던 것 같더라고.

그녀는 편지를 접어 봉투에 다시 넣었다.

정말 미안해, 데비. 달리 부탁할 사람이 없었어.

괜찮아.

그녀는 콤팩트를 열더니 거울로 얼굴을 보았다. 하느님, 그녀가 말했다.

갈까?

화장실에 가야 해. 손상된 걸 복구하러.

알았어. 계산서 가져올게.

계산서는 없을 거야. 그냥 팁만 남겨.

오 달러?

십 달러가 어떨까.

알았어. 고마워, 데비.

그들은 바를 거쳐 밖으로 나왔지만 부대원들은 이제 너무 취해 그들에게 별 관심을 두지 않았다. 누군가 그 푸프*를 차버리라고 소리치기는 했지만 대충 그 정도로 끝났다. 웨스턴은 손을 흔들어 택시를 세웠다. 그들은 두메인 스트리트를 따라 그녀의 아파트로 갔고 그는 그녀를 정문까지 바래다주었다.

네 우정을 약탈한 느낌이야.

우정은 그냥 그대로야, 보비. 늘 그대로였어. 지워지는 건 없어. 약탈도 없어.

알았어.

클래라가 두 주 뒤에 여기 올 거야. 그애를 만나보기를 바라. 사랑에 빠지고 말 거야.

기대하고 있어?

몹시.

그녀는 몸을 기울여 그의 양쪽 뺨에 키스했다.

안까지 바래다줄까?

---

* poof. 남자 동성애자를 경멸적으로 이르는 영국식 속어.

아니. 괜찮아.

여기 누가 있어?

응. 그래도 괜찮지?

그래. 물론이지. 아무데나 코를 들이미는 파커*가 될 생각은
없어.

그녀는 정문에 열쇠를 집어넣고 돌려 문을 활짝 열었다.

연락해.

그래.

몸조심하고.

그럴게. 너도.

잘 가.

잘 자.

보비?

응.

내가 너 사랑하는 거 알지.

알아. 다음번에. 다음 세상에서.

알아. 잘 가.

---

* nosey parker. '쓸데없는 참견을 하는 사람'을 의미하는 예스러운 관용적 표현.

X

그는 타운에서 하루를 보낸 뒤 저녁에 페리로 다시 건너갔다. 상갑판에 선 채 아래쪽에서 한 소년과 소녀가 마리화나 담배를 주고받는 것을 지켜보며. 페리 이름은 호벤 돌로레스였다. 그는 그것을 젊은 슬픔이라고 불렀다.* 마지막으로 경적이 울리자 갑판 선원들이 고물과 이물의 굵은 밧줄을 던졌고 배는 해협의 고요한 물 안으로 움직여 나아가기 시작했다. 물이 선체를 때리고. 담으로 둘러싸인 오래된 타운의 시계탑이 천

_____

* '호벤 돌로레스(Joven Dolores)'에서 Joven은 스페인어로 '젊다'는 뜻이고 Dolores는 고유명사이므로 원래는 '젊은 돌로레스'라는 뜻이지만, dolores가 스페인어에서 보통명사로 쓰일 때는 '슬픔' '고통'을 뜻하는 dolor의 복수형이며, '돌로레스'라는 이름도 '슬픔의 성모(Nuestra Señora de los Dolores)'에서 파생한 것이다. 따라서 이 배는 성모마리아와도 연결된다.

천히 방향을 틀며 멀어진다.

그들은 몰려오는 어스름 속에서 섬들을 천천히 지나갔다. 로스아오르카도스, 엘포우. 에스파르데. 세파르데요. 로스프레오스의 등대. 그는 이비사*의 문구점에서 줄이 쳐진 작은 공책을 한 권 사왔다. 곧 누레져 바스러질 싸구려 펄프 종이. 그는 공책을 꺼내 안에 연필로 썼다. 내 앞에는 시간이 없었고 내 뒤에도 없을 것이다Vor mir keine Zeit, nach mir wird keine Sein.** 그는 망태기에 식료품 몇 개와 함께 공책을 집어넣고 서서 삭구의 불빛에 비친 갈매기들을 지켜보았는데 그들은 삭구에서 곡선을 그리며 밖으로 나갔다가 고물을 넘어 돌아왔다. 고개를 돌려 아래 물을 살피고 서로를 살피다 이윽고 한 마리씩 뒤로 멀어져 타운의 불빛을 향해 돌아간다.

그는 이물로 가 얼굴에 바람을 맞으며 쇠난간 앞에 서 있었다. 발아래 갑판 마룻장 속에서 디젤엔진이 낮게 고동치는 소리. 멀리 포르멘테라섬의 낮게 뻗은 만과 곶. 어둡고 작은 군도. 론치선 한 대가 한때 고대인이 작은 돌배를 타고 갈망했던 것처럼 그림자 선을 넘어 바다에서 천국으로 들어서고 있었다.

---

* 모두 스페인 발레아레스제도의 지명.
** 독일 시인 다니엘 크체프코 폰 라이게르스펠트(Daniel Czepko von Reigersfeld, 1605~1660)의 경구.

그는 칼라사비나의 보데가* 마당에서 자전거를 챙겨 망태기를 손잡이에 걸고 산하비에르와 라몰라의 곳으로 향하는 길로 나섰다. 길가 어둠 속에서 들판 가득한 새 밀이 부드럽게 허공을 베고 있다. 위로 소나무숲을 뚫고 올라간다. 자전거를 민다. 세상에서 홀로.

묵직한 나무문에는 쇠 자물쇠가 달렸고 손으로 만들어 망치로 평평하게 두드린 자국이 있는 검은 쇠 열쇠가 있었는데 기예르모는 그에게 열쇠를 넘겨주고 싶어하지 않았다. 괜찮소, 그가 말했다. 아무도 오지 않을 거요.

알겠습니다. 하지만 아무도 오지 않는데 왜 잠가놓은 거죠 Bueno. Pero si va a venir nadie, por qué está cerrada?

아. 그건 모르겠군. 하지만 열쇠는 아주 오래됐소. 가족 소유요. 알아듣겠소 Ah. No sé. Pero la llave es muy vieja. Es propiedad de la familia. Me entiendes?

네. 물론이죠. 좋습니다 Sí. Por supuesto. Está bien.

그는 문을 밀어 열었고 자전거를 먼저 안으로 들여 벽에 기대놓고 문을 닫은 다음 낮은 테이블에서 램프를 집어 불을 붙인 뒤 등피를 내리고 램프를 높이 들어 안을 비추었다. 안쪽 벽을 따라 올라가는 돌층계가 있었다. 곡물의 퀴퀴한 냄새. 어

---

* 와인을 주로 취급하는 주류 판매점.

둠 속에 놓인 커다란 받침돌과 거대한 나무 장치들과 축들, 훌륭한 유성기어 장치.* 그 모든 것을 올리브나무로 깎아 만들어 어떤 골동품 용광로에서 망치로 두들긴 쇠 부품으로 결합하였으며 그 모든 것이 방앗간의 어두운 아치형 천장 속으로 커다란 나무 태양계처럼 솟아 있었다. 그는 그 모든 부분을 알았다. 풍축風軸과 제동륜制輪. 방앗간 주인의 댐즐.** 그는 손에 램프를 들고 어둠을 뚫고 층계를 올라가 침실로 쓰는 나무 다락방으로 갔다.

그의 침대는 나무토막들을 깔고 얹은 합판 한 장이었고 그 위에 조악한 아마포를 쑤셔넣은 초라한 매트리스를 펼치고 검은색과 회색이 섞인 이탈리아 군용 담요 한 쌍을 덮었다. 위쪽에는 지붕에서 비가 새거나 비둘기 똥이 떨어질 것에 대비해 비닐 방수포를 펼쳐놓았다. 그는 낮은 테이블에 램프와 망태기를 놓고 샌들을 걷어차 벗으며 침대에 드러누웠다. 비둘기들이 꿈틀거리자 노란색 빛 속으로 지푸라기 몇 올이 떨어져 내렸다. 묵직한 돌벽에는 작은 창이 있어 밤에 가끔 그곳에 앉아 눈으로 배를 찾았다. 멀리 배들의 불빛.

---

* 중앙의 고정된 '태양' 기어 주위에 '행성' 기어가 돌아가도록 설계된 장치. 일반적으로 '행성기어'가 아니라 '유성기어'라는 표현을 사용한다.
** damsel. 보통 결혼하지 않은 여성을 가리키는 말이지만 여기서는 방앗간에서 곡물을 빻기 전에 고르게 들어가도록 저어주는 도구를 의미한다. 중의적인 말장난이다.

그는 잠들었고 밤에 잠이 깨 탑 안에 불빛이 낮게 일렁이는 것을 보았다. 램프는 다 타고 연기가 피어오르고 있었다. 손을 뻗어 심지를 내렸다. 배의 무적소리. 그는 두세 시간 이상을 잔 적이 없었다. 가끔은 그냥 바람 때문이었다. 가끔은 아래에서 문이 덜거덕거리는 소리. 누가 걸쇠를 걸려는 것처럼. 전에는 나무쐐기를 걷어차 문 밑에 박았는데 이제는 그 소리가 좋았다. 그는 담요를 두르고 앉아 바다의 먼 어둠을 지켜보았고 그곳에서는 별의 망토가 흔들리며 오르락내리락했다. 다시 왔다, 창백한 폭풍의 발화. 창의 형태가 드러나며 그림자가 맞은편 벽으로 던져져 잠깐 떨렸다. 층이 진 바다 위로 소리 없이 타오르는 빛의 장막, 가장자리가 번쩍이면서 모습을 드러낸 수평선을 따라 놓인 적란운과 통 속의 광재鑛滓 같은 느린 납 파도와 희미한 오존냄새. 폭풍우들이 몰려오는 짧은 계절. 그는 머리 위 방수포에 떨어지는 빗방울소리를 들으며 잠이 들었고 잠을 깼을 때는 날이 환했다.

아침에 기름을 먹인 좋은 잉글랜드 방수 파카의 모자를 써 비를 막아내며 해변을 걸었다. 공기는 아몬드 꽃으로 가득했다. 꽃들은 도로의 바큇자국에서 표류했고 느리고 검은 큰 파도에 올라타 떠다니며 해안선을 따라 층층이 쌓였다. 개 두 마리가 물가를 따라 그를 향해 달려오다가 모르는 사람이라는 것을 깨닫고 방향을 틀었다. 해초가 폭풍우에 커다란 에스커*

처럼 쓸려와 그것을 모으는 사람들이 해변에 나와 나무 갈퀴로 수레에 쌓고 있었다. 그들은 지나가면서 그에게 고개를 끄덕였고 작은 노새들은 앞으로 몸을 기울여 수레를 끄는 줄이 팽팽했다.

그는 이슬비를 맞으며 곶으로 걸어나갔다. 물위에 둥둥 뜬 코르크, 유릿조각. 유목. 작은 곶 너머로 대리석 조각 같은 돌들이 해변을 따라 달그락거리고 파도가 길게 부글거리며 물러나고 있다. 오랜 세월. 지칠 줄 모르고. 해협 건너 간신히 보이는 베드라의 바위 요새. 빗속에 시커먼 돌 첨탑들.

여기 있던 고대인들의 이름은 탈라요트였다. 탑**을 세운 뒤 그들은 떠났다. 그런 다음 페니키아인, 카르타고인이 왔다. 로마인. 반달족. 비잔틴 또 그다음에는 이슬람 문화. 14세기에는 아라곤. 해변 아래쪽에 죽은 돌고래가 누워 있었다. 드러난 긴 턱뼈와 회색 리본들 같은 살. 그는 바다에 씻긴 유릿조각 반줌을 모았다. 반투명한 옅은 녹색과 불투명한 조각들. 그 유리들로 평평한 젖은 모래에 작은 돌무덤을 만들었지만 유리들은 곧 무너져 다시 바다로 갈 터였다.

다가올 몇 년 동안 그는 해변을 거의 매일 걷게 된다. 가끔 밤에 해초가 밀려와 그린 선 위의 마른 모래에 누워 옛 뱃사람

---

* 빙하가 녹아서 형성된 기다란 둑 모양의 언덕.
** 탈라요트는 발레아레스제도에서 발견되는 고대 석탑을 가리키기도 한다.

들처럼 별을 살핀다. 혹시 그도 자신의 항로를 그릴 방법을 알 수 있을까 해서. 또는 그 검고 영원하고 광대한 공간 위로 별들이 천천히 기어가는 모습에서 지상의 어떤 일이 유리한지 읽어낼 수 있을까 해서. 그는 건너편 해안을 따라 한 줄로 늘어선 피게레타스의 불빛들을 볼 수 있는 곳까지 걸어나갔다. 검은 바다가 찰싹인다. 그는 바짓자락을 무릎까지 걷어올리고 물속으로 걸어들어갔다. 그런 밤의 캐롤라이나 해안. 여관 건물과 진입로를 따라 빛나는 불빛들. 그녀가 밤 인사로 입을 맞출 때 뺨에 느껴지던 숨결. 마음속의 공포.

셰던이 악의 계획에는 대안이 없다고 말한 적이 있었다. 악은 그냥 실패를 가정할 능력이 없어.

그러면 언제 그들이 벽을 뚫고 으르렁거리며 다가오는데?

그녀가 하얀 가운을 입고 헛간 랜턴을 들고 나무들 사이로 나간다. 가운 자락을 쥔 그애의 가느다란 몸이 촛불에 비쳐 시트 천 속에서 드러난다. 나무들의 그림자, 그리고 그냥 어둠. 돌 원형극장의 추위와 머리 위 별들의 느린 회전.

여기 이야기가 있다. 주위가 어두워지는 동안 우주에 홀로서 있는 모든 인간 가운데 마지막 인간. 하나의 슬픔으로 모든 것을 슬퍼하는 인간. 한때 그의 영혼이었던 것이 소진되고 남은 애처로운 찌꺼기에서는 이 마지막날들을 안내해줄 신 비슷한 존재라도 만들 재료는 전혀 찾지 못할 것이다.

세월이 흐른 뒤 그는 페리를 타고 이비사섬으로 건너가 포로이그에서 헤이르트와 소니아 피스 부부와 저녁을 먹곤 했다. 부두에 도착하면 차가 그를 기다리고 있었고 그들의 집에 가면 음료를 마시고 진한 소스를 넣은 조개와 치킨 요리를 본토에서 온 좋은 레드와인과 함께 먹었다. 저녁에는 헤이르트의 기사가 그를 다시 페리로 데려다주었다. 그는 계선주에 앉아 불빛을 바라보았다. 길 건너 카페에서 들려오는 웃음소리. 저 바깥 만의 어둠 속에서 당나귀 엔진*을 단 소형 어선의 둔한 쿵 쿵 소리. 피스는 그에게 여자를 찾으라고 강권했다. 그는 걱정스러운 표정으로 몸을 앞으로 기울이고 웨스턴의 팔을 누르며 말했다. 부유한 여자 관광객, 로버트, 그가 작은 소리로 말했다. 두고 보면 알 거야.

타운의 누군가가 죽었다. 그는 날이 밝기도 전에 종이 울리는 소리를 들었다. 보데가에서는 거무스름한 정장을 입은 남자들의 술기운이 가신 분위기. 그들은 그에게 고개를 끄덕였다. 그는 와인잔을 들고 앉아 있었다. 테이블의 램프들이 천장에 던지는 빛의 고리들 주위를 창백한 우드슬레이브 도마뱀들이 맴돌았다. 물웅덩이의 육식동물처럼 나방 뒤를 살금살금 쫓으며. 머리카락처럼 촘촘한 그들의 발. 반데르발스의 힘.**

---

* 보조 엔진을 가리킨다.
** 분자 간의 인력. 이것 때문에 도마뱀이 천장에 붙어 있다고 보는 듯하다.

그는 남자들에게 고개를 끄덕이고 잔을 들어올렸다. 집으로 돌아오는 길에 하늘은 맑았고 달이 떠 그의 앞길에 쭈그리고 앉았다. 하늘을 배경으로 풍차가 실루엣으로 서 있는 길고 어두운 곳을 걸어올라간다. 그는 바람 속에 서서 암흑 속에 넓게 펼쳐진 별을 살폈다. 먼 마을의 불빛들. 손에 램프를 들고 층계를 올라간다. 안녕, 그가 소리쳤다. 이 잔. 이 쓴 잔.*

그의 아버지는 트리니티에 관해 그들에게 거의 말을 하지 않았다. 웨스턴은 그걸 대부분 글로 읽었다. 벙커에 엎드려 있다. 어둠 속에 낮게 깔리는 그들의 목소리들. 둘. 하나. 제로. 이윽고 갑작스럽게 하얘진 자오선. 저 바깥에서 바위들이 녹아 광재가 되어 사막의 녹아가는 모래 위에 고인다. 작은 생물들은 그 갑작스럽고 불경한 날에 겁에 질린 채 웅크리고 있다가 이내 그곳에서 사라졌다. 어떤 거대한 보라색 생물처럼 보이는 것이 죽음 없는 잠을 자며 자신의 시간 중의 시간을 기다린다고 생각하고 있다가 불쑥 땅에서 솟아오른다.

그녀를 데려가 그 모든 의사를 만나게 한 사람은 아버지였다. 낡은 농가의 부엌 식탁에 앉아 들판 건너 개울과 숲을 내다보던 사람도. 공책에 그녀가 한 말 가운데 이해할 수 없는

---

* 「누가복음」 22장 42절. 예수는 십자가 처형을 앞두고 겟세마네 동산에서 기도를 올리며 "아버지의 뜻에 어긋나는 일이 아니라면 '이 잔'을 저에게서 거두어"달라는 표현을 사용한 적이 있다.

것을 적어두고 되풀이해 읽고 또 되풀이해 읽다가 결국 그녀
의 병—그는 그렇게 불렀다—이 어떤 상태라기보다는 하나의
메시지라는 것을 깨닫게 된 것인지도 몰랐다. 그는 몇 번이나
고개를 돌리다 문간에서 자신을 지켜보고 있는 그애를 보았
다. 마침내 그녀 자신은 옹호할 수 없게 된 선물을 들고 있는
프로일라인 고테스토흐터Fräulein Gottestochter.*

아버지. 절대적인 흙으로부터 악의 태양을 창조했고 사람들
은 그 빛에 의지하여 서로의 몸에서 자신의 종말을 알리는 어
떤 무시무시한 전조를 보듯 옷과 살 너머의 뼈를 보았다.

그는 멕시코 북부 쥐의 땅에서 아버지의 무덤을 찾아다녔으
나 결국 찾지 못했다. 엉터리 스페인어로 더러운 셔츠 차림의
멕시코 관리들과 이야기하기도 했는데 그들은 그를 말없이 쳐
다보며 그가 제정신이라고 생각하는 시늉도 하지 않았다. 녹
스빌의 거리에서는 어린 시절에 알던 사람을 만났는데 그 사
람은 겉보기에는 악의 없는 태도로 그의 아버지가 지옥에 있
다고 생각하느냐고 물었다. 아니요, 그가 말했다. 이제는 아닙
니다.

그는 가끔 산하비에르의 작은 교회에 앉아 있곤 했다. 길고
고요한 오후들. 검은 숄을 걸친 여자들은 그를 훔쳐보지 않으

---

* '프로일라인'은 독일어로 영어의 '미스(Miss)'에 해당하며, '고테스토흐터'는
'신의 딸'이라는 뜻이다.

려고 무척 애를 썼다. 돌로 만든 아기들이 있는 돌로 만든 세례반. 제단 뒤의 싸구려 판자는 금칠을 해놓았고 교회의 회반죽을 바른 벽에는 꽃을 그려놓았으며 나방 같은 생물들이 조각조각 패널로 나뉜 듯한 빛을 통해 떠내려와 꽃을 찾아갔다, 하나, 또하나. 그는 처음에는 그게 벌새일지도 모른다고 생각했지만 이내 구세계 종種 벌새는 없다는 사실을 기억했다. 그는 촛불을 켜고 양철통에 일 페세타*를 넣었다.

그는 곶을 따라 걸어나갔다. 멀리서 천둥이 상자가 떨어지는 듯한 소리를 내며 어두운 수평선을 가로질러 굴러갔다. 특이한 날씨. 번개는 여위고 빠르다. 땅 가운데 바다.** 서양의 요람. 연약한 촛불이 어둠 속에서 비슬거린다. 모든 역사는 자기 소멸을 위한 리허설.

아침에 담요에 거미가 한 마리 있었다. 그 참깨 눈. 그는 거미를 향해 숨을 불어냈고 거미는 종종걸음으로 멀어졌다. 아버지가 나오는 어떤 꿈. 그날 나중에 그는 기억했다. 쇠약한 형체가 초라한 진료소의 복도를 따라 발을 질질 끌며 걸어간다. 앞에 튜브와 물약 병이 걸린 바퀴 달린 스탠드를 밀고 있다. 죽음을 맞아 외국 땅 무연고 묘지의 단단한 염류피각塩類皮殼***

---

* 스페인의 과거 화폐단위. 2002년에 유로화로 대체되었다.
** 지중해(地中海)를 가리키는 것으로 보인다.
*** 나트륨과 칼슘 등이 함유된 땅 표면의 흙.

을 파낸 곳에 이름 없이 매장되기 아마도 며칠 전. 발을 멈추고 물기어린 눈으로 고개를 돌렸다. 종이 슬리퍼와 얼룩진 하얀 가운. 내 아들은 어디 있을까? 그 아이는 왜 오지 않을까?

그는 자전거를 타고 작은 항구를 통과했다. 얇게 자갈이 깔린 어귀의 도로를 내려가다 빠져나와 물가 저지대를 따라 달린다. 한때 카르타고시(市)를 위해 바닷물을 증발시켜 소금을 만들던 곳. 프루멘타리아. 로마 말.* 멀리 북쪽에서 이비사의 불빛들이 올라온다. 그는 고대의 쇠고리가 달린 돌에 앉아 다가오는 어둠에 맞서며 펑크난 타이어를 고쳤다. 그의 자전거는 포크**로 땅을 딛고 벽에 기대서 있다. 그는 귀 옆에서 바퀴의 고무 튜브를 천천히 돌리면서 귀를 기울였다. 이윽고 자전거 좌석 아랫면에 늘어진 작은 가죽가방을 뒤져 땜질할 조각을 찾았다.

어느 날은 볼티모어 출신의 젊은 미국 여자를 만나 구시가지를 통과해 걸었다. 그들은 작은 공동묘지의 묘비 사이를 거닐었다. 그는 자신이 여기에 묻힐 거라고 말했지만 그녀는 미심쩍어하는 표정이었다. 그럴 수도 있겠죠, 그녀가 말했다. 사람들이 늘 자기가 원하는 걸 얻는 건 아니니까. 그녀의 두 팔에는 면도날 흉터가 있었다. 그가 시선을 돌렸으나 이미 늦었

---

* '프루멘타리아'는 '포르멘테라섬'을 로마 시대 말로 표현한 것이다.
** 자전거의 바퀴에 끼우는 두 갈래의 금속.

다. 가봐야겠어요, 그녀가 말했다.

저녁에 해변을 따라 돌아다니며 나무와 타르볼*을 모아 불을 피우고 그 온기를 느끼면서 모래에 앉았다. 어둠 속에서 개 한 마리가 해변을 따라 다가왔다. 그냥 빨간 눈 두 개뿐. 개는 멈추더니 그대로 서 있었다. 이윽고 개는 바위 옆을 돌아서 계속 걸어갔다. 불길이 바람에 톱질을 했고 그는 담요에 싸인 채 잠이 들었다가 불이 거의 잉걸불이 되도록 사그라졌을 때 잠을 깼다. 녹색 광물질 불길과 깜부기불이 해변을 따라 종종걸음을 치고 있었다. 그는 새 나무를 불에 넣고 어둠 속에서 물이 느리고 검게 철썩이는 소리를 들었다. 모래로 끌어올려진 골풀 보트들. 그 고대의 밤들에 구리나 쇠가 땡그랑거리던 소리. 죽어가는 사람들의 신음. 코덱스**를 푸는 열쇠가 닳아 없어진다면 어떤 비슷한 서판과 비교한들 이 손실을 가늠할 수 있을까?

두려워하지 마, 그녀는 말하곤 했다. 가장 무시무시한 말. 그애는 무엇을 보았을까? 그애한테는 피가 모든 것이었다. 그리고 아무것도 없었다. 결과를 내지 못한 재능 있는 남자. 어린 시절 그애는 그때도 그로서는 어려워서 따라갈 수 없는 게임을 만들곤 했다. 그애는 그를 데리고 다락에 올라갔는데 그

---

* 해변에서 눈에 띄는 타르나 원유 덩어리.
** 책 형태로 된 고문서.

곳은 뒷날 적어도 한동안은 그애가 이전에는 알려지지 않았던 세계에 맞서 자신의 세계를 유지하던 곳이었다. 그들은 비스듬한 천장 아래 웅크렸고 그애가 그의 손을 잡았다. 그애는 그들이 그들에게 감추어진 어떤 것을 찾아야 할 운명이라고 말했다. 그게 뭔데? 그가 말했다. 그러자 그애는 말했다. 그건 우리야. 저들이 우리에게 감추고 있는 건 우리야.

애초에 땅의 돌들부터 함부로 다루었다는 것이 그애의 궁극적 믿음이었다.

왜 그 사람을 묻지 못하는 거야? 그 사람 두 손이 그렇게 붉어? 아버지들은 늘 용서받아. 결국은 용서를 받아. 여자들이 이 세상을 질질 끌고 이런 참상을 통과해 왔다면 그 여자들한테는 현상금이 걸려 있을 거야.

풍차로 돌아갔을 때 날은 여전히 어두웠고 그는 층계를 올라가 작은 테이블에 앉았다. 그는 두 손에 이마를 대고 앉았고 오랫동안 그렇게 앉아 있었다. 마침내 그는 공책을 꺼내 그녀에게 편지를 썼다. 그는 그녀에게 자신의 마음에 있는 것이 무엇인지 알려주고 싶었지만 결국 자신의 섬 생활에 관해 몇 마디만 적고 말았다. 마지막 줄만 빼고. 견딜 수 없을 만큼 보고 싶어. 그리고 거기에 서명했다.

그들은 버클리의 병원 창문에서 겨울 햇빛 속에 앉아 있었다. 아버지는 가느다란 손목에 플라스틱 이름표를 차고 있었다. 성긴 하얀 턱수염을 길렀고 계속 그것을 만지작거렸다. 오펜하이머, 그가 말했다. 오펜하이머일 거야. 그 사람은 질문을 하기도 전에 답을 말해주곤 했어. 우리가 어떤 문제를 몇 주 동안 붙들고 있으면 그 사람은 저기 앉아 파이프를 피우면서 우리가 작업한 걸 칠판에 적는 동안 잠깐 보고 말해. 그래. 그걸 어떻게 하면 될지 알 수 있을 것 같소. 그러고 일어나서 우리 작업을 지우고 올바른 방정식을 적고 나서 자리에 앉아 우리를 보고 미소를 지어. 그 사람이 얼마나 많은 사람에게 그 짓을 했는지 모르겠다. 문제가 뭔지는 중요하지 않았지. 그냥 수학에 한정해서만 말한다면 어쩌면 그로텐디크겠지. 물론 괴델이 있고. 폰 노이만은 절대 그 부류에는 끼지 못하지. 그 점에서는 아인슈타인도 마찬가지. 물론 아인슈타인이 더 나은 물리학자이기는 했지만. 그 사람에게는 그 특별한 물리적 직관이 있었어. 하지만 자기 방정식을 푸는 것도 어려워했지. 훗날 그 사람의 문제는 스스로 그걸 풀고 싶어했다는 거였지. 그게 지름길이라고 생각했으니까. 나는 그게 그 사람을 정원 길로 인도했다고 생각해. 그 사람은 '일반상대성' 뒤에는 다시는 아무것도 해내지 못했어. 나는 그 사람을 알았어, 물론. 누구나 그 사람을 알았다는 의미에서. 아마 괴델은 달랐겠지. 유럽 출신의 그의 친구들도. 베소. 마르셀 그로스만. 그가 아인슈타인이 되기 전의 친구들.

그는 저녁에 산하비에르로 자전거를 타고 가 보데가에서 와인을 딱 한 잔 마셨다.

한 노인이 밑창을 밧줄로 만든 신발을 신고 발을 질질 끌며 길을 따라 다가왔다. 하나뿐인 노란 이가 담긴 미소. 길을 따라 종이꽃처럼 밝은 양귀비. 저녁에는 담요를 들고 해변으로 내려가 모래밭에서 잤다. 뭘 두려워해? 그녀가 말했다. 이미 일어난 일이 아닌데 어떻게 두려워할 수가 있어?

보데가 주인은 주앙이라는 남자로 영어를 잘했다. 그는 코스타브라바*를 따라 세워진 호텔에서 일하며 영어를 배웠다. 죽은 사람은 그의 친구 파우였다. 작은 나무 테이블에 와인잔을 놓고 조용히 앉아 있곤 하던 나이가 더 많은 남자. 뺨의 피부는 어둡고 주름지고 윤기가 나고 손목은 면 셔츠의 백색을 배경으로 갈색. 그는 어떤 엄숙한 태도로 와인을 홀짝였으며 셔츠 소매를 걷어올리고 있으면 팔뚝을 가로지르는 하얀 흉터가 보였다. 30구경 기관총이 남긴 것이었고 가슴 아래쪽을 가로질러 흉터가 네 개 더 있었다. 그때 그의 두 손은 등뒤로 묶여 있었는데 이미 그의 몸을 통과한 총알 하나가 그의 팔을 부수었다. 그는 다섯 발 맞았느냐 네 발 맞았느냐 하는 것은 철

---

* 스페인 동북부의 해안 지대.

학이 따질 문제라고 말했다.

그걸 보여준 적 있어?

아니.

너무 겸손한 사람이라.

창피했던 것 같아.

왜 창피해?

모르겠어. 어쨌든 그런 생각이 들어. 벽에 기대서서 개처럼 사격을 당하는 게 그렇게 고귀한 일은 아니라고 믿었던 것 같아. 그 노인네가 죽은 자들 사이에서 깨어나던 일을 얘기해줬지. 밤중 어느 때인가. 시신들에서는 이미 악취가 나기 시작하고. 시체 더미 속에서 한밤중에 깨어나 기어나오는 거. 그 노인네는 도로로 기어들어갔고 다른 애국자들이 그를 발견했어. 나는 그 노인네가 창피해했다고 생각해. 그건 다른 세상이었어. 그 노인네는 실패한 대의를 위해 싸웠고 노인네 친구들은 침묵 속에서 또 노인네 주위를 온통 덮고 있는 피 속에서 죽었는데 노인네는 살았어. 그게 다야. 그 노인네는 오랫동안 하느님이 자신에게 기대하는 것이 도대체 무엇인지 말해주기를 기다렸어. 자기 인생으로 무얼 해야 하는지. 하지만 하느님은 한 번도 말해주지 않았지.

웨스턴은 주앙에게 그 자신의 의견은 무엇인지 물었지만 그는 그냥 어깨만 으쓱하고 자기는 모른다고 말했다. 어쨌든, 나한테 하느님 이야기는 하지 마. 하느님과 나는 이제 친구가 아니야. 벽에 기대서서 기관총 사격을 당하는 일에 관해 말하자면 그게 파우보다 오래 살아남은 셈이야. 결국 그게 그 노인네가 되었지. 지금도 우리가 그 이야기를 하고 있잖아. 예를 들면. 재앙은 아무리 큰 선으로도 지울 수 없어. 오직 더 나쁜 재앙으로만 지울 수 있지. 그 노인네는 결혼한 적이 없어. 물론 존경받았지. 하지만 결국 그 노인네는 헛되이 총을 맞았다는 걸 기억해야만 해. 패자는 대의를 챙기고 승자는 승리를 챙기지. 그 노인네가 친구들과 함께 죽었기를 바란 때가 있었을까? 물론이지. 그 노인네는 북쪽 출신이야. 작은 타운. 그런 노인네가 혁명에 관해 뭘 알았겠어? 그 노인네는 오래전에 여기 왔어. 가족은 없었고. 교회 관리인이었어. 교회 관리인sexton? 맞는 표현인가? 나는 그 노인네가 여기 왜 왔는지 몰라. 작은 방에서 살았지. 종을 쳤고. 나는 그 노인네가 여기 왜 왔는지 몰라. 아마 그 노인네는 너하고 같았을 거야.

이비사의 성주간聖週間* 퍼레이드. 나팔과 북과 랜턴. 가면을 쓴 인물들. 구시가지를 통과해 내려온다. 인물들은 검은 옷을 입고 뿔 모양의 모자를 썼고 그들 뒤에는 들것에 실린 죽은 하느님의 시신을 자갈이 깔린 거리를 따라 운반하는 운구자들이

---

* 예수의 고난을 기념하는 부활절 전의 일주일.

따랐다. 그의 뒤집힌 석고 손바닥의 거무스름한 성흔.

그는 보도 테이블에 앉아 커피를 마셨다. 누군가가 그를 지켜보고 있었다. 그는 고개를 돌렸지만 남자는 이미 일어서서 다가오고 있었다. 보비? 그가 말했다.

응.

나 기억 못하지.

기억해.

여기서 뭐하고 있어?

커피 마시고 있지. 앉아.

마시던 걸 가져올게.

그는 잔과 보급판 여행 안내서를 가지고 돌아와 의자를 빼내 앉았다. 너라는 걸 믿을 수가 없었어. 혼자야?

응.

여기서 뭐하고 있어?

여기 살고 있어.

여기 산다고?

응.

뭘 하면서?

별로 하는 건 없고. 그냥 여기 살아.

무슨 똥 같은 농담을.

웨스턴은 어깨를 으쓱했다.

녹스빌로 돌아가기는 할 거야?

아니.

실스가 죽었다는 건 알고 있어?

응. 알고 있어. 그리고 셰던도.

달린 데이브는?

아니. 그건 몰랐는데.

네가 여기 살고 있다니 믿을 수가 없네. 내가 한잔 사지. 예수여, 이 빌어먹을 개들은 도대체 전부 어디에서 온 거야? 뭐 마실래?

화이트와인 마실게.

화이트와인이라. 웨이터는 어디 있지?

쉿 소리를 내.

쉿 소리를 내라고?

응. 여기 오네.

뭐라고 해야지?

비노 블랑코Vino blanco.

비노 블랑코, 부탁해요por favor.

웨이터는 고개를 끄덕이고 조용히 걸어갔다.

이것들은 누구 거야?

개? 누구 것도 아니야. 그냥 개들이야.

한 마리가 마누라 핸드백 안에 오줌을 쌌어.

뭘 했다고?

핸드백 안에 오줌을 쌌다고. 점심을 먹으려고 앉아 있었는데 음식이 나와서 마누라가 핸드백을 테이블에서 내려 의자 옆 보도에 놨더니 이 염병할 개가 다가와서 다리를 들고 그 안에 오줌을 싸더라고. 이렇다 할 이유도 없이. 마누라가 호텔에 돌아가 그걸 씻어내려 했는데 냄새가 너무 심해서 버릴 수밖에 없었어. 그 안에 든 것도 거의 다. 여기에는 얼마나 살았어?

일 년쯤. 자동차경주 선수들 몇이 여기서 죽치곤 했지. 예전 70년대에.

여전히 여기서 죽쳐?

아니. 여기는 과거의 그곳이 아닌 것 같아. 전에는 흥미로운 범죄자들도 몇 명 여기에 살았지. 일급의 예술품 위조범. 위대한 인물 가운데 하나였어. 부인을 죽인 콘서트 피아니스트. 경찰이 마침내 이들을 모두 잡아들였어. 여기 있는 미국인들은 주로 서로 찾아다니며 술을 마셔. 나라면 그건 권하지 않겠지만.

너는 어때?

나는 풍차에서 살아. 죽은 자들을 위해 촛불을 켜고 기도하는 법을 배우려고 노력중이야.

뭘 위해 기도하는데?

뭘 위해 기도하진 않아. 그냥 기도해.

너는 무신론자인 줄 알았는데.

아니. 나는 종교가 없을 뿐이지.

그리고 풍차에서 살고.

응.

내 좆같은 사슬을 멋대로 잡아당기고 있구먼.*

아닌데.

웨이터가 와인을 들고 왔다. 건배Salud, 웨스턴이 말했다.

건배Salud.

지금 마시고 있는 게 뭐야?

페르네트-브랑카.**

위에 문제가 있군.

그래. 이런 맛이 나는 건 몸에 좋을 수밖에 없어.

웨스턴은 미소를 지었다. 와인을 조금 들이켰다.

나하고 농담하는 게 아니군.

응.

흠. 너는 늘 수수께끼였지. 그건 확실해 알다시피. 너 자신
에게도 수수께끼야?

물론이지. 너는 아니고?

아니야. 정말 아니야. 어쨌든, 이제 가야겠군. 마누라가 기

---

* 놀리거나 괴롭힌다는 뜻.
** 허브를 넣어 만든 이탈리아산 비터스로 처음엔 약용으로 판매되기도 했다.

다릴 거야. 너 정말 괜찮은 거야?

괜찮아.

그래. 알았어.

웨스턴은 자전거를 타고 어둠 속에서 섬을 다시 올라갔다. 뒷바퀴에서 나오는 미등은 라몰라를 천천히 올라가자 희미해진다. 그는 자전거를 문가에 두고 절벽으로 걸어나가 바람 속에 섰다. 바다의 거무스름한 찰싹거림과 건너편 해안을 따라 늘어선 피게레타스의 불빛들. 바다에서는 희미한 소금맛.

셰던이 마지막으로 한 번 그를 보러 오고 그뒤에 다시 그런 일은 생기지 않는다. 그들은 텅 빈 극장에 앉아 있었다. 너야, 존? 그가 말했다.

키다리는 위쪽 의자에 웅크리고 있었다. 그는 한동안 대답하지 않았다. 이윽고 그가 말했다. 그래, 스콰이어. 그렇다고 말할 수도 있지.

침묵 속에서 오직 한 사람의 숨. 그는 귀를 기울였다. 무슨 말을 해야 할까? 만나서 반가워, 존.

고마워, 스콰이어. 네 눈에 보이니 좋네. 우리의 수다가 그리웠어.

나도. 어쩌다 여기까지 오게 됐어?

극장에.

그래.

잘 모르겠어. 극장은 절대 어두워질 수 없다는 사실과 무슨 관계가 있는지도 모르지. 아는 사람이 거의 없는 거지만.

극장이 절대 어두워질 수 없다?

그래. 네 뒤의 불빛 보여?

그런데?

그걸 늘 켜둬. 무슨 일이 있어도. 그걸 뭐라고 부르는지 알아?

아니.

유령 불이라고 불러.

그래서 뭐. 모든 극장에 그게 있다는 거야?

그래. 모든 극장에 하나씩.

그리고 그 불은 늘 켜둔다. 밤이나 낮이나?

밤이나 낮이나. 그래. 위험을 무릅쓰지 않는 거지.

그렇군.

한순간의 회상에 다 담을 수 있는 오랜 세월의 방랑. 텅 빈 극장은 너도 눈치챘을지 모르지만 모든 게 텅 비어 있는 거야. 이건 과거라는 비워진 세계의 은유야. 어쨌든 새 소식을 찾아서 올 법한 곳으로는 보이지 않지. 잘 있어?

그런 것 같아.

왜 여기 왔어?

잘 모르겠어.

아무것도 변한 게 없군.

그래.

그래서 외려 기운이 난다고 말해도 기분 나빠하지 않을 거지? 너는 강철 괄약근의 소유자니까. 고귀한 결단력의 소유자.

그래.

결국 우리가 내놓을 수 있는 건 오직 우리가 잃은 것뿐인 듯해. 내가 역설을 사랑하는 건 아니야. 그저 그게 점점 더 마지막 남은 사실적 현실로 보일 뿐이야. 이게 새로운 통찰이라고 할 수는 없겠지만.

아니지.

하지만 계속할게.

물론이지.

너는 나를 보편적 파멸의 비전을 가진 사람이라고 불렀어. 하지만 거기에 비전은 없었어. 그건 기껏해야 희망이었지. 비전을 가진 사람은 너였어. 그럴 도구가 있었으니까. 내 마음에는 슬픔이 없었어, 스콰이어. 그게 나한테 빠진 거였어. 나는 늘 너를 질투했어. 다른 무엇보다도 그 이유로. 하느님 여기는 추워. 이제 나는 절대 따뜻해지지 않아. 너는 나를 비엘지버바라고 불렀어.

내가 뭐라고 불렀다고?

비엘지버바.* 기억 못하는구나.

기억해. 너는 재미있어하지 않았지.

그래. 가짜 하느님이라고 하면 사람들은 어깨를 으쓱하지. 하지만 가짜 사탄은 웃음거리일 뿐이야. 그리고 촌놈 근성이란 뜻도 깔려 있고.

미안해.

다 잊어버렸다고 생각해도 돼.

고마워. 또?

아.

말해야 해.

말했어야 하지. 나는 생각 속에서 길을 잃었어, 적절한 은유로군. 네 문가에 갖다놓을 게 거의 없기는 하지만, 스콰이어, 나는 좋은 대접을 받지는 못했어. 전체적으로 봐서. 불평을 하기에는 좀 늦은 것 같기는 하지만. 너는 나를 어느 정도는 응접실 지식인으로 치부했지. 그리고 내가 성장한 곳에서 결코 멀리까지 나아가지 못한 건 사실이야. 전에도 분명히 말했겠지만. 나는 늘 차가운 버터밀크** 한 잔에 고마워할 줄 아는 사람이었어. 하지만 그건 나쁜 게 아니야.

---

* Beelzebubba. '비엘지버브(Beelzebub)'는 「마태복음」 12장 24절에 나오는 "귀신의 왕 바알세불"로 사탄을 뜻하기도 한다. '비엘지버바'는 이 단어의 마지막을 형제나 가까운 친구나 촌뜨기를 뜻하는 '버바(bubba)'로 바꾼 것이다.
** 버터를 만들고 남은 우유. 소박하고 전통적인 음료를 뜻한다.

아니지.

너와 좀더 우호적인 분위기에서 지냈으면 좋았을 것을. 내가 너그럽지 않았다고 생각하지는 않아. 다른 사람들 돈으로 베풀긴 했지만.

맞아. 너는 안 그랬어.

나는 늘 네가 익사할 거라고 생각했어. 그런데 그러지 않았지.

그래.

네가 나오는 꿈이 계속 반복됐어. 둘 중의 하나야. 넌 아래위가 붙은 생고무 잠수복을 입고 바다 바닥에 혼자 있어. 입을 떡 벌린 어떤 섭입攝入* 구역에서 달아나고 있어. 네가 그 초심해대超深海帶 깊은 곳에서 점액 속을 통과해 걷는 사람처럼 나아가려 애쓰는 동안 납 신발이 남긴 발자국이 뒤의 진흙에 천천히 덮여 사라졌어. 지각판에 금이 가. 유사流沙의 구름이 천천히 밀려올라와 너를 덮치려고 해. 네 램프는 근근이 버티고 있고 너는 멀리서 촛불처럼 연기를 피워올리는 오래된 화산 분기공들의 괴괴한 빛 속에서 혼자서 길을 찾아야 했어. 어쩌면 오래전 최초로 생명을 잉태했을지도 모르는 유황빛 자궁을 품은 그 지옥 같은 바다 램프들 앞에서 벌어지는 너의 도주에

---

* 지구 표층을 이루는 판이 서로 충돌해 한쪽이 다른 쪽 밑으로 들어가는 현상.

는 시적인 것 이상의 뭔가가 있었어.

네가 전에 말해준 적 있어.

내가? 잊어버렸어. 회상 속에서 꿈과 삶은 이상하게 합쳐지며 평등을 이뤄. 그리고 나는 우리가 걸어가는 바닥은 우리의 상상과는 달리 선택할 여지가 적다고 생각하게 됐어. 그리고 걷는 내내 우리가 거의 알지도 못했던 과거가 수상쩍은 투자금처럼 우리 삶 속으로 다시 굴러들어오지. 이 시대의 역사는 정리되려면 오래 걸릴 거야, 스콰이어. 하지만 우리의 이해에 공통의 용골*이 있다면 그건 우리에게 결함이 있다는 거야. 그게 우리의 핵심에서 우리가 알고 있는 거야.

우리가 우리 자신을 혐오한다고 생각하는군.

그래. 우리에 대한 응분의 벌로는 부족하지, 물론. 하지만 맞아.

그래서 세상이 얼마나 나쁜 거야?

얼마나 나쁘냐. 세상의 진실은 너무 무시무시해서 이 세상을 걸어다닌 가장 암울한 예언자의 예언조차 빈약해 보일 정도야. 일단 그걸 받아들이면 이 모든 것이 언젠가 가루로 빻아지고 폭발해 공허가 된다는 생각도 예언이 아니라 약속이 돼. 그러니까 이번에는 내가 이 질문을 하는 걸 허락해줘. 우리와

---

* 배의 바닥 중앙을 받치는 길고 커다란 재목.

우리의 모든 일이 그에 대한 모든 기억과 그런 기억이 암호화되어 저장될 수 있는 모든 기계와 함께 사라지고 지구는 타고 남은 재보다도 못한 것이 된다 해도, 이것이 누구에게 비극이 될까? 어디에서 그런 존재가 발견될까? 그리고 누구에 의해?

모르겠어, 존.

인생의 구멍은 콜릿*처럼 닫혀. 마지막 핀 같은 빛이 비치고 그다음에는 아무것도 없어. 우리가 더 많이 이야기를 나눴어야 했는데.

우리는 이야기 많이 나눴어.

그랬다면 우리 꿈을 동기화할 수 있었을지도 모르는데. 여학생 클럽 자매들의 생리 주기처럼. 내가 이따금 신랄하게 굴긴 했지만 네가 사별을 그런 높은 위치로 끌고 가는 방식은 썩 마음에 들지는 않아도 늘 감탄스러웠어. 슬픔을 그것이 슬퍼하는 것을 초월하는 지위로 들어올리는 것. 아니, 스콰이어. 내 말을 끝까지 들어. 그게 상실이라는 관념이야. 그 관념이 모든 상실 가능한 것들의 무리를 포괄해. 그건 우리의 원초적 공포이고, 그래서 우리는 거기에 마음대로 뭐든 갖다붙이지. 그게 우리 삶에 침입하는 게 아니야. 그건 늘 거기 있었어. 네 방종을 기다리며. 네 양보를 기다리며. 그래도 나는 여전히 너

---

* 물림쇠의 일종으로 물체를 원형으로 조여 단단히 무는 장치.

를 싸게 팔아버렸다는* 느낌이 들어. 자신의 이야기를 다른 흔한 것들로부터 어떻게 구분해낼 것인가. 슬픔의 공동 영역과는 달리 기쁨의 공동 영역이 없다는 건 분명히 진실인 게 틀림없어. 다른 사람의 행복이 자기 행복을 닮았다고 확신할 수는 없으니까. 하지만 공동의 고통에 관해 말하자면 거기에는 의심의 여지가 거의 없지. 본질을 추구하지 않는다면, 스콰이어, 우리가 뭘 추구하겠어? 우리가 그런 걸 알아내면 거기에는 반드시 우리 낙인이 찍히게 된다는 네 입장에는 동의해. 그리고 심지어 네가 더 어두운 패를 받았을지 모른다는 것도 인정해. 하지만 잘 들어, 스콰이어. 어떤 것의 내용이 불확실할 때는 형식이 상황을 더 좌지우지할 수가 없어. 모든 현실은 상실이고 모든 상실은 영원해. 다른 종류는 없어. 게다가 우리가 탐구하는 현실은 우선 우리 자신을 포함할 수밖에 없어. 그런데 우리가 뭐야? 십 퍼센트의 생물과 구십 퍼센트의 밤소문nightrumor이지.

나머지 꿈은 뭐였어?

다른 꿈은 이거였어. 새벽에 정문 앞에 기수가 없는 말이 한 마리 서 있었어. 다른 어떤 나라, 다른 어떤 시대. 그 말이 가져오는 소식은 말이 하루 달리는 거리만큼 지난 거였어, 그 이

---

* 낮게 평가했다는 뜻.

상은 아니고. 말의 꿈은 한때는 암말과 풀과 물이었어. 태양. 하지만 그 꿈들은 이제 없어. 말의 세계는 피와 학살과 사람과 동물의 비명으로 이루어진 세계이고 그 모든 것을 그는 거의 이해할 수가 없어. 말은 고개를 숙인 채 정문에 서 있고 날이 밝아오지. 그는 피로 거무스름한 사슬 갑옷 망토를 걸치고 한쪽 앞발은 돌들 위에 기울이고 있어. 아무도 오지 않아. 소식은 도착하지 않아. 이 장면은 그림일 수도 있어. 모르겠어. 그게 무슨 뜻인지 모르겠어. 어쩌면 책에서 봤을 거야. 어린 시절에. 하지만 이게 내가 꾼 꿈이야. 너한테 다른 말을 해줄 수 있으면 좋겠어, 스콰이어. 어떤 투쟁을 준비하는 것은 대체로 자신의 짐을 벗는 일이야. 싸움에 과거를 지니고 가는 건 곧 죽음으로 달려가는 거야. 내핍은 마음을 고양하고 비전에 초점을 맞추지. 가볍게 여행해. 몇 가지 생각이면 충분해. 외로움에 대한 모든 치료책은 그걸 미루는 것에 불과해. 그리고 치료책이란 것이 아예 없어질 날이 다가오고 있어. 물이 잔잔하기를 바라, 스콰이어. 늘 그걸 바랐어.

고마워, 존.

가야 해. 우리 다시는 보지 못할 거야.

알아. 안타까워.

나도. 저들이 나에 관해 떠들게 놔두지 마, 스콰이어. 저들은 추한 말을 할 거야.

알아. 내가 할 수 있는 일을 할게.

그는 작은 나무 바에 서 있고 주앙은 와인을 따르고 있었다. 그의 고양이는 날도마뱀을 먹고 죽었다. 그는 와인병을 바에 놓더니 웨스턴이 올려놓은 페세타를 바에서 웨스턴 쪽으로 도로 밀었다. 건배Salud, 그가 말했다.

건배. 고마워Salud. Gracias.

내가 늙은 파우에 관해 더 좋게 말했어야 하는데. 내내 그 사람 생각을 하고 있어.

좋게 말하지 않았다고 생각하지 않는데.

죽은 자를 대신해서 말할 수는 없지. 누가 그 사람들 삶을 알겠어? 어쨌든 패자는 분명히 그렇게 망해 마땅한 짓을 했을 거라고 상상하는 게 사람들 본성이지. 사람들은 세상이 정의 롭기를 바라. 하지만 세상은 이 문제에 관해 입을 다물어. 전쟁이나 혁명의 승리는 대의를 입증해주지 못해. 내가 무슨 말 하는지 알겠어?

응.

카를루스 호시의 작품을 알아?

아니.

내 형제였어. 형이었지. 전쟁에서 죽었어.

안됐군.

괜찮아. 그래도 운이 좋은 쪽이었지.

전쟁에서 죽은 게?

전쟁에서 죽은 게. 믿음의 상태에서 죽은 게. 그래.

뭐에 대한 믿음이지?

뭐에 대한. 어떻게 말해야 할까. 자기가 사랑하는 사람들과 그 사람들의 아버지와 그들의 시와 그들의 고통과 그들의 신에게 정의로운 대의를 위하여 무기를 든 한 나라의 한 남자인 자신에 대한 믿음.

본인에겐 그런 믿음이 없다는 뜻으로 들리는데.

없지.

아무런 믿음도?

주앙은 입을 꾹 다물었다. 그는 바를 닦았다. 음. 물론 사람에게는 각자의 믿음이 있지. 하지만 나는 유령은 믿지 않아. 세상의 현실을 믿지. 테두리가 단단하고 날카로울수록 더 믿게 돼. 세상은 여기 있어. 다른 어떤 곳이 아니야. 나는 죽은 자들이 여기저기 돌아다닌다고 믿지 않아. 나는 그들이 땅속에 있다고 믿어. 나도 한때는 늙은 파우 같았다고 생각해. 하느님이 무슨 말을 해주기를 기다렸지만 한 번도 듣지 못했어. 하지만 그 노인네는 믿는 사람으로 남았고 나는 그러지 못했지. 파우는 내게 고개를 젓곤 했어. 하느님 없는 삶을 산다고 해서 하느님 없는 죽음에 대비가 되는 건 아니라고 했지. 거기에 나는 아무런 답이 없어.

　나도 마찬가지야. 가봐야겠어.

　나중에 봐, 친구Hasta luego, compadre.

　작은 노새가 꽃이 핀 들판에서 춤을 추었다. 그는 발을 멈추고 지켜보았다. 노새는 사티로스처럼 뒷발로 서서 여기저기 톱질을 하듯 머리를 움직였다. 노새는 울다가 밧줄을 끌어당기다가 발길질을 했고 이내 멈추었다가 두 발을 양옆으로 벌리고 서서 웨스턴을 물끄러미 보더니 다시 펄쩍펄쩍 뛰며 울부짖었다. 노새는 말벌 둥지를 뜯어먹은 것이었고 웨스턴은 어떻게 도와줘야 할지 몰라 가던 길을 갔다.

　해변에서 동전 하나를 발견했다. 수백 년 동안 씻겨서 맨들맨들하게 닳고 일그러진 구리 원반. 그는 동전을 호주머니에 집어넣었다. 이 외딴곳에 남은 사라진 세계들의 잔재. 북쪽 먼 바다의 암초들 사이에 있는 배의 뼈들처럼. 사람의 뼈들처럼.

　그는 그로텐디크의 논문 모음을 가져오려고 파리로 사람을 보냈고 램프 빛을 받으며 문제를 풀었다. 한참 지나자 이해가 되기 시작했지만 중요한 건 그게 아니었다. 프랑스어도 중요한 게 아니었다. 중요한 것은 수로 이루어진 세계의 깊은 핵심이었다. 그는 왔던 길을 되짚어가려 했다. 논리적 시초를 찾으려고 했다. 리만의 어두운 기하학. 리만의 그리스도에게도 끔찍한 상징들, 그녀는 그것을 그렇게 불렀다. 괴델이 가벨스베르거로 쓴 메모 상자.

날씨가 따뜻해져서 이런 밤이면 그는 옷을 벗어 해변의 샌들 위에 개어놓고 부드러운 검은 물 속으로 걸어들어가 성큼성큼 느리게 달리는 파도 너머까지 잠수하여 헤엄쳐 갔다가 몸을 돌려 큰 파도 안에 누운 채 늘어져 별들 몇 개가 정박지에서 표류하다 어둠과 어둠을 잇는 한밤의 광대한 복도를 따라 떨어져내리는 곳을 살폈다.

그에게는 그녀의 사진이 없었다. 그는 그녀의 얼굴을 보려 했지만 자신이 그녀를 잃어가고 있다는 것을 알았다. 아직 태어나지 않은 어떤 모르는 사람이 어느 먼지 낀 가게에서 발견한 학교 앨범에서 그녀의 사진과 우연히 마주치면 그녀의 아름다움에 그 자리에서 발을 멈추게 될지도 모른다는 생각이 들었다. 다시 그 페이지로 돌아갈지도. 그 눈을 다시 들여다볼지도. 오래된 동시에 다시는 존재하지 않을 세계. 그녀가 채석장을 떠난 뒤 그는 혼자 앉아 있었고 마침내 깡통에 든 작은 불들이 펄럭거리다 하나씩 꺼졌다. 그러자 오직 전원지대의 어둠, 그 정적. 멀리 고속도로에서 트럭이 희미하게 웅웅거리는 소리.

그는 램프 불빛에 의지해 작고 검은 책에 글을 썼다. 자비는 홀로 있는 사람의 영역이다. 집단적 증오가 있고 집단적 슬픔이 있다. 집단적 복수와 심지어 집단적 자살도. 하지만 집단적 용서는 없다. 오직 네가 있을 뿐이다.

우리는 아이에게 물을 붓고 이름을 지어준다. 아이를 우리 마음이 아니라 우리 손아귀에 고정한다. 남자들의 딸들은 어두컴컴한 옷장 안에 앉아 면도날로 팔에 메시지를 새기고 잠은 그들 삶의 일부가 아니다.

길고 건조한 여름이 지난 뒤 어느 날 밤 깨어나 방앗간 벽의 높은 창이 어둠 속에서 번쩍이는 것을 보았다. 그리고 한번 더. 그는 창가에 앉아 저 바깥 바다의 가장 검게 뻗은 곳 너머의 소리 없는 천둥과 가장자리가 밝혀진 구름 너머의 떨리는 빛을 지켜보았다.

그는 보데가에, 깨끗하게 훔쳐낸 작은 나무 테이블에 앉아 있었다. 피스가 이비사에서 배편으로 보내준 신문을 읽으며. 주앙은 바의 반대편으로 가서 다른 편지 한 통을 들고 와 웨스턴에게 건네주었다. 웨스턴은 그것을 보며 앉아 있었다. 편지에는 오하이오주 애크런 소인이 찍혀 있었는데 더러웠고 얼룩이 있었으며 어느 시점엔가 발에 밟히기도 한 것처럼 보였다. 잠깐Un momento, 그가 말했다. 주앙이 몸을 돌렸고 웨스턴은 그에게 편지를 돌려주었다.

이거 네 게 아니야No es suyo?

아니야.

주앙은 손으로 편지를 뒤집어 살펴보았다. 네 이름인데Es su

nombre, 그가 말했다.

웨스턴은 의자에 등을 기댔다. 그는 이제 미국에 아는 사람이 없고 그들이 편지carta를 보내는 것도 원치 않는다고 말했다. 주앙은 그 말을 가늠해보았다. 손바닥의 편지를 두드렸다. 마침내 그는 사람의 마음이란 바뀌기 마련이므로 편지를 맡아두겠다고 말했다.

웨스턴은 어스름에 집으로 페달을 밟았다. 안에 들어가 자전거를 벽에 기대 세웠을 때 탑은 어두웠고 눅눅했다. 그는 층계를 올라가 들고 온 램프를 테이블에 놓고 앉아 고요에 귀를 기울였다. 밤에 가끔 바람이 곶을 넘어 위로 불어오면 이 오래된 시설 깊은 곳에서 뭔가가 움직이는 것이 느껴졌다. 묵직하고 복잡한 올리브나무 구조물로부터 들려오는 낮은 신음 그리고 다시 적막이 찾아오면서 탑을 맴돌다 위에서 지푸라기를 바스락거리는 바람뿐.

어느 날 저녁 늦게 앞쪽 해변에서 추위를 이기려고 망토를 두른 작은 형체를 보았다. 걸음을 서둘렀지만 해변을 걷는 늙은 여자일 뿐이었다. 키가 사 피트나 될까. 그는 그녀를 지나가며 저녁 인사를 하고 나서 발을 멈추고 괜찮으냐고 물었고 여자는 괜찮다고 대답했다. 그녀는 딸을 만나러 가는 중이라고 말했고 그는 고개를 끄덕이고 계속 걸었다. 그러면서 그 작고 반쯤 잊힌 형체가 옆에 와주기를 자신이 여전히 바라고 있음을 깨달았다. 두 손은 호주머니에 넣고 옷을 펄럭이며 짠바람 속으로 몸을 기울이면서. 그는 꿈에서 마지막으로 한 번 그를 보았다. 차가운 항성의 바다가 부서지며 부글거리고 그 검게 들썩이는 알카헤스트*로부터 폭풍들이 으르렁거리며 치고 들어오는 어떤 이름 없는 쓸쓸한 곳의 황량한 가장자리를 망토를 두른 채 터벅터벅 걸으면서 중얼중얼대는 하느님의 진흙 청소부. 별의 바람과 돌처럼 어두운 외계 달들의 빨아들이는 힘 쪽으로 여윈 어깨를 돌린 채 우주의 지붕널 위를 터벅터벅 걷는다. 밤에 맞서 길을 서두르는 외로운 해변 산책자, 작고 친구는 없고 용감하다.

그는 다락으로 올라가 담요를 쓰고 탑의 창가에 앉았다. 창턱에 침처럼 튀는 빗방울. 바다 저멀리 여름 번개. 먼 야포野砲에서 갑자기 타오른 불길 같다. 침대 위쪽 천장 밑에 펼쳐놓은 방수포가 후드득거리는 소리. 그는 팔꿈치 옆 램프의 심지를 올리고 상자에서 공책을 꺼내 펼쳤다. 그러다 멈추었다. 오래 그렇게 앉아 있었다. 결국, 그녀는 말한 적이 있었다, 모방할 수 없는 건 아무것도 없을 거야. 그리고 그게 특권의 마지막 박탈이 될 거야. 그게 다가올 세계야. 어떤 다른 세계가 아니라. 유일한 대안은 콘크리트로 검게 타들어간 사람들의 그 기

---

* 연금술사가 만들고자 했던 만물 용해액.

괴한 형태가 주는 놀라움뿐이야.

무덤에서 무덤으로 뻗어 있는 인간의 시대들. 점판암에 새긴 회계. 피, 어둠. 나무판 위에서 죽은 아이들 씻기기. 형태와 수를 헤아리는 것이 불가능한 화석 자국들을 간직한 세계의 돌 적층물. 내 아버지의 현대판 암면巖面 조각과 벌거벗은 채 울부짖는 길 위의 사람들.

폭풍우는 지나갔고 어두운 바다는 차갑고 무겁게 누워 있었다. 서늘한 금속성 물에는 큰 물고기들을 망치로 두들긴 형상. 불타는 열차처럼 창공을 가로질러 굴러가는 녹아버린 폭명유성이 큰 파도에 비친 모습.

그는 램프 빛 속에서 자신의 문법책 위로 허리를 굽혔다. 그의 위쪽 종 모양 어둠 속에서 초가지붕이 섯섯 소리를 내고 흙손으로 거칠게 다듬은 벽에 그의 그림자가 비친다. 돌로 만든 차가운 방에서 두루마리를 놓고 고생스럽게 일하던 그 옛 학자들 같다. 그들의 램프 렌즈는 거북의 등딱지를 삶고 긁어내 프레스에서 모양을 잡아 만들었으며 그게 탑 벽들에 인간도 신들도 알지 못하는 땅의 우연한 지형을 그려냈다.

마침내 그는 몸을 기울여 유리 등피 쪽으로 손을 오므려서 불을 불어 끄고 어둠 속에 드러누웠다. 죽는 날 그녀의 얼굴을 볼 것을 알았기에 자신이, 지상의 마지막 이교도가, 그 아름다움을 어둠 속으로 데려가기를 바랄 수 있었다. 짚자리에 누워

미지의 언어*로 작게 노래하면서.

---

* unknown tongue. 우리말 성경에서는 방언으로 번역되기도 한다. 「고린도전서」 14장 2절. "방언을 말하는 자는 사람에게 하지 아니하고 하나님께 하나니 이는 알아듣는 자가 없고 영으로 비밀을 말함이라."

짝을 이루는 두 장편 『패신저』와 『스텔라 마리스』는 1933년에 태어나 올해, 즉 2023년에 세상을 떠난 코맥 매카시가 마지막으로 발표한 작품들이다(미국에서는 2022년에 출간). 비교적 과작인 그는 육십 년 정도를 대체로 전업 작가로 살았으면서도 소설을 열두 편밖에 발표하지 않았다. 그래도 두 작품 사이가 십 년을 넘긴 적은 없었는데 이번에는 2006년의 『로드』 이후 십육 년이 지난 뒤 이 두 권을 냈고, 그러고 몇 달 뒤 세상을 떠났다.

그래서? 아마 매카시의 전작을 읽어본 독자라면, 그래서 마지막으로 나온 작품이 과연 어떠냐, 하는 이야기를 나누고 싶겠지만, 옮긴이는 아직도 눈을 감고 코끼리 여기저기를 만지고 있는 느낌이라 이 말을 던지면 저 생각이 뒷덜미를 잡을 것 같아 작품 전체를 두고 어떤 말을 하는 것은 조심스럽다. 아마 관심 있는 사람들이 조금씩 생각을 풀어놓고 그것이 쌓이면서 서서히 전체를 조망하는 시각이 생겨나지 않을까 전망해본다.

그런 의미에서 옮긴이도 아주 작은, 그리고 별 관련은 없어 보이는 생각을 하나 던지자면 이 작품들에는 매카시의 자전적 요소가 꽤 들어가 있다는 느낌이 든다는 것이다. 이렇게 말하면 의아해하는 독자도 있을 것이다. 매카시는 전통 소설의 서사와는 꽤 거리가 있는 작품을 쓰는데 그의 작품에 자전적 요소가 들어 있다는 게 도대체 무슨 의미가 있는가 하는 의문이 들 것이기 때문이다. 맞다. 실제로 이 두 작품도 서사보다는 대사가 중심을 이룬다. 심지어 『스텔라 마리스』는 작품 전체가 단 두 사람의 대화로 이루어져 있다. 그 정도는 아니지만 『패신저』도 대사가 작품에서 차지하는 비중이 대단히 크다. 그럼에도 왠지 매카시 개인의 체취가 물씬 풍기는 듯하다는 것이다.

매카시의 작품을 보면 늘 훨씬 더 긴 작품에서 군데군데 발췌해놓은 것 같다는 생각이 들곤 한다. 묘사가 많지 않지만 일단 나오면 그 핍진성은 압도적이다. 대사도 마찬가지다. 마치 녹취를 풀어놓은 듯한 느낌을 받는다. 그래서 그런 밀도로 이루어진, 이 발췌본보다 훨씬 긴 원본을 상상하게 된다. 옮긴이는 그게 매카시의 글이 가진 힘 가운데 하나라고 생각하며, 그런 의미에서 매카시는 빈 곳을 채우는 일을 독자의 상상에 많이 맡길 뿐, 누구 못지않게 현실을 사실적으로 다루는 작가라고 생각하는 쪽이다. 왠지 저 작가 머릿속에는 나에게 보여준 세밀하고 아름다운 퍼즐 조각 하나를 포함하는 아주 큰 그림이 온전하게 들어 있을 거라는 상상을 하게 되는 것이다. 이번에도 마찬가지다. 가령 『패신저』에 자주 등장하는 술집 대화 장면들은 이 작품에서 찾아낼 수 있는 이야기의 흐름(이 작품에 그런 게 있다면)과는 별 관계가 없어 보이지만 그 디테일에 빠져들다보면 필시 이것은 내가 아직 다 파악하지 못한 큰 그림의 중요한 퍼즐 조각일 거라는 느낌을 받게 된다. 비록 이게 상상일지라도, 그런 상상을 자극하는 것 또한 작가의 능력이 아닐까 싶다.

사실 옮긴이가 말하려던 매카시의 자전적 요소는 정말 하찮고 사소해 보이는 것들이다. 가령 남자 주인공 보비 웨스턴의 친가가 뿌리를 내린 곳은 로드아일랜드주 프로비던스인데 매카시가 태어난 곳도 그곳이라는 것. 매카시가 어렸을 때 그의 가족은 테네시주 녹스빌로 이사왔는데 보비가 살던 곳도 녹스빌이라는 것. 비록 매카시 아버지는 변호사이고 보비의 아버지는 핵물리학자이긴 하지만 매카시 아버지가 이 작품에 등장하는 테네시강 유역 개발 공사에서 근무했다는 것. 보비가 매카시와 비슷한 연배로 설정되었다는 것. 다니다 말다 결국 때

려치웠지만 매카시가 대학에서 물리학과 공학을 공부했고 보비는 물리학 전공이라는 것. 보비가 무일푼으로 떠돌던 시절의 묘사가 매카시가 소설을 쓰며 극빈생활을 하던 시절의 디테일과 흡사하다는 것.

이런 사실들 하나하나는 하찮지만 옮긴이에게는 그것이 매카시가 특정 목적을 위해 취재한 재료가 아니라 자신이 속속들이 살아낸 것을 바탕으로, 즉 자기를 바탕으로 소설을 써나간다는 증거처럼 느껴진다. 그리고 그것이 그의 소설이 주는 강렬한 현실감을 어느 정도 설명해주는 듯하다. 이 작품 또한 매카시가 젊은 시절 알고 겪은 장소와 사람들이라는 큰 그림이 바탕으로 깔려 있다고 상상하게 되며, 그래서 비록 거의 대화로 이루어진 장면이라 해도 대화 자체와 몇 마디 묘사로 그시절의 그곳, 그리고 그 말을 하는 사람들이 진하게 되살아나는 느낌이다.

매카시의 젊은 시절이란 부유한 집안 출신이면서도 가족과 불화한 뒤 소설을 쓰겠다며 궁핍을 견디는 한편 아슬아슬하게 살아가던 사람들과 즐겁게 어울려 지내던 때다. 매카시는 이 시절을 두고 "나는 늘 위태로운 생활방식을 즐기는 사람들에게 끌렸다"고 말한 적이 있다. 마치 관찰자인 것처럼 말하지만, 그 또한 무일푼의 무명 소설가로서 보비가 그렇듯이 그런 생활방식을 즐기는 사람이었을 것이다. 옮긴이에게 이 작품은 무엇보다도 그렇게 삶의 가장자리에서 아슬아슬하게 버티는 사람들, 그러면서도 묘하게 그것을 즐기는 듯한 느낌을 주는 사람들, 그러다 덧없이 스러지는 사람들이 빚어내는 대화와 관계의 향연이다. 그냥 그것만으로도 흥겹다.

그러나 마냥 흥겹기만 한 것은 아니다. 삶의 가장자리에서 아슬아슬하게 버티는 사람들에 물리학도 출신인 보비, 나아가 보비보다 훨씬 똑똑한데다가 수학의 천재인 여동생 얼리샤도 포함되는 바람에 결코 만만하게 볼 수 없는 지적 담론이 이 향연에 철근처럼 빽빽하게 꽂히기 때문이다. 물론 천재 수학자 얼리샤나 범죄자 비슷하게 살아가는 셰던이나 술집에 죽치는 여러 술꾼이나 삶의 벼랑을 걷는다는 점에서는 다를 바 없다는 사실이 먼저다. 그러나 보비나 얼리샤의 존재는 그들이 단지 별종이라서 그렇게 살아가는 것이 아님을 보여준다. 벼랑을 걷는 사람들 자신이 인식하든 하지 못하든, 이 벼랑은 어디까지나 20세기 중후반, 원자폭탄이 바꾸어놓은, 그 이전에 현대 물리학이 바꾸어놓은 세상에 존재하는 특수한 벼랑이기 때문이다. 현대 과학은 우리가 알던 세계의 확실성을 무너뜨리는 이론들을 생산하는 동시에 마음만 먹으면 확실하든 확실하지 않든 그 세계 전체를 물리적으로 무너뜨릴 수 있는 폭탄도 생산했으며, 누구보다 예리하게 그 아이러니를 인식한 얼리샤에게는 그 아이러니 자체가 벼랑이 되었다. 하지만 뉴올리언스 술집에서 노닥거리는 범죄자 셰던 또한 위치만 다를 뿐 얼리샤의 벼랑과 이어진 벼랑을 걷고 있는 것이 아닐까? 그러고 보면 우리가 사는 세계에 벼랑 아닌 곳이 어디 있겠는가. 매카시는 그 말을 남기고 떠난 것일까?

정영목

지은이 **코맥 매카시**

1965년 첫 소설 『과수원지기』로 문단에 데뷔했으며, 주요 작품으로는 『로드』 『선셋 리미티드』 『신의 아이』 『스텔라 마리스』 『핏빗 자오선』 『노인을 위한 나라는 없다』 등이 있다. 평단과 언론으로부터 코맥 매카시 최고의 작품이라고 평가받은 『로드』는 2007년 퓰리처상을 수상했다. 2023년 89세를 일기로 세상을 떠났다.

옮긴이 **정영목**

번역가로 활동하며 현재 이화여대 통역번역대학원 교수로 재직중이다. 지은 책으로 『완전한 번역에서 완전한 언어로』 『소설이 국경을 건너는 방법』, 옮긴 책으로 『로드』 『선셋 리미티드』 『신의 아이』 『스텔라 마리스』 『제5도살장』 『바르도의 링컨』 『호밀밭의 파수꾼』 『에브리맨』 『울분』 『포트노이의 불평』 『미국의 목가』 『굿바이, 콜럼버스』 『새버스의 극장』 『아버지의 유산』 『사실들』 『왜 쓰는가』 등이 있다. 『로드』로 제3회 유영번역상을, 『유럽문화사』로 제53회 한국출판 문화상(번역 부문)을 수상했다.

문학동네 세계문학

패신저

1판 1쇄 2023년 11월 30일 | 1판 2쇄 2024년 1월 5일

지은이 코맥 매카시 | 옮긴이 정영목

책임편집 윤정민 | **편집** 이봄이랑 박아름 이현자
디자인 김유진 이원경 | **저작권** 박지영 형소진 최은진 서연주 오서영
마케팅 정민호 서지화 한민아 이민경 안남영 왕지경 황승현 김혜원 김하연 김예진
브랜딩 함유지 함근아 고보미 박민재 김희숙 박다솔 조다현 정승민 배진성
제작 강신은 김동욱 이순호 | **제작처** 영신사

펴낸곳 (주)문학동네 | **펴낸이** 김소영
출판등록 1993년 10월 22일 제2003-000045호
주소 10881 경기도 파주시 회동길 210
전자우편 editor@munhak.com | **대표전화** 031)955-8888 | **팩스** 031)955-8855
문의전화 031)955-1927(마케팅) 031)955-2634(편집)
문학동네카페 http://cafe.naver.com/mhdn
인스타그램 @munhakdongne | **트위터** @munhakdongne
북클럽문학동네 http://bookclubmunhak.com

ISBN 978-89-546-9661-6 03840

잘못된 책은 구입하신 서점에서 교환해드립니다.
기타 교환 문의 031)955-2661, 3580

www.munhak.com

로드 | 정영목 옮김

320페이지의 절망. 그리고 단 한 줄의 가장 아름다운 희망…… 미국 현대문학의
거장 코맥 매카시가 그려내는 잿빛 묵시록. 대재앙이 일어난 지구, 모든 것이 파괴
되고 신들마저 자취를 감춘 세상. 그곳에서 길을 떠나는 아버지와 아들의 이야기
를 시적인 문체로 소름 끼치도록 아름답게 그려냈다.

2007 퓰리처상 수상작
〈엔터테인먼트 위클리〉 선정 지난 25년간 최고의 소설 1위
〈타임스〉 선정 지난 10년간 최고의 소설 1위
동아일보, 한겨레, 매일경제·교보문고 선정 올해의 책
예스24, 알라딘 독자 선정 올해의 책

선셋 리미티드 | 정영목 옮김

삶이 곧 고통이라 여기는 백인 교수. 그가 시속 130킬로미터로 달리는 열차 선셋
리미티드에 뛰어든다. 전과가 있는 한 흑인 목사가 그를 구하면서 두 사람은 인류
의 운명을 건 논쟁을 시작한다. 처음부터 끝까지 동일한 공간에 단 두 명의 인물만
등장하는 극 형식의 이 소설은 삶과 죽음, 빛과 어둠, 행복과 고통, 환상과 현실 등
인류 공통의 오래된 고민에 대한 토론과 논쟁을 철학적이고 사색적으로 그려낸다.

신의 아이 | 정영목 옮김

인간 본성의 가장 어둡고 깊숙한 곳에 대한 탐구이자 사회적·도덕적 올바름에 대
한 가장 극단적인 실험작. 코맥 매카시의 세번째 장편소설로 사회와 사회질서로부
터 멀어져 철저히 고립된 채 살아가다 결국 연쇄살인과 시간(屍姦)을 저지르고 비
참하게 추락하는 한 남자의 이야기를 그린다. 내용과 형식 면에서 기존의 관습적
인 틀에 얽매이지 않으면서도 그 자체로 탁월한 완성도를 보여주는 강렬한 작품.